KB146802

생각을 문장으로 바꾸는

글쓰기
공작소
실전편

생각을 문장으로 바꾸는

글쓰기
공작소
실전편

이만교 지음

현대문학

지금 사용하는 생각문장보다
더 나은 생각문장이
존재한다.

일러두기

* 본문 내 〈보기〉 및 직간접 인용문의 강조, 밑줄, 번호 표기는 필자의 것이다.
* 비평에 필요한 인용문은 최대한 원문에 따라 표기했으며, 저자, 작품명, 게재 지면 등 상세한 출처를 밝히고자 했다. 다만, 출처 미상의 작품은 필자의 강의 노트에서 가져왔으므로 원문과 상이할 수 있다.

책을 내며

1

2006년 1월부터 지금까지 '글쓰기 공작소'를 통해 일반 시민을 대상으로 글쓰기 강좌를 진행해왔다. 매주 토요일 오후 두 시, 수강 동인들이 제출한 합평작을 단어 하나하나 문장 하나하나 살폈다. 때로 새벽 두세 시까지 토론과 뒤풀이를 가졌다. 마치 이번 생은 이걸 하려고 태어난 사람처럼. 이렇게 일심으로 견지했으니, 뭔가 그럴듯한 결과물을 내야 하지만, 근기와 재능이 부족해 이렇게 한 권의 책으로 갈음하려 한다.

자기 생에서 가장 열심히 살았던 부분을 떼어내 이렇게 책으로 묶을 수 있다는 건 얼마나 놀라운 일인가. 여러모로 부족한 사람이더라도, 자기 공부 영역을 일관되게 밀고 나가면, 이렇게 한 권의 책을 세상에 내놓을 수 있다는 실례로 삼을 수는 있을 것이다.

2

1부에서는 글쓰기 공부 문제를 다뤘다. 글쓰기 공부를 시작해야 할지 말지를 고민하는, 혹은 글쓰기 공부를 시작했다가 포기하는 독자들을 위한 글이다. 그러나 사실 나 자신을 위한 글이다. 글쓰기 공부에 대한 내 생각과 자세를 바로잡아보았다.

2부부터 실전을 다뤘다. 습작 경험이 있는 독자는 2부로 곧장 들어가도 좋을 것 같다. 하지만 분량으로 보나 서술방식으로 보나, 단숨에 읽는 건 독자의 글쓰기 의욕을 저하시킬지 모른다. 특히 '2부 글쓰기 실전을 위하여' 편에서는 제목 그대로 실질적인 도움을 드리기 위해 '단어 〉 문장 〉 단락 〉 단락장 〉 이야기'라고 하는 글쓰기 단위 순서에 따라 살폈다.

종일 글쓰기 공부에만 몰입할 여건이면 단번에 정독해도 되겠지만, 그럴 형편이 아니라면, 하루 한두 챕터씩 읽어나가면 좋겠다. 혹은 소모임을 만들어 부족한 부분을 체크하는 방식으로 그때그때 해당 챕터를 열어봐도 좋겠다.

이 책은 창작 글쓰기에 대한 실전 안내서로, 가급적 다양한 창작 글쓰기 일례를 다루고자 했다. 하지만 주로 문학언어를 중심에 놓고 논의를 전개했다. 저자가 접한 바로는, 문학언어가 가장 빼어난 개인언어이자 창의적인 출판언어이기 때문이다.

3

이 책의 주 저자는 본인이지만, 그동안 나와 함께 글쓰기 공부를 해온 '글쓰기 공작소' 수강 동인들과 한서대 미디어문예창작학과 학생들을 공동 저자라고 해야 할 것 같다. 그들과 함께 한 문장 한 문장을 읽으면서 떠올린 생각들로 이루어진 글이니까.

돌이켜 보면 함께 공부한 순간순간이 더없이 좋았다.

공부는 어떤 경험이든 소중하고 의미 있는 시간으로 바꿔놓는 힘이 있는 것 같다.

모쪼록 독자의 시간도 그러하기를…….

이제 이 책을, 어제의 낡은 생각문장에 갇혀 있는 모든 이들에게 바친다. 특히 오늘보다 더 나은 생각문장을 찾는 모든 이들에게 바친다.

2020년 봄, 원터마을에서
이만교

목차

자신이 먼저 대상을 창조하지 않고는
대상을 발견할 수 없다. _니체

1부

글쓰기 공부를
위하여

1장 나는 왜 이렇게 살까?

문제 제기—하면 좋은데 왜 하지 않을까?

글쓰기 관심은 운동을 하겠다는 결심과 같다. 하는 만큼 더 건강해지는 점에서 운동은 분명히 자신에게 이익이 되는 행위다. 그럼에도 운동이 습관화되지 않은 사람에게는 자기를 위해 하는 운동이 마치 남을 위해 억지로 하는 봉사활동만큼이나 힘들거나 귀찮다. 반면에 자신에게 해가 되는 식습관은 즐긴다.

글쓰기도 마찬가지다. 글을 잘 쓴다는 건 더 나은 생각문장을 만드는 일이다. 더 나은 생각문장이 자기 삶에 더 나은 도움을 주리란 건 자명하다. 자기만의 더 나은 생각을 가지려면 더 나은 문장을 찾아야 한다. 더 나은 생각문장을 찾아, 꾸준히 읽고 써야 한다. 그러나 습관화되지 않은 사람에겐 귀찮고 힘들게 느껴진다.

이처럼 인간은 결코 이기적이지 않다. '인간은 자기밖에 모르는 이기적인 존재다'라는 말은 제대로 검증되지 않은 통념이다. 인간이란 자기에게 도움 되는 행동을 힘들어하고, 해를 끼치는 행동을 더 좋아하기도 하는, 자기 배반적인 존재다. 자신에게 이익이 되는 행동만 추구할 만큼 영리하지 못하고 해가 되는 행동을 중단할 만큼 민첩하지도 못하다.

나만 해도 그렇다. 밤새우는 게 몸에 안 좋다는 걸 알면서도 밤을 새우고 낮에 자는 버릇이 몸에 뱄다. 커피를 끊어야 하는 걸 알면서도 끊지 못한다. 독서 시간을 늘려야 하는 걸 알면서도 늘리지 못한다. 화를 내면, 화를 내지 않고 차분하게 응대했을 때처럼 좋은 생각이 떠오르지 않는다는 걸 너무 잘 알면서도 화를 내곤 한다.

나를 가만히 관찰해보면, 나 자신에게 전혀 도움 안 되는 행동을 내 스스로 얼마나 많이 하고 사는지 모른다. 내 소원은, 이제까지 써온 글보다 더 좋은 글을 쓰는 것이다. 잡생각과 잔걱정을 줄이고, 독서와 습작을 조금만 더 열심히 하면 분명히 더 좋은 글을 쓸 텐데, 그러지 못할 때가 많다. 대체 왜 그러지 못할까.

더 노력하는 만큼 더 좋을 텐데, 왜 더 노력하지 못하는 걸까. '글쓰기 공작소'를 진행하며 만난 수강 동인들을 보며, 내가 가장 많이 품은 의문 중에 하나이기도 하다. 무엇이 문제인가. 글쓰기 공부가 중요한 줄 알면서, 어째서 더 열심히 공부하지 못하는 걸까.

그렇다면 나는 의지박약한가

어떤 사람이 노력을 하지 못하는 이유는 아마 그 사람에게 노력할 의지가 부족하기 때문일 것이다. 한마디로 의지박약인 것이다. 술을 끊겠다며 끊지 못하는 사람, 일찍 일어나겠다며 일어나지 못하는 사람, 도박을 그만두겠다며 그만두지 못하는 사람, 화를 내지 않겠다며 다시 화를 내는 사람 모두 의지가 박약해서다, 라고 우리는 생각해왔다.

하지만 여러 뇌과학 실험에 의하면, 자유의지라 불릴 만한 것이 우리 개인에게 존재하는지 의심스럽다. 가장 널리 알려진 것은 벤저민 리벳Benjamin Libt의 실험이다. 그는 인간이 자신이 움직이기로 결심했다고 느끼기 300-700밀리초 전부터 뇌의 운동피질에서 활동이 나타난다는 것을 뇌파검사를 이용하여 보여준 것으로 유명하다. 지원자들에게 10분 안에 스스로 선택해 아무 때나 손가락을 움직여보라고 지시했다.

이 사실은 손가락을 움직이는 행위가 각자의 자유의지에 따른 것이라는 주관적 느낌이 강하지만, 뇌전도 측정 결과는 손가락을 움직

실험 대상자들이 손가락을 움직이려는 의지를 느낀 순간과 실제로 손가락을 움직인 순간은 거의 일치했지만, 연구자들은 손가락이 움직이기 0.75초 전에 준비전위라는 뇌전도EEG 전위를 측정할 수 있었다.

* 샘 해리스, 『자유 의지는 없다』, 배현 옮김, 시공사, 2013.
* 조지프 르두, 『시냅스와 자아』, 강봉균 옮김, 동녘사이언스, 2005.

이기 거의 1초쯤 앞서 뇌 활동이 일어난다는 사실을 보여준다. 뇌의 명령이 1초 먼저 시작된다면 어떻게 우리의 의지가 원인일 수 있을까.

또 다른 연구에선 기능성 자기공명영상장치를 사용하였다. 그들은 어떤 단추를 누를지 결정하는 순간 어떤 신호가 나타나는지 살폈다. 실험자들은 피험자들이 결정을 의식적으로 내리기 전에 어떤 단추를 누를지에 관한 정보를 포함하는 뇌 부위 두 곳을 발견했다. 최근에는 뇌피질에서 직접 녹화한 정보로 피험자가 스스로 내린 결정을 인식하기 700밀리초 전에 뇌피질에서 단 256개의 뉴런의 활동을 보여주었는데, 이를 통해 피험자 결정을 80퍼센트의 정확도로 예측할 수 있었다.

이런 발견들은 우리가 우리 행동의 '의식적 주인'이라는 일반적 통념과는 잘 어울리지 않는다. 오히려 그 반대다. 우리는 자신이 다음에 뭘 할지 알기 전 찰나의 순간에 우리의 뇌는 우리가 뭘 할지를 이미 결정해놓는다. 그런 다음 우리는 이 결정을 의식하게 되어 우리가 결정을 내리는 과정 속에 있다고 믿어버린다.*

이들 실험에 따르면, 자유의지란 일종의 사후事後 개념이다. 우리가 노력하면 좋은 줄 알면서도 하지 못하는 이유는, 의지가 박약해서가 아니다. 그런 자유의지 따위란 아예 존재하지 않는다. 의지는 내가 의식적으로 만드는 게 아니라 뒤늦게 의식화되는 것을 인지하는 반응이다. 결정은, 의식하기 전에 만들어진다. 수많은 점화Priming 들에 의해.

* 샘 해리스, 『자유 의지는 없다』, 배현 옮김, 시공사, 2013.

나는 틀린 적이 없다

인지과학 혹은 인지언어학의 언어 점화 실험도 유명하다. 심리학자 캐슬린 보Katherine Vohs는 '돈'을 머리에 떠올릴 때 사람들이 어떤 무의식적 경향을 갖게 되는지 알아보기 위해 흥미로운 실험을 했다. 실험 참가자들을 두 그룹으로 나누어 문장 만들기를 시켰다.

A그룹에게는 '생각' '아버지' '아들' '술' '마신다'와 같은 단어로 문장을 완성시키도록 했다. 이 경우 '아버지는 아들 생각을 하며 술을 마신다'와 같은 문장 조합이 가능하다. B그룹에게는 '은행' '적금' '오후' '2년 만기' '가다'의 단어를 제시하여, '오후에 은행에 가서 2년 만기인 적금을 들었다'와 같은 문장을 만들게 했다.

실험 후 A그룹 참여자에 비해, B그룹 참여자들은 서로 도움을 주지도 않을 뿐 아니라 받으려고도 하지 않았다. 가령 복도에 불우이웃돕기 모금함을 놓아두거나 컴퓨터 코딩 작업을 도와달라고 부탁하거나 의자 배치 도움을 청했을 때 한결 소극적이었다. B그룹 참여자들은 자신이 돈과 관련된 언어 점화를 받은 사실을 뚜렷이 의식하지 못한 채, 한결 이기적인 '고독한 개인'으로 행동했다.[*]

참으로 흥미로운 실험이 아닐 수 없는데, **첫째, 인간은 자신도 모르는 점화 자극에 영향을 받으며 사는 존재라는 점에서 그러하다. 둘째, 인간은 매우 미세한 점화 자극에도 영향을 받는 매우 섬세한 존재라는 점에서 그러하다.** 자신도 모르는 점화 자극을 받아 자신도 모르게 행동을 달리한다는 점에서 인간은 참으로 무지한 동물이다. 그러나 자신도 미처 다 의식하지 못할 만큼 섬세한 영향을 받아 변한다는 점에서 매우 정밀

[*] 조원광의 글 「화폐와 고독한 개인」을 참조했다. https://nomadist.tistory.com/383 ; http://www.sciencemag.org/content/314/5802/1154

한 동물이기도 하다.

우리가 좀 더 노력하면 될 텐데, 노력하지 못하는 이유도 여기에 있는 게 아닐까. 나는 자유의지를 가진 자율적 존재가 아니라, 나 자신도 미처 의식하지 못하는 무수한 점화 자극의 결과물 아닐까. 가령 "오늘 저녁에 라면을 끓여 먹을까, 짜장면을 시켜 먹을까?" 하는 단순한 선택조차 알고 보면 내 마음대로 결정한 게 아니라, 관련된 점화값에 따라 내가 선택하기 0.5초쯤 전에 뇌에서 통보한 것 아닐까.

만약 내가 라면이 아니라 짜장면을 선택했다면, 그것은 자율적 의지가 아니라, 수많은 점화 자극의 정보값들이 일으킨 생화학적 알고리즘의 나름 정밀한 계산 결괏값일 것이다. 가령, 전날 라면을 많이 먹어 라면이라면 냄새도 맡기 싫은 데 반해 짜장면은 먹은 지 너무 오래돼서 먹고 싶다거나, 혹은 내가 좋아하는 배우가 짜장면을 맛있게 먹는 장면을 전날 드라마에서 본 기억 때문이거나, 이틀 전 배고플 때 맡은 짜장면 냄새 때문이거나, 동네 중국집 짜장면에 들어간 인공조미료 맛에 중독된 상태거나.

이러한 사실은 평소 의지박약한 사람들에게 희소식이 아닐 수 없다. 강하니 약하니 말할 의지 자체가 아예 존재하지 않는다는 사실에서 그러하고, 우리가 어떤 행동을 한다면, 그것이 비록 자신에게 해가 되는 행동일지라도, 그것을 하고 싶게 만드는 정보값이 점화되어 있기 때문이다. 즉, 나의 행동은 명백히 잘못된 행동일지라도, 그렇게 행동하게끔 만든 틀림없는 점화 동기가 있으며, 그런 점에서 나의 행동은 언제나 섬세하며 자연스러운 결과다.

가장 큰 복음은, 나도 내가 어떤 결괏값을 드러낼지 결코 모른다는 사실이다. 일테면 나는 내일 아침 김치찌개가 먹고 싶다. 그런데

자고 일어나 보니 된장찌개가 먹고 싶다. 이것은 변덕이 아니라, 그 새 김치보다는 된장 쪽으로 기울게 만든 점화 자극이 더 강화된 자연스러운 결과일 것이다. 따라서 내일 아침 무슨 찌개를 먹을까?라는 질문에 나는 다음과 같이 생각해야 한다. "지금은 김치찌개가 먹고 싶어. 하지만 자고 일어나면 뭐가 먹고 싶을지는, 나도 아직 모르겠어."

이러한 실험을 바탕으로, 우리는 어떤 행동을 할 때, 다음의 다섯 가지 전제하에 출발해야 한다.

첫째, 인간은 자신에게 이익이 되는 행동만 좇는 이기적인 존재가 결코 아니다. 자신에게 도움 되지 않는 행동을 할 때도 많다. 즉, 내 안에 또 다른 내가 있을 때가 많다.

둘째, 인간은 해야 한다는 걸 잘 알면서도 하지 못할 때가 많은데, 그럴 때는 반드시 그럴 만한 자연스러운 구체적 점화 이유가 존재할 것이다.

셋째, 인간은 자기 자신도 어쩌지 못하는 정밀한 반응체로, 자신의 행동은 자기 안팎의 다양한 점화 자극의 영향에 따른 매우 정밀하고 섬세하고 정확하고 자연스럽고 당연한 반응이다.

넷째, 인간은 자신이 어떤 행동을 할지, 그 행동을 취하기 0.3-0.7초쯤 전까지는 결코 알지 못한다.

다섯째, 한 인간을 더 멋진 인간으로 이끄는 자기 안의 순수한 자유의지란 존재하지 않는다. 하지만 의지를 일으키는 무수한 점화들은 언제든 가능하다.

2장　글쓰기를 하면 정말 변할까?

개인은 예측 불가능하다

단일 자아나 순수의지는 없다. 마치 떨어지면 튀는 공처럼, 굴리면 굴러가는 바퀴처럼 주어지는 자극에 따라 반응한다. 그러나 공이나 바퀴처럼 단조로운 물리적 반응과 달리, 결괏값이 예측 불가능하다. 니체의 표현을 빌리면 바닷속 물고기처럼 무수한 '힘에의 의지들'이 다툰 결괏값이고, 유발 하라리 식으로 말하면 예측 불허의 '생화학적 알고리즘'이어서 최종적으로 어떤 반응이 나올지 나오기 전까지 알 수가 없다.

　가령, 이유 없이 뺨을 때리면, 어리둥절해하는 사람도 있고, 맞받아 상대 뺨을 때리는 사람도 있고, 도망치는 사람도 있고, 어처구니없어하며 웃는 사람도 있다. 사람에 따라 다르고, 같은 사람도 경우에 따라 다르게 반응한다. 처음엔 어리둥절해하던 사람이 다음엔 맞

받아 뺨을 때리기도 한다. 다음에 또 때리면 그때는 맞받아치겠다고
다짐한 사람이, 실제 그 상황이 되니까 도망치는 사람도 있다. 웃어
놓고 자신이 왜 웃었는지 모르겠다는 사람도 있고, 심지어 언제 웃
었냐고 잡아떼는 사람도 있다.

나름 매우 정밀한 점화 자극값에 따라 반응하지만 예측이 불가능
한 생화학적 반응체, 나는 이것이 오늘날의 '인간'이며 '개인'이며
'나'라고 생각한다. 이제 우리는 이웃을 대하든, 친구를 대하든, 애인
을 대하든, 자식을 대하든, 그리고 자기 자신을 대할 때마다 '매우 정
밀한 점화 자극값에 따라 반응하기 때문에 오히려 예측이 불가능한
생화학적 반응체'로 대해야 한다. 우리의 지금 모습은 이제까지의
정확한 점화 결괏값이지만, 이후 어떠한 결괏값이 나올지는 예단할
수 없다.

커피를 마실까 차를 마실까 하는 단순한 결정조차, 그동안 겪은
무수한 관련 점화값에 따라 결정된다. 커피가 몸에 해롭다는 인지
점화가 발생하면 그만큼 덜 마실 테고, 커피를 마시고 기분 좋아진
경험이 많을수록 강화된 기억 점화에 따라 더 마시고 싶을 것이다.
무엇보다 점화는 은미하게 작동한다. 자신도 의식적으로 미처 기억
하지 못하는 어떤 장면—가령, 앞줄에 선 미인이 커피를 마시는 모
습—을 얼핏 본 순간, 차를 주문하려다 커피를 주문하는 결정을 내
릴지 모른다.

폭력도 마찬가지다. 어떤 사람이 어떤 사람에게 폭력을 가할 때,
그 사람은 관련된 여러 입력 점화값들의 결과로 반응하는 것일 뿐
이다. 가령, 결혼한 여자는 다소곳이 집에만 있어야 한다는 가부장
적 편견, 화날 때마다 폭력을 휘둘러온 아버지 모습, 성질을 폭발시

켜야 직성이 풀리는 버릇 등을 점화값으로 가진 남자는 아내 귀가가 조금만 늦어도 주먹을 휘두를지 모른다. 그는 그럴 수밖에 없다. 잘못된 가부장적 전통과 폭력적인 아버지, 자기 절제가 부족한 버릇 등에 따른 인과응보로서 당연하고 자연스럽게 폭력 남편이 되는 죄과를 겪는 것이다.

그도 어쩔 수 없는 행동이어서 그의 잘못된 선택을 문제 삼아 그를 처벌할 수는 없다. 다만 우리 또한 우리 안의 점화 정보값에 따라 행동할 수밖에 없다. 가령 교화에 대한 긍정 점화가 많은 사람은 그를 교화하고자 할 것이다. 그래서 그가 얼마나 불쌍하고 한심하고 못나게 살아온 남자인지 인지하고 교화 프로그램을 통해 갱생의 점화값을 강화시켜줄 수 있다. 반대로 처벌에 대한 긍정적 점화가 더 강한 사람은 그를 처벌할 수밖에 없다. 강력한 처벌로써만 바로잡을 수 있다는 신념이나 경험의 점화값이 강한 사람은 강력한 처벌을 요구할 것이다.

어쩌면 세계는, 빅뱅 이후 쿼크 차원에서, 중성자 차원에서, 전자 차원에서, 원자 차원에서, 분자 차원에서, 세포 차원에서, 생리적 차원에서, 논리적 차원에서, 유기물 차원에서, 계급적 차원에서, 윤리적 차원에서, 정치적 차원에서, 사회적 차원에서, 민족적 차원에서, 국가적 차원에서, 문화적 차원에서 이러한 자극-반응을 서로서로 무수히 주고받는 지극히 자연스럽고 정교한 물리적 화학적 생리적 자극-반응의 결괏값을 매 순간 명명백백히 표현하는 중이다.

지난 15년 동안, 많은 이들이 글쓰기 공부를 하기 위해 '글쓰기 공작소'를 다녀갔다. 그중에는 등단을 한 사람도 있고, 멋진 책을 출간한 사람도 있다. 수천 편의 습작품을 접하다 보니, 수강 동인이 제출한 습작품 첫 단락장만 읽어도 그 사람이 몇 년 정도 습작 훈련을 한 사람인지 알아맞힐 수 있다. 또한 그 사람의 성격이나 등단 가능성까지 예측 가능한 것처럼 느껴질 때가 있다. 속으로 점을 치게 된다. 저 수강 동인은 3년 내로 등단할 거야. 저 친구는 불가능할 거야. 저 사람은 한두 학기 공부하다 그만둘 거야……

　신기하게도 지난 15년 동안 이러한 나의 예상은 한 번도 들어맞지 않았다. 도저히 등단할 것 같지 않은 친구가 등단을 했고, 조금만 더 하면 등단할 것 같은 친구가 어디론가 사라져 소식이 없다. 심지어 어떤 시인은, 나로서는 얼굴도 이름도 기억나지 않는데, "저 선생님한테 한 한기 강의 들었어요. 합평도 받았고요"라며 감사 인사를 건넸다. "선생님 덕분에 등단한 거예요. 제 작품 합평 때 너무 야단치셔서 순전히 오기로 혼자 공부했거든요."

　글에는 글을 쓴 사람의 성격이나 생각이 그대로 드러난다. 하지만 그러한 특성이 곧 그 사람 전체는 아니다. 다만 그 글을 쓰는 순간에, 그 글에 나타난 특성일 뿐이다. 그 사람의 그 순간의 모습일 뿐, 그 사람 전체가 아니다. 그 사람 전체는 얼마든지 다른 글을 쓸 가능성을 갖고 있다. 가령 동일한 사람이 동일한 소재로 글을 써도, 처음부터 다시 쓰면 다른 글이 나와버리듯, 모든 사람은 오늘 쓴 글과 전혀 다른 글을 내일 쓴다. 정말로 어떤 문장을 쓸지는 '300-700밀리초' 전까지 글쓴이 자신조차 알 수 없다. 특히 글쓰기란 수없는 어휘의 선택 연결 행위여서, 직접 써보기 전까지는 어떤 문장이 나올지 자신도 모르고, 몰라야 한다.

자기 자신조차 간섭해서는 안 된다

알고 보면 모든 개인은 예측 불가능하다. 우리는 이웃집 아이에게 사탕을 건네는 것조차 조심하고, 떡을 건네는 일조차 주의해야 한다. 아이에게 알레르기나 아토피피부염이 있을 수 있다. 귀여워 사탕을 건넸지만, 아이 약이나 올리는 몹쓸 짓인지 모른다. 앞집에 떡 한 접시 보내는 일도 조심스럽다. 혹시나 떡을 싫어할지 모르니까. 그들은 처치 곤란한 음식을 받고 난처한 동시에, 답례로 접시에 무얼 담아 보낼지 고민할 것이다. 내 딴에 한 접시의 정성을 보냈지만 그들에게 이중의 불편만 안긴 꼴이다.

현대사회에서의 개인은 저마다 다른 기호와 취향, 관심과 생각을 갖고 산다. 바야흐로 서로 다른 '독립적 개인'들의 사회가 도래했다 (라는 착시현상이 일어나는 시대를 살고 있다). 바로 앞집에 살아도, 같은 종교를 믿어도, 같은 가족일지라도, 심지어 모녀간이나 애인 간에도, 각자 다른 체질과 기호, 관심과 생각을 갖고 산다. 모두가 독립적 자율적 개인으로 살기 때문에 이젠 아이에게조차 아이 의견을 물어봐야 한다.

어떤 아이는 도넛을 좋아하지만, 어떤 아이는 초콜릿을 좋아한다. 아니, 이 사실도 매번 다시 물어봐야 한다. 어제까지 도넛을 좋아하던 아이가 갑자기 아이스크림을 좋아한다. 무엇보다 자신이 직접 고르고 싶어 한다. 아이가 피스타치오아이스크림을 좋아한다고 부모가 그걸로 선택하면 안 된다. 그걸 좋아해서 지금까지 그것만 먹었지만, 여태껏 그것만 먹은 탓에 이제부터는 다른 게 먹고 싶어질지 모른다.

따라서 아이는 자신이 직접 고르고 싶어 할 테고, 결정할 때까지 자신이 무얼 고를지 모를 표정으로 고를 것이다. **자신이 무얼 고를지 모르는 상태에서 무얼 고를까 고민하는 것, 이것이야말로 독립적 개인의 자유로운 모습이다.** 아이를 존중하는 부모라면 아이 스스로 결정을 내릴 때까지 잠자코 기다려줘야 한다.

"엄마, 나 뭐 먹을까?"라고 묻더라도, 스스로 결정하도록 질문을 되돌려줘야 한다.

"글쎄, 뭐 먹으면 좋을까?"

자기 자신에 대해서도 마찬가지다. 스스로 고르겠다면서도 무얼 고를지 자신도 모른다. 구매하고 싶은 물건이 있어 마켓에 가면, 구매하려던 물건을 두고 다른 물건으로 손을 뻗기 일쑤다. 구체적으로 제품을 일별하기 전까지는 무얼 고를지 자신도 모른다. 상품들을 하나하나 일별하면서 생각해야 최종 결정을 내릴 수 있다. 우리 모두 자신이 원하는 것이 무엇인지 모른다. 자기 스스로 구체적으로 살피기 전까지는.

자신에게 정직한 사람이 되려는 사람일수록 자신에게 할 수 있는, 거의 유일한 방법은 구체적으로 직접 부딪혀보는 것이다. 우리 각자가 정말로 독립적으로, 자율적으로, 주체적으로 존재한다면 다른 길은 있을 수 없다. 자신이 직접 부딪히는 길밖에는. 직접 부딪혀 떠올리는 수밖에는.

특히 글쓰기야말로 언제나 스스로 직접 할 수밖에 없다.

어떤 문장을 쓰게 될지, 자신도 모른다.

써보기 전까지는.

나는 나를 넘어선다

외모나 직업만 봐서는 그 사람이 어떤 사람인지 아무도 알 수 없다. 같은 기독교인이어도 교회마다 믿는 방식이 다르고, 사람마다 성경 해석과 방점이 다르다. 같은 불교도여도 명상 방법이 다르다. 간화선을 하기도 하고 위파사나를 하기도 한다. 위파사나 방식도 스님마다 다르게 설명하고, 같은 사람이 같은 명상 방식을 취해도, 매번 다른 체험을 한다.

이제 우리는 개인을 만나면, 마치 '자신이 전혀 알지 못하는 어떤 생명체'와 조우한 듯 마주해야 한다. 이것이 타인을 존중하는 가장 바람직한 태도다. 아마 그중 가장 조심스럽게 만나야 하는 타자는 자기 자신일 것이다. 자신이 누구인지 말할 수 있는 사람은 아무도 없다. 이제까지 살아온 모습은 알지 몰라도 앞으로 살아갈 모습은 알지 못한다. 자신에게 가장 익숙한 존재여서 가장 잘 안다고 생각할 수도 있지만, 인간은 지향적 생명체여서 쉼 없이, 일테면 하루가 다르게 뻗어 올라가는 나팔꽃처럼 계속 변한다.

자신을 살펴본 사람은 자신이 얼마나 빠르게 변하는지 잘 알 것이다. 다만 공원 의자에 잠시 앉아 있는 순간조차 쉬지 않고 변한다. '벤치가 차갑구나. 괜히 앉았나?' 하다가, '그래도 앉아 있으니 햇살도 바람도 좋구나!' 싶다가, '계속 앉아만 있으려니까 추운데 감기 걸리겠다!' 싶어진다. 인간이란 잠시 뒤에 어떤 생각을 할지 자신도 모르는 존재다. 지금의 생각으로 자신의 먼 앞날을 걱정하는 건 무의미한 짓이다.

자신을 자기도 모르는 사람처럼 대하는 것, 이것이 자신을 존중하는 가장 기본적인 자세이자 자기 자존감을 세우는 일이다. 글쓰기는 더욱 그러하

2장 글쓰기를 하면 정말 변할까?

다. 아무도 어떤 글을 쓸지 미리 알 수 없다. 다만 첫 문장을 떠올려 볼 수 있을 뿐이다. 지금 쓰는 첫 번째 문장을 적시한 다음에야 두 번째 문장을 궁리할 수 있기 때문이다. 글을 써보면 매번 느끼는 것이지만, 글을 쓰기 전과 쓸 때와 쓰고 나서가 각각 다르다.

특히 창작 글쓰기란, 자기 생각을 글로 써보는 행위지만, '자신의 생각을 글로 써보는 행위'라고 말하면, 마치 글 쓰는 사람은 '자신의 생각'이란 걸 이미 지니고 있고, 그것을 종이 위에 옮겨놓는 행위라고 착각할 수 있다. 그러나 그렇지 않다. 자신의 생각을 글로 옮기는 중에, 또 다른 생각이 보태지거나 더 좋은 생각이 떠오른다. 막상 써보면, 쓰려고 했던 것과는 전혀 다른 생각이 나타난다.

좋은 글일수록 그 글을 읽기 전의 독자와 다 읽고 난 독자가 다른 마음 상태이듯, 어떤 글을 이제 막 쓰기 시작한 사람과 다 쓰고 난 사람은, 서로 다른 사람이 되어 있다. 글을 써보면, 막상 쓰지 않았으면 하지 않았을 생각까지 하게 되면서 작가 스스로 변한다. 쓰는 중에 바뀌고, 쓰다 보니까 변하고, 쓰고 나니까 달라진다.

가장 신나는 글쓰기는 좋은 아이디어 같아 써보니까, 더 좋은 문장이 생각나서, 처음 생각보다 더 나은 상태로 뻗어 나갈 때다. 반대로 써보니까 생각만큼 좋지 않아서 버려야 할 때도 있다. 그때는 버리는 게 스스로의 한계로부터 가장 빠르게 벗어나는 길이다. 그러므로 써보기 전까지는 나도 내가 무얼 쓸지 모른다는 자세가 중요하다. 자기 자신조차 자신이 완성할 글을 모른다는 자세를 유지할 때, 비로소 스스로를 벗어나고 넘어서는 글이 나타난다.

3장 나만의 구체적인 첫 단추를 꿰자

자유의지란 없다

순수한 단일 자아나 자유의지란 없다. 다만 무수한 자극-반응의 변화만 존재한다. 재능이나 운명이랄 것도 없다. 개개인의 이력 속에 영향을 끼친 무한히 다양한 미시적 점화값들로 인해, 다들 행동하고 생각할 뿐이다. 내가 생각하고 행동하는 게 아니라, 점화들이 나로 하여금 그렇게 생각하고 행동하게 만든다.

그러므로 애쓰지 말자. 내가 결정할 일은 도대체 아무것도 없다! 노력하면 된다지만, 노력 자체가 내 마음대로 되지 않는다. 포기조차, 점화받은 만큼만 가능하다. 우리는 물이 출렁이는 대로 떠가는 나뭇잎일 뿐이다. 더는 애쓸 일도 없고 걱정할 일도 없다. 점화-반응 과정에 따르는 온전한 순종 내지 점화-반응 과정에 따르는 물아일체로서 활동할 뿐.

이제 우리는 '재능' '운명' '노력' '의지' '성실' 등과 같은 케케묵은 개념들을 버리고, 오직 '점화'에만 주목하면 그만이다. 아이러니하게도, 자아나 의지는 없고 점화만 있다고 생각하면, 놀랍게도 점화에 매우 민감해지는 자아 혹은 의지가 생겨나기 시작한다. 우리는 왜 좋은 책을 읽어야 하는가. 그만큼 좋은 생각문장의 점화를 위해서다. 우리는 왜 글쓰기 공부를 하는가. 지금 지닌 생각문장보다 더 나은 생각문장으로 점화받기 위해서다.

그런데 왜 노력하지 못하는 걸까. 그 이유도 명징하게 말할 수 있다. 글쓰기 욕구보다 더 강한 다른 종류의 점화값들 때문이다. 결코 의지박약 때문이 아니다. 연애를 하거나 돈을 벌고 싶거나 집안 사정이 복잡하거나 직장 일에 스트레스를 받고 있거나 하는, 다른 여러 점화값 순위에 비해 글쓰기를 갈망하게 만들어주는 점화값이 후순위로 밀리고 있을 따름이다.

근대 이전에는, 점화라는 말 대신 '복'이나 '운명' '재능'이라는 말을 사용한 것 같다. 근대 이후에는 '의지' '성실' '노력' 등과 같은 말로 설명했다. 하지만 어떤 사람이 어떤 행동을 하도록 만드는 건, 다만 점화 자극에 의한 것일 뿐이다. 글쓰기 해결책 또한 간명해진다. 원하는 방향의 점화값을 강화시키면 된다. 글쓰기 공부 방법은 이렇게 간단하고 자명하다. 재능이니 운명이니 노력이니 의지니 하는 추상어 따위는 필요 없다. 오직 점화만 열심히 하면 된다.

먼저 읽어라. 제발 읽기부터 하자. 말하기보다는 듣기를, 쓰기보다는 읽기를 우선해야 한다. 좋은 문장을 많이 받아들이다 보면 자신도 모르게 좋은 문장을 구사하게 된다. 글을 쓰겠다고 하는 사람들을 만났을 때 가장 개탄스러운 부정직한 모습이, 책을 충분히 읽지 않고 뭔가를 쓰겠다는 태도다. 이건 씨를 뿌리지 않고 열매를 거두겠다는 것 만큼이나 비윤리적인 행동이다.

다음으로 주변 환경을 읽기 쓰기 생각하기를 자극하는 점화 환경으로 재배치해야 한다. 나를 고치지 말고, 내가 접하는 세계를 고쳐라. 내 안의 인성을 고치려는 건 바보다. 그런 인성은 따로 존재하지 않는다. 내가 접하는 점화들을 바람직한 방향으로 강화해야 한다. 텔레비전과 스마트폰을 멀리해야 한다. 자신의 생각문장을 자극하는 좋은 책이나 영화나 다큐, 사회적 문제나 본질적 문제와 만나야 한다.

구체적인 첫 단추부터 하나씩 찾아나가야 한다

내가 '의지'라는 멋진 환상 대신에 '점화'라는 매우 미시적인 개념을 선택한 이유는 단지 뇌과학이나 인지언어학의 다양한 언어 점화 실험들 때문만은 아니다. '의지'니 '재능'이니 '운명'이니 '노력'이니 하는 어휘들은, 본래 너무 크게 청킹업Chunking-up된 의미망을 지닌 상위 개념어다. 가령, 독서 경험도 습작 경험도 거의 없는 사람이 멋진 글을 쓴다면(나는 이런 일례를 단 한 건도 알지 못하지만), 우리 눈에 그는 '재능'이란 걸 타고난 사람처럼 보일 것이다.

그러나 글쓰기 재능이라는 개별 유전자 형질은 존재하지 않는다. 아마 그의 부모님이 남다르게 좋은 문장을 사용했거나, 텔레비전을 볼 때 남다르게 좋은 문장에 주목했거나, 친구들과 대화할 때 남다르게 좋은 문장을 수집했거나 하는 무의식적 점화 학습으로서의 체화體化 과정이 선행되지 않았을까? 만약 이러한 학습 과정을 모두 뭉뚱그려 '재능'이라고 개념화한다면, 나는 사람마다 글쓰기 '재능'이 다르다는 데에 동의할 수 있다.

인공지능을 활용한 무인운전이 가능한 시대가 도래했지만, 운전조차 결코 간단한 선택 결정이 아니다. 택시 기사로 먹고살려면 매일 사납금을 채워야 하는데, 매일 사납금을 채우기 위해서는 손님 한 분 한 분을 잘 모셔다드려야 한다. 손님 한 분 한 분을 잘 모셔다드리기 위해서는 도로 상황을 파악하고 신호등 하나하나를 잘 지켜야 한다. 신호등 하나하나를 잘 지키기 위해서는 매 순간 나타나는 도로 모양이나 자동차들을 정확히 파악해야 한다.

그러니까 '사납금을 채웠다'는 문장은, 얼핏 매우 구체적인 문장 같지만, 매우 추상적인 상위개념 문장이다. 순간순간 도로 상황을 정확히 파악하고 교통질서를 제대로 준수하고 일정 속도를 유지하는 수많은 미시적 선택 결정을 통해 보다 청킹업된 행동, 즉 손님 한 분을 제대로 모셔다드리는 과정을 매우 여러 번 완수했다는 뜻이다. 손님 한 분 한 분을 제대로 모셔다드리는 수십 번의 반복 수행을 통해 보다 청킹업된 행동, 사납금을 비로소 채울 수 있는 것이다.

'봄'이라는 단어는 결코 구체적인 단어가 아니다. 사실은 매우 청킹업된 추상적인 개념이다. 가령 기온이 오르고, 고드름과 눈이 녹고, 다시 꽃샘추위가 이어지고, 산수유 목련 개나리 라일락 장미 등등의 봄꽃들이 피어나고, 다시 날씨가 풀려 아지랑이가 올라오고, 새순이 돋고, 민들레가 피고, 개구리가 나오는 등등의 매우 미시적 구체적 사건들이 충분히 중축되어야만, 비로소 이러한 사건들을 청킹업해서 우리는 '봄'이라고 말할 수 있다.

의지, 운명, 재능, 노력, 성실 등의 단어는 '사납금'이나 '봄'이라는 어휘보다 한결 더 청킹업된 상위 개념어다. 가령 노력이라는 단어가 정직한 단어가 되기 위해서는 그에 걸맞은 미시적 구체적 노력들이 무수히 뒷받침되어야 한다. 책을 열심히 읽고, 따라 써보기도 하고, 합평도 받고, 술도 줄이고, 친구들도 안 만나고, 혼자만의 생각에 잠기는 등등의 여러 구체적 변화들을 쌓은 다음에 '노력했다'라는 말을 해야만 정확하고 정직한 표현이다.

그러니까 의지, 운명, 재능, 노력, 성실 등과 같은 커다란 의미망을 가진 추상적 인성을 지시하는 어휘들은 그 자체로 참인 어휘가 아니다. 그것을 뒷받침해주는 구체적인 하위 사실들을 충분히 쌓은 만큼만 참일 수 있는 어휘다. 마치 뇌가 무수한 미시적 구체적 점화값을 통해 결정한 뒤에야 의식하지만, 스스로가 결정을 내리는 과정 속에 있다고 느끼는 자유의지처럼, 그것을 뒷받침해줄 수 있는 구체적인 예증들이 충분히 쌓인 다음에야, 결과적으로 이름을 붙일 수 있는 사후 개념일 뿐이다.

표준은 존재하지 않는다

점화의 양만큼 노력했다고 할 수 있고, 점화의 강도만큼 재능 있다고 말할 수 있다. 오직 점화만 열심히 하면 된다. 언제까지? 좋은 문장이 나올 때까지. 어떻게? '읽기'를 통해 더 좋은 생각문장을 계속 만나고, '생각하기'를 통해 더 좋은 생각문장을 계속 떠올려본다. '쓰기'를 통해 더 좋은 생각문장을 계속해서 만들어본다. '토론'(혹은 '말하기'와 '듣기')을 통해 더 좋은 생각문장을 계속 찾아본다. 얼마나 간명한가.

3장 나만의 구체적인 첫 단추를 꿰자

물론 실상은 이렇게 간단하지 않다. 우선 점화라는 개념이 여전히 알쏭달쏭하다. 미시적으로 무의식적으로 다각적으로 일어나기 때문이다. 점화를 받아도 매우 미미하거나 의식되지 않는다. 신체의 감각 수용기는 수천만 개이고, 뇌는 1천억 개의 뉴런과 100조 개의 시냅스로 이루어져 있다. 물론 의식되기는 한다. 가령 '나는 이 책의 이 문장이 좋다'라든가, '이 책을 읽고 이러한 영향을 받았어'라고 의식할 수 있다. 하지만 무의식적으로는 다른 영향을 더 강하게 받았을 수도 있다.

사람들은 투명하거나 단순하지 않다. 공작소를 찾아온 수강생들이 만약 순수한 아기 같은 상태라면 동일하면서도 효과적인 점화 실습 문제로 글쓰기 수업을 이끌어갈 수 있을 것이다. 앞서 효과를 본 방식 그대로, 더 나은 생각문장을 읽고 쓰고 생각하고 토론하게 하면, 모두가 그에 정비례하여 더 나은 생각문장을 구사하는 사람으로 향상될 것이다.

하지만 수강 동인들은 갓난아기가 아니다. 이미 저마다 적잖은 점화를 받아둔 상태다. 즉, 알다가도 모를 독특한 점화 내용을 저장하고 있다. 다 함께 헤밍웨이의 문장을 접한다고 해서 모두가 동일한 값의 점화를 받지 않는다. 어떤 동인은 『노인과 바다』를 읽고 노인 이야기를 써보고 싶다고 하고, 어떤 동인은 바다 이야기를 써보고 싶다는 반응을 보인다. 단문 연습을 하는 동인도 있고, 3인칭으로 써야 한다는 편견을 갖는 동인도 있다.

어떤 친구는 『노인과 바다』를 읽고 재미가 없었다고 시무룩한 표정을 지어 보였다. 그런데 다음 습작품에 제법 좋아진 글을 써서 제출했다. 그것도 『노인과 바다』만큼이나 매우 짧은 단문으로 이루어진, 누가 봐도 헤밍웨이 문체를 전유한 문장으로 말이다.

사람은 각자 살아온 만큼의 저마다 다른 점화 축적 덩어리여서, 어떤 점화가 어떤 자극을 일으킬지 전혀 공식화할 수 없다. 『노인과 바다』를 읽고 글이 좋아진 사람도 있을 수 있고, 효성이 깊어진 사람도 있을 수 있다. 미국 문학에 관심을 가진 사람도, 실존주의에 관심을 갖게 된 사람도 있을 수 있다. 절필해버리는 사람도 있을 수 있다.

함께 읽고 합평을 받으면 보다 구체적이고 강렬한 점화를 많이 받을 수 있다. 그룹 토론과 합평이 글쓰기 공부에 도움이 되는 건 자명하다. 하지만, 이것만이 글쓰기 공부에 도움 되는 건 아니다. 앞서 말했듯 실연이나 실업, 건강 악화나 못생긴 외모, 상사에게 당한 모욕감 같은 경험이 한결 강력한 글쓰기 공부의 점화값이 되어줄 수 있다. 인풋의 자극 없이 아웃풋의 글쓰기는 없다. 다만 인풋의 자극이 없는 순간은 없다.

어쨌든 무엇이 나에게 어떤 결괏값을 일으킬지 나도 모른다. 모든 것이 나에게 점화 재원일 수 있다. 모든 것이 나의 변화를 일으킬 수 있는 점화 재원이자 나의 실질적 변화 동기일 수 있다. 점화의 힘을 믿는 사람은 자신의 힘으로 무언가를 하려 하지 않는다. 점화의 힘으로 무언가 생성될 것을 믿기에, 점화 재원들을 향해 마음을 연다. 내가 하는 게 아니라, 점화들이 알아서 할 거라 기대한다. 해볼 수 있는 뭐든 해보려고 마음을 열지 않을 수 없다.

4장   진화하는 인류, 진화하는 언어

증세와 체화—저절로 노력하다

이제 '나'라고 하는 '생화학적 알고리즘의 점화 기계'를 가만히 들여다보자. 나는 소에게 여물을 먹이듯, 글쓰기에 도움이 되는 점화만 충분히 제공하면, 군말 없이 밭을 갈아주는 소처럼, 자연스럽게 좋은 생각문장을 생산해낼 것이다. 하지만 정말 가능할까.

사람마다 몸에 밴 공부량이 있다. 어떤 사람은 하루 세 시간씩 공부하고 어떤 사람은 열 시간씩 공부할 것이다. 내 경우 학기 중에는 다섯 시간씩, 방학 중에는 여덟 시간씩 읽거나 쓴다. 이걸 늘리기도 어렵지만 줄이기도 쉽지 않다. 늘리면 과부하가 일어나는 것 같고, 줄이면 뭔가 허전하다. 전혀 공부를 않고 있으면 뭔가 잘못 살고 있는 것 같은 불편한 마음이 든다.

참 재밌는 현상이다. 운동을 시작할 땐 매일 운동하는 게 힘들어

작심삼일이 되어버리기 일쑤지만, 운동을 1-2년 꾸준히 이어가다 보면, 그때부터는 운동을 안 할 때 오히려 근육과 관절이 찌뿌둥하게 느껴지고, 운동을 해야 마땅히 해야 할 일을 한 것 같은 상쾌한 기분을 느낀다. 근육운동이 반복되어 습관화되었기 때문이다.

운동이든 공부든 시작할 땐 힘들지만, 습관이 되면 안 하는 게 더 힘들다. 사람은 누구나 더 노력하는 만큼 좋은 결과로 이어질 텐데 더 노력하지 못하게 하는 점화값을 갖고 있는 동시에, 더 게으르게 살아도 되는데 더 게을러지지 못할 만큼의 점화 습관값을 갖고 산다. 이런 점화 습관값을, 정신분석에서는 흔히 '증세症勢'라 부른다. 인간은 점화의 반복에 따라 일정한 편집, 자동화, 강박 등의 증세를 갖는다. 행동주의 심리학자 존 브로더스 왓슨John Broadus Watson의 '어린 앨버트 실험'이 대표적인 일례다.

왓슨은 9개월 된 아기 앨버트에게 쥐 강아지 원숭이 같은 동물들을 제공해보았다. 앨버트는 아기답게 아무 두려움 없이 손을 뻗쳐 만져보려 하면서 호기심을 보였다. 하지만 왓슨은 아기가 흰쥐를 만지려고 할 때마다 쇠막대를 두드려 놀라게 했다. 일주일 간격으로 2회에 걸쳐 일곱 번이나 반복했다. 이후 아기 앨버트는 전에는 잘 만졌던 흰쥐를 보기만 해도 울음을 터뜨리며 공포감을 드러냈다. 흰쥐를 보면 두려워하고, 흰색 털 동물을 무서워하더니, 나중엔 일반 동물도 두려워했다.[*]처음엔 순수 점화였던 자극이, 일반화되고 패턴화 되면서 하나의 '증세'로 굳어진 것이다.

우리의 신경은 이렇게 패턴화된 무수한 '증세'들로 채워져 있다.

[*] '어린 앨버트 실험으로 시작된 행동주의 심리학'. http://blog.naver.com/PostView. nhn?blogId=leechland&logNo=220822412047

그 바람에 동일한 텍스트를 접하고도 서로 다른 반응을 보인다. 하지만 공부의 반복 점화는 '증세'가 아닌 '체화'를 가능하게 만든다. 체화란 말 그대로 몸에 배어버리는 의식이다. 메를로퐁티에 따르면, 체화된 의식에 따라 사람은 정신이 아니라 육체로 생각한다.

가령 처음 자전거를 배울 때 우리는 쩔쩔맨다. 페달을 굴리는 동시에 앞을 보라고 하는데, 자전거가 넘어지려는 방향으로 핸들을 틀라고 하는데, 자전거가 넘어질수록 속도를 내라고 하는데, 이게 생각처럼 잘되지 않아서 서너 걸음 나아가다 넘어지고 만다. 하지만 반복 훈련으로 자전거 타는 정보와 기술이 체화되면 자전거만큼 편한 도구도 없다. 타고 가면서 딴생각이 가능하다. 어느새 내가 여기 도착했지 싶게 이미 도착해 있다.

매력적인 삶은 이러한 체화의 연속으로 이루어져 있다. 피아니스트의 현란한 손가락 움직임을 보라. 축구선수의 현란한 드리블 솜씨를 보라. 체조선수의 현란한 몸동작을 보라. 모두 반복 점화에 따른 체화가 이루어낸 경지다. 인간의 가장 기초적인 체화는 언어 행위다. 엄마, 라는 단어를 발음하기 위해 2만 번을 반복한다. 수능을 보기 위해 문제풀이를 반복하고, 영어를 익히기 위해 단어 외우기나 리스닝을 수없이 반복한다.

체화란 정말 좋은 것이다. 어떤 사람이 잘나 보이는 것은 잘나 보이는 만큼의 체화 덕분이다. 일단 체화가 되면 저절로 이루어진다. 노력하기는 힘들지만, 노력의 반복은, 노력을 저절로 하게 만든다. 뇌는 반복하면 중독되는 성향이 있다. 한번 자전거를 익혀두면, 한번 운전을 익혀두면, 한번 타이핑을 익혀두면, 한번 영어를 익혀두면 평생 그러한 행위를 마치 타고난 본성처럼 활용한다.

매일 같은 시간에 읽기 쓰기를 반복하면, 그래서 읽기 쓰기 연습이 '체화'되면, 육체 스스로 그 시간만 되면 읽거나 쓰고 싶어진다. 매일 동일한 시간에 읽기 쓰기를 공부하면, 몸(뇌)은 그 시간만 되면 저절로 보다 강렬한 언어를 찾기 시작한다. 처음엔 공부가 힘들지만, 차차 공부를 안 하면 공허해져서 공부 안 하는 게 하는 것보다 더 힘들게 느껴진다.

꾸준히 노력하지 않으면 불편해지는, 공부하지 않으면 불편해지는 체화 상태는 참으로 멋진 글쓰기 공부 기초 기술이다. 가장 간단한 글쓰기 체화 방법은 다음과 같다. **첫째, 손에서 책을 떼지 말 것. 둘째, 언제든 메모할 것.** 책을 열심히 많이 읽을 필요 없다. 그냥 가장 읽고 싶은 책 한 권만큼은 늘 갖고 다니는 습관만 들이자. 안 읽어도 된다. 늘 갖고만 다니자. 언제까지? 읽을거리가 손에 들려 있지 않으면 허전할 때까지.

그리고 메모해둘 가치가 있다 싶은 생각이 떠오르면 그 즉시 메모해두자. 언제까지? 메모해둘 가치가 있는 생각을 메모하지 않으면 속상할 때까지. 이 간단한 점화 습관으로부터 글쓰기 공부를 시작하자. 거의 매일 밤 열두 시부터 새벽 여섯 시까지 읽거나 쓰는 버릇이 든 나는 밤 열두 시와 새벽 여섯 시 사이에 뇌 활동이 가장 활달하다. 이 시간에 운전을 하면 나도 모르게 지나치게 과속을 할 정도다.

점화는 은미하지만 습관은 가시적이다. 읽기 쓰기의 점화-습관을 들이면 비로소 읽지 않고는 배기지 못하고 쓰지 않고는 불편한 상태가 된다. 아주 쉽게 시작하자. 읽지 않아도 좋으니 가장 읽고 싶은 책 한 권을 손에서 떼지 말자. 가까운 편의점에 갈 때나 화장실 갈 때도 손에서 떼지 말자. 읽지는 않아도 된다. 대개 화장실 갈 때 핸드폰을 가져가는 습관이 몸에 배어 있는데 책까지 가져가서 핸드폰 받침대로 사용하자.

써볼 만한 가치가 있는 생각이 떠오르면 그 즉시 메모하자. 메모장에 볼펜으로 메모해두어도 좋고, 핸드폰 메모 어플을 활용해도 좋다. 손에서 가장 읽고 싶은 책 한 권을 떼지 않고, 써볼 만한 생각이 떠오를 때 써놓는 메모 습관을 갖는 것, 이것이 읽기 쓰기의 첫 단추다. 얼마나 쉬운가. 요만한 결심으로 변화가 생길까 의심스럽겠지만, 주머니 속 압정처럼 매 순간 당신을 바꾸려고 할 것이다.

언어 기계의 역사

아이폰의 역사는 13년이다. 2007년 1월 9일 샌프란시스코에서 파란 청바지에 검은 터틀넥 셔츠를 입은 스티브 잡스가 처음 아이폰 2G를 발표한다. 200만 화소 카메라, 3.5인치 LCD, iOS1이었고 멀티터치가 가능했다. 2008년 7월에 아이폰2, 3G가 출시된다. 2019년 현재 출시되는 아이폰은 8이나 X이다.

반면에 언어는 200만 년 전 원시언어 형태로 출시되었다. 정교한 통사론을 갖춘 언어는 4-5만 년 전, 호모사피엔스에 의해 출시되었다. B.C. 3500-3000년경에 수메르문명은 그림문자로 업그레이드시켜 출시했고, B.C. 100-700년에 인류는 페니키아 알파벳을 출시한다. 이후 대중은 사용료가 저렴한 입말언어(구술언어)를 사용했지만 귀족층은 고급한 문자언어를 사용했다. 1440년 구텐베르크가 인쇄기를 발명함에 따라 저렴한 출판언어가 출시되고, 이때부터 대중도 문자언어를 사용했다.

간단히 축약하면, '원시언어'로부터 출발하여, '입말언어'와 '문자언어'로 나뉘어 사용되다가, '출판언어'로 진화했다고 볼 수 있다. 지금은 '출판할 만한 가치가 있는 개인언어'가 가장 가치 있는 언어로 인정받고 있다. 새로운 표현언어가 만들어지면 너도 나도 남용하면서 낡고 오염된 '통념언어'로 전락한다. 상투적이고 통속적인 통념언어와 달리, '참신한 개인언어'는 매우 소중한 가치를 지닌 최신 언어로 인정받고 있다.

아이폰이 진화하듯, 언어도 진화해왔다. 핸드폰 발달에 비해 느리고 완고하지만 언어는 인류가 가장 애용하는 전자 제품이다. 어느 정도 애용하고 있냐 하면, 다른 제품들과 달리 아예 몸속에, 그것도 뇌 속에 집어넣어 사용하고 있다. 그러나 아직도 2G 폴더폰을 쓰거나 일반 전화기를 사용하는 노인들처럼, 대부분의 사람들은 입말언어와 통념언어를 그대로 쓰고 있다.

'입말언어'는 단순하고 거칠다. 보통 서너 개의 단어 조합으로 단순 나열한다. 표현 방식도 단순하여 서너 가지에 머문다. '나 배고파' '나 엄청 배고파' '나 너무 배고파 죽을 것 같아' 등과 같은 서너 가지 표현 방식을 사용하되 억양과 표정, 몸동작 등을 활용해 수십 가지로 변주 활용한다. '통념언어'는 그야말로 단순하다. '배고파 죽겠어' '힘들어 죽겠어' '가기 싫어 죽겠어' 등등 뭉뚱그려 표현해버린다.

'솜사탕 같은 구름'은 매우 참신한 표현이다. 이 표현을 처음 사용한 사람과 처음 접한 사람은 색감, 감촉, 이미지 모두 너무나 적합한 표현이라고 감탄하지 않을 수 없었을 것이다. 그러나 이제는 상투구가 되었다. 통념언어가 되어 누구든 쉽게 사용한다. 그러므로 이 표현은 참신한 표현이 아니라, 이제 유치원생 같은 표현이자 매우 안일한 표현이다.

반면 '문자언어' '출판언어'는 매우 '세련되고 참신한 개인언어'
를 추구한다. 좋은 책이란 최신으로 업그레이드된 앱에 해당하는데,
스마트폰이 최신 기종이어도 최신으로 업그레이드되지 않으면 먹
통이나 다름없듯, 좋은 책을 통한 **보다 진화한 참신한 개인언어**와 접속
해야만 인간의 뇌는 보다 활성화되고, 보다 나은 생각문장을 만들
수 있다.

글쓰기 공부를 한다는 건, 통념언어를 버리고 문자언어 출판언어
개인언어를 익히는 일이다. 통념언어를 사용하는 인간은 통념에서
벗어날 수 없다. 무슨 일이 일어나든 통념적 생각문장으로 받아들이
기 때문이다. 가령, 지리산에 가도 자연은 참 좋아, 몽골 초원에 가도
자연은 참 좋아, 아프리카 초원에 가도 자연은 참 좋아, 그랜드캐니
언에 가도 자연은 참 좋아, 라고 말하는 사람의 여행담은 들을 가치
가 없다. 어디를 갔다 오든 자연은 좋다, 라는 통념언어만 자꾸 반복
할 테니.

생명 인간의 역사

언어의 역사를 살펴봤으니 인간과 생명의 역사도 살펴보자. 언어의
역사를 간명하게 살펴봤으므로 이 역시 최대한 간명하게 살펴보겠
다. 지루한 사람은 건너뛰어도 된다. 138억 년 전에 빅뱅이 일어났
다. 우주는 10의 −35초 동안 10의 70배로 커진다. 그래 봐야 아직 직
경 몇 미터에 불과하다. 쿼크(물질을 이루는 가장 근본적인 입자)로
구성된 강입자가 나타나고, 업쿼크와 다운쿼크가 합성하면서 양성

자 중성자가 생겨난다. 렙톤(전자와 뉴트리노)과 광자가 등장한다. 양성자와 중성자는 원자핵을 이루는 입자다. 빅뱅 이후 1초가 지나 입자와 반입자가 생겨난다.

100초쯤 지나 양성자 2개와 중성자 2개의 결합으로 헬륨 원자핵이 나타나고, 남은 12개의 양성자가 수소 원자핵이 된다. 1초에서 3분 사이, 양성자 간의 결합으로 수소 핵융합반응이 일어난다. 38만 년이 지나 온도가 충분히 낮아지면서 전자와 원자핵 결합으로 원자가 나타난다. 3억 년이 지나자 우주는 수소(우주 질량의 75퍼센트)와 헬륨(25퍼센트)으로 가득 차고, 이들이 뭉쳐 최초의 별들이 탄생했다. 태양과 같은 항성인 별은 수소 헬륨의 핵융합반응으로 스스로 빛을 내기 시작했다.

헬륨, 탄소, 산소, 네온, 마그네슘, 실리콘 등의 순서로, 철까지 이어지는 연쇄반응이 일어나 마침내 별은 폭발하고, 잔해는 우주로 흩어진다. 이 과정의 반복으로 92개의 원소가 만들어졌다. 태양계는 50억 년 전에, 거대한 먼지구름의 수축으로 탄생한다. 지구는 46억 년 전에 태어났다. 45억 년 전 행성 충돌로 달이 탄생한다. 지구는 다른 행성과 달리, 강한 자기장, 지질구조판, 물이 존재하여 원시 지구는 뜨거운 마그마 활동을 하는, 산소가 거의 없는 상태지만, 마그마 바다가 굳어지면서 화산을 통해 물과 이산화탄소를 방출하기 시작했다.

표면 온도는 200-300도였다. 10억 년이 지나야 원시 바다가 나타나지만, 대기는 이산화탄소가 대부분이고 두꺼운 구름에 가려져 있었다. 원시 바다는 유독 물질을 포함하고 있지만, 바다의 파도로 분자와 DNA 요소를 만든다. 기포 막 안에서 화학반응이 일어나고,

최초의 생명체인 단세포 미생물(박테리아)이 35억 년 전에 탄생한다. (생명체는 물 이외의 네 가지 기본 요소[포도당, 지방산, 아미노산, 뉴클레오티드]로, 이들은 다시 다섯 원소[수소, 탄소, 산소, 질소, 인]로 이루어진다. 이 중 수소는 대부분 빅뱅 직후에, 나머지는 별의 내부에서 핵융합으로 만들어졌다. 그 외 미량의 원소가 포함되어 있는데, 가령 피에 섞여 있는 철은 산소를 운반하여 포도당을 에너지로 변환시킨다.)

지표면에 번성한 최초 생명체는 남세균과 비슷한 광합성세균이다. (광합성 진행 과정은, 태양으로부터 날아온 광자가 엽록소 같은 색소를 포함한 세포에 도달하면 광자 에너지가 물 분자를 전자가 제거된 수소 원자[양성자]와 산소로 분해한다. 이들이 바로 광합성 부산물이다. 수소 원자로부터 제거된 자유전자는 일종의 에너지 교환권으로 ATP와 같은 세포 에너지 운반체를 만드는 데 사용되며 저장된 에너지 일부는 대기에서 취한 이산화탄소의 산소 원자 한 개를 수소 원자 2개와 교환하여 최종 산물인 포도당을 만드는 데 사용한다. 또한 포도당은 탄소가 수소와 전자를 공유하는 대신, 탄소 혼자 더 많은 전자를 차지하도록 유도하여 이산화탄소를 유기물로 환원시킨다.)

그 후 지구 생태계는 거의 10억 년 동안 박테리아나 고세균 같은 단세포 원핵생물의 세상이었다. 복잡한 세포 즉, 진핵세포(동물과 식물 그리고 균류, 아메바, 짚신벌레 같은 복잡한 단세포생물)가 등장한 것은 20억 년 전이다. ('세포내공생'에 의해) 진핵세포는 세포핵과 DNA, 다양한 세포 기관을 갖는다. 원핵생물은 40억 년 동안 크기가 거의 변하지 않았는데, DNA밖에 없기 때문이다. 단세포 진핵생물은 감수분열로 다양한 형질의 후손을 낳았다. 6억 4천만 년 전쯤에 지구는 원시 단세포생물의 천국이 된다. 이후 캄브리아 폭발기에 다

세포생물이 세포 집단을 형성하며 탄생한다.

인류는 그 후 수억 년이 더 지나 등장한다. 6억 년 전에 딱딱하지 않은 동물이 바닷속에 나타났고, 관다발식물은 4억 800만 년 전에 진화했다. 원시 공룡은 2억 3천만 년 전에 등장했다. 육상식물은 4억 3천만 년 전에, 원시 파충류는 3억 4천만 년 전에, 겉씨식물은 2억 8천만 년 전에, 원시 포유류는 2억 3천만 년 전에 출현한다. 속씨식 물은 1억 4천만 년 전에, 인간과 침팬지는 700만 년 전에 진화 나무에서 분화했다.

인류의 조상인 사헬란트로푸스 차덴시스가 700만 년 전에, 오스트랄로피테쿠스가 400만 년 전에 등장하고, 인류(호모)는 200만 년 전에 등장한다. 이때 불을 최초로 사용한 호모에렉투스가 등장한다. 약 20만 년 전에 호모사피엔스 즉, 현생인류인 네안데르탈인(신인) 이, 약 4만 년 전에 크로마뇽인(구인)이 등장한다. 호모사피엔스가 주류로 등장한 건 7만 년 전이다. 그 후 1만 2천 년 전부터 기후가 온화해지면서 농업이 시작되었다. 최초의 문명인 수메르문명은 7천 년 전에 형성되었다.

최대한 축약했다. 그럼에도 얼마나 장구한가. 인류는 이 경이롭고 신비한 세월의 작은 결과물로, 약 75조 개의 세포, 100여 개의 근육, 200여 개의 뼈, 12만 킬로미터 길이의 혈관 등으로 이루어져 있으며, 특히 하나의 신경세포는 수천에서 수만 개의 시냅스를 통해 다른 신경세포와 연접한다. 그중에서도 뇌는 1천억 개의 뉴런과 100조 개의 시냅스로 구성되어 '대뇌-신체-환경 신경 네트워크'를 이루고 있다.

인간의 움벨트 언어

인간은 참으로 놀랍고 장구한 진화의 결정체지만 완성체는 아니다. 인간이 감지하는 물질은 우주 전체의 구성 물질 중에 4퍼센트에 불과하다고 한다. 이 4퍼센트조차 대부분 먼지나 기체이며, 별과 행성을 구성하는 물질은 겨우 0.4퍼센트에 불과하다. 인간이 감지하는 세상이란 우주 전체의 0.4퍼센트 정도에 지나지 않는 것이다. 우주는 아직도 인간이 감지 못 하는 73퍼센트의 암흑 에너지와 23퍼센트의 암흑 물질로 이루어져 있다.

인간의 눈은 400-700나노미터의 파장을 가진 가시광선 영역에서만 반응한다. 그나마 개는 초당 80장을, 파리는 250장을 보지만, 인간은 60장의 정지화면으로 받아들인다. 반면에 뱀은 적외선을 볼 수 있고 0.0001도의 온도 차까지 감지한다. 개미, 박쥐, 벌, 새 등은 자외선을 볼 수 있다.

인간의 가청주파수는 20-2만 헤르츠이다. 그 이상이나 그 이하의 소리는 모두 놓칠 수밖에 없다. 박쥐는 2만 헤르츠 이상의 고주파 영역을 들어 어둠 속에서도 물체를 식별한다. 반면에 뱀, 고래, 기린, 돌고래, 코끼리 등은 저주파를 이용해 의사소통한다. 모기는 60킬로미터 밖에 있는 사람의 냄새를 알아챈다. 수컷 누에는 3킬로미터 밖의 암컷 누에를 감지한다. 개는 인간보다 100배 넓은 지역의 냄새를 맡을 수 있다.

이렇듯 감각은 세계를 제한적으로 받아들인다. 가령, 온혈동물의 피를 먹고 사는 진드기는 온혈동물의 피부에서 나오는 탄소 냄새에만 반응한다. 햇빛, 소리, 식물의 냄새 등은 감지하지 못한다. 그런 것은 진드기에게 존재하지 않는 것이나 마찬가지다. 우엑스퀼Jakob

Johan Von Uexküll은 각각의 동물마다 주관적으로 성립되는 이와 같은 환경세계를 **움벨트**Umwelt라고 불렀다. 객관적 세계 '벨트Welt'에 대응하는 개념으로, 모든 동물은 각자의 감각기관에 상응하는 움벨트에서 살고 있는 셈이다.[*]

엄밀히 말해 움벨트로서의 세계는, "그들 자신 외에는 실상 어디에도 존재하지 않는 것"이다. 결국 세계란, 우리에게 내재해 있는 감각기관의 성능에 따라 세계 일부를 절취한 것으로, 우리 감각기관에 의해서야 비로소 나타나는 '특정 가상세계'일 뿐이다. 선시禪詩의 관습적 비유를 빌리면, '바닷속 사슴 진흙'이자 '돌멩이 속 토끼뿔' 같은 것이다. 다만 인간끼리는 비슷한 움벨트를 공유하기 때문에 인간의 감각기관에 의해 나타난 인간적 움벨트로, '특정 가상세계'가 세계의 '객관적 실체'라고 착각할 뿐이다.

---

[*] 브뤼노 라투르, 『브뤼노 라투르의 과학인문학 편지』, 이세진 옮김, 사월의책, 2012.

5장 나는 나를 믿지 않는다

인간의 인지능력과 언어 점화는 매우 불완전하다

인간은 나름 예민한 감각을 소유하고 있지만 한결 더 예민한 동물들에 비하면 차라리 아둔하다고 해야 옳다. 인간의 의사 결정 영향에 시각은 87퍼센트를 차지한다. 하지만 눈은 일정 속도로 일정 영역에서만 반응한다. 다시 말해 1초에 서너 번씩 안구운동을 하며 시선을 어디로 옮길지 의사 결정을 하되, 400-700나노미터의 파장을 가진 가시광선 영역에서만 반응한다. 하지만 바퀴벌레의 감각세포가 공기 움직임의 변화를 감지한 후 탈출을 시작하기까지 소요되는 시간은 겨우 14밀리초, 즉 70분의 1초에 지나지 않는다.

이러한 감각적 한계로 인해 수많은 '오보誤報'가 입력된다. 오류 점화가 적지 않은 것이다. 가령 우리는 자기 눈을 믿어서는 안 된다. 해가 뜨고 지는 것처럼 보인다. 내가 이동하는 방향으로 이동하는 만큼 해와 달이 따라오고 있는 것처럼 보인다. 달은 둥근 모양의 행성일 뿐인데 상현달, 하현달, 보름달로 모양이 바뀌는 것처럼 보인다. 심지어 그믐이 되면 달이 없어진 것처럼 보인다. 달리는 버스 뒷좌석에서 보면 가까이 있는 것들은 멀어지는데 먼 산은 점점 더 커지면서 따라오는 것처럼 보인다.

창밖이 맑아 보여서 공기도 맑은 줄 알았는데 미세먼지 앱을 켜보니 주의나 나쁨 상태일 때도 많다. 여성전용칸은 한결 한산하고 여유로워 보이길래 여성들의 지하철 안전 지수가 높아진 줄 알았는데 통계자료를 보면 지하철 성범죄율은 여전히 증가하고 있다. 남녀가 많이 자유로워진 것처럼 보이지만 50대 재벌 그룹에서 여성 임원은 고작 3.4퍼센트다. 전체 직원 중에 여성은 20퍼센트대이고, 임원 승진자 중에 여성은 2.4퍼센트에 지나지 않는데 그나마 초급 임원인 상무급이 90퍼센트다.

인지능력뿐 아니라 언어능력도 엄청난 본능적 한계를 지니고 있다. 가령 2세 미만의 아기에게 "엄마가 좋아, 아빠가 좋아?"라고 물으면 아빠!라고 대답한다. 반면에 "아빠가 좋아, 엄마가 좋아?"라고 물으면 엄마!라고 답한다. 앞 단어는 잊고 뒤 단어만 기억하기 때문이다. 웃을 일이 아니다. 어른의 언어 인지능력도 오십보백보다. 미혼자에게 설문을 했다. 첫 질문은 "당신은 요즘 얼마나 행복한가요?"이다. 두 번째 질문은 "당신은 지난달에 데이트를 몇 번 했나요?"이다. 그 결과 상관지수가 0.1이 나왔다. 행복과 데이트는 상관관계가 크지 않았다.

이번에는 질문을 거꾸로 해보았다. 먼저 "당신은 지난달에 데이트를 몇 번 했나요?"를 물은 다음, 두 번째로 "당신은 요즘 얼마나 행복한가요?"를 물었다. 그러자 상관지수가 0.6으로 바뀌었다. 앞선 질문을 통해 '데이트'라는 단어 점화를 받은 참가자들이 이후 질문에서 이를 행복을 평가하는 주요 척도로 삼았기 때문이다. 또 다섯 번 초콜릿을 주고 맛을 테스트하는 실험에서, 마지막 초콜릿입니다, 라고 말한 다음에 다섯 번째 초콜릿을 주었을 때, 다섯 번째 초콜릿이 제일 맛있다고 대답한 경우가 22퍼센트에서 64퍼센트로 증가했다.

이러한 언어 인지 점화 실험은 무수하다. 현실에서는 더욱 주도면밀하게 우리의 의식을 점화시킨다. 가령 2013년 11월 26일 『세계일보』는 다음과 같은 타이틀로 기사를 썼다. 「트윗으로 증폭된 '정권 정통성' 시비 안보로 정면돌파」. 마치 트윗이 어떤 문제를 증폭시켰는데, 그것은 정권 정통성을 시비 거는 짓이고 안보를 위태롭게 하는 짓이어서 정면 돌파하겠다는 의미로 읽힌다. 하지만 사실과 상식으로 보건대, 트윗으로 증폭된 것이 아니라, 불통과 정치 검찰로 인해 증폭된 부정선거에 대한 항의를 종북 논리로 몰아가려고 하는 것으로 내게는 읽혔다. 따라서 다음과 같은 문장으로 바뀌는 것이 보다 사실에 가깝지 않을까.

> 트윗으로 증폭된 '정권 정통성' 시비 안보로 정면돌파
>
> ▼
>
> 조직적 관권 개입으로 드러난 부정선거에 대한
> 국민 저항, 종북으로 몰기

이렇게 비교해놓고 보면, 첫 번째 제목에서 사용한 7개의 어휘는,

단지 1-2개가 아니라 모두 다 잘못된 것이다. 하지만 일반 시민이 바쁜 생활 속에 이러한 타이틀과 내용을 접하면, 그것을 일일이 다시 바로잡아 읽기란 쉽지 않을 것이다.

사람들은 평소 언어를 자발적으로 자유롭고 자율적으로 사용한다고 생각한다. 하지만 모든 언어는 은유적으로 사용되면서, 우리의 살아가는 방식과 다른 사람과 관계 맺는 방식 등을 결정짓는다. 조사에 따르면, 현대인에게 가장 가치 있는 개념 중 하나인 '사랑'이라는 단어는, 다음과 같이 일상 속에서 통용되고 있다고 한다.

사랑은 물리 전기적인 힘이다("나는 우리 사이에 전류를 느낄 수 있었어" "불꽃이 튀었다" "나는 그녀에게 자석처럼 끌렸다" 등등). 사랑은 미치는 것이다("나는 그녀에게 미쳐 있다" "그녀는 나를 돌게 한다" "그는 그녀 때문에 제정신이 아니다" 등등). 사랑은 마법과 같다("마법이 풀렸다" "그녀는 나를 최면에 빠뜨렸다" "황홀경에 빠졌다" "넋을 잃었

이러한 문제를 가장 예리하게 지적한 사람이 인지 언어학자인 조지 레이코프다. 뇌 회로가 활성화될수록 시냅스는 강화되고, 시냅스가 강화될수록 시냅스의 점화 가능성은 높아지며 점화값도 강화된다. 레이코프에 따르면 언어는 이러한 회로의 힘을 변화시킨다. 보수적인 언어는 보수적 세계관과 결부된 회로망을 활성화하고, 진보적 언어는 진보적 세계관과 결부된 회로망을 활성화한다.

• 조지 레이코프, 『코끼리는 생각하지 마』, 유나영 옮김, 와이즈베리, 2015.
• M. 존슨·조지 레이코프, 『삶으로서의 은유』, 노양진·나익주 옮김, 박이정, 2006.

다" 등등). 사랑은 전쟁이다("그는 많은 여자를 정복했다" "그는 그녀를 집요하게 쫓아다녔다" "그는 그녀 어머니를 자기편으로 만들었다" 등등).

일상 구문들에서 보듯, 사람들은 사랑을 전기적 힘이 느껴지는 동시에, 미치는 일인 동시에 마법에 빠지는 것이며, 전쟁을 치르는 것과 같은 속성을 지닌 것으로 표현-인지하고 있다. 다시 말해 전기적 힘이나 미치거나 마법에 빠지거나 전쟁을 치르는 상태를 사랑의 징후로 여긴다. 그 어떤 성인도 철학자도 예술가도 이러한 관점으로 사랑을 정의하지 않았는데 말이다. 사랑이라는 단어가 이미 이렇게까지 오염되어 있다면 나머지 어휘는 말할 것도 없다. 우리는 너무나 많은 부분에서 잘못된 통념언어의 점화를 받고 있다.

나은 언어와 더 나은 언어, 개인적 자아와 문화적 자아

인간도 진화하고 언어도 진화한다. 앞으로 더 진화할 것이다. 글쓰기란 이러한 진화 과정의 최전선에 참전하는 일이다. 솜사탕 같은 구름, 이라는 표현은 처음 사용할 땐 매우 참신한 표현이었을 테지만 이제는 누구나 사용하는 흔해빠진 표현이다. 팝콘 같은 라일락 꽃, 이라는 표현 역시 누군가 사용하기 전에는 참신했지만, 이미 어느 시인이 쓴 것을 사용하면 무지한 표절일 뿐이다.

보기

1) "요즘 젊은이들은 버릇이 없다."
2) "아이들 마음에는 어리석음이 뭉쳐 있어 채찍을 들어 혼내주어야

떨어져 나간다."

3) "착한 친구 L은 감기를 얻고, 이기적인 친구 K는 애인을 얻다니 세상은 참 불공평하다."

4) "착한 L이 교통사고를 당하다니, 하늘도 무심하시지!"

대중은 '무지한 표절언어' 즉, '통념언어'를 아무렇게나 사용한다. 가장 낡은 통념언어 중의 하나가 1)일 것이다. 1)은 고대 메소포타미아문명의 점토판에 실려 있는 구절로, 『일리아드』나 『한비자』 등에도 나오는 문구다. 2)는 구약의 「잠언」에 나오는 문장이다. 이들 문장은 이미 기원전에 만들어진 생각문장으로, 고대사회에서는 나름 통찰력 있는 생각이었을 것이다. 당시 아이들에게 매질까지 하는 집은 나름 자녀를 엄하고 일관되게 훈육하는 귀족 집안이었을 가능성이 높다. 하지만 현대사회에서는 매우 고루하고 폭력적인 통념에 불과하다.

3)과 4)는 일상에서 흔히 사용하는 통념문장이다. 가령, 친구들과 함께 바닷가로 MT를 갔다. 착한 L은 설거지며 짐 정리며 온갖 수고로운 일을 도맡아 했지만 이기적인 K는 돕지도 않고 혼자 노을 지는 바닷가를 산책했다. 그렇게 다녀오고 나서 보니, L은 감기에 걸렸고 K에겐 남자친구가 생긴 게 아닌가. 이러한 결과만 보면 3)처럼 생각할 수 있을 것이다. "착한 친구 L은 감기를 얻고, 이기적인 친구 K는 애인을 얻다니 세상은 참 불공평하다."

하지만 만약 인간에게 뱀과 같은 열 감지력이 있다면, 혹은 파리의 눈처럼 빠르게 인지할 수 있다면, 하다못해 보청기나 망원렌즈, 적외선센서라도 달려 있다면 어떨까. 그러면 L에게는 MT 가기 전부터 이미 약간의 미열이 있었으며, 잘 때 이불을 제대로 덮지 않은 사실을 알지 않을까. 따라서 그녀가 감기에 걸리는 건 지극히 당연하고 자연스러운 결괏값으로 예상하지 않았을까. 반면에 K는 노을 지는 아름다운 바닷가를 걷다가 때마침 산책 나온 다른 대학의 멋진 남학생을 만나 반했을 것이다. 노을 지는 아름다운 바닷가에서 마주친 남녀가 어찌 호감을 갖지 않을 수 있겠는가.

즉, 잘못된 값은 하나도 없다. 문제가 일어난 게 아니라 일어날 법한 일이 일어난 것일 뿐이다. 사태를 바라보는 우리의 인지 방법과 생각문장이 오류를 일으킨 것에 불과하다. **우리는 늘 보이는 것만 보고, 혹은 보고 싶은 것만 보고, 그것을 거칠게 조합시켜 인지한다.** 더구나 K가 만난 남학생 역시 동료들의 짐 정리나 설거지 같은 일을 돕지 않는 매우 이기적인 친구라면, 둘은 연인 관계가 되어서도 서로 너는 너무 이기적이라며 다툴 것이다. 연애가 아니라 전쟁이 될 것이다. 반면에 L은, 친구들을 통해 그녀에게 걸맞은 좋은 남학생을 소개받을 것이다. 참으로 잘못된 것은 하나도 없는 것이다. 우리가 보이는 대로만 보고 생각하고 싶은 대로 생각하기 때문에 생성된 오류문장을 만들었을 뿐!

세상엔 아무 문제도 없는데, 우리는 평소 너무나 자주 오류문장을 만들어 마치 세상에 문제가 있는 양 인지할 때가 많다. 마치 자동차가 자전거보다 빨리 달리는 걸 보고 '바퀴가 많을수록 빨리 이동한다'라는 오류문장을 만드는 꼴과 같다. 가령 4)가 그러하다. 어느 날 등교하던 초등학교 1학년 홍길동 학생이 교통사고를 당했다. 길동은 평소 매우 착하고 발랄하고 귀여워서 주변 사람의 예쁨을 듬뿍 받고 자란 더없이 착한 아이다. 그런데 버스가 인도를 덮쳐 아이가 즉사하고 만 것이다.

가족들은 달려와 통곡하고 혼절할 것이다. 버스 운전기사를 붙잡고 이놈아, 이 나쁜 놈아, 우리 아이 살려놓으라고 호통치고 애걸할 것이다. 버스 운전기사가 한숨을 짓고 인상이라도 쓰면, 이놈아 네가 뭘 잘했다고 지금 인상을 쓰냐고 나무랄 것이다. 아이를 죽이고도 양심의 가책을 느끼지 않는다며, 세상이 왜 이렇게 무섭고 각박해졌냐고 개탄할 것이다. 결코 일어나서는 안 될 일이 일어났다고 여길 것이다.

하지만 교통 전문가는 일어나야 할 일이 일어난, 너무나 자연스럽고 당연한 사건으로 바라볼지 모른다. 그곳은 평소 신호체계뿐 아니라 도로 기울기와 구조가 잘못되어 있어서, 사고가 난다면 바로 그곳에서 날 가능성이 컸다. 게다가 시내버스 배차 간격은 기사에게 졸음을 불러일으키기에 충분할 만큼 빡빡해서, 그가 집중력이 떨어진 상태에서 그곳을 통과하는데, 배달 재촉에 쫓긴 배달 오토바이가 갑자기 끼어드는 바람에 다급히 경계하다 그만 인도로 들어가버린 것이라면? 그 배달 재촉을 한 사람이 그들 가족이라면?

아마 유족들과 구경꾼들은 운전기사를 비난하고, 하느님을 원망할 것이다. 인정이 많은 사람일수록 더욱더 크게 통곡하고 거칠게 개탄할지 모른다. 그들은 운전기사를 구속하고 세상 민심을 개탄하고 하느님을 원망할 것이다. 하지만 교통 전문가는 당연하고 자연스러운 귀결로만 바라볼 것이다. 그는 신호체계와 도로 구조, 시내버스 배차 간격, 그리고 배달 문화를 바로잡으려 할 것이다. 그렇다면 지금 누가 더 선한 행동을 하고 있는 것일까. 누가 더 인도적인 문제 해결에 다가가 있는 것일까.

앞서 소개한 〈보기〉의 1), 2), 3), 4)는 모두 잘못된 생각문장이다. 낡은 아재 개그와 같은 통념언어다. 무지한 표절이며, 잘못된 문제를 일으키는 오류문장이다. 이러한 오류로부터 벗어나려면 더는 낡고 거친 통념언어를 사용하지 말아야 한다. 우리의 인지능력과 언어능력을 보다 진화시켜야 한다.

교통 전문가 눈으로 보면 다른 세계가 펼쳐진다. 또, 0.0001도의 온도 차까지 감지하는 뱀의 눈으로 보면 세계는 다르게 보일 것이다. 개의 발달된 후각으로 느끼면 전혀 다르게 다가올 것이다. 한 마리의 고양이가 되어 세상을 보면 세상은 전혀 다르게 보일 것이다. 노숙자나 가난한 맞벌이 부부가 되어 세상을 경험하면 전혀 다르게 읽힐 것이고, 다문화 가정의 자녀가 되어 세상을 경험하면 또 다르게 읽힌다. 뚱뚱한 사람이 되어보면 또 다르게 읽힐 것이고, 바람둥이가 되어봐도 다르게 읽힐 것이다.

세계는 '주인공-되기'를 하는 만큼, 혹은 '되기'를 하는 방식에 의해, 얼마든지 다르게 나타나는 움벨트다. '주인공-되기'는 세계와 자아 자신을 동시에 새롭게 탄생시키는 마술과 같은 행위 예술이다. 모든 예술가들이 일탈하고 방황하고 실험하고 모험하고 고뇌하기를 거듭하는 것은 바로 이와 같은 이유, 새로운 '주인공-되기'를 통해 새로운 세계를 창조하려는 고투 때문이다.

특히 시를 쓰려면 기존의 시를 읽어야 한다. 소설을 쓰려면 기존의 소설을 읽어야 한다. 영화 시나리오를 쓰려면 기존의 영화 시나리오를 읽어야 한다. 개인의 경험을 바탕으로 쓰는 게 아니라, 기존 문화 장르의 진화의 최전선에서 써야 한다. 무술감독은 새로운 무술 동작을 연출해야지, 「취권」이나 「황비홍」에서 이미 사용된 무술 동작을 반복한다면 관객은 짜증을 낼 것이다. 전혀 다른 연출, 다른 생각문장을 창작해야 한다. 「대부」나 「영웅본색」도 보지 않고, 깡패 영화를 만들 수는 없다. 「결혼은 미친 짓이다」나 「아내가 결혼했다」도 보지 않고 기혼자 로맨스 영화를 만들 수는 없다.

책을 읽지 않는 개인이란, 이미 자동차가 발명된 줄도 모른 채 두메산골에 파묻혀 수레의 바퀴를 발명하려는 노인과 같다. 혹은 낡은 아재 개그를 유머라고 생각하는 아저씨와 같다. 개인의 경험을 바탕으로 글을 쓰는 '개인적 자아'가 아니라 진화하는 문화 장르의 최전선에서 장르적 상상력을 바탕으로 이야기를 펼치는 '문화적 자아'가 되어 언어 진화의 최전선에서, 장르 진화의 최전선에서 사유하고 상상해야 한다.

더 나은 생각문장을 찾는 것은 인간의 본능이다

나의 '되기'에 따라, 언제든 내가 하는 생각문장보다 더 나은 생각문장이 가능하다. 언제든 더 나은 생각문장이 가능하다는 사실만큼 놀라운 사실이 또 있을까. 마치 지금 먹으려는 과자보다 더 맛있는 과자가 있다는 사실을 알고 아무 과자나 먹지 않는 아이처럼, **'언제나 지금 하는 생각문장보다 더 나은 생각문장이 가능하다'**는 놀라운 축복으로 인해, 조금이라도 더 나은 생각문장을 찾는 고통스러운 궁리를, 우리는 기꺼이 거듭거듭 하지 않을 수 없다.

인류의 언어는 느리지만 완고하게 진화해왔다. 처음의 원시언어는 거칠고 투박했다. 말하고 듣는 입말로만 쓰였다. 하지만 차차 쓰기로 진화했다. 투박한 입말 중심의 구술언어에서 정밀한 문자 중심의 출판언어로 변했다. 글쓰기를 잘하면 얼마나 좋은지 다들 잘 알고 있다. 현대인은 글쓰기 하나만 잘해도 된다. 또한 어떤 일을 하든 글쓰기를 잘해야 좋다.

하지만 대부분의 사람들이 여전히 입말언어나 통념문장을 사용한다. 쉽게 그리고 대충대충 언어를 사용하고 싶어 한다. 대충 말하고 대충 듣고 대충 생각하면 그만큼 자신에게 손해인데도 불구하고 원하지 않는다. 보다 정확한 언어를 사용하고 보다 세련된 언어를 사용하고 보다 유머러스한 언어를 사용하고 보다 생각 깊은 언어를 사용하는 게 더 좋은데도, 그러한 노력이 어렵거나 귀찮기만 하다.

좋은 책을 읽으면 누구나 알게 된다, 지금 하는 생각보다 더 나은 생각문장이 있다는 것을. 글을 써보면 알게 된다, 내 생각문장이 그다지 좋지 않다는 것을. 그다지 좋지 않은 생각문장을 내가 사용해왔다는 사실을. 동물들이 더 맛있는 음식물을 보면 기뻐하는 만큼이나, 인간은 더 나은 생각문장을 찾고 싶어 한다. 그만큼 각성하고 활성화되는 이익을 누릴 수 있기 때문이다.

지금보다 더 나은 생각문장이 있다는 건, 지금 인지하고 있는 세상보다 더 나은 세상이 존재한다는 뜻이다. 혹은, 지금보다 더 나은 세상을 발견하기 위해서는 지금 하는 생각문장이 더 나아져야 한다는 뜻이다. 인류는 다만 더 나은 생존 환경을 찾아 이동하고 진화해온 것이 아니라, 더 나은 생각문장을 향해 진화하고 있는 중이다.

스스로 읽고 생각하고 쓰지 않는 한, 개인은 탄생하지 않는다

누구나 자율적 독립적 주체적으로 살고 싶어 한다. 그러나 정말로 자율적이고 독립적이고 주체적으로 살 수 있을까. 실제 '개인'이 처한 현실은 너무 척박하다. 황정은의 단편소설 「누가」의 여주인공은, 인근 매장에서 틀어놓은 음악 소리에 그대로 노출되어 있다. "쿵 칙 쿵 칙 쿵 직 쿵 직 붕 지 붕 지, 하는 소리들. 소음들, 음악 말고 소음들. ……이불 속에 머리를 묻어도 들리고 욕실에 들어가서 문을 닫아도 들렸다."

그녀는 '서민층 민중'이지만, 80년대 달동네에 살던 서민 민중처럼 서로 알고 지내지 않는다. 80년대 서민들은 각자 생계를 꾸려나가더라도 취향만큼은 공유했다. 술을 좋아하면 술 좋아하는 사람끼리, 바둑을 좋아하면 바둑을 좋아하는 이웃과 즐겼다. 그러나 이제는 이웃으로부터, 이웃의 취향으로부터 '차단'된 자기만의 공간을 원한다. 하지만 자본은, 자본을 가진 만큼만 조용한 시간을 허락한다.

가난할수록 소음 차단이 되지 않는다. 마침내 주인공을 알아차린다. "자신이 **계급적 인간**이라는 것을, 자신이 속한 계급이라는 걸 알았다. 이런 거였구나. **이웃의 취향으로부터 차단될 방법이 없다는 거. 계급이란 이런 거였고 나는 이런 계급이었어.**"

개인주의 시대의 개인에겐 개인적인 공부가 필요하다. 개인적인 시공간에서 자기만의 독립적이고 자율적이고 주체적인 생각과 공상, 집중과 노력을 할 수 있어야 한다. 하지만 경제력이 부족하면 '자기만의 방'을 얻지 못하고, '자기만의 방'을 얻기 위해 돈을 벌다 보면 자기만의 시간을 얻지 못한다.

이것이 우리의 현실이다. 그러나 '자기만의 방'을 확보한다고 해서, 누구나 자기만의 내면세계를 가질 수 있을까. 실제 소음은 옆집보다 자기 안에서 더 자주 들려온다. 자기 안의 소음까지 차단하고 조용히 읽고 생각하고 써볼 때만 그곳이 진짜 '자기만의 방'이다. 스스로 읽고 쓰고 생각하는 과정을 갖지 않는 한, 아무리 조용한 방에 머물더라도 '개인으로서의 나'는 탄생할 수 없다.

이것은 글쓰기가 정말 어려운 이유이기도 하다. 자기만의 생각문장을 찾기 위해서는, 출퇴근 전철에서 5분만 시간이 나도 책을 읽어야 하고, 잠깐 머릿속에 떠올랐다가 스치는 생각조차 혹시나 좋은 글감이 아닐까 메모해둬야 한다. 동창 모임에 나가 시간 낭비하기보다는 혼자 조용히 산책하는 시간을 갖는 게 낫지 않을까 고민해야 하고, 혼자 있느니 동창 모임에라도 나가 친구들의 모습과 주장에 자극받는 게 낫지 않을까 기대해봐야 한다. 매 순간 아무것도 모르겠는 상태가 되어 어떻게든 더 나은 생각문장을 만나고 싶어 해야 한다.

이것은 글쓰기가 즐거워지는 이유이기도 하다. 세상 모든 것이 글쓰기로 옮길 만한 글감이 아닐까 호기심을 갖게 만든다. 순간순간 어디로 가야만 더 나은 생각문장이 떠오를까 궁금해진다. 같은 사건조차 다르게 표현하는 더 나은 생각문장이 있지 않을까 찾게 된다. 매 순간 스스로 생각하는 한, 매 순간이 새로운 생각문장을 떠올릴 기회가 된다. 자기만의 방이 된다. 글쓰기를 결심하면 모든 순간이 전선戰線이 된다. 개인에게 있어 글쓰기 공부 결심보다 혁명적인 자기 변화는 없다.

6장 나는, 나의, 나만의 언어를 찾아야 한다

통념적 언어, 통념적 사랑은 폭력이다

사탕 하나 건네기도 조심스러워하고, 떡 한 접시 보내기도 조심스러워야만 한다. 내 친절이나 내 사랑은 다만 나의 것일 뿐, 상대방은 그렇지 않을 수 있다. 이창동 감독의 영화 「밀양」은, 우리가 통념적 생각에 머무는 한, 서로에게 베푸는 사랑과 용서가 얼마나 끔찍한 폭력인지 매우 선연하게 드러낸다.

밀양으로 내려온 신애(전도연)를 좋아하는 종찬(송강호)은 그녀를 여러모로 돕는다. 우선 부동산중개소 사장에게 전화 걸어 집과 학원을 알아봐달라고 부탁한 다음, 신애에게 말한다. "이 양반, 부동산중개소 사장인데 내 말이라 카마 꼼짝 못 합니더." 피아노 학원에 가짜 상장을 걸어주면서도 종찬은 말한다. "여 촌 아입니꺼. 이런 거 하나 있으면 우선 대접이 달라져예. 두고 보이소. 인자 소문이 짝 나가 애들이 마이 올 낍니더."

종찬은 일편단심 신애를 짝사랑하지만, 밀양 특유의 말본새로 말한다. "부동산중개소 사장인데 내 말이라 카마 꼼짝 못 합니더." "우리가 뭐 뜻 보고 삽니꺼? 그냥 사는 거지예." "서로 돕는 기지예. 상부상조! 그지예?" "너거 와이프는 걱정 말고! 너거 와이프 내 말이라 카마 꼼짝 못 한다." "예, 인제부터 착하게 함 살아볼라꼬요……."

종찬의 대사는, 전근대적이고 폐쇄적인 지방 소도시 남성이 구사하는 '통속적 통념언어'를 단 한 번도 넘어서지 못한다. 그에게는 자기만의 방, 자기만의 '참신한 개인언어'가 없다. 결국 신애는 불쾌해져서 말한다. "그런다고 가짜를 걸어놔요? 그리고, 애들이 많이 오든지 말든지 김 사장님이 신경 쓰실 일 아니잖아요. 제 일은 제가 알아서 할 건데……."

약사 아주머니 김 집사도 신애에게 관심과 친절을 베푼다. "원장님 안 좋은 일 있어가지고 불행한 일 당하고 밀양에 내려왔다 카는 얘기를 내가 들었어예"라며 전도를 하는 것이다. "원장님처럼 불행한 분은 특히 하나님 사랑이 꼭 필요해요." 보수 기독교인들이 습관적으로 사용하는 거친 관습적 통념언어를 김 집사도 반복하는 것이다. 결국 불편한 표정을 지어 보이며 신애가 대꾸한다. "저 불행하지 않아요, 아줌마. 잘 살고 있어요."

종찬이나 김 집사는 관심과 호감에서 벌인 행동이지만, 마치 아이에게 사탕을 주고 앞집에 떡을 건네듯, 신애의 관심이나 마음 상태를 무시하고, 자기들이 사용해온 거친 '통념적 생각문장'을 그대로 사용한다는 점에서 매우 폭력적이다. 하지만 양장점에 개업 떡을 주러 간 신애 역시 섣부른 선의로 괜한 간섭을 해서 상대를 불쾌하게 만든다. 그렇게까지 친한 사이도 아니면서 함부로 인테리어 충고를 하는 것이다. "여기 가게 인테리어를 바꾸면 장사도 잘되고 좋을 것 같아요. 여기 이쪽이 해가 잘 안 드는 곳이잖아요."

스스로를 살피지 않는 태도야말로
자신에게 가하는 가장 끔찍한 폭력이다

듣는 사람이 어떻게 들을지 생각 못 하고 구사하는 말은, 본래 의도와는 다르게 언제든 끔찍한 폭력으로 돌변할 수 있다. 당신도 나와 같을 거야, 라는 전제로 대하는 행위는, 상대방을 그 사람만의 경험과 개성을 가진 개별적 존재로 대하지 않는 폭력이다. 「밀양」에서 가장 폭력적인 언어는 유괴범의 입을 통해 일어난다. 준이를 살해해놓고, 신애에게 다음과 같이 말한다. 그런데 아무리 읽어봐도 틀린 말은 하나도 없다. 모두 선의로 가득 차 있다.

"하나님이 저한테, 이 죄 많은 놈한테 손 내밀어주시고, 그 앞에 엎드리가 지은 죄를 회개하도록 하고, 제 죄를 용서해주셨습니다. ······하루하루가 얼마나 감사한지 모릅니다. 인제 아무 여한이 없습니다. 어떤 처벌을 받더라도, 사형이 돼도 달게 받을 마음의 준비를 하고 있습니다. 정말로······ 장기기증까지 다 해두었심더. 이 죄 많은 인간의 몸이라도 하나님이 주신 거라 가치 있게 쓰일 수 있으면 좋겠다, 그런 생각 했심더. 하나님한테 회개하고 용서받았으이 이렇게 편합니다, 내마음이. ······요새는 내가 기도로 눈 뜨고 기도로 눈 감습니다. 준이 어머니를 위해서도 기도 마이 합니다. 빼놓지 않고 늘 합니다. 죽을 때까지 할 낍더. 그런데 인제 이래 만나고 보이, 하나님이 역시 제 기도를 들어주시는갑심더."

하지만 유괴범이 할 소리라기보다, 기독교인이면 아무나 갖다 쓰는 상투구들이다. 유괴범 역시 기독교인들의 관습적 통념언어를 그대로 사용하고 있다. 통념구는 자기만의 생각을 갖지 않는다는 점에서 개인언어가 아니다. 군중언어이자 좀비언어다. '죄 많은 자에게 손 내밀다' '내 죄를 대속해주셨다' '하루하루가 얼마나 감사한지 모른다' '하느님한테 회개하고 용서받으면 마음이 평화롭다' '하느님이 내 기도를 들어주셨나 보다' 등과 같은 문장들은 모두 개인의 창의적 생각이 아니라 기독교인들이 수시로 갖다 쓰는 상투적 관습적 통념언어다.

그가 만약 자신의 회개와 참회를 통해 하느님으로부터 용서를 받고, 사형도 달게 받을 마음 상태라면, 의당 준이 엄마에게 무릎 꿇고 눈물로 용서부터 비는 겸허한 자세를 취했어야 옳다. '회개한 유괴범-되기'를 통해 회개한 유괴범만이 구사할 수 있는 문장과 행동을 취해야 한다. 피해자가 자신을 용서하더라도, 자기 자신은 스스로를 용서 못 하는 마음으로, 피해자 마음이 얼마나 괴로운지를 헤아리고 괴로워해야 하는 것이 진짜 '회개한 개인'이 취할 자세일 것이다.

하지만 유괴범은 기독교인이면 누구나 쉽게 사용하는 관습적 통념언어만 반복한다. 이러한 언어폭력 앞에서 신애는 정신분열을 일으키고, 야외 부흥회의 무대음악을 김추자의 CD로 갈아 끼운다. '거짓말이야'라는 가사가 사방에 울려 퍼진다. 거짓말이야, 거짓말이야, 거짓말이야! 그러나 정확히 살펴보면 거짓말을 한 사람은 유감스럽게도 신애 자신이다. 유괴범이 전화를 걸어 돈이 800만 원밖에 입금되지 않았다고 따지자 신애는 다음과 같이 털어놓지 않던가.

"죄송한데요, 저한테 돈이 그것밖에 없거든요. 정말이에요. 땅 계약요? 그거 다 거짓말이에요, 저 땅 살 돈 없어요. 다 거짓말이에요. 그냥 돈 있는 척하려고 거짓말했던 거예요."

신애가 부동산에 투자할 만큼 돈이 많은 척만 하지 않았어도 준이는 유괴 대상이 되지 않았을지 모른다. 대체 신애는 왜 부동산 투자 자금을 갖고 있는 척한 것일까. 혹시나 무시당할까봐 그런 것일까. 있어 보이면 밀양 정착이 수월해질 거라고 속단한 걸까. 있는 척해서 밀양의 부자들과 알고 지내야 좋을 거라고 기대한 걸까. 이러한 통념적 생각을 갖고 있었다면, 가짜 상장을 걸어놔야 장사가 잘된다던 종찬의 통속적 생각문장과 뭐가 다른가.

혹시나 신애 머릿속에 들어 있던, 이러한 통념적 생각들이야말로 준이를 유괴하게 만든 진짜 원인이 아니었을까. 자기 문제를 자신이 보지 못하면, 남의 문제를 발견하는 수고를 겪어야 한다. 갖고 있던 자신 안의 문제적인 오류문장을 스스로 살펴 고치지 못하는 바람에, 신애는 소중한 준이를 잃고, 여생을 남 탓으로 원망과 분노를 삭이지 못한 채 끝내 정신분열에 시달린다. 이렇듯 인간은 생각한 대로 행동한다. 도착된 통념적 생각문장은 도착된 통념적 행동을 일으키지 않을 수 없는 것이다.

더 나은 개인언어를 찾아야 한다

문제를 해결하려면 문제를 풀어나가는 사람이 자신의 생각부터 바꿔야 한다. 아인슈타인의 표현처럼, "우리가 직면한 중대한 문제들은 그 문제들이 발생할 때 갖고 있던 사고방식으로는 해결할 수 없다." 이전과는 다른 생각문장을, 더 나은 생각문장을 가져야 한다. 글을 써본 사람은 본능적으로 알겠지만, 자신이 쓰는 생각문장보다 언제나 더 나은 생각문장이 존재한다.

언제나 얼마든지 더 나은 생각문장이 가능하다. 얼마든지 다른 선택과 연결이 가능하다면, 모든 생각문장이란 아직은 부족한 생각문장이고, 스스로 더 깊이 생각함으로써 더 나은 생각문장을 발견할 수 있다. 그런 점에서 예술가란, 니체 표현을 빌리면 "그 자신이 먼저 대상을 창조하지 않고는, 대상을 발견할 수 없다"는 사실을 누구보다 잘 알고 있는 사람이다. 더 나은 생각문장, 자신만의 참신한 개인언어를 획득해야 한다.

정직해지자

글쓰기 공부란 자기만의 개인언어를 찾는 과정이다. 개인언어를 만들려면, 그동안 관습적 관용적 습관적 상투적으로 사용해온 통념언어를 넘어서야 한다. 대중이면 누구나 구사하는 통념언어를 넘어서는 자기 고유의 개인언어는 어떻게 만들 수 있을까? 대답은 질문 안에 들어 있다. 자기 고유의 즉, 자기만의 느낌, 자기만의 생각, 자기만의 문제를 드러내면 된다.

거듭 말하지만, 나란 무수한 점화 자극의 생화학적 반응체다. 고유한 단일 자아나 자유의지는 갖고 있지 않다. 하지만 의지라 불릴 만한 게 없는 건 아니다. 어떤 점화들은 나로 하여금 '의지'라 불릴 만한 것을 갖게 만든다. 혹은 갖게 된 것처럼 느끼도록 해준다.

가령, 나는 배고프지 않다. 게다가 다이어트를 해야 한다. 자기 전에 먹는 라면은 몸을 퉁퉁 붓게 만든다. 하지만 귀가해보니 동생이 라면을 너무 맛있게 먹는다. 동생이 라면 먹는 모습과 후르륵 소리의 점화는 그러나 아직 다이어트 점화보다는 약하다. 그래서 나는 먹지 않을 생각이다. 그런데 동생이 새로 출시된 라면인데 정말 맛있다고 연신 감탄한다. 그러자 결국 먹고 싶어진다. 한 젓가락 맛만 보자, 라고 덤벼들자 안 된다며 혼자 다 먹어버린다. 순간 나는 나도 모르게 가스레인지 앞에 서서 라면을 끓이고 있다. 라면을 먹고 싶은 욕망 혹은 의지가 생겨난 것이다. 생겨난 것처럼 느껴진다.

라면을 먹는 행위조차 이렇게 복잡하다. 더 자세히 들여다보면 더 복잡할지 모른다. 가령 글루탐산, 이노신산, 아스파라긴산 등 라면 특유의 감칠맛 성분에 중독된 걸 수 있다. 심지어 술을 먹고 혈당치가 떨어져 찾는 걸 수도 있다. 몸이 술을 분해하기 시작하면 'NADH'란 물질이 생성된다. 이 물질은 간과 창자가 당을 만들기 위해 필요한 원료인 피루브산을 락트산으로 바꿔버린다.

술을 마시면 우리 몸은 필요한 만큼 당을 만들지 못해 혈당치가 떨어지고, 이를 보충하기 위해 아이스크림 같은 단것이나 라면과 같은 탄수화물을 원하게 된다. 알코올은 이뇨 작용을 일으켜 갈증을 느끼게 하고 혀의 감각도 둔화시킨다. 결국 우리는 더 자극적인 수분을 찾게 된다. 해장 라면이 더 맛있는 이유, 음주 후 라면의 유혹을 뿌리치기 힘든 이유다.

이처럼 점화는 매우 미시적이고 무의식적이고 다각적이다. 아마도 우리가 매우 정밀한 자각의 감각을 가진 우등 생명체라면 이러한 사실을 하나하나 인지할 수 있을 것이다. 즉, 내가 오늘 라면을 먹고 싶은 이유의 13.72퍼센트는 이노신산 감칠맛 성분에 대한 그리움 때문이며……, 라고 인지할 수 있을지 모른다.

의지를 부정하고 점화에 주목하는 건, 매우 미시적이고 면밀한 자기 성찰을 전제로 한다. 또한 의지, 라고 불릴 만한 느낌이 사후 개념으로 느껴진다는 걸 인정한다는 점에서, 개인의 의지 자체를 부정하지 않는다. 다만 '나'라는 의식 내지 의지가 생겨나는 경로를 살피게 만든다. 세계 〉 신체 〉 의식의 생성 과정에 주목하게 만듦으로써, 한결 정확하고 섬세하고 자연스러운 판단을 가능하게 만든다.

자기만의 참신한 개인언어를 선택하고 만드는 과정 또한 이처럼 섬세하고 치밀한 관점으로 살펴야 한다. 외국어 공부를 해보면 쉽게 알 수 있듯, 우리가 일상에서 아주 쉽게 사용하는 간단한 언어조차 매우 오랜 점화 반복의 훈련을 통해 이루어지는 고난도의 선택 행위다. 외국인과 외국어로 농담을 주고받기란 피아니스트가 피아노를 자유자재로 연주하는 솜씨에 버금간다.

하물며 자기만의 고유한 개인언어를 구사하기란 얼마나 힘든 고난도의 기술인가. 자기만의 참신한 개인언어를 구사하기란, 매우 미시적인 점화의 오랜 반복 훈련이 필요한, 매우 고난도의 자기 훈련이다. 그런 점에서 글쓰기 공부는 결코 만만치 않고, 그렇기 때문에 매력 있다. 해도 해도 끝이 없는 체화 과정을 필요로 한다는 점에서 글쓰기 공부란 끝없는 자기 변신, 자기 업그레이드 과정일 수밖에 없다.

어쨌든 나란 매우 미시적인 점화의 엄청난 집적물이듯, 언어 역시 매우 미시적인 훈련의 집적물이다. 하지만 많은 수강 동인들이 매우 거칠고 거시적으로 글쓰기 공부에 접근한다. 가령 자신은 책을 몇 권 읽었다든가, 혹은 어린 시절 얘기를 써보고 싶다거나, 혹은 재밌는 글감이 떠오르지 않아 습작을 못하고 있다거나 하는 불만을 갖는다.

그런데 정작 자신이 읽은 책에서 자신이 본받을 만한 단락이나 문장 표현이 무엇인지는 제대로 기억하지 못한다. 또한 어린 시절 얘기 중에 등교하는 장면처럼, 자신이 무수히 반복한 경험조차 제대로 서술할 줄 모른다. 한마디로 문장력조차 갖추고 있지 못하다. 지난 15년 동안 수강 동인의 작품 합평을 하면서, 그중에는 4-5년씩 습작한 분들도 많았지만, 100명 중에 99명이 첫 합평에서 나에게 다음과 같은 말을 들었다.

"아직 문장조차 제대로 잡혀 있지 않네요."

그러면서 소설이 어떻고 시가 어떻고, 일본 문학이 어떻고 한국 문학이 어떻다고 말한다. 하지만 소설이란 개별 작가의 작품이 합쳐지고, 각 시대별 작품이 합쳐지고, 각 나라별 언어별 민족별 작품이 합쳐진 매우 청킹업된 상위개념이다. 그냥 요즘 서너 권의 소설을 읽었는데 이런 느낌이 드네요, 라고 말하면 될 텐데 말이다. 청킹업된 생각문장은 그 사람을 그만큼 둔한 사람으로 만들 뿐이다.

모임을 만들어 실전 연습을 하자

자신이 말하는 과정을 살펴본 사람은 알겠지만, 우리는 생각한 대로 말하지 않는다. 생각하기도 전에 말한다. 판단을 하기도 전에 생각이 저절로 떠오르고, 생각하기도 전에 말이 먼저 나온다. 어떤 생각이든 그걸 문장으로 표현하려면, 하나의 낱말을 선택하고 또 다른 낱말과 연결해야 한다. 하지만 말할 때나 생각할 때나, 낱말을 하나하나 골라 연결 짓지 않는다. 옹알이 이후 수천만 번의 반복으로, 나도 모르게 선택하고 연결한다.

글쓰기 훈련은 이렇게 자동화된 생각 과정을 새로 수정하고 새로 창조하는 연습이다. 이미 몸에 밴 언어 습관을 스스로 재창조하기란 쉽지 않다. 아주 독하게 마음을 먹어야 한다. 그런 사람끼리 작은 모임이라도 만들어 서로의 의견과 관점을 보태야 한다. 그만큼 더 다양한 생각이 가능해지기 때문에 더 나을 수 있다. 실제 연습 방법은 다음과 같다.

1) 먼저 '문장 만들기'부터 살펴보자. 1-1) 일단 자신이 읽은 글 중에서 빼어난 문장이 있으면 밑줄을 긋자. 이렇게 밑줄 그은 씨앗 문장을 서로 교환해 읽어보자. 메모장에 넣어두고 틈틈이 재독하고 암송하자. 1-2) 실제로 문장 만들기 연습을 해보자. 가장 좋은 방법은 12장에 소개하는 '문장 늘리기 연습'이다. 하나의 소재(전철, 봄, 공원, 산책, 라면 등등)를 정한 다음, 가장 짧은 문장 서술에서 가장 긴 서술 문장까지 25개 정도의 문장으로 늘리는 연습을 해보자. 그리고 각 문장에 대해 서로의 의견을 달아보자.

2) 두 번째 연습은 '단락 만들기'다. 2-1) 먼저 자신이 읽은 책에서 좋은 단락이 있으면 따라 써보고, 함께 교환하여 읽어보자. 재독하고 암송까지 해보는 연습이 필요하다. 암송은 암송 이상의 응용 효과를 일으켜준다. 즉, 좋은 단락을 암송하면 이후 좋은 단락을 만들 때 기준점이 되어주고, 응용 방식을 알려준다. 좋은 단락을 체크하고, 메모장에 넣어둔 후, 수시로 꺼내 읽고 외워보자.

2-2) 15장부터 31장까지 단락 만드는 방법을 설명하고 있다. 이 내용들을 바탕으로 단락을 만들어보자. 단 하나의 단락만을 만들자. 그런 다음 서로 읽고 비교해보자. 좋은 점과 아쉬운 점에 대해 이야기를 나눠보자. 막연한 인상평 수준의 언급에 그치지 말고, 구체적으로 좋은 문장과 공감하기 어려운 문장, 잇기가 잘된 문장과 그렇지 않은 문장, 비유적 표현이나 주인공-되기가 참신한 문장 등을 찾아 비판하거나 칭찬해주자. 가장 잘된 단락을 다 함께 읽어보고 따라 쓰고 변용해보자.

3) 세 번째로 '단락장 만들기'를 연습해보자. 미완의 첫 단락장이어도 좋고, 첫 단락장 하나로 완성된 글이어도 좋다. 3-1) 자신이 읽은 책 중에서 좋은 챕터를 골라 따라 쓰고 함께 교환하여 읽어보자. 챕터 분량은 대략 200자 원고지 10-20매 분량이 적당하다. 이 부분을 재독하고 어떻게 구성되어 있는지 분석해보자. 각 문장 단위로 살펴보고, 각 단락 단위로 살펴보자. 어디서 좋은 인상을 받았는지, 무엇을 배우면 좋을지 구체적으로 분석하여 설명해보자.

3-2) 32장에서 37장까지는 단락장 만들기에 대한 이야기다. 나머지 부분도 단락장 단위로 설명하기 때문에 단락장 만들기에 대한 설명이다. 이들 부분을 참조하여, '짧은 글' 내지 '하나의 단락장'을 직접 창작해보자. 짧은 글로는 시나 에세이, 기사나 독후감, 엽편소설 등이 있다. 직장인에게 특히 권하고 싶은 창작 연습 방법이다. 반드시 단편소설 이상의 긴 글을 쓸 필요는 없다. 실제로는 문장 만들기와 단락 만들기만 잘하면, 어느 정도 글쓰기 기초 준비를 갖춘 셈이다. 모든 좋은 책이란, 좋은 문장과 좋은 단락이 그만큼 많다는 뜻에 지나지 않는다. 만약 단락장 만들기가 잘되어 있다면, 그것은 발표

해도 좋은 글이라는 뜻이다.

단락장 분량은 200자 원고지 10-20매, 혹은 A4 용지 한두 장이면 족하다. 가급적 원고지 10매 혹은 12매 등으로 정확하게 분량을 약속하는 것도 좋은 방법이다. 그러면 분량 때문에라도 스스로 한 번 더 탈고를 하게 된다. 각자 읽어보고 이번에도 문장 단위, 단락 단위로 좋고 나쁨을 정확히 평가해줘야 한다. 가장 좋은 글을 뽑아 좋은 점을 칭찬하고 배우자.

문장이나 단락도 만들 줄 모르는 초보 습작생이 단편소설 분량을 습작하는 건, 바이엘 교본도 떼지 못한 학생이 소나타나 교향곡을 연주하는 만큼이나 조급한 욕심이어서 적잖은 시간 낭비를 해야 한다. 모두가 소설가가 되면 좋지만 모두가 소설가가 될 필요는 없다. 문장과 단락 그리고 단락장만 잘 만들 줄 알면 그 자체로 이미 뛰어난 책을 쓸 수 있는 기초 준비가 끝난 것이다. 그때부터는 더 더더 더 더더 더더더더 들어가보고 싶은 문제만 찾으면 된다.

내가 제안하는 글쓰기 훈련 방법은 단순하다. 언제나 가장 읽고 싶은 책 한 권을 지니고 있을 것, 그리고 메모해둘 가치가 있는 생각문장을 만나면 반드시 메모해둘 것. 이 두 가지 방법을 잊지 않고 실행하면 된다. 그리고 소모임을 만들어 1-1), 1-2), 2-1), 2-2), 3-1), 3-2)의 과정을 매주 나눠보자. 이 작은 실천으로 언어 점화가 쌓이고 쌓이면 어느 순간 이전과는 다른 생각을 창작하는 사람이 되어 있을 것이다.

이 부분에 도움이 필요하면, 다음 카페 '진화하는 글쓰기 공작소, 열화http://cafe.daum.net/mercco'를 활용하자. 온라인 습작방에 글을 올리면 피드백도 가능하다.

우리를 움직이는 것은
우리에게 일어나는 일이 아니라,
그 일에 대한 우리의 생각이다. _에픽테토스

2부

글쓰기 실전을
위하여

7장   언어는 창작이라 불리는 마술을 부린다

글쓰기와 어휘 선택 1

언어는 본능이다

현대인은 '자기만의 생각문장' 없이는 살 수 없다. '자기만의 생각문장'을 익히지 못하면, 마치 머리를 깜박 두고 외출한 경우와 같은 불편을 겪는다. 일테면 커피 주문도 못 한다. "무얼 드릴까요?"라고 물으면, "저는 커피를 주세요"라거나 "차를 주세요" "생수를 주세요"라고 자기 생각을 표현해야 한다. 아니, 이 정도로는 부족하다. 더 구체적인 문장을 사용해야 한다. 가령 "저는 따뜻한 아메리카노를 작은 사이즈로 주세요"라거나 "저는 로즈마리차를 큰 사이즈로 주시는데, 마시고 갈 거지만, 마시다 나갈지도 모르니까, 테이크아웃 잔에 주세요"라거나.

커피나 음료 주문 같은, 매우 간단한 일에도 어휘와 문장을 골라 잇는 일련의 어휘 고르기와 잇기 과정이 필요하다. 하물며 사람을 만나 대화할 때는 한결 많은 고르기와 잇기가 요구된다. 특히 자기 안의 감정, 일테면 기쁨과 슬픔, 부끄러움이나 수치감, 거절이나 항의 같은 감정을 정확히 드러내려면 한결 정치한 고르기와 잇기가 필요하다. 하지만 얼마나 많은 사람들이 자기감정을 엉뚱하게 주문하곤 하던가. 차분한데 우울하다고 말하거나 조심스러운데 겁난다고 표현한다.

고민만 많은 걸 생각이 깊다고 착각하거나, 타성에 젖은 습관적 행동을 규칙적인 일과로 착각한다. 집중하면 되는데 집착하고, 다양한 현상을 즐기지 못하고 복잡하다며 꺼린다. 만약 음료나 음식이 주문한 대로 나오지 않으면 매우 당황스러울 것이다. 하지만 우리는 얼마나 자주 자기감정을 잘못 주문하는가. 자기 생각을 엉뚱한 문장으로 주문하여 망쳐놓는가.

언어는 마술이다

언어는 마술을 부린다. 물론 마술사가 부리는 것과 같은 마술을 부리지는 못한다. 마술사는 '주스'를 순식간에 '콜라'로 바꿔놓는가 하면, '콜라'를 순식간에 '비둘기'로 바꿔놓는다. 이러한 마술이 언제든 가능하면 얼마나 좋을까. 떨어지는 폭탄을 풍선으로 바꿀 수만 있다면!

우리는 다만 표현능력만큼 다르게 말할 수 있다. 다르게 말할 수 있다는 것은 다르게 인식할 수 있다는 것이다. 다르게 생각하고 다르게 반응할 수 있다는 것이다. 자유로워질 수 있다는 것이다. 물론 우리에겐 자유의지가 없다. 순수한 자유도 순수한 의지도 없다. 그래서 배고파 죽겠어, 라는 표현만 갖고 있는 사람은 배가 조금 고프든 많이 고프든 배고파 죽겠어, 라고만 말할 것이다. 하지만 배고프다, 허기진다, 출출하다, 시장하다, 군침 돈다 등 자신이 알고 있는 어휘만큼 선택권이 생긴다. 즉 자유가 창출된다.

어휘의 선택과 연결만큼 얼마든지 더 나은 표현이 가능하다. 더 정확한 정직과 다채로운 자유 선택이 가능해진다. 이것이야말로 언어가 갖고 있는 가장 놀라운 특성이다. 인간은 세상을 마술사처럼 마음대로 바꾸지 못하지만, 언어능력껏 다르게 마술 부리듯 바꿀 수 있다. 프로이트 표현대로, "말(언어)의 기원은 마술이다. 오늘날에도 말은 그 옛 마력을 다분히 지니고 있다". 세상 모든 게 이름 붙임에 따라 그 모습을 드러내기 때문이다. 노자의 표현은 한결 명확하다. "이름이 만물을 태어나게 한다有名萬物之母."

가령 숲을 산책하면서 "나무가 참 좋구나!" 하면 나무가 좋아 보인다. "공기가 참 좋구나!" 하면 공기가 마음에 새겨진다. "자연이 참 좋구나!" 하면 자연의 힘이 느껴진다. 또 가령 돌부리에 걸려 넘어져 무릎이 까졌을 때, 주문을 외워 까진 상처를 없앨 순 없다. 하지만 다른 이름을 붙일 수는 있다. "이런 재수가 없군"이라고 생각하면 '재수'의 문제로 남을 것이다. "이런 딴생각을 하다 넘어졌군" 하면 한눈을 팔아 벌어진 '실수'로 새겨질 것이다. "다치진 않았으니 다행이군" 하면 불행 중 '다행'으로 기억될 것이다.

산책하다	넘어지다
나무가 참 좋구나 → 나무	이런 재수가 없군 → 재수
공기가 참 좋구나 → 공기	이런 딴생각을 하다 넘어졌군 → 실수
자연이 참 좋구나 → 자연	다치진 않았으니 다행이군 → 다행

마술사의 마술은 눈속임일 뿐이다. 우리에게 이미 주어져 있는 현실 그 자체를 바꾸는 것은 신神이 아닌 한 불가능하다. 홍해를 가르거나 돌을 금으로 만드는 마술은 신의 몫이다. 다만 얼마든지 다르게 말할 수는 있다. 가령, 주스를 '주스'라고 부르지 않고, '음료수' 혹은 '과일 주스' 아니면 '건강식품'으로 명명할 수 있다. '건강식품'이라고 말을 하자, 건강을 걱정하는 친구가 자신의 콜라와 바꾸자고 제안할 수 있다. 그 바람에 주스가 콜라로 바뀔 수 있다. 이러한 변화를 가능케 하는 것이 언어다.

> 주스 ⇔ 콜라
>
> 주스 = 과일 주스 = 건강식품 ⇔ 콜라

언어 사건은 순수 사건을 바꿔놓는다

언어는 현실을 어떻게든 변형시킨다. 예를 하나 들어보자. 가령 달력이 마지막 한 장만 남았을 때, 우리는 "3월이다!"라거나 "여름이다!"라고 말할 순 없다. 그러면 거짓말이다. 그러나 이렇게 말할 수 있다. "이제 12월이다!" 혹은 이렇게 말할 수도 있다. "벌써 연말이다!" 아니면 이렇게 말할 수도 있다. "와, 겨울이다!"

'12월'도 '연말'도 '겨울'도 모두 틀림없는 사실이다. 그러나 당신은 이미 현실을 일정한 방향으로 변환시켰다. '12월' '연말' '겨울'이라는 세 단어는 서로 다른 의미와 뉘앙스를 풍긴다. 사전을 찾아보면 '연말'이란 '한 해의 끝 무렵'을 뜻하고, 관련 어휘로는 '연말정산' '연말연시' 등이 떠오른다. 반면 '겨울'이란 '1년 중 가장 추운 계절'

을 뜻하고, 관련 어휘로는 '겨울방학' '추위' '눈' 등이 점화 연상된다. 그 바람에 '연말'이라는 단어를 택한 경우와 '겨울'이라는 단어를 택한 경우는, 말하는 사람이나 듣는 사람의 마음을 다른 방향으로 이끌어 간다.

동일한 '몸짓'에 다른 '이름'을 붙이면 다른 '꽃'이 된다. '사망보험'이라고 부르는 것과 '생명보험'이라고 부르는 느낌은 얼마나 다른가. '미등록 이주노동자'라고 명명하는 것과 '불법체류자'라고 부르는 건 얼마나 다른 느낌인가. 사건은 언어를 매개로 인지되기 때문에, 우리는 '순수 사건'이 아니라 '언어 사건'으로 인지한다. 이러한 일례는 인지언어학 분야의 실험 실례들로 넘쳐난다.

잘못된 단어를 사용하는 것은 잘못된 사건을 경험하는 것과 같다. 그만큼의 혼란을 감내해야 한다. 낡은 기성세대는 틈만 나면 우리를 통념적 생각문장 속에 가두려 한다. 그들은 진학, 결혼, 취업 등을 권유하며 "그게 현명한 판단이야"라고 말한다. 그러면 우리는 얼른 교정해야 한다. "관습적인 처세겠지요." 사람들은 흔히 말한다. "자기 하고 싶은 대로 하면서 사는 사람은 없어." 그러면 또 우리는 얼른 바로잡아야 한다. "자기 하고 싶은 대로 하면서 사는 사람을 보지 못했거나, 봤어도 알아보지 못한 거겠지요."

8장 모든 인간은 자기 일상을 창작한다

글쓰기와 어휘 선택 2

꽃이라고 부르기 전에는 몸짓에 지나지 않는다

주스를 콜라나 우유로 뒤바꾸는 마술을 '1차 마술'이라고 한다면, 그 주스를 '음료수'나 '과일 주스'나 '건강식품' 등으로 명명·해석하는 것은 '2차 마술'이라 할 수 있다. 그리고 이 '2차 마술'을 통해 주스가 콜라로 바뀌어버리는 과정을 '3차 마술'이라 부를 수 있다. 1차 마술이 신의 영역인 반면, 인류의 모든 발명과 창작은 2차 마술 및 3차 마술 과정을 통해 이루어졌다.

인간은 어떤 사실을 특정 기호로 해석한 뒤에, 이러한 생각문장으로 새로운 사실을 창작하거나 창조한다. 고대 종교로부터 오늘날의 첨단 과학에 이르기까지, 알고 보면 모두 2차 마술과 3차 마술 즉, '사실 → 언어(생각문장) → 발명'의 과정이다. 지금도 '사실 → 언어 → 발명'의 창작 과정은 사소한 일상에서부터 매 순간 벌어지고 있다.

가령, 장난이 심한 사내아이를 가리켜 '활달하다'라고 할 수도 있고, '산만하다'라고 말할 수도 있다. '장난꾸러기'라고 할 수도 있고, '말썽꾸러기'라고 말할 수도 있다. 그러나 '활달하다'와 '산만하다'의 뉘앙스는 다르고, '장난꾸러기'와 '말썽꾸러기'라는 단어의 뜻도 확연히 다르다. 전자에 비해 후자는 한결 부정적이다.

행동할 때마다 "우리 아이는 활달해요, 엄청난 장난꾸러기죠"라는 부모 말을 듣고 자란 아이와 "우리 아이는 산만해요, 엄청난 말썽꾸러기예요"라는 평가를 듣고 자란 아이는, 자라면서 자신에 대한 정체성이 달라지지 않을까. 부모의 말에 따라, 산만한 말썽꾸러기가 활달한 장난꾸러기로 변할 수 있고, 활달한 장난꾸러기가 스스로를 산만한 말썽꾸러기라고 비하할 수도 있다.

그런가 하면 '산만한 말썽꾸러기'를 '활달한 장난꾸러기'라고 인식할 수 있고, 동시에 '활달한 장난꾸러기'라고 칭찬해주자 더는 '산만한 말썽꾸러기'가 아니라 정말로 '활달한 장난꾸러기' 아이로 변할 수도 있을 것이다. 말하면서 바뀌고, 말하니까 그렇게 변한다. 참으로 놀라운 현상이 아닐 수 없다.

물론 언어는 주술성이 마술만큼 강하지는 않다. 꽃을 보고 "토끼야!"라고 부른다고 해서 꽃이 토끼가 되진 않는다. 어떤 사람이 꽃을 보고 "예쁘다!"라고 감탄해도, 다른 사람에게는 그 꽃이 그다지 예뻐 보이지 않을 수 있다. 다만 별로 예쁘지도 않은 꽃을 보고 예쁘다고 말하는 사람의 마음이 예뻐 보일 수는 있다. 혹은 예쁘지도 않은 꽃을 보고 예쁘다고 말하는 사람을 신기하게 여길 수 있다. 어쨌든 반드시 말하는 바에 따른 변화가 일어난다.

이제는 다음 세상에 가서 살고 계실 우리 엄마 이름은 '정영애'다.

그녀는 내가 "엄마!" 하고 부르면, 언제나 엄마다운 인자한 표정을 지어 보이셨다. 장난삼아 "영애 씨!" 하고 부르면 수줍게 웃으며 눈을 흘기셨다. "잔소리쟁이!"라고 핀잔하면, "이놈아, 니가 잘하면 내가 뭐 하러 잔소리를 해?" 하고 정말로 구시렁구시렁 잔소리하셨다. 나 역시 마찬가지다. 나를 보고 '이 교수'라고 호명하는 사람들 앞에서는 '교수'답게 점잔을 빼며 행동하게 되고, 나를 '이 작가'라고 부르는 사람들 앞에선 한결 자유롭고 호방하게 행동한다. 혹여 나를 '개만도 못한 놈'이라고 부르면 나는 정말 개만도 못하게 화를 낼지 모른다.

언어는 기억조차 재구성한다

엘리자베스 로프터스Elizabeth F. Loftus라는 사람이 '기억의 재구성 특성에 관한 연구'라는 실험을 했다. 그는 두 그룹의 참가자들에게 자동차 충돌 장면 비디오를 보여주었다. 그런 다음 각 그룹에게 다른 단어를 사용해 차가 충돌할 때 얼마나 빠른 속도로 달리고 있었는지를 물었다. 물론 동일한 비디오다.

다만 한 그룹에게는 "두 차가 **정면으로 들이받았을 때** 얼마의 속도로 달리고 있었을까요?"라고 물었다. 그러자 60킬로미터라는 답변이 돌아왔다. 다른 그룹에게는 "두 차가 **서로 닿았을 때** 얼마의 속도로 달리고 있었을까요?"라고 질문했다. 그러자 평균 50킬로미터라는 답변이 돌아왔다. 이후 참가자들에게 두 차의 깨진 유리 조각을 보았는지 질문했더니, 유리 조각이 없었음에도 불구하고 보았다고 답한 사람의 수가 첫 번째 그룹이 세 배나 많았다고 한다.*

이처럼 언어는 실제 사건을 다르게 보게 만들 뿐 아니라, 실제 사건을 다른 사건으로 바꿔놓기도 한다. 프로이트는 어린 시절 기억을 논하면서, "우리에게 어린 시절의 기억이란 것이 정말 존재하는가도 의심해볼 수 있다. 어쩌면 우리에게는 어린 시절과 '관련된' 기억밖에 없는지도 모른다. 어린 시절의 기억은 우리의 과거를 있는 그대로 보여주는 것이 아니라, 기억을 떠올린 시점에 나타난 형태로서의 과거를 보여줄 뿐"이라는 것이다.

그렇다면 다음과 같이 바꿔 말할 수도 있다. 우리에게 순수자유나 순수의지만 존재하지 않는 게 아니라, 순수인지라는 것조차 존재하지 않는 게 아닐까. 순수인지라는 게 정말 존재하는 걸까 의심해볼 수 있다. 어쩌면 우리에게는 순수인지와 관련된 언어밖에 없는지 모른다. 적지 않은 사건들이, 그 사건을 인지한 만큼 느껴지는 게 아니라 언어화한 대로 느껴지는 것인지 모른다.

언어는 사실을 바꿔놓는다

모든 사람이 매 순간 자기 경험에 이름을 붙인다. 어떤 이름을 붙이느냐에 따라 그 경험의 가치와 의미가 달라진다. 죽을 때까지 매 순간 어떤 단어, 어떤 문장을 써야 할지 고민하고 공부하지 않을 수 없다. 사실 모든 사람들은 은연중에 이러한 '창작'에 애쓰며 살고 있다.

가령 점심시간에 친구에게 전화를 걸어 "뭐 해?"라고 물어보면, 여러 종류의 대답이 나온다. 가령 1) "미숙 씨랑 스파게티 먹었어"라

---

* 필립 짐바르도·존 보이드, 『타임 패러독스』, 오정아 옮김, 미디어윌, 2008.

는 대답을 들을 수도 있고, 2) "부장님이랑 점심 식사 했어"라는 답변을 들을 수도 있다. 혹은 3) "동료랑 사다리 타기 해서 얻어먹었어"라는 설명을 들을 수도 있다.

보기

1) "미숙 씨랑 스파게티 먹었어."

2) "부장님이랑 점심 식사 했어."

3) "동료랑 사다리 타기 해서 얻어먹었어."

이 대답들만 놓고 보면 1)과 2)와 3)의 발화자가 각기 다른 사람이며 각기 다른 점심시간을 가진 것처럼 보인다. 1)은 데이트한 뉘앙스이고 2)는 상사에게 인정받는 분위기이며 3)은 무척 화기애애한 직장생활을 하고 있는 것 같다.

하지만 1), 2), 3) 모두가 한 사람의 동일한 경험일 수도 있다. 그러니까 '이미숙 부장님이랑 사다리 타기를 해서 점심 식사 시간에 스파게티를 얻어먹은 것'일 수 있다. 다만 하나의 사건인데, 전화를 걸어온 사람에 따라 1)처럼 대답하거나 2)처럼 답하거나 3)처럼 말할 수 있다.

우리는 이렇게 하나의 사실을 하나의 문장으로 옮겨놓을 때마다 적절한 단어를 선택해 새로운 뉘앙스와 의미를 창작한다. 1)은 미숙 씨와의 친분을 드러내고 싶을 때 할 만한 대답이다. 반면 2)는 직장생활에 충실하며 상사에게 인정받고 있다는 뉘앙스를 풍기고 싶을 때 좋은 대답 같다. 3)은 직장 분위기를 전달할 때 좋은 대답일 것이다.

아마 질투 심한 여자친구가 전화를 걸어왔는데 1)처럼 대답하진 않을 것이다. 규율을 중시하는 사장이 전화했는데 3)처럼 대답하기는 꺼려질 것이다. 만약 여자친구가 전화했는데 1)로 대답하면 그녀가 바로 따질 것이다. "미숙이랑 어떤 사인데 둘이 스파게티를 먹었어? 둘이 사귀는 거야?" 그러면 "아, 아니야. 사람을 왜 의심하고 그래?"라며 잡아뗄 것이다.

그러나 이러한 의심과 변명이 반복되다 보면, 그 여자친구와 헤어지고 정말로 이미숙 부장이랑 친한 사이로 발전할지 모른다. 언제든 하나의 사실이 하나의 언어로 변환되고, 하나의 변형된 언어는 언제든 사실을 뒤바꿔놓을 수 있는 것이다. 스스로 의식하든 못 하든, 크든 작든, 모든 사람들은 매 순간 이렇게 자기 언어로 자기 삶을 창작하고 있다. 시인이나 소설가뿐 아니라 일반인들도 일상생활 중에 언어 즉, 생각문장으로 '2차 마술'과 '3차 마술'을 일으키고 있는 것이다.

인류사란, 알고 보면 언어기호가 '창작'이라는 마술을 쉼 없이 부려온 시공간에 지나지 않는다. 결국 모든 사람이 언어를 갈고 다듬을 수밖에 없다. 언어의 다섯 영역인 '읽기' '쓰기' '말하기' '듣기' '생각하기'를 공부하지 않을 수 없다. 매 순간 언어를 창조적으로 사용해야 하고, 언어를 창조적으로 사용하는 그만큼 그 사람의 삶의 방향과 내용이 새로워질 수 있다. 이것이 지난 15년 동안 '글쓰기 공작소'를 통해 일반 시민들과 함께 읽기 쓰기를 공부해오면서 내가 발견한 가장 놀라운 사실이다.

9장 어휘 선택은 자기 서사의 첫 단추다

글쓰기와 어휘 선택 3

인간의 첫 번째 행동은 자유연상이다

'행동'이란, 사전적 의미로 '몸을 움직이는 것'을 뜻한다. 일어나거나 손을 뻗거나 컵을 쥐거나 하는 것들은 모두 행동이다. 반면에 몸을 움직이기 전에 머릿속으로 생각만 하면 아직 행동을 취한 게 아니라고 여긴다. 흔히 "행동했다"라고 말할 때는 남들 눈에 띄는 몸동작을 시작했을 때를 가리키며, 머릿속으로 뭔가를 떠올리기만 하는 걸 두고 그 사람이 행동했다, 라고 말하지는 않는다.

하지만 눈에 띄는 몸동작을 해야만 "행동했다"라고 말하는 것은 타자의 시점에서 볼 때만 그러한 것이다. 생각 역시 행동이다. 뉴런이나 시냅스 같은 뇌세포 활동을 통해 내가 신체 활동을 시작한 것이다. 무조건반사가 아닌 한, 사람은 언제나 먼저 어떤 걸 '생각'한 다음 그에 따라 '행동'한다. 따라서 타자의 시선이 아닌 주체의 시선으로 자신을 보면, '생각'이야말로 언제나 가장 먼저 하는 자신의 첫 번째 행동이다.

자기 자신의 기준에서 보면, 어떤 점화 자극이 왔을 때 자기 행동의 첫 번째 동작은, 그 자극에 대해 대뇌피질 정보의 네트워크를 통해 뭔가를 떠올리는 행위이다. 떠올리고 생각하고 판단한 다음에야 몸으로 반응한다(단, '증세'나 '체화'가 되어 있으면 그 즉시 자동적으로 행한다). 그러니까 어떤 사람이 첫 번째 몸동작을 했을지라도 그 동작은, 이미 그 사람이 취한 두 번째 행동에 불과하다. '몸동작으로서의 행동'은 '생각이라는 행동'에 의해 순차적으로 이루어진 부차 행동이다.

자유연상	▶	생각문장	▶	동작행동
(사띠)	◀	(성찰)	◀	(반성)

어떤 사람이 화를 내고 있다면, 그 사람 머릿속에는 이미 화를 내지 않을 수 없는 '첫 번째 행동으로서의 생각'이 들어 있다(혹은 증세나 체화를 통한 자동화 반응이 일어난 것이다). 말하자면 '몸동작으로서의 행동'이란, 자기의 생각이 자신을 대상으로 일으킨 '3차 마술'과 같다.

가령 아이 성적이 좋지 않자 화를 내는 아빠가 있다면, 아마도 그 아빠 머릿속에는 1) '성적이 나쁘면 성공할 수 없다' 2) '화를 내서라도 아이를 공부하게 만들어야 한다' 3) '야단치면 아이는 공부할 것이다'라는 밑바탕 생각들이 들어 있을 것이다. 다만 이러한 밑바탕

믿음이 너무 강하면, 화부터 내는 체화된 자동화 습관이 일어나, 마치 자기 체질이나 유전처럼 여겨질 수도 있다.

결국 화를 낸 걸 후회하고 다시는 화를 내지 말아야지, 하고 아무리 후회하고 반성하고 결심해도, 머릿속에 이러한 밑바탕 생각이 그대로 남아 있는 한, 화를 내는 행동은 거듭 반복될 수밖에 없다. 왜냐하면 화를 내는 행동은 첫 번째 행동이 아니라, 머릿속 생각이 만들어낸 부차적 연상행동이어서, 자신을 바꿔나가려면, 동작행동을 '반성'하기 전에 생각문장을 '성찰'해야 한다. 부차 행동만 고치려는 건 마치 담배를 계속 피우면서 폐렴을 고치려는 것 만큼이나 부질없는 짓이다. 혹은 맨 앞사람은 두고 두세 번째 사람에게 빨리 행진하라고 말하는 것 만큼이나 우스꽝스러운 충고다.

자기 자신을 고친다는 건 점화를 바꾸는 것이다. 우리에겐 자유의지가 없다. 따라서 자기 변화의 열쇠는 자기의 밖에 존재한다. 그럼에도 얼마나 많은 사람들이 점화를 사띠(알아차림)하지 못하고, 고정관념의 증세에 포획되어 있는가. 일테면 '벤츠'를 보면 '성공'이나 '행복' 등을 연상한다. 영화 「밀양」의 신애(전도연)나 종찬(송강호)처럼 통속적인 연상을 반복하는 것이다. 그 바람에 벤츠를 구입한다. 그리고 행복하지 않아도 행복하다고 생각한다. 얼마나 귀여운가.

마치 "원숭이 똥구멍은 빨개, 빨가면 사과, 사과는 맛있어, 맛있으면 바나나……"처럼 자동화되어 있다. 그러나 다른 연상을 가져볼 수도 있지 않은가. "원숭이 똥구멍은 빨개, 빨가면 장미, 장미는 예뻐, 예쁘면 마릴린 먼로……". 어떤 사람은 원숭이 똥구멍을 보고 바나나를 사먹는다. 그러나 어떤 사람은 원숭이 똥구멍을 보고 마릴린 먼로 주연의 영화를 찾아볼 수 있다. 같은 현실에서 전혀 다른 연상이 이어지면 전혀 다른 세계가 나타난다. 놀랍지 않은가. '바나나'와 '마릴린 먼로' 양쪽 모두 알고 보면 원숭이 똥구멍에서 나왔다니 말이다.

인간의 첫 번째 생각행동은 어휘 선택이다

인간은 언어로 생각한다. 언어를 사용할 때 우리가 하는 첫 번째 선택은 어휘의 선택이다. 어휘 선택은 생각의 첫 번째 선택행동으로 자기 운명, 자기 서사의 '첫 단추'와 같다. 어휘 선택을 잘못하면 나머지 모든 연쇄하는 행동들까지 잘못 꿰일 수 있다. 첫 번째 선택인 어휘 선택을 잘못하면, 그다음의 사유나 행동은 그만큼의 혼란 내지 실수로 이어질 수밖에 없다.

마치 일본군이 의병을 '소탕'하고 조선에 '진출'한 것으로 여기는 사람은 식민사관을 주장하겠지만, 의병을 '학살'하고 조선을 '침략'한 것으로 여기는 사람은 민족사관을 가질 수밖에 없는 경우와 같다. 혹은, 직업을 '생계 수단'이라는 뜻으로 떠올리는 사람은 자기 하고 싶은 일이 있어도 참고 취업 준비에 열중하겠지만, '자아실현 방법'이라는 어휘를 떠올리는 사람은 자기 하고 싶은 일에 더욱 열심인 경우와 같다. 혹은, 밤하늘의 별들을 '물병자리' '사자자리' '페가수스' 등과 같은 언어로 읽는 사람은 신화적 세계를 만나고, '혹성' '초신성' '안드로메다' 등으로 읽는 사람은 물리학적 우주와 만날 수밖에 없는 것과 같다.

어휘 선택은 자기 서사의 첫 단추여서, 아무렇게나 어휘 선택을 하면 아무렇게나 행동하는 사람일 수밖에 없고, 보다 창의적으로 선택하면 그만큼 더 창의적인 사람일 수밖에 없다. 하지만 초보 습작생들을 보면 평소 너무 거친 어휘 선택에 익숙해져 있다. 다음 〈보기〉의 1)은 놀이터 이야기를 다룬 습작생의 생활글 문장이다. 2)는 21세의 대학생이 쓴 생활글로, 아침에 알람 소리를 듣고 일어나는 장면을 묘사하고 있다. 그리고 3)과 4)는 직장인이 쓴 생활글이다.

보기

1) 내 운동화 속으로 모래가 들어와 놀이 기구를 타보기도 전에 나에게 **불쾌감을 준다.**

2) 오늘은 알람 소리가 유독 크고 소란스럽다. 울리는 것을 서둘러 일어나 끄기보다 빨리 그치기만을 누워서 바라고 있자니, 유난히 길고 소란스럽게 울리기만 하는 알람 소리에 **화까지 난다.**

3) 나는 그가 무슨 말을 하려고 그러는지 가늠하지 못하고 머릿속으로 방울만 돌돌 굴리고 있었다. 내 생각에는 털이 날리니 조심하라고 말만 하면 될 것 같았다. 키우고 안 키우고의 문제를 관여하는 건 **싫었다.** 그렇게 말하는 사람도 있을 수 있겠거니 해도 **싫었다.** 묘하게 계속 생각나게 하고, 생각나면 **기분 나빴다.**

4) 입사 초기 회의 시간에 지적받은 것도 있고, 아직 갓 1년밖에 안 된 것도 있고, 사장 상무가 어려운 것도 있고 해서 나는 회의 시간이 **싫었다.** 가볍게 차 한 잔 마시며 지난 일주일을 돌아보고 새로운 일주일을 계획하자는 취지로 회의가 존재하는 것이라지만, 나는 차 한 모금 목으로 넘기는 것도 **무섭다.** 그 취지는 사장과 상무에게만 적

용되는 것 같다.

놀이터에서 놀다 보면 운동화 속으로 모래가 들어가곤 한다. 그것은 때로 다소 '불편'한 일이다. 그렇다고 '불쾌'할 필요까지는 없다. 따라서 1)은 "놀이 기구를 타보기도 전에 불편했다"라고 서술하는 게 적절하다.

2)는 알람 소리가 소란스럽게 울리는 가운데 알람이 그치기만을 기다리는 게으른 순간을 잘 포착하고 있다. 그러나 화까지 낼 필요는 없다. 아마 "알람 소리가 듣기 싫었다" 혹은 "성가시기만 했다" 아니면 "짜증이 났다" 정도가 적절할 것이다. 뿐만 아니라 "알람 소리에 도리어 정신이 맑아지기만 했다"라고 서술할 수도 있었을 것이다. 어휘 선택을 너무 거칠게 해서 '화까지 난다'라고 하는 사람은, 정말로 알람 소리에도 화를 내는 거친 사람으로 행동할 것이다.

3)은 29세의 회사원 습작생이 제출한 생활글 일부다. 글쓴이가 길고양이를 돌봐주는데, 직장 동료가 지나치게 강한 어조로 반대 의견을 표해 갈등을 겪는 대목이다. 그러나 읽어보면 화자가 너무 강하게 감정 반응을 일으키는 것을 볼 수 있다. "싫었다" "싫었다" "기분 나빴다"라는 말이 거푸 등장한다.

4)는 회의 시간에 겪는 위축감을 잘 표현하고 있지만, 역시 감정 반응이 너무 과도하다. 회의 분위기가 아무리 경직되어 있다 하더라도 무서워할 필요까지는 없을 것이다.

따라서 강조된 표현을 다음과 같이 수정하면, 한결 명확하면서도 애증의 감정을 일으킬 필요조차 없다. 싫다, 무섭다, 기분 나빴다는 감정 자체가 불필요한 과잉 반응에 불과한 것이다. 감정은 언제나 정직한 자기 반응이지만, 감정을 드러내는 언어는 이미 오염된 자동화 반응일 수도 있다. 따라서 모든 감정 반응이 정직한 자기 반응이지는 않다.

3) 나는 그가 무슨 말을 하려고 그러는지 가늠하지 못하고 머릿속으로 방울만 돌돌 굴리고 있었다. 내 생각에는 털이 날리니 조심하라고 말만 하면 될 것 같았다. 키우고 안 키우고의 문제를 관여하는 건 **다소 지나친 것 같았다. 그렇게 말하는 사람도 있을 수 있겠거니 해도 마음이 불편해지는 것은 어쩔 수 없었다.** 묘하게 계속 생각나게 하고, 생각나면 **나도 모르게 혼자 하고 싶은 일을 간섭받는 아이처럼 시무룩한 표정이 되었다.**

4) 입사 초기 회의 시간에 지적받은 것도 있고, 아직 갓 1년밖에 안 된 것도 있고, 사장 상무가 어려운 것도 있고 해서 나는 회의 시간이 **꺼려졌다.** 가볍게 차 한 잔 마시며 지난 일주일을 돌아보고 새로운 일주일을 계획하자는 취지로 회의가 존재하는 것이라지만, 나는 차 한 모금 목으로 넘기는 것도 **조심스러웠다.** 그 취지는 사장과 상무에게만 적용되는 것 같다.

언어는 감정을 변화시킨다

인간의 시신경은 750만 가지나 되는 색감을 변별할 수 있다. 하지만 먼셀 24색으로만 보면 고작 스물네 가지 색깔로만 세상이 나타나듯, 인간은 언어로 인지하기 때문에 자기가 알고 있는 어휘 가짓수와 표

9장 어휘 선택은 자기 서사의 첫 단추다

현능력대로 세상을 의식할 수밖에 없다. 특히 어휘 선택은 세계를 해석하는 첫 번째 동작이어서, 번번이 세계 자체와 헷갈리곤 한다.

가령 '자두를 먹을래? 딸기를 먹을래?' 하는 질문은 얼핏 선택의 자유가 주어진 것처럼 보이지만, 과일만을 먹어야 한다는 점에서 매우 한정된 자유일 수밖에 없다. '인간의 본성은 선한가? 악한가?' 하는 질문 역시 인간의 본성을 선하거나, 악하거나, 선하기도 하고 악하기도 하다는 식의 선악론 관점으로만 사고를 제한시킨다. 또, '가을이어서 쓸쓸하다'라는 문장을 선택하면 쓸쓸한 감정이 당연한 감정처럼 여겨진다.

하지만 이러한 감상조차 사실이 아니라, 어휘 선택을 통한 해석일 뿐이며, 자신의 어휘 선택에 따른 '결과'이다. 왜냐하면 '가을'이라는 인식조차 이미 하나의 어휘 선택이기 때문이다. 다시 말해, '10월' '추분' '추석 연휴 다음 주' 등과 같은 얼마든지 다른 어휘 선택이 가능하다. '추분'이라는 어휘를 선택하면 '추분이어서 쌀쌀하다'라든가 '추분이어서 해가 짧아졌다'라는 감상은 가능하지만, '추분이어서 쓸쓸하다'라는 감상은 아무래도 어색하다. 결국 '가을'과 '쓸쓸함'은 사실 자체가 아니라, 나의 의도적인 어휘 선택으로 드러난 자기 투사적 해석이다.

우리는 인지할 때마다 언제나 어휘 선택이라는 필터를 거친다. '세계 → 나'의 단순 반응이 아니라 '세계 → 언어 → 나'의 연쇄 자극으로 이루어진다. 뿐만 아니라 나의 어휘 선택에 따른 묘사이기 때문에 실제로는 '나 → 언어 → 세계'의 표현 반응으로 나타난다. 따라서 자신을 표현하는 언어가 거칠면 자기 스스로 거칠게 행동하지만, 자신을 표현하는 언어가 명확하면 한결 명징한 행동을 취할 수 있다. 카프카의 말처럼 "그 이름을 정확하게 불러야 그 삶이 우리에게 온다, 그것이 삶이라는 마술의 본질이다."

이러한 언어 선택의 힘은 자기 자신의 느낌을 표현할 때 더욱 분명하게 드러난다. 가령 어두운 골목을 걸어갈 때면 대부분 무서움을 느낀다. 그러나 무서움을 표현하는 어휘들은 매우 많다. 겁이 나다, 겁에 질리다, 긴장하다, 놀라다, 당황하다, 두렵다, 떨리다, 무섭다, 무시무시하다, 불안하다, 섬찟하다, 소름 끼치다, 안절부절못하다, 안쓰럽다, 염려스럽다, 조바심이 나다, 주눅이 들다, 질리다, 찜찜하다, 초조하다…… 등등.

또 가령 화가 나는 경우에도 전혀 다른 어휘 선택이 가능하다. 짜증 나다, 분통이 터지다, 성질나다, 속상하다, 속이 부글부글 끓다, 숨막히다, 신경질 나다, 억울하다, 열 받다, 울화통이 터지다, 원망스럽다, 유감스럽다, 적개심을 느끼다, 죽겠다, 핏대가 서다, 환멸을 느끼다…… 등등.

결국 무서움을 느끼든 화가 나든 다양한 어휘 수만큼의 다양한 감정 반응 내지 선택이 가능한 것이다. 무서움이 느껴지면 무서움을 느끼지 않을 수 없고, 화가 나면 화를 내지 않을 수 없지만, 이러한 감정을 표현하는 어휘는 무수하고, 우리는 그만큼의 선택 자유를 갖는다. 자기가 구사할 수 있는 언어 선택의 폭만큼 자유로울 수 있다. 뿐만 아니라, 아래 〈보기〉의 경우처럼, 화가 나더라도, 어휘 선택과 표현 방법에 따라 전혀 다른 모습으로 변형시킬 수 있다.

보기

1) 네가 이번에도 약속을 지키지 않아 **화가 났다.**

2) 네가 이번에도 약속을 지키지 않아 **매우 유감스럽다.**

3) 네가 이번에도 약속을 지키지 않았는데도 지키지 못할 만한 이유가 있을 거라고 믿고 싶어 하는 **나 자신에게 화가 났다.**

4) 네가 이번에도 약속을 지키지 않아서 다시는 너와는 약속 따위 하지 않겠다고 **나 자신과 약속했다.**

얼마 전 보험회사에 다니는 친구를 만나 이런저런 얘기를 나눴다. 하지만 이해관계가 달라 대화가 매끄럽게 이뤄지지 않았다. 그래서인지 그는 나와 눈도 마주치지 않고 가버렸다. 나는 그의 어린애 같은 태도가 매우 언짢고 불쾌했다. 그러자 마음속에서 다음과 같은 문장들이 생겨났다. '나는 그가 싫다' '나는 그가 짜증난다' '그는 다시는 만나고 싶지 않은 친구다'…….

이러한 생각이 떠오르자 그가 싫은 이유, 그가 짜증나는 이유, 그를 다시는 만나고 싶지 않은 이유들이 떠올랐다. 하지만 하루 이틀 지나자 다음과 같은 문장으로 생각이 바뀌었다. '내가 기대한 만큼의 예의를 지키지 않는 그의 모습에 실망했다' 혹은 '내가 원했던 만큼 대화가 잘 이루어지지 않아 불편했다'. 이렇게 문장을 바꾸고 나니, 앞서의 문장보다 한결 더 적합한 표현 같았다. 동시에 놀랐다. 이러한 문장이 보다 적합한 표현이라면, 앞서 제시한 문장을 통해 생겨난 싫고 짜증나고 미운 감정 등은 모두 다 잘못된 문장 때문에 생겨난 일종의 헛것으로서의 감정이란 말인가.

보기

1) 나는 그가 **싫다**(나는 그가 **짜증난다** or 나는 그가 **밉다**).

2) 내가 기대한 만큼의 예의를 지키지 않는 그의 모습에 실망했다, 혹은 내가 원했던 만큼 대화가 이루어지지 않아 불편했다.

3) 대화가 서로 충분히 이루어지지 않으면 마음이 불편하다, 혹은 나는 대화가 충분히 이루어지지 않으면 대화가 끝난 뒤에 혼자 계속 대화하게 된다.

하나의 문장은 하나의 생각이다. 1)의 생각을 할 경우, 싫음, 짜증, 미움 등이 생겨난다. 반면 2)의 문장을 사용할 경우, 실망이나 불편한 마음이 생겨날지언정, '싫음, 짜증, 미움' 등의 감정은 생겨나지 않는다. 심지어 3)의 경우, '그'라고 하는 대상조차 사라지거나, '서로' 또는 희화화된 '나'로 대체되었다.

우리는 보통 어떤 사건이나 어떤 사람에 대해 싫은 감정, 미운 감정이 생겨나면, 그 감정들을 처리하기 위해 적잖은 마음고생을 한다. 마음은 스스로 정당해지기 위해, '그가 싫다'는 생각을 떠올리면, 이러한 문장이 참이 되게 하려고 갖은 애를 쓰기 마련이다. 그래서 그가 싫은 이유, 나아가 누구나 그를 싫어할 수밖에 없는 사람이라는 단서를 충분히 찾아낼 때까지 온갖 수고를 아끼지 않는 헛된 감정싸움을 벌인다.

이러한 이유로 누군가를 싫어하거나 미워하는 감정을 가져본 사람은 알겠지만, 그러한 감정은 누구보다도 스스로를 매우 힘들고 불편하게 만든다. 특히 싫은 감정이나 미운 감정 같은 부정적 감정은 스트레스나 화를 불러일으킬 수 있기 때문에 참아내느라 갖은 애를 먹게 된다. 그래서 『화를 다스리는 방법』 같은 책을 사 보기까지 한다.

　　　　　9장　어휘 선택은 자기 서사의 첫 단추다

하지만 위의 실례에서 보듯, 싫음 짜증 미움 등의 감정은 애당초 1)이 아닌 2)의 문장을 사용했더라면, 생기지 않았을 감정이다. 순전히 **자기가 만들어낸 언어 한계로 빚어진 헛것으로서의 감정**인 것이다. 헛것으로 감정을 만들어내고, 그 감정을 어쩌지 못해 쩔쩔매야 한다니, 얼마나 어리석은 일인가. 동생이 라면 먹는 걸 보고 '라면 참 맛있겠다'라는 표현을 만들 수도 있지만, '이 시간에 라면을 먹다니 참 한심하다'라는 문장을 만들 수도 있다.

우리가 평소 하는 행동은 '자유연상' → '생각문장' → '동작행동'의 순으로 이루어진다. 화가 나는 것은 동작행동에 속한다. 화를 참으려고 해봐야 쉽지 않다. 이미 화가 나는 생각문장을 품고 있기 때문이다. 자신의 생각문장을 살피는 인문학적 성찰이 필요하고 나아가 자신의 자유연상을 불러일으킨 점화까지 살피는 사띠가 필요하다.

언제나 더 매력적인 어휘 선택이 있다

어휘 선택을 한 순간, 이미 하나의 행동을 취한 것이다. 어휘 선택을 한 순간, 이미 첫 단추를 꿴 것이다. 가령 "유부남이 바람을 피워도 되나요?"라고 내게 물으면 나는 답할 것이다. "안 됩니다." 그러나 "중년 남자도 사랑에 빠질 수 있나요?"라고 물으면 "네, 사랑은 참 좋은 거지요. 아니, 세상에서 최고로 좋은 거지요"라고 답할 것이다. '유부남'이라는 어휘와 '중년 남자'라는 어휘는 동일한 대상을 가리킬 수 있지만, 이미 전혀 다른 각도에서 호명한 것이다. '바람을 피우는 것'과 '사랑에 빠지는 것'은 전혀 다른 해석과 가치를 부여하는 행위다.

또 누군가 내게 "이기적으로 살면 되나요?"라고 물으면, 나는 의당 "안 됩니다"라고 대답할 것이다. 그러나 "자기 욕망에 솔직해야하나요?"라고 묻는다면 "네, 그렇습니다"라고 대답할 것이다. "자기만 위해 살아도 됩니까?"라고 물으면 "아니요"라고 대답하겠지만, "오직 자신을 사랑해야 하나요?"라고 물으면 "네, 그렇습니다"라고 대답할 것이다. 어떤 학생이 "꼭 대학에 가야 하나요?"라고 물으면 "아닙니다. 꼭, 이란 경우는 존재하지 않습니다"라고 답하겠지만 "가급적 대학에 가야 하나요?"라고 물으면 "가급적 가면 좋겠지요"라고 답할 것이다.

자기 마음대로 이름을 붙일 수는 없다. 물고기를 '선풍기'라고 이름 붙이거나 꽃을 '의자'라고 부를 수는 없듯 '불륜'을 '사랑'으로 미화할 수 없고, '사랑'을 '바람'이라 폄하할 수 없다. '이기심'을 '자아실현'이라고 미화할 수도 없다. 하지만 어떠한 경우에도 붙일 수 있는 하나 이상의 여러 이름이 있고, 표현할 수 있는 얼마든지 많은 다른 방법이 있다. 르네 마그리트의 표현을 빌리면, "하나의 대상은 그것에 더 잘 어울리는 다른 이름을 찾아낼 수 없도록 그렇게 하나의 이름과 붙어 있지는 않다".

언제나 얼마든지 더 매력적인 어휘 선택과 표현 방법이 있다.

이러한 이유로 글쓰기 공부는 가장 강력한 자기 성찰이자, 구체적으로 자기해방을 추구하는 운동일 수밖에 없다.

10장 지금보다 더 좋은 생각문장이 있다

글쓰기와 문장 만들기 1

인생은 문장을 만들고 문장은 인생을 만든다

누구나 한 번 산다. 인생은 단 한 번뿐이다. 그런 점에서 인생만큼 허무한 것도 없다. 지나고 나면 그것으로 끝일 뿐, 다시는 되돌릴 수 없다는 점에서 참으로 허무한 것이다. 그런가 하면, 누구나 한 번 산다. 누구에게나 인생은 단 한 번뿐이다. 그런 점에서 인생만큼 공평한 것도 없다. 부자든 거지든, 나쁜 사람이든 착한 사람이든, 단 한 번 살고 결국은 모두 죽는다는 점에서 더없이 평등하다. 하지만 인생은 단 한 번뿐이어서 더없이 소중한 것이기도 하다. 모든 순간은 다시는 돌아오지 않기에 그 자체로 유일한, 더없이 소중한 순간이다.

내가 만약 2020년 11월 11일 오후 3시 33분 현재, 노인에게 버스 자리를 양보하지 않았다면, 아무리 오랜 시간이 지난다 해도, 언제까지나 영원히, '2020년 11월 11일 오후 3시 33분 현재, 노인에게 자리를 양보하지 않은 사람'으로 남는다. 우리는 비록 '찰나의 순간들'을 살아가고 있지만 그것은 동시에 '영원한 결정'이기도 하다. 니체 표현을 빌리면, 한 번 산다는 사실을 가장 정확하게 인지하는 사람이란, 순간을 영원처럼 받아들이는 운명애amor fati를 지닌 사람이다.

그런데 나는 지금 명백한 사실 즉, 인생은 단 한 번뿐이라고 하는 하나의 자명한 사실을 이유로 들어 세 가지 서로 다른, 그러나 모두 공감할 만한 생각문장을 이끌어냈다. 즉, '인생만큼 허무한 것도 없다' '인생만큼 공평한 것도 없다' '인생만큼 소중한 것도 없다'.

	허무하다.
인생은 한 번뿐이어서	공평하다.
	소중하다.

하지만 이렇게 표로 정리해놓고 보니까 아무래도 좀 이상하다. 하나의 같은 사실을 두고, 어떻게 제각각 다른 생각으로 이어질 수 있을까? 한 번 더 생각해보면, 참으로 희한한 일이다. 양쪽 모두 단 한 번밖에 살지 못한다는 사실로부터 출발했는데, 어떤 사람은 그 때문에 인생은 허무한 것이자 존재하지 않는 것과 같다고 여긴다. 반면에 다른 어떤 사람은 바로 같은 이유로 인해, 인생은 한없이 소중한 것이고 영원히 회귀하는 것과 마찬가지라고 생각한다. 어떻게 이런 차이가 가능할까?

모든 문장은 창작이다

모든 글은 문장으로 이루어지는데, 모든 문장은 '어휘 선택'과 '어휘 연결'로 이루어진다. 로만 야콥슨의 연구에 따르면 실어증 환자들은 '어휘 선택'을 못 하는 실어증 환자와 '어휘 연결'을 못 하는 두 종류로 나뉜다. 글쓰기 역시 마찬가지다. 문장을 만들려면, 우선 어휘 선택을 잘한 다음 어휘 연결을 잘해야 한다.

어휘 선택은 언제나 하나 이상의 선택이 가능하다. 앞서의 예처럼, 점심시간에 친구에게 전화를 걸어 "뭐 해?"라고 물어보면, 여러 종류의 대답이 나올 수 있다. 1)"미숙 씨랑 스파게티 먹었어"라는 대답을 들을 수도 있고, 2)"부장님이랑 점심 식사 했어"라는 답변을 들을 수도 있다. 혹은 3)"동료랑 사다리 타기 해서 얻어먹었어"라는 설명을 들을 수도 있다. 위의 문장들만 놓고 보면 1)와 2)와 3)가 각기 다른 사람이며, 서로 다른 점심시간을 가진 것처럼 보인다.

우리는 이렇게 사실을 문장으로 옮겨놓을 때마다, 원자들이 모여 전혀 다른 속성의 분자 물질을 만들어내듯, 적절한 단어를 선택-연결하여 새로운 의미를 창작한다. 지극히 간단한 사실조차 하나의 문장으로 옮겨놓는 순간, 그것은 이미 그 사람에 의해, 어휘의 선택-연결이라고 하는 하나의 화학적 변환이 이루어진 것이다. 어떤 순간에도 문장은 사실을 그대로 '재현'하는 것이 아니라, 글쓴이가 사실을 질료로 삼아 새롭게 '생성'한 것이다.

우리의 생각이 문장으로 이루어져 있고, 문장을 만들 때는 언제나 다양한 어휘 선택과 연결이 가능하다면, 우리의 생각은 언제나 명백한 객관적 '사실'이기보다 자신이 선택과 연결로 생성시킨 '창작'일 수밖에 없다. 우리가 사용하는 모든 생각문장은, 그것이 '언어'라는 기호로 이루어져 있는 한, 사실 그대로의 '재현'이 아니라 사실을 원료로 삼아 '창작'한 것이다.

자신의 눈앞에 진달래꽃이 피어 있어서 '진달래가 폈다'라고 말하는 순간에도, 자신의 애인이 떠나 '애인이 떠났다'라고 말하는 순간에도, 그것은 재현이 아니라 얼마든지 다르게 인식하고 생각하고 표현할 수 있는 상황에서 이루어진 자율적 선택 및 연결이다. 진달래를 보고 진달래다, 라고 말하는 행동은 하나의 사건이 아니라 2개의 사건이다. 즉, 진달래를 '바라본 사건'과 진달래다 하고 '말하는 사건'이라는 다른 층위의 두 가지 사건이다.

자신이 인지한 세계는 자기 안에 존재한다

어휘의 선택과 연결에 따라 얼마든지 다른 문장이 가능하다. 대상은 발견하는 방법에 의해 나타난다. 우리가 감지하는 물질은 우주 전체의 구성 물질 중 0.4퍼센트 정도에 지나지 않는다. 우리는 늘 보이는 것만 보고, 혹은 보고 싶은 것만 보고, 그것을 거칠게 조합시켜 인지한다. 매우 간단한 문장 인식도 사실은 매우 복잡한 선택과 연결이 만들어낸 결과물이다. 우리는 평소 언어 훈련을 오래 반복 체화함으로써 굉장히 빠른 속도로 문장을 만든다. 동시에 늘 연결하던 증세대로만 만든다.

우리가 쉽게 변하지 않는 이유다. 새로운 점화가 와도, 체화의 자동화와 증세의 강박에 의해 이제까지 해오던 문장 인식, 문장 표현을 반복한다. 친구가 약속을 어기면 인간은 믿을 게 못 된다고 생각하고, 선배가 돈을 빌리고 갚지 않으면 인간은 믿을 게 못 된다고 생각한다. 약속할 때 좀 더 정확하게 약속하거나 돈을 아예 빌려주지 않으면 되는데 말이다. 결국 믿을 수 없는 건 자기 자신인 셈이다. 고착된 문장은 자기 정체성처럼 스스로를 고착시킨다.

하지만 증세와 체화에 의해 생각문장이 자동화됨으로써, 자기 문장의 문제를 인지하지 못한다. 이러한 문제들이 글쓰기를 통해서야 비로소 드러난다. 글이란 내면을 게워낸 것이나 마찬가지여서, 합평을 통해 보면, 그보다 더 나은 생각문장이 많은데도 그보다 더 못한 생각문장을 선택한 경우가 적나라하게 드러난다. 합평을 통해 단어 하나하나 잘못 선택하고 연결한 것을 체크해봐야 한다. 그러고 나면 이제 단어 하나하나 문장 하나하나를 함부로 쓰지 못한다. 정확히 말해, 주의를 기울이면 이제까지 사용한 생각문장보다 한결 더 다양한 선택과 연결이 가능하다는 사실에 눈을 뜰 수 있다.

11장 새로운 문장은 새로운 사건이다

글쓰기와 문장 만들기 2

해석은 자유다

언어는 일종의 기호다. 사실이 아니다. 언어로는 사실 자체를 말할 수 없다. 사실을 대체하는, 사실과는 전혀 다른 차원의 기호일 뿐이다. 스피노자의 표현을 빌리면, 사실은 '연장속성'에 해당하고, 언어는 '사유속성'에 해당하기 때문에 둘 사이엔 아무런 공통 특성도 존재하지 않는다. '칼knife'이라는 낱말로는 실제 풀을 벨 수 없다. '사실'과 '언어'는, 그것을 같은 것으로 여기는 인간 사회의 약속과 관습 없이는 전혀 만날 수 없는, 서로 다른 차원의 세계다.

가령 다음의 사진 한 장을 보자. 이 사진을 보고, 어떤 사람은 '성실한 시골 농부의 모습이다'라고 생각할지 모른다. 그러나 '낙후된 농촌 사회의 일면이다'라고 단정할 수도 있다. 혹은 '정겨운 고향의 저녁 풍경이다'라고 여길 수도 있다. 실제로는 함께 늙어가는 소와 농부의 삶을 조명한 이충렬 감독의 다큐멘터리 「워낭소리」의 한 장면이지만, 얼마든지 다른 감상이 가능하며, 이때 선택된 어휘들은 사진에 나타난 사실이라기보다 사진에 대해서 해석한 의미들이다.

① 성실한 시골 농부의 모습이다

② 낙후된 농촌 사회의 일면이다

③ 정겨운 고향의 저녁 풍경이다

우리는 매우 단순한 사실조차 '사실 그대로' 말할 수 없다. 가령, 영화배우 송강호를 두고 '송강호는 전 세계에서 가장 연기를 잘하는 배우다'라고 말하면 글쎄? 하고 의문을 표시하면서, 그것은 사실이 아니라 해석일 뿐이라고 여길지 모른다. 그러나 '송강호는 연기력이 뛰어나다'라든가 '송강호는 국내 최고의 연기파 배우다'라는 문장은 사실이라고 여길 수 있다.

하지만 이것 역시 사실이 아니라 해석이다. 심지어 ① '송강호는 남자 배우다'라는 문장조차 사실 자체라기보다 하나의 선택된 해석이다. 왜냐하면 그렇게 말하지 않고 다르게 말할 수 있는, 다시 말해 얼마든지 다른 어휘 선택과 연결이 가능하기 때문이다. 가령 ② '그 남자는 유명 연예인이다' ③ '그 사람은 중견 연기자다' 등등.

하나의 사실을 하나의 문장으로 대체할 때면, 언제든 다른 문장 만들기가 가능하기 때문에, 그것은 여러 가능한 표현 중에 선택된 하나의 해석이다. 꽃이 핀 것을 보고 ① '꽃이 폈다!'라고 생각하고, 새가 날아가는 걸 보고 ① '새가 날아간다!'라고 말해도, 그것은 이미 사실의 재현이기보다 창작이다. ② '봄이 왔다!'라고도 생각할 수 있고, ③ '날씨가 좋다!'라고도 할 수 있는 것이다. ② '철새가 이동한다!'라고도 할 수 있고, ③ '기러기가 떠나간다!'라고도 할 수 있는 것이다. 얼마든지 다르게 선택할 수 있음에도 불구하고, 그와는 다른 문장을 자신이 선택한 것이다.

어떤 말로 하든, 그것은 사실이 아니라 하나의 해석이며 하나의 창작이자 하나의 사건이다. 언어로는 사실 자체에 가닿을 수가 없다. 이러한 사실과 언어 간의 간극으로 인해 언어로는 사실 자체에 이르지 못한 채 언제까지나 그 언저리만을 떠돌아야 하지만, 바로 그렇기 때문에 사실로부터 벗어난, 얼마든지 다른 인식과 해석과 표현을 자유롭게 누릴 수 있다. 얼마든지 더 잘 어울리는 이름을 찾아낼 수 있다는 사실 덕분에 우리는 매 순간 어떠한 사실에 대해서든 자신이 구사할 수 있는 문장 능력만큼 자유로워질 수 있다.

시는 인식의 자유를 만끽한다

시인은 이러한 자유를 가장 만끽하는 예술가다. 어휘 하나하나를 새롭게 선택하고 연결하려 고투하는 그만큼, 그들이 시에서 제시하는 문장은 이제까지의 것과는 전혀 달라서, 전혀 다른 사유나 장면과 마주하게 만든다. 가령, 다음은 장석남의 시집 『새떼들에게로의 망명』(문학과지성사, 1991)에서 만난 문장들이다.

보기

1) 생각난 듯이 눈이 내렸다

2) 이정표는 자꾸 내게 어디 가냐구 묻는다

3) 불이 휜다

4) 저문 하늘을 업고 제 울음 속을 떠도는 / 찌르라기떼 속에 / 환한 봉
  분이 하나 보인다

1)의 문장은 평소 아무도 쓰지 않던 비유다.(「맨발로 걷기」) 2)의
문장도 쓰지 않는 문장이다. 이정표가 내게 길을 묻는다고? 내가 길
을 찾기 위해 이정표를 보는 게 아니라? 아마도 시인은 무심히 걷고
있다가 지명이 적혀 있는 이정표를 보고 자신에게 되물었을 것이다.
나는 지금 어디로 가고 있는 거지?(「달의 길」) 3) 역시, '불이 탄다'나
'못이 휜다'라면 모를까, 거의 사용 않는 문장이다.(「군불을 지피며
2」) 4)에서는 찌르레기 떼 속에서 봉분을 본다. 새 떼 속에서 봉분이
라니? 그것도 환한 봉분이라니?(「새떼들에게로의 망명」)

이렇게 시인은 전혀 다른 문장, 전혀 다른 세계를 발견하고 있다.
얼핏 헛것을 보는 게 아닌가 싶기까지 하다. 하지만 찌르레기 소리
에서 "쌀 씻어 안치는 소리"를 연상하고, 찌르레기 떼가 공중을 나는
모습은 "저문 하늘을 업고 제 울음 속을 떠도는" 모습으로 이어진다.
평소 일반인들이 관습적으로 사용하는 '맑은 새소리'라든가 '하늘을
자유롭게 난다'는 식의 상투적 연상 표현과 비교해보면 한결 더 사
실적이고 구체적이면서 신선하다.

찌르라기떼가 왔다

쌀 씻어 안치는 소리처럼 우는

검은 새떼들

(……)

저문 하늘을 업고 제 울음 속을 떠도는

찌르라기떼 속에

환한 봉분이 하나 보인다

(……)

누가 찌르라기 울음 속에 누워 있단 말인가

(……)

나는 저 새떼들이 나를 메고 어디론가 가리라,

저 햇빛 속인데도 캄캄한 세월 넘어서 자기 울음 가파른 어느 기슭엔
가로

데리고 가리라는 것을 안다

— 장석남, 「새떼들에게로의 망명」

단순히 찌르레기 떼를 표현하고 있는 데서 그치지 않고, "저문 하늘" 혹은 "햇빛 속인데도 캄캄한 세월"의 아픔을 견디며 하루하루 "쌀 씻어 안치"듯 마음을 달래는, 혹은 귀가하여 쌀을 씻어 안치고 밥을 지어 먹는 겸허한 저녁 시간으로 "자기 울음"을 달래는 민초들의 팍팍하지만 애틋한 정서를 겹쳐놓음으로써, "하늘을 나는 새 떼의 운무가 아름다운 장관을 이루었습니다" 같은 상투적 표현을 훌쩍 넘어선다.

위에서 꼽은 문장들은 시집에서 애써 골랐다기보다 그저 눈에 띄는 대로 고른 것이다. 그런 다음 시집 전체를 찬찬히 훑어보니 다음

과 같은 몇 개의 문장들은, 평소 누구나 사용하는 평이한 일반 문장이다. 가령,

　5) 신촌 크리스탈백화점 앞에서 눈을 맞는다
　6) 여의도 분식집에서 저녁밥을 먹고 강변을 걸었다

　5)는 「배호 3」의 첫 행이고, 6)은 「저녁의 우울」 첫 행이다. 참으로 평이한, 평소 일반인들도 얼마든지 사용하는 평이한 문장이다. 하지만 다음 행을 보면 전혀 색다른 표현이 따라붙는다.

　5-1) 신촌 크리스탈백화점 앞에서 눈을 맞는다
　　　눈이 오니까 그녀는 지금
　　　눈길을 오리라
　　　그녀 뒤의 발자국을 눈은 지우리라
　　　자꾸 눈발은 등을 민다 그녀는
　　　등을 밀리며 오리라
　6-2) 여의도 분식집에서 저녁밥을 먹고 강변을 걸었다
　　　강은 내게 오래된 저녁과 속이 터진 어둠을 보여주며
　　　세상을 내려갔다

　5-1)에서 시인은 특정 어절을 음악처럼 반복 변주한다. "눈이 오니까 그녀는 지금 / 눈길을 오리라 / 그녀 뒤의 발자국을 눈은 지우리라 / 자꾸 눈발은 등을 민다 그녀는 / 등을 밀리며 오리라". 눈을 맞으면서, 눈에 미끄러지면서, 눈을 뚫고 동시에 눈발에 밀리며 걸어오

는 모습을 리드미컬하게 이어간다. 6-2) 역시 "오래된 저녁과 속이 터진 어둠"이라고 하는 낯선 표현으로 이어지고 있다.

어떤 시집이든 펼쳐놓고 보면, 모든 좋은 시집은 이렇게 문장 자체가 이미 낯설다. 정확히 말해 새롭다! 이제까지와는 다른 어휘의 선택과 연결로 이루어져 있다. 그럼으로써 이제까지는 없던 세계를 우리에게 펼쳐 보여준다.

대중은 통념적 언어에 갇혀 산다

반면에 대중들은 통속적 상투적 관습적 문장을 수시로 반복한다. 개성적이고 창의적인 참신한 생각문장은 어쩌다 한 번 순간적으로 반짝이다 만다. 인도에 다녀오고, 몽골에 다녀오고, 아프리카에 다녀오고, 그랜드캐니언에 다녀온 각각의 사람들이, 그러나 마치 같은 장소를 다녀온 듯이 상투적으로 말한다. "거기 정말 정말 좋아!" "아, 별이 정말 정말 반짝여!" "자연의 신비를 정말 정말 느낄 수 있어!"

그러나 이러한 표현은 다만 지리산, 심지어 동네 뒷산에 다녀온 사람도 구사할 표현이다. 자기 몸속에 인도나 몽골, 아프리카나 그랜드캐니언을 집어넣고도, 그의 인식 속에는 동네 뒷산을 다녀온 사람과 별다를 것 없는 문장밖에 없다면, 대체 여행은 왜 다녀온 걸까. 열 중에 아홉이 이런 사실-언어 관계를 맺고 산다. 그들은 자기 삶에서 많은 걸 느꼈다고 말하지만, 표현은 진부하기 그지없다.

그러나 실제 경험이나 관찰이 새롭다 하더라도 낡은 문장을 사용하는 한, 저라는 사람은 새로운 경험도 낡은 생각문장으로 담아내는 사람입니다, 라는 정보를 드러낼 뿐이다. 생각문장까지 바뀌어야 한다. 생각문장만큼은 바뀌어야 한다. 문장이 바뀌면 여행을 가지 않아도 새로운 것을 발견할 수 있지만, 문장이 바뀌지 않으면 아무리 여행을 다녀도 상투성만 강해질 뿐이다.

가령, 2020년 11월 7일 오후 3시 47분, 미숙이가 남자친구 길동에게 격한 감정을 드러냈다고 가정해보자. 평소 너무 우유부단한 길동이 이번에도 친구들의 부당한 부탁을 분명하게 거절하지 못했기 때문이다. 그래서 미숙은 자기 가슴을 치며 속상한 표정으로 짜증을 냈다. 이때 일어난 실제 사건을 길동이 어느 정도 정확히 표현하려면, 적어도 다음과 같은 문장을 사용해야 한다.

"순간 미숙은 제 가슴을 치며 내게 속상한 표정으로 짜증을 냈다."

하지만 이렇게 표현하는 경우는 드물다. 대개는 다음과 같이 간략하게 표현한다.

보기

1) 미숙이 내게 짜증을 냈다.

2) 미숙이 내게 화를 냈다.

3) 그녀가 내게 화를 냈다.

4) 걔가 내 의견을 또 무시했다.

5) 그 여자는 남자친구 알기를 애완용 강아지만도 못하게 여긴다.

6) 여자가 목소리만 크다.

7) 무슨 여자가 자기 멋대로 행동한다.

8) 무슨 여자가 그녀 아빠를 닮아 툭하면 화를 낸다.

9) 본래 이씨 집안은 성질이 더럽다. 아무 때나 성질내는 건 그 집안 내력이다.

10) 그녀 집안은 성질이 (모두) 못됐다.

1)은 '그 순간의 미숙'을 '미숙'으로 뭉뚱그려버렸다. 거친 압축이다. '속상해서 낸 짜증'을 그냥 낸 '짜증'으로 일반화시키고, 자기 가슴을 치며 낸 동작은 생략해버렸다. 거칠게 뭉뚱그려버림으로써 실제 사건을 거칠게 왜곡하고 있다. 2)는 여기서 머물지 않고 '짜증'을 '화'로 과장해버렸다. 3)은 '미숙'이란 호칭을 '그녀'라고 하는 일반 인칭대명사로 전치했다. 4)는 그것도 모자라 '걔'라고 더욱 거리감이 느껴지는 동시에 상대를 비하하는 투의 인칭대명사로 바꿨다. 동시에, "의견을 또 무시했다"고 비약해버렸다. 이러한 압축과 비약의 청킹업은 5)에서 더욱 확장된다.

7)에 이르면 주어는 '무슨 여자'라고 하는 무작위 인칭대명사로 전치되고, 그녀 행동은 '자기 멋대로 아무렇게나 하는 행동'으로, 그야말로 자기 멋대로 아무렇게나 과장해버렸다. 8), 9), 10)에서는 비과학적인 유전론으로 죄 없는 아빠까지 함께 싸잡아 언급했다. 연좌

제가 따로 없다. 이쯤 되면 이미 일어난 사건의 실제 성격과는 동떨어져도 한참이나 동떨어져버렸다.

　1), 2), 3), 4), 5)가 개인적인 일상언어에서 흔히 사용되는 거칠고 과장된 문장 만들기라면 6), 7), 8), 9), 10)은 통념으로 굳어진 대중적 일상언어의 거칠고 과장된 통념언어다. 대개의 속칭 '아저씨' '아줌마'들은 6), 7), 8), 9), 10)의 통념언어를 쓴다. 스스로의 통념언어를 버리지 못하는 한, 통속에서 벗어나기 어렵다. 이렇게 통념언어를 쓰면 첫 문장, 첫 어휘부터 얼마간의 거친 비약과 지나친 생략을 통해 실제로부터 한참 동떨어진 얘기를 하기 일쑤다.

　그런데도 그렇게 표현된 것을 '사실'로 여긴다. 이렇게 거친 언어로 표현된 것을 의심 없는 실제 사건으로 받아들이는 한, 우리 인식은 언제나 진실로부터 한참 떨어져 겉돌 수밖에 없다. 거듭 강조하지만 2)부터 10)까지의 문장뿐 아니라, 이미 1)의 문장 자체가 실제 사건으로부터 한참 멀어진 표현이다. 그럼에도 대중은, 나이가 들수록 대개 8), 9), 10) 수준의 문장을 아무렇게나 사용한다. 그러면서 자신이 실제 경험한 것과 자신이 문장으로 표현한 것 사이에 엄청난 간극이 존재한다는 걸 인지하지 못한다.

　대부분의 대중이 이렇게 엉터리 통념적인 문장 만들기를 고집하고 또 그것을 곧이곧대로 사실이라 여기며 산다. 일상언어 즉, 대중이 평소 쓰는 문장이란 이렇듯 실제 진실과는 한참 동떨어진 표현이자 통념적인 인과로 이루어진 연쇄 사슬일 뿐이다. 이러한 왜곡이 바로잡히지 않는 이상, 우리는 진실로부터 한참이나 멀어진 업장윤회業藏輪廻를 반복해야 할 것이다.

　제발 6), 7), 8), 9), 10)처럼 말하지 말고, 1), 2), 3), 4), 5)처럼도

생각하지 말아야 한다. 이런 식으로 말하고 생각할 때 가장 피해를 보는 사람은 누구일까? 바로 이런 말과 생각을 하는 사람과 가장 가까이 있는 사람, 가장 자주 만나는 사람 즉, 내가 가장 사랑하는 사람들일 것이다. 그중에서도 특히 자기 자신이 그러할 것이다.

12장 하나의 새로운 문장은
하나의 새로운 세계다

글쓰기와 문장 만들기 3

문장 감각부터 익히자

글쓰기란 문장으로 만드는 레고 블록과 같다. 모든 글은, 다만 문장의 연쇄일 뿐이다. 하이쿠처럼 짧은 시의 경우 단 하나의 문장으로 오랫동안 잊히지 않는 하나의 작품이 된다. 적잖은 시가 단지 서너 문장만으로 완성된다. 단편소설은 대략 1천여 개 정도의 문장으로 완성되며, 장편소설이란 다만 더 많은 숫자의 문장일 뿐이다. 모든 글쓰기는 문장을 어떻게 만드는가에 의해 결정된다.

대부분 습작생들은 문장 개념이 부족하다. 신춘문예를 비롯한 문학상 심사평에서 가장 자주 언급되는 문제이기도 하다. '언어 의식이 부족하다' '문장이 엉망이다' '문장력이 빼어나다' '문장을 다듬는 솜씨가 뛰어나다' 등은 모두 문장을 중시하는 언급들이다. 좋은 작가는 좋은 문장을 구사한다. 어떤 문장이 좋은 문장일까? 좋은 시인, 좋은 작가들의 문장이 좋은 문장이다. 그들은 어떻게 좋은 문장을 구사할까? 좋은 시인, 좋은 작가의 문장을 계속 읽다 보면 알게 된다.

문장은 어휘의 선택과 연결로 이루어지므로, 좋은 어휘 선택과 좋은 어휘 연결을 한 문장이 좋은 문장이다. 다시 말해, 하나의 어휘를 선택하거나 또 하나의 어휘로 연결하는 순간마다, 보다 더 좋은 선택과 연결이 있지 않을까? 스스로 탐색해야 한다. 하지만 적잖은 습작생들이 이러한 탐색 과정 없이 곧바로 단편소설을 쓰고 나서 주인공 성격이 문제라느니, 이야기에 극적 장치가 부족하다느니, 하는 꽤나 거창한 평을 나눈다. 소가 웃을 일이다. 이것은 마치 아이가 처음 그린 그림을 두고, 색감이 부족하다거나 터치가 약하다는 평을 하는 것과 같다.

문장 늘리기 연습

습작생들의 문장을 살펴보자. 대개의 초보 그림은 빗금부터가 삐뚤삐뚤 잘못 그려져 있듯, 초보 습작생 작품은 문장부터 잘못되어 있다. 지난 15년간 '글쓰기 공작소'를 진행하는 동안, 습작생들의 습작품을 평할 때마다 잘못된 문장에 밑줄을 그어 표시를 해두었는데, 첫 단락에서 이미 세 곳 이상 밑줄을 긋지 않은 작품이 그동안 겨우 한두 작품이나 될까 싶을 만큼, 대부분이 문장부터 엉망이었다.

그런데 정작 습작하는 당사자들은 그걸 잘 모른다. 평소 자신이 써오던 습관 그대로 문장을 만들어 잇기 때문에 평소 아무나 쓰는 수준 이상의 것을 탐색할 줄 모른다. 평소 아무나 쓰는 통념언어로는 결코 남다른 글이 나올 수 없다. 좋지 않은 작품과 좋은 작품은 생각문장부터가 다르다. '글쓰기 공작소'에서는, 학생들에게 문장 감각부터 익히는 몇 가지 연습을 시키곤 하는데, 그중 하나가 '문장 늘리기 연습'이다.

가령 '비가 오는 날씨를 자유롭게 묘사하되, 어절 수를 늘려가며 15개 이상의 문장을 서술하시오'라는 숙제를 낸다. 다음은 이러한 숙제의 결과물이다. 읽으면서 걸리는 표현 부분을 체크해보자.

보기

1) 비가 내린다.

2) 가는 비가 흩뿌린다.

3) 침이 고이는 듯한 단비가 내렸다.

4) 점점 굵어지던 비가 다시 가늘어진다.

5) 오디가 잘 익는 때에 여름 장마도 시작이다.

6) 양동이의 물을 퍼붓듯 순간 집중호우가 내린다.

7) 화단에 물을 줘야겠다 싶은 만큼 가뭄 끝에 비가 내렸다.

8) 빗소리에 잠에서 깨어났지만 빗소리가 다시 잠을 불러왔다.

9) 밤새 비가 내리는가 싶더니 어느새 햇살이 방 안에 가득하다.

10) 비가 오자 가뜩이나 찜찜하던 그의 방이 습한 냄새로 가득 찼다.

11) 살포시 내리는 가랑비를 보고 있자니 왠지 반가운 소식이 올 것 같다.

12) 담배 한 대를 피우고 나니 어느새 해가 비칠 만큼 짧은 소나기가 내렸다.

13) 자동차에 먼지를 뭉쳐놓을 정도로만 흩뿌린 여우비에 야단이라도 쳐주고 싶다.

14) 차창 밖으로 내리는 비가 올챙이처럼 꼬물꼬물 기어가는 모습을 한참 바라보았다.

15) 비 오는 날 수목원을 걷고 있노라면 어느 누구라도 시인이 될 것 같은 기분이 든다.

16) 빗물받이에 떨어지는 빗방울 소리가 수돗물 소리만큼이나 크게 들릴 정도로 거센 비가 내렸다.

17) 소리 없는 안개비가 버스를 기다리는 동안 내 하얀 블라우스를 살빛으로 물들일 만큼 내린다.

18) 아침부터 비가 오는 통에 가뜩이나 붐비는 출근길은 비에 젖은 우산까지 더해져 그야말로 아비규환이었다.

19) 밤새도록 내리는 빗소리를 어두운 방에서 듣고 있으니 빗방울이 피아노 음표가 되어 내 마음속으로 적셔져왔다.

20) 처음에는 보슬보슬 내리는 비를 후드로 막을 수 있을 거라고 생각했지만, 점점 더 빗방울이 굵어지면서 후드 쓴 머리에 빗물이 스며들기 시작했다.

21) 창밖으로 비가 오나 안 오나 손을 여러 번 내밀어 확인하며 미적거리고 있었던 데는 비 핑계라도 대고 약속 장소로 나가고 싶지 않은 마음이 있었다.

22) 눈이 온다는 일기예보에 화이트 크리스마스를 기대했던 사람들에게 미안했던지 비는 찔끔거리고 흩뿌리더니 크리스마스가 지나자마자 참았던 듯 천둥소리까지 내며 여름 장마같이 쏟아진다.

23) 비가 올 듯 말 듯 잔뜩 찌푸린 상태의 하늘이 며칠째 계속되고 있었고 비가 온다는 날씨 예보도 며칠째 맞지 않아서 비가 오든 말든 무슨 상관이랴 싶어 우산을 챙기고, 버스를 타고 가는 중에 찌푸려

도 희뿌옇기만 하던 하늘이 짙은 회색빛이 빗살무늬처럼 섞인 먹빛으로 변하더니 굵은 빗방울이 쏟아졌다.

    23개의 문장으로 점차 늘려가면서 비 내리는 상황을 자유롭게 묘사하고 있다. 마치 화가의 소묘 연습처럼, 글 쓰는 사람은 날씨나 일상에 대한 기초적인 묘사 연습이 두텁게 체화되어 있어야 한다. 그래야만 실전에서 비가 내리는 상황일 때든, 혹은 날씨가 맑은 상황일 때든, 혹은 전철에서 내린 상황일 때든, 연습해본 만큼의 좋은 문장을 곧바로 구사할 수 있다.

    위의 예문에서 1), 2), 4)는 무난하다. 3)은 침이 고이는 행위와 단비가 내리는 행위가, 나름 참신하게 연결된 문장이다. 5)는 매우 구체적인 관찰이 이루어졌을 때만 표현이 가능한 문장이어서 나름 인상 깊다. 4)나 5)와 같은 문장은 꽤나 '구체적 문장'이다. 반면에 6)은 3)처럼 비유로 표현했지만, '양동이의 물'의 비유는 너무나 많이 사용해온 상투적 표현이다. 양동이란 1960-1970년대에나 익숙한 물건이고 그 무렵에나 실감 나는 표현이어서 이제는 매우 낡은 비유다. 한마디로 '통념적 문장'이다.

    7)은 '화단에 물을 줘야겠다 싶은 만큼'이라고 묘사함으로써 가문 정도를 매우 정확하고 실감 나게 수식하고 있다. '구체적 문장'이다. 8), 9)는 무난하다. 10)은 '찝찝하던'이라고 하는 다소 거칠고 비속한 어휘로 묘사하고 있어 비속하고 거칠게 느껴진다. 대중의 통념적인 인식을 벗어나지 못하는 것이어서 '통념적 문장'에 속한다. '눅눅하던' 정도로 수정하는 게 보다 구체적이다.

    11)은 가랑비를 보면서 반가운 소식을 예감하는 화자의 연상을

독자로서 공감하기 어렵다. 까치가 울면 반가운 손님이 온다는 말은 있지만, 가랑비와 반가운 소식에 무슨 연관성이 있나? '살포시'라는 단어도 너무 소녀적 감상이다. 낡은 사어나 마찬가지다. 이런 고루한 어휘는 쓰지 않는 게 좋다. 결국 11)은 글쓴이 자신은 느낄지 모르지만 독자는 공감하기 어려운 문장이어서 '주관적 문장'이라 일컬을 만하다.

12)는 소나기가 얼마나 짧은지를 '담배 한 대를 피우고 나니 어느새'라는 표현을 통해 나름 구체적으로 표현하고 있다. 꽤나 '구체적 문장'이다. 13)은 여우비를 빼어나게 수식하고 있다. 즉, '자동차에 먼지를 뭉쳐놓을 정도로만 흩뿌린' 비라는 묘사를 통해, 비가 얼마나 적게 왔는지를 구체적인 시각적 이미지로 포착하고 있다. 게다가 자동차의 먼지는 최근에나 겪는 사건들로, 앞서 양동이의 물보다 한결 모던한 표현이다. 양동이 표현이 1960-1970년대를 연상시킨다면, 자동차 먼지를 뭉쳐놓는다는 표현은 자동차 보급이 대중화되고 공해가 심각해진 현재의 풍경이기 때문에 참신한 문장 표현으로 읽힌다.

그러나 13)의 '야단이라도 쳐주고 싶다' 부분은 지나치게 화자가 과잉된 감정을 드러내고 있다. 그냥 여우비가 내렸다고 하면 무난할텐데, 여우비를 야단쳐주고 싶다는 식의 반응은, 아무래도 감정 과잉이다. 이것 역시 독자는 공감하기 어려운 '주관적 문장'이다. 결국 13)은 참신한 표현과 주관적 표현이 엉켜 있는 문장이다.

14)의 "올챙이처럼 꼬물꼬물"이란 표현은 많은 사람이 이미 사용했고, 누구나 사용할 법한 표현이다. 4)와 5)와 13)처럼 참신하지가 않다. 그런 점에서 낡은 '통념적 문장'이다. 15)의 '있노라면'은 11)의

'살포시'처럼 낡은 어투이다. 게다가 '누구라도 시인이 될 것 같은 기분'은 옛날 대중가요에나 쓰던 진부한 감상적 표현이다. 16)은 나름 빗소리가 얼마나 거세게 들리는지 구체적으로 표현하고 있다. 17) 역시 구체적인 표현을 하고 있지만, '살빛으로 물들일 만큼'이라는 표현이 걸린다. '살빛을 드러낼 만큼'이라는 표현이 보다 적합하다.

18)은 '아비규환'이라는 표현이 너무 거칠고, 너무 흔하게 쓰이는 표현이다. 가령 '전철에 오르고 나서도 빗물을 피할 수 없을 정도였다' 같은 보다 구체적이고 정확한 표현으로 대체해야 좋다. 19)는 '빗방울이 피아노 음표가 되어 내 마음속으로'라는 부분이 너무 감상적이고 주관적이다. 20)은 무난한 표현 문장이다. 특히 '후드'라는 어휘는 요즘 젊은이들이 비를 피할 때 흔히 사용하는 모자여서 한결 실감이 난다.

21)은 무난한 문장이다. 비가 오나 오지 않나 살피는 구체적 행동과 그러한 행동을 하는 또 다른 이면 심리를 함께 포착하고 있다. 보다 실질적인 측면을 포착했다는 점에서 나름 '실질적 문장'이라 부를 만하다. 22)는 '미안했던지' '참았던' 같은 수식구에서 지나친 감정이입이 이루어져 있는 '주관적 문장'이다.

23)은 문장이 엉키고 있다. 문장이 길어지면 초보 습작생들은 호흡 내지 리듬을 잃은 엉킨 문장을 구사하기 일쑤다. 소리 내어 읽어 보면 금세 알 수 있다. '계속되고 있었고' 부분을 '계속되고 있었을 뿐 아니라'로 수정하고, '우산을 챙기고' 부분을 '우산을 챙기지 않았는데' 정도로 수정한 다음, '찌푸려도 희뿌옇기만 하던 하늘이 짙은 회색빛이 빗살무늬처럼 섞인' 부분을 생략해야 엉키지 않는다.

특히 4), 7), 8), 9), 20)은 무난한 문장이면서도, 리듬과 역동적 변화가 느껴져 좋은 문장이다. 단 하나의 문장일 뿐이지만, 문장의 전반부와 후반부가 내용상 대조를 이루면서 리드미컬한 역동성이 만들어졌다. 가령 4)에서는 하나의 문장 안에서, 굵어지던 비가 가늘어진 비로 변했다. 7)에서도, 화단에 물을 줘야겠다는 문장 끝에 비가 내렸다는 뜻밖의 문장이 이어진다. 8)은 빗소리에 깼다가, 다시 그 빗소리에 잠이 든다. 역동적 변화가 느껴지는 '역동적 문장'인 것이다.

정리해보면 6), 10), 18), 19)의 문장은 너무 통념적이어서 지양해야 한다. 11), 13)의 문장은 너무 주관적이어서 공감하기 어렵기 때문에 마찬가지로 지양해야 좋다. 반면에 4), 5), 7), 12)의 문장들, 그리고 13)의 앞부분 표현은 나름 구체적이고 참신해서 좋다.

좋은 글은 문장부터 남다르다. 흔하게 사용해온 낡고 상투적인 '통념적 문장'이나, 자기만 이해하고 독자 공감은 얻지 못하는 '주관적 문장'은 버려야 한다. 이제까지와는 다른 '구체적' '실질적' '역동적' 문장을 만들어야 한다. 나만의 문체를 갖기 위해서는, 이전까지는 아무도 사용하지 않은 참신한 어휘로 선택하고 연결해야 한다.

13장 가장 중대한 사건은 처음 떠올린 생각이다

글쓰기와 첫 문장 1

나와 가장 가까운 타자는 나의 생각이다

돈이 많으면 좋겠다. 돈은 적은 것보다는 많은 게 좋다. 돈이 있으면 훨씬 많은 일을 내 욕심대로 할 수 있을 것 같다. 하지만 반드시 많아야 한다고 생각지는 않는다. 돈이 없어도 바람대로 해나갈 수 있는 일들은 많다. 아이러니하게도 내가 매일 반복하는 독서, 명상, 산책, 습작, 강의, 운동 등은 궁핍해야 더 열심히 할 수 있다. 돈과 나는 밀접하지만, 상호적인 관계일 뿐 일방적 관계는 아니다. 돈이 많아 행복해질 수도 있지만, 푼수보다 많아 불행해질 수도 있다.

몸은 돈보다 더 밀접하다. 건강할 때와 그렇지 못할 때 나는 전혀 다르다. 아프면 사소한 일에 신경질을 내는가 하면, 건강하면 무슨 일이든 다 긍정하는 배포가 생긴다. 스스로를 살펴보면, 나란 존재는 잠시도 쉬지 않고, 몸이 보내는 메시지들—건강 상태와 신체

연령, 체질과 입맛 등 — 에 따라 행동한다. 조금이라도 더 편리하거나 더 즐거운 행동을 취한다. 하지만 몸이 원하는 대로 하다 보면 놀랍게도 몸이 나빠지기 일쑤다. 원하는 대로 먹으면 성인병이 생기고 하고 싶은 대로 하다 보면 탈이 나기 일쑤다.

나와 몸의 관계 혹은 나와 돈의 관계보다 밀접한 관계는 나와 내 생각과의 관계다. 사람은 누구나 돈의 영향을 받고, 몸의 영향을 받으며 살아가지만, 자기 생각과의 관계만큼 긴밀하지는 않다. 부자든 가난뱅이든 건강한 사람이든 환자든 자기 생각과 무관하게 존재하는 경우는 없다. 다들 자기 생각만큼 부자이고 건강하다.

자기 생각과 무관하게 행동하면, 반드시 행동하는 중에라도 이건 내 생각과는 무관한 행동이잖아, 하는 반응이 일어난다. 나는 쉼 없이 생각하고, 내 생각은 쉼 없이 내 일을 간섭한다. 독서할 때조차 문장이 조금만 재미없어도 어느새 딴생각이고, 조금만 연상되는 단어를 만나도 다시 딴생각이다. 심지어 잠을 자는 순간에조차 생각은 꿈의 형태로 자기 욕망을 드러내는 동시에 인생을 수정하도록 메시지를 보낸다. 놀랍지 않은가.

자신의 생각이 자신이 겪는 핵심 사건이다

나에게 가장 영향을 끼치는 세 가지를 꼽으라면, 돈과 몸 그리고 생각을 꼽고 싶다. 그중 돈보다는 몸, 몸보다는 생각이 더 강력하다. 그밖에 가족과 직장, 뉴스와 독서, 날씨와 감정, 술과 미녀, 농담과 눈빛, 잠언과 지혜, 눈물과 아픔 등을 꼽을 수 있다. 이것들은 분명 내 삶에 강력한 영향을 끼친다. 하지만 이들은 내 육체와 생각에 영향을 끼치는 한에서만 내게 영향을 끼친다.

어떤 외부의 자극이든, 내 육체나 내 생각을 변화시킬 때만 비로소 나를 변화시킨다. 가령 술 자체가 좋은 게 아니라, 알코올 섭취로 인해 활달하게 피가 도는 몸의 활력이 좋은 것이다. 돈의 영향을 받는 게 아니라, 돈이 중요하다는 내 생각의 필터를 통과해야만 돈의 영향을 받는다. '나의 육체'와 '나의 정신'을 통과하지 않고는 '참나'에게 어떤 것도 영향을 끼칠 수 없다.

육체와 정신은 자아를 가장 가까이서 호위한다. 그리고 대개의 신하들이 그렇듯, 자기 보위에 유리한 주장들을 펼친다. 가령 '육체'의 보고에 따르면 분명 해와 달이 뜨고 지는데, '정신'의 보고에 따르면 다만 지구가 자전하고 있을 뿐이다. 과학적으로 보면 색상이란 단지 가시광선의 스펙트럼 현상이지만, 육체는 색상에 따라 감정과 사랑을 느낀다. 나의 감각은 예쁜 미인을 보면 자꾸 눈길이 가지만, 나의 이성은 그렇다고 자꾸 눈길을 보내면 추하다고 조언해준다.

육체와 정신은 틈만 나면 서로 다른 정보를 자아에게 전달한다. 그중 더 강력한 영향력을 행사하는 것은 아무래도 정신이다. 인간은 생각하는 동물로, 자기 생각에 따라 움직이는 존재다. 달리 말하면, 자기가 떠올린 생각에 따라 움직이는 자기 생각의 노예와 같다. 특히 코페르니쿠스적인 전환이 일어나면서 인류는 천동설을 보고한 육체보다는 지동설을 주장한 이성에 의존하기 시작했다.

'나는 생각한다 고로 존재한다'라는 코기토 선언에서 보듯, 근대 이후의 인간은 생각에게 자신의 전권을 부여하고 있다. 생각은 언제나, 스스로 좀 더 생각해보면, 더 나은 생각을 떠올릴 줄 안다. 언제나 보다 더 나은 생각이 가능하다는 점에서, 이성의 힘은 무한하다.

생각하는 동물로서의 인간은, 어떤 자극이 와도 그 자극을 그대로 받아들이지 않고, 그 자극에 대한 자기 생각에 따라 다르게 받아들인다.

생각을 하면 할수록, 실제 요인(가족과 직장, 뉴스와 독서, 날씨와 감정, 술과 미녀, 농담과 눈빛, 잠언과 지혜, 눈물과 아픔 등)은 직접 영향을 끼치지 못한다. 가족이 아닌, 가족에 대한 나의 생각이 내게 영향을 끼친다. 직장이 아니라, 직장에 대한 나의 생각이 내게 영향을 끼친다. 술이 아니라 술에 대한 나의 생각이 내게 영향을 끼친다. 대상 자체가 내게 영향을 곧바로 끼치는 게 아니라 그 대상에 대한 나의 생각이 내게 영향을 끼친다.

생각의 대리청정代理聽政 시대라 할 만하다. 내 생각이란, 나와 가장 가까이 근접하여 존재하는, 내가 접하는 실질적 사건이자 내가 취하는 첫 번째 행동이 되었다. 생각에게 전권을 넘김으로써 우리 자신은, 생각의 보고만 받고, 생각에게만 지시하는, 생각의 구중궁궐 속에 기거하는 왕과 같은 처지가 되었다. 외부에서 들어오는 최종 정보는 외부 자극 자체가 아니라, 외부에 대한 나의 생각문장이며 동시에, 내가 외부를 향해 행동하는 첫 번째 행동 역시도 내가 머릿속으로 떠올린 나의 생각문장이다.

비유하면 오늘날 생각문장이란 얼굴을 맞대고 하는 친구의 욕설이자 귀에 대고 하는 애인의 귓속말과도 같다. 얼굴을 맞대고 건네는 친구의 욕설이나 귀에 대고 건네는 애인의 귓속말만큼 내 기분과 행동을 결정짓는 사건이 또 있을까. 나머지 세상 모든 사건은 그다음 문제일 뿐이다. 노을이 아무리 아름다워도 모기가 덤벼들면 괴롭기만 하듯, 책을 읽을 때나 애인이 속삭일 때조차 내가 머릿속으로 다른 생각을 하고 있으면 결코 귀에 들어오지 않는다. 모든 사람에게 있어, 가장 중요한 핵심 사건은, 바로 자기가 떠올리고 있는 자기 생각이다.

자신이 떠올린 첫 생각문장이 자신에게 일어난 실제 사건이다

마음속 생각은 문장을 빌려 또렷해진다. 프로이트 분석에서 보듯, 정신은 평소 자유연상의 형태로 운동한다. 꿈이나 영감, 직관이나 공상이 그러하듯, 자유연상 수준의 이미지나 단어들이 명멸하며 이어진다. 버스를 타고 가면서 이 생각 저 생각 떠올리는 경우처럼, 자유연상은 우리 머릿속에 매우 빠르게 나타났다 스러진다. 자유연상은 말 그대로 자유롭게 이어지면서 명멸한다. 동시에 자연스럽게 이어지면서 명멸하게 내버려둬야 한다.

자기 머릿속에 떠오른 생각을 모두 말로 하거나 실행에 옮기는 사람은 정신 있는 사람이 아니라, 정신 나간 사람일 것이다. 자신의 자유연상을 들여다본 사람은 알겠지만, 우리는 온갖 이상한 연상을 거침없이 한다. 그중에서 정말 중요하다 싶은 것만 말과 행동으로 옮겨야 한다. 그래야 루터의 명언처럼, 망상의 새들이 우리 머리 위로 지나는 걸 막을 수는 없지만 그 새들이 우리 머리 위에다 둥지를 트는 것은 막을 수 있다.

자유연상을 통해 떠오른 것들 중에 중요하다 싶은 연상은 선명한 생각 즉, 하나의 문장 형태로 마음에 둥지를 튼다. 이미지나 단어일 때는 아직 불명료한 힌트나 암시의 잠재의식 수준에 머물 뿐이지만, 문장을 갖추게 되면 명료한 의식으로 드러난다. 명료하게 드러난 생각문장이란, 자기 정신의 중심 활동으로, 자신의 모든 의식을 응집시키고, 자신의 실질적 행동을 결정짓는다.

이러한 이유 때문에, 어떤 사람이 어떤 경험을 했고, 또 어떤 실천을 하고 있는지 정확히 알기 위해서는 그 사람의 머릿속 생각문장을 알아야 한다. 직장에 출근하고서도 애인 생각을 하면, 그는 직장에 있다기보다 애인에게 가 있는 것이고, 아무리 열악한 고시원 생활을 하고 있더라도 미래를 위해 열심히 공부하고 있으면, 그는 이미 미래에 존재하는 사람이다.

그래서 나는 자기 향락에 빠진 작가보다는 사회문제에 관심 있는 작가가 더 좋은 작가라고 생각하지만, 사회정의를 위해 고군분투하는 작가보다도 자기 향락에 충실한 작가가 얼마든지 더 좋은 글을 쓸 수도 있다고 생각한다. 가령 사회운동이나 봉사활동에 천착하는 작가보다, 태국에 가서 매춘녀와 쾌락에 빠진 작가가 얼마든지 더 좋은 글을 쓸 수 있다. 왜냐하면 그가 어떤 행동을 하고 있느냐보다도 그 행동을 하면서 어떤 생각을 하느냐에 따라 그의 문장이 결정되기 때문이다.

결국 돈도 중요하고 건강도 중요하고 환경도 중요하지만, 그것들에 대한 그 사람의 생각문장이 그 사람에게 가장 강력한 영향을 행사하는 핵심 사건일 수밖에 없다. 이와 같은 이유로 인해, 하루를 살아갈 때 우리 자신에게 가장 중요하고 큰 사건은, 오늘 하루 내가 어떤 생각문장을 떠올렸는가 하는 사실이다. 모든 사람에게 언제나 가장 큰 사건은 자기 자신이 떠올린 생각이다.

어떤 모습으로 살고 있든, 오늘 하루 내가 떠올린 생각문장이 새로운 만큼 새로운 하루를 보낸 것이고, 오늘 하루 내가 떠올린 생각문장이 자유로운 만큼 자유로운 하루를 누린 것이다. 많은 사람들이 별다른 사건이 일어나지 않으면 별다른 사건이 일어나지 않은 하루를 보냈다고 생각하지만, 엄밀히 말해 별다른 사건이 일어나지 않았다면 그것은 다만 자신이 별다른 생각문장을 떠올리지 못한 것에 불과하다.

도대체 아무 일도 일어나지 않았다는 생각만큼 아무 일도 일어나지 않게 하는 주문이 또 있을까.

설령 별다른 일이 일어나지 않았다 하더라도 1) '오늘도 평화로운 하루를 보냈구나' 하는 생각문장을 떠올릴 수 있고 2) '아무 변화도 일어나지 않아 무료하구나'라는 문장을 떠올릴 수도 있다. 아니면 3) '언제나 오늘처럼 무사한 하루면 좋겠다'라는 생각문장을 떠올릴 수도 있다. 어쨌든 이 생각문장이 만들어지는 순간, 각각 다른 사건이 일어난 것이다. 이들 생각문장에 따라 전혀 다른 느낌 다른 상태로 변할 테니까. 심심한 것과 외로운 것, 재미없는 것과 평화로운 것은 얼마나 다른가.

보기

1) 오늘은 참 심심한 하루였다.

2) 오늘은 참 외로운 하루였다.

3) 오늘은 종일 멍 때린 하루였다.

4) 오늘은 참 재미없는 하루였다.

5) 오늘은 참 평화로운 하루였다.

6) 오늘은 참 한가로운 하루였다.

7) 오늘은 참 의미 없는 하루였다.

인간의 뇌는 끊임없이 뭔가를 떠올린다. 단 한 시간만이라도 자기 자신을 관찰해본 사람이라면, 자기 뇌가 얼마나 많은 생각을 떠올리는지 스스로 놀라지 않을 수 없을 것이다. 대부분 너무 즉물적이거나 유치하거나 상투적인 생각이지만, 그러나 종종 새로운 생각이 떠오르곤 한다..만약 자신이 새롭고 흥미로운 하나의 생각문장을 떠올렸다면, 자신은 이미 새롭고 흥미로운 글쓰기의 첫발을 내디딘 사람이어서, 어제와 같은 일과를 살았다 해도 결코 어제와 같은 하루일 수는 없다.

하물며 문장으로 사는 작가는 말할 것도 없다. 언제나 자신이 떠올리는 생각문장에 귀 기울여야 한다. 언제나 자신의 첫 생각을 메모할 준비가 되어 있어야 한다. 그중에 자신이 장차 쓰게 될 명작의 첫 문장이 들어 있기 때문이다. 모든 명작의 영감 또한, 작가가 문득 떠올린 새로운 생각문장으로부터 시작되었기 때문이다. 모든 글쓰기는 문득 떠오르는 첫 문장을 그대로 날려 보내지 않고 적어보는 데서부터 시작되기 때문이다.

14장 자신의 운명은, 자신이 떠올린
생각문장 중에 하나로부터 시작된다

글쓰기와 첫 문장 2

자신을 안다는 건, 자신이 떠올리는 생각을 안다는 것이다

세상 그 무엇도 자신이 지금 떠올리고 있는 생각보다 중요하지 않다. 스스로 하나의 생각을 떠올리는 순간, 그 생각만이 전경화되고 나머지 것은 모두 후경화되어 물러나버리기 때문이다. 우리는 쉼 없이 머릿속으로 무언가를 떠올린다. 쉼 없이 머릿속으로 무언가를 떠올리기 때문에, 이렇게 떠올린 무언가가 별것도 아닌 것같이 느껴지지만, 우리가 하는 행동은 반드시 이렇게 떠올린 무언가로부터 시작된다. 뿐만 아니라, 자기가 떠올리는 생각만이 자기에게 일어난 사건이다. 세상 나머지 모든 것은 자신과는 무관한 후경화된 사건이 된다.

사람은 생각이 변할 때 비로소 변한다. 똑같은 생각을 하고 있으면 결코 변하지 않는다. 하나의 또 다른 생각을 떠올릴 때마다 우리는 이제까지와는 또 다른 사람이 된다. 우리가 쉼 없이 새로운 생각을 떠올리는 것은 쉼 없이 새로운 사람으로 태어나려는 창작의 과정이다. 알고 보면 천재들의 직관과 영감 역시 그 스스로 쉼 없이 떠올린 생각 중의 하나일 뿐이다. 예술가만이 아니라, 과학자의 유레카나 사업가의 발명도 다만 그 사람의 첫 생각문장의 일종일 뿐이었다.

자기 자신을 아는 사람이란, 우선 자기 자신이 평소 어떤 생각을 떠올리고 있는지를 알아차리는 사람이다. 그럴 수만 있다면 하나의 생각이 떠오를 때마다 '아, 내가 지금 이러한 생각을 떠올리고 있구나!' 하고 인지해야 한다. 하나의 생각이 사라질 때마다 '아, 내가 지금 이러한 생각을 놓아버리고 있구나!' 하고 알아차려야 한다. 이것이야말로 선명한 자아 성찰이라 부를 만하다. 생각나는 대로 생각하는 게 아니라, 자기가 하는 생각에 대해 한 번 더 생각해보는 것이다.

느껴지는 대로 느끼고 생각나는 대로 생각하는 것은, 코페르니쿠스 이전에나 가능했던 맹목이다. 태양이 도는 줄 알았지만 지구가 돌고 있었다. 지동설 이후, 인간은 느끼는 대로 느끼고 생각나는 대로 생각했다가는 전근대적 맹목에 빠진다는 걸 인지함으로써, 쉼 없이 의심하고 생각하고 생각에 대해 다시 생각하는 자기 성찰을 견지하기 시작했다.

성찰이란 생각을 하는 데서 그치는 게 아니라 그러한 생각에 대해 다시 한 번 더 생각해보는 것이다. 명상 역시 생각에 그치는 게 아니라 자신이 그러한 생각을 하고 있는 사실과 그러한 생각을 불러일으킨 점화 감각까지 살펴 알아채는 일이다. 위파사나 명상을 설명하는 「대념처경」을 보면, '신수심법身修心法' 중에서 법法을 알아차리는 방법을 다음과 같이 설명하고 있다.

비구는 자기에게 감각적 욕망이 있을 때 '내게 감각적 욕망이 있다'고 알아차리고, 감각적 욕망이 없을 때 '내게 감각적 욕망이 없다'고 알아차린다. 비구는 전에 없던 감각적 욕망이 어떻게 일어나는지 알아차리고, 일어난 감각적 욕망을 어떻게 제거하는지 알아차리며, 어떻게 하면 제거한 감각적 욕망이 앞으로 다시 일어나지 않는지 알아차린다.

—「대념처경」, 『디가니까야』, 각묵 옮김, 초기불전연구원, 2006, 516~517쪽

「대념처경」의 어법을 빌려 설명하자면, 작가란 생각나는 것이 있으면 문장으로 옮겨보는 사람이다. 생각나는 것을 그대로 문장으로 옮기는 동시에, 생각나는 것보다 더 좋은 문장을 찾아보는 사람이다. 더 좋은 문장을 통해 처음 생각했던 것보다 더 좋은 생각이 있다는 걸 알아차리는 사람이다. 글쓰기를 시작한 순간 쉼 없이 자신의 생각문장을 고르고 다듬는 운명에 오른 사람이다. 자신의 생각문장을 쉼 없이 고르고 다듬지 않으면 글쓰기 자격이 없다.

새로운 운명은 새로운 첫 문장으로부터 시작한다

해본 사람은 알겠지만, 이제까지와는 다른 생각을 떠올리는 것보다 중요하고 놀라운 사건은 없다. 우리는 하루에도 수없이 많은 생각을 쉼 없이 떠올린다. 그중에는 상투적이고 주관적인 생각문장들이 대부분이다. 하지만 아주 가끔, 새로운 생각이 섞여 있다. 신선한 문장이 섞여 있다. 이 신선한 문장이 뛰어난 작품을 잉태시키는 씨앗문장이다. 모든 운명은 새로운 첫 문장으로부터 시작한다.

작가는 수없는 생각을 떠올리고 그 속에서 자신이 쓰게 될 뛰어난

작품의 첫 문장을 찾아내야 한다. 정확히 말해, 메모해서 다음 문장들까지 이어 써봐야만, 그것이 뛰어난 작품의 첫 문장인지 아닌지를 알 수 있기 때문에, 모든 새롭다 싶은 첫 문장이 나타나면 반드시 메모해야 한다.

보기

1) 어느 날 아침, 잠자던 그레고르 잠자는 뒤숭숭한 꿈자리에서 깨어나자 자신이 침대 속에서 한 마리의 흉측한 벌레로 변해 있는 것을 발견했다.
2) 오늘 엄마가 죽었다. 아니, 어쩌면 어제.
3) 수많은 세월이 흐른 후 총살대에 선 아우렐리아노 부엔디아 대령은 어릴 적 아버지를 따라 얼음 구경을 나섰던 그 아득한 오후를 생각했을 것이다.
4) 오래전부터 나는 일찍 잠자리에 들어왔다.
5) 롤리타, 내 삶의 빛이요, 내 허리의 불꽃. 나의 죄, 나의 영혼. 롤―리―타. 세 번 입천장에서 이빨을 톡톡 치며 세 단계의 여행을 하는 혀끝. 롤. 리. 타."
6) 오전 다섯 시, 언제나처럼 기상 신호가 울렸다.
7) '박제가 되어버린 천재'를 아시오?
8) 스물세 살이오― 삼월이오― 각혈이다.

1)은 카프카의 「변신」 첫 문장이다. 참으로 많은 연상들을 촉발시키는 문장이다. 2)는 카뮈 『이방인』의 첫 문장이다. 역시나 강렬하다. 동시에 어쩌면 어제, 라는 말에서 이후에 펼쳐지는 부조리한 인

간 인식의 경계를 강력하게 암시한다. 3)은 마르케스의 『백년 동안의 고독』 첫 문장이다. 미래와 현재와 과거가 첫 문장 안에 모두 들어와 이후로 펼쳐질 마콘도의 장대한 역사를 예감케 한다.

4)는 프루스트의 『잃어버린 시간을 찾아서』 첫 문장이다. 이후 몽환처럼 펼쳐질 일상에 대한 만화경 같은 기억이 이 간결한 첫 문장 안에 내재해 있다. 5)는 롤리타에 대한 주인공의 광기가 느껴지는 『롤리타』의 첫 문장이다. 6)은 주인공의 적극적인 생활 자세가 느껴지는 『이반 데니소비치의 하루』의 첫 문장이다. 7)은 이상의 「날개」 첫 문장으로 주인공의 자의식이 선명하게 드러난다. 8)은 역시 이상의 「봉별기」 첫 문장이다. 금홍과의 비극적인 첫 만남을 인상 깊게 암시하고 있다.

이렇듯 첫 문장은 신선하고 강렬하다. 동시에 이후 펼쳐질 주인공의 정서나 이야기 스타일을 고스란히 내재하고 있다. 하지만 『이방인』『잃어버린 시간을 찾아서』『이반 데니소비치의 하루』 등의 첫 문장은, 문장만 떼어놓고 보면 적잖이 평이하다. 마치 평범한 일반인의 일기나 메모 같아 보일 정도다. 끝까지 읽어봐야만 주인공의 성격이나 이후 줄거리를 압축하는 문장인 걸 알 수 있다. 결국 첫 문장은 신선하고 강렬할수록 좋지만, 그것이 이후의 내용을 내포하고 있는 문장이어야 한다. 그러한 문장인지 아닌지는 이후의 문장까지 써봐야 알 수 있다.

시의 첫 문장

시의 첫 문장은 산문보다도 한결 돌올하고 난데없는 경우가 많다.

실험적이고 자유롭다. 평소 일반인들은 생각지도 않았을 신선한 첫 문장으로 시작하는 경우가 흔하다. 가령 김행숙의 「침대가 말한다」는 "나는 침대로서의 면모를 잃지 않았다"라는 문장으로 시작한다. 주어가 침대인 것이다. 침대로서 말하기! 얼마나 놀라운 자기 변신인가. 전혀 색다른 주인공-되기를 실험하고 있다. 색다른 주인공-되기의 첫 문장은 언제나 신선한 모험이자 도전이다.

나는 침대로서의 면모를 잃지 않았다. 작은 삐걱거림도 모두 나의 본성에서 연유하는 것. 그러나 도마 위에 누웠다고 느끼는 건 오직 너의 문제. 파 뿌리처럼 발이 잘렸다고 소리치는 건 나를 떠날 마음이 없기 때문이 아닌가. 진실로 진실로 이 순간만큼은 네가 대파의 아픔에도 공감한다는 것인가.

—김행숙, 「침대가 말한다」

김경주의 「내 워크맨 속 갠지스」는 "외로운 날엔 살을 만진다"라는 도발적 문장으로 시작한다. 얼마나 신선한가. 마치 갑자기 남자친구의 손이 들어오듯 첫 문장에서 노골적으로 고백해버린다. 살을 만진다, 라고. 이때의 살은 이성적인 대상 같다. 하지만 자기 자신의 살일 수도 있다. 이성적인 대상의 살을 연상할 경우 매우 도발적이고 야하기까지 하다. 하지만 자기 자신의 살일 경우, 매우 쓸쓸하고 애잔하다. 위 문장은 이러한 중층적 감각을 동시에 일깨운다. 어느 쪽이든 우리는 과연 외로우면 살을 만지고 싶다.

외로운 날엔 살을 만진다

내 몸의 내륙을 다 돌아다녀본 음악이 피부 속에 아직 살고 있는지 궁
금한 것이다

열두 살이 되는 밤부터 라디오 속에 푸른 모닥불을 피운다 아주 사소
한 바람에도 음악들은 꺼질 듯 꺼질 듯 흔들리지만 눅눅한 불빛을
흘리고 있는 낮은 스탠드 아래서 나는 지금 지구의 반대편으로 날
아가고 있는 메아리 하나를 생각한다

나의 가장 반대편에서 날아오고 있는 영혼이라는 엽서 한 장을 기다린다
—김경주, 「내 워크맨 속 갠지스」

황병승의 「춤추는 언니들, 추는 수밖에」는 "2층 사는 남자가 창문
을 부서져라 닫는다, 그것이 잘 만들었는지 보려고"라고 시작한다.
'위층의 부부 싸움'이라는 통속적 소재를 거침없이 첫 문장으로 끌
어들이고 있다. 동시에, 싸우느라 화나고 신경질 나서, 라고 말하지
않고 그것이 잘 만들었는지 보려고, 라고 시치미를 떼어 보임으로
써, 시인의 해학 속으로 독자를 끌어들여 적극 추론하게 만든다.

2층 사는 남자가 창문을 부서져라 닫는다, 그것이 잘 만들었는지 보려고

여자가 다시 창문을 소리 나게 열어젖힌다, 그것이 잘 만들어졌다는
걸 알았으니까

서로를 밀쳐내지 못해 안달을 하면서도 왜 악착같이 붙어사는 걸까,

더 큰 집으로 이사 가려고

—황병승, 「춤추는 언니들, 추는 수밖에」

신용목의 「후라시」는 "동그라미는 왼쪽으로 태어납니까"라는 뜬금없는 질문으로 시작하고 있다. 시인은 돌연 묻는다. "동그라미는 왼쪽으로 태어납니까 / 오른쪽으로 태어납니까". 대체 이 질문이 플래시랑 무슨 상관있단 말인가. 난데없는 첫 문장이 아닐 수 없다. 그러나 두 번째 연에서 시인은 한 발 더 나간다. "왼쪽으로 태어난 동그라미의 고향은 오른쪽입니까 어디서부터 / 오른쪽은 시작됩니까".

어떤 사람은 동그라미를 그릴 때 왼쪽부터 그리고, 또 어떤 사람은 오른쪽부터 그릴 것이다. 왼쪽부터 그린 사람은 오른쪽으로 돌아와 완성할 것이고, 오른쪽부터 그린 사람은 왼쪽으로 돌아와 완성할 것이다. 그러나 완성하고 나면 다 같은 동그라미일 뿐이다. 그런데 이러한 질문이 대체 플래시와 무슨 상관이 있단 말인가.

7연에 와서야 겨우 단서 하나를 보여준다. "어둠을 뒤쫓던 후라시 불빛이 내 얼굴에 쏟아졌을 때 / 나는 유일한 동그라미 안에 갇혀 있었다". 나는 앉아 있고, 동그란 플래시 불빛이 내 얼굴에 쏟아졌다는 것이다. 이후 언급되는 "너는 혼자였고 나는 *가난했지*"라는 문장이나, "동그라미 안으로 쓰윽 들어온 손이 내 턱을 추켜올렸을 때 / 내 얼굴은 이미 깨져 있었다"라는 문장 등을 통해, 가난한 화자가 애인과 헤어져 어둠 속에서 울고 있을 때 누군가 동그란 플래시 불빛을 비춘 게 아닐까 하는 추측이 가능해진다.

동그라미는 왼쪽으로 태어납니까

오른쪽으로 태어납니까

왼쪽으로 태어난 동그라미의 고향은 오른쪽입니까 어디서부터
오른쪽은 시작됩니까

동그라미를 그리는 자는 동그라미의 부모입니까 내가 그린 동그라미
　는 몇개입니까

나는 그들에게 죄인입니까

왼쪽으로 걸어갔는데 왜 오른쪽에 도착합니까
왜 자꾸 동그라미를 그립니까
동그랗습니까

동그랗습니까

어둠을 뒤쫓던 후라시 불빛이 내 얼굴에 쏟아졌을 때
나는 유일한 동그라미 안에 갇혀 있었다

—신용목, 「후라시」

모든 첫 생각은, 촉발된 연상 길이만큼 내게 영향을 끼치고 사라진다

하나의 문장은 하나의 인식이다. 하나의 인식은 뉴런-시냅스의 자
유연상 그물망을 따라 자연스럽게 두 번째 연상을 불러일으킨다. 두

번째 연상은 세 번째 연상을, 세 번째 연상은 네 번째 연상으로 이어진다. 모든 글쓰기는 일종의 연상으로서의 인식이자, 연상으로서의 문장 잇기인데, 이때 가장 강력한 문장은 아무래도 첫 문장이다. 모든 문장은 앞 문장이 불러낸 연상 문장이기 때문에 가장 앞에 있는 첫 문장이 가장 강력한 견인력을 갖는다.

이러한 글쓰기 원리는 생각의 영역에서도 그대로 적용된다. 우리는 대상을 있는 그대로 보는 게 아니라, 어떤 식으로든 해석하고, 해석의 내용으로 실재 대상을 대치한다. 가령, 주말에 고향 충주에 가서 부모님을 뵙고 왔더니 직장 동료가 주말에 뭐 했어? 라고 내게 물었다면, 나는 다음과 같이 택일하여 대답할 수 있다.

보기

1) 충주에 갔다 왔어.

2) 부모님을 뵙고 왔어.

3) 고향에 다녀왔어.

나의 대답에 따라 동료는 전혀 다른 반응을 보일 것이다. 1)의 경우는 충주시에 대해서 화제로 삼을 것이다. 그러나 2)에서는 부모님이나 효도 등을 화제로 삼을 가능성이 높고, 3)은 각자의 고향에 대한 얘기를 화제로 떠올릴 것이다.

평소 우리 머릿속의 생각 역시 마찬가지다. 나의 첫 표현에 따라 대화 내용이 전혀 다른 각도로 이어지는 것처럼, 나의 첫 생각에 따라 나의 사유 역시도 전혀 다른 방향으로 이어진다. 그리하여 모든 첫 생각은, 그 생각으로 인해 촉발된 연상 길이만큼의 시간 동안, 나에게 영향을 끼친 다음 사라진다.

자기 자신을 가만히 관찰해본 사람은 알겠지만, 가만히 앉아 있을 때조차 정말로 가만히 앉아만 있는 사람은 결코 존재하지 않는다. 호흡을 이어가고 심장이 뛰고 어딘가 간지럽고 어딘가 저리듯, 이런저런 느낌과 망상과 생각들이 쉼 없이 머릿속에서 명멸한다. 나를 움직이게 하는 원초적 주체, 소위 '애벌레 주체'로서의 점화는 무한하다.

그래서 나는 오늘 아무 일도 없었다거나, 아무 일도 없어서 심심하다는 식으로 말하는 사람을 이해할 수 없다. 아무 생각도 안 하는 사람은 없다. 같은 생각만을 반복하는 사람도 없다. 모든 사람은 쉼 없이 어떤 생각을 떠올린다. 그런 점에서 그는 스스로 떠올리고 있는 자기 생각을 방기한 사람에 지나지 않는다. 자신에게 가장 중요한 사건인 자기의 생각에 대해 눈먼 사람일 뿐이다.

하물며 생각문장으로 밥벌이를 하는 작가의 경우는 말할 것도 없다. 글이 잘 안 써진다고 넋두리할 것도 없고, 어떤 글을 써야 할지 모르겠다고 하소연할 것도 없다. 평소 자신이 떠올리는 생각문장들을 끝없이 살펴보면 알 수 있듯, 모든 인간은 쉼 없이 머릿속에서 이미 습작하고 있다. 대부분은 출판할 수 없는 한심한 수준의 생각문장들뿐이지만, 그러나 거기 어딘가에는 분명 출판하면 좋을 작품의 첫 문장이 들어 있다.

열심히 살고 열심히 읽는 속에서, 카프카의 첫 문장보다 좋은 문장, 카뮈의 첫 문장보다 강렬한 문장, 마르케스의 첫 문장보다 많은 것을 연상케 하는 문장을 찾아내야 한다. 김행숙의 첫 문장보다 실험적이고, 김경주의 첫 문장보다 도발적이고, 황병승의 첫 문장보다

능청스럽고, 신용목의 첫 문장보다 신선한 첫 문장을 찾아야 한다. 분명히 자신을 남다르게 더 자극하는 첫 문장이 있다.

자신이 떠올리는 첫 번째 생각에 주목해야 한다. 어떤 첫 문장은 멋진 글이 되지만 어떤 첫 문장은 수고로운 망상을 만든다. 글 쓰는 사람은 자신의 첫 생각문장에 주목하는 사람이다. 자신의 첫 생각문장을 적어보고, 그다음 생각문장을 이어가보는 사람이다. 글로 이어 갈 가치가 있는 생각문장은 말할 가치도 있는 생각문장일 것이다. 그러나 그렇지 않은 것은 그냥 버려야 한다.

이렇게 자기의 첫 생각문장에 주목하는 사람은, 보다 창의적인 첫 생각을 찾기도 쉬울 뿐만 아니라 괜한 생각들에 사로잡히지도 않아서, 아무 생각 없는 원초적 평화를 누구보다 여유롭게 즐길 수 있다. 다만 창의적으로 첫 생각을 이어가거나 아무 생각 없는 평화를 누리거나 둘 중 하나인 상태로 존재할 수 있다. 더는 생각의 업장윤회에 끌려다니지 않는다.

자신이 어디에 있든 나이가 몇 살이든 어떤 음식을 먹든 어떤 행위를 하든 중요하지 않다. 회장님이면 뭐 하고 페라리를 타고 다니는 인간이면 뭐 하겠는가. 그 입에서 나오는 말이 거지 같으면 그 순간 거지인 것이다. 동네 꼬마여도 멋진 말을 하면 우리는 놀라 주목하지 않을 수 없다. 어떤 생각을 하느냐. 그 순간 어떤 문장을 만들고 있느냐가 가장 중요한 사건이다. 작가는 자기 위치나 나이나 경험에 구애받지 않는다. 오직 어떤 생각문장으로 표현하느냐를 통해 스스로를 드러낸다.

『사십이장경』에서 부처가 제자들에게 묻는다. "사람의 목숨이 얼마 동안에 있는가?" 누구는 "며칠 사이에 있습니다" 답하고, 다른 누구는 "밥 먹는 사이에 있습니다" 답했지만, 고개를 저었다. 다른 하나가 "호흡지간에 있습니다"라고 답하자, 그때야 "너는 도를 아는 사람이구나"라고 인정했다. 마찬가지로 좋은 문장은, 자신이 떠올리는 하나의 생각 속에 있다. 작가뿐 아니라 모든 사람이 그렇다. 다른 어떤 요인이 아니라 그 어떤 것에 대한 자신의 첫 생각문장이 생사를 가른다. 좋은 생각을 떠올린 순간 좋은 사람이고, 후진 생각을 떠올린 순간 후진 인간이다.

15장 모든 존재는 매력적인 잇기를 꿈꾼다
글쓰기와 문장 잇기 1

모든 것은 '잇기'로 이어진다

모든 사람은 쉼 없이 뭔가를 느끼고 뭔가를 떠올린다. 느낌, 직관, 감정, 생각, 상상 등이 자유연상 형태로 일어났다 사라진다. 뭔가를 떠올리는 바로 그 순간은 무無에서 유有가 만들어지는 순간이자, 시작은 미미하나 끝은 창대할 수 있는 출발이기도 하다. 하지만 첫 생각은 대부분 얼핏 떠올랐다 사라진다.

산에서 종일 명상만 해본 적이 있다. 말 그대로 맑은 마음 상태에 머무는 일일 텐데, 이런저런 잡념이 끝없이 이어졌다. 명상한 시간만큼 명상에 머문 게 아니라 망상을 했다. 하루는 망상을 하지 말자, 하고 결심한 다음 앉아 있어 보았다. 명상에 들어가는 순간, 스톱워치를 켜놓고 망상에 빠지면 시간을 재보기까지 했다. 그러나 어떤 소리가 들리면(일테면 새소리) 나도 모르게 잡생각을 시작했다.

(저 새 이름이 뭐지? 나는 새 이름을 너무 몰라. 새들도 인간에 대해 이처럼 무심할까? 아니면 새들은 사람 하나하나를 성별, 연령별로 변별할까?······)

그러다 내가 또 잡생각을 하고 있구나! 하고 스톱워치를 눌러보면 평균 2분이 흘러 있었다. 2분 동안이나 자신이 불필요한 잡념에 빠진 사실도 모른 채, 자신이 원하는 것과는 무관한 상태를 이어갔다. 몇 개월 만에 서울에 일이 있어 올라갔다 내려오는 고속버스 좌석에 앉아, 잡생각 말고 맑은 마음으로 앉아 있자! 하고 스톱워치로 재보았더니 9분이나 걸렸다. 학기 중에 하면 4분쯤 걸린다. 모든 첫 생각은, 그 생각으로 인해 촉발된 연상 길이만큼의 시간 동안, 나를 이끌고 간다. 자신이 떠올린 생각에 사로잡힌다.

글쓰기도 마찬가지다. 첫 문장을 잡고 나면, 그 첫 문장으로 촉발된 연상의 길이만큼 다음 문장들이 이어진다. 1번 문장 다음에 2번 문장이, 2번 문장 다음엔 3번 문장이, 3번 문장 다음엔 4번 문장이 이어진다. 대개 10여 개 이상의 문장이 이어져 하나의 단락을 이룬다.

그리고 첫 단락은, 그로 인해 촉발된 만큼의 다음 단락을 만든다. 1번 단락 다음에 2번 단락이, 2번 단락 다음에 3번 단락이, 3번 단락 다음에 4번 단락이 이어져 하나의 단락장(챕터)을 이룬다. 첫 단락장 역시 마찬가지다. 첫 단락장으로 인해 일어난 연상 길이만큼 다음 단락장을 만든다. 1번 단락장이 2번 단락장을, 2번 단락장이 3번 단락장을 불러일으키면서 한 편의 서사가 만들어진다. 200자 원고지 100매 내외의 단편소설은 평균 7-8개의 단락장으로 완결된 서사를 이룬다.

```
어휘 + 어휘 + 어휘 + 어휘 → 문장
문장 + 문장 + 문장 + 문장 → 단락
단락 + 단락 + 단락 + 단락 → 단락장
단락장 + 단락장 + 단락장 + 단락장 → 서사
```

결국 글쓰기란 문장 잇기, 단락 잇기, 단락장 잇기다. 이러한 잇기 규칙은 영상 창작에서도 마찬가지다. 글쓰기의 기본 단위는 문장이어서, 모든 글쓰기는 다만 문장의 연쇄일 뿐이듯, 영상의 기본 단위는 프레임과 컷이어서, 모든 영상물은 다만 프레임과 컷의 연쇄일 뿐이다. 1번 프레임과 컷이 2번 프레임과 컷을 부르고, 2번 프레임과 컷이 3번 프레임과 컷으로 이어진다. 영상 창작에서의 프레임과 컷은 글쓰기에서의 문장에 해당한다. 1프레임 1컷 화면이 단문으로 이루어진 문장이라면, 2프레임 이상의 1컷 화면은 복문으로 이루어진 문장이다.

이렇게 해서 하나의 신Scene이 이루어지는데, 첫 번째 신으로 유발된 연상 내용이 다음 신으로 이어진다. 1번 신은 2번 신으로, 2번 신은 3번 신으로. 이렇게 이어진 신은, 글쓰기에서 단락장 단위에 상응하는 하나의 시퀀스를 구성하는데, 1번 시퀀스는 2번 시퀀스로, 2번 시퀀스는 3번 시퀀스로 이어진다. 하나의 장편영화는 대개 30-40개가량의 시퀀스가 이어져 하나의 완결된 서사를 만든다.

> 프레임 + 프레임 + 프레임 + 프레임 → 컷
>
> 컷 + 컷 + 컷 + 컷 → 신
>
> 신 + 신 + 신 + 신 → 시퀀스
>
> 시퀀스 + 시퀀스 + 시퀀스 + 시퀀스 → 서사

잇기 규칙은 삶에서도 마찬가지다. 뇌는 뉴런과 시냅스의 연결과 강화로 이어진다. 동시에 반응과 증세로 이어진다. 동시에 1번 동작은 2번 동작으로, 2번 동작은 3번 동작으로 이어진다. 이러한 행동 연쇄를 통해 하나의 작은 사건이 만들어진다. 1번 사건은 2번 사건으로, 2번 사건은 3번 사건으로 이어진다. 그리고 이러한 사건들이 모여서 체화된 습관을 구성하고 그 사람의 운명을 만든다. 흔히 말하듯, 그 사람의 생각이 바뀌면 그 사람의 행동이 바뀌고, 행동이 바뀌면 습관이 바뀌고, 습관이 바뀌면 운명이 바뀐다.

어떻게 이을까?

다음 〈보기〉는 치통이 심해 치과에 가는 과정을 서술한 단락이다. 단락은 '주제문 + 구체적 뒷받침 문장들'로 이루어진다. 혹은 '제시문 + 더 구체적인 제시문 + 더더 구체적인 제시문 + 더더더 구체적인 제시문………'으로 이루어진다. 〈보기〉의 주제문은 첫 문장 '치통이 심하다'이고 나머지는 구체적 뒷받침 문장이다. 혹은 첫 문장이 제시문이고, 나머지는 보다 구체적인 제시문 문장들이다.

1) 치통이 심하다. 2) 그래도 치과는 가기 싫다. 3) 하지만 너무 심해 치과에 가지 않을 수 없었다. 4) 치과 의사는 진통제를 놔주었다. 5) 덕분에 드릴 소리가 들렸지만 하나도 아프지 않았다. 6) 하지만 치과를 나서자 통증이 느껴졌다.

주인공의 '치통이 심하다'는 첫 생각문장이, 주인공에게 나머지 동작행동으로 연쇄반응을 일으키고 있다. 모두 6개의 문장으로 이어져 있다. 3), 5), 6)번 문장은 복문이다. 엄밀히 말해 9개의 문장으로 이루어져 있는 것이다. 풀어 쓰면 다음과 같다.

보기 2

1) 치통이 심하다. 2) 치과에 가기 싫다. 3-1) 하지만 너무 심하다. 3-2) 치과에 가지 않을 수 없었다. 4) 치과 의사는 진통제를 놔주었다. 5-1) 드릴 소리가 들렸다. 5-2) 하지만 하나도 아프지 않았다. 6-1) 치과를 나섰다. 6-2) 통증이 느껴졌다.

이러한 단락을 영상으로 제작한다면 첫 프레임에서는 주인공이 치통으로 아파하는 표정을 찍고, 엄마가 치과에 가라고 하지만 싫다고 말하는 장면 프레임을 찍은 다음, 통증이 더 심해져서 고통스러워하는 표정을 찍고는, 치과로 이동하는 프레임으로 이을 수 있다. 그리고 치과 의사가 진통제를 놔주는 프레임, 드릴 소리가 들리는데도 하나도 아프지 않은 표정의 프레임, 치과를 나서는 프레임, 마취가 풀리며 통증을 느끼는 프레임으로 이을 수 있다.

보기 3

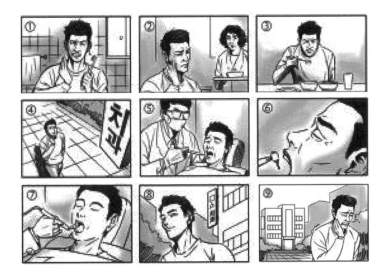

하지만 〈보기 2〉처럼 분절하면 너무 단조로워 보기 불편하다. 복문을 섞어 써야 한결 부드럽고 자연스러운 리듬감으로 읽히듯, 영상물 역시 마찬가지다. 9개의 프레임을 9개의 숏으로 분절하지 않고, 마치 복합문을 만들 듯 때로 하나의 숏에 두 프레임을 섞어서 한결 부드럽고 자연스럽게 이어갈 수 있다.

즉, 1)과 2)를 하나의 숏으로 묶고, 3-1)과 3-2)도 하나의 숏으로 촬영할 수 있다. 4)와 5-1) 그리고 5-2)를 하나의 숏으로 찍을 수 있고, 6-1)과 6-2)까지 하나의 숏 안에 담을 수 있다. 즉 4개의 숏으로 이어진 하나의 치과 신을 만들 수 있다.

독자의 생각보다 더 빼어나게 이어야 한다

〈보기 2〉의 단락은 너무 단조롭다. 위와 같은 단락을 접하면, 대부분 문장이 너무 단조롭다거나 시시하다고 생각할 것이다. 독자 자신도 충분히 생각하고 예상할 수 있는 내용들로 채워져 있기 때문이다. 첫 문장은 그로 인한 촉발 문장들로 이어지는데, 이때 떠올린 연상 내용이 독자가 떠올린 연상보다 더 빼어나야 한다. 이것이 잇기의 가장 중요한 규칙이다.

위의 〈보기〉는 치통이 심하다, 라는 첫 문장으로 시작한다. 작가는 이 첫 문장을 써놓고 자신이 이어갈 수 있는 최고의 문장을 이어갈 것이다. 독자 역시 이 첫 문장을 읽는 순간, 자신이 연상할 수 있는 최고의 연상을 이어간다. 이때 작가의 연상이 독자 연상보다 빼어나지 않으면, 독자는 흥미를 잃는다.

모든 좋은 작가는 독자 예상보다 빼어난 문장 잇기를 실현한다. 독자의 관찰보다 빼어난 관찰이, 독자의 생각보다 뛰어난 생각이, 독자의 상상보다 나은 상상이 이어져야 독자가 흥미를 갖고 읽는다. 독자는 책을 읽을 때 의당 자기 관찰보다, 자기 생각보다, 자기 상상보다 빼어난 내용이 펼쳐지기를 기대하기 때문에, 그러지 못하면 자신도 모르게 하품하거나 몸을 비틀거나 딴생각에 빠져들어 덮어버린다.

독자 예상보다 자연스럽게 이어가되 새롭게 이어야 한다. 보다 자연스러우면서 보다 새로워야 한다. 졸저 『개구리를 위한 글쓰기 공작소』에서 설명한 것처럼 문장 잇기의 가장 중요한 규칙은 다음과 같다. 즉, 자연스럽게(개연성) 잇되 새롭게(자율성) 이어야 한다.

누구에게나 그럴 법한 자연스러운 개연성과 이제까지 아무도 상상해보지 않은 낯선 자율성 — 이 두 가지가 문장을 잇는 가장 좋은 방법이다. (……) 문장과 문장을 리드미컬하게 읽히도록 구사할 수 있는 동시에 문장을 읽는 시간보다 더 많은 느낌과 생각과 여운을 갖도록 만들어야 한다. 주제의 일관성과 연상의 자율성, 혹은 누구에게나 그럴 법한 자연스러운 일관성과 이제까지 아무도 상상해보지 않은 낯선 자율성이야말로 문장을 잇는 가장 중요한 방법인 것이다.

그런데 보통 사람들은 문장을 남들이 해온 대로 습관적으로 상투적으로 이어 붙인다. 상투적으로 문장을 잇는 버릇이 언어 습관에 붙어버리면 새로운 관점 새로운 상상은 불가능해지고 만다. 뿐만 아니라 상투적 불만이나 상투적 행복 같은 갑갑한 인식 상태에 갇히고 만다. 이와 같은 감옥에 갇혀 살지 않기 위해서는 문장과 문장을 잇는 방식 역시 언제나 무한하다는 사실을 환기할 필요가 있다.

— 이만교, 『개구리를 위한 글쓰기 공작소』, 그린비, 2012, 223-224쪽

자연스럽게 잇되 새롭게 이어야 한다. 가령 같은 내용이지만 다음과 같이 문장이 이어졌다면 어땠을까. 앞서 〈보기〉와 같은 분량의 단락이지만, 한결 독자를 궁금하게 만드는 새로운 문장들로 이어지고 있다.

보기 5

치통이 심해 치과에 갔다. 굳이 '연세치과'를 지나쳐, 초등학교 때 좋아했던 짝꿍 이름과 같은 '이미숙 치과'로 갔다. 짝꿍만큼 예쁜 여의사가 맞아주지 않을까 싶었지만, 할머니 원장 선생님이었다. 하지만 짝꿍이 예쁘게 자랐다면 하고 상상한 것보다 한결 더 보조개가 예쁜 간호사가 대기 시간이 길면 읽으려고 가져간 책을 가리키며 물었다. "그 소설 재밌어요?"

1993년 『경향신문』 신춘문예 당선작인 정덕재 시인의 시 「감기유감」은 감기에 걸려서 병원에 가는 일상의 한 단면을 예각적으로 잘라 제시하고 있다. 〈보기 6〉은 시의 전반부로, 7개의 문장으로 이루어져 있다. 각 문장은 독자가 미처 예상하기도 전에 간명하고 빠른 속도로 증상을 설명하고, 약국을 지나, 세지의원 의사 선생님을 만난다. 가운을 입지 않은 약사가 못 미더워 세지의원으로 가는데, 간판만 보고 재밌는 상상을 보탠다.

보기 6

며칠간의 감기는

코에서 목으로 왕복하며

목소리가

기억나지 않는 변성기를

맞이하고 있었다

약을 먹기로 했다

콘택 600 혹은 판피린을

조제하는 TV 앞에 앉아 있다가

소망약국 앞을 머뭇거리다

병원으로 향하는 것은

가운을 입지 않은 약사 때문이었을까

식당과 정육점 사이에서

약 냄새를 풀풀거리지 못하는

옅은 기운 때문이었을까

녹색 간판의 세지의원 2층 계단을 오르며

세지는 딸 이름일까

아내에게 감추고 싶은 첫사랑의

여자일까

힘없이 굽어지는 무릎이 관절염일까를

생각하며

손가락이 긴 의사를 만났다

〈보기 2〉의 문장보다 〈보기 1〉의 문장 잇기가 더 낫다. 적어도 더 리드미컬하게 읽힌다. 〈보기 2〉보다는 〈보기 5〉의 문장 잇기가 더 바람직하다. 한결 많은 정보로 한결 흥미롭게 이어지고 있다. 〈보기 5〉보다는 〈보기 6〉의 문장 잇기가 더욱 재밌고 흥미진진하다. 한결 빠른 속도로 강한 흥미와 상상을 유발시킨다.

문장 잇기는 독자가 예상한 것보다 한 발자국 앞서야 한다. 독자 예상보다 더 정확하거나 참신하거나 다양한 관찰로 이어지든가, 보다 타당하고 의미 있는 이해로 이어지든가, 보다 날카롭고 깊은 생각으로 이어지든가, 보다 재치 있는 표현이나 대화로 이어지든가, 보다 개성적이고 활달한 상상으로 이어지든가.

보다 빼어난 관찰, 이해, 생각, 대화, 상상, 표현 등으로 문장을 이어가야 한다. 그래야만 독자의 집중과 흥미를 유발할 수 있다. 자율적 지향성을 갖고 있는 인간은 뇌를 활성화시키는 대상을 본능적으로 좇는다. 첫 생각문장을 떠올리고, 그로 인해 촉발된 그다음 생각문장을 이어가는 과정은, 지향성을 추구하는 인간의 본능이다.

세상의 모든 문화, 일테면 모든 만화, 영화, 드라마, 모든 토크쇼와 예능, 모든 시와 소설, 인문학 서적과 과학 서적 일체가, 심지어 바둑이나 낚시와 같은 취미조차도, 보다 더 강한 문장 잇기를 통해, 대상속으로 보다 깊이 보다 강렬하게 보다 새롭게 들어가는 과정이다. 보다 빼어난 관찰, 이해, 생각, 대화, 상상, 표현 등을 찾아 더 더더 더 더더 더더더더 들어가는 과정이다.

16장 언제나 더 나은 잇기가 가능하다

글쓰기와 문장 잇기 2

대중은 머릿속으로 습작하고 작가는 원고를 펼쳐 생각한다

글을 쓰지 않는 사람은 없다. 머릿속 생각으로만 쓰는 경우와 종이 위에 문자로 쓰는 경우가 존재할 뿐이다. 인간은 언어로 생각하는 동물이어서 끊임없이 생각문장을 떠올린다. 하지만 항상 그러지는 않는다. '생각 않는 상태'와 '생각하는 상태'를 오간다. '생각 이전의 상태'에서 어떤 첫 생각 하나가 떠오르면, 그로 인해 촉발된 자유연상을 이어가고 싶은 만큼 이어간다. 그런 다음 다시 생각 않는 본래 상태로 돌아온다.

자유연상에 따른 잇기는 매우 자유롭다. 앞서 말했듯 어떤 사람은 빨간색을 보고 잘 익은 사과를 떠올리지만, 어떤 사람은 장미를 떠올린다.

미하엘 엔데의 『헤르만의 비밀 여행』은 이러한 잇기의 자유로움을 매우 잘 보여준다. 학교 가기 싫은 아홉 살 소년 헤르만은 등교하는 중에 신문 가판대를 보고 엉뚱한 자유연상을 이어간다.

헤르만이 서 있는 곳 앞에 담배와 신문을 파는 가게가 있었습니다. 헤르만은 신문에 눈길이 갔습니다. 신문마다 꼭대기에 날짜와 함께 "월요일"이라고 쓰여 있었습니다.

헤르만은 찬찬히 생각하기 시작했습니다.

오늘이 월요일이라는 걸 어떻게 알게 되었을까요? 월요일에는 화요일이나 수요일과 달라 보이는 특별한 어떤 것이 있을까요? 예를 들어 토마토를 보면 토마토는 토마토이지 바나나가 아니라고 분명히 말할 수 있습니다. 또 바나나는 상추하고는 전혀 다르게 생겼습니다. 하지만 월요일은? 월요일만의 특징이란 게 있는 걸까요?

물론 모두들 오늘은 월요일이라고 믿고 있습니다. 하지만 엄밀히 말하면 학문적인 증거가 없습니다. 옛날 사람들은 지구는 공처럼 둥글지 않고 접시처럼 납작하다고 믿었습니다.

모두들 거짓을 믿었고, 오랫동안 거짓이 바로잡히지 않았던 것입니다.

헤르만은 중얼거렸습니다.

'만약에 1세기, 아니 10세기 전에, 예를 들어 827년 전에 사람들이 조그만 실수로 날짜가 잘못 헤아려졌을지도 몰라. 순전히 착각으로 금요일을 뛰어넘었을지도 몰라. 세상이 만들어지고부터 헤아릴 수 없이 많은 날들 중에 하루쯤 이런 실수를 했다는 건 크게 놀랄 일은 아니야. 그렇다면 오늘은 월요일이 아니라 하루 전, 바로 일요일이야! 일요일에는 아무리 학교에 가고 싶다고 해도 갈 필요가 없지.'

—미하엘 엔데, 『헤르만의 비밀 여행』, 이지연 옮김, 2002, 소년한길, 40–41쪽

헤르만은 열다섯 번의 생각문장 잇기를 통해, 너무나 자명한 월요일을 일요일로 바꿔놓는다. 뿐만 아니라 요일을 바로잡는 '달력학의 개척자'이자 '참신한 학문의 설립자'가 되어 〈노벨상〉을 타는 상상까지 한다. 자유로운 문장 잇기는 인간을 순식간에 다른 생각, 다른 욕망의 자리로 옮겨놓는다.

자유로운 잇기는 우리를 전혀 다른 길로 안내한다

타데우쉬 보로프스키의 단편소설 「신사 숙녀 여러분, 가스실로」 역시 사람들이 평소 말도 되지 않는 자유연상을 얼마나 자연스럽게 이어가는지 잘 보여준다. 주인공과 친구 앙리는 빵을 먹으면서 포도주를 떠올리고, 샴페인을 약속한다. 이러한 연상과 대화는 마치 라면을 먹을 때 김치가 생각나듯, 혹은 삼겹살을 구워 먹을 때 소주를 떠올리듯 자연스러운 연상이다.

베이컨과 양파를 꺼내고, 탈지 분유통의 뚜껑을 땄다. 뚱뚱한 프랑스인 앙리는 스트라스부르와 빠리, 마르쎄이유 등지로부터 오는 수송 열차에 실려 있을 프랑스산 포도주를 떠올리며 말한다.
"들어봐, 친구! 다음번에 하역장 가면 내 자네에게 진짜 샴페인을 갖다주지. 지금껏 여기서 샴페인은 마셔본 적이 없었지, 안 그런가?"
"그래, 없어. 하지만 그걸 가지고 정문을 몰래 통과할 수는 없을걸. 그러니 그만두게. 대신 구두나 마련해주지그래? 구멍이 송송 뚫리고, 이중 밑창이 있는 그런 구두 말이야. 그나저나 벌써 오래전에 약속한 셔츠는 감감무소식이군."

"조금만 더 참아. 인내심을 가지라고. 새 수송열차가 들어오면, 전부 다 갖다주지. 우리는 다시 하역장에 나가게 될 거야."

"하지만 더이상 소각장으로 향하는 수송열차가 안 들어오면 어떻게 되는 거지?"

— 타데우쉬 보로프스키, 「신사 숙녀 여러분, 가스실로」,
『신사 숙녀 여러분, 가스실로』, 정병권·최성은 옮김, 창비, 2010, 418-419쪽

유대인 포로수용소임에도 불구하고, 빵과 베이컨, 양파와 분유통으로 나름 진수성찬을 차려놓고 보면, 포도주 한잔이 떠오르는 건 자연스러운 일이다. 앙리는 친구에게 맛있는 음식을 대접해주고 싶은 지극히 선량한 마음으로 아쉬운 대로나마 샴페인을 약속한다. 주인공은 주인공대로 앙리를 걱정하며, 구두나 갖다달라고 부탁한다. 그런 다음 구두와 셔츠 생각을 하면서, 혹시나 수송 열차가 안 들어오면 어떡하나 걱정한다.

이렇게 '포도주 → 샴페인 → 구두 → 셔츠 → 수송 열차 걱정'으로 연상이 이어지기까지 고작 5개의 생각문장 잇기가 주어졌을 뿐이다. 고작 다섯 문장을 이은 끝에, 유대인 포로들을 관리하는 특권층 포로인 주인공과 앙리는 자신들의 생활난을 해결해주는 수송 열차가 끊이지 않고 도착하기를 기다리는 처지로 바뀐다. 하지만 그들이 기다리는 수송 열차란 바로 학살당할 유대인을 실은 열차다.

주인공과 앙리는 사살될 유대인이 끊임없이 오기를 바라고 있는 것이다. 어떻게 자신들의 샴페인이나 구두 따위를 걱정하며, 사살당할 사람들이 실려 오는 기차가 끊길까봐 걱정할 수 있는가. 제정신이라면 이런 생각을 할 수가 없다. 하지만 자유연상은 순식간에 생

각도 못 한 생각을 하게 만든다. 구두도 셔츠도 결코 탐내지 말아야 한다. 맨 처음 떠올린 포도주와 샴페인부터가 잘못된 욕심이다.

하지만 빵과 베이컨을 먹으면서 포도주를 떠올리는 연상은 너무나 자연스럽고 인간적인 생각문장 잇기일 수 있다. 친구에게 포도주 대신 샴페인이라도 마시게 해주고 싶은 생각 역시 자연스러운 선의의 친절에서 나온 것이리라. 그러나 그것이 자연스러운 선의일지라도 함부로 생각을 잇다가는, 언제든 이렇게 끔찍한 욕망으로 이어질 수 있다.

어쩌면 세상이 이렇게 혼란스러운 이유는 우리 모두가 이렇게 생각 잇기를 아무렇게나 하고 있기 때문 아닐까. 원숭이 똥구멍에서 바나나를 생각하는 사람처럼, 원숭이 똥구멍에서 백설공주를 생각하는 사람처럼, 월요일이 아니라 일요일일 거라고 생각하면서 〈노벨상〉을 꿈꾸는 헤르만처럼, 그리고 포도주와 샴페인을 떠올리며 열차 걱정하는 앙리처럼, 매 순간 우리 딴엔 자연스럽고 인간적이며 선의와 친절로 자유연상을 이어갈 때조차, 끔찍한 전도몽상이 되어버리거나 도착과 기만을 저지르고 있는 건 아닐까.

언제나 다른 잇기가 가능하다

인간의 첫 번째 행동은 자유연상이다. 어떤 것을 접하고 자유연상을 한 다음에야 그에 따른 반응을 한다. 이러한 반응 동작들이 모여 그 사람 특유의 행동 패턴을 만들고, 특유의 서사와 운명을 만든다. 그런 점에서 어떤 사람의 생각이 혼란스럽다면, 아무렇게나 생각 잇기를 했을 가능성이 높다. 혜능의 말처럼, "한 생각이 어리석으면 곧 반야가 끊어지고 한 생각이 지혜로우면 곧 반야가 생겨난다".

노예였고 가난했고 절름발이였지만, 누구보다 자유로웠던 희랍 철학자 에픽테토스는 우리를 괴롭게 만들거나 기쁘게 만드는 것은 '우리에게 일어난 사건이 아니라, 그 사건에 대한 우리 자신의 생각'이라고 생각했다. 그는 다음과 같이 말했다. "목욕탕에만 가면 순식간에 목욕을 마치고 나오는 사람이 있다고 합시다. 그때는 그에 대해 '목욕을 엉터리로 하는 사람'이라고 할 것이 아니라 '목욕을 순식간에 하는 사람'이라고 말해야 합니다." 순식간에 목욕을 마친 사람을 두고 순식간에 목욕을 마친 사람, 이라고 말하는 것은 괜찮지만 "엉터리로 하는 사람"이라고 확대 해석하여 판단하는 것은 곤란하다는 것이다.

우선 어휘와 문장이 정확해야 한다. 그다음은 문장과 문장의 연결 역시 엄밀해야 한다.

'나는 너보다 부자이다. 그러므로 나는 너보다 낫다' 또는 '나는 너보다 말을 더 잘한다. 그러므로 나는 너보다 더 낫다'와 같은 논리는 잘못된 것입니다.

이것은 '나는 너보다 부자이다. 그러므로 나는 너보다 돈이 많다' 또는 '나는 너보다 말을 더 잘한다. 그러므로 나는 너보다 더 설득력이 있다'라고 해야 논리적으로 바른 것입니다.

그러나 사람은 돈이나 설득력 따위로 결정되는 존재가 아니지요.

—에픽테토스, 『에픽테토스의 자유와 행복에 이르는 삶의 기술』,

강분석 옮김, 사람과책, 2008, 87쪽

경제적인 부자는 경제적인 부자일 뿐이어서, 돈은 더 많을지 몰라도 더 나은 사람이 아니다. 말을 잘하는 사람은 말을 잘하는 사람일 뿐이어서, 설득은 더 잘할지 몰라도 그 자체로 더 나은 사람이 아니라는 것이다. 하지만 우리는 평소 얼마나 쉽게 다른 내용으로 치환하는 거친 잇기를 함부로 저지르던가.

가령, 어떤 사람은 이렇게 말한다. "우리 아버지는 술을 무지 좋아하시고 잘 마셨어. 그래서 나도 술을 좋아하고 잘 마셔." 들어보면 이 사람은 술을 좋아하고 잘 마실 수밖에 없는 것 같다. 그런데 과연 그럴까. 이렇게 말하는 사람도 있다. "우리 아버지가 술을 무지 좋아하시고 지나치게 마셨어. 그래서 나는 아예 입에 대지 않기로 결심했어."

또, 어떤 사람은 말한다. "우리 부모님은 내가 어릴 때 이혼했어. 그래서 나도 결혼생활에 자신이 없고, 하고 싶은 마음도 없어." 그러나 이렇게 말하는 사람도 있다. "우리 부모님은 내가 어릴 때 이혼했어. 그래서 나는 누구보다도 결혼하면 꼭 화목한 가정을 꾸리고 싶어."

사람들이 저마다 생각문장을 이어가는 걸 보면 정말 재밌다. 실수하고 실수하고 또 실수했으니 이번에도 실수할 거야, 라고 생각할 수 있다. 실수하고 실수하고 또 실수했으니 그만큼 많이 배운 거야, 라고 생각할 수도 있다. 실수하고 실수하고 또 실수했으니 앞으로는 더 적게 실수할 거야, 라고 생각을 이을 수도 있다. 세 경우 모두 지극히 논리적이다. 그런데 왜, 어떤 사람은 이번에도 실수할 거라고 생각하고, 어떤 사람은 많이 배웠다고 생각하고, 또 어떤 사람은 다시는 하지 않을 거야, 라고 생각하는 걸까.

습작생들의 잇기 일례

좋은 글은 좋은 잇기를 이룬 글이다. 좋은 글을 읽으면 정신이 각성하며 깨어난다. 한 생각 한 생각이 가장 강렬하게 이어져 있기 때문이다. 하지만 습작생들 작품을 보면, 엉성하게 잇거나 아무렇게나 잇거나 엉뚱하게 잇는다. 반면에 좋은 작가들은 한결 자연스럽게 이으면서도 새롭게 잇는다. 우선 초보 습작생의 일례를 보자. 아버지 장례를 다룬 소설의 첫 단락으로, 모두 14개의 생각문장 잇기로 이루어져 있다. 저자의 설명을 읽기 전에 독자 스스로 각 문장의 잘잘못을 체크해보자.

보기 1

1) 요양원 간호사가 한밤중에 전화를 했다. 2-1) 벨소리에 나는 올 것이 왔구나 싶은 생각에 2-2) 마른침을 삼키고 헛기침을 해서 목소리를 냈다. 3) 가족들이 빨리 와주었으면 해요. 4) 전화기 속 가느다란 목소리는 짧고 간단했다. 5) 옆에서 잠을 자던 엄마는 어느새 옷을 다 차려입고 현관문에 서 있었다. 6) 핸드폰과 지갑만을 양손에 챙겨 든 채 나는 자동차 키를 찾았다. 7) 요양원은 집에서 두어 정거장 거리에 있었다. 8-1) 겨울이 끝나지 않은 8-2) 2월이었고, 8-3) 해가 뜨지 않은 새벽 세 시경이었다. 9) 추운데 옷을 입고 가야지. 10) 현관문에 섰던 엄마는 다시 방으로 들어와 옷장에서 오리털 점퍼를 꺼내 나에게 건넸다. 11-1) 바들바들 떨며 11-2) 문 앞에 서 있는 줄로만 알았는데 엄마는 의외로 침착했다. 12-1) 아버지가 아프다고 소리쳤을까, 12-2) 심각한 환자니까 혹시나 하는 생각에 다가갔다가 마지막 숨을 보는 것 같아서 간호사는 전화를 한 것일까. 13) 전화 걸기 직전이 어떤 상황이

없는지 도무지 알 수 없었다. 14-1) 머릿속은 이런저런 생각들이 돌아다니다가 서로 부딪혀 14-2) 점점 하얗게 사라져갔다.

506개의 글자, 14개의 문장이 사용되었다. 1)은 제시문이고, 2)부터 더 구체화된 제시문들이다. 그런데 2)는 문장이 불필요하게 길다. 그냥 '마른침을 삼켰다'라고 하는 게 더 적절하다. 4)의 '가느다란' 역시 생략하는 게 더 짧고 간명하다. 5)는 나쁘지 않다. 엄마 특성이 잘 드러난다. 8)은 불필요하다. 지금 날씨와 날짜가 왜 중요한가? 특히 8-1)의 수식은 2월에 대한 너무 빤한 수식구이다. 8-3)의 수식구 부분도 마찬가지다. 9), 10)은 나쁘지 않다. 엄마의 특성이 잘 나타나 있다. 11-1)은 어색하다. 12)의 상상은 너무 빤하고 일차원적인 반응 상상이다. 13)은 중요한 문제가 아니다. 14)의 자기 심리와 감정 표현은 너무 어색하고 거칠다.

이렇게 이어진 생각문장들을 분석해보면 주인공이 사건을 어떻게 접하고 있는지 한결 선명하게 읽힌다. 2-2)나 14)에서 보듯이 자기표현이 매우 서투르다. 12)에서 보듯 너무 단조로운 상상밖에 하지 못한다. 8)처럼 중요하지도 않은 너무 빤한 얘기를 뒤섞어 구사한다.

이러한 이유로 다음과 같이 수정해보았다.

보기 2

1) 요양원 간호사가 한밤중에 전화를 했다. 2) 나도 모르게 마른침부터 삼켰다. 3) 빨리 와주셨으면 해요. 4) 전화기 속 목소리는 짧고 간명했다. 5) 그만큼 단호하면서도 다급하게 들렸다. 6) 옆에서 잠을 자던

엄마는 어느새 옷을 다 차려입고 현관문에 서 있었다. 7) 핸드폰과 지갑, 자동차 키를 챙긴 다음 혹시나 빠트린 게 없나 생각했다. 8) 요양원은 집에서 두어 정거장 거리에 있었다. 9) 추운데 따뜻하게 입고 가야지. 10) 엄마가 다시 방으로 들어가 옷장에서 오리털 점퍼를 꺼내 건넸다. 11) 의외로 나보다 침착했다. 12) 하지만 나는 자꾸 허둥거렸다. 13) 얼마간 예상하고 있던 일인데도 전혀 예상치 못한 상황 같기만 했다. 14) 뭔가 빠트린 게 있는 것 같아 지체하고 있는 게 아니라, 가서 맞닥뜨릴 일이 두려워 출발을 주저하고 있는 기분이었다. 15) 마치 야단맞을 짓을 저질러놓고 나와서 집에 들어가기 싫을 때처럼 조금이라도 더 늦장을 부려 아버지 눈길을 피할 수만 있다면 피하고 싶은 마음이었다.

군더더기 부분을 없앤 다음, 임종을 두려워하는 주인공 마음을 조금 더 자세히 서술해보았다. 478글자 15문장이 사용되었다. 문장 수는 하나 더 늘어났지만, 전체 글자 수는 더 적게 들었다. 그럼에도 더 많은 정보가 서술되었다. 당연히 독자로서는 〈보기 1〉보다 〈보기 2〉를 읽을 때 더 집중하고 더 각성할 수밖에 없다.

다음의 〈보기 3〉 역시 초보 습작생이 제출한 소설의 시작 부분이다. 소설의 기본 내용은 주인공이 모쉬족에 대한 다큐 자료 조사를 위해 중국에 도착한 날, 친구 김현의 사망 소식을 그녀 남편으로부터 전해 듣는 설정이다.

보기 3

1) 현이 죽었다. 2) 자료 조사차 베이징에 도착한 날이었다. 3) 평소 외

국에 있을 때는 한국에서 걸려온 전화는 받지 않는 것이 원칙이지만 현의 전화는 달랐다. 4) 휴대폰에 두 글자, '김현'이라는 이름이 떠오르는 순간 나는 생각할 겨를도 없이 냉큼 전화를 받았다.

보기 4

1) 안 지는 오래되었으나 자주 만나는 사이는 아니었다. 2) 1년에 한두 번. 그나마도 현이 놀러 오라고 몇 차례 청하고 나서야 마지못해 내가 가는 식이었다. 3) 그렇다고 해서 현이 나를 따라다니며 보채는 성격이었느냐 하면 그것도 아니었다. 4) 현에게는 친구가 늘 많았다. 5) 아마도 서열을 세운다면 나는 그녀의 열 손가락 안에 겨우 들어갔으리라. 6) 그러나 나에게는 현밖에 없었다. 7) 내가 속을 털어놓을 사람은 현밖에 없었고 내 얘기를 다 듣고 나서도 나를 무시하지 않을 사람도 현밖에 없다고 나는 굳게 믿고 있었다. 8) 전화를 받으면 현이 예의 그 밝고 높은 음색으로 '언제 놀러 올 거니?'라고 먼저 뱉은 후 내 대답을 기다리거나 '야, 너는 도대체 연락이 없냐?'라는 핀잔을 주었어야 했다.

우선 〈보기 3〉을 보자. 모두 4개의 생각문장을 이어놓았다. 밑줄 부분은 너무 강조되어 있거나, 중복되는 내용으로 생략 가능하다. 〈보기 4〉는 8개의 문장이다. 역시 과장되거나 중복되고 있다. 그래서 다음 〈보기 5〉〈보기 6〉과 같이 수정해보았다. 이러한 수정이 〈보기 3〉〈보기 4〉보다 무조건 더 낫다고 장담할 수는 없다. 하지만 더 적은 분량으로 더 많은 정보를 전달하고 있다는 사실은 부인할 수 없을 것이다.

보기 5

1) 현이 죽었다. 2) 자료 조사차 베이징에 도착한 날이었다. 3) 받지 않으려 했지만, 그녀 이름이어서 받았다. 4) 나도 네 생각했는데? 5) 그러잖아도 같이 왔으면 싶던 친구였다. 6) 모쉬족에 대해 그녀라면 어떤 반응을 보일까 궁금했다.

보기 6

1) 현은 찾는 친구가 나보다 많았지만, 언제나 그녀가 먼저 연락할 만큼 나를 챙겼다. 2) 전화를 받으면 기분 좋은 일이라도 있는 듯한 밝은 음색으로 '언제 놀러 올 거니?'라고 먼저 뱉은 후 내 대답을 기다리거나 '야, 너는 도대체 연락이 없냐?'라는 핀잔을 주었어야 했다.

이처럼 초보 습작생들은 문장을 비경제적으로 잇는다. 분량은 많이 들면서 그만큼 더 거칠거나 초점이 불분명하다. 잇기는 자연스러우면서 새로워야 한다. 초점을 갖고 더 더더 더더더 깊이 들어가야 한다. 그래야 흥미와 개성이 생긴다. '자연스러우면서도 새롭게 잇기.' 잇기 규칙은 이처럼 단순한데, 이렇게 단순한 잇기 규칙을 구현하기란 좀체 쉽지가 않다.

17장 서사는 '주인공-되기'의 동선을 따라 잇는다

문장 잇기와 단락 만들기 1

경험과 경험에 대한 생각은 다르다

글쓰기란 생각문장을 하나씩 이어가는 작업이다. 어휘와 어휘, 문장과 문장, 단락과 단락을 잇는 과정은 재밌고 신기하다. 마치 산소와 수소가 결합하면 물이 되고, 물방울과 물방울이 모여 강줄기가 되는 만큼이나 아름답고 신기하다. 산소와 수소만 보고는 거기서 물이 생겨나리란 걸 상상할 수 없듯, 잇기를 하다 보면 예상치 못한 전혀 새로운 내용이 태어난다. 명작들을 읽어보면 중학생도 익히 알고 있는 어휘를 사용하고 있음에도 불구하고 신선한 감동을 불러일으키는데, 이 감동은 순전히 새로운 잇기 방법에서 비롯된다.

잇기는 언제나 자유롭다. 그래서 얼마든지 새롭다. "배가 고파 밥을 먹었다"라는 잇기도 가능하지만, "배가 고파 정신이 맑다"라는 잇기도 가능하다. "배가 고파 잠을 잘 수가 없다"라는 잇기도 가능하고

"배가 고프니까 서럽다"라는 잇기도 가능하다. 단지 어휘와 어휘의 잇기만 자유로운 게 아니다. 자신의 실제 행동과 생각문장의 연결부터 언제나 자유롭다. 가령, "나는 식사를 한다"라는 문장을 떠올릴 수 있지만, "나는 끼니를 때우고 있다"라는 문장을 떠올릴 수도 있다. "짜장면 먹고 싶다"는 문장을 떠올릴 수도 있다.

자신의 실제 행동과 그에 따른 문장 사이에는 언제나 자유로운 선택 연결이 가능해 진수성찬을 차려놓고도 "외롭다"라는 생각을 떠올릴 수 있고, 짜장면을 먹으면서도 "행복하다"라는 문장을 떠올릴 수 있다. 이렇듯, 그 사람의 경험과 그에 대한 생각이 달라서, 그 사람이 의식적으로 체험하는 경험은 실제 경험이 아니라 자신이 떠올린 생각문장인데 실제 경험과 생각문장은 물과 기름처럼 겉돌 수 있다. 가령 남자와 여자가 각각 돈 100만 원을 주웠다고 가정해보자. 남자는 "이게 웬 횡재냐?"라는 문장을 떠올렸지만, 여자는 "이건 내 양심을 시험당하는 일이야"라는 문장을 떠올릴 수 있다.

횡재로 생각하고 습득한 돈으로 룸살롱에 가서 진탕 술을 마신 남자는 다음 날 아침, "과음을 했더니 몸만 축났군"이라는 문장을 떠올릴 수 있다. 혹은 "주인을 찾아주지 않으니 그에 따른 상벌로 몸만 축내고 말았어"라는 문장을 떠올릴 수도 있다. 결국 남자는 "잃어버린 물건을 보면 주인을 찾아주는 게 낫다"라는 문장을 떠올릴 수 있다. 반면에 양심을 시험당하는 일이라는 문장을 떠올린 여자는 파출소에 신고할 수도 있다. 그런 다음 "나는 참 착한 사람이야"라는 문장을 취하고 나서, 그런데 나처럼 주인을 찾아주는 사람이 몇이나 될까? 하는 의문에 "세상 사람들은 대부분 너무 이기적이야!"라는 문장으로 이어갈 수도 있다.

17장 서사는 '주인공-되기'의 동선을 따라 잇는다

이러한 잇기 끝에 남자는 열심히 일하는 근면한 사람이 될 수도 있고, 여자는 우울한 염세주의자로 사는 벌을 자득할 수 있다. 그렇다고 남자가 근면한 사람이 된 까닭을 주운 돈을 돌려주지 않고 룸살롱 갔던 데서 찾을 수는 없을 것이다. 여자가 우울한 염세주의자로 전락한 이유를 주인을 찾아주려고 애쓴 선행의 결과라고 할 수도 없다. 어떤 경험을 하든, 그 경험은 중요하지 않다. 경험은 1차 질료에 불과할 뿐이다. 그 경험을 하면서 스스로 만들고 이어간 자신의 해석, 즉 생각문장이 중요하다. 언어와 언어는 실제 경험과 무관하게 언제든 자유로이 이어질 수 있는데, 이때 참신한 문장으로 이으면 정신은 살고, 저급한 문장으로 이으면 죽는다.

단락은 더 더더 더더더 더더더더 구체적인 제시문을 이어 만든다

어휘와 어휘를 이어 문장을 만들고, 문장과 문장을 이어 단락을 만든다. 단락은, 주제문과 뒷받침 문장들로 구성되어 있다. 중학교 교과서에서 배운 대로, 단락은 '주제문+3개 이상의 뒷받침 문장'으로 구성된다. 혹은 '제시문+더 구체적인 제시문+더더 구체적인 제시문+더더더 구체적인 제시문……'으로 구성된다.

가령 카프카의 「변신」 첫 단락을 보자.

보기

1) 어느 날 아침, 잠자던 그레고르 잠자는 뒤숭숭한 꿈자리에서 깨어나자 자신이 침대 속에서 한 마리의 흉측한 벌레로 변해 있는 것을 발견했다. 2) 각질로 된 갑옷처럼 딱딱한 등을 밑으로 하고 위를 쳐다보며

누워 있던 그가 머리를 약간 쳐들자, 볼록하게 부풀어 오른 자신의 갈색의 배가 보였다. 3) 배 위에는 몇 가닥의 주름이 져 있고, 주름 부분은 움푹 패여 있었다. 4) 그 배의 불룩한 부분에는 이불의 끝자락이 가까스로 걸려 있었으며, 금방이라도 미끄러져 내릴 것만 같았다.

'일어나보니 벌레로 변해 있었다'는 내용의 1)이 주제문 혹은 제시문이다. 나머지 문장은 이러한 주제문 혹은 제시문을 더 구체화하고 있는 구체적 뒷받침 문장들이다. 2)에서는 벌레의 전체적 모양새를, 3)은 그중에서도 주름 모양을, 4)는 배 부분의 이불 모양을 묘사함으로써, 주제문 혹은 제시문을 보다 구체적으로 뒷받침하는 '더 더더 더더더 구체적인 제시문'으로 채워져 있다.

아침에 일어나보니 벌레로 변해 있었다는 매우 놀라운 환상적 설정에도 불구하고, 정석에 가까운 단락 만들기 즉, '주제문 + 3개 이상의 뒷받침 문장' 혹은 '제시문 + 더 구체적인 제시문 + 더더 구체적인 제시문 + 더더더 구체적인 제시문'의 구성 방식을 성실히 따르고 있는 것이다.

명작들일수록 이러한 단락 만들기를 매우 충실하게 따른다. 사실 말하고자 하는 바를 분명하게 말하려면, 이러한 단락 만들기 방식을 따르지 않으려야 않을 수 없다. 자신이 말하고자 하는 것에 대해 구체적인 뒷받침 문장으로서의 '더 더더 더더더 구체적인 제시문'을 충분히 달아 독자로 하여금 보다 충분한 이해를 하게끔 돕지 않을 수 없는 것이다.

하지만 초보 습작생은 문장을 이어 단락을 만드는 일에 매우 서투르다. 가령 우리 아버지는 자상하셨다, 라고 말해놓고 얼마나 자상하셨는지 구체적인 뒷받침으로서의 제시문을 달지 않는다. 그는 사랑스러운 사람이다, 라고 말해놓고 얼마나 사랑스러운 사람인지 구체적으로 뒷받침하는 제시문을 달지 못한다. 나는 외롭다, 라고 말해놓고 얼마나 그리고 어떻게 외로운지 구체적인 뒷받침으로서의 제시문을 달지 않기 일쑤다.

하지만 2-3년쯤의 습작 기간을 거치고 나면 단락 만들기 규칙에 어느 정도 익숙해진다. 다음 〈보기 1〉은 4-5년 이상을 습작한 습작생의 글로, 단편소설의 첫 단락이다.

보기 1

1) 산기슭의 공단 쪽에서 남자들 넷이 걸어 나온다. 2) 두터운 옷 때문인지 남자들의 실루엣이 유난히 동그랗게 보인다. 3) 길은 비포장도로에다 응달이라, 초겨울에 내렸던 눈이 바퀴 자국을 따라 단단하게 얼어 있다. 4) 네 명의 남자는 어른 키 정도의 거리로 떨어져서 조심스럽게 걷는다. 5) 미끄러졌을 때 함께 넘어지지 않으려는 것이다. 6) 네 명의 남자가 일정한 거리를 두고 걷는 모습은, 유명한 비틀즈의 앨범 재킷 사진을 어설프게 흉내 내는 것 같다.

1)에서 남자들 넷이 걸어 나온다고 제시한 다음, 2)에서 모양새를 보다 구체적으로 제시하고, 3)에서는 길의 생김새를, 4)에서는 남자들의 걷는 모습을, 5)에서는 그러한 모습을 유지하는 이유를 추정한다. 6)에서는 보다 구체적 비유를 들어 남자들의 모습을 한결 더 분명하게 제시한다. 아주 간단한 단락 만들기 같지만, 고루한 상투적 표현이나 군더더기 없는 문장들로 뒷받침하고 있다. 이만한 단락을

만들기 위해서는 적어도 3-4년 이상의 문장 연습이 필요하다.

보기 2

1) 기사는 지금 가고 있는 이 길이 지나본 적 있는 듯하면서도 낯설다. 2) 택시 운전을 시작한 지 40년이 흘러 벌써 일흔넷이 되었지만, 긴 세월 동안 달린 무수한 곳을 그는 어렴풋하게라도 기억해내는 사람이다. 3) 눈이 침침해지는 밤에는 낮보다 더 긴장하며 운전하지만 길눈과 손님을 알아채는 눈썰미만큼은 젊고 튼튼한 기사들보다 뛰어나다고 자부한다. 4) 그는 내비게이션이 알려주는 길보다 더 빠른 길로 헤매지 않고 목적지까지 갈 때도 많다. 5) 그럴 때면 손님에게서 서비스 요금을 받았을 때처럼 기분이 좋아진다. 6) 마치 후한 손님 덕분에 자신이 여전히 보다 젊고 건장하다는 걸 인정받은 것 같다. 7) 그러나 그는 지금 달리고 있는 이 길이 와본 듯하면서도 한 번도 지난 적 없는 것 같다. 8) 이런 느낌은 실로 오랜만이다. 9) 그는 또렷이 기억나지 않는 길일지언정 내가 여기를 달린 적이 있을 거야, 라는 생각을 하며 운전을 했는데, 지금은 내가 정말로 여기를 달린 적이 없던가, 라는 생각을 하며 인적 드문 밤길을 좌우로 살피고 있다.

〈보기 2〉는 4, 5년 이상 성실하게 습작을 해온 습작생의 글로, 역시나 단편소설의 첫 단락이다. 1)을 통해 기사에게 길이 낯선 상황을 제시한 다음 2)에서 나이 등을 통해 기사가 어떤 사람인지 구체화하고, 3)에서는 그의 눈썰미 등을 통해 더욱 구체화한다. 4)에서는 내비 없이 지름길을 가는 경험을 소개하고, 5)에서는 그러한 경험을 할 때의 기분을 비유를 들어 선명하게 부각시킨다. 그런 다음 6)에서 다시 한 번 더 비유를 들어 기사의 기분을 한결 더 선명하게 그려 내 보인다.

대개의 초보 습작생은 비유를 쓸 때 부적절한 비유를 남발한다. 하지만 위 글에서는 적절한 비유를 두 번이나 겹쳐 사용한다. 그런 다음 7)에서야 다시 첫 문장에서 제시한 낯선 상태를, 8), 9)까지 보태 보다 구체적으로 설명하고 있다. 그러니까 '기사에게 길이 낯설다'라는 핵심 내용을 첫 문장에서 제시한 다음, 2)에서 6)까지는 기사가 어떤 사람인지 보다 구체화하고 있고, 7)부터 9)까지는 길이 얼마나 낯선지 더 구체화하고 있다.

글을 써본 사람은 알겠지만, 이만큼 단락 만들기 규칙에 충실한 문장 잇기를 구사하기란 쉽지 않다. 적어도 3-4년 이상의 습작 훈련이 필요하다.

신춘문예 당선작과 단락 만들기

아래 예문은 신춘문예 당선작들이다. 〈보기 1〉은 2013년 『한국일보』 당선작으로 윤지완의 「당신의 아름다운 세탁소」라는 단편소설의 첫 단락이다. 〈보기 2〉는 2011년 〈중앙신인문학상〉 당선작, 백정승의 「빈집」이라는 단편의 첫 단락이다. 이들 예문은 서사적 글쓰기에서 잇기를 어떻게 해야 하는지를 매우 잘 보여준다. 단락 만들기의 기본 규칙 즉, '주제문＋3개 이상의 뒷받침 문장' 혹은 '제시문＋더 구체적인 제시문＋더더 구체적인 제시문＋더더더 구체적인 제시문……'을 충실히 이행하고 있는 것이다.

특히 서사적 글쓰기는 주인공이 등장하여 일련의 사건을 겪어가는 과정을 다룬다. 글쓴이는 먼저 '주인공-되기'를 통해 주인공의 동선을 따라가야 한다. 소설과 같은 서사적 글쓰기의 문장 잇기 원리는 다음과 같다; "'주인공-되기'를 통해 주인공 동선을 따라가며 '보다 더 더더 더더더 더더더더 구체적인 제시문'으로 잇는다."

보기 1

1) 건조기에서 막 꺼낸 세탁물들에서 옅은 솔벤트 냄새가 풍겼다. 2) 남자는 심호흡을 했다. 3) 콧속으로 흡입된 유기용제 냄새가 남자에게 묻어 있던 졸음을 단번에 쫓아냈다. 4) 남자는 세탁물이 든 바구니를 들어 행거 옆으로 옮겼다. 5) 바구니 안에 쌓여 있는 옷을 하나씩 끄집어내 허공에 턴 뒤 빠른 손놀림으로 옷걸이에 걸었다. 6) 푸른 실크 블라우스를 제외한 모든 세탁물들이 차례로 행거에 걸렸다. 7) 남자는 출입구 쪽으로 행거를 이동시켰다. 8) 바람이 통하는 입구에 반나절은 세워두어야 직물에 남은 솔벤트를 마저 휘발시켜버릴 수 있었다. 9) 다림질을 하는 것은 그 이후였다.

보기 2

1) 관리인은 내일 아침 여덟 시 정각이라고 못을 박았다. 2) 움 아흐트 우어 핑크틀리히, 정확히 여덟 시에 자신이 열쇠를 받으러 올 것이며, 또 곧바로 벽을 페인트칠하는 사람이 와서 작업을 시작할 것이라고 했다. 3) 열쇠를 반납한 그 순간부터 이 집은 더 이상 내가 사는 집이 아니라고 했다. 4) 핑크틀리히, '정확히'라는 단어를 말할 때 관리인의 금빛 콧수염은 빠르고 미세하게 움찔거렸다. 5) '프, 트, 크, 흐' 같은 발음을 할 때마다 그의 콧수염은 조금씩 따라 움직이는 것 같았다. 6) 아직

마흔 살이 채 되지 않았을 것 같은 관리인은 내게 처음부터 반말을 했다. 7) 아마 무례의 표시라기보다 학생 기숙사 안에서 통용되는 어법을 따라 격의 없음을 표현한 것일 터였다. 8) 그가 말을 낮추었으므로 이쪽에서도 같은 어법으로 말을 해야 자연스러울 것이었으나, 9) 그의 콧수염 때문이었는지 나는 정작 그에게 '너'라는 단어를 써서 말을 꺼내지 못했다.

〈보기 1〉을 보자. 세탁소 주인이 세탁물을 건조기에서 꺼내 행거에 너는 과정을 꼼꼼히 분절하여 서술하고 있다. 글쓴이는 '세탁소 주인-되기'를 통해 세탁소 주인의 몸의 동선을 따라 이동한다. 즉 각각의 문장은 세탁소 주인이 느낄 법한 내용으로 채워지는 동시에, 세탁소 주인의 몸의 동선을 따라 잇는다. 특히 동작 하나하나 느낌 하나하나를 정밀하게 분절하여 서술한다.

1)은 건조기에서 꺼낸 세탁물에서 솔벤트 냄새를 맡는 내용이다. 2)과 3)은 1)을 보다 구체화한 제시문이다. 즉, 심호흡, 유기용제 냄새, 졸음 쫓아내기, 라고 하는 세 가지 구체화된 제시문이 2개의 문장으로 보태져 있다. 그런 다음 4)에서 세탁물을 행거에 너는 과정을 제시하고, 5)와 6)을 통해 구체화시킨다. 즉, '끄집어내서' '턴 다음에' '거는데' '블라우스'를 제외하고 차례대로 건다. 7)은 행거를 출입구 쪽으로 이동시키는 내용이다. 8), 9)는 이러한 이동을 보다 구체화한 제시문이다.

결국 첫째 〈보기〉는 다음과 같이 구성되어 있다. ① 세탁물을 꺼내며 냄새를 맡는다(심호흡 + 유기용제 냄새 + 졸음 쫓기). ② 세탁물을 행거에 넌다(꺼내기 + 털기 + 차례대로 널기). ③ 세탁물 행거를 이

동시킨다(반나절 바람 통하기 + 휘발시키기 + 이후에 다림질하기).

이렇게 분석해보면, 위의 단락이 '주제문 + 뒷받침 문장 3개 이상'이라고 하는 단락 만들기 규칙을 매우 충실하게 (동시에 매우 자연스럽게) 따르고 있는 걸 볼 수 있다. 냄새 맡는 행위, 행거에 너는 행위, 행거를 이동시키는 행위 각각에 대해 세 가지씩의 구체적 뒷받침을 달고 있다. 이 세 가지 행위는 생략되어 있는 주제문 즉, '세탁소 주인이 세탁물을 넌다'를 구체화하는 3개의 뒷받침 문장인 것이다. 다만 글쓴이는 너무 뻔한 주제문을 생략해버린다든가, 2개의 뒷받침을 하나의 문장 안에 버무려 구사한다든가 하는 변형을 통해, 좀 더 농밀하면서도 자연스러운 문장 잇기와 단락 만들기를 구사하고 있다.

〈보기 2〉의 주제문 혹은 제시문은 첫 문장이다. 즉, '관리인이 이사 시간을 말해주었다'가 제시된 핵심 내용이다. 이를 2)와 3)으로 구체화한다(움 아흐트 우어 핑크틀리히 + 정확히 여덟 시에 자신이 열쇠를 받으러 올 것 + 곧바로 벽을 페인트칠하는 사람이 와서 작업을 시작할 것 + 열쇠를 반납한 그 순간부터 이 집은 더 이상 내가 사는 집이 아님). 그런 다음 4), 5), 6)을 통해 더욱더 구체화한다(핑크틀리히, '정확히'라는 단어를 말할 때 관리인의 금빛 콧수염은 빠르고 미세하게 움찔거림 + '프, 트, 크, 흐' 같은 발음을 할 때마다 그의 콧수염은 조금씩 따라 움직이는 것 같음 + 아직 마흔 살이 채 되지 않았을 것 같은 관리인은 내게 처음부터 반말을 했음). 이어지는 7), 8), 9)는 6) 즉, 어떻게 반말을 했는지를 구체화하고 있다(격의 없는 표현 + 이쪽에서도 같은 어법으로 말을 해야 자연스러울 것 + 그러나 그에게 '너'라는 단어를 써서 말을 꺼내지 못했음).

이렇게 분석해보면, 2)부터 9)가 1)에서 제시된 관리인의 언급에 대해 보다 더 구체화하고, 더더 구체화하고, 더더더 구체화하는 식으로 문장을 이어갔음을 알 수 있다. 글쓴이는 문장 잇기를 하되, 자신이 미지의 독자에게 전하고자 하는 내용에 대해 보다 더, 더더, 더더더 구체화함으로써 전하고자 하는 실제 내용이 어떤 내용인지를 더, 더더, 더더더 분명하게 서술하고 있는 것이다.

우리가 아이를 통해 이웃에게 말을 전할 때조차 그것이 중요한 내용이면, 혹시나 오해가 생기지 않도록 몇 번이나 확인하면서 최대한 분명하고 정확한 문장을 전달하도록 애쓸 것이다. 하물며 출판을 통해 글을 발표하는 것은, 미지의 독자에게 자기 머릿속 생각을 전달하는 일이기 때문에, 최대한 구체적인 장면으로 드러날 때까지 구체화하지 않을 수 없다.

보기 3

1) 그는 슈퍼에 들렀다가 고양이 한 마리를 본다. 2) 커다란 고양이다. 3) 라면박스 위에 등을 곧게 펴고 앉아 있는 자세가 표범을 떠올리게 한다. 4) 그는 참치 캔 작은 것 없어요? 라고 물으며 고양이의 눈부시게 흰 털을 본다. 5) 쓰다듬고 싶어서 다가갈 때, 슈퍼 주인이 작은 참치 캔을 꺼내 흔든다. 6) 고양이의 털을 쓰다듬으려 하자 고양이가 정면으로 그의 눈을 마주본다. 7) 고양이는 그의 눈 속을 읽는 듯하다. 8) 그리고 내 털을 만지면 가만히 있지 않겠다는 식의 당당한 태도를 취한다. 9) 그는 고양이에게 몰입되고 매료된다. 10) 등이 곧은 고양이는 긴 앞다리를 라면박스 위에 도도하게 지탱하고 있다. 11) 그는 참치 캔을 하나 더 달라고 한다. 12) 슈퍼마켓 주인은 그런 그를 한 번 훑어본다. 13) 1.5초 정도의 시간이 잠깐 멈칫하며 지나간다. 14) 작은 고양이

한 마리가 한쪽에서 소리를 낸다. 15)아 저 골치 아픈 것. 16)슈퍼 주인이 미간에 선을 두 개 긋는다. 17)작은 고양이는 과자가 쌓인 선반 위에서 초코칩쿠키를 떨어뜨린다. 18)등이 곧은 큰 고양이가 짧게 0.5초 정도 운다. 19)그는 그 울음소리가 살짝 갈라진 A단조와 비슷하다고 생각한다. 20)작은 고양이가 날듯이 큰 고양이에게 다가와 얼굴을 부빈다. 21)그는 참치 캔 값을 내고 문을 열려다 이 고양이의 새끼예요? 라고 묻는다. 22)슈퍼 주인은 그를 똑바로 쳐다본다. 23)관심 있어요? 24)그는 새끼도 어미를 닮았다고 생각한다. 25)도도한 면, 약간 삐딱하게 고개를 돌려 사람을 쳐다보는 면. 26)하얗고 윤기 있는 털. 27)3.5초 정도의 시간을 둔 후, 예쁜 고양이네요, 라고 말한다. 28)그는 새끼의 머리를 쓸어 올리듯 만져본다. 29)어미가 다시 그의 눈을 똑바로 쳐다본다. 30)고양이의 눈에는 지적인 감흥이 있다. 31)최초의 라면박스 위에서 1밀리미터도 움직이지 않은 도도한 감흥이다. 32)괜찮다면 가져가서 기르시겠다고 말해도 저는 상관없습니다만. 33)이번에는 그가 슈퍼 주인의 눈을 바라본다. 34)그는 2.5초 후 고개를 살짝 끄덕인다. 35)새끼 고양이가 다급히 울기 시작한다. 36)어미 고양이는 새끼를 데려가는 그를 가만히 응시한다. 37)그러나 3초 뒤 곧 고개를 돌리고 앞발을 핥는다. 38)그가 고양이를 데려가기 위해 소모한 시간은 도합 11초였다. 39)그는 고양이를 킬러 LEON이 들고 다니는 화초처럼 잘 안는다.

위의 〈보기 3〉은 2006년 『동아일보』 당선작으로, 박상의 「짝짝이 구두와 고양이와 하드락」의 첫 단락이다. 39개의 문장으로 이루어져 있다. 위 단락의 주제문(제시문)은 1)이다. 즉, '나는 슈퍼에서 고양이를 보았다'(혹은, '나는 슈퍼에서 고양이를 얻었다')이다. 나머지 38개의 문장은 이러한 제시문을 보다 더, 더더, 더더더 구체화한 제시문들이다.

1)에서 고양이를 제시한 화자는 2)와 3)을 통해 고양이 모습 즉, 크기, 자세, 연상을 언급하여 구체화한다. 4), 5), 6)에서는 '그'의 행동을 구체화한다. 즉, 묻고 보고 다가가고 쓰다듬으려 한다. 7), 8)을 통해서는 고양이를 더욱 구체화한다. 즉, 마주 보고 속을 읽고 당당한 태도를 취한다. 9), 10)에서 그와 고양이를 각각 한 번씩 더 구체화한다. 그는 몰입 매료되고, 고양이는 곧은 자세로 박스 위에서 도도하다.

결국 10)까지가 그가 고양이를 보는 장면을 구체화한 뒷받침 문장들이다. 다만 논설문이나 설명문처럼 뒷받침 문장을 논리적 순서에 따라 서술하는 게 아니라, 주인공의 동선에 따라 잇는다. 주인공의 동선은 몸의 동선과 마음의 동선으로 이루어진다. 주인공의 몸의 동선은 다음과 같다. 그는 슈퍼에 들러 고양이를 보고, 주인에게 물으며, 다시 고양이를 보며 다가간다. 반면 마음의 동선은 다음과 같은 부분들이다. 그는 표범을 연상하고, 쓰다듬고 싶다는 충동을 일으키고, 몰입되고 매료된다.

몸과 마음의 동선에 따른 구체화 과정은 모든 인간이 평소에 자연스럽게 하는 행동이다. 우리는 몸을 움직이고, 움직임에 따라 뭔가를 보고 느끼고 생각한다. 관심 가는 대상이나 문제일수록 보다 더 구체적으로 자세히 보고 느끼고 생각한다. 이러한 동작 과정을 글로써 옮기려다 보니까 문장 잇기와 단락 만들기 역시 주인공의 동선에 따라 잇되 주인공의 관심과 관련된 부분일수록 보다 구체화시키며 잇는 것이다.

11)에서 주인공은 슈퍼 주인에게 캔을 하나 더 부탁한다. 그러면서 그와 주인과 고양이의 모습을 구체화한다. 특히 고양이가 울자, 19)에서 그 "울음소리가 살짝 갈라진 A단조와 비슷하다고 생각한다". 이러한 마음의 동선에 대한 비유적 표현은 로커로 살아가는 주인공 남자다운 연상이다. 비유적 표현을 쓰되, 부적절한 비유거나 빤한 비유가 아니라 로커다운 비유를 빌려다 씀으로써, 정말 로커나 할 법한 연상처럼 느껴지도록 만든다. 주인공이 고양이를 보는 몸의 동선뿐 아니라, 고양이를 보고 떠올리는 마음의 동선까지도 주인공 성격에 어울리도록 구사하고 있다. 즉, 주인공-되기를 철저히 수행하는 것이다.

소설은 주인공이 사건과 갈등을 겪는 이야기다. 따라서 '주인공-되기'를 통해 주인공의 몸의 동선과 마음의 동선을 따라가면서 더, 더더, 더더더 구체화하는 방식으로 서술한다. 독자는 소설가가 주인공 동선에 따라 구체화한 문장만큼 주인공의 체험을 실감한다. 평소 우리는 바로 이러한 방식으로 세상과 만난다. 즉, 몸의 동선에 따라 어떤 대상을 만나고, 관심 있는 대상일수록 보다 클로즈업해서 구체적으로 보고 느끼고 생각하는 마음의 동선을 살고 있다.

세계는 객관적으로 나타나는 게 아니라, 나의 몸의 동선과 나의 관심 방향에 따라 나타나며, 소설가는 이러한 일련의 과정을, '주인공-되기'를 통한 문장 잇기와 단락 만들기로 만들어낸다.

18장　운명이란, 생각문장을 이은 서사적 결과다

문장 잇기와 단락 만들기 2

'되기'는 뚜렷한 동선을 만든다

이야기를 말하는 사람은 '화자'이고 이야기를 주도적으로 이끌어 가는 사람은 '주인공'이다. 따라서 화자는 먼저 '주인공-되기'를 해야 하고 그다음 주인공의 동선을 따라 문장 잇기를 해야 한다. 주인공이 주인공다워야 한다. 세탁소 주인이 주인공이면 주인공은 세탁소 주인다워야 하고, 길고양이가 주인공이면 주인공은 길고양이다워야 한다. 일흔 살 노인이 주인공이면 주인공은 일흔 살 노인다워야 한다. 마치 공수하는 무당과도 같다. 원귀의 목소리와 생전 일화가 구체적으로 살아나야 한다.

　가령 「당신의 아름다운 세탁소」에서 주인공은 세탁 작업을 하던 중, 다음과 같은 연상 작용을 일으킨다. 첫 단락에서 세탁물을 건조대에 넌 주인공은 옷을 다리기 위해 다리미를 예열하는데, 인용 부분은 앞장에서 인용한 다음 부분으로, 소설의 두 번째 단락과 세 번째 단락 앞부분이다.

보기

1) 남자는 스팀다리미 스위치를 켜고 예열을 시작했다. 2) 바구니 안에 남아 있던 푸른 실크 블라우스를 집어 들고 블라우스 앞섶과 오른쪽 소매를 면밀하게 살폈다. 3) 얼룩은 남아 있지 않았다. 4) 남자는 옷가지를 다리미대 위에 펼치고 벽시계를 흘낏 쳐다보았다. 5) 시간은 넉넉했다. 6) 블라우스의 주인은 어젯밤 열 시가 다 된 시각에 세탁소를 찾아왔다. 7) 올리브유를 엎질렀어요. 8) 남자는 여자가 건넨 옷가지를 팔뚝에 걸치고 한 손으로 펼쳐보았다. 9) 매끄러운 실크 위에 검은 기름얼룩이 커다랗게 져 있었다. 10) 내일 이 옷을 꼭 입어야만 해요. 11) 여자는 울상이었다. 12) 남자는 기름 범벅이 된 블라우스를 생각에 잠긴 표정으로 잠시 내려다보다가 고개를 끄덕였다. 13) 드라이클리닝기에 넣어야 할 세탁물이 덜 모인 채로 기기를 돌리면 값비싼 세제 비용 때문에 손해는 좀 보겠지만 남자는 약속하지 않을 수 없었다. 14) 여자는 세탁소의 단골 고객이었다.

15) 예열된 다리미에 불이 들어왔다. 16) 남자는 다리미를 손에 쥐고 스팀 버튼을 눌렀다. 17) 다리미가 쉭쉭 소리를 내며 하얀 증기를 뿜어냈다. 18) 드라이클리닝을 한 옷감은 구김이 많지 않았다. 19) 남자는 능숙한 손놀림으로 블라우스 소매부터 다리기 시작했다. (……)

두 번째 단락의 1)은 예열 시작을, 2)와 3)은 다려야 하는 블라우스 관찰을 묘사하고, 4)와 5)는 시간 체크를 묘사하고 있다. 여기까

18장 운명이란, 생각문장을 이은 서사적 결과다

지 주인공의 몸의 동선이다. 6)부터 이후 마지막 14)까지는 여자가 블라우스를 맡기고 간 어제 일을 회상하는 플래시백 장면이다. 이 부분에서 주인공의 몸의 동선은 동작을 멈추고, 주인공의 마음의 동선 즉, 과거 연상만 이어가고 있다.

이러한 마음의 동선은 매우 자연스럽다. 블라우스를 다리려다 보니 블라우스 주인이 떠오른 것이다. 화자는 9개의 문장으로 블라우스 주인이 블라우스를 맡기고 간 장면을 구체화하고 있다. 그러나 이러한 마음의 동선은 예열된 다리미에 불이 들어오는 순간까지만 가능하다. 다시 말해 몸의 동선이 멈춘 시간만큼만 가능한 것이다. 소설의 전체 줄거리는 아쉽다. 갈등 대립이 너무 싱겁게 끝나고 만다. 그럼에도 문장력만큼은 매우 단단하다. 이만한 문장이면 어떤 상황에서든 헤아려나갈 수 있을 것이다. 심사위원들 역시 이 점을 높이 샀다.

초보 습작생의 문장 만들기와 문장 잇기

초보 습작생 글은 이러한 기본 규칙을 거의 지키지 않는다. 초보 습작생들이 저지르는 흔한 오류들을 살펴보자. 일단 문장을 비경제적으로 사용한다. 마치 크레파스로 대충 그린 초등생 그림 같다. 문장을 엄격히 분절하여 서술해야 하는데, 대충 뭉뚱그려 넣는다. 생략해도 좋은 어휘나 문장이 너무 많다. 비경제적이고 비효율적이어서 집중력과 가독성을 떨어뜨린다. 다음 〈보기 1〉은 초보 습작생의 단편 첫 단락이다. 밑줄 부분은 모두 생략 가능한 군더더기 부분이다. 처음부터 이렇게 군더더기가 많다니.

보기 1

교무실에서 모의고사 시험지 뭉치를 받아 든 나는, 3층 복도 끝에 있는 우리 반으로 가고 있었다. 5교시가 시작되기 전에 시험지를 나누어주고 선생님을 기다려야 했기 때문에 마음이 바빴다. 뛰어다니는 애들과 부딪혀 시험지를 쏟거나, 운동하고 오는 애들의 몸에 묻은 땀이 시험지에 묻을까봐 앞을 살피며 걸었다. 우리 교실까지 세 반 정도 남았을 때였다. 다섯 걸음 정도 앞에 두 아이가 묘한 자세로 마주 서 있는 게 보였다. 내 쪽으로 등을 보이고 선 아이는 구부정한 자세로 고개를 숙이고 있었는데, 왼손이 허벅지께에서 작게 떨고 있었다. 양어깨는 맞은편에 서 있는 녀석의 두 손에 잡힌 채였다. 어깨를 잡은 손과 이어지는 가무잡잡한 팔뚝 너머로 검은색 뿔테 안경을 낀 조금 마른 얼굴이 보였다. 눈꼬리가 양옆으로 길게 찢어졌고 코뼈가 도드라진 게, 사나워 보였다. 입술로는 조용히 뭔가를 속삭이고 있었다. 나는 잠깐 멈칫했다가 돌아서 갈 생각으로 왼쪽으로 발을 뗐다. 남자 중학교에서 싸움은 빈번했고, 나는 주로 피하는 편이었다. 그때, 녀석의 얼굴에 살짝 비틀린 미소 같은 게 어렸다. 다음 순간 오른 무릎이 무섭게 솟구쳤다. 교복 바지 아래 숨어 있을, 예각으로 빠르게 접어진 무릎과 두텁고 단단한 허벅지가 보이는 것 같았다. 맞은 애는 신음도 없이 그대로 주저앉아버렸다. 손으로 배를 감싸 쥔 채였다. 나는 가려다 말고 멍하게 그 장면을 보고 있었다. 시험지를 쥔 손에 힘이 들어갔다. 안경 낀 녀석은 쓰러진 애를 잠깐 내려다보다가 고개를 들어 주위를 훑었다. 묘한 흥분으로 입가가 씰룩거렸고 눈빛이 기세등등했다. 나는 시선을 피하고 싶었으나, 어찌 된 일인지 움직일 수도, 고개를 돌릴 수도 없었다.

초보 습작생 작품에서 흔히 발견되는 또 다른 문제 중에 하나는, 비유가 너무 평이하거나 자의적이라는 점이다. 다음 〈보기 2〉는 또 다른 초보 습작생의 단편 앞부분이다. 주인공은 수십 번의 면접을 통해 취업을 알아보고 있지만, 아무런 소득도 얻지 못하고 있는 백수로, 그가 무기력하게 아침을 맞이하는 장면이다. 얼핏 읽어보면, 아무 문제없이 서술되어 있는 듯하다. 그러나 거의 모든 문장이 문제다.

보기 2

1) 따뜻한 전기장판 위에 늙은 개처럼 누워 있다. 2) 베개에 한쪽 볼을 파묻은 채 누군가 건드리면 눈꺼풀만 위로 슬쩍 들어 올릴 준비가 되어 있는 자세다. 3) 방 안 공기가 건조한지 숨을 들이쉴 때마다 컹, 컹, 소리가 난다. 4) 아침 일찍 엄마가 주방과 거실을 분주하게 오가는 소리가 들린다. 5) 압력 밥솥이 경쾌하게 김을 뿜어낸다. 6) 웅얼웅얼, 둔한 TV 소리가 닫힌 방문 앞에서 서성인다.

첫 문장의 늙은 개 비유부터가 아쉽다. 취업을 못하는 백수 주인공의 무기력한 모습을 조금이라도 더 두드러지게 표현하려는 의도는 알겠다. 하지만 '늙은 개'는, '젖은 솜'이나 '게으른 하품' 등과 같이, '무기력'을 표현할 때 가장 쉽게, 다시 말해 가장 흔하게 떠올릴 수 있는 상투적 표현이다. 더구나 주인공은 나이 든 사람이 아니라, 어쨌거나 20대 중반의 젊은이다. 그런 점에서 '늙은 개처럼'이라는 표현은, 상투적 수준의 통념언어일 뿐, 그다지 적절하지도 참신하지도 않다. 그럼에도 2)에서 보다 자세히 묘사함으로써 주인공 모습을 한결 구체적으로 제시해주고는 있다.

그러나 3)에서 '건조한지'라는 추측은 백수 주인공의 무기력한 심리와는 그다지 긴밀한 관계가 없는 추론이다. '컹, 컹, 소리가 난다'는 표현이나 압력솥이 경쾌하게 김을 뿜는다는 표현도 거칠고 어색하다. 잠자리에서 들으면 경쾌하게 들리기보다는 시끄럽게 들리지 않을까. 경쾌하기보단 요란스럽게 들리지 않을까. 둔한 TV 소리가 방문 앞에서 서성인다는 표현도 어색하다. 아침결의 TV 소리는 둔하다기보다 날카롭거나 자극적으로 들리지 않을까.

이렇게 초보 습작생과 신춘문예 당선작을 비교해보면, 이미 문장과 단락 단위에서부터 수준이 다르다. 초보 습작생은 평소 쓰던 통념적 상투구로 대충 만들어 붙이고, 어색하거나 부적절한 표현, 불필요한 군더더기 문장을 길게 늘어놓기 일쑤다. 반면에 신춘문예 당선 수준의 작품들을 보면, 한결 엄밀하게 분절된 구체적 내용의 문장 만들기와 문장 잇기로 단락을 만든다. 이런 이유 때문에 응모작의 80-90퍼센트는 단지 첫 단락이나 첫 장만 읽고도 제외시킬 수 있다.

모든 서사는 알고 보면 1인칭 주인공 - 되기로
더 더더 더더더 들어가기다

문장을 이을 때는, '주인공 - 되기'를 통해 주인공의 몸과 마음의 동선을 따라 이어야 한다. 철저한 감정이입 혹은 빙의가 되어야 한다. 이것은 2인칭이나 3인칭 시점으로 서술할 때도 마찬가지다. 인칭만 2인칭이거나 3인칭일 뿐, 실제로는 1인칭이나 다를 바 없을 정도로

'주인공-되기'가 이루어져야 한다. 가령, 위에서 소개한 「짝짝이 구두와 고양이와 하드락」이나 「당신의 아름다운 세탁소」는 각각 '그' 혹은 '남자'라고 하는 3인칭 주인공 시점으로 서술되어 있다.

그러나 '그' 혹은 '남자'라고 적시된 부분을 '나'라는 단어로 고쳐 읽어도 전혀 어색하지 않다. 오히려 더 자연스럽다. 형식상 3인칭을 사용했을 뿐, 내용을 보면 엄밀한 '주인공-되기'를 통해 1인칭에 육박하는 관점으로 서술하고 있는 것이다. 가령 다음은 1999년 『조선일보』 당선작인 나유진의 「다비식」의 시작 부분 첫 단락이다.

보기

1) 문 안으로 들어오는 햇살이 풍성하고 게으르게 풀어져 있는 것이 봄이 이제 깊어진 모양이다. 2) 벽에 책보만 한 크기로 비스듬히 묻어 있는 누런 햇빛 자욱이 어른어른거리는 것을 보며 노인은 저승꽃이 거멓게 핀 바짝 마른 손을 들어 눈을 닦아낸다. 3) 아지랑이 그림자였던지 닦아낸 눈으로 보아도 여전히 어른댄다. 4) 아침을 거른 배 속이 싸르락싸르락 쓰려왔지만 노인은 끄응―, 길게 된숨을 내지르고 재털이에 비스듬히 걸쳐놓은 피다 만 담배에 불을 붙인다. 5) 노인은 달력의 숫자를 손가락으로 짚으면서 날짜 가늠을 한다. 6) 오늘이 무인년하고 음력으로 4월 열이틀이니 봄이 와도 벌써 왔다. 7) 소일거리삼아 가꾸라고 아들이 마련해준, 두어마지기 되는 집앞 밭을 이태 전부터 남에게 부치고부터 노인은 더 이상 시간도, 계절도 종잡을 수가 없다. 8) 다만 몸으로 계절을 어림짐작할 뿐인데 한여름에도 뼛속으로 찬 바람이 휘잉 지나가는 것이 그나마도 신통치가 않다. 9) 이제 정말 가야 할 때가 된 게지. 10) 어제는 속곳을 갈아입다가 누렇게 묻어 있는 변

을 발견하고 얼굴을 붉히며 혼잣소리를 했다. 11) 변을 지린 속곳이 끈적거려 불편하기도 하련만 웬만한 것에는 감각도 무뎌졌다. 12) 제발이지 죽는 자리만큼은 깨끗하고 싶다. 13) 노인은 삭정이처럼 말라비틀어진 손가락을 구부렸다 폈다 몇 번을 꼽으면서 나이를 센다. 14) 한일합방이 되기 1년 전, 기유년생이니 아흔 해를 살았다.

주인공은 아흔 살 노인이다. 아흔 살 노인이 이런저런 상념에 잠겨 있는 상황이다. 작가는 우선 주인공의 동작, 즉 몸과 마음의 동선을 분명하게 분절·기록하고 있다. 즉, 햇살을 바라본다. 봄이 깊어진 모양이라고 연상한다. 햇빛 자국이 어른거린다. 눈을 닦는다. 하지만 여전히 어른거린다. 아침 거른 배 속이 쓰리다. 된숨을 내지른다. 담배에 불을 붙인다. 달력으로 날짜를 가늠한다. 속곳에 변을 지린 어제 일을 회상한다. 감각이 무뎌졌다고 생각한다. 죽는 자리만큼은 깨끗했으면 하고 바란다. 나이를 세어본다.

이렇게 분절된 주인공 노인의 기본 동작만 열두 가지 이상이다. 노인은 바라보고 된숨을 내지르고 담배에 불을 붙이고 손가락을 짚어 날짜를 가늠해보는 등등의 몸의 동선과 더불어, 봄이 깊어진 모양이라고 추론하고, 몸 상태가 신통치 않다고 판단하고, 가야 할 때가 되었다고 체념하고, 죽는 자리만큼은 깨끗하고 싶다고 소망해보는 등 마음의 동선을 함께 펼쳐나간다. 철저한 '주인공-되기' 없이는 인물의 몸의 동선뿐 아니라 마음의 동선까지 펼쳐갈 수 없다.

작가는 몸과 마음의 동선 하나하나를 구체화함으로써 독자로 하여금 노인을 마치 매우 가까이서 관찰하듯 혹은 노인의 마음속으로 들어가본 듯이 추체험하게 만든다. 뿐만 아니라, 각각의 몸-동선과 마음-동선을 통해 아흔 살 노인으로서 겪고 있는 여러 신통치 않은 상황을 중첩적으로 드러냄으로써, 스스로 다비식을 치르는 전체 서사와 긴밀하게 연결되고 있다.

가령, 햇빛 자국과 아지랑이 그림자를 구별하지 못하고, 거른 배 속이 쓰려오지만 담배에 불을 붙이고, 날짜를 셀 때는 손가락으로 달력을 하나하나 짚고, 두어 마지기 밭조차 남에게 부치고, 시간도 계절도 종잡지 못하고, 뼛속으로 찬 바람이 지나가고, 변을 지리고, 손가락은 삭정이처럼 말라비틀어져 있는 등 아흔 살 노인이라면 겪을 법한 신체적 변화와 정신의 혼미를 10여 가지나 겹쳐놓음으로써, 주인공-되기를 강력하게 수행하고 있다. 그 바람에 '노인'이라는 3인칭 주어 자리에 '나'라는 1인칭을 사용해도 자연스럽게 잘 읽힌다.

특히, 각각의 문장은 점점 더＋더더＋더더더 구체화된 문장 잇기로 이어지면서, 9)부터 11)에 이르면 가장 강력하게 구체화된 예증 즉, 속곳에 변을 지린 어젯밤 일을 떠올린 다음, 깨끗한 죽음이라고 하는 다비식을 꿈꾸는 노인의 가장 속 깊은 심경을 드러낸다. 이렇게 아흔 살 노인다운 상황과 동선을 구체적인 동시에 점층적으로 겹쳐놓은 첫 단락을 읽고 나면 독자는 마치 마법사의 주술적 최면에 현혹된 아이처럼 소설 속 아흔 살 주인공의 상황 속으로 깊이 빠져들어갈 수밖에 없다.

문장 잇기와 단락 만들기의 기본 규칙

학생들과 함께 1999년 이후의 신춘문예 당선작들을 모두 일별해본 적이 있다. 이제까지 인용한 당선작 예문들은, 그중에서도 '주인공-

되기'가 첫 단락에서부터 매우 꼼꼼하게 이루어진 작품들이다. 세탁소 주인, 독일 유학생, 백수 로커, 아흔 살 노인 등이 주인공으로 등장하는데, 화자가 모두 긴밀한 '주인공-되기'를 통해 주인공의 몸의 동선과 마음의 동선을 따라 동작 하나하나를 매우 밀착된 구체적 형태로 분절·기록한 것을 확인할 수 있다.

이렇게 분절·기록을 엄밀하게 한다고 반드시 그만큼 더 좋은 작품이 되는 것은 아니지만, 엄밀히 분절한 만큼 독자를 구체적으로 매혹시킬 수 있다. 습작생들을 가르쳐보면, 초보 습작생이 이와 같은 당선작 수준의 탄탄한 문장 잇기와 단락 만들기를 하기까지, 통상 4-5년에서 7-8년쯤 걸리는 것 같다. 일반적으로 대학생이나 백수처럼 습작에 몰두할 경우는 4-5년쯤 걸리고, 직장생활 등의 경제적 사회적 활동과 병행하는 경우는 7-8년쯤 걸린다. 말이 7-8년이지 남들은 오락이나 휴식을 누릴 때 힘겹게 직장을 다니면서 끝없이 읽고 쓰는 훈련을 7-8년이나 한다는 건 결코 쉬운 일이 아니다.

이러한 수고에 비해, 등단해봐야 상금도 크지 않거니와, 이후 작품 활동을 이어가려면 또 다른 경쟁이 기다리고 있다. 등단 이후에도 경제적 어려움은 쉽게 풀리지 않을뿐더러, 꾸준히 작품을 발표하는 작가는 열에 한둘일 뿐이라는 사실을 감안하면, 이러한 노력과 수고가 무슨 의미가 있을까 하는 회의가 든다. 하지만 이러한 회의는 짧은 생각에 지나지 않는다. 인간답게 살기 위해서는 등단이라는 보상이 주어지지 않더라도 이 공부를 반드시 해야 하고, 하지 않으면 하지 않은 만큼 자기 손해다.

이제까지 강조한 문장 잇기와 단락 만들기의 기본 규칙들을 다시금 살펴보자.

1) 먼저 '주인공-되기'가 이루어져야 한다.

2) 주인공의 동선을 따라 구체적으로 서술할 수 있어야 한다.

3) 주인공의 몸의 동선에 따른 마음의 동선을 그려낼 수 있어야 한다.

4) 문장은 자연스러우면서도 새롭고, 새로우면서도 자연스럽게 이어야 한다.

5) 단락은, 주제문과 뒷받침 문장들로 구성되어야 한다. 즉, '주제문+3개 이상의 뒷받침 문장' 혹은 '제시문+더 구체적인 제시문+더더 구체적인 제시문+더더더 구체적인 제시문……'으로 구성되어야 한다.

'되기'는 감정이입이자 자아 확장이다

문장 만들기의 기본 규칙을 위와 같이 정리해보면 매우 단순한 형식 논리처럼 여겨질 수 있다. 하지만 이러한 규칙을 실제로 준수하려면 적잖은 노력과 자기 변화가 필요하다. 가령 '주인공-되기'를 잘한다는 것은, 대상에 대해 감정이입을 잘한다는 것이다. 화자는 일정한 어조와 톤으로 미적 거리를 유지하는 동시에 주인공 입장에서 감정이입을 수행해야 한다. 주인공이 15세 불량배면 15세 불량배다운 감각과 말투와 행동으로 서술해야 하고, 주인공이 새끼 고양이라면 새끼 고양이다운 감각과 말투와 행동으로 묘사되어야 한다.

이러한 미적 감정이입을 수행하려면 대상에 대한 주체적 이해와 공감이 선행되어야 한다. 마치 연극배우가 배우 페르소나를 벗고 극 중 인물로 거듭나야 하는 것과 같다. 그런 점에서 '주인공-되기'는 새로운 역할 놀이이자 일종의 연기 행위여서, 자아를 확장하는 과정이기도 하다. 개인의 내면은 평소 되기를 많이 한 만큼의 이해심과 여유를 가질 수 있다.

주인공의 동선을 따라 서술하되, 몸의 동선에 따라 마음의 동선이 이루어져야 하며, 각각의 동선이 매우 구체적으로 분절·기록되어야 하는 규칙 역시 간단한 기술이 아니다. 이러한 기술이 가능하려면 첫째, 자신의 움직임, 타인의 움직임, 그리고 세상의 움직임을 위파사나 명상가처럼 한 순간 한 순간의 단위로 치밀히 미분화하여 인지하고 체크할 수 있어야 한다.

이것은 데카르트가 제시한 대상을 탐구하는 근대적 분석 방법 즉, 쪼갤 수 있을 때까지 쪼개서 분석·종합하는 근대적 세계 인식의 기본 방법이기도 하다. 명상가들이 흔히 말하는 세상을 있는 그대로 보라는 말이나 과학자들이 대상을 정확하게 관찰하라는 말, 그리고 인문학자들이 중시하는 명징한 사유 역시 마찬가지다. 이 모든 것이, 동선을 구체적으로 분절·인지할 수 있을 때나 가능한 일이다. 대충 싸잡아서 인식하거나, 통념적으로 인식하는 사람은 결코 세상을 정확히 만날 수 없다.

구체적으로 인식하는 사람만이 구체적 분절을 통한 문장 잇기와 단락 만들기가 가능하다. 살면서 우리는 기쁨과 즐거움은 배가시키되 고통은 살펴서 극복해야 한다. 그러기 위해서는 그 사건을 구체적으로 분석·종합할 수 있어야 한다. 기쁨은 구체적으로 정확하게 인지하면 그만큼 배가된다. 반면에 고통은 구체적으로 정확하게 인지할 때 그 원인과 해결책을 찾아낼 수 있다. 지금 여기에 구체적으로 집중하는 사람만이 구체적인 반응 방법을 알아낼 수 있다. 주인공 동선에 따라 구체적으로 서술한다는 것은, 결국 단순한 작법 기술이 아니다. 구체적으로 세상과 만나는 유일한 방법이다.

특히 서사적 글쓰기는 '주인공-되기'를 통해 표현하는 글쓰기 방법이다. 주인공 육체가 경험하는 동선 내에서 주인공 마음이 묘사되어야 한다. 주인공을 앞세우지 않고, 화자가 앞장서 설명하는 초월적 화법은 계몽적이고 설명적이어서 독자의 반감만 살 뿐이다. 화자는 언제나 주인공에 대한 보조 역할만 수행해야 한다. 하지만 초보 습작생들은 주인공을 무시하고, 화자로 튀어나와 초월적 설명을 해 버리기 일쑤다. 주인공은 멈춰 있거나 사라지고, 화자의 관념이 장황하게 펼쳐지기 일쑤다.

실제 삶에서도 이런 초월적 행동은 수시로 나타난다. 자기가 처한 지금·여기의 현실을 보지 못하고 엉뚱한 잡념에 빠져 있거나, 과장된 설명이나 관념에 빠져 있기 일쑤다. 이런 방식으로는 결코 몸의 동선에 따라 마음의 동선을 그려내는 서술을 익힐 수 없다. 몸의 동선에 충실한 마음의 동선을 그려내기 위해서는 언제나 몸이 처해 있는 구체적인 지금·여기의 지각에 집중해야 한다.

지금 여기를 떠난 생각은 일종의 망상이다. 마음은 지금 여기의 몸과 함께 상응해야 한다. 몸과 마음이 지금 여기에서 서로 상응하면서 움직여야 지금 여기에서의 시간을 만끽할 수 있다. 모든 명상가들이 주장하듯, 지금 여기에 충실하는 것만이 자기 삶을 가장 충실하게 살아가는 방법이자 자기 운명을 사랑할 줄 아는 자세다. 결국 몸의 동선에 따라 마음의 동선을 그려내는 기술 역시 인간답게 살려면 누구나 해야 하는 작업이자 행하는 만큼 유익한 작업이다.

자연스러우면서도 새로워야 하는 문장 잇기의 기술 역시 마찬가지다. 개인의 변화든 사회의 변화든, 변화는 언제나 자연스럽게 이어져야 한다. 하지만 진부하거나 통속적으로 이어지면 곤란하다. 언제나 새롭게 이어져야 한다. 자연스러우면서도 새롭게 하루하루를 이어가는 것만큼 축복된 삶도 없을 것이다. 그런데 이렇게 살기 위해서는 자기 자신의 가장 기초적인 동작 단위인 생각문장 하나하나가 먼저 자연스러우면서도 새롭게 이어져야 한다.

더 더더 더더더 더더더더 들어가기

단락을 만들기 위해서는 화자가 특정한 대상에 주목하고 특정한 대상에 깊이 있게 들어가야 한다. 특정 대상을 주목하고 특정 대상을 깊이 있게 이해하지 못하는 한, 결코 문장은 '제시문＋더 구체적인 제시문＋더더 구체적인 제시문＋더더더 구체적인 제시문……'으로 이어지기 어렵다.

더＋더더＋더더더 구체적으로 이어져야 한다는 것은 어떤 대상에 대해 더, 더더, 더더더, 깊이 있게 들어간다는 것이고, 이해한다는 것이고, 참여한다는 것이고, 섞인다는 것이다. 즉, 그만큼 사랑한다는 것이다. 대중들은 세상을 흔히 한두 마디로 싸잡아 말하거나 일축해버린다. 그럼으로써 세상을 오독한다. 오독한 세상을 통해 자기 행실을 합리화한다.

하지만 좋은 작품을 읽어보면 결코 그런 결례와 무례를 저지르지 않는다. 매우 구체적으로 매우 깊이 있게 파고들어간다. 노동자의 아픔, 역사의 이면, 아기 고양이의 고난, 청소년의 방황, 실연의 슬픔, 소수자의 비애 등등 그들은 자신이 다루고자 하는 대상에 대해 더, 더더, 더더더, 더더더더 구체적으로 들어가는 이해와 참여를 감행한다.

18장 운명이란, 생각문장을 이은 서사적 결과다

가령, 이청준은 「잔인한 도시」의 첫 단락장에서 주인공 사내가 교도소를 걸어 나오는 장면 하나를 위해 15매에 이르는 문장을 사용한다. 프루스트는 『잃어버린 시간을 찾아서』의 시작 부분에서 주인공이 일찍 잠자리에 든 얘기를 하기 위해 14개나 되는 만연체 문장을 이어간다. 솔제니친은 수용소에서 겪는 일상을 이해하고 공감하고 공유하기 위해 『이반 데니소비치의 하루』에서 원고지 500매에 가까운 생각문장을 이어놓았다. 조정래는 '빨치산'의 실상을 살피고 공감하기 위해 『태백산맥』이라고 하는 열 권 분량을 활용했다.

소설뿐 아니라 모든 좋은 책은, 저자가 다루는 대상에 대해 다른 누구보다도 구체적으로 깊이 있게 들어간 결과물이다. 좋은 책은 모두, 저자가 다루고자 하는 대상에 대해 보다 더, 더더, 더더더 구체화한 문장으로 짜여 있다. 좋은 책은 허투루 말하지 않는다. 한 문장 한 문장 보다 더 중요하고 본질적인 구체적 사건과 문제를 향해 구체적으로 육박해 들어감으로써 작가 자신뿐 아니라 독자들까지도 그 문제를 깊이 체험하고 이해하게 만든다. 이러한 과정을 통해 짧게 싸잡아 일축할 때는 결코 드러나지 않는 풍요로운 진실을 복원해낸다.

이러한 작업 없이 우리가 과연 세상을 이해하고 사랑할 수 있을까. 더, 더더, 더더더, 더더더더 구체적으로 복원해내는 그만큼 우리는 대상에 대해 더, 더더, 더더더, 더더더더 이해하고 사랑하고 향유할 수 있을 뿐이다. 결국 구체적 문장 잇기와 단락 만들기는 인간답게 살려면 누구나 해야 하는 작업이자, 하는 만큼 자신에게 유익한 사랑의 행위다. 사랑하기 위해서는 해야 하는 작업이고, 하는 만큼 사랑을 향유하는 작업이다.

7-8년 습작을 각오해야 한다고 말하면 적잖은 학생들이 한숨을

내쉰다. 그나마 용기 있는 몇몇 학생이 결심한다. "알겠어요, 7-8년 각오하고 열심히 해볼게요. 만약 그렇게 했는데도 별다른 소득이 없으면 선생님이 책임지셔야 해요." 그러면 나는 속으로 웃는다. 좋은 문장을 한 문장 읽으면 한 문장 읽은 만큼 소득이 있는 것이다. 습작을 하면서 한 문장을 실패하면 한 문장을 실패한 것이지만, 자신의 실패를 스스로 인지하고 인정하면, 그만큼 성장하는 것이고 그만큼 소득이 있는 것이다.

우리가 너무 눈에 보이는 결과만 따지느라 소득이 없는 것처럼 거칠게 판단할 뿐, 공부는—그것이 진정한 공부라면— 공부한 딱 그만큼 그 즉시 소득이 있을 수밖에 없다. 공자는 아는 것보다 좋아하는 게, 좋아하는 것보다 즐기는 게 더 낫다고 했다. 읽기-쓰기 공부를 알지 못할 때나 읽기-쓰기 공부 시간이 짧았으면 하고 바라게 된다. 읽고 쓰는 걸 좋아하고 즐기면, 읽고 쓰는 공부 시간을 늘리고 싶어진다.

그러니 7-8년만 공부해본다는 것은, 아직 아무것도 모르고 하는 소리다. 공부하는 그만큼 좋기 때문에 7-8년이 아니라 평생 죽을 때까지 하고 싶어지는 것이, 글쓰기 공부를 할 때 생겨나는 가장 당연하고 자연스러운 바람이다. 정확히 말해, 읽기-쓰기 공부를 죽을 때까지 아니 죽고 나서도 계속하고 싶다는 바람이 없다면, 당신은 아직 이 공부의 참뜻을 이해 못 한 상태에서 공부하고 있다는 반증에 시나지 않는다.

19장 표현하지 않으면 발견할 수 없다
문장 표현과 단락 만들기 1

동작 메시지와 음성 메시지는 언어 메시지로 표현되어야 한다

원시인은 어떻게 표현을 했을까. 아마 손짓 발짓에 가장 의존했을 것이다. 가령 이상한 동물을 발견한 원시인이 동료 부족원들에게 그 사실을 알리려면, 자신이 발견한 이상한 동물을 그대로 흉내 냈을 것이다. 또 가령 배가 몹시 고픈 원시인은, 배가 몹시 고픈 상태를 시늉 냄으로써 자신이 배가 몹시 고픈 사실을 표현했을 것이다. 이때 동원된 커뮤니케이션 방법은 언어보다는 주로 동작과 표정이다. 즉 시각 메시지가 주를 이루는 가운데, 언어로는 단순한 의태어 정도가 쓰였을 것이다.

재미있는 사실은 현대인의 평소 자기표현 역시 이런 원시언어 수준과 별반 다를 게 없다는 점이다. 다만 현대인들은 원시인들에 비해 부사어를 하나 정도 더 사용할 뿐이다. 예를 들어 정말, 진짜, 엄청, 무척 등과 같은 부사어를 남발한다. 그러면서 동작과 표정, 음성의 강약 등으로 표현한다. 즉, 조금 놀란 경우에는 "깜짝 놀랐어", 많이 놀란 경우에도 "깜짝 놀랐어", 무척 많이 놀란 경우에도 역시 "깜짝 놀랐어"라고 말한다. 다만 조금만 놀란 경우에는 '깜짝'이란 단어를 약하게, 좀 더 많이 놀란 경우에는 '깜짝'이란 단어를 좀 더 세게, 무척 많이 놀란 경우에는 '깜짝'이란 단어를 매우 세게 발음한다.

동작 표정 음성 등의 시청각적 표현은 원시인에게나 현대인에게나 매우 중요한 커뮤니케이션 방법이다. 하지만 글쓰기에서는 시청각적 메시지를 사용할 수 없다. 오직 문자 즉, 문장만 사용할 뿐이다. 작가는 오직 문장으로 표현하고, 독자 역시 오직 그 문장만 접할 뿐이다. 따라서 조금만 놀라 약하게 발음한 '깜짝'과 좀 더 많이 놀라 세게 발음한 '깜짝', 그리고 매우 많이 놀라서 매우 세게 발음한 '깜짝'에 각각 상응하는 문장 표현을 찾아 대치시켜야 한다.

가령, 약간 놀랐을 때는 "동작을 멈칫할 만큼 놀랐어"라고 표현할 수 있다. 조금 강하게 놀랐을 때는 "손에 쥐고 있던 물건을 떨어뜨릴 만큼 놀랐어"라고 표현할 수 있다. 그리고 매우 강하게 놀랐을 때는, "쥐고 있는 물건을 떨어뜨리고도 그 사실을 의식하지 못할 만큼 깜짝 놀랐어" 등과 같은 구체적 묘사를 통해 표현해야 한다.

실제 연습을 해보자. 평소 대화에서는 다음 〈보기〉의 밑줄 부분의 부사를 약하게 혹은 강하게 발음하는 것만으로 자기가 말하고자 하는 상황이나 정도를 표현할 수 있다. 하지만 글쓰기에서는 이런 악센트나 발성의 세기 같은 음성 메시지가 불가능하다. 오직 문장 표현만 가능하다. 따라서 다음과 같은 구체적 표현으로 대치되어야 한다.

보기

1) 나는 **매우** 배가 고팠다.

① 나는 냉장고를 뒤져 가볍게 때우고 싶을 만큼만 배가 고팠다.

② 나는 가장 먹고 싶은 메뉴가 아니라 다만 제일 빨리 나올 음식을 주문하고 싶을 만큼 배가 고팠다.

③ 나는 당장 무언가를 먹고 싶을 만큼 고프지는 않았지만, 그래도 먹긴 먹어야 할 것 같은 만큼은 배가 고파서 냉장고를 뒤졌다.

2) 그녀는 **진짜** 조심조심 걸었다.

① 그녀는 자기 숨소리가 들릴 만큼 조용히 걸었다.

② 그녀는 제 그림자조차 조심스레 골라 디디며 양지 녘을 건너가는 고양이처럼 조용히 걸었다.

③ 그녀는 고양이 잠조차 깨우지 않을 만큼 조심스레 발을 골라 디뎠다.

3) **무척** 따스한 봄볕이었다.

① 스웨터라도 걸친 듯이 따스한 봄볕이었다.

② 달아오른 뺨처럼 따스한 봄볕이었다.

③ 차가운 공기를 가로질러 한참을 걸어온 사람의 뺨처럼 따스하게 상기된 볕이었다.

인색한 장사꾼의 저울눈처럼 정확한 표현을 사용하라

글쓰기-읽기에서는 문장 표현을 통해서만 전달할 수 있다. 특히 유념해야 할 것은 상투적인 표현을 삼가는 것이다. 가령, "심장이 떨어질 만큼 놀랐어" 같은 표현은 부적절하다. 왜냐하면 이러한 표현은 평소 너무나 흔하게 사용해온 상투적 표현이다. 누구든 쉽게 표현할 수 있는 표현을 쓴다는 것은 그만큼 안일한 표현으로 읽힐 우려가 크다. 즉 "심장이 떨어질 만큼 놀랐어"라는 문장을 읽는 독자는, 글쓴이가 그만큼 놀랐다고 믿기보다는 진부한 표현을 사용하고도 만족할 만큼만 놀랐구나, 라고 인지할 것이다.

다음은 습작생 작품에서 발췌한 표현들이다.

보기

1) 지리산 골짜기에 오자 시간이 **엿가락처럼 늘어난** 느낌이었다.

2) 김치 국물이 쏟아지면서 열무자락들이 **우수수수** 쏟아져 나왔다.

3) 그날 밤 술에 잔뜩 취한 나는 **광우병에 걸린 소처럼** 비틀거리며 집 근처를 헤맸다.

강조 부분은 매우 상투적이거나 어색한 표현들이다. 우선 2)의 의성어 표현은 너무 안일하다. 적어도 "아직 살아 있는 환형동물처럼" 등과 같은 표현을 찾아 사용하는 것이 보다 선명하다. 1)의 표현은 상투적이고 진부하다. "저녁 해의 긴 산 그림자처럼 늘어난 느낌이었다"라든가, "곡식이 여물고 나무가 자라는 속도만큼이나 여유로워진 느낌이었다" 같은 표현이 차라리 더 나을 것이다. 3)은 지나치게 과장된 표현이다. "허방에 빠진 사람처럼 비틀거리며" 정도가 더 적절할 것이다.

표현할 때는 독자가 전혀 예상하지 못한 비유이면서도 매우 선명하게 연상할 수 있는 비유가 효과적이다. 흔히 우리가 본래 표현하고

자 하는 것을 '원관념'이라 부르고, 원관념을 표현하고자 동원한 비유적 표현을 '보조관념'이라 한다. 부드럽고 가볍고 하얀 구름 모양이 표현하고자 하는 원관념이라면, '솜털'이라는 비유는 보조관념이다. 굳이 '부드럽고 가볍고 하얀 구름'이라고 표현하지 않고 '솜털 같은 구름'이라고 표현하면 한결 쉽고 선명한 이미지로 각인시킬 수 있다. 하지만 너무 흔하게 사용되어왔기 때문에 일종의 관습적 표절이다.

기성작가들의 표현 중에서 인상 깊은 표현들을 찾아보자. 다음 〈보기 1〉은 각각 김현승의 시 「사월」「밤은 영양이 풍부하다」「겨우살이」에서 따온 비유들이다. 〈보기 2〉는 기형도의 시 「조치원鳥致院」, 〈보기 3〉은 무라카미 하루키의 장편소설 『태엽 감는 새』(문학사상사, 1994)에서 따온 비유들이다. 탄복할 만큼 참신하다. 참신한 비유적 표현을 공부하려면, 이처럼 빼어난 비유적 표현을 만날 때마다 외우듯이 살펴보고, 자신 또한 그에 상응하는 참신한 비유를 찾아내려는 노력을 해야 한다.

보기 1

1) 프라타너스의 筍들도 아직 어린 염소의 뿔처럼 / 돋아나지는 않았다.

2) 무르익은 / 과실의 密度와 같이 / 밤의 내부는 달도록 고요하다. // 잠든 내 어린것들의 숨소리는 / 작은 벌레와 같이 / 이 고요 속에 파묻히고,

3) 그리고 인색한 사람의 저울눈과 같은 正確, / 남을 것이 남아 있다.

보기 2

1) 마스크를 낀 승객 몇몇이 젖은 담배 필터 같은 / 기침 몇 개를 뱉아

내고

2) 어두운 차창 밖에는 공중에 뜬 생선 가시처럼 / 놀란 듯 새하얗게 서
   있는 겨울나무들.

3) 간이역에서 속도를 늦추는 열차의 작은 진동에도 / 소스라쳐 깨어나
   는 사람들. 소지품마냥 펼쳐 보이는 / 의심 많은 눈빛이 다시 감기고

4) 나의 졸음은 질 나쁜 성냥처럼 금방 꺼져버린다.

5) 사내는 작은 가방을 들고 일어선다. 견고한 지퍼의 모습으로 / 그의
   입은 가지런한 이빨을 단 한 번 열어 보인다.

보기 3

1) 그녀가 수화기 저쪽에서 의자에 여유롭게 앉아 다리를 꼬고 있는
   듯한 분위기가 느껴졌다.

2) 그와 같은 책이 내 가방 안에, 혹은 서랍 안에 있는 것을 사람들이
   발견한다면 아마 피부병에 걸린 개를 보듯이 나를 보았을 것이다.
   그리곤 아마도 이렇게 말했겠지. '그렇구나, 너는 소설을 좋아하는
   구나. 나도 소설을 좋아해. 젊었을 때는 곧잘 읽었지' 하고. 그들에
   게 있어서 소설이란 젊을 때 읽는 것이다. 마치 봄에는 딸기를 따고
   가을엔 포도를 수확하듯이.

3) 밖에 나가서 일을 한다는 것이 쉽지는 않다. 정원에 피어 있는 가장
   예쁜 장미꽃을 한 송이 꺾어 그것을 두 골목쯤 떨어진 곳에서 감기
   를 앓고 계시는 할머니의 머리맡에 가져다주면, 그것으로 하루가
   끝나는 것과 같이 평화롭고 깨끗하지는 않다.

4) '오카다 도루 씨 댁인가요?' 하고 여자는 말했다. 종이에 씌어진 문
   장을 읽어내리는 듯한 느낌의 어투였다.

5) 그 후에 은색 커피포트와 쟁반을 든 웨이트리스가 와서 내 앞에 커피 잔을 놓고 거기에 커피를 따르곤, 마치 나쁜 점패가 나온 제비를 남에게 밀어붙이듯이 살며시 계산서를 놓고 갔다.

6) 배추흰나비는 무엇인가를 찾는 사이에 무엇을 찾고 있었는지를 잊어버린 사람처럼 보였다.

7) 잠을 잤다. 그것은 마치 발목을 잡혀 깊은 바다 밑으로 끌려 들어가는 듯한 깊은 잠이었다.

8) 전화는 책상 위에서 침묵이라는 옷을 입고 있었다. 전화는 무생물의 모습을 하고 그곳에 웅크리고 앉아서 포획물이 지나가기를 기다리는 깊은 바닷속의 생물같이 보였다.

표현은 또 하나의 경험이다

말하기-듣기에서는, 경험한 내용을 시청각적으로 시늉하면 된다. 가령 코끼리를 발견하면 코끼리 생김새나 동작이나 포효 소리를 흉내 내면 된다. 배가 매우 고플 때는 배가 매우 고픈 모습을 흉내 내면 된다. 원시인들은 아마 이러한 식의 표현으로 의사소통을 했을 것이다. 그러나 글쓰기-읽기에서 표현할 때는 경험한 것을 시늉할 수가 없다. 적합한 문장 표현을 찾아내야 한다. 그것도 다른 사람이 표현한 문장을 반복하는 것은 일종의 표절이므로, 자기만의 참신한 표현을 찾아내야 한다.

바로 이러한 사실 때문에 표현은 하나의 사건이 된다. 경험과 표현은 서로 다른 것이 되고 만다. 독서를 하다 보면, 글쓴이가 전달하는 경험이 특이해서가 아니라, 빼어난 표현력에 압도되어버리는 경험을 한 번쯤 해봤을 것이다. 앞서 제시한 김현승, 기형도의 시나 하루키의 소설에서 보듯, 경험 자체가 놀랍다기보다는 그것을 표현하는 솜씨가 놀랍다.

이처럼 쓰기에 있어, 경험과 그 경험에 대한 표현은, 동일한 하나의 행위가 아니라 다만 밀접한 관계를 지닌 서로 다른 행위다. 좋은 경험을 했더라도 좋지 못한 표현을 쓰는 바람에 좋지 못한 기억으로 전락하는 반면, 평범한 경험이지만 표현이 절묘해서 인상적인 경험으로 살려내는 것도 얼마든지 가능하다. 마치 새 포도주를 헌 포도주 자루에 담는 경우처럼, 많은 사람들이 자신의 소중한 경험을 상투적인 문장에 담기 일쑤다. 반면에 좋은 작가는 와인을 마실 때는 멋진 와인 잔을 사용하듯 그에 어울리는 표현으로 드러냄으로써, 누구나 하는 경험조차 자신만의 표현으로 새롭게 살려낸다.

그런 점에서 경험과 표현은 서로 다른 2개의 사건이다. 경험은 경험이고, 그 경험에 대한 표현 역시 또 하나의 색다른 경험이다. 우리는 어떤 것을 경험하고, 그것을 표현하는 게 아니라, 경험한 어떤 것을 표현하는 새로운 경험을 하고 있는 것이다. 그리고 이 2개의 경험은 서로 다른 것이다. 경험과 표현은, 회사일과 집안일처럼 매우 다른 성격의 두 가지 사건이다. 어리석은 사람은 회사에서 스트레스 받으면 집에 와서 신경질로 푼다. 그러나 현명한 사람은 그럴수록 집에 와서 즐거운 시간을 보내거나 따뜻한 대화를 통해 풀 것이다.

우리는 어떤 경험을 겪는다. 그리고 그것을 질료로 삼아 자기 방식대로 표현하는, 즉 창작하는 새로운 경험을 일으킨다. 경험을 한 것과 그러한 경험을 표현하는 경험은 서로 다른 것이어서 표현만 잘해도, 기분 좋지 않던 경험이 기분 좋은 경험으로 변할 수 있다. 엄밀히 말하면, 우리가 하는 경험과 그 경험에 대한 생각, 그리고 그 생각을 표현하는 과정 자체가 모두 독립된 하나의 경험치다. 우리는 어떤 경험을 하면, 그 경험에 대해 생각한다. 그리고 그 생각을 표현한다. 경험→생각→표현으로 이어지는데, 자신의 경험은 실제 사실이고 자신의 생각과 표현은 그에 따른 결과물로 여기는 순간, 자신의 생각 및 표현은 이미 경험한 사실에 예속될 수밖에 없다. 일반적으로 대중이 저지르고 있는 가장 노예적인 예속 중에 가장 근원적인 1차 예속은 바로 이 부분일 것이다.

우리는 경험한 것을 그저 생각하고 표현하는 것이 아니다. 어떤 걸 경험하고, 그걸 기억 속에 편집하는 경험을 하고, 그걸 이리저리 생각하는 경험을 하고, 그걸 이렇게도 저렇게도 표현하는 경험을 한다. 매 순간 '이렇게'와 '저렇게'의 갈림길을 선택한다. 따라서 1차 경험은 마치 나는 가만히 있는데 옆 사람 구두가 내 발등을 밟는 경우처럼 수동적인 상태에서 진행될 수도 있지만, 그것을 질료로 삼아 창작하는 인지 생각 표현의 경험은 자발적 창의적 행동으로써 일어난다.

생각과 표현이 경험에 의존하는 것이 아니라, 경험과는 별개로 창조되는 과정이라는 사실을 인지하는 순간, 우리는 비로소 그 무엇에도 속박되지 않는 자유로운 마음 상태를 확인하게 된다. 니체의 표현을 빌리면, "생각과 행동, 그리고 그 행동의 표상은 별개의 것이다. 이들 사이에는 인과의 수레바퀴가 돌지 않는다". 경험과 생각, 그리고 그것을 표현하는 창작 행위 간에 인과적 예속이 아니라 자율적 창작이 가능하다면, 모든 글 쓰는 사람에게 1차 경험은 중요하지 않다는 뜻이다. 그 경험을 그 경험 이상으로 드러내는 사유력과 표현력이 중요하다.

인생의 그 어떤 경험도 그 자체로 빛난다. 그에 대한 자신만의 참신한 생각과 표현만 가능하다면. 내가 겪은 것과 비슷한 경험을 이야기하는데도 그 표현의 참신성으로 인해 '맞아, 내가 느낀 것이 바로 이런 것이었어' 하고 감탄하게 만드는 모든 좋은 글은 우리에게 다음과 같은 사실을 확인시켜준다. 즉, 내가 표현만 제대로 한다면 내 인생도 글로 쓰고 책으로 출간할 만큼 가치 있는 것이구나! 아마도 이것이 우리가 끝내 창작을 포기하지 않는 근원적 이유일 것이다. 우리가 좋은 글쓰기를 한다는 것은, 단순히 좋은 표현을 찾으려는 게 아니라 자기의 삶을 새로 경험하고 구원하려는 것인데, 그것은 빼어난 표현력을 통해 가능하다.

결국 표현이란 경험을 당하는 수동적 예속 상태에서 벗어나 자기만의 창조적 자율을 맛보려는 노력이다.

20장 새로운 표현과 잇기를 만들지 않고는, 새로운 세계를 만날 수 없다

문장 표현과 단락 만들기 2

단락은 '관심의 초점화'다

의식은 관심 대상에 초점을 맞춘다. 새를 좋아하는 사람은 새에게, 이성을 좋아하는 사람은 이성에게, 가족을 중히 여기는 사람은 가족에게. 특정 대상에 대해 관심을 갖고 보면, 관심을 갖기 전에는 생각지 않던 정보들을 찾고 몰랐던 사실을 알게 되고, 겪어보기 전에는 없었던 감정과 갈등을 경험한다. 세상 모든 것은 이와 같은 관심을 통해서야 비로소 제 면모를 드러낸다. 실상 세상에 출간된 모든 저서는 특정 분야에 대한 작가의 특정한 관심의 결과다.

특정 대상에 대한 관심과 초점은 인간의 자연스러운 생리적 반응이기도 하다. 누구나 눈을 뜨면 우선 주변부터 둘러본다. 가령 공원에 도착한 사람은 먼저 하늘과 날씨, 공원의 모양 등 전체적인 풍경에서부터 시작하여 나무와 벤치, 그늘과 바람 등을 구체적으로 인지

한 다음, 그중 더 관심이 가는 대상 즉, 다가오는 사람의 차림새나 나무 그늘 속에서 고개를 내미는 다람쥐, 아니면 넘어질 듯 넘어지지 않으면서 아장아장 걸어가는 아기에게 주목할 것이다. 그중에서도 자연을 만끽하고 싶은 사람이라면 다람쥐나 새소리에 초점을 맞출 테고, 새소리에 초점을 맞춘 사람은 저 새 이름은 뭘까, 하고 궁금해하며 더 자세히 관찰할 것이다.

이것은 글쓰기, 특히 단락 만들기의 원리이기도 하다. 작가는, 어떤 내용이든 그것을 독자에게 전달하려면, 자신의 인식 순서대로 문장을 이어야 한다. 그래야만 독자 또한 동일한 순서로 대상에게 초점을 맞춰 들어갈 수 있다. 단락 만들기의 기본 규칙이 '제시문+더 구체적인 제시문+더더 구체적인 제시문+더더더 구체적인 제시문……'으로 이루어지는 것은 이 때문이다. 그러니까 이 규칙은 글쓰기 규칙이기 전에 평소 인간의 자연스러운 인식의 순서다. 가령 임의로 만든 〈보기〉의 1)과 맨스필드의 「가든파티」의 첫 단락 2)를 비교해보자.

보기

1) 날씨가 참 좋다. 비가 올 줄 알았는데, 구름만 몇 점 떠 있을 뿐이다. 바람도 제법 불어서 나뭇잎들이 살랑거린다. 꽃이 핀 화단 쪽은 한결 밝아 보인다.

2) ① 결국 날씨는 이상적이었다. ② 설령 주문을 했더라도 가든파티를 위해 이보다 더 완벽한 날은 구하지 못했을 것이다. ③ 바람 한 점 없고 포근한 것이 하늘에는 구름 하나 없었다. ④ 다만 하늘의 푸

르름은 초여름에 이따금 그렇듯이 엷은 금색 아지랑이로 엷게 덮여 있었다. ⑤정원사는 새벽부터 일어나 잔디를 깎고 쓸어서, 찔레꽃이 있었던 어둡고 평평한 화단마저 반짝반짝 빛나는 것 같았다. ⑥장미꽃은 어떤가 하면, 장미야말로 가든파티에서 사람들의 마음을 사로잡는 유일한 꽃이며, 사람은 누구나 꼭 알아두어야 할 유일한 꽃이라는 사실을 장미꽃 자신이 안다는 느낌을 갖지 않을 수 없었다. ⑦몇백 송이, 정말 과장 없이 몇백 송이가 단 하룻밤 사이에 피어났던 것이다. ⑧파란 장미꽃 줄기들은 마치 천사장들의 방문을 받은 양 상체를 굽히고 있었다.

2)의 ①과 ②는 우선 날씨에 대한 정보를 이상적, 이라고 제시한다. 그런 다음 ③을 통해 바람, 하늘, 구름 등으로 구체화하고, ④를 통해 하늘을 더욱 구체화한다. ⑤를 통해 정원사, 잔디, 찔레꽃 화단 등을 구체적으로 소개하고, ⑥을 통해서는 그중에서도 장미꽃에 대해 묘사한다. 특히 ⑥에서는 "장미야말로 가든파티에서 사람들의 마음을 사로잡는 유일한 꽃이며, 사람은 누구나 꼭 알아두어야 할 유일한 꽃이라는 사실을 장미꽃 자신이 안다는 느낌"과 같은 매우 상세한 서술을 동원한다. 나아가 ⑧에서는 장미 줄기를 "마치 천사장들의 방문을 받은 양"이라는 비유적 표현을 동원해 더욱 구체화한다.

결국 독자는 위 단락 하나를 통해 '날씨 → 바람, 하늘, 구름 → 엷은 금색 아지랑이로 덮여 있는 푸르른 하늘 → 반짝이는 화단 → 장미꽃들 → 그중에서도 장미 줄기'의 순서로 관심의 초점을 구체화함으로써 가든파티가 벌어지는 날씨에 대해 보다 분명하게 인지한다.

반면 1) 역시 '날씨 → 구름 → 바람 → 나뭇잎 → 화단'으로 관심의 초점이 구체화되고는 있지만, 한결 모호하다. 그 바람에 독자는 2)에서의 날씨는 매우 선명하고 분명하게 실감할 테지만, 1)을 접할 때는 애매하고 모호하게 느낄 수밖에 없다. 2)의 화자는 날씨를 분명하게 드러내주고 있지만, 1)의 화자는 날씨를 제대로 드러내주고 있지는 못하다.

습작생의 단락 만들기

구체화는 단락 만들기의 필수 규칙이다. 그러나 단순히 구체적인 내용으로 채워 넣기만 하면 되는 것은 아니다. 새로운 내용으로 채워 넣어야 한다. 빤한 내용으로 채워 넣는다면 그것은 창작이 아니라 관습이자 표절이다. 독자가 예측하지 못한 새로운 내용으로 이어야만 독자가 긴장과 궁금증을 갖고 따라온다. 가령, 다음 〈보기 1〉은 습작생이 제출한 단편소설의 시작 부분이다. 문장을 이어가면서 첫 문장에서 제시한 내용을 보다 구체화시키고 있다.

보기 1

1)나는 10년을 그 서점에서 일했다. 2)서울 도심지에 있는 대형 서점이었는데 2002년 6월 부도가 나서 지금은 사라진 곳이다. 3)내가 기억하기로는 서점에 책을 보러 오거나 책을 사러 오는 사람들도 많았지만, 서점이 부도날 즈음에는 그곳을 약속 장소로 삼아 누군가를 만나거나 기다리는 사람들이 책을 보러 매장으로 오는 사람들보다 훨씬 많았던 것 같다. 4)출판사들에게 책 대금을 지불하지 않아 서점에 신간

도 들어오지 않고, 직원들도 다른 곳으로 가버려 얼마 남지 않은 상황이었다. 5) 그러니 책을 보려는 사람들은 자연스레 근처에 있는 다른 대형 서점으로 가버렸다. 6) 서점이 부도나자, 며칠 동안 신문과 텔레비전에서는 그걸 기사로 다루었다. 7) 서점을 알던 일반인들을 인터뷰해 제법 분량이 많은 기사로 다루기도 했다. 8) 대부분의 언론 매체에서는 우리 서점을 '추억의 약속 장소'라고 칭했다.

하지만 구체화하고 있는 뒷받침 문장들이 너무 빤하다. 특히 밑줄 부분은 독자가 읽으면서 예측 가능한 내용들이다. 예측 가능한 내용이 이어지면 단조롭고 지루하다. '그 사내는 남자다'라는 문장처럼 무의미하다. 밑줄 부분은 모두 생략해도 무방하다. 아니 생략하는 게 문장의 밀도를 한결 탄탄하게 만들어준다. 즉 〈보기 2〉와 같은 다섯 문장으로 압축한 다음 나머지 부분을, 다른 새로운 내용으로 채워 넣어야만 한결 더 새로운 내용, 즉 창작으로서의 단락 만들기라고 할 수 있다.

보기 2

1) 10년을 그 서점에서 일했다. 2) 도심지에 있는 대형 서점이었는데 부도가 나서 지금은 사라진 곳이다. 3) 책을 보러 오거나 사러 오는 사람들도 많았지만, 누군가를 만나거나 기다리는 사람들이 더 많았던 것 같다. 4) 대금을 지불하지 않아 신간도 들어오지 않고, 직원들도 다른 곳으로 가버려 얼마 남지 않은 상황이었다. 5) 책을 보려는 사람들은 자연스레 다른 대형 서점으로 가버렸다.

기성작가의 단락 만들기

빤한 내용은 버리고 새로운 내용으로 채워 넣어야 한다. 문장을 부자연스럽게 잇거나 빤한 내용으로 이은 단락은 독자의 관심을 끌지 못한다. 자연스럽지 않으면 공감하기 어렵고 새롭지 않으면 흥미를 잃는다. 독자가 공감할 수 있는 자연스러운 범위 내에서 최대한 새로워야 한다. 단어를 선택하고 문장을 만들어 잇는 일은 매우 민감한 정신활동이어서 매우 엄밀하고 정치한 훈련 없이는, 대부분 자신의 나이만큼 굳어져 있는 갑갑한 언어 습관을 반복하고 만다.

보기 1

1) 그는 올 것이다. 그러면 만나서 이야기를 나눌 수 있을 것이다.

2) 그는 올 것이다. 오겠다고 약속했으니 그는 올 것이다. 하지만 그의 마음까지 돌아오진 않을 것이다. 그럼에도 다만 그가 이 자리에 참석해주는 것만으로도 나는 고마웠다.

〈보기 1〉의 1)은 2개의 문장으로 이루어져 있는데, 두 번째 문장은 첫 제시문을 부연 설명하고 있다. 첫 제시문(그는 올 것이다)에 언급되어 있는 내용은 아니지만, 그러나 첫 제시문을 읽은 독자가 얼마간 예측 가능한 내용이어서, 일부러 강조하려는 것이 아닌 한, 불필요한 반복으로 읽힐 수 있다. 반면 2)는 둘째 문장이 첫 제시문을 반복하지만, 셋째 문장이 앞서의 내용 일부를 전복한다. 즉 그는 오더라도 그의 마음은 오지 않는 것이다. 그런가 하면 넷째 문장에서도 독자의 예측을 전복한다. 몸만 오고 그의 마음은 오지 않는다면,

분명 서운할 텐데, 그렇게라도 참석해주는 것만으로 고맙다고 말하는 것이다. 이처럼 이어지는 문장이 독자의 추론과 예측을 전복하면 그때마다 독자는 긴장하지 않을 수 없다.

보기 2

1) 그는 아이들을 사랑했다. 기회 있을 때마다 선물도 사다 주고, 시간 날 때 같이 놀아주었다.

2) ① 그는 아이들을 사랑했다. ② 아이들과 시간을 함께하려고 애썼고 종종 깜짝 선물도 가져왔다. ③ 하지만 그의 표현 방식은 언제나 고압적인 가장의 모습이어서 대화를 주고받기보다 자신이 일방적으로 훈계하는 식이었다. ④ 아이들에게 선물을 할 때조차 자기 판단대로만 선택하는 바람에, 아이들은 번번이 약간의 실망감도 함께 선물을 받아야 했다.

〈보기 2〉 1)의 문장 잇기 역시 예측 가능한 범위 내에서의 부연 설명이다. 반면에 2)의 잇기는 한결 긴장을 자아낸다. ③에서, ①과 ②에서 제시된 것과 반대되는 내용이 첨가되면서 앞서의 내용을 뒤집고 있기 때문이다. 그 바람에 단락의 시작 부분에서는 '그는 아이들을 사랑했다'는 내용이 제시되고 있지만, 마지막까지 다 읽고 나면 '그는 아이들을 제대로 사랑하지 못했다'는 내용으로 뒤바뀌어 있다.

보기 3

1) 그의 집은 넓고 깨끗했다. 소파도 책상도 잘 정리되어 있었다.

2) ① 그의 집은 넓고 깨끗했다. ② 얼핏 손님을 맞기 위해 잘 정돈된 듯
이 보이지만, 지나치게 잘 정돈되어 있어 ③ 손님 입장에서는 도리
어 너무 조심스러워질 만큼 구석구석까지 반듯하게 정돈되어 있었
다. ④ 그러고 보면 얼핏 친절하고 예의 바르지만 그만큼 답답하고
깐깐한 그의 성격과도 닮았다.

〈보기 3〉역시 1)의 잇기는 예측 가능한 부연 설명이지만, 2)는 예
측하기 어려운 새로운 내용의 문장 잇기를 통해 독자를 긴장시킨다.
분명 첫 제시문에서는 넓고 깨끗하다고 했지만, 그다음 문장에서는
지나치게 정돈되어 있다고 말하고, ④에서는 새로운 정보 즉, 답답
하고 깐깐한 그의 성격과 연결 짓는다. 그 바람에 단락을 모두 읽은
독자는 ①에서 받은 긍정적 인상과는 전혀 다른 부정적 인상을 경험
한다.

이렇게 문장을 잇는 구체적 과정에 따라 단락은 상이한 내용, 상
이한 리듬, 상이한 느낌, 상이한 인식으로 전달된다. 특히 새로운 정
보의 문장 잇기는 앞의 문장을 확장하고 전복하면서 일정한 리듬과
긴장을 만든다. 1)이 모두 단조로운 평면적 정보에 그친다면, 2)는
모순을 일으키는 상이한 정보가 동시에 전달되는 아이러니한 입체
적 구조를 갖는다. 즉, '그는 오긴 오지만, 정말로 온다고는 할 수 없
다' '그는 아이들을 사랑하지만 제대로 사랑한다고는 할 수 없다' '그
집은 깨끗하다. 그러나 좋다고만은 할 수 없다'로 읽힘으로써, 표면
내용과 심층 내용이 모순되는 입체적인 아이러니한 내용으로 읽힌
다. 1)을 읽을 때보다 2)를 읽을 때 독자는 더욱 긴장할 수밖에 없고,
한결 중층적인 정보를 공유한다.

초보 습작생은 단조로운 문장 표현과 단조로운 문장 잇기를 통해 단조로운 단락을 제시하지만, 좋은 작가는 빼어난 문장 표현과 새로운 문장 잇기를 통해, 보다 강력한 입체적 단락을 만든다. 동일한 경험조차 훨씬 더 인상 깊은 경험으로 전달한다. 다음 〈보기 4〉의 1)은 알람 소리에 깨어나는 경험을 다룬 습작생의 글이다. 알람 소리 때문에 화까지 나는 경우를 서술하고 있다. 반면에 2)는 같은 경험이지만, 앞서의 문장 내용을 전복하는 문장 잇기를 통해 보다 풍부한 심리의 결을 드러내줌으로써 독자로 하여금 한층 풍요롭게 실감하도록 만든다.

보기 4

1) 오늘은 알람 소리가 유독 크고 소란스럽다. 울리는 것을 서둘러 일어나 *끄기*보다 빨리 그치기만을 누워서 바라고 있자니, 유난히 길고 소란스럽게 울리기만 하는 알람 소리에 화까지 난다.

2) 알람 울릴 시간이 되자 그녀는 어김없이 잠에서 깬다. 하루라도 알람 소리에 깨지 않고 자고 싶을 때까지 자보는 게 소원이지만, 알람 울릴 즈음이 되면 울리기도 전에 눈부터 떠지고 만다. 그런데도 알람을 맞추지 않고 자면 불안해서 자기 전에 반드시 맞추고 자는 습관이 배어버린 그녀는, 그래도 알람 소리에 억지로 일어나기보다는 1, 2분 전이라도 미리 깨어 여유를 부리는 게 편하다. 좀 더 자도 좋을 시간에 깨면 좀 더 먹었으면 싶은 음식을 두고 온 것처럼 아깝긴 하다. 하지만 미리 눈을 떠서 알람이 울릴 때까지 그대로 누워 있어도 되는 한가로움을 누릴 때면, 마치 해가 중천까지 솟은 줄도 모르

고 달게 자고 난 다음 이제 뭐 하고 놀까 하고 궁리하던 한가로운 유년 시절로 잠시나마 돌아간 듯하다. 그러나 잠이 턱없이 부족하다 싶은 때조차 어김없이 눈이 떠지는 것을 보면, 어른이 되어간다기보다 다만 일종의 알람이거나, 알람보다 약간 복잡하게 작동하기는 하지만 어쨌거나 다만 일종의 기계에 불과한 존재가 되어가는 게 아닐까 의심스러울 때도 있다.

다음 〈보기 5〉의 2)는 김애란의 단편 「누가 해변에서 함부로 불꽃놀이를 하는가」의 시작 부분으로, 꼬마 여자아이가 바람이 많이 부는 밤에 재래식 화장실에 가서 볼일을 보는 장면이다. 아마 초보 습작생이라면 예문 1)처럼 독자가 예측 가능한 범위 내에서 서술했을 것이다. 두 단락을 비교해보면, 김애란의 문장 잇기가 얼마나 창의적인지 새삼스레 다가온다.

보기 5

1) 바람이 많이 불던 밤이었다. 바람 소리에 잠도 잘 오지 않았다. 괜히 이런저런 생각과 의문들만 오가는 그런 밤이었다. 나는 재래식 화장실에 앉아 식은땀을 흘리고 있었다. 다리 가랑이 사이로 행한 찬 바람이 들락거렸다. 나는 두 다리에 힘을 주어 간신히 앉아 있었다. 두 발에는 아버지가 생일 선물로 사준 신발이 신겨 있었다. 걸을 때마다 불이 들어오는 운동화였다. 전구 나간 화장실 안에서 그 운동화만이 푸른빛을 내고 있었다. 찬 바람이 불 때마다 괜히 똥구멍이 시큰했다. 나는 그렇게 앉아 아버지와의 점심을 생각했다.

2) 바람이 많이 불던 밤이었다. 바람이 많이 불어서, 무엇이든 묻고 싶은 밤. 뭐라도 묻지 않으면 누군가 굉장히 어려운 질문을 해올 것만 같은— 그날은 그런 바람이 불던 밤이었다. / 나는 재래식 화장실에 앉아 식은땀을 흘리고 있었다. 다리 밑, 까마득한 어둠 사이로 휘이— 바람이 지나갔다. 피로에 지친 여자의 미간처럼 좁은 등압선을 가진 바람이었다. 사람들은 그 바람이 북태평양에서 오는 바람이라고 했다. / 나는 두 다리로, 네모난 어둠을 간신히 딛고 있었다. 발에는 최근 아버지가 생일 선물로 사준 새 신을 신고 있었다. 발바닥이 땅에 닿을 때마다, 반투명한 밑창에서 번쩍번쩍 빛이 나는 운동화였다. 전구 나간 화장실 안, 어둠 속에서 빛나는 것이라곤 오직 그 푸른빛밖에 없었다. / 나는 내 사타구니 아래로 '북태평양'이 지나가는 것 같아 괜히 똥구멍이 시큰했다. 나는 그렇게 계속 쭈그리고 앉아 아버지와의 점심을 생각하고 있었다.

〈보기 5〉의 1)은 꼬마 여자아이가 바람이 많이 부는 밤에 재래식 화장실 갔을 때 겪을 법한 내용 이상을 말하지 않는다. 웬만한 독자는 이미 예측 가능한 내용이어서 아무런 긴장도 재미도 느끼지 못할 것이다. 식은땀을 흘리고, 가랑이 사이로 찬 바람이 불고, 다리에 힘을 주고, 똥구멍이 시큰한 따위는 모두, 꼬마 여자아이가 재래식 화장실에 가면 느낄 법한 내용들이다. 하지만 2)를 읽어보면 독자가 미처 예상할 수 없는 표현과 상상으로 문장을 이어감으로써 독자의 예측 가능 범위를 훌쩍 넘어선다. 특히 다리 밑으로 지나가는 바람을 두고 "피로에 지친 여자의 미간처럼 좁은 등압선을 가진 바람이었다"라고 묘사하는 문장 표현과 "사람들은 그 바람이 북태평양에서 오는 바람이라고 했다"라고 이어가는 문장 잇기가 그러하다.

이러한 표현과 잇기는 이후 "나는 내 사타구니 아래로 '북태평양'이 지나가는 것 같아 괜히 똥구멍이 시큰했다"라는 문장으로 수렴되면서, 꼬마 아이가 재래식 화장실에서 느낄 법한 두려움과 외로움을 한결 강렬하게 전달하고 있다. 꼬마 아이가 바람 부는 날 재래식 화장실을 이용하면 얼마간 두렵고 외로울 게 뻔하지만, 이러한 문장 표현과 문장 잇기를 통해 독자로 하여금 새삼 뚜렷하게 실감하도록 만들고 있다.

보기 6

1) 술 먹고 깜박 잠들었다 깼더니, 하루오와 그녀가 그때까지 무슨 얘기를 나누고 있길래, 그냥 계속 잤어.

2) ① 옅은 잠이 든 모양이었다. ② 어둠이 깊다는 느낌이 들었다. ③ 깊은 물속에 잠겨 있는 기분이었다. ④ 새벽 두 시나 세 시는 된 듯했다. ⑤ 나는 술을 마시던 그대로 침대에 누운 채였다. ⑥ 어둠 속에서 하루오와 그녀가 이야기를 나누는 소리가 아련하게 물속에서 들려오는 대화 같았다. ⑦ 나는 무거운 눈꺼풀을 조금 들어올렸다. ⑧ 하루오와 그녀가 눈에 들어왔다. ⑨ 창밖에서 스며든 희미한 불빛이 하루오와 그녀에게 부드러운 실루엣을 만들어주었다. ⑩ 그들은 나란히 앉아 가만히 손을 잡은 채 이야기를 나누고 있었다. ⑪ 아주 오랜 연인들처럼 자연스러워 보였다. ⑫ 이것은 밤과, 어둠과, 희미하고 연약하게 심장이 뛰는 물속의 풍경이라고 나는 생각했다. ⑬ 그들의 모습이 너무 아늑하고 고요해 보여서, 나는 내가 깨어 있

다는 기척조차 낼 수 없었다. ⑭ 나는 물고기처럼 다시 잠에 빠져들었다.

〈보기 6〉의 2)는 이장욱의 단편 「절반 이상의 하루오」 일부분이다. 다루고 있는 내용은 함께 술을 마시다 깜박 잠이 들었던 주인공이 잠에서 깨어 계속 대화를 나누고 있는 '하루오'와 '그녀'를 바라보는 내용이다. 누구나 한 번쯤 겪었을 법한 일이다. 하지만 일반인이나 초보 습작생들에게 이러한 경험을 표현하라고 하면 어떻게 할까. 초보 습작생의 경우, 예문 1) 정도로 가볍게 혹은 단순하게 표현할 것이다.

반면 작가는 먼저 5개의 단문을 통해, 술을 마시다가 그대로 침대에 누워 잠이 들었다 깬 상황을 서술한 다음, 다시 6개의 문장을 통해 상황을 더욱 구체화한다. 그런 다음 3개의 문장을 통해 자신의 느낌과 경험에 대해 한결 구체적으로 서술한다. 특히 ②와 ③의 잇기를 통해, '어둠이 깊다' → '깊은 물속 같다'의 연상을 만들고, 다시 ⑥에서 두 사람의 목소리가 '물속에서 들려오는 대화 같다'라고 묘사한다. 그리고 ⑫에서 다시 "희미하고 연약하게 심장이 뛰는 물속의 풍경"이라는 몽환적 묘사로 수렴·강조한다. 이러한 잇기는 ⑬과 ⑭ 잇기를 통해 한결 강렬한 인상을 남긴다. 즉, 그들 모습이 너무 아늑하고 고요해서 깨어 있는 기척조차 내지 못하고 물고기처럼 다시 잠에 빠져들었다, 라는 비유로 이어짐으로써 독자로 하여금 마치 깊은 물속 같은, 혹은 무의식 상태에서 경험하는 몽환적 풍경으로 느끼게 만든다.

이제까지 〈보기〉의 1)과 2)의 비교에서 보듯, 새로운 문장 표현과 새로운 문장 잇기를 하지 않는 한, 새로운 단락은 만들어지지 않는다. 표현과 잇기가 너무 빤하면 즉, 관습적 통념적 수준에서 이루어지는 한, 그 어떤 경험을 서술해도 그것은 빤하게 느껴진다. 즉 새로운 창작으로 다가오지 않고, 새로운 경험으로 다가오지 않는다. 같은 경험을 이야기해도 문장 표현이 새롭고 문장 잇기가 새로워야만 비로소 새로운 장면, 새로운 경험으로 나타난다.

이미 가본 곳을 또 가보는 것은 여행이 아니라 답습이다. 새로운 표현을 찾지 못하면 새로운 문장이라 할 수 없고, 새로운 잇기를 하지 않으면 새로운 단락이라 할 수 없고, 새로운 단락을 만들지 못하면 새로운 서사를 만들 수 없다. 가보지 않은 곳을 가봐야만 여행이라고 할 수 있듯, 이제까지 아무도 표현하지 않은 방식으로 표현하고 잇지 않은 방식으로 이어야만 창작으로서의 글쓰기이자 서사라 할 수 있다.

21장 좋지 않은 생각문장은 힘들지만, 좋은 생각문장은 즐겁다

각성의 문장과 단락 만들기

아쉬운 글쓰기는 괴롭고, 나아지는 글쓰기는 즐겁다

글쓰기는 힘들다, 라는 생각은 전혀 검증되지 않은 통념이다. 이제까지 내로라하는 적잖은 대가들이나 유명 작가들이 글쓰기는 괴롭고 힘든 일이라고 말해왔다. 하지만 나는 그렇게 생각지 않는다. 내 경험을 살펴보면, 만족스럽지 못한 문장이 나올 때만 괴롭다. 마음에 드는 문장이 나올 때는 전혀 괴롭지 않다. 나도 모르게 신이 나서 엉덩이춤까지 춘다. 글쓰기가 괴로운 게 아니라, 만족스러운 문장을 만들지 못할 때의 글쓰기만 괴롭다.

대가들이나 유명 작가들이 글쓰기가 괴로웠다는 것은 다만 그들이 그만큼 더 좋은 문장을 추구했다는 반증일 뿐이다. 마음에 차지 않는 문장이 나올 때는 괴롭다. 이때 괴로운 것은 사실 좋은 일이다. 그것은 그러한 문장에 만족하지 않고 더 좋은 문장을 찾아내려는 욕망에서 비롯되는 자기 채찍의 신호다. 마치 통증이나 질병이 건강을 잃는 신호 같지만 알고 보면 건강을 되찾으려는 적극적 반응이듯.

생각 또한 마찬가지다. 어떤 생각이든 참신하거나 의미 있거나 하는 생각은 생각하는 것만으로도 즐겁다. 어떤 상황에서든 명료한 아이디어로서의 생각은 괴로울 수가 없다. 잘못된 생각문장으로 생각할 때만 머리가 복잡해진다. 이상한 생각, 잘못된 생각, 소잡한 생각에 집착할 때만 괴롭다. 부질없는 고민을 하느라 괴롭거나, 고민만 하니까 괴로운 것이다. 이때의 괴로움 역시 좋은 일이다. 그것은 그러한 생각문장으로 고민하지 말라는 긍정적 신호다.

읽을 땐 더욱 분명하다. 자극을 주지 않는 문장으로 쓰인 글을 읽을 때는 죽을 맛이다. 아무리 집중하려고 해도 행간마다 잡생각이나 졸음이 끼어든다. 재미없는 책 읽기는 고문과 같다. 그러나 각성을 일으키는 문장이 있을 때는 나도 모르게 집중한다. 읽기를 방해하는 소음이나 졸음에도 정신을 모으고 읽게 된다. 게으르게 누워서 읽다가도, 자기도 모르게 반듯하게 일어나 앉아서 읽게 된다. 화장실 가는 시간도 아까워하면서 읽게 된다.

각성은 새로운 사실을 발견하고 깨달을 때 일어나는 자각 현상이다. 인간의 뇌는 점화를 통해 활성화되는데, 뇌의 활성화는 인간으로 하여금 살아 있음을 가장 강렬하게 느끼도록 해준다. 결코 쓰기나 읽기가 괴로운 게 아니라, 다만 각성을 일으키는 문장이 들어 있지 않기 때문에 괴로울 뿐이다.

좋은 문장 속에는 각성이 들어 있다

좋은 글에는 반드시 새로운 사실을 발견하고 깨닫게 해주는 각성이 들어 있다. 각성의 문장은 단순한 일차적 정보 전달이나, 독자가 이미 알고 있는 빤한 통념적 내용, 독자가 공감하기 어려운 주관적 내용에 머물지 않는다. 특히 자기 경험을 말할 때는, 자기에게만 의미 있는 게 아니라, 반드시 독자에게도 의미 있는 생각문장이 들어 있어야 한다. 가령 아래의 〈보기〉는 〈전태일문학상〉 생활글 기록문 분야에서 입상한 작품의 일부다.

이들 기록문 입선작들은 대부분 습작 경험이 많지 않은 이들의 글이다. 즉, 경험을 그대로 옮겨 적은 글이다. 그럼에도 첫째, 보통 사람들이 겪는 일상적 애환보다 훨씬 격한 아픔을 다루고 있다. 한결 가난하거나 힘겨운 현실을 다룬다. 둘째, 이러한 기록을 통해 대중의 일상을 넘어서는 세계의 실상을 포착해낸다.

보기

1) 초등학교 졸업식 날, 그날도 난 졸업식이 끝난 뒤 공장에 가야 했다. 아무도 축하해주지 않는 졸업식이 끝난 뒤 엄마가 넣어준 돈으로 자장면 한 그릇을 사 먹고 공장에 들어갔다. 너무나 슬픈 내 인생이 한심해 화장실에서 얼마나 울었는지 모른다.

"그래, 난 1년만 벌면 내년에는 중학교 갈 수 있어."

스스로를 위로하며 울음을 참았다.

공장 다니는 일은 생각처럼 쉽지 않았다. 도시락 가방만 들고 버스를 타던 내게 차장 언니는 공순이가 초등학생 요금을 낸다고 면박을 주기 일쑤였고(그때 난 아직도 초등학생이었는데), 버스 정류장에서 혹시나 교복 입은 아이들을 만날까봐 토큰 박스 뒤에 숨었다가 버스가 오면 얼른 타고 도망치듯 공장에 갔다. ……교복만 봐도 울고, 야단맞아 울고……. 지금 이렇게 아파도 울지 않는 건 그때 눈물샘이 말라버려서인지도 모른다.

2) 외주업체를 떠돌면서 몇 년을 보냈다. 돈은 벌리지 않고 겨우 입만 먹고 살았다. 나뿐만 아니라 동료들도 마찬가지다. 대우조선 남문 앞에 늘어서 있는 포장마차에서 동료들과 어울려 만날 술이다. 지겨운 소주에 닭똥집 놓고 신세 한탄하고 관리자들 욕하고, 이런 짓거리마저 하지 않으면 세상 살 맛이 나지 않는다. 가슴이 답답하고 까닭 모를 분노가 솟구친다. 그 대상이 잘 처먹고 잘사는 사장 놈들 같기도 하고, 많이 배웠다고 삐기며 우리를 못살게 구는 관리자들 같기도 했다. 아니, 내 자신에 대한 미움 같기도 했다.

그러자 나도 모르게 신경이 날카로워지고 그 화풀이는 결국 애꿎은 아내에게 고스란히 돌아갔다. 내가 그렇게 성질을 부리면 대들 만도 한데, 이 여자는 대꾸도 하지 않고 한쪽 구석으로 가서 서럽게 훌쩍거리기만 한다.

3) 점점 소식은 끊기고. 그때 심정을 그 누가 겪어보지 않고 헤아리겠으며 짐작이나 할까. 오죽하면 뒷날 죄도 없이 교도소 신세를 지고 있는 애들 면회를 다니면서 어머니들은 그래도 여기 있으니 어디 있는지는 알아서 좋더라, 하고 쓴웃음을 웃기도 했을까.

1)은 7회 일반 글쓰기 부문 우수작인 최영숙의 「운명이 아무리 괴

롭힐지라도」의 일부다. 읽다 보면 내가 겪은 어려움은 어려움이랄 것도 없구나 싶을 만큼 불우한 환경, 극한 가난, 혹독한 투병 등으로 점철되어 있어, 문장이 다듬어져 있지 않음에도 불구하고 독자를 압도한다. 대부분 초등학교 졸업식에는 가족들이 참석한다. 만약 불참하면 서운한데, 주인공은 자장면조차 혼자 사 먹는다. 보통 성인에게도 평소 혼자 자장면 먹는 게 쉽지 않은 일인데, 졸업식 날 혼자 먹고 공장으로 간다. 이렇듯 경험의 무게가 보통 사람의 통념치를 훌쩍 넘어선다.

2)는 10회 입선작으로, 외주업체를 떠돌아도 형편은 나아지지 않는 노동자의 현실을 다루고 있다. 그런데 이러한 현실에 대한 단순한 불평에 그쳤다면 그 역시 상투적 관습적 일반적 반응에 지나지 않았을지 모른다. 화자는 세상에 대한 원망과 미움을 솔직하게 드러낸다. 동시에 그 모든 분노를 애꿎게도 아내에게 터뜨리는 자기모순을 응시한다. 나아가, 이런 모순에 대해 대꾸 않고 서럽게 훌쩍이기만 하는 아내, 라는 한 여성의 속절없는 희생을 적나라하게 드러내고 있다. 이러한 기록 역시 '가난한 노동자' '단결된 노동자' '권위적 가장' '순박한 아내' 등과 같은 통념을 넘어, 한결 솔직하게 현실을 포착하고 있다.

3)은 9회 입선작으로, 배애순의 「어머니가 감옥에서 데려 나온 딸」의 일부다. 데모하다 잡혀 들어간 딸을 뒷바라지하는 과정을 통해 우리 사회의 모순을 발견하는 어머니의 아픈 각성이 잘 드러나 있다. 자식이 교도소에 들어가 있으면 부모 마음은 속상한 게 일반적 반응이다. 더구나 죄도 없이 들어가 있다면 더욱 그럴 것이다. 그러나 억울하고 속상하다는 정도의 인식에 머물러 있다면, 독자에게 별다

른 감흥을 불러일으키지 못한다. 그 정도는 굳이 글을 읽지 않고도 예상할 수 있는 상투적 관습적 일반적 범위의 내용이기 때문이다.

하지만 인용 문장에서 보듯 화자는 이러한 일반 상식과는 다른 세계를 만들어 보인다. 속상해하기는커녕 "그래도 여기 있으니 어디 있는지는 알아서 좋더라"며 쓴웃음을 지어 보인다. 부당한 구속과 고문을 일삼는 비인간적인 현실과, 그래도 있는 곳을 알기만 해도 좋다는 너무나 인간적인 어머니의 마음이 극명하게 대비되면서, 우리 사회의 아픈 현주소를 또렷이 드러내 보인다.

이처럼 습작 경험이 부족한 생활인의 기록문임에도 불구하고 서술된 문장 내용이 이미 보통 사람들의 일반적 통념적 경험 수위를 벗어나 한결 강렬한 인상을 준다. 뿐만 아니라 관습적 통념적 반응을 뛰어넘는, 건강하게 이겨내거나 오히려 보통 사람보다 더 즐겁게 웃어넘기는 역동적 힘을 느낄 수 있다.

이에 반해 일반 습작생들의 글들은 대개 일상적 애환과 사사로운 감정 및 개인사에 과잉되게 집착한 내용들이 대부분이다. 결국 재능이 부족해서 글을 쓰지 못하는 게 아니다. 정확히 말하면 자기 에고로 인해 굳이 표현할 만한 내용도 아닌 사사로운 개인적 경험에 집착하는 이기적 우물에 빠져 스스로 망치고 있을 뿐이다.

통념과 각성

이번에는 인문학 서적을 보자. 다음 〈보기〉는 필자가 평소 독서를 하며 밑줄 그어두었던 문장 부분을 발췌한 것이다. 1)은 천재적인 음악가로만 모차르트를 기억하는 대중들의 통념과는 완전히 다른 관점을 제시한다. 그의 작품 활동 기간을 보다 구체적으로 살펴보면, 모차르트는 천재가 아니라 놀랍게도 재능이 늦게 개발된 사람 중에 하나다.

보기

1) 모차르트가 어린 시절에 작곡한 협주곡, 특히 처음 일곱 편의 피아노 협주곡은 다른 작곡가들의 작품을 재배열한 것에 지나지 않는다. 현재 걸작으로 평가받는 진정한 모차르트의 협주곡(협주곡 9번, 작품번호 271)은 스물한 살 때부터 만들어졌다. 이는 모차르트가 협주곡을 만들기 시작한 지 10년이 흐른 시점이었다.

음악 평론가 헤롤드 쇤베르그는 여기서 한 걸음 더 나아간다. 그는 모차르트의 위대한 작품들이 작곡을 시작한 지 20년이 지나서야 나오기 시작한 것을 볼 때, 모차르트의 재능은 "늦게 개발되었다"고 평가한다.

— 말콤 글래드웰, 『아웃라이어』, 노정태 옮김, 김영사, 2009, 57쪽

2) '법률은 인간이 본능적으로 하고 싶어지는 행위만 금지한다'는 개념을 바꿔 생각해 보면, '법률은 문명의 인위적인 상황이 인간에게 강요하는 행위만 금지한다'는 뜻으로 바꿔 말할 수 있다.

— 데즈먼드 모리스, 『인간 동물원』, 김석희 옮김, 물병자리, 2003, 42쪽

3) 사르트르는 『실존주의는 휴머니즘이다』의 유명한 대목에서 1942년 프랑스의 어느 젊은이가 처한 딜레마를 그려 보인다. 젊은이는 의지할 곳 없고 노쇠한 어머니를 보살펴야 한다는 의무와 레지스탕

스에 들어가 독일군과 싸워야 한다는 의무 사이에서 고뇌한다. 물론 사르트르의 논점은 이 딜레마에 선험적인 정답은 없다는 것이다. 그는 자신의 무한한 자유만을 근거로 삼아 결정을 내리고 그에 대한 책임을 완전히 떠맡아야 한다. 이 딜레마에서 벗어난 외설적인 제3의 길은 어머니에게는 레지스탕스에 들어간다고 말하고, 레지스탕스 동료들에게는 어머니를 보살펴드릴 거라 말한 뒤, 실제로는 외딴 곳에 틀어박혀 공부하라고 충고해주는 것이다. (……) 소비에트식 농담, 마르크스와 엥겔스와 레닌이 아내가 있는 것과 애인이 있는 것 중 어느 편이 더 좋으냐는 질문을 받았다. 예상할 수 있듯 사적인 일에서는 꽤 보수적인 마르크스는 '아내!'라고 답했고, 인생을 즐기며 사는 엥겔스는 애인을 골랐다. 레닌의 대답은 모두를 놀라게 했다. '난 둘 다 갖고 싶소!' 어째서? (……) '그러면 아내에게는 애인에게 간다고 하고, 애인한테는 아내 곁에 있어야 한다고 말할 수 있을 테니까…….' '그러고 나서 당신은 뭘 하려 그러오?' '나는 조용한 곳에 가서 공부하고, 공부하고, 또 공부하는 거지!'

— 슬라보예 지젝, 『폭력이란 무엇인가』, 정일권·김희진·이학우 옮김,

난장이, 2011, 32쪽

4) 감정은 한정된 시간 내에 작동하는 심리적 활동으로 억압된 의식적, 무의식적 욕구가 갑자기 방출될 때 나타나며, 성격처럼 분명한 목표와 방향성을 가지고 있다. 감정은 해석이 불가능한 신비스런 현상이 아니다. 감정은 어떤 의미가 있을 때 나타나고 삶의 방식이나 행동 패턴에 상응할 때 생긴다. 사람들은 자기가 처해 있는 상황을 유리하게 만들기 위해 감정을 이용하여 그 상황을 변화시킨다.

감정은 다른 방법이 있는데도 그것을 포기한 사람이 갖게 되는 격한 활동이다. 더 정확히 말하면 관철할 수 있는 다른 가능성들을 더이상 믿지 않는 사람들이 감정을 갖게 된다.

— 알프레드 아들러, 『인간이해』, 라영균 옮김, 일빛, 2009, 256쪽

5) 벗이여, 내 명예를 걸고 말하거니와 네가 말하고 있는 것들은 존재하지 않는다. 악마도 없고 지옥도 없다. 너의 영혼은 너의 신체보다 더 빨리 죽어갈 것이다. 그러니 두려워할 것이 못 된다!

— 프리드리히 니체, 『차라투스트라는 이렇게 말했다』,

정동호 옮김, 책세상, 2000, 28쪽

2)는 '본능'과 '문명'에 대한 통념을 뒤집는다. 우리는 흔히 어리석고 위험한 동물적 본능을 제어하기 위해 문명적 제어 수단이 필요하다고 생각한다. 하지만 동물학자인 저자는 '법률이 금지시키는 것은, 본능이 아니라 문명이 강요하는 행위'라고 주장한다. 인류의 오랜 진화 과정을 보건대, 몇천 년에 불과한 도시 문명의 발생은 매우 갑작스러운 것으로, 현대인이 겪는 적잖은 신경증이나 광기가 우리의 본능이 아니라, 다만 닫힌 구조의 도시생활을 견뎌야 하는 데서 온다는 것이다. 우리의 평소 생각과는 전혀 다른, 인간 본성에 대한 색다른 통찰이 아닐 수 없다.

3)은 우리의 통념적 이분법적 틀을 해체한다. 4)는 감정에 대해 전혀 다른 각도로 바라보게 만든다. 우리는 우리의 감정이란 매우 솔직한 것, 혹은 어쩔 수 없는 본능적 반응으로 생각한다. 하지만 아들러는 거꾸로 바라본다. 오히려 자기감정을 이용하여 상황을 유리

하게 만들고 싶을 때 만들어낸다고 지적한다. 나아가 감정이란 다른 방법이 있는데도 그것을 포기한 사람이 갖게 되는 격한 활동으로, 다른 가능성들을 더 이상 믿지 않는 사람의 특성이라고 말한다. 우리 감정에는 분명 이런 측면이 있다.

5)는 막연히 죽음을 두려워하는 사람들에게, 정말 두려워해야 하는 것은 죽음이 아니라, 제대로 살아 있지 못한 현실임을 환기시켜준다. 사후를 걱정하고 죽음을 두려워하는 사람들에게, 그렇게 걱정하고 두려워할 만한 가치 있는 삶, 가치 있는 정신 자체가 죽음보다 먼저 올 수도 있다고 일갈한다. 우리는 죽음을 두려워하지만, 정작 우리가 걱정해야 할 것은 우리가 제대로 살아 있기나 하는 것인가 하는 점이다. 대부분 몸이 늙기 전에, 정신부터 죽어버리지 않던가.

나는 위의 〈보기〉와 같은 문장들을 만나면, 나도 모르게 정신이 번쩍 든다. 누가 시키지 않아도 즐거이 밑줄 긋게 되고, 밑줄을 그으면서 한 번 더 읽게 된다. 이렇게 나를 각성시키는 문장을 만나는 빈도수가 잦은 책, 그것이 나에게는 좋은 책이고, 즐거운 책이다. 이러한 각성의 씨앗문장이 많이 들어가 있는 글이 좋은 글이다. 좋은 문장을 만나면 정신은 더욱 각성될 뿐 결코 괴롭지 않다.

이러한 사실은 읽기뿐 아니라 생각문장으로 하는 모든 영역 즉, 읽기와 쓰기, 말하기와 듣기, 그리고 생각하기의 영역에서도 마찬가지다. 좋지 않은 생각문장일 때는 괴롭다. 하지만 좋은 생각문장일 때는 즐겁다. 우리가 무언가를 생각하면서 괴롭다면, 그것은 그 무언가가 괴로워서가 아니라, 그 무언가를 다루는 나의 생각문장이 엉터리여서다. 괴로운 생각에 빠져 있다는 것은, 다만 각성이 부족한, 좋지 않은 생각문장에 빠져 있다는 신호일 뿐이다.

좋은 소설은 행복한 순간을 다루기보다는 대부분 고통스러운 경험을 다룬다. 그럼에도 읽고 나면 고통이 아니라 어떤 감동, 이해, 각성, 평화에 이르지 않던가. 어떤 면에서 보면, 작가들이란 누가 더 고통스러운 내용을 누가 더 깊은 감동 내지 각성에 이르도록 하는가를 경주하는 사람들 같다. 아주 단순하게 보면 명작이란, 더 큰 고통을 다루면서도 더 큰 이해, 더 큰 각성, 더 큰 감동에 이르도록 만드는 글쓰기다.

22장 단락을 만든 만큼 대화는 깊어진다

단락 만들기와 대화 1

대화란 둘이 쓰는 글쓰기다

'단락 만들기'는 글쓰기의 기본 원리다. 좋은 단락을 만들 줄 모르는 사람이 좋은 글을 쓰는 건 불가능하다. 뿐만 아니라, '단락 만들기'는 말하기-듣기의 중요한 대화 원리이기도 하다. 대화란 둘이 쓰는 하나의 글쓰기다. 두 사람이 교대로 문장을 잇는다. '나'가 하나의 문장을 만들면, '너'가 또 하나의 문장으로 잇는다.

누군가를 만날 때, 설레고 궁금해지는 건 세 가지 층위에서다. 먼저 그는 어떤 사람일까 궁금하고, 그에게 내가 어떤 사람으로 비칠까 궁금하다. 마지막으로 이 만남을 통해 나는 어떤 사람으로 변할까 궁금하다. 만남이란, 대화란 그런 것이다. 새로운 사람을 만나 새로운 자기 자신을 찾는 일, 둘이 쓰는 하나의 글쓰기다.

대화란 '나'와 '너'가 서로를 자극해 '너'가 지금 그 말을 '나'에게 해주지 않았더라면 '나'는 미처 떠올리지 못했을, 보다 더 나은 하나의 문장과 더 나은 하나의 생각들을 서로 보태는 독특한 창작 과정이다. 인간이란 혼자 있을 때는 두 가지 이상의 관점으로 자기 생각을 풀어나간다. 그러나 둘 이상이 되면 한 사람이 생각하듯 서로의 관점을 하나로 이어가는 걸 좋아한다.

하지만 대화로 공감하기란 쉽지 않다. 서로 정확히 알아들었다 싶은 경우에도 얼마든지 오해가 일어날 수 있다. 가령, 남자가 꽃을 좋아한다고 말하자 여자도 "어머, 저도 꽃을 참 좋아해요!"라고 말했다. 그래서 다음번 만날 때 남자가 꽃을 선물했다. 하지만 여자는 아쉬운 표정이다. 남자는 자기가 좋아하는 장미를 선물했는데, 여자가 좋아하는 꽃은 튤립이었던 것이다. 두 사람 모두 영화를 좋아해서 영화를 보러 갔지만, 여자는 더욱 시무룩해진다. 여자는 로맨스영화를 좋아하는데, 남자가 예매해 온 영화는 액션영화였던 것이다. 서로 적극적 말하기와 듣기, 즉 단락 만들기를 하지 않았기 때문이다.

보기 1

남자 : 저는 꽃을 좋아합니다.

여자 : 저도 좋아해요.

남자 : 어떤 꽃을 좋아하세요?

여자 : 전 <u>코스모스</u>요.

남자 : 왜요?

여자 : 친근해서요. 어릴 때 학교 가는 길에 가장 많이 피어 있던 꽃이거든요.

남자 : 맞아요, 가위바위보로 <u>코스모스</u> 꽃잎 따기 해서 가방 들어주기

하고 그랬죠.

여자 : 매니큐어 칠한 것처럼 꽃잎을 따서 침 발라 손톱에 붙이고.

대화란 둘이 쓰는 글쓰기여서, '글쓰기 원리'와 동일하다. 글쓰기에서처럼 1) 단어를 선택해 2) 문장을 만들고, 3) 문장과 문장을 이어서 4) 단락을 만든다. 단락은 '주제문＋구체적 뒷받침 문장'으로 이루어진다. 혹은 '제시문＋더 구체적인 제시문＋더더 구체적인 제시문＋더더더 구체적인 제시문……'으로 이루어진다.

위 〈보기 1〉의 대화 내용을 글쓰기 단락으로 옮긴다면, 〈보기 2〉와 같이 주제문은 '나는 꽃을 좋아한다'이고, 나머지는 주제문을 구체적으로 제시하는 뒷받침 문장들이 되어줄 것이다. 좋은 글은 뒷받침 문장이 구체적이면서 풍요롭다.

보기 2

나는 꽃을 좋아한다. 특히 코스모스는 유달리 친근한 느낌이 드는 꽃이다. 여름방학이 끝날 무렵부터, 친구가 오면 함께 등교하려고 기다리는 아이들 같은 모습으로 학교 가는 둑길에 피어 있었다. 친구들과 가위바위보를 해서 꽃잎 따기 내기로 가방 들어주기 놀이를 하곤 했다. 또 침을 발라 손톱에 붙이는 치장 놀이도 했었다. 마치 술집 누나의 매니큐어처럼 예뻤다.

글을 쓸 때, 중요한 부분은 그만큼 충실한 단락을 만들어야 하듯, 대화에서도 마찬가지다. 중요하지 않은 얘기는 그냥 넘어가는 게 좋다. 그러나 중요한 얘기는 중요하게 다뤄야 한다.

생각이란 혼자 하는 대화이고, 대화란 둘이서 하는 생각이다

듣기와 말하기에 문제가 생기면 가장 큰 피해를 보는 사람은 자기 자신의 주변 사람들이다. 자신과 가까운 동료들, 자주 만나는 친구들, 가장 가까이 지내는 가족들, 그러니까 자신이 가장 사랑하는 사람들에게 피해를 입힌다. 그중에서도 자신과 가장 가까운 사람 즉, 자기 자신이 가장 큰 피해를 입는다. 가령 에릭 번이 『심리게임』에서 소개하는 다음 장면은 매우 인상적이다. 조니 엄마가 방문한 친구와 커피를 마시는데, 아이가 꽃병을 깨자 나무란다.

다섯 살 난 조니는 부모가 친구들과 주방 식탁에 앉아 커피를 마시는 동안 좋아하는 장난감 트럭을 끌고 이 방 저 방으로 뛰어다녔다. 그러다 갑자기 거실에서 우당탕 깨지는 소리가 들렸다. 급히 거실로 뛰어간 조니의 엄마는 유리 꽃병이 바닥에 떨어져 산산조각이 난 광경을 보았다.

"누가 이랬어?" 엄마가 물었다

"멍멍이가." 조니가 대답했다.

엄마는 화가 나 목덜미가 벌개졌다. 엄마가 분명히 5분 전에 강아지를 내보냈던것이다. 조니에게 성큼 다가간 엄마는 조니를 때리며 말한다. "거짓말 하면 엄마 아들 아니랬지!"

엄마가 나무라듯 다그치자 겁을 먹은 아이는 멍멍이가 그랬다고 둘러댄다. 엄마는 아이 거짓말에 더욱 화가 난다. 말썽꾸러기 사내아이를 둔 엄마들이 흔히 겪는 일상적 대화지만, 저자는 이렇게 설명한다.

누가 꽃병을 깼는지는 분명하다. 따라서 누가 꽃병을 깼냐는 조니 엄마의 질문은, 표면적으로는 **어른**의 정보 요청이지만 심리적 수준에서 보면 사실은 조니가 거짓말하도록 유인하는 것이었으며, 조니는 그대로 했다. (……) 조니의 엄마는 강아지가 밖에 있으며 아주 활동적인 조니가 깨진 꽃병 옆에 서 있다는 사실을 고려하지 못했다. 또한 **아이**가 사고를 치지 않도록 집안에 예방 조치를 철저히 하지 못했다는 사실도 고려하지 못했다. 이 상황에서 엄마가 보일 수 있는 좀 더 적절한 반응은 "저리 물러나렴, 다칠라" 혹은 "가서 빗자루 좀 가져 오렴"이었을 것이다.

— 에릭 번, 『심리 게임』, 조혜정 옮김, 교양인, 2009, 14-18쪽

엄마는 얼핏 아이에게 거짓말하지 말라는 도덕적 나무람을 하는 것 같다. 하지만 저자의 설명대로, 자신의 부주의를 감추는 기만적 행위이자 아들에게 뒤집어씌우는 폭력적 행위다. 아마 아들 역시 이러한 엄마의 행실을 정확히 간파해서, 이후 무슨 일이 벌어지면 자기 자신을 성찰하지 않고 상대방에게 도덕적 요구를 뒤집어씌우는 일에 능숙한 사람으로 성장하지 않을까?

내 생각문장만 바꾸면 네 생각문장도 바뀐다

글쓰기의 관점에서 보면, '읽기'란 저자가 쓰는 과정을 독자가 '눈으로 따라 써보는 행위'다. 따라서 쓰기를 잘하려면 잘 쓴 책을 많이 읽어야 하는 것은 필수다. 또한 쓰기의 관점에서 보면, 말하기와 듣기는 '둘이 쓰는 글쓰기'이다. 대화를 잘하려면 자신이 생각문장을 잘

만들어야 한다. 특히 나 자신만 생각문장을 잘 만들면 된다. 내가 내 문장을 바꾸면 상대방의 문장도 바뀌기 때문이다.

대화 부분에서, 내가 바꿀 수 없는 유일한 부분은 상대방이 먼저 대화를 시작하면서 뱉은 첫 문장뿐이다. 혼자 사유할 때도 마찬가지인데, 처음 떠오르는 생각은 자신도 어쩌지 못한다. 하지만 두 번째부터는 이리저리 다르게 이어볼 수 있다.

다음 〈보기〉를 보자. 대학 1학년 학생이 직접 제출한 형제간의 갈등 장면으로, 나와 형이 나누는 대화다. 제출한 학생에게 물어보니, 실제 대화 그대로라고 한다. 청소와 빨래를 놓고 형제간에 갈등이 형성되었다. 읽어보고 판단해보자. 1) 누가 더 잘못했는가? 2) 누가 무얼 잘못했는가? 3) 어느 쪽이 어떻게 고쳐야 갈등이 풀릴까?

보기

형 : 야, 청소 좀 하자. 집 꼴이 이게 뭐냐. 일단 너 식탁 좀 치워봐.

나 : 그럼 형은 뭐 할 건데.

형 : 난 방 청소할 테니까, 아예 네가 부엌 다 하는 셈 쳐서 설거지도 해라.

나 : 알았어, 책상 제대로 치워. 죄다 형 전공책이나 모자 같은 것들이니까.

형 : 알았어.

설거지, 식탁 청소를 끝내고.

형 : 다 했냐?

나 : 어.

형 : 그럼 책상 좀 치워라.

나 : 형이 한다며, 애초에 다 형 물건인데 내가 뭘 알고 치우고 버려.

형 : 그냥 대충 모아놔.

나 : 그게 무슨 청소야?

형 : 그래도 조금 깔끔해 보이긴 하잖아.

나 : 그렇긴 하지.

형 : 그리고 아까 보니까 빨랫감도 쌓였더라. 세탁기도 좀 돌리고.

나 : 대체 형은 뭘 하는 건데.

형 : 알았어. 네가 세탁기 돌리면 내가 넣어놓을 테니까.

나 : 잊지 마.

형 : 응응.

세탁기가 다 돌아가고.

형 : 야, 진짜 미안한데 나 친구랑 나가야 돼서. 빨래 좀 넣어주라.

나 : 형이 한다며.

형 : 내가 하려고 했는데 약속이 잡혀서, 미안하다. 나중에 맛있는 거
　　 사줄 테니까.

나 : 맛있는 건 필요 없으니까 다음부터는 나랑 같이 청소하자고 하지 마.

3일 뒤.

형 : 야, 청소 좀 하자. 집 꼴이 이게 뭐냐.

나 : 응.

　1) 누가 더 잘못했는가? 2) 누가 무얼 잘못했는가? 3) 어느 쪽이 어떻게 고쳐야 갈등이 풀릴까? 하는 질문에 대한 일반적 통념적 대답은 아마 다음과 같을 것이다. 1) 형이 문제다. 형이 더 잘못했기 때문이다. 2) 형이 약속을 너무 쉽게 어긴다. 동생도 제대로 대응하지 못하긴 했다. 3) 형이 먼저 바뀌어야 한다. 형은 약속을 지켜야 한다. 그러나 1), 2), 3)과 같은 생각문장은 통념적 생각일 뿐이다.

　대개 갈등이 생겼을 경우, 살펴보면 두 사람 모두 잘못한 동시에, 한쪽이 다른 쪽보다 잘못이 더 클 경우가 많다. 가령 A와 B 사이에 갈등이 생길 경우 A는 매우 잘못했고, B는 상대적으로 덜 잘못했다. 그러면 우리는 A가 먼저 사과하고 먼저 바뀌어야 한다고 생각한다. A가 먼저 사과하고 바뀌기 전까지 B는 A에 대한 비난을 멈추지 않는다.

　이러한 방법은 당연하고 마땅한 해결책 같다. 왜냐하면 더 잘못한 쪽이 더 문제이고 더 사과해야 하는 것은 자연스러운 일 같기 때문이다. 하지만 이런 방법으로는 결코 문제가 풀리지 않는다. 한 번만 더 생각해보자. 무거운 짐을 든 사람이 짐을 옮기기 쉬운가, 아니면 가벼운 짐을 진 사람이 짐을 옮겨놓기 쉬운가.

　가벼운 사람이다. 문제가 많은 사람이 문제를 고치기 쉬운가, 문제가 적은 사람이 문제를 고치기 쉬운가. 적은 쪽이다. 만약 어떤 사람이 스스로의 문제를 먼저 고치지 못한다면, 그것은 바로 그 자신의 문제가 더 크다는 실질적인 고백에 지나지 않는다.

　〈보기 1〉의 대화 속에서 형은 두 번이나 약속을 어겼다. 이 잘못은 매우 크다. 분명 형만 약속을 지키면 아무 갈등이 벌어지지 않았을 상황이다. 형은 첫째, 방 청소와 책상 청소를 하지 않았다. 둘째, 빨래 건조 약속도 지키지 않았다. 셋째, 동생이 따지자 자기 잘못을 인정하고 사과하기보다는 얼렁뚱땅 넘어가버렸다.

반면 동생의 문제라면, 그러한 형의 태도에 다소 미숙하게 반응한 잘못뿐이다. 우선 형이 약속대로 청소를 하지 않았을 때, 그 사실에 대해 따졌어야 했다. 이 부분이 동생의 가장 큰 잘못일 것이다.

보기 1-1

1) 형 : 다 했냐?

2) 나 : 어.

3) 형 : 그럼 책상 좀 치워라.

4) 나 : ① 형이 한다며, 애초에 다 형 물건인데 내가 뭘 알고 치우고 버려.

5) 형 : 그냥 대충 모아놔.

6) 나 : 그게 무슨 청소야?

7) 형 : 그래도 조금 깔끔해 보이긴 하잖아.

8) 나 : ② 그렇긴 하지.

〈보기 1-1〉의 ①에서 동생은 핵심 갈등, 즉 '형이 한다며, 왜 약속을 안 지켜?'라고 약속 어긴 사실을 따졌어야 했다. 그러나 핵심 문제는 놓치고 주변 문제를 문제 삼는다. "애초에 다 형 물건인데 내가 뭘 알고 치우고 버려"라는 말은 내 물건이기만 하면 책상 청소도 내가 할 수 있다는 말로도 들린다. 당초 청소 영역을 분배한 것이기 때문에, 책상 물건이 누구 물건이냐와 상관없이 형이 맡아야 할 일이다. 그런데 형이 깔끔해 보인다고 말하자, 이번에는 ② "그렇긴 하지"라고 인정해버리기까지 한다.

빨래할 때도 마찬가지다. 형이 약속을 어긴 다음, 나중에 맛있는 사주겠다고 둘러댄다. 그러면 둘러대지 말고 약속을 지키라고 말해야 했다. 사실 이 부분에서, 형은 "미안하다"라고 사과했다. 그리고 맛있는 걸 사주겠다는 보상까지 약속한다. 사과와 그에 따른 보상을 제안함으로써, 형은 자기 잘못을 인정하고 바로잡으려는 사람으로 완전히 거듭나고 있다.

동생 역시 형의 잘못을 지적하되, 앞으로는 약속을 지키도록 협상을 시도해야 했다. 가령 최선의 협상안을 내면 좋았을 것이다. "약속을 두 번이나 어겼으니까 삼겹살은 안 돼, 등심을 사줘!" 아니면, "맛있는 거는 됐으니까 들어올 때 서점에 들러 책 좀 사다줘!"라고 하면 좋았을 것이다. 그러면 둘의 관계는 완전한 평형상태를 회복했을 것이다. 그런데 동생은 감정적으로 윽박지른다.

보기 1-2

형 : 내가 하려고 했는데 약속이 잡혀서, 미안하다. 나중에 맛있는 거 사줄 테니까.

나 : ③ 맛있는 건 필요 없으니까 다음부터는 나랑 같이 청소하자고 하지 마.

③과 같은 일은, 어쨌거나 같이 살아야 하는 한 일어나기 어렵다. 이런 허언을 한 까닭은 ①, ②에서 너무 안일하게 물러난 반작용일 가능성이 높다. 억압된 것은 반드시 억압된 만큼 뒤틀린 형태로 귀

환한다. 결국 동생 자신마저, 얻은 것은 아무것도 없이, 형 못지않게 허언만 해버린 셈이다. 그야말로 '바보스럽게 착한 일'을 하고 '못나게 화낸 꼴'이다.

만약 ①, ②, ③에서 동생이 제대로 말했더라면 어땠을까. 재밌고 놀라운 사실은 동생이 다르게 반응했더라면, 형의 대사나 태도 역시도 어쩔 수 없이 바뀌었을 거라는 사실이다. 앞서 말했듯이 대화란 둘이 함께 쓰는 글쓰기다. 일종의 '문장 잇기'인 것이다. 이런 관점에서 볼 때 가장 놀라운 사실은 우리는 상대방이 하는 말에 대해 화를 내지만, 내 말이 바뀌면 상대방의 말도 바뀔 수밖에 없다는 사실이다!

〈보기〉 속 형의 1)은 수정이 불가능하다. 하지만 '나'가 2), 4), 6)에서 다른 문장을 선택했다면, 3), 5), 7)에서 형도 다른 문장을 선택하지 않을 수 없었을 것이다. 나의 생각문장은 너의 생각문장을 바꾼다. 내 문장이 바뀐 만큼 바뀐다.

동생이 다르게 말하기를 했다면 형도 다르게 말했을 것이고, 그렇다면 위에 존재하는 형은 사라지고, 다른 형이 나타났을 것이다. 상대방 말하기를 바꾸는 방법은 상대방에게 바꿔달라고 요구하는 게 아니라, 내가 먼저 말하는 방식을 바꾸는 것이다. 그러면 상대 역시 바뀌지 않으려고 해도 바뀌지 않을 수 없다.

물론 여간해서 바뀌지 않을 것이다. 사람 욕심은 자신도 어쩌지 못한다. 그러나 설령 상대방이 바뀌지 않아도 좋다. '나'가 누가 봐도 최선의 생각문장을 구사하는 사람으로 바뀌면 그것으로 '나'에겐 더없이 좋은 일이고, 상대방은 딴에 '나'에게 줄 수 있는 가장 큰 도움을 준 것이다. 〈보기〉를 든 학생의 형제간의 우애는 특별히 나쁘지 않다고 한다. 하지만 위의 대화 방식을 그대로 유지하면 동생은 바깥에 나가 사회생활을 할 때도 같은 패턴과 불화를 겪을 가능성이 높다.

〈보기〉에서 형은 어르고 눙치는 공격적 '페르소나'를 사용하고 있다. 동생은 당하면서도 그대로 받아들이는 수동적 '페르소나'를 사용함으로써 사디즘과 마조히즘이 서로 짝패를 이루고 있다. 하지만 동생 스스로 더는 이러한 대화 관계를 받아들이지 않는다면, 자기 안의 수동적 페르소나를 극복하는 더없이 좋은 기회가 될 것이다. 의도했든 하지 않았든 형은 동생에게 더없이 좋은 공부 기회를 제공하고 있는 셈이다.

나의 문장을 바꿔 공감의 단락을 만들어야 한다

상대방이 꺼낸 첫 문장만큼은 이미 뱉은 말이어서 내가 바꿀 수 없다. 그러나 내가 사용한 두 번째 문장에 따라 상대방의 세 번째 문장은 바뀐다. 내가 구사하는 두 번째, 네 번째, 여섯 번째, 여덟 번째 문장에 따라 상대방의 세 번째, 다섯 번째, 일곱 번째, 아홉 번째 문장은 일정 부분 변할 수밖에 없다. 또 다른 〈보기〉를 보자. 결혼 6개월 차 신혼부부가 티격태격 혹은 알콩달콩 다투는 장면이다. 1) 어느 쪽 잘못이 더 큰가. 2) 어느 쪽 말(생각문장)이 변해야 하는가. 3) 어떻게 변해야 하는가.

보기

저녁 식사 중에

①아내 : 우리 집에서 가져온 반찬은 왜 안 먹어?

② 남편 : 먹었는데.

③ 아내 : 에이, 무슨. 자기 집 반찬만 계속 먹고 있잖아.

④ 남편 : (눈치 보며) 아니야, 아까 먹었어.

⑤ 아내 : 자기 집 반찬은 엄청 챙기면서 우리 집 반찬은 천대하더라.

⑥ 남편 : (실소하며) 오버한다. 장모님이 내가 안 먹는 걸 갖다 주시니깐. 내 체질에 맞는 걸로 갖다 주시면 먹지.

⑦ 아내 : 무슨. 지난번 식당 가서 보니깐 고기 잘만 먹더라. 나한테는 소고기는 체질에 안 맞아서 안 먹는다고 하더니 잘만 먹던데.

⑧ 남편 : 식당에서는 어쩔 수 없이 먹는 거고.

⑨ 아내 : 식당 반찬은 어쩔 수 없이 먹고 우리 집 반찬은 쉬어터져서 그냥 버리고?

⑩ 남편 : (작은 목소리로) 아니, 장모님이 조미료도 좀 치시는 거 같고.

⑪ 아내 : (더 불끈) 식당 반찬 다 조미료 들어간 거거든.

⑫ 남편 : 그러니깐 집에서는 깨끗한 음식으로 해독을 해야지.

⑬ 아내 : 나는 뭐 자기 집 음식 입맛에 맞아서 먹나?

⑭ 남편 : 아니, 입맛에 맞고 안 맞고가 아니라 어머님 조리법이 너무 달고 짜고 맵고 하니깐. 딱 애들 입맛이야.

⑮ 아내 : 우리 식구들 지금까지 잘 먹고 살았거든.

⑯ 남편 : 그러니깐 아버님 당뇨에 자네 아토피기에 천식까지 생긴 거지.

⑰ 아내 : (붉으락푸르락) 엄마가 힘들게 준비해서 갖고 왔는데……. 그게 참 할 소리다.

⑱ 남편 : 아니 사실이니깐.

⑲ 아내 : 음식을 정성으로 먹는 거지. 꼭 맛으로만 먹나? 나도 자기 집 음식 입맛에 안 맞거든. 그래도 어머님이 애쓰게 보내주신 거

버리지 않고 다 먹으려고 하는데 말이야.

⑳ 남편 : …….

㉑ 아내 : (선언하듯이) 자기는 자기 집 반찬 먹어. 난 우리 집 반찬 먹을
테니깐.

㉒ 남편 : 아, 알았어. 다음엔 우리 집 김치 꺼내지 말고 장모님이 주신
김치 꺼내도록. 우리 집 김치는 김치찌개로 먹고.

남편이 바뀌기를 원하면 아내가 바뀌면 된다. 아내가 바뀌기를 원
하면 남편 언어가 바뀌면 된다. 우리는 늘 세상 사람들을 바꾸고 싶
어 한다. 그러나 자식도 내 마음대로 못 하고, 애인도 내 마음대로 못
한다. 사랑하면, 자기 마음대로 타자를 바꾸려고 하지 않는다. 있는
그대로 사랑한다. 아니, 사랑하지 않더라도, 인생을 좀 아는 사람이
라면, 자기 자신조차 자기 뜻대로 잘 바뀌지 않는다는 걸 알기 때문
에, 타자를 자기 마음대로 바꾸려 하지 않을 것이다. 자신이 가장 바
꾸기 쉬운 대상이 있다면 그것은 자기 자신일 수밖에 없다.

하지만 자신의 생각문장이 먼저 바뀌면 나머지도 바뀐다. 나머지
가 바뀌지 않을 수 없다. 내가 구사하는 생각문장이 바뀌어버렸는
데, 어떻게 타자가 나에게 동일한 생각문장을 구사할 수 있겠는가!
위의 예문은 여성 동인이 제출한 글이기 때문에, 아내의 문장이 먼
저 바뀌어야 한다는 전제하에 수정했다. 아내의 문장 중 어느 부분
부터 바뀌어야 할까? 얼치가 아닌 한, ⑤가 바뀌어야 한다는 건 알아
차릴 수 있을 것이다. 아무리 남편이 차별을 두었다고 하더라도, 무
뢰한이 아닌 한, 설마 "자기 집 반찬은 엄청 챙기"면서 처가 쪽 반찬
은 "천대"할까.

'챙긴다'와 '천대'라는 낱말 선택은 지나치게 청킹업된 과장이다. "자기 집 반찬에는 손이 자주 가는 거 같은데, 우리 집 반찬엔 거의 손이 가지 않던데?" 정도로 말하는 게 적절할 것이다. 혹은 "자기는 자기 집 반찬이 훨씬 입에 맞나봐?"가 더 낫다. 특히 남편의 ④번 문장을 제대로 들었다면, 대화의 가장 필수적인 기본 요소인 '정확하게 듣기'를 했다면, 아내는 결코 ⑤처럼 말할 수 없다.

④에서 남편이 아까 먹었다고 했으므로, "어떤 거?"라고 먼저 물어야 했다. "그런데 맛이 없어?"라고 그의 마음속 생각을 끌어내야 했다. 그러나 이미 ③도 적절치 않다. 남편이 "먹었는데"라고 말했는데도, 이미 ③에서 전혀 듣지를 않고 있다. 그런데 어쩌면 ①부터 잘못되어 있다. 아내가 ①처럼 부정문으로 추궁하면 남편은 변명조로 말하지 않을 수 없고, 유쾌한 대화로 이어지기 어렵다. ①은 "우리 집에서 가져온 반찬도 좀 먹어봐"라거나 "우리 집 반찬 중에서 이거 참 맛있지 않아?"라거나 "이건 엄마가 자연산으로만 하신 거야"라는 식으로, 긍정적 청유문이 훨씬 더 나은 생각문장일 것이다.

23장 새로운 잇기는 새로운 대화를 만든다

단락 만들기와 대화 2

문장을 바꾸면 생각이 바뀐다

나의 문장 표현을 바꾸는 것이 가능한 만큼, 언제든 너의 문장 표현을 바꾸는 것이 가능하다. 내 언어를 바꾸면 상대방 역시 일정 부분 변하지 않을 수 없기 때문이다. 상대가 과장되거나 부정확한 어휘를 사용하면 보다 적절하고 알맞은 어휘로 바로잡아 교정해주고, 지나치게 부정적으로 말하면 긍정적으로 말하도록, 애매하게 말하면 구체적 제시문으로 표현할 수 있도록 전환시켜줄 수 있다.

다만 대화는 언어로만 하지 않는다. 억양과 말투, 표정과 제스처 등을 함께 사용하는 커뮤니케이션이다. 말만 바꾸는 것은 교언영색에 지나지 않는다. 억양, 말투, 표정, 제스처까지 모두 변해야 한다.

어휘 교정

청킹 체인지

그 친구는 불쾌해 ☞ 그 친구가 불편하구나?

벌레가 무서워 ☞ 벌레가 징그럽지?

택시 타기 너무 겁나 ☞ 그래, 택시 탈 땐 주의해야 돼

그 생각에 계속 몰두하고 있었어 ☞ 그 생각에 자꾸 집착하게 되나 보구나?

너무 게으르게 지냈어 ☞ 한가했나 보구나?

청킹다운

학교 가기 싫어 ☞ 학교가 재미없구나?

배고파서 짜증 나 ☞ 배고프니까 다 귀찮지?

엄마는 너무 엉터리야 ☞ 엄마의 어떤 점이 그런 거 같아?

넌 맨날 약속을 안 지켜 ☞ 그러게, 또 늦고 말았네

넌 고집불통이야 ☞ 자기주장이 강하긴 하지

청킹업

이 머리핀 줄까? ☞ 넌 정말 욕심이 없구나!

너무 웃긴 거 있지 ☞ 마음의 여유가 생겼나 보구나?

알고 보니 아주 나쁜 놈이더라니까 ☞ 날강도가 따로 없구나!

조금은 알 거 같아 ☞ 넌 이해가 빨라서 좋아!

시작해볼까 해 ☞ 넌 계속 변화를 꾀하는 모습이 좋아

언어가 바뀌면 생각이 바뀐다. 나의 언어가 바뀌면 상대방 생각이 바뀐다. 물론 나의 언어가 바뀐다고 상대방의 생각이 무조건 바뀌지는 않는다. 상대방이 볼 때도 더 나아 보일 때만 즉, 점화받는 만큼만 바뀐다. 더 나은 문장을 사용해도 상대방이 점화받지 않으면 바뀌지

않지만, 어쨌든 간에 더 나은 생각문장을 사용해야 한다. 내가 더 나은 생각문장을 사용해도, 상대방이 자기 생각문장을 그대로 사용할 수 있지만, 그렇다고 섣불리 실망할 필요는 없다. 내 경험에 의하면 대화는 헤어지면서 끝나지 않고 혼자 귀가할 때까지 이어진다.

나에게 대화란, 사람(들)이랑 있을 때 시작되는 게 아니라 사람(들)을 만나러 갈 때부터 시작되고, 그 사람(들)과 헤어지면서 끝나는 게 아니라 집으로 귀가할 때까지 이어진다. 상대가 내 말을 귀담아듣지 않는다고 서운해할 필요 없다. 살아오면서 나는 상대에게 잘못 말하고 귀가하면서 후회한 적이 얼마나 많았던가. 상대방 역시 돌아가는 길에 새겨볼 것이다. 설령 그러지 않는다고 해도 그것이 나랑 무슨 상관인가. 내가 스스로 할 수 있는 최선의 더 나은 생각문장을 구사했다면 나는 이미 그만큼 더 나은 사람인 것이다.

새로운 언어로 창작하면 새로운 세계가 창조된다

내 문장을 바꾸면 상대 생각까지 바꿀 수 있다. 뿐만 아니라 내가 마주하는 세상까지 바꿀 수 있다. 언어가 바뀌면 세계까지 바뀐다. 그럴까? 싶겠지만 정말로 그렇다! 더 나은 언어를 만들고자 하는 순간 그는 한 사람의 작가가 되는 것이고, 작가란 세계를 이제까지와는 다른 새로운 언어를 사용하여 새롭게 드러내는 사람이다. 과연 대상을 창조하지 않고는, 대상을 발견할 수 없는 사람이다. 다음 〈보기 1〉을 보자.

보기 1

1) 봄이 왔다. 따뜻한 바람이 분다. 노란 산수유와 하얀 목련이 아름답
게 피었다. 하지만 라일락꽃은 아직 피어나지 않았다.

2) 봄바람이 분다. 그늘진 자리의 바람은 아직 차갑지만 양지 녘 햇살
은 따갑다. 남쪽으로부터 시속 20킬로로 봄꽃이 올라온다고 한다.
산수유는 목련에게, 목련은 라일락에게, 라일락은 장미에 꽃을 전
달할 것이다.

1)은 4개의 문장으로 이루어져 있다. 첫 문장이 핵심 제시문이고
나머지가 보다 구체적인 제시문이다. 그러나 누구나 빤히 알고 있는
상투적 통념적 사실을 나열해놓은 것에 지나지 않는다. 하지만 2)는
다르다. 역시 4개의 문장으로 되어 있고, 첫 문장이 핵심 제시문이
다. 하지만 나머지 구체적 제시문이 첫째 예문에 비해 새롭다. 새로
운 정보, 새로운 표현을 통해 새로운 봄을 창조해내고 있다.

1)과 2)는 모두 봄을 전경화하지만 실제로는 얼마나 다른 봄 풍
경인가. 빼어난 작가들은 언제나 새롭게 풍경을 창조한다. 가라타니
고진의 지적대로 문학이란 개인 풍경과 내면을 발견하고 고백하는
제도다. "리얼리즘이란 단순히 풍경을 그리는 것이 아니라 항상 풍
경을 창출해내야만 한다. 그때까지 실재로서 존재했지만 아무도 보
지 않았던 풍경을 존재시키는 것이다."*

다음 〈보기 2〉는 권여선의 단편 「모르는 영역」에서 남자 주인공

---

* 가라타니 고진, 『일본근대문학의 기원』, 박유하 옮김, 민음사, 2005, 42쪽.

이 골짜기에서 나무와 새를 지켜보는 장면이다. 누구나 숲에서 나무와 새를 한 번쯤 지켜본 적이 있을 것이다. 그 장면을 기억해서 말하라고 하면, 아마도 "짙푸른 녹음" "아름다운 새소리" 같은 익숙한 표현을 반복하기 십상이다. 하지만 작가는 다음과 같이 풍경을 '새롭게 창조'함으로써 '마침내 발견'한다.

보기 2

골짜기의 깊은 곳부터 어둠이 깃들기 시작했다. 그는 가장자리부터 어두워지는 저수지 물과 그 위에 비친 산 그림자가 짙어지다 물감처럼 풀리는 모양을 오래 지켜보았다. 어디선가 새가 날아와 나뭇가지에 내려앉았다. 날갯짓의 급격한 감속, 날개를 접고 사뿐히 가지에 착지하는 모습, 가지의 흔들림과 정지……. 그런 정물적인 상태가 얼마나 지속되었을까. 새는 돌연 가지를 박차고 날아갔고 그 바람에 연한 잎을 소복하게 매단 나뭇가지는 다시 흔들리다 멈추었다. 멍하니 서서 새가 몰고 온 작은 파문과 고요의 회복을 지켜보던 그는 지금 무언가 자신의 내부에서 엄청난 것이 살짝 벌어졌다 다물렸다는 걸 깨달았다. 그는 새가 날아와 앉는 순간부터 나뭇가지가 느꼈을 흥분과 불길한 예감을 고스란히 맛보았다. 새여, 너의 작은 고리 같은 두 발이 나를 움켜잡는 착지로 이만큼 흔들렸으니 네가 나를 놓고 떠나는 순간 나는 또 그만큼 흔들려야 하리. 그 찰나의 감정이 비현실적일 정도로 생생해 그는 거의 고통스러울 지경이었다.

작가는 나뭇가지에 새가 날아왔다가 다시 날아가는 순간을 서술하고 있다. 독자는 읽으면서 나뭇가지에 새가 날아왔다 다시 날아가는 순간을 자기도 모르게 그려볼 것이다. 모든 독자는 이미 나뭇가지에 새가 날아왔다가 다시 날아가는 순간을 바라본 경험이 있을 뿐 아니라, 느닷없는 만남과 속절없는 이별 또한 경험해보았을 것이다. '파문과 고요의 회복' 혹은 '흥분과 불길한 예감'을 경험해보았을 것이다. 독자는 이러한 경험들을 상기함으로써 작가가 써놓은 것 이상을 경험한다. 까맣게 잊고 있던 경험을 새롭게 경험한다. 낯익은 풍경이 새롭게 드러나는 것이다.

24장　글쓰기란 자기 자신과의 대화다

단락 만들기와 대화 3

수다 떠는 친구와 만나지 마라

나는 사람을 예술가와 대중으로 나눈다. 예술가는 보던 대로 보지 않고 새롭게 보는 사람이다. 창조함으로써 발견하는 사람이다. 반면에 대중은 상투적인 통념언어를 반복하는 사람이다. 그러나 예술가와 대중은 따로 존재하지 않는다. 하나의 몸뚱이에 공존한다. 창조적으로 발견하는 순간, 그 사람은 나이나 용모나 직업에 상관없이 예술적인 사람이다. 상투적인 생각문장을 반복하는 순간, 그는 그의 나이나 직업과 무관하게 통념언어를 반복하는 대중일 뿐이다.

　더 좋은 문장을 많이 접한 만큼, 더 좋은 생각을 많이 할 수 있다. 그러나 대중은 더 좋은 문장보다는 익숙한 통념언어를 좋아한다. 문제가 생겨도 더 나은 생각문장을 찾아보려 하지 않고, 자신과 비슷한 통념언어를 사용하는 이웃을 찾아가 하소연한다. 틈만 나면 이웃을 찾아간다고 니체는 말한다. 스트레스도 풀고 자기편을 들어주는 협조자도 얻을 수 있기 때문이다.

> 자네 자신에 대해 근사하게 말하면서 그 말을 들어줄 이웃을 불러 들여 증인으로 만드는 수법이 있거든. 그 사람이 혹시라도 실수해서 자네 자신에 대한, 자네의 말을 믿게 될 수도 있거든. 그러고 나서 그 사람의 믿음에 바탕해서 자네가 자네 자신에 대해 좋게 생각하는 거지. (……) 이웃들과 사귈 때엔 자네 스스로 모르는 자네 자신에 대해 마구 떠들지.
>
> ─니체, 『차라투스트라는 이렇게 말했다』, 장희창 옮김, 책세상, 2000, 28쪽

어떤 사건이든, 사람은 자신에게 유리한 쪽으로 생각한다. 일테면 친구가 귤을 2개 갖고 있다가 하나 주면 이렇게 표현한다. "친구가 자기는 귤이 2개 있다면서 하나 줬어." 반면에 자기 귤을 친구가 가져가면 말한다. "친구가 내 귤 하나를 가져갔어. 그 바람에 나는 2개 있던 귤이 하나만 남았어. 그 친구가 가져가는 바람에 나는 내가 먹으려고 했던 귤 하나를 먹지 못했어."

친구는 다만 귤 하나만 가져갔을 뿐이다. 동시에 귤은 하나만 남고, 나는 하나만 먹을 수 있다. 즉, 세 가지 사건(친구가 귤 하나를 가져가기, 내 귤이 하나 줄어들기, 내가 귤을 하나만 갖기)은 동일한 하나의 사건인데, 귤 하나를 친구에게 뺏기자 매우 큰 손해인 것처럼 세 문장으로 늘어놓은 것이다.

그런데도 '이웃' 혹은 '친구'가 동조하는 한, 자기 생각은 옳은 것처럼 느껴진다. 니체는 이런 식의 '수다 친구'를 경멸한다. 제발 '가

까운 이웃'과 만나지 말고 '먼 이웃'과 만나라고 권한다. 생각문장이
엉망인 '이웃'을 만나는 행위는 엉망인 생각문장을 더욱더 고착시킬
뿐이다.

더 나은 생각문장만이 진정한 리더십이자 권력이며 소통이다

자신이 만나 얘기해야 할 첫 번째 타인은 자기 자신이다. 자신부터
잘 살아야 하기 때문이다. 자신만 잘 살면, 일단 자기를 사랑하는 사
람들이 행복해한다. 사랑하는 사람이 잘 사는 모습을 보면 누구나
행복하다. 이런 행복을, 자신을 사랑하는 이들에게 주는 것보다 더
좋은 일도 없을 것이다. 자신부터 잘 살면, 일단 자신보다 못 사는 사
람들이 부러워하고 자신처럼 살려 노력할 것이다. 타인을 잘 살고자
스스로 노력하게 만드는 것보다 더 이타적인 행위가 또 있을까.

　자기 자신과의 대화는 자신을 다른 사람으로 바꿔놓는다. 대화가
둘이 쓰는 하나의 글쓰기라면, 생각은 혼자 하는 두 가지 관점 이상
의 소통이기 때문이다. 인간이란 동물은 둘 이상이면 대화로 각자
의 생각을 나누고, 혼자 있을 때는 두 가지 이상의 관점으로 대화하
듯 자기 생각을 풀어나가는 희한한 존재다. 생각이란 2개 이상의 관
점을 대화하듯 풀어나가는 행위여서 깊이 생각을 하면 자연스레 '또
다른 나'가 나타난다.

　우리가 누군가와 대화를 제대로 못한다는 것은, 그만큼 자기 생각
문장이 편협해서다. 자기 문장을 많이 가진 사람은 상대방 말을 낯
설어하지 않는다. 자신도 해본 생각일 테니까. 다만 문장이 부족한
사람을 만나면 따분하다. 이미 자기 안에 있는 말을 다시 듣고 있는

것일 테니까. 자기보다 더 나은 생각문장을 가진 사람을 만나면 자기 미래를 만나는 기분일 것이다. 자신이 더 생각하고 나면 갖게 될 자기 생각일 테니까.

자기 생각이 깊고 풍요로운 사람은 다른 사람이 꺼낸 생각을 자신의 일부로 느낀다. 자기 생각이 깊고 다양한 만큼 다른 사람의 의견조차 다른 사람의 의견으로 여기지 않는다. 자신이 깊고 다양하게 하면 하게 될 생각 중의 하나로 여긴다. 그런데 어떤 사람은 혼자만의 생각으로 네 명이 나누는 대화를 만들고, 어떤 이들은 넷이 모여서도 혼자 하는 생각만도 못한 결론에 다다른다. 다음 〈보기 1〉을 보자. 여섯 명의 친구가 모여 논의하고 있다.

보기 1

A : 주말에 뭐 할까?

B : 엠마 스톤 나오는 영화 개봉했던데, 보러 볼까?

C : 그거 재미없대. 타란티노 영화가 재밌다던데?

D : 맞아. 일반 시사회 평점도 좋고, 영화 평론가들도 극찬하던데?

E : 요즘 자코메티 전시회 좋다던데, 그거 보러 가는 건 어때?

F : 전시회도 가고 영화도 보는 건?

다행히 각자 알고 있는 제일 좋은 의견을 내어 자코메티 전시회와 타란티노 영화를 보기로 결정을 내렸다.

〈보기 2〉에서는 두 사람이 대화를 나누고 있다.

보기 2

A : 주말에 뭐 할까?

X : 엠마 스톤 영화가 개봉했는데 재미없었나봐. 하지만 타란티노 영화
는 시사회 평점도 높고 평론가들도 극찬하더라. 자코메티 전시회
를 삼성동에서 하는데, 마침 네가 좋아하는 스파게티 정말 잘하는
맛집을 내가 아니까, 전시회 먼저 보고 나서 스파게티 먹고 코엑스
에서 영화 보는 거 어때?

한 사람의 생각이 깊고 다양하면, 다섯 명의 생각이 모여 내린 결
정보다 더 나은 생각에 이를 수 있다. 당신이 제대로 생각하는 사람
이라면, 당신이 사랑하는 사람조차 당신을 따르기를 바라지 않는다.
더 나은 생각문장을 따르길 바랄 것이다. 당신이 A라면 B, C, D, E, F
보다는 X처럼 생각하는 W, X, Y, Z 같은 친구들과 만나고 싶을 것이
다. 우리는 본능적으로, 더 다양하고 정확하고 깊은 생각문장을 좋
아하고 따를 수밖에 없다. '더 나은 생각문장'은 그 자체로 매력이고
리더십이다. 아마도 세상에서 유일하게 매력적인 권력일 것이다.

세상에는 여러 종류의 권력이 있다. 나이나 신분 등에서 발생하는
권력, 경제력에서 발생하는 권력 등. 권력은 말 그대로 강한 힘을 갖
는다. 그 바람에 힘센 사람이 하자는 대로 나머지 사람들은 따라 하
게 된다. 나이 많은 사람이 하자는 대로, 신분 높은 사람이 하자는 대
로, 돈 많은 사람이 하자는 대로 따라 하게 된다. 그러나 이러한 권력
은 표면적이고 일시적이다. 겉으로는 따라 하지만 속으로는 그 즉시
저항하는 생각문장이 발생한다. 나이만 많으면 단가? 돈만 많으면
단가?

권력 앞에서 일시적으로 복종하지만, 이미 그 즉시 다른 생각문장이 발생한 상태여서, 결국 권력이 미치지 못하는 순간이 되면 즉시 반동이 따른다. 세상이 민주적인 방향으로 발전할수록 권력으로 타인을 조종하기는 힘들어질 것이다. 모든 인간이 수평적 위치에서 협력하게 될 것이다. 그러나 그런 시대가 온다 해도, 인간이라면 유일하게 인정받고 인정해야 할 권력이 하나 있는데, 그것은 바로 보다 더 나은 생각이라는 권력이다.

그것이 더 나은 생각일 때, 모든 사람들은 자발적으로 따를 것이다. 따르는 게 더 나으니까. 더 나은 생각문장은 인간이 본능적으로 인정하고 좇는 유일한 권력이자 진실한 리더십이자 미래다. 자신의 생각이 더 나은 생각문장이면 아무 문제가 없다. 생각 깊은 사람은 모든 타인을 자기 자신의 일부로 느낀다. 전태일의 표현처럼 '나의 전체의 일부인 그대'로 여긴다. 왜냐하면 타인이 하는 생각은, 나 자신이 해본 생각 중에 하나일 것이기 때문이다.

생각 깊은 사람은, 다른 사람이 나보다 뛰어난 생각을 선보이면, 마치 더 깊이 생각했더라면 자신이 가지게 되었을 관점으로 여기며 반긴다. 대화를 즐기는 사람은 혼자 생각할 때도 스스로 또 다른 관점이 가능하지 않을까, 반문한다. 타인이 어떤 생각을 하든, 정말 그런가? 하고 스스로의 생각을 성찰할 때처럼 생각해볼 것이다.

더 깊은 생각은 더 깊은 대화를,
더 깊은 대화는 더 깊은 관계를 만든다

여럿이 하는 '대화'나 혼자서 하는 '생각'이나 모두 '더 나은 단락 만들기'를 통해 이루어진다. 깊이 생각하기란 하나의 사실에 대해 하나의 생각을 떠올린 다음, 마치 자기 생각을 다른 사람 의견 대하듯 그런가? 하고, 또 다른 관점으로 생각할 수 있지 않을까? 하는 반문을 이어가는 행동이다. 자신이 어떤 생각을 떠올렸든, 그 생각을 자기 것으로 고집하지 않고 마치 남의 것처럼 바라보며, 그와는 다르면서 더 나은 관점을 보태는 대화를 혼자 해나가는 작업이기 때문이다.

가령 다음 〈보기 1〉〈보기 2〉에서 1)은 여럿이 나누는 '대화'이고 2)는 혼자서 이어가는 '생각'이다. 하지만 1)의 대화나 2)의 생각이나 실제 내용은 아무런 차이도 없다. 1)처럼 대화한다는 건 함께 생각한다는 것이고 2)처럼 생각을 한다는 건 이런저런 여러 관점을 이어가는 일이어서, 1)이나 2)나 하나의 주제를 다루는 하나의 단락을 만든다.

보기 1

1) A : 그 친구가 올까?

   B : 글쎄, 오긴 오지 않을까?

   C : 몸은 올지 모르지만, 마음까지 오진 않을 거야.

   D : 그렇게라도 잠시 왔다 가주면 그것만으로도 고마운 일이지, 뭐.

2) 그는 올 것이다. 오겠다는 약속은 없었지만, 그는 올 것이다. 하지만 그의 마음까지 돌아오진 않을 것이다. 그럼에도 다만 그가 이 자리에 참석해주는 것만으로도 고마운 일이다.

보기 2

1) A : 미숙 씨 남편은 아이들을 참 사랑하는 거 같아요.

   B : 그러게, 선물도 자주 사 오고, 아이들과 놀아도 주고.

   C : 에이, 그렇지만도 않은가 봐요. 아이들을 너무 엄하게 대해서 아이들이 피한대요.

   D : 지난번 생일 선물도 아이들에게 물어보지도 않고 자기 마음대로 골라 아이들을 실망시켰대요.

2) 그는 아이들을 사랑했다. 아이들과 시간을 함께하려고 애썼고 종종 깜짝 선물도 가져왔다. 하지만 그의 표현 방식은 언제나 고압적인 가장의 모습이어서 대화를 주고받기보다 자신이 일방적으로 훈계하는 식이었다. 아이들에게 선물을 할 때조차 자기 판단대로만 선택하는 바람에, 아이들은 번번이 약간의 실망감도 함께 선물을 받아야 했다.

결국 생각을 하는 사람은 여러 명의 또 다른 자기 자신과 대화를 하는 사람이고, 대화를 한다는 것은 여러 명의 자기 자신과 하나의 주제를 놓고 함께 생각을 이어가는 일이다. 대화든 생각이든 만들어진 단락의 길이만큼 깊은 생각에 이른다. 그래서 좋은 글은 단락이 탄탄하거나 두툼하다. 날카롭거나 치밀하다.

정영문은 단락을 혹은 생각을 매우 깊게 만드는 작가다. 『어떤 작위의 세계』(문학과지성사, 2011)에서 주인공은 바닷가 모래 위에 '발레리'라는 이름이 쓰여 있는 걸 발견하자 다음과 같이 생각을 이어간다.

보기 3

1) 발레리라는 이름은 폴 발레리의 『해변의 묘지』를 떠오르게 했는데, 물론 주위에 해변의 묘지 같은 것은 없었다. 2) 그가 왜 그 이름을 적었는지는 알 수 없었다. 어쩌면 발레리라는 여자를 찾고 있을 수도 있었고, 이 가능성이 더 큰 것 같았는데, 3) 발레리라는 여자가 호텔 객실에서 자신의 이름을 적는 것을 지켜보았을 수도 있었다. 4) 발레리가 벌을 받아 마땅한 짓을 한 그에게 벌을 줬을 수도 있었고, 5) 그가 발레리의 환심을 사고자 했을 수도 있었다.

뿐만 아니라 모래사장으로 직접 달려 나가 모래 위에 적힌, '발레리'라는 이름을 지운다. 동시에 이번에는 6개의 연상을 이어간다.

1) 어쩌면 발레리는 호텔 창가에서 자신의 이름이 실성한 것 같은 어떤 동양 남자의 발에 의해 무참하게 지워지는 것을 남자친구와 함께 보았는지도 몰랐다. 2) 그들은 저 인간이 제정신인지에 대해 얘기를 했을 수도 있었다. 3) 말썽이 나는 것을 개의치 않을 뿐만 아니라 말썽을 일으키는 것을 좋아하는 남자친구가 당장 달려 나가 나를 어떻게 하려는 것을 어떤 경우에도 말썽이 나는 것을 좋아하지 않는 발레리가 말렸을 수도 있었다. 4) 어쩌면 그들은 잠시 그 문제로 다퉜을 수도 있었다. 5) 한번 화가 났다 하면 쉽게 분을 삭이지 못하는 남자친구가 이번에도 분을 쉽게 삭여서는 안 된다고 생각하며 문을 향해 걸어가는 것을, 발레리가 두 팔을 벌려 막아 세우고, 촉촉한 눈으로 그의 부리부리한 눈을 똑바로 쳐다보며, 제발 자신을 봐서라도 성질을 죽이라고 했는지도 몰랐다. 6) 그래서 마음먹고 좋지 않은 짓을 하는 것을 좋아하

는 발레리의 남자친구가 이번만큼은 마음먹고 좋지 않은 짓을 하지 말자고 마음을 먹었는지도 몰랐다.

그런 다음 이번에는 변명 삼아 연상을 이어간다. 이제까지의 연상 대상이 가상의 연인에 대한 상상이라면, 이번 연상은 자기 행동에 대한 자조적 성찰로 채워지다가, 자기의 희화화로 이어진다.

1) 문득 내가 그런 짓을 한 것은, 무엇으로부터인지는 알 수 없으나 발레리를 구해야겠다는 생각이 들어서라는 생각을 했지만 그것은 말이 안 되는 것 같았다. 2) 말이 안 되는 생각들이 열을 지어 머릿속을 스쳤고, 그것들을 모래 속에 파묻듯 괜히 발로 모래를 모래 위에 일삼아 끼얹었다. 3) 그 일을 한 후 해변의 묘지는 없는 그 해변에서 또 무엇을 할 수 있을지를 잠시 생각했지만 마땅한 것이 떠오르지 않았다. 4) 그럼에도 누군가가 발레리라는 이름을 쓰고, 내가 그것을 지운 일이 있은 후에 무슨 일이 일어나면 좋을지를, 어떤 일들의 자연스러운 연쇄를 생각하듯, 생각했다. 5) 무슨 일이 일어나도 좋고, 6) 아무 일도 일어나지 않아도 좋을 것 같았다. 7) 무슨 일이 꼭 일어나야 한다면 내가 아무 일도 아닌 것처럼 바다로 걸어 들어가는 것과 같은 일이 일어나야 된다고 생각했지만 그것은 생각에 그쳤다. 8) **그것은 내가 위신이 떨어지는 짓을 했고, 이제는 어떻게든 떨어진 위신을 세워야 한다는 생각**이 든 것과는 상관없었다. 9) 모두 다 떨어져버린 나의 위신은 바닷속으로 걸어 들어간다고 다시 세워질 수 있을 것 같지 않았다. 10) 딴청을 피우듯 담배 한 대를 피웠지만 잘못을 저지른 후 딴청을 피우는 사람처럼 여겨졌고, 곧 꺼버렸다.

11) 나는, 다른 할 일도 없는데 아무것도 하지 않고 그냥 꼼짝 않고 서 있을까, 하는 생각을 했지만 그렇게 하지 않았다. 12) 나는 멋쩍게 다시 모래를 발로 끼얹고 있었다. 13) 마음의 여유가 있으니 작게 노래라도 할까, 하는 생각을 했지만 그렇게 하지도 않았다. 14) 시간적인 여유가 있으니, 아무 이유 없이, 갈피를 잡지 못하는 사람처럼 모래사장 위를 왔다 갔다 할까도 생각했지만 아무 이유 없이 하는 것으로는 발레리라는 이름을 지운 것으로 충분한 것 같았다. 15) 그럼에도 나는 잠시 왔다 갔다 했는데 그렇게 함으로써 갈피를 잡을 수도 있을 것만 같았기 때문이다. 16) 하지만 그렇게 하자 더욱 갈피를 잡을 수 없게 된 것 같았다. 17) 우뚝 멈춰 서서 내가 개인적으로 아는 발레리라는 이름의 여자가 있는지를 떠올려보았지만 아쉽게도 없었다. 18) 내가 아는 여자들 가운데는 나탈리와 테레사가 있었지만 그 이름들은 발레리라는 이름과는 느낌이 사뭇 달랐다. 19) 발레리라는 이름을 너무 철저하게 지운 것 같았고, 내가 알지 못하는 세상의 모든 발레리들에게 잘못을 저지른 것 같았다. 20) 나는 발레리라는 이름의 V 자를 모래 위에 작은 글씨로 적어 부활시켰다. 21) 그런 다음 범죄의 현장을 떠나듯 그곳을 떠났다.

화자는 1)을 통해 변명해보지만 말이 안 된다고 생각하고, 2) 말 안 되는 생각을 지우고 3) 뭘 더 할까 생각하지만 떠오르는 게 없다. 4) 떠오르는 게 없는데도 계속 생각해보고, 5) 무슨 일이 일어나도 좋고 6) 일어나지 않아도 좋다고 생각한다. 7) 꼭 일어나야 한다면 자신이 바다로 들어가는 것 같은 거라 생각하지만, 생각으로 그친다. 8) 왜냐하면 위신이 떨어지는 짓을 했고, 어떻게든 떨어진 위신을 세워야겠다는 생각과는 상관없다는 것이다. 9) 이미 떨어질 대로 떨어져서 이제 와 그런다고 세워지지 않을 거라는 것이다.

작가는 자기 행동을 다양한 관점으로 살펴본다. '위신이 떨어지는 짓'이라고 자조하고 '떨어질 대로 떨어'졌다고 자조하며, 자기 희화화로 이어간다. 10)딴청을 피우듯 담배 한 대를 피웠지만 잘못을 저지른 후 딴청을 피우는 사람처럼 여겨졌고, 곧 꺼버렸다. 그래서 벌을 주듯, 11)나는 다른 할 일도 없는데 아무것도 하지 않고 그냥 꼼짝 않고 서 있을까, 하는 엉뚱한 생각을 하지만, 이러한 벌을 스스로에게 내리는 대신, 아이처럼 군다. 12)멋쩍게 모래를 발로 끼얹고 13)마음의 여유가 있으니 작게 노래라도 할까, 하는 생각을 했지만 그렇게 하지도 않는다.

읽고 나면 독자는 주인공의 내면을 샅샅이 여행하고 돌아 나온 기분이 든다. 주인공 나 안에 들어 있는 모든 생각 난쟁이들을 다 만나고 온 듯한 기분. 심지어 몇 년을 함께해온 회사 동료나 동거인보다도 소설 속 주인공이 더 친근하게 다가오기까지 한다. 독자들이 소설 속 인물에게 빨려들어가는 이유는 이 때문이다. 평소 대중들은 자신이 자주 대하는 사람에 대해서조차 두세 가지 정보나 관점으로 인식하는 데 비해, 소설 속 화자는 훨씬 더 많은 정보와 관점으로 인식하게 해줌으로써, 독자는 실제 경험 못지않은 실감을 겪는다.

만약 어떤 사람(A)이 자신과 친한 사람을 바라볼 때 서너 관점으로밖에 바라보지 못하는데, 그 사람과 친하지도 않은 어떤 사람(B)은 그를 열다섯 가지 이상의 관점으로 바라보고 이해한다면, 두 사람(A와 B) 중에서 누가 더 그 사람과 가까운 사이일까.

어떤 사람과 오랜 시간 알아왔어도 아는 부분이 적다면 친하다고 하기 어렵다. 설령 아주 오래 만나온 애인 사이면 무얼 하겠는가. 정보나 이해가 적은 만큼 먼 사이에 불과하다. 자기 자신 역시도 마찬가지다. 자기에 대한 생각과 이해가 적으면, 자기 자신조차도 타자다. 그런 점에서 가장 많이 나눠야 하는 대화 상대는 자기 자신일 것이다.

사람들은 대개 자기 얘기가 그날의 화제로 오르면 긴장하면서 좋아한다. 자신을 주목해주기 때문이다. 하지만 정작 자신은 자기를 화제로 삼으려 하지 않는다. 자기를 마주하지 않고, 자신을 바로 들여다보지 않는다. 자기 자신과 대화하려 하지 않는다. 그러다 보니 남의 칭찬이나 비난에 일희일비한다.

그러나 자신에 대해 많은 대화를 나눈 사람은, 마치 어떤 것에 대해 말할 때 이미 그러한 생각을 해본 적이 있어서 다른 사람이 말할 때 놀라지 않는 것처럼, 다른 사람이 자신에 대해 뭐라고 말하든 일희일비하지 않는다. 마치 내가 어떤 사람에 대해 잘 알고 있으면, 그 사람에 대해 누가 뭐라 하든 신경 쓰지 않게 되듯이, 자신을 칭찬한다고 좋아하지 않으며, 자신을 비난한다고 싫어하거나 성내지 않는다.

어떤 사물이나 사건에 대해 혹은 어떤 사람에 대해 그리고 자기 자신에 대해 스스로 깊이 생각해본 사람은, 그것에 대해 이미 깊은 대화를 나눠본 사람이다. 아무리 서먹한 사이일지라도 충분한 대화를 나누면 그 사람과의 관계가 그만큼 편안해지듯, 자기 자신과의 대화가 충분한 사람은 그만큼 편안한 마음으로 자신과 동거한다.

에픽테토스는 다음과 같이 말했다.

"만약 그대에 대해 나쁘게 말하는 사람이 있다는 말을 듣더라도 변명하지 마십시오. 그때는 그저 '그 사람이 그 이야기만 한 것을 보니 나머지 내 단점은 모르는 모양'이라고 넘기는 것이 좋습니다."

25장 문장을 잘 다루는 사람은 문장을 갖고 논다

문장 잇기와 리듬 만들기

살아 있는 문장은 리드미컬하다

말馬을 팔 뻗으면 닿을 것처럼 가까운 거리에서 본 적이 있다. 너무 아름다워 탄복하지 않을 수 없었다. 매끈하면서도 단단한 근육, 곧고 부드러운 동작, 탄탄하면서도 빛이 흐르는 윤기. 무엇보다 말은 걸을 때나 뛸 때나 그냥 걷지 않고 그냥 뛰지 않았다. 언제나 리듬을 탔다. 말발굽 소리에는 언제나 일정한 리듬이 만들어져, 마치 어떤 종류의 타악기 리듬이든 만들어지면 자동적으로 일어나 몸을 흔드는 생후 10개월 전후의 아기와 같은 흥분을 불러일으켰다.

말言語도 마찬가지다. 뛰어난 시인이나 소설가의 문장에는 언제나 리듬이 들어 있다. 그들은 말을 아무렇게나 다루지 않는다. 언제나 생기 넘치는 말발굽처럼 리드미컬하게 다룬다. 어떤 것을 묘사하고 서술하더라도, 단지 묘사와 서술에 급급해하지만은 않는다. 반드시 박자와 리듬을 통해 서술한다. 박자와 리듬이 있을 때 그 말은 한결 호소력 있게 감긴다. 그렇다면 문장의 호흡, 그러니까 리듬과 박자는 어떻게 생겨나는 걸까.

음악에서 박자는 일정한 간격의 타악기 소리에 의해 탄생한다. 문장에서는 이러한 타악기 소리를 집어넣을 수 없는 대신, 일정한 간격과 반복으로 어휘를 배열한다. 가장 흔한 예로 시조 운율이 그러하다. 일정한 음절과 강세를 반복하여 일정한 리듬을 구축한다. 이러한 원리는 현대시에도 소설에도 그대로 적용된다. 다음 문장을 비교해보자.

보기

1) 푸른 하늘에 흰 구름이 떠갔다.
2) 하늘은 푸르고 구름은 희다.

1)과 2)는 아무 차이도 나지 않는 것 같다. 그러나 두 문장에 아무 차이가 나지 않는 것처럼 느끼는 사람은 언치다. 그중에서도 언어 박치다. 1)은 다만 푸른 하늘에 흰 구름이 떠갔다는 표현 이상도 이하도 아니다. 그에 반해 2)는 문장 배열 방식이 다르다. 일정한 대구를 사용하고 있다. 즉, '주어+서술어, 주어+서술어'의 구조다. 동시에 '하늘+푸른색, 구름+흰색' 간의 대조를 이루고 있다. '강약강약'의 구조로, '강약'이 반복 변주되고 있다.

1)보다는 2)가 독자에게 한결 리드미컬하면서도 명료하게 전달될 수밖에 없다. 이 차이가 실감 나지 않는다면, 다음의 〈보기〉처럼 한 번 더 감아칠 수도 있다. 한결 분명하게 박자와 리듬의 효과가 느

꺼질 것이다.

3) 흘러가는 흰 구름 너머로 푸른 하늘은 더욱 높고, 푸른 하늘 흰 구름
이 내려와 강물은 더욱 깊고 짙푸르다.

반복은 박자를 만든다. 탁, 하고 탁자를 치면 그냥 탁자 치는 소리
에 불과하지만, 탁자 치는 소리를 일정 간격으로 반복하면, 그것은
더 이상 탁자 치는 소리가 아니라 박자가 된다. 반복되는 박자에 약
간의 변주를 가하면 장단과 리듬이 생긴다. 그러나 내용 없는 형식
적 반복 변주는 공허하다. 문장이 전개되면서 일정한 의미 확산이
더불어 진행되어야 한다. 다음 문장들을 비교해보자.

4) 컵도 있고 집게도 있고 드라이버도 있다.
5) 고양이도 가고 강아지도 가고 망아지도 간다.
6) 상추도 있고, 된장도 있고, 고추도 있다.
7) 걱정을 한다고, 걱정이 사라지면, 걱정을 않겠다.

4)는 '주어+있다'를 반복 변주하고 있지만 컵, 집게, 드라이버의
상관관계가 잘 느껴지지 않는다. 반면에 5)는 다만 '간다'라고 하는
동작을 의미하는 서술문과 함께 반복 변주되면서 경쾌하게 나아가
는 느낌을 주는 동시에, 나아가는 주체가 고양이에서 강아지, 그리
고 망아지로까지 확장되어 좀 더 즐겁게 읽힌다. 다시 말해 고양이,
강아지, 망아지 등이 반복 변주되면서 단순히 고양이, 강아지, 망아
지가 가는 게 아니라 '동물들이 간다'라는 의미를 유추시킨다.

의미 확장력이란 이렇게 언급된 것 이상의 의미를 독자들로 하여금 연상 유추하게 하는 힘이다. 의미 확장력이 강할수록 언급된 이상의 의미를 연상해야 하기 때문에 보다 깊은 여운을 느끼게 해준다.

6) 역시 반복 변주다. 5)의 문장 못지않게 서술된 이상을 상상하게 만든다. 즉 표현한 것보다 더 많은 상상을 하게 만든다. 6)은 상추, 된장, 고추가 있으면 자연스레 상추쌈을 연상하게 됨으로써, 단순히 상추와 된장과 고추가 있는 게 아니라 상추쌈을 싸 먹을 수 있는 맛난 쌈밥 밥상이 준비되어 있는 모습까지 추론할 수 있다. 마치 영화 편집의 '몽타주 원리'와 같이, 표현한 것보다 더 많은 것을 생각하게 만들 수 있다. 남자가 조용히 응시하는 화면(A)과 죽은 소녀가 누워 있는 필름(B)을 이어놓으면, 관객은 '응시하는 남자와 죽은 소녀'(A와 B)만 인지하는 게 아니라 소녀가 죽어서 비통한 남자가 그러나 그 슬픔을 참고 있다(C), 라고 받아들인다. A와 B만 제공했는데, A와 B로만 읽는 게 아니라 C로 읽게 되는 것이다. 소위 부분의 합이 전체보다 크게 나타난다.

7)의 문장은 티베트 속담으로, 표현한 것에 그치는 게 아니라 표현한 것 이상의 의미가 생성되는 의미 확장력이 매우 빼어난 문장의 일례다. 7)은 모두 '걱정'에 대한 문장이다. 걱정을 한다, 걱정이 사라진다, 걱정을 않는다, 라는 문장을 변화를 주어 연결함으로써 선명한 리듬감뿐 아니라 의미의 변주까지 꾀하고 있다. 어떤 문제가 발생했을 때 걱정만 하고 앉아 있는 것은, 딴에 걱정을 한다는 점에서 매우 주체적인 행위 같지만, 걱정만 하고 있다는 점에서 매우 관념적이고 소극적인 도피 방법이고, 그런 식의 반응은 아무런 도움도 되지 않는다는 조롱까지 내포하고 있다.

다시 말해 걱정만 하지 말고, 그것이 무엇이든 구체적으로 실천을 하라는 강렬한 메시지, 그리고 걱정만 하고 앉아 있는 행위에 대한 조롱 등이 리드미컬한 박자를 통해 간결하게 전달된다. 문장은 단순하다 못해 단조로울 정도로 간결하게 반복 변주되고 있지만, 조롱의 태도와 표현된 이상의 메시지가 담겨 있는, 의미 확장력이 매우 강한, 들어간 수고에 비해 매우 영향력이 강한, 무척이나 경제적인 문장인 것이다. 이제 조금 더 긴 문장 잇기를 보자.

시와 리듬

보기 1

새는 길을
외워 두지 않아요.

새는 언제나
새로운 마음으로 하늘을 날고

그래서 새가 가는 길은
늘 새 길.

〈보기 1〉은 동시집 『까불고 싶은 날』에 수록되어 있는 정유경 동시 「새」 전문이다. 나는 '새'와 새로움을 뜻하는 부사 '새'라고 하는 동음이의어를 활용해 말놀이를 하고 있다. '새는 길을' '새가 가는 길' '새 길' 등이 반복 변주되고 있다. 이러한 말놀이로서의 반복 변주는, 그러나 단순히 장단과 리듬의 생성에만 그치지 않고 강렬한 의미 확장까지 불러일으킨다. 첫 문장의 외우지 않는다는 서술어는, 늘 시험문제를 풀기 위해 답을 외워야 하는 아이들의 학교생활과 대비되어 강렬한 해방감을 준다.

뿐만 아니라 두 번째 문장인 2연에서 새로운 마음으로 하늘을 날 수 있다는 의미로 확장되고, 그래서 언제나 새로운 길을 간다는 자유로운 놀이의 즐거움으로까지 비상한다. 단지 새의 길을 노래하는 게 아니라 주입식 교육에 대한 비판과 자유로운 비상에 대한 예찬, 새로운 놀이의 즐거움까지 그 의미가 확장되어 읽히는 것이다. 매우 짧고 간단한 말놀이인데도 불구하고, 3개의 문장이 반복 변주되면서 아이들에게 새로움, 자유, 놀이의 삶을 즐기며 받아들이게 만드는 매우 맑고 즐겁고 영리한 선언으로 읽히는 것이다.

보기 2

살구나무 그늘을 마당에 들인 이는 살구나무다.
살구나무 그늘을 평상에 올려놓은 이는 아빠다.
살구나무 아래 평상으로 살구를 씻어 내온 이는 엄마다.
살구나무 아래 평상에서 숙제를 하는 이는 나다.
숙제하다 잠깐 누워 있는 나에게,

살구씨 베개를 베어 준 이는 살구씨 같은 할머니다.

〈보기 2〉는 동시집 『우리 집 한 바퀴』에 수록되어 있는 박성우의 동시 「칠월, 살구나무집」 전문이다. 모두 5개의 문장이 나열되어 있다. 각각의 문장은 "A를 B한 이는 C다"의 문장구조로 되어 있다. 동일한 문장구조를 반복하되 단어를 바꿔서 문장을 다섯 차례 반복 변주한다. 이러한 반복 변주를 통해 절묘하다고 할 만큼 아름다운 순간을 포착하고 있다. 먼저 첫 문장을 보자. 살구나무가 있으면 당연히 살구나무 그늘이 생기게 마련이다. 살구나무가 마당에 있는 집에 살구나무 그림자도 더불어 있는 것은 너무나 당연하고 자연스러운 일이다.

하지만 시인은 문장 구문을 낯설게 함으로써, 이러한 자연스럽고 당연한 자연의 섭리를 새삼 고맙고 소중한 것으로 받아들인다. 즉, 아버지가 열심히 돈을 벌어 집에 새 가구를 들이듯, 혹은 어머니가 열심히 집안일을 해서 따뜻한 아침밥을 만들듯, 살구나무가 마당에 살구나무 그늘을 들였다, 라고 진술하는 것이다.

살구나무가 있으면 살구나무 그림자가 있는 것은 또한 당연하다. 그리고 나무 그림자 곁에 평상을 들이는 것 또한 당연한 일이다. 그런데 이것 역시도 '그늘을 평상에 올려놓았다'라고 낯설게 진술함으로써, 가족들을 위해 살구나무 그림자 하나 허투루 쓰지 않고 소중하고 알뜰하게 사용하는 아버지의 사랑을 선명하게 느끼도록 만든다.

이러한 상황은 엄마와 나 그리고 할머니에게로 반복 변주됨으로써, 비록 살구나무와 평상이 있는 아마도 단출한 시골집에 불과하지만, 그 안에는 살구나무와 살구나무 그림자, 그리고 살구씨까지도 알뜰살뜰 받아서 귀중한 물건처럼 아껴 사용하는 소박하지만 선량한, 마음씨만은 여유롭고 윤기 나는 아버지와 어머니, 할머니 모습을 그려내 보임으로써, 행복과 사랑으로 가득한 시골집 마당 풍경을 선물한다.

같은 구문의 문장을 단 다섯 차례 반복 변주했을 뿐인데, 단순한 다섯 가지 사실의 나열에 그치지 않는다. 더없이 소박하고 알뜰하고 여유롭고 사랑이 넘치고 평화가 넘치는 강렬한 의미 확장을 불러일으킨다.

이번에는 산문에서 리듬이 빼어나게 구사된 문장 일례들을 살펴보자.

산문과 리듬

보기

살살 앵두나무 밑으로 노마는 갑니다. 노마 다음에 똘똘이가 노마처럼 살살 앵두나무 밑으로 갑니다. 똘똘이 다음에 영이가 살살 똘똘이처럼 갑니다. 그리고 노마는 고양이처럼 등을 꼬부리고 살살 발소리 없이 갑니다. 아까 여기 앵두나무 밑으로 고양이 한 마리가 이렇게 살살 갔던 것입니다. 검정 도둑고양이입니다.

―아옹아옹 아옹아옹. ―아옹아옹 아옹아옹.

노마는 고양이 모양을 하고 고양이 목소리를 하고, 그리고 고양이 가던 데를 갑니다. 그러니까, 어쩐지 노마는 고양이처럼 되는 것 같은 생각이 들었습니다. 똘똘이도 그랬습니다. 영이도 그랬습니다.

―아옹아옹 아옹아옹. ―아옹아옹 아옹아옹.

노마는 고양이처럼 사람이 다니지 않는 데로만 갑니다. 마루 밑으로 해서 담 밑을 돌아 살살 뒤꼍으로 갑니다. 그러니까, 노마는 아주 고양이가 되었습니다. 똘똘이도 노마대로 되었습니다. 영이도 그대로 되었습니다.

—아옹아옹 아옹아옹. —아옹아옹 아옹아옹.

고양이니까, 노마는 굴뚝 뒤에 웅크리고 앉았습니다. 쥐란 놈이 나오기를 기다리는 것입니다. (……) 그러나 노마는 아주 마음이 기쁩니다. 노마는 고양이니까, 아무 장난을 하든 어머니에게 꾸중을 들을 염려는 조금도 없습니다. (……) 선반 위에 얹힌 북어 한 마리를 물어 내옵니다. 고양이란 놈은 이런 걸 곧잘 물어 가니까요. 그리고 노마, 똘똘이, 영이 조루루 둘러앉아서 입으로 북북 뜯어 나눠 먹습니다. 그걸 어머니가 방에서 나오다 보고 놀랍니다.

위의 〈보기〉는 현덕의 동화 「고양이」다. 현덕만큼 문장을 리듬감 있게 사용한 작가도 없을 것이다. 그는 지나치게 짧아서 너무 단순해 보이기까지 하는 단문을 즐겨 반복 변주한다. 노마가 앞장서 앵두나무로 가자, 친구 똘똘이가 뒤따르고 친구 영이도 뒤따른다. 고양이가 간 길로 가게 되자 노마가 고양이 흉내를 내고 친구들도 고양이 흉내를 내며 간다. 고양이 흉내를 내자 고양이가 된 것처럼 여겨지고, 고양이가 된 것처럼 여겨지자 고양이처럼 쥐를 기다리고, 선반 위의 북어까지도 가져와 고양이처럼 나눠 먹는다.

이제 노마는 엄마에게 야단맞을 일만 남았다. 과연 엄마가, "이따 저녁 찌개 헐 부개를. 노마 요 녀석 허는 장난이" 하고 마루를 구르며 쫓아 내려오자, 노마는 정말 고양이인 양 후닥닥 뒷문으로 달아난다. 짧은 단문의 나열이 '걷기 〉고양이 따라 걷기 〉고양이 흉내 내기 〉고양이 되기 〉쥐를 기다리기 〉북어 훔쳐 먹기 〉고양이인 양

달아나기'의 과정으로 반복 변주되면서 문장 놀이로 표현되었다.

현덕의 동화집 『너하고 안 놀아』에 실린 단편들은 모두 아이들이 놀이하는 장면을 다룬다. 그런데 문장도 모두 단문의 반복 변주로 이루어져 있다. 숨바꼭질이나 기차놀이 같은, 실제 아이들이 즐기는 단순한 놀이가 단문의 반복 변주라는 언어 놀이로 표현됨으로써, 아이들 독자로 하여금 놀이의 즐거움을 (설명하거나 계몽하는 게 아니라) 읽기 경험으로 각성시켜준다.

하루키 소설과 리듬

아래 〈보기〉의 1)은 하루키의 단편 「스파게티의 해에」의 시작 부분이다. 2)는 하루키의 단편 「택시를 탄 흡혈귀」의 시작 부분이다(『4월의 어느 맑은 아침에 100퍼센트의 여자를 만나는 것에 대하여』, 문학사상사, 2009). 3)은 하루키의 에세이집 『달리기를 말할 때 내가 하고 싶은 이야기』(문학사상사, 2009)의 서문 시작 부분이다. 모두 단어와 구의 반복 변주를 통해 리드미컬한 단락을 만들고 있다. 적잖은 하루키 소설의 도입부에 흔히 나타나는 특징이기도 하다. 단어와 구의 반복 변주는 산문에서 리듬감을 획득하기 가장 좋은 방법이다. 나는 이러한 문장 잇기를 '감아치기'라고 부른다.

보기

1) 기본적으로 나는 혼자서 스파게티를 삶고, 혼자서 스파게티를 먹었다. 누구와 둘이서 먹는 경우도 없지는 않았지만, 그래도 혼자서 먹는 것을 훨씬 좋아했다. 그 무렵의 나는 스파게티란 혼자서 먹어야

하는 요리인 양 생각했었다. 왜 그렇게 생각했는지 이유는 잘 알 수 없다.

2) 나쁜 일이란 종종 겹치는 법이다. 이 말은 물론 일반론이다. 그러나 실제로 나쁜 일이 몇 번인가 겹치게 되면, 이 말은 더 이상 일반론이 아니게 된다. 만나기로 한 여자와는 길이 엇갈리고, 윗도리의 단추가 떨어져버리고, 전철 안에서는 만나고 싶지 않은 사람을 만나고, 충치가 아프기 시작하는 데다가, 비까지 내리고, 택시를 타니 교통사고로 도로가 막혀버리는 형편이다. 이럴 때 만약, 나쁜 일이란 겹치는 법이라고 말하는 녀석이 있으면, 나는 틀림없이 그놈을 때려눕힐 것이다. 일반론 따위란 결국 그런 것이다. 일반론이나 격언이란 것은 때때로 나를 몹시 초조하게 만든다.

3) 진정한 신사는 헤어진 여자와 이미 납부해버린 세금 이야기는 하지 않는다는 격언이 있다—라고 하는 말은 새빨간 거짓말이다. 그 말은 내가 방금 적당히 만들어낸 말이다. 미안합니다. 그러나 만약 그와 같은 말이 실제로 있다고 한다면, "건강법은 말하지 않는다"라고 하는 말 역시, 신사의 조건 중 하나가 될지도 모른다.
확실히 진정한 신사는 자신의 건강법에 대해 여러 사람 앞에서 주저리주저리 떠벌리지는 않을 것이라고 느껴진다. 물론 누구나 알고 있듯이, 나는 진짜 신사는 아니기 때문에 그런 걸 일일이 마음에 두지도 않지만, 그래도 역시 이런 책을 쓰는 것은 어쩐지 멋쩍은 일이라는 느낌도 든다.
그러나 변명을 하는 것 같아 송구스럽지만, 이것은 달리는 이야기에 관한 책이지 건강법에 관한 책은 아니다. 나는 여기서 "자, 모두 함께 매일 달리기를 해서 건강해집시다"와 같은 주장을 떠벌리고 싶은 건 아니다. 어디까지나 나라는 인간에게 있어 계속 달린다는 것이 어떤 의미였을까, 하고 생각하거나 자문하고 있을 뿐이다.

먼저 1)을 보면, '혼자서 스파게티'와 '스파게티를 먹는다'라는 단어와 구절을 반복 변주한다. "혼자서 스파게티를 삶고" "혼자서 스파게티를 먹었다" "그래도 혼자서 먹는 것을 훨씬 좋아했다" "스파게티란 혼자서 먹어야 하는 요리" 등으로 4회 반복 변주함으로써, 일정한 리듬감을 획득한다. 동시에, 혼자서 스파게티를 먹었지만, 종종 둘이서도 먹었고, 그러나 혼자 먹는 걸 훨씬 좋아했을 뿐 아니라, 스파게티란 혼자 먹어야 하는 거라는 고정관념이 있었다, 라고 말을 감아침으로써 스파게티와 얽힌 주인공의 개인주의적 삶을 명료하게 표현하고 있다.

2)는 한결 복잡하다. 1)이 4분의 4박자라면 2)는 8분의 6박자쯤 되는 것 같다. '나쁜 일은 겹친다'라는 문장과 "일반론"이라는 단어를 반복 변주하고 있는 것이다. 3)은 1)이나 2)보다 한결 더 복잡한 감아치기를 하고 있다. 1)이 4분의 4박자이고, 2)가 8분의 6박자쯤 된다면 이 예문은 '엇모리장단'쯤 되는 것 같다. 여기서는 "진정한 신사"라는 구문과 '건강법을 말하다'라는 문장을 반복 변주하고 있다. 핵심 내용은, '달리기를 해서 건강해지자는 식의 멋쩍은 주장을 하기 위해 이 글을 쓴 게 아니라, 내게 있어 달리기가 갖는 의미를 말하기 위해 썼다'는 것이다. 그러나 이렇게 핵심 내용만 말하면 메시지는 분명하게 전달될지 모르지만 딱딱하고 경직된 계도문처럼 읽

힐 것이다.

하루키는 '진정한 신사'라는 가상의 인물과 '가짜 격언'을 만들어 독자의 주목을 끈 다음, 그것을 방금 지어낸 말이라고 고백한다. 그러고 나서야 건강법을 말하는 건 멋쩍은 일이라면서, 자신은 그러한 주장을 하고 싶어 쓰는 게 아니라, 스스로 달리는 의미를 자문하는 과정에서 글을 썼다고 서술한다. 이렇게 썼다가 지우고, 주장했다가 허무는 과정을 통해, 글쓴이가 이 글을 쓰기까지 이런저런 생각과 자문을 했다는 사실을 자연스럽게 이해하도록 만든다. 글쓴이가 내용의 감아치기를 통해 한결 리드미컬하게 전달하고 있는 것이다.

문장을 잘 사용하는 프로 작가들은 이처럼 자기가 전달하고자 하는 내용을 전달하기에 급급해하지 않는다. 오히려 그러한 내용을 담은 문장을 갖고 논다. 특정 단어와 구 그리고 문장을 반복 변주하는 감아치기를 통해 리드미컬한 음악성을 확보하는 한편으로, 최대한의 의미 확장력을 확보하여 독자로 하여금 스스로 생각하고 연상하고 상상하여 나머지를 완성하게 만든다. 나아가 스스로의 글쓰기를 하나의 즐거운 놀이로 변환시킴으로써 독자의 글 읽기 행위 역시 하나의 놀이로 느끼도록 만든다.

좋은 작가는 글을 쓰는 데서 그치는 게 아니라, 글을 갖고 논다. 공자는 도를 아는 것보다 도를 좋아하는 게 낫고, 도를 좋아하는 것보다 도를 즐기는 게 낫다고 말했는데 좋은 작가, 좋은 독자 역시 문장을 전달하기보다 문장 만들기를 좋아하고, 좋아하기보다 즐기는 사람이다. 문장을 전달하는 수단으로만 사용하지 않고, 문장 자체를 갖고 즐길 줄 아는 사람이다. 모든 장인, 모든 프로, 모든 달인들은 일을 하지 않는다. 그 일을 놀이로 만들어 즐긴다.

26장 좋은 단락은, 더 많은 타자를 끌어안는다

단락 만들기와 타자성 1

왕초보 습작생의 선택과 연결

형식적인 측면에서 보자면, 글쓰기란 단지 단어의 선택과 연결이다. i) 좋지 않은 글은 단어의 선택과 연결이 엉망이다. ii) 조금 더 나은 글은 단어의 선택과 연결이 자연스러우면서 새롭다. iii) 더욱 좋은 글은 단어의 선택과 연결이 새로우면서 다채롭다. i) 단어의 선택과 연결이 엉망인 경우는, 초보 습작생들 작품에서 당연한 현상처럼 나타난다. 대부분의 초보 습작생이 단어 선택과 연결을 엉망으로 이끌어 간다. 그러면서도 스스로는 그런 줄 모른다.

　i)의 경우가 초보 습작생들 작품에서 흔히 발견된다면, ii)는 일정한 습작 기간을 거친 습작생 작품이 알맞은 일례다. 혹은 신춘문예나 문예지 신인 당선작들이 좋은 일례다. iii)은 기성작가들의 좋은 작품들에서 만날 수 있다. 따라서 초보 습작생의 경우, 일정한 습작

훈련을 거친 습작생의 경우, 신인 작가의 등단작일 경우, 기성작가가 쓴 좋은 작품의 경우로 나누어 단어의 선택과 연결 솜씨가 어떻게 새로워지고 다채로워지는지 비교해보면, 문장 강화에 큰 도움이 될 수 있다.

아래 〈보기〉는 초보 습작생 글의 첫 단락이다.

보기

1) 엄마와 나는 열탕에서 냉탕을 들어가기 위한 준비를 한다. 바로 냉탕에 들어가면 감기 걸린다며, 꼭 냉탕에 들어가기 전에 열탕에서 몇 분 정도는 몸을 덥혀야 한다며 엄마는 숫자를 세라고 했다. 나는 뜨거운 열탕에서 숫자 세는 버릇이 습관이 돼서 혼자 목욕탕에 가서도 꼭 숫자를 세고는 냉탕에서 쨍하는 시원함을 기분 좋게 느끼곤 한다. 후다닥 냉탕에 들어가면 가슴 아래쪽의 차가움과 함께, 다리를 굽혀 온몸에 차가운 물을 받아들일지 말지 잠시 망설이곤 한다. 벌써 후루룩 머리끝까지 냉탕 안을 오르락내리락하는 엄마를 보면, 놀랍다. (221개 글자, 78개 낱말)

2) 엄마와 나는 열탕에서 냉탕으로 가기 위한 준비를 한다. 바로 들어가면 감기 걸린다며, 들어가기 전에 열탕에서 몇 분 정도 몸을 덥혀야 한다며 엄마는 숫자를 세라고 했다. 그 뒤로 숫자 세는 버릇이 습관이 돼서 혼자서도 꼭 숫자를 세고는 냉탕에 들어간다. 냉탕에 들어가면 시원해서 좋지만, 아무래도 너무 차가워 들어갈지 말지 망설이게 되는데 그때마다 이미 몸을 담그고 오르락내리락하는 엄마를 보며 놀란다. (169개 글자, 59개 낱말)

1)은 초보 습작생 글의 시작 부분이다. 반복되는 낱말이 너무 많다. 2)로 수정할 경우, 52개의 글자 혹은 19개의 낱말을 아끼거나 더 사용할 수 있다. 다시 말해 그만큼의 새로운 정보 즉, 타자성을 수용할 수 있는데, 안일하게 언어를 사용함으로써 스스로 수고롭기만 한 셈이다.

3) 나는 콜센터 단기 알바를 하면서 진희와 세희 언니를 만났다. 알바 첫째 날, 오전에 교육을 받은 사람 중 나를 포함한, 열 명이 점심시간이 되어 건물 밖으로 나와 서 있었다. 누군가 같이 점심 먹으러 갈까요? 저기 칼국수 집, 맛집이라는데 어때요? 하고 말했고, 모두가 칼국수 집으로 우르르 몰려갔다. 뒤쪽에서 따라가던 세희 언니와 진희, 나는 입구에서 5분쯤 기다렸다가 자리를 안내받았다. (163개 글자, 58개 낱말)

4) 콜센터 단기 알바를 하며 진희와 세희 언니를 만났다. 첫날 오전 교육을 받은 여남은 명이 점심시간이 되어 밖으로 나와 서 있었다. 누군가 같이 먹으러 갈까요? 저기 칼국수 집, 맛집이라는데? 하고 말했고, 다 같이 몰려갔다. 뒤에서 따라간 세희 언니와 진희, 나는 입구에서 5분쯤 기다렸다 자리를 안내받았다. (129개 글자, 46개 낱말)

3)은 단기 알바를 하는 첫날 세희 언니와 진희를 알게 된 과정을 다루고 있다. 함께 칼국수를 먹으러 몰려갔다가 자리가 부족해 셋만 따로 남아 5분을 기다렸다 먹으며 친해지는 내용이다. 그러나 밑줄 부분만 생략해도 본문 내용을 그대로 전달하면서도 34개 글자, 12개

낱말을 아낄 수 있다. 다시 말해 34개 글자, 12개 낱말 수만큼의 새로운 정보를 더 채워 넣을 수 있다. 의당 34개 글자, 12개 낱말 분량의 새로운 정보로 채워진 단락이 독자에게 더 나은 전달이다.

습작생의 선택과 연결

하지만 일정한 습작 시간을 거치면, 문장을 만들고 잇는 방식이 조금씩 달라지기 시작한다. 단어의 선택과 연결이 한결 자연스러우면서도 새로워지는 것이다. 다음 〈보기〉들을 보자.

보기

5) 노래를 틀어놓고 설거지를 하려는데, 차고의 문이 열리는 소리가 들렸다. 이 집은 차고지가 내 방 바로 아래에 있어서 주인 언니가 출근하고 퇴근하거나 어디를 나갔다가 들어올 때면 어김없이 나의 단잠을 깨웠다. 내가 깨어 있는 시간에 차고 소리가 들리는 걸 보니 벌써 네 시가 되었나 보다. 나는 차고지 바로 윗방에 살면서 다른 셰어생들보다 10달러나 저렴하게 방값을 내고 있다. (156개 글자, 52개 낱말)

6) "다녀왔습니다."
수미는 귀가 잘 안 들리는 할머니도 들을 수 있을 만큼 큰 소리로 외쳤습니다. 물론 할머니는 시골에 계십니다. 수미가 집에 들어올 때 인사를 한 이유는 집에 아무도 없다는 걸 알기 위해서였지요. 거실은 조용했습니다. 윗집에 사는 암고양이가 사뿐사뿐 걷는 소리를 들는다고 해도 이상하지 않을 만큼 조용했습니다.

수미를 반갑게 맞이하는 목소리는 들리지 않았지만, 수미에겐 참으로 잘된 일이었습니다. 부모님이 집에 계신다면 장사가 안 돼서 가게 문을 일찍 닫았다는 뜻이니까요. 수미는 엄마의 한숨 소리를 듣는 게 싫었습니다. 엄마는 수미에게 티를 내지 않으려고 하지만 그런 날은 저녁 식탁만 봐도 알 수 있었지요. (264개 글자, 86개 낱말)

7) 유나의 책상이 빠진 교실은 전혀 이질감이 들지 않았다. 창가 쪽 맨 뒷자리, 꾀죄죄한 걸레가 널어져 있는 청소도구함 앞에 있던 책상은 마치 교실에서 유나의 위치를 표시하는 것 같았다. 고2 겨울, 방학을 앞둔 아이들은 어느 순간 책상마저 빠져버린 같은 반 친구의 부재보다 문틈으로 들어오는 찬 바람이 다리를 감싸고 있던 담요 안으로 새어 들어오는 사실이 더 신경 쓰였을 것이다. 나는 유일하게 유나의 빈자리를 느끼고 있었지만 그조차도 걱정이 아닌 호기심과 죄책감 때문이었다. 방학식은 교실 안에 있는 큰 TV 화면으로 진행됐다. 화면 속에는 교장 선생님이 단정하게 교복을 차려입은 학년 대표들에게 상장을 수여하고 있었고 그것은 마치 착한 어린이 스티커를 붙여주는 듯 보였다. 상장 수여식이 끝난 후에는 반장조차 실천하지 않을 것 같은 주의사항들이 지루하게 흘러나왔고 교실 안 그 화면을 지켜보는 사람은 아무도 없었다. 반 아이들은 저마다 방학식이 끝난 후 노래방이며 쇼핑, 군것질을 할 생각에 들떠 있었지만 나는 화면 속 방학식에도, 들떠 있는 아이들 속에도 섞이지 않은 채 습관처럼 유나의 책상이 있던 자리를 지켜보았다. 늘 그랬듯 교실 구석에 덧니처럼 홀로 튀어나와 있던 그 자리에서 시선을 떼

지 못했다. (462개 글자, 151개 낱말)

5)는 단편의 첫 단락으로 대학생 주인공이 호주에서 '워킹 홀리데이'를 하는 이야기다. 4개 문장으로 이루어져 있는데 각 문장이 자연스럽게 이어지면서 계속 새로운 정보를 제공하고 있다. 즉, ①나는 노래를 틀어놓고 설거지한다. ②차고 문이 열리는 소리가 들린다. ③차고지는 내 방 아래에 있다. ④주인 언니가 드나들 때마다 내 단잠을 깨웠다. ⑤주인 언니가 귀가하는 시간은 대략 오후 네 시다. ⑥차고지 윗방에 살아서 10달러 저렴하다. 이렇게 여섯 가지나 되는 구체적 정보가 담겨 있다. 뿐만 아니라, ⑦지금 시간은 네 시다. ⑧나는 가난하지만 절약하는 셰어생이다 등의 정보까지 유추할 수 있다. 따라서 네 문장으로 이루어져 있지만 여덟 가지의 정보를 내포하고 있다. 쓰인 글자에 비해 한결 풍요로운 구체적, 실질적 정보가 담겨 있는 것이다.

6)은 단편 동화의 첫 단락이다. 맞벌이 부모를 둔 수미가 빈집에 혼자 귀가하는 장면이다. 수미는 큰 소리로 인사하지만 아무도 없다. 뿐만 아니라 아무도 없는 게 더 좋다. 부모님이 그 시간에 집에 있다면 그것은 그만큼 돈벌이가 시원찮은 걸 뜻하기 때문이다. 글쓴이는 이러한 주인공의 복잡한 심경을 모두 9개 문장으로 속도감 있게 그려내고 있다. ①인사말을 한다. ②할머니는 가는귀를 먹었다. ③그런 할머니도 들을 만큼 큰 소리로 한다. (독자 예상과 달리) ④할머니는 시골에 계시다. ⑤큰 소리로 인사한 것은 아무도 없다는 걸 알기 위해서다. ⑥거실은 조용하다. 고양이 발소리가 들려도 좋을 정도로 조용하다. (독자 예상과 달리) 잘된 일이라고 생각한다.

⑦부모님이 장사가 잘 안 돼 일찍 귀가하는 것보단 낫다. ⑧엄마 한숨 소리가 싫다. ⑨엄마는 티를 내지 않는다. ⑩그런데도 표가 난다. 열 가지의 구체적 실질적 정보가 드러난다. 뿐만 아니라 다음과 같은 정보까지 유추할 수 있다. ⑪윗집에 고양이가 산다. ⑫부모님이 종종 장사가 안 돼 일찍 귀가할 만큼 불안정한 사업을 하고 계시다. ⑬수미는 집이 비어 있는 것보다 엄마의 표 나지 않는 한숨을 눈치챌 만큼 속이 깊고 눈치가 빠른 아이다. 결국 아홉 문장으로 열세 가지 정보를 전달하고 있는 것이다.

7)은 단편의 첫 단락으로 왕따당하는 친구 유나에 대한 이야기다. 모두 9개 문장으로, 독자는 모두 열다섯 가지의 구체적 실질적 정보를 체험하게 된다. ①유나 책상이 빠졌다. ②그런데도 별 차이가 느껴지지 않는다. ③청소 도구함 앞이 유나 책상 자리다. ④유나의 책상 위치는 유나의 교우 관계를 표시한다. ⑤급우들은 찬 바람을 막을 요량으로 다리를 담요로 감싸고 있다. ⑥그들은 유나 책상보다 찬 바람이 더 신경 쓰일 것이다. ⑦나는 유일하게 유나 빈자리를 느낀다. ⑧걱정이 아닌 호기심과 죄책감 때문이다. 방학식이 TV 화면으로 진행되고 있다. ⑩교장 선생님이 상장을 주고 있다. ⑪내겐 그것이 스티커 붙여주는 것 같다. ⑫주의사항들이 흘러나오는 화면을 지켜보는 학생은 없다. ⑬방학을 앞둔 급우들은 들떠 있다. ⑭나는 유나 책상을 본다. ⑮교실 구석의 유나 자리에서 시선을 떼지 못한다. 뿐만 아니라 ⑯유나가 왕따를 당해 오래전부터 나오지 않고 있으며, 지금은 유나의 책상마저 없어졌다. ⑰나는 유나에게 남다른 사연과 관심을 갖고 있다 등의 심층 정보까지 유추할 수 있다.

7)에서 특히 주목할 점은 문장 표현이다. 먼저 첫 번째 문장 표현

부터가 다소 낯설다. 첫 번째 문장 표현은 '낯설게 하기'에 성공하여 어느 정도 환기력을 불러일으켰지만, 그렇게 효과적인 것 같지는 않다. 반면 두 번째 문장 표현은 매우 적절하다. 맨 뒷자리 꾀죄죄한 청소 도구함 앞의 책상 위치가 유나 위치를 표시하는 것 같다고 말했을 뿐이지만, 유나는 학교에 나오지 않는다. 그녀 책상도 없었다. 그녀의 책상 위치는 청소 도구함 앞이다. 그 누추한 책상 자리는 유나의 교우 관계를 상징적으로 드러낸다. 교우들은 유나를 무시하거나 신경 쓰지 않는다 등의 정보를 압축적인 하나의 비유로 드러냄으로써, 쓰인 이상을 읽어내도록 독자의 연상을 촉발시킨다.

이처럼 일정한 문장 훈련을 거친 습작생은, 보다 자연스럽게 보다 많은 내용을, 보다 새로운 방식으로 제시하는 방법을 체득하게 된다. 1), 3) 그리고 5), 6), 7)을 비교해보면 알 수 있듯, 5), 6), 7)의 예문들은 중언부언 늘어놓지 않는다. 독자가 예상할 내용을 새삼스레 말하지 않는다. 부적절한 표현도 삼간다. 독자가 예상 못 한 새 정보를 압축된 문장으로 적시한다. 단순한 1차 정보를 전달하는 게 아니라, 1차 정보에 따른 반응으로서의 2차 사실까지 드러낸다.

가령, ① '나는 배가 매우 고팠다'가 아니라 ② '나는 가장 빨리 되는 메뉴를 주문했다'라고 말하는 식이다. ① 문장은 9개 글자로 배가 고픈 정보 하나만 전달하지만, ② 문장은 15개 글자로 배가 매우 고픈 1차 사실과 그래서 식당에 들어가 가장 빨리 되는 메뉴를 주문한 행동까지 전달함으로써, 배가 고픈 사실은 독자가 추정하도록 만든다. 말한 분량보다 더 많은 분량을 독자로 하여금 상상하게 만드는 것이다.

27장 좋은 단락은, 더 많이 느낀다

단락 만들기와 타자성 2

신춘문예 당선작의 선택과 연결

기성작가들은(정확히 말해, 기성작가들이 쓴 작품 중에서 빼어난 작품들은) ii) 단어의 선택과 연결이 자연스러우면서 새롭거나, iii) 한결 새로우면서도 다채롭다.

그 예로, 신춘문예 당선작을 살펴보자.

보기

1) 이사 오고 처음으로 반상회에 참석했던 날, 엄마는 나를 데리고 동 대표의 집으로 갔다……. 사람들은 음식물 쓰레기를 창밖으로 던지는 주민에 관한 회의를 했다. 엘리베이터에는 이미 한참 전부터 경고문이 붙어 있었다. '베란다 밖으로 음식물 쓰레기를 버리는 주민을 목격하신 분은 경비실로 신고 바랍니다'라는 글귀가 붓펜으로

적혀 있었는데 볼 때마다 감탄이 나올 정도로 명필이었다. 다들 음식물 쓰레기를 버린 것이 자기가 아니라는 걸 증명하려는 것처럼 '더럽잖아요', '범인이 누굴까요', '그거 때문에 고양이 들어와요'라고 서둘러 말했다. 아무 말도 하지 않은 사람은 13층 아저씨였는데 사람들은 괜히 의심하는 표정으로 아저씨를 바라보았다. (273개 글자, 81개 낱말)

2) 내가 고향에 돌아와 '시리어스 리'에 드나들기 시작한 건 정리해고와 이혼을 한꺼번에 겪고 얼마 되지 않아서부터였다. 두 가지 모두 가볍지 않은 문제였지만 아무래도 이혼보다는 해고 쪽이 견딜 만했다. 과거의 구조조정이 심각한 법적 분쟁과 사회적 혼란을 야기했던 것에 비하면 그때는 일종의 유행 같은 것이 돼버린 시점이었다. 시리어스 리는 안주가 형편없었지만 생맥주는 시원하고 맛있었다. 사장은 이혼과 해고 어느 쪽을 극복하는 데도 도움이 안 되는 인간이었다. 그는 기분이 좋을 때도 거칠게 숨을 몰아쉬는 거구였고, 그 때문인지 시리어스 리를 찾는 손님보다 사장이 키우는 화분의 숫자가 많았다. 야구 경기가 시작할 시간에 고정적으로 가게를 찾는 너덧 명이 유일한 단골이었다. 야구 시청 말고 내가 한 일은 헤어진 아내 이우선에 관해 생각하는 것이었다. 그녀를 그리워하고 증오하는 걸 번갈아 하다 보면 하루가 금방 갔다. 이우선의 말투를 빌리자면 기억이 우선? 생활이 우선? 하는 문제에 있어서 좀처럼 활로를 찾지 못했던 셈이다. (389개 글자, 125개 낱말)

3) 마주치는 얼굴마다 사랑할 수 있는 가능성을 생각해보고는 한다.

가능성은 늘 과반 이상이었는데, 말을 거는 순간 후회할 착각이었지. 오히려 가능성을 점쳐볼 기력조차 남아 있지 않을 때 웬 남자가 어느 사이엔가 틈입해 있곤 했다. 제멋대로이고 저돌적인 남자도 있었고, 고인 물처럼 아무런 의지 없던 남자, 훗날 이름 세 글자만이 문득 떠오르는 남자도 있었다. 처음 받아들였던 그는 나에게 너는 아무것도 아니라고 무서운 얼굴로 소리쳤다. 그의 자취방, 십이월 새벽이었다. 쫓겨난 나는 한동안 아무 일도 할 수 없겠다는 착각에 잠시 울었다가 겨울바람에 종종걸음 치면서 터미널로 돌아가 서울행 첫차를 기다렸다. (254개 글자, 83개 낱말)

1)은 2015년 『세계일보』 신춘문예 당선작인 이은희의 단편 「선 긋기」 첫 단락이다. 모두 6개 문장으로, 1차 정보 단위로 분절해보면, ① 이사 왔다. ② 처음으로 반상회에 참석했다. ③ 엄마와 함께 동 대표 집에 갔다. ④ 음식물 쓰레기 문제로 회의를 했다. ⑤ 엘리베이터에 경고문이 붙어 있다. ⑥ 경비실로 신고 바란다는 경고문이 붙어 있다. ⑦ 경고문 글귀가 명필이어서 감탄했다. ⑧ 다들 한마디씩 한다. ⑨ 더럽다고, ⑩ 범인은 누굴까 하고, ⑪ 고양이를 걱정한다. ⑫ 13층 아저씨가 아무 말도 하지 않았다. ⑬ 그러자 사람들 의심을 샀다 등의 정보가 담겨 있다.

최소 13개의 정보가 들어 있다. 뿐만 아니라, 주인공의 성격과 주민들의 태도가 확연히 대비된다. ⑭ 주인공은 반상회에 참여하긴 하지만, 쓰레기 문제라는 현실 문제에는 아무 관심도 없다. 그녀는 오히려 엘리베이터 경고문 내용이 아니라 글귀가 명필이라며 감탄하는 태도를 취하는 인물이다. ⑮ 반면에 주민들은 매우 현실적인 불만과 의심에 휘둘리고 있다. 이러한 대립은 이후 소설의 기본 갈등 축으로 작동한다. ⑭, ⑮의 대비와 갈등이야말로 화자가 독자에게 전달하고자 하는 보다 심층적인 정보다.

2)는 2017년 『동아일보』 신춘문예 당선작으로 김홍의 단편 「어쨌든 하루하루」의 첫 단락이다. 모두 10개의 문장을 사용하여, 20개가량의 정보를 전달하고 있다. ①나는 정리해고를 겪었다. ②이혼도 겪었다. ③고향에 돌아왔다. ④시리어스 리에 드나들었다. ⑤가볍지 않은 문제들이다. ⑥이혼이 더 힘들었다. ⑦구조조정이 과거와 달리 흔했다. ⑧안주가 형편없다. ⑨맥주는 맛있다. ⑩사장은 아무 도움이 안 됐다. ⑪그는 거구다. ⑫손님이 없다. ⑬화분이 더 많다. ⑭야구 시청 단골 너덧이 전부다. ⑮야구 시청 아니면 아내 생각을 한다. ⑯그녀를 그리워한다. ⑰증오한다. ⑱이우선 말투가 있다. ⑲어느 게 우선? ⑳활로를 찾지 못한다.

화자는 단순한 정보 전달에 급급한 게 아니라, ㉑단골손님보다 가꾸는 화분이 더 많은 사장에 대한 연민과 희화화라든가, 해고보다는 이혼을 더 힘들어하면서 아내에 대한 그리움과 증오로 소일하는 주인공의 애처로운 자기 희화화까지 잘 포착하고 있다. 이러한 희화화는 위 글의 가장 두드러진 어조로, 이후 소설을 이끌어 가는 가장 강력한 미학적 관점이 되어 글에 활기를 불어넣어준다.

3)은 2016년 『세계일보』 신춘문예 당선작으로 김갑용의 단편 「슬픈 온대」의 첫 단락이다. 혼자 사는 계약직 여성을 주인공으로 하는 일인칭 소설로, 첫 단락은 일곱 문장이다. 하지만 많은 이야기가 압축되어 있다. 여주인공의 연애사가 요약적으로 담겨 있는 것이다. 전달하는 기본 정보는 다음과 같다.

①사랑할 가능성을 생각해본다. ②가능성은 늘 과반 이상이다. ③말을 거는 순간 후회하기 일쑤다. ④이런 생각조차 못할 만큼 지쳐 있을 때 나타나곤 한다. ⑤저돌적인 남자도 있었고, ⑥의지박약한 남자도 있었고, ⑦이름만 겨우 떠오르는 남자도 있었다. ⑧처음 나를 받아들인 남자는 내게 아무것도 아니라고 소리쳤다. ⑨자취방이었다. ⑩12월 새벽이었다. ⑪쫓겨나서 울었다. ⑫터미널로 가서 서울행 첫차를 기다렸다.

요약적 제시여서 얼핏 거칠어 보이지만, 그럼에도 통속적이거나 상투적이지 않다. 특히 첫 문장이 매우 인상 깊다. "마주치는 얼굴마다 사랑할 수 있는 가능성을 생각해보고는 한다." 단 하나의 사실을 전달하고 있지만 매우 강한 환기력을 가진 문장이다. 마주치는 얼굴마다 사랑할 가능성을 생각해본다! 얼마나 도발적인가. 바람둥이처럼 음흉하다. 한량이나 난봉꾼처럼 자유롭다. 금기를 깨는 것 같아 자극적이고 매혹적이다. 그러나 동시에 만나는 사람마다 가능성을 생각해봐야 할 만큼 오래 외로워 보인다. 또한 이런 사적 심리를 고백하다니 매우 솔직해 보이기도 한다.

이렇게 애썼는데도 불구하고, 처음 받아들였던 그와의 경험은 참담해서 외로운 정서를 더욱 강화시킨다. 마주치는 얼굴마다 사랑할 가능성을 생각해보는 사람치고, 처음 받아들인 남자와의 경험은 너무 비루하고 우울하다. 실제로 이 소설은, 사랑을 찾지만 그 결과가 끔찍한 방향으로 치닫는 참혹한 결말을 좇아 갈등 축이 전개된다. 결국 위 단락이 전달하는 가장 심층적인 정보는 ⑬끝없이 사랑할 가능성을 추구하지만 비루한 전략만 반복해야 하는 여주인공의 참담한 현실 인식이다.

1), 2), 3)에서 보듯, 좋은 글은 허투루 언어를 늘어놓지 않는다. 독자가 예상하는 수준으로 내용을 늘어놓지도 않는다. 최소한의 문장으로 최대한의 정보를 전달한다. 독자는, 화자가 말한 내용 이상의 것을 유추하거나 환기하거나 상상하면서 읽어야 한다. 뿐만 아니라 이후 전개될 심층적 갈등 축까지 은밀히 암시되어 있다. 일테면 다섯 문장을 읽고 다섯 정보를 얻는 경우보다 다섯 문장을 읽고 그 이상의 많은 정보를 연상해야 할 때, 독자는 그만큼의 내용을 여운으로 새기게 된다. 적은 분량으로 많은 정보를 담은 글을 접할 때 독자는 여운을 깊게 느낀다.

여운이란, 주관적 심리 반응 같지만, 그렇지 않다. 작가가 적은 문장으로 상당히 많은 정보를 전달함으로써, 독자로 하여금 적시된 내용보다 더 많은 내용을 유추 상상하게 만들 때, 그만큼 비례해서 일어나는 물리적 파장이다. 타자성을 많이 품은 문장일수록 여운이 깊어지는 것이다.

신춘문예 당선작의 선택과 연결 2

모든 신춘문예 당선작이 잘 쓰인 것은 아니지만, 적잖은 당선작이 일정한 미학적 성취를 보여주고 있다. 하지만 얼핏 읽으면 평이해 보일 수 있다. 실제로 대부분의 당선작이 다음의 〈보기〉처럼 매우 자연스러우면서도 평이해 보이는 단락으로 시작하곤 한다.

보기

4) 습관처럼 나이를 헤아리곤 했다. 다가올 겨울이 지나면 스물여섯이

었다. 스물여덟이 되기 전에 로스쿨에 들어가야 했고 서른두세 살 즈음에는 변호사 시험에 합격하고 싶었다. 서른 중반까지 자리를 잡아서 결혼도 해야 했다. 그다음은 마흔이 올 것이었다. 내가 초등학교 과학실험 보조원이 된 것은 자유시간이 넉넉하다는 것과 적게나마 돈을 벌 수 있다는 조건 때문이었다. 삼각플라스크나 암석 표본, 묽은 염산 용액 같은 것들이 어디 있는지 몰라 애를 먹기도 했지만 그것만 빼면 어려울 게 없었다. 짬이 날 때마다 로스쿨 인터넷 강좌를 들었고 토익 공부도 했다.

5) 크리스마스 날 아침, 그와 그의 아내는 아들과 딸을 차에 태우고 어느 도시에 있는 자연사박물관으로 떠났다. 박물관은 한 번도 가본 적이 없는 곳에 있었다. 새로 만들어진 도시였다. 시내를 지나 터널 공사 중인 산을 넘어야 했다. 운전은 아내가 했다. 아내는 운전에 서툴렀고 겁에 질려 있었다. 자동차는 시속 60km를 줄곧 유지하고 있었다. 아내는 아, 속도가 너무 빨라, 하고 중얼거렸다. 옆 차선으로 차들이 휙휙 지나갔다. 어떤 차는 경적을 울리며 신경질적으로 추월하기도 했다.

4)는 2016년 〈중앙신인문학상〉을 수상한 문경민의 단편 「곰씨의 동굴」 첫 단락이다. 로스쿨 진학을 꿈꾸는 스물다섯 살 주인공이 과학 보조교사로 일하면서 전산실 보조교사 곰 씨에게 관심을 갖기 시작한다. 인용한 첫 단락에서는 주인공 자신의 현실을 요약적으로 제시하고 있다. 나이, 직업, 계획, 꿈 등에 대한 1차 정보를 설명문처럼 평이하게 나열하고 있는 것이다.

하지만 첫 문장 "습관처럼 나이를 헤아리곤 했다"와 같은 표현을 통해, 초조한 주인공의 심리를 비유적으로 암시하고 있다. 스물다섯이지만, 이미 나이 헤아리는 일이 습관이 되어버린 것이다. 셋째, 넷째, 다섯째 문장에 드러나 있듯 개인적 생존을 위한 계획과 목표로 마음이 꽤나 조급한 상황이다. 이러한 주인공의 처지와 성격, 그리고 심리는 이후 주인공 행동에 중요한 역할을 한다. 후반부에 가면, 주인공은 동료 계약직 교사인 곰 씨나 세령 씨와 결코 함께하지 못하는 것이다.

5)는 2016년 『동아일보』 신춘문예 당선작인 이수경의 단편 「자연사박물관」 첫 단락이다. 크리스마스에 자연사박물관으로 가족여행을 떠나는 설정이 제시되어 있다. 가본 적이 없는 신도시의 자연사박물관을 가려면 터널 공사 중인 산을 넘어야 하는데, 아내가 시속 60킬로미터를 유지하면서 옆 차선 차들이 경적을 울리며 추월하고, 그 바람에 겁에 잔뜩 질린 상황이다. 얼핏 사용된 10개의 문장 모두 표현이 특별해 보이진 않는다. 누구나 구사할 수 있는 평이한 문장들이다. 하지만 읽어보면 소설의 주요 갈등 축을 제시하고 있다.

위 소설은, 남편이 노동운동에 뛰어드는 과정을 아내의 시선으로 겹쳐 바라봄으로써, 직접적인 어려움은 남편이 겪지만 실질적인 어려움은 아내가 감내해야 하는 이중적 상황을 예리하게 묘파하고 있다. 따라서 겁에 질린 채 운전하는 아내 모습은 매우 적절한 암시이자 배치인 것이다.

이렇듯 좋은 작품들은, 첫 단락에서부터 매우 의미 있는 심층 갈등을 암시한다. 주인공의 성격이나 중심 갈등 축을 암시하는 상징적 사건을 배치함으로써, 쓰인 내용 이상의 의미를 갖게 만든다. 이러한 사실은 좋은 작품을 쓰기 위해서는 첫 단락부터 집중해야 한다는 걸 의미한다. 첫 단락부터 단어 하나하나 묘사 하나하나 인물 하나하나 허투루 쓰지 말아야 한다. 뿐만 아니라 핵심 주제나 갈등에 상응하는 내용이 들어가야 한다.

그러나 이러한 의무를 작위적으로 실행하라는 뜻은 결코 아니다. 실제로는 이와는 반대다. 조작된 계산적 태도로는 마음에서 우러나는 글을 쓰기 어렵다. 실제로는 다음과 같은 뜻이다; 자기도 모르게 즉, 특별히 계산하지 않고 글을 썼지만, 써놓고 보니 그 글을 통해 말하고자 하는 핵심 문제가 첫 단락에서부터 제대로 제시되어 있을 만큼, 그 문제에 대해 작가 스스로 절실해야 한다.

기성작가들의 선택과 연결 ─ 백민석, 『16믿거나말거나박물지』

이제까지 신춘문예 당선작을 예로 살펴보았다. 이제부터는 기성작가의 작품들 중에서 좋은 작품들을 예로 삼아 분석해보자. 초보 습작생들의 글을 읽으면 단어의 선택과 연결이 느슨하거나 거칠다. 그 바람에 지루하거나 삐걱거리는 느낌이 드는 반면, 기성작가가 발표한 글 중에 좋은 글들을 읽으면 iii) 단어의 선택과 연결이 한결 새롭고 다채롭다. 단어 하나 문장 하나 허투루 사용하지 않는다. 최소한의 분량으로 최대한의 정보를 전달함으로써 독자로 하여금 추론과 상상을 통해 적극적으로 참여하게 만든다. 단락 분량에 비해 새로운 정보들 즉 타자성이 최대한 붐비도록 문장을 구사한다. 이런 글을 읽으면 팽팽한 긴장과 점화가 이루어진다. 다음 〈보기〉를 보자.

6) 지난 주일의 신문 문화면과 투데이 뉴스의 문화가 소식을 보고 나서 놈이 알려준 바에 의하면, 믿거나말거나박물지에서 뭔가 기획했다는 것이다. 놈은, 이성에 대한 욕정을 상실한 동물만이 낼 수 있는 무표정하고도 동정을 바라는 투의 목소리로 이렇게 말했다.

"난 알고 있었어, 내가 뭔갈 때려치운다고 해서 잘못 돌아갈 리는 애당초 없었던 거야. 회사가 그리워, 다시 돌아가고 싶."

그 부근에서, 나는 전화를 끊었다. 놈은 자기가 그만둔 후에도 믿거나말거나박물지가 그토록 잘 현상 유지하고 있다는 사실에 대해 내게 위로받고자 했다. 나는 그 청을 단호히 거절함으로써 순간적으로 통쾌해졌다.

어쨌든 나는 믿거나말거나박물지에서 기획했다는 그 뭔가를 보러 가기로 했다. 놈이 알려준 바에 의하면:

1996년 한국의 수도권에 사는 우리로서는 거의 꿈조차 꿀 수 없는 그런 밴드들까지 무대에 오른다는 것이었다. 이를테면 시드 비셔스도 무대에 오른다. "갠 뭐하는 앤데?"

"갠 죽었어. 애인이 칼에 찔려 뉴욕의 호텔 방에 누워 있었는데, 시드는 애인의 살해 혐의로 체포됐지. 그러다 가석방됐고, 며칠 있다 헤로인 중독으로 죽었어, 17년 전에."

"죽었어?"

"응, 17년 전에."

백민석의 단편 「음악인 협동조합 1」의 시작 부분이다. 위 소설은 200자 원고지 73매 분량으로 '믿거나말거나박물지'에서 뭔가를 기

획한 사실을 알고 구경하려고 찾아간 이야기다. 인용한 첫 단락에서
친구(놈)가 전화를 걸어 박물지의 기획 사실을 알려준다. 아마 이러
한 설정을 아마추어 습작생이 다룬다면 다음과 같이 평이한 서술로
시작하지 않았을까 싶다.

7) 박물지에서 새로운 뭔가를 기획한 모양이다. 지난주 신문 문화면
   소식을 본 친구가 전화했다. 그는 무척 아쉬우면서도 놀란 목소리
   로 말했다.
   "아주 놀라운 기획을 하고 있는 것 같아. 아마 내가 그만뒀는데도
   회사는 아주 잘 돌아가는 모양이야. 다시 돌아가고 싶어."
   "그래?" 나는 친구의 설명을 듣고 쏘아붙였다. "그러게 내가 뭐라
   그랬어? 참고 그냥 다니라니까!"
   그런 다음 물었다.
   "그나저나 어떤 걸 기획했는데?"
   "시드 비셔스처럼, 우리로서는 꿈도 꿀 수 없는 밴드들까지 무대에
   오른대!"
   "시드 비셔스는 누군데?"
   "오래전에 사고로 죽은 친구야."
   "오래전에?"
   "응, 17년 전에."

7)과 같은 문장 표현으로만 서술해도, 단편의 시작치고 그다지 나
쁘지 않다. 흥미로운 사건이 분명하게 제시되어 있는 것이다. 하지
만 작가는 한결 새롭고 강렬한 단어의 선택과 연결로 시작하고 있

다. 문장 감각이 둔한 초보 습작생일지라도 6)과 7)을 비교해보면, 6)의 문체가 남다르다는 걸 쉽게 인지할 수 있을 것이다. 인용된 6)의 문장은 모두 18개인데, 일단 첫 문장부터 남다르다. 하나의 문장에 세 가지 정보가 겹쳐 있다.

분절해보면 21개의 1차 사실이 담겨 있다. ① 친구가 소식을 알려주었다. ② 지난주 문화면 소식을 접하고 나서다. ③ 믿거나말거나박물지에서 뭔가를 기획했다. ④ 친구가 동정을 바라는 목소리로 말했다. ⑤ 난 예감했다. ⑥ 내가 없어도 회사는 잘 돌아갈 거란 걸. ⑦ 회사가 그리워. ⑧ 회사로 돌아가고 싶어. ⑨ 나는 전화를 끊었다. ⑩ 그는 내게 위로받으려 했다. ⑪ 하지만 나는 거절했다. ⑫ 거절했더니 통쾌했다. ⑬ 기획을 보러 가기로 했다. ⑭ 꿈조차 꿀 수 없는 밴드가 오른다. ⑮ 시드 비셔스도 무대에 오른다. ⑯ 시드 비셔스는 죽었다. ⑰ 애인이 호텔에서 칼에 찔려 죽었다. ⑱ 애인 살해 혐의로 체포됐다. ⑲ 가석방됐다. ⑳ 헤로인 중독으로 죽었다. ㉑ 17년 전이다.

뿐만 아니라, ㉒ 친구는 불만을 갖고 믿거나말거나박물지를 그만두었다. ㉓ 나는 친구를 놈, 이라고 부를 정도로 가까운 사이다. ㉔ 위로받고자 한 걸 알고도 전화를 도중에 끊을 만큼 격의 없는 사이다. 특히 ㉕ 전화를 도중에 끊고 미안해하기는커녕 통쾌할 만큼 격의 없는 절친이다. ㉖ '믿거나말거나박물지'라는 제목에서 보듯, 이 이야기는 독자가 믿거나 말거나 상관없이 떠벌릴 작정이니, 진위 여부에 신경 쓰지 말고 재미있게 읽어달라, 등의 정보까지 유추할 수 있다. 거침없는 대화, 낯선 비유, '믿거나말거나박물지'나 '시드 비셔스' 등과 같은 새로운 기표들로 단어를 선택 연결하고 있는 것이다.

특히 ㉗ "이성에 대한 욕정을 상실한 동물만이 낼 수 있는 무표정하고도 동정을 바라는 투의 목소리"와 같은 해학적 비유, 친구의 위로받고자 하는 태도를 단호히 거절하고 통쾌함을 느끼는 거침없는 장난기, '시드 비셔스'라는 인물로 대표되는 펑크록 장르 세대의 거침없는 일탈 등을 통해 기발하고 새롭고 자유롭고 통렬한 신세대의 등장을 예고하고 있다.

기성작가들의 선택과 연결 — 장강명, 「알바생 자르기」

보기

8) 사장이 여자아이에게 처음 관심을 보인 것은 태국 바이어들을 접대한 회식 때였다.

태국인 바이어는 미스터 쏨싹과 싹다우 두 사람이었다. 저녁에 뭘 먹고 싶냐고 묻자 두 태국인은 수줍어하며 삼-켭-쌀, 이라고 대답했다. 그 대답을 재밌어 한 이사가 저녁에 태국인들과 삼겹살을 먹을 거라고 사장에게 말했다. 그러자 사장도 그 사실을 재미있어 하며 다른 약속이 없는 직원들을 불렀다. 신임 사장은 틈만 나면 회식 자리를 만들며 직원들과 스킨십을 하려 했다. 그렇게 태국인 바이어 환송회가 커져서 회사 전체의 회식이 되었다. 그래봤자 서울 사무실에 상주하는 직원은 10여 명 정도이긴 했다. 이사가 데려간 고기 집에서 미스터 쏨싹과 미스터 싹다우는 다소 당황해했다. 삼겹살집은 보다 허름하고 시끌벅적한 곳인 줄 알았다고 했다. 은영은 태국인들이 어떻게 한국의 삼겹살을 잘 아는지 궁금해져서 이유를 물었다. 그러자 태국인들은 드라마 「호텔킹」, 「아이리스 2」, 「미스 리플

리」, 「에덴의 동쪽」, 「헬로! 애기씨」, 「왕꽃 선녀님」, 「낭랑 18세」를
보았다고 대답했다. 한국인들은 눈을 동그렇게 떴다.

―뭐 우리는 들어 보지도 못한 드라마를 태국 사람이 보고 있어?

―이 친구들 잘 모셔야 돼. 우리가 한류를 꺼뜨리면 안 돼.

사장이 말했다.

사장은 미스터 쏨싹과 싹다우에게 '코리아 밤 샷'을 가르쳤다. 소폭
을 몇 잔 마시자 다들 기분이 좋아졌다. 은영은 태국인들의 본명이
쏨싹과 싹다우 뒤로 깍따따따 으랏차차 빡까까야 깐따삐야 하는 식
으로 길게 이어지며, 그들이 탤런트 이다해의 열렬한 팬이라는 사
실을 알게 되었다.

―이 친구가, 미스 혜미를 좋아해요! 딸국! 이다해 닮았다면서!

싹다우가 쏨싹의 팔을 붙잡고 말했다. 쏨싹은 얼굴이 빨개져서 부
끄러워했으나 잠시 뒤에 정신을 차리고 물었다.

―미스 혜미는 왜 회식에 안 왔나요?

―혜미 씨는 파트타이머예요.

은영이 대답했다.

―파트타이머는 컴퍼니 디너에는 못 오나요?

―그게 아니라…… 혜미 씨는 집이 멀어요. 그래서 저녁에는 다른
사람들과 잘 어울리지 않고 집에 곧장 가요.

은영의 말에 싹다우가 고개를 끄덕였다.

―쏨싹이 말을 붙이고 싶어 했는데 미스 혜미가 너무 차갑게 보여
서 그러지 못했어요.

싹다우가 일러바쳤다.

―우리도 혜미 씨한테는 말 잘 못 붙여요.

엔지니어가 고개를 저었다. 자리에 앉아 있던 사람들이 모두 웃음을 터트렸다.

이사가 차도에 뛰어들다시피 해서 태국인들에게 모범택시를 잡아 주었다.

— 아이 러브 유, 코리아! 아이 러브 유 오올!

쏨싹과 싹다우가 택시를 타기 전에 외쳤다. 노래주점에서 잔뜩 흥이 오른 한국인 직원들은 한 사람도 빠지지 않고 모두 3차 장소인 이자카야에 갔다.

— 태국 애들 보기에도 그 아가씨가 쌀쌀해 보였나 보네.

사장은 오뎅탕과 마른 오징어를 주문했다.

— 성혜미 씨요?

8)은 장강명의 단편 「알바생 자르기」의 시작 부분이다. 이 단편은 계약직 직원을 해고하는 이야기로, 고위 관리자인 신임 사장과 중간 관리자인 최은영 과장, 그리고 계약직 사무보조원인 성혜미 간의 갈등을 다루고 있다. 인용한 시작 부분은 태국인 바이어가 성혜미 씨를 찾으면서 차갑게 보여서 말을 붙이지 못했다는 화제로 인해, 신임 사장이 그녀에 대해 주목하는 장면이다. 따라서 일반적으로 서술한다면 다음과 같이 서술해도 핵심 내용은 충분히 전달된다.

9) 태국인 바이어들과의 환송회 겸 회식 자리가 열렸다. 태국인 바이어 미스터 쏨싹과 싹다우는 한류 영향으로 직원들보다 한국 드라마를 더 많이 시청했다. 드라마 「호텔킹」 「아이리스 2」 「미스 리플리」 「에덴의 동쪽」 「헬로! 애기씨」 「왕꽃 선녀님」 「낭랑 18세」를 보았다

고 대답해서 다들 놀랐다. 그들은 탤런트 이다해의 열렬한 팬이기도 했다. 그러면서 혜미를 찾았다.

—미스 혜미는 왜 회식에 안 왔나요?

—혜미 씨는 파트타이머인데, 집이 멀어서 끝나면 직원들과 어울리지 못하고 곧장 가요.

은영의 대답에 싹다우가 고개를 끄덕였다.

—쏨싹이 말을 붙이고 싶어 했는데 미스 혜미가 너무 차갑게 보여서 그러지 못했어요.

싹다우가 일러바쳤다.

—우리도 혜미 씨한테는 말 잘 못 붙여요.

엔지니어가 고개를 저었다. 자리에 앉아 있던 사람들이 모두 웃음을 터트렸다.

태국인들을 택시 태워 먼저 보낸 직원들은 노래주점에서 잔뜩 흥이 오른 때문인지 한 사람도 빠지지 않고 모두 3차 장소인 이자카야로 갔다.

—태국 애들 보기에도 그 아가씨가 쌀쌀해 보였나 보네.

사장은 오뎅탕과 마른 오징어를 주문했다.

—성혜미 씨요?

9)와 같이 서술해도 핵심 내용이 충분히 전달되기 때문에 9)처럼 압축해야 한다고 생각할 수도 있다. 하지만 이렇게 서술해버리면, 기본 줄거리와 갈등은 유지되더라도, 8)이 중요하게 제시하고 암시하는 여러 구체적 사실들을 놓치고 만다. 8)에는 9)에 나타나지 않는 미세한 모순과 균열로 가득하다. 가령, 태국인 바이어가 삼-켭-쌀

을 제안하고, 신임 사장이 이를 핑계 삼아 직원들을 모두 부른다. 그 이유는, "틈만 나면 회식 자리를 만들며 직원들과 스킨십"하는 습관 때문이다. (균열 1: 겉으로는 환송회를 겸한 화기애애한 회식이지만, 실제로는 고위 관리직의 성추행 관습이 실질적인 이유다.)

바이어는 드라마를 통해 고깃집을 접했고, 드라마 얘기로 화제가 옮겨 가면서 한류 열풍을 실감케 하는 많은 드라마가 열거된다. 그러자 사장은 한류 열풍을 꺼뜨리면 안 된다면서, 클리셰한 애국적 발언을 한다. (균열 2: 사장은 실제로는 성추행 습관을 가진 문제적 인물이면서 겉으로는 그럴듯한 농담 투의 애국적 발언을 하는 정의로운 인간처럼 행동한다.) 드라마 이야기가 탤런트 이야기로 이어지면서 이다해의 열렬한 팬이라는 사실이 드러나고, 싹다우가 쏨싹이 이다해를 닮은 미스 혜미를 좋아한다고 고자질한다. (균열 3: 고자질하는 듯이 말하지만 사실은 친구의 속마음을 대신 고백하고 있다.) 그러면서 그녀가 오지 않은 이유를 묻는다. 상사인 은영이 계약직이라고 대답하자, 바이어가 그러한 차별을 낯설어한다. (균열 4: 한국인 상사인 은영은 계약직의 회식 불참을 당연시하고, 태국인 바이어는 의아해한다.)

은영은 재빨리 그녀 집이 멀다고 돌려 말한다. 그러나 사실은 집이 멀어서라기보다 저녁에 하는 영어학원 아르바이트 때문이다. (균열 5: 은영이 잘 아는 척 둘러대지만, 실제로는 혜미의 생활상에 대해 아는 게 없다.) 싹다우가 친구 쏨싹을 대신해 그녀 인상이 차가워서 말을 못 붙였다고 고백해주자, 엔지니어가 자신들도 말을 못 붙인다고 고개를 젓는다. 사장은 이후 그녀가 쌀쌀하다고 평가한다. (균열 6: 태국인은 긍정적 호의로서 '차갑다'고 표현한 것인데, 직원과 사장은 부정적 관점으로 '쌀쌀하다'고 평가해버린다.)

이처럼 8)은 오늘날의 한국 사회에 불합리하게 내재하는 갈등들을 매우 예각적으로 다루고 있다. 단순한 회식 자리 같지만, 거기에는 신자유주의에 의해 확산된 성차, 계급 차, 직급 차, 문화 차에 따라 빚어지는 각종 사회 모순이 들끓고 있다. 따라서 8)은 불필요한 문장을 사용했다기보다, 우리는 이미 너무 익숙해서 그만 놓치기 쉬운 온갖 모순들로 들끓고 있는 회식 자리의 균열을 매우 예민한 감각으로 포착하고 있다고 봐야 한다. 신자유주의의 인간성 파괴 양태를 낱낱이 드러낼 만큼, 작가의 단어의 선택과 연결이 참신하고 다채로운 것이다.

실제로 「알바생 자르기」는 신임 사장, 최은영 과장 그리고 알바생 성혜미가 각각 자기 계급 내지 직위에 따라, 그러한 계급 내지 직위여서 갖게 되는 제한적 시각을 어떻게 내면화하며 살아가는지 객관적 거리를 두고 묘사한다. 신자유주의의 냉혹한 취업구조가 어떻게 개인에게 내면화되어, 어떻게 그 사람의 사사로운 생각까지도 그대로 지배하는지를 경악스러울 만큼 차갑고 치밀하게 보여주는 수작이다.

6)과 7)을 비교하면 느낄 수 있듯, 8)과 9)를 비교하면 원작의 문장이 한결 더 새롭고 다채롭다는 걸 한눈에 느낄 수 있다. 실제로 두 작품은 각각 1990년대와 2010년대 신예 작가의 문제작으로, 이전까지의 소설에서는 볼 수 없었던 또 다른 방식의 단어 선택과 연결을 보여준다. 어떤 작가의 작품세계가 새롭다는 것은 이렇듯 가장 기본적이고 형식적인 측면 즉, 단어 선택과 연결부터 매우 새롭다는 걸 뜻한다.

28장 좋은 단락은, 더 깊이 사랑한다

단락 만들기와 타자성 3

기성작가의 선택과 연결―윤대녕, 「january 9, 1993. 미아리통신」

글쓰기란 단지 단어들의 선택과 연결이다. 습작생들의 작품 과 달리, 기성작가들은 ii) 단어의 선택과 연결이 자연스러우면서 새롭거나 iii) 한결 새로우면서도 다채롭다. 특히 좋은 작가들은 자기만의 개성적 문체를 갖는데, 자기만의 개성적 문체란 말 그대로 그 작가 특유의 단어 선택과 연결을 가리킨다. 다음 〈보기〉를 주목해보자.

보기

10) 어제 이런 내용의 봉함엽서를 내게 보내온 여자가 다리를 꼬고 앉아 벽에 걸려 있는 에이젠슈타인의 얼굴을 쳐다보고 있다. 그녀는 장 자끄 베닉스의 영화 '베티블루 37도 2'의 여주인공 베아트리스 달의 얼굴을 훔친 듯 닮아 있다. 그리고 그 영화를 아마 열 번쯤 보

앉을 것이다. 그녀는 스물여덟 살까지 시를 쓰다 지금은 방송국 스크립터로 일하고 있다. 그 옆에는 서른네 살의 전업 작가 '뚜생'이 허리를 곧추세우고 앉아 커피를 마시고 있다. 그는 군에서 얻은 허릿병으로 줄기차게 고생을 하고 있다. 그는 '욕조'라는 소설을 쓴 프랑스의 소설가 장 필립 뚜생의 큰 키와 대머리를 닮았으며 그의 문체에 대해 늘 침이 마르도록 떠들어대곤 한다. 나는 그들과 마주 앉아 무채색으로 흐려 있는 창밖을 내다보고 있다. 서른세 살의, 역시 장기가 좋지 않은 나는 늘상 양쪽 주머니에 백 원짜리 동전 한 주먹씩 넣고 다닌다. 물건을 살 땐 언제나 지폐를 사용하고, 거스름돈으로 받은 동전을 옷이 축 늘어지도록 넣고 다니는 것이다. 술값이 없을 때 그들은 으레 내 얼굴을 쳐다본다. 그러나 나를 세종이라 부르는 그들은 백 원짜리 동전에 양각된 인물이 세종대왕이 아니란 걸 모르고 있다.

밖엔 겨울비가 주름져 내리고 있다. 희뿌연 창문 속으로, 미국의 사진작가 스티글리츠가 1893년 2월 22일에 촬영한 '5번가의 겨울'을 연상케 하는 거리가 내다보인다. 카페 앞에는 푸른 스타킹을 신은 여자 하나가 까만 우산을 들고 서서 누군가를 기다리고 있다. 벌써 삼십 분 이상을. 우리는 푸른 스타킹의 여자가 기다리는 남자가 오기 전까지, 어디로 자리를 옮길 것인가를 궁리하고 있다. 우리가 앉아 있는 자리는 선실 바닥처럼 춥고 눅눅한 습기가 배어 있다. 우리는 오후반 수업을 빼먹은 국민학생들 같다. 혹은 썰물 진 바닷가 모래언덕에 우두커니 서서 오지 않는 버스를 기다리는 외지인들 같다.

토요일 오후 세 시. 충무로. 카페. 전함 포템킨. 슈베르트의 '아르페

28장 좋은 단락은, 더 깊이 사랑한다

지오 소나타'가 질 좋은 마란쯔 스피커에서 흘러나오고 있다.

10)은 윤대녕의 「january 9, 1993. 미아리통신」의 둘째 셋째 단락 부분이다. (첫 단락은, '그녀'가 '나'에게 보낸 24개 문장의 봉함엽서 전문이 소개되어 있어 생략했다.) 인용한 둘째 단락은 12개 문장으로 쓰여 있다. 실제 전달하고 있는 내용을 분절해보면, 대략 스물다섯 가지나 되는 1차 정보들이 실려 있다.

①어제 여자가 봉함엽서를 보냈다. ②다리를 꼬고 앉아 벽 쪽을 쳐다본다. ③벽에는 에이젠슈타인 얼굴이 걸려 있다. ④그녀 얼굴은 베아트리스 달을 닮았다. ⑤달은 베닉스의 영화 「베티블루 37도 2」의 여주인공이다. ⑥그녀는 그 영화를 열 번쯤 봤다. ⑦스물여덟 살까지 시를 썼다. ⑧방송국 스크립터다. ⑨그 옆에 뚜생이 허리를 곧추세우고 앉아 있다. ⑩뚜생은 서른네 살의 전업 작가다. ⑪그는 커피를 마시고 있다. ⑫군 생활 중에 허릿병을 얻어 고생하고 있다. ⑬『욕조』라는 소설을 쓴 프랑스 작가 장 필립 뚜생이 있다. ⑭그는 그의 큰 키와 대머리를 닮았다. ⑮그는 그의 문체에 대해 자주 말했다. ⑯나는 창밖을 내다보고 있다. ⑰창밖은 무채색이다. ⑱나는 서른세 살이다. ⑲장기가 좋지 않다. ⑳양쪽 주머니에 동전이 많다. ㉑물건 살 때 지폐를 사용하고 남은 것들이다. ㉒술값이 없을 때 사용한다. ㉓내 별명은 세종이다. ㉔하지만 동전의 얼굴은 세종대왕이 아니다. ㉕그들은 이 사실을 모르고 있다. 뿐만 아니라, ㉖화자 및 주인공이 영화나 소설에 대해 해박한 듯하다. ㉗그들은 평소 영화나 소설 같은 문화 담론에 대한 대화를 많이 나눈 사이다. ㉘그들은 별명으로 서로를 부를 만큼 친근한 사이다. ㉙그들은 자주 만나

술을 마신다. ㉚ 술값이 없으면 나를 쳐다볼 만큼 가까운 술친구들이 다 등과 같은 사실까지 유추할 수 있다.

적은 분량으로 결코 적잖은 정보를 담아내는 작가의 문장 솜씨가 돋보이는 부분은 셋째 단락이다. 모두 8개의 문장인데 분절해보면, 11개의 정보를 전달하고 있다. ① 겨울비가 내린다. ② 창문이 희부윰하다. ③ 스티글리츠는 미국의 사진작가다. ④ 그가 1893년에 촬영한 「5번가의 겨울」을 연상케 하는 거리가 내다보인다. ⑤ 카페 앞에 푸른 스타킹 신은 여자가 누군가를 기다리고 있다. ⑥ 그녀는 까만 우산을 들고 있다. ⑦ 우리는 30분 이상을 옮길 자리를 궁리하고 있다. ⑧ 푸른 스타킹 여자가 기다리는 사람이 오기 전에 자리를 옮겼으면 싶다. ⑨ 우리 자리는 춥고 눅눅하다. ⑩ 우리는 수업 빼먹은 국민학생 같다. ⑪ 바닷가에서 버스 기다리는 외지인 같다.

뿐만 아니라, 다섯째 문장인 "우리는 푸른 스타킹의 여자가 기다리는 남자가 오기 전까지, 어디로 자리를 옮길 것인가를 궁리하고 있다"와 같은 문장은, 환기력이 매우 강하다. 이 문장으로 미루어 보아, ⑫ 푸른 스타킹을 신은 여자에 대해 우리끼리 누군가를 기다리고 있나 보다, 라고 여자에 대한 얘기를 나눴을 것이다. ⑬ 저 여자를 기다리게 하는 남자는 언제 나타날까? 혹은 왜 아직 나타나지 않는 거야? 혹은 어떤 남자이기에 비가 오는데 여자를 저렇게 밖에서 기다리게 하지? 혹은 여자 스스로 저렇게 기다리고 싶어 기다리는 거겠지!, 하는 등등의 얘기를 주고받았을 것 같다. ⑭ 그나저나 저 여자 걱정할 때가 아니잖아. 우리야말로 이제 그만 자리 좀 옮기자고 누군가 제안한 것 같고, ⑮ 그래, 저 여자가 기다리는 누군가가 오기 전에 우리 옮길 자리부터 생각해보자, 하는 응대를 주고받았을 것으로 상상해볼 수 있다.

결국 인용한 2개의 단락, 20개의 문장을 통해 독자는 45개의 사실을 유추 상상하게 된다. 게다가 에이젠슈타인, 장 자끄 베닉스, 「베티블루 37도 2」, 베아트리스 달, 「욕조」, 장 필립 뚜생, 스티글리츠, 「5번가의 겨울」 등과 같은, 생소한 이국적인 문화적 기표들을 한꺼번에 접하는 동시에, 같은 영화를 열 번쯤 보거나 외국 소설가의 문체를 침이 마르게 칭찬하거나 백 원짜리 동전의 인물은 세종대왕이 아닌 사실을 알고 있거나 하는 독특한 문화적 감수성을 가진 개성적 기표의 인물들과 마주하게 된다.

동시에 이런 인물들이 대낮부터 딱히 할 일도, 만날 목적도 없이 만나, 다만 누군가를 기다리는 카페 밖의 여자보다 먼저 자리를 옮길 궁리나 해야 하는, 삶의 방향을 잃고 부유하는 초상으로서의 지식인, 특히 사회주의 붕괴로 인해 사회적 이념이나 전망이 부재하는 1992년 이후의 허무한 사회 분위기를 가감 없이 목도하게 만든다. 이렇듯 좋은 작가가 좋은 작품에서 단어를 선택하고 연결하는 방식은 마치 일정한 경지에 오른 검객과 같다. 결코 무절제하거나 난폭하게 검을 쓰지 않는다. 간결하고 효율적이다.

기성작가의 선택과 연결 ─ 이승우, 「모르는 사람」

앞서의 〈보기〉를 압축하면 친구들과 다만 카페에 앉아 어디 갈까? 하고 고민했다는 내용이다. 하지만 작가는 이러한 정황을, 이국적인 문화적 기표와 남다른 문화적 감수성으로 매우 새롭고 풍요롭고 생생하게 구현해내고 있다. 위의 10)이 이국적인 문화적 기표들과 문화적 감수성을 활용하여 풍요로운 단락 만들기를 직조한 일례라고 한다면, 다음 11)은 단지 아버지가 나를 앉히고 이 세상은 견디는 것이다, 라고 말했다는 내용이다. 그런데 작가는 이와 같이 단순하게 일축할 수도 있는 내용을 다음과 같이 세밀하고 다채로운 관점들로 새롭게 직조해낸다.

보기

11) 아버지가 왜 떠났는지 오랫동안 궁금했다. 그 궁금증 속에는 아버지가 무엇으로부터 떠나려 했을까, 하는 질문이 숨어 있다. 무엇으로부터 떠났고 떠나려 했는지 안다면 왜 떠났고 떠나려 했는지도 알 수 있을 거라고 생각했던 것 같다. 떠난다는 것은 붙어 있는 데서 자기를 떼어내는 것을 뜻한다. 아버지는 어디서, 무엇으로부터 자기를 떼어내기를 원했던 것일까? 그는 집을 떠나고, 일터를 떠나고, 나와 어머니를 떠나고, 나와 어머니가 포함되어 있는 가족을 떠나고, 그리고 여기, 이 세상을 떠났다. 그가 정말로 떼어내기를 원했던 것은 무엇이었을까?

이 세상은 견디는 것이다, 라고 말한 사람은 아버지였다. 나를 향해, 나더러 들으라고 말했는지는 확실하지 않다. 들을 때는 듣는 사람이 나밖에 없었으니까 나에게 말한 것으로 받아들였지만, 시간이 흐른 후 듣는 사람이 나밖에 없었음에도 불구하고 나에게 말한 것이 아닌 것 같다는 생각이 들었다. 듣는 사람이 나밖에 없었다는 사실도 수정되었다. 말하는 사람은 말만 하고 듣는 사람은 듣기만 하는 것이 아니다. 말하는 사람은 자기가 한 말을 듣기도 하는 사람이다. 어떤 점에서는 누구보다 잘 듣고 가장 잘 듣는 사람

28장 좋은 단락은, 더 깊이 사랑한다

이다. 말하는 사람의 의중을 말하는 사람보다 더 잘 아는 사람은 없다. 말하는 사람이 불완전하거나 서툴게 말하면 그 말을 듣는 다른 사람은 불완전하거나 서툴게 듣지만, 그래서 말하는 사람의 의도를 옳게 이해하지 못하거나 오해하지만, 말한 사람 자신은, 말해진 것이 불완전하고 서툶에도 불구하고, 그것과 상관없이, 완전하고 정확하게 듣는다. 그가 듣는 것은 말해진 말이 아니라 말해지기 전의 말이기 때문이다. 그러니까 아버지가, 이 세상은 견디는 것이다, 라는 말을 내 앞에서 했을 때, 그 말을 들은 사람은 나 혼자만이 아니었던 것이다. 아버지도 듣고 있었던 것이다. 아버지야말로 듣고 있었던 것이다. 아버지는 그 말을 하고 싶었던 것일까, 듣고 싶었던 것일까. 그 말은 해야 할 말이었을까, 들어야 할 말이었을까, 그때 내가 들은 말은, 이 세상은 견디는 것이다, 였다고 기억하는데, 그것은 그가 정말로 하거나 듣기를 원했던 틀림없는 말, 완전한 말이었을까, 라고 질문하게 되는 것은, 그렇게 말한 사람이 이 세상을 (견디지 않고) 떠났기 때문이다. 붙어 있지 않고 떼어냈기 때문이다. 견디는 것을 '떼어내다'가 아니라 '붙어 있다'는 이미지로 받아들이고 있던 나에게, 누구에게도 아무 말 하지 않고 어느 날 갑자기 종적을 감춰버린 아버지는 파악할 수 없는 사람이었다. 나는 오랫동안 혼란스러웠다.

11)은 이승우의 단편 「모르는 사람」의 시작 부분으로, 11년 전에 실종된 아버지 이야기를 다루고 있다. 첫 단락에서 주인공은 아버지가 떠난 이유에 대해 궁금해한다. 하지만 두 번째 단락은 사라져버린 아버지가 말했을 법하지 않은 전혀 상반되는 문장이 돌올하게 튀

어나온다. 즉, 어딘가로 도피해버린 아버지가 실상 주인공에게는 이 세상은 견디는 것이다, 라고 말했다는 것이다. 그 바람에 주인공에게 "아버지는 파악할 수 없는 사람"이고 오랫동안 주인공을 혼란스럽게 만들었다.

〈보기〉에서 가장 놀라운 점은, 아버지가 나를 앉혀놓고 이 세상은 견디는 것이다, 라고 말한 단순한 사실을, 무려 18개의 문장으로 뒷받침한 부분이다. 알다시피 '말하기'는 언어 메시지로만 이루어지는 게 아니다. 그 사람의 음색, 어조 등과 같은 음성 메시지, 그리고 표정, 시선, 동작 등과 같은 동작 메시지를 수반한다. 따라서 말하는 사람도 듣는 사람의 시선을 살피며 말하게 되고, 듣는 사람도 표정과 눈빛으로 자기표현을 하기 때문에 발화자와 수신자가 고정되지 않는다. 말하는 사람이나 듣는 사람이나 모두 발화자이자 수신자로 행동한다.

뿐만 아니라, 우리가 타인에게 꼭 해주고 싶은 말은 자기 자신이 생각할 때 가장 중요한 신념이나 가치와 결부된 것이어서, 사실은 자기 자신이 가장 새겨들어야 하는 내용이다. 결국 대화란 타인에게 말하는 방식을 빌려 자기 자신에게 들려주는 작업이다. 이러한 말하기-듣기의 다층적 성격을 화자는 18개의 문장을 빌려 섬세하고 꼼꼼하게 풀어놓는다.

①아버지가 나에게 "이 세상은 견디는 것이다"라고 말했다. ②나더러 들어, 라고 말한 것 같지만 확실하지는 않다. ③들을 때는 듣는 사람이 나밖에 없었다. 그래서 ④나에게 말한 것으로 받아들였다. 그러나 ⑤시간이 흐른 후 내게 말한 것 같지 않다는 생각이 들었다. 심지어 ⑥듣는 사람이 나밖에 없었다는 사실도 수정되었다. ⑦말하

28장 좋은 단락은, 더 깊이 사랑한다

는 사람은 말만 하고 듣는 사람은 듣기만 하는 것이 아니다. ⑧ 말하는 사람은 말하면서 자기가 한 말을 듣기도 한다는 점에서 듣는 사람이기도 하다. ⑨ 어떤 점에서 가장 잘 듣는 사람이다. ⑩ 말하는 사람의 의중을 가장 잘 알고 있다는 점에서 특히 그렇다. ⑪ 말하고자 하는 내용과 표현된 내용은 다를 수 있다. ⑫ 듣는 사람은 표현된 내용만 듣는다. ⑬ 그에 반해 말하는 사람은 표현되기 이전의 말하고자 하는 내용을 알고 있다. 그런 점에서 ⑭ 불완전하게 말하면 듣는 사람도 불완전하게 듣는다. 그러나 ⑮ 불완전하게 말해도 말하는 자신은 완전하게 들을 수 있다. 그런 점에서 ⑯ 아버지 말을 들은 사람은 나 혼자만이 아니다. ⑰ 아버지도 듣고 있었다. ⑱ 아버지야말로 더 정확하게 듣고 있었을 것이다. ⑲ 아버지는 어째서 그 말을 하고 싶었고, 해야 했고, 스스로 들어야 했던 걸까? ⑳ 아버지가 한 그 말이 아버지가 정말로 하고 싶어 한 말일까. ㉑ 이런 의문이 드는 것은 그렇게 말한 아버지가 정작은 사라졌기 때문이다. ㉒ 견디는 것이라고 말했지만 종적을 감춰버렸다. 이러한 균열 때문에 ㉓ 나는 아버지를 파악할 수 없다. ㉔ 혼란스럽기만 했다.

이렇듯 작가는, 아버지가 내게 이 세상은 견디는 것이다, 라는 말을 했다는 지극히 단순한 상황 속에 내재해 있는 여러 층위의 진실을 섬세하게 포착해 풀어내고 있다. 작가는 '이 세상은 견디는 것이다'라는 단 하나의 대사에서 무려 스물네 가지의 다양한 측면들을 환기시킨다. 그리고 이러한 다층 진실을 독자로 하여금 풍요롭게 체험하도록 만드는 한편으로, 아버지의 이율배반적인 말과 행동에 대해 주인공 화자가 얼마나 오래 고심해왔는지를 절감케 만든다.

좋지 않은 책은 독서를 하는 틈틈이 잡생각을 하게 만든다. 그러나 좋은 책은 주제와 관련하여 더욱 많은 생각을 하도록 자극한다. 이때 독자는 새롭고 풍요로운 단어의 배치와 연접에 따른 강한 각성 효과에 따른 즐거움을 만끽한다. 독자로서 미처 그렇게까지 생각해 보지 못한 생각을 하게 만드는 것이다. 평소 사람들은 거칠게 대충 생각하고, 거칠게 대충 생각한 엉터리 문장에 의한 혼란과 착란의 미망에 사로잡히기 일쑤다. 그러나 좋은 글은 이러한 미망으로부터 벗어나는 풍요로운 각성을 불러일으킨다. 즉, 단순한 문장으로 생각하는 사람에게 복잡한 현실은 버겁고 혼란스럽게 느껴질 수밖에 없지만, 풍요로운 문장으로 생각하는 사람은 단조로운 현실도 섬세하고 풍요롭게 음미할 수 있다.

11)을 접한 대부분의 독자는 화자가 첫 단락 둘째 단락을 통해 풀어놓은 섬세하고도 다층적인 시선에 압도당하면서, 우리가 평소 무심코 나누는 대화조차 얼마나 다층적으로 수행되는지 절감하지 않을 수 없을 것이다. 10)은 2차로 어디 갈까? 하고 셋이 모여 궁리했다는 이야기이고, 11)은 아버지가 내게 세상은 견디는 것이다, 라고 말했다는 내용이다. 이렇게 단순한 사건을 두고, 10)에서는 새로운 문화 기표와 감수성을 활용해 한결 풍요롭게 제시하고 있고, 11)에서는 섬세한 분석적 사유를 활용해 한결 풍요롭게 제시함으로써, 독자로 하여금 사건을 풍부하고 생생하게 추체험하도록 만든다.

서사적 글쓰기에서 단락 만들기의 기본 규칙은 "제시문 + 구체적인 제시문 + 더 구체적인 제시문 + 더더 구체적인 제시문 + 더더더 구체적인 제시문……" 형식으로 짜인다. 결국 단락을 잘 만든다는 것은 더욱더 구체적인 제시문으로 들어간다는 것이다. 즉, 자신이 다루고자 하는 내용에 대해 얼마나 더 깊이 들어갔다가 나오는가, 얼마나 더 깊이 만나고 나오는가, 얼마나 더 깊이 이해하고 사랑하고 나오는가 하는 점이 가장 중요하다. 위의 〈보기〉 10)과 11)은 하나의 정황에 대해, 기성작가들의 경우 얼마나 깊이 치열하게 들어갔다 나오는지를 보여주는 좋은 실례다. 다시 말해 주목받을 만한 좋은 작가라면, 어떤 정황 어떤 사건을 다루든, 10)이나 11)만큼은 들어갔다 나와야 한다.

기성작가의 선택과 연결―김채원, 「베를린 필」

다음 〈보기〉는 김채원의 단편 「베를린 필」의 시작 부분이다. 핵심 내용은 듣고 싶은 연주곡을 찾아 듣게 되었다는 것이다. 다시 말해 듣고 싶은 연주곡이 있었는데 찾아 듣게 되었다, 라는 한 문장으로 압축해도 그만이다. 하지만 작가는 작가 특유의 자연스럽고 유려한 수필 투 문장의 선택과 연결을 통해 꼭 한 번 다시 들어보고 싶은 연주곡이 있었고, 마침내 그 연주곡을 찾아 듣게 된 과정에서 겪은 기대와 실망, 아쉬움과 반가움을 생생하게 되살리고 있다.

만약 당신이, 듣고 싶은 연주곡을 찾아 듣게 된, 어쩌면 지극히 사소한 경험 과정을 아래의 12)만큼이나 섬세하고 유연하게 풀어서 쓸 수 있는 문장력을 갖췄다면, 그때는 당신 역시 이미 주목받는 기성작가가 되어 있을 것이다. 듣고 싶은 곡을 찾아 들어본 경험은 누구나 있을 테니, 아래 〈보기〉를 읽어보기 전에 스스로 눈을 감고, 나라면 어떻게 썼을까 하고, 임의로 써본 다음에 비교해보면, 아래 〈보기〉가 얼마나 유연하고 풍요로운지 더욱 절감할 수 있을 것이다.

12) 들어보고 싶은 연주곡이 있다. 젊은 어느 날 들었던 곡이다. 그 곡을 꼭 다시 들어보고 싶다. 특별히 그 곡을 제일 좋아한다거나 하는 것과는 별개의 문제이지만. 베토벤의 심포니 3번 「영웅」. 라디오나 어디에서 그 곡이 흘러나오면 나는 멈추어 서서 귀를 기울인다. 그러고는 실망한다. 듣고 싶어 하는 그 곡이 아니기 때문이다. 그 곡 전부를 원하는 것은 아니고 그중에 한 부분, 다른 부분은 대체로 흘려듣다가 원하는 부분에서만 기억 속과 일치하기를 나는 바란다. 다른 부분은 따로 외워가지고 있지도 못하거니와 어떻게 연주되든 별 상관이 없다. 오직 기억하고 있는 그 부분이 기억 속 음률과 일치되기를 바랄 뿐이다.

아닌가 보다, 내가 잘못 기억하고 있는가 보다, 하고 나는 결국 생각하기에 이르렀고, 참 이상하다 내가 분명 들었는데 그게 아니라면…… 하고 못내 아쉬워한다.

너무 아쉬워 마음은 허해지고 급기야 이별의 감정까지 갖는다. 이미 나는 내가 기억하는 그 곡과 이별했다. 영원히 만날 수 없는 것이라고, 아예 없는 것이었는지도 모른다고 체념했다.

이별이 얼마만 한 애석함이며 그리움인가, 치유할 수 없는 것인가를 알아간다. 영원히 되돌릴 수 없는 것, 그 깊은 체념은 허무를 만든다. 불가항력으로 사람을 잠식시키려 든다. 견딜 수 없는 극한에까지 몰고 가 모든 것을 초토화시키려 한다. 차라리 생각을 말아야, 생각을 말자. 마음속에서 일으켜지지 못하도록 밀봉시킨다. 마음의 뚜껑을 꼭 닫아 양초 같은 것으로 완전히 봉해버린다.

그런데 그렇게 체념해버린 기억 속 연주를 어느 날 듣게 되었다.

음악평론가인 정만섭의「명연주 명음반」라디오 프로에서. 집중 감상곡 시간에 틀 곡목을 서두에 예고하면서 베토벤의「영웅」을 소개했다. 그는 자신이 가지고 있는 30여 가지의 음반 중에서 하나를 골라 가지고 나왔다고 말했다. 어제 종일「영웅」의 여러 음반 중 이것저것을 들어보았는데, 물론 전곡은 아니고 어느 부분만을 들었고 그중에서 한 곡을 선별했다고.

그가 전곡을 들은 것은 아니고 ─ 시간상으로도 안 되었을 것이다 ─ 어느 부분만을 들었다고 할 때 혹시 그 부분일까 하는 생각이 내게 스쳤다. 음악 전문가도 어느 부분만의 연주를 더 선호해서 고르기도 하는구나 하는 반가움이 일었다. 나는 귀를 기울였다. 그가 30여 가지 음반 중에서 선별한 곡은 어떤 것일까. 그 부분은 어떻게 연주되었을까. 음악이 흐르기 시작해도 나는 내가 알고 있는 부분 이외에는 모든 연주가 그저 유사할 뿐이므로 무심히 듣고 있었다. 그런데 이게 어쩐 일인가. 1악장 마지막 부분에서 내 기억 속 그대로의 연주가 흘러나왔다. 악보 자체가 다른 듯 다른 해석으로 연주되어버리곤 하던 그 부분, 그리하여 자신이 잘못 들은 것이라고 이제는 체념해버린 기억 속 그 연주가 흘러나오고 있었다. 상승하는 느낌, 타고 가던 마차가 통째로 들려져 태양을 향해 가는 그림이 펼쳐졌다.

따아 ─ 다 따아 ─ 다 따 ─ 다 ─ 다 ─ 다아 ─

따아 ─ 다 따아 ─ 다 따 ─ 다 ─ 다 ─ 다아 ─

이런 멜로디의 오케스트라가 중심을 향해 가고 있노라면, 그 언저리 어디에서

따다다단 따다다단 따다다단따따라라라란

따다다단 따다다단 따다다단따라라라라라란

관악기 소리가 나타나 본 멜로디와 합쳐진다. 기묘하게 사람의 마음을 사로잡는 광채 나는 그 멜로디. 「영웅」의 첫 시작부터 거기까지의 음률은 바로 그 순간을 위한 자리 찾기였던 듯 느껴진다. 이리로 저리로 헤매다가 조금씩 본줄기를 찾기 시작하여, 그러나 아니라는 듯 다시 헤매고 그러다가 다시 힘을 끌어내어 또 헤맨 후 고뇌의 싸움 끝에 어떤 정화의 시간을 거쳐 가벼이 날아오른다. 태양을 향해.

시카고 심포니. 지휘자 게오르그 솔티. 나는 그날 역행하던 것들이 질서를 찾는 듯한 기분을 맛보았다. 내가 기억하는 것이 이 세상에 없는 것이 아니라 있었다는 그 자체만으로 어떤 혼미 속에서 빠져나와 새 기운을 얻는 기분이었다. 내가 버려지지 않았다고까지 생각되었다. 그것은 큰 기쁨이었다.

29장 남다른 되기가 문체를 발명한다

'화자 및 주인공-되기'와 문체

'되기'는 문체를 창조한다

글은 문자로 서술되지만, 이야기는 주인공을 따라 진행된다. 그 바람에 서사적 글쓰기는 '주인공의 문장'으로 서술되며, 문체란 '주인공-되기'에 의해 창조된 사실들이다. 일테면 "집에서 전철역까지 걸어서 10분 거리다"라는 문장은 1차 정보에 불과하다. 주인공에 따라 다르게 서술될 수밖에 없다. 유치원생일 경우 "아이스크림 하나를 먹기에 딱 좋은 거리"일 것이다. 재수생일 경우, "영어 단어 여남은 개를 외우고 나니 전철역에 도착했다"라는 식으로 경험-서술할 것이다.

하지만 주인공이 회사원일 경우, "서둘러 걷다 보면 전철역에 도착할 즈음엔 잠이 완전히 깼다"와 같은 문장을 만들 것이다. 반면 음악을 좋아하는 사람일 경우, "좋아하는 노래를 두세 번 반복해 듣다

보면 역에 도착해 있었다"라고 표현할 것이다. 이처럼 주인공에 따라 세계는 다른 형태로 나타난다. 주인공에 따라 세계를 다르게 경험한다. 서사란 '주인공-되기'를 통해 나타난 세계의 진실이다.

보기

"집에서 전철역까지 걸어서 10분 거리다"

① 아이스크림 하나를 먹기에 딱 좋은 거리다.

② 영어 단어 여남은 개를 외우고 나니 전철역에 도착했다.

③ 서둘러 걷다 보면 전철역에 도착할 즈음엔 잠이 완전히 깼다.

④ 좋아하는 노래를 두세 번 반복해 듣다 보면 어느새 역에 도착해 있었다.

엄밀히 말하면, '봄이 왔다'와 같은 지극히 단순한 사실 문장조차 '주인공-되기'에 의해 생성된 문장이다. 봄이 왔다, 라고 세계에 대해 인식하는 주체 감성이 선행돼야 하기 때문이다. 단지 3월이다, 라고도 인식할 수 있고, 입춘이다, 라고 인식할 수도 있다. 그럼에도 굳이 '봄이 왔다'라는 문장을 사용했다면 봄이 온 사실에 대한 감성을 느끼는 주인공과 '봄' '왔다' 등의 단어를 선택 연결하는 화자로서의 주체가 선행돼야 한다. 즉 '화자 및 주인공-되기'가 문장을 만든다.

'주인공-되기'는 자기만의 문체를 만든다. '읽기'가 타자가 서술한 문장을 이해하는 수동적 능동이라면, '쓰기'는 온전히 능동적이다. 따라서 매우 일상적이거나 사소한 사건일지라도 '주인공-되기'가 되면 얼마든지 새로운 문체, 새로운 서술이 가능하다. 앞장에서 소개한 〈보기〉는 10) 윤대녕의 「January 9, 1993. 미아리통신」,

11) 이승우의 「모르는 사람」, 12) 김채원의 「베를린 필」의 시작 부분이 좋은 일례다. 각각의 〈보기〉는 10)'우리는 어디로 옮길까 궁리했다.' 11)'아버지는 내게 세상은 견디는 것이다'라고 말했다.' 12)'듣고 싶은 연주곡이 있었는데 듣게 되었다'라는 내용에 불과하다. 이렇게 한 문장으로 압축할 수 있는 내용인데도 불구하고 10) 문화적 감수성이 뛰어난 주인공-되기, 11) 아버지의 말에 대해 많은 생각을 해본 주인공-되기, 12) 특정한 연주곡에 대해 남다른 애착과 기억을 가진 주인공-되기를 통해 이제까지 존재하지 않던 문장-세계를 창조한 것이다.

주인공이란 어떤 사건을 주체적으로 겪는 사람이다. 자기만의 감각과 감성, 느낌과 생각을 갖고 사건을 겪는 사람이다. 기실 자기만의 감각과 감성, 느낌과 생각을 갖고 사건을 겪게 되면, 자기만의 문장이 나오지 않을 수 없다. 다음 〈보기〉를 보자. 1)은 '눈 내리는 날 친구들과 삼겹살집에 가서 소주를 마셨다'는 내용이다. 2)는 '슈퍼마켓에 다녀왔다'는 내용이다. 술집에 가거나 슈퍼에 다녀오는 사건은 너무나 평이한 일상적 사건이어서, 새삼 글감이 되지 못할 것 같지만, 남다른 감각과 감성, 느낌과 생각을 가진 '주인공-되기'를 통해서라면, 얼마든지 새로운 문장으로 표현할 수 있다.

보기

1) 눈이 내렸다. 친구들과 삼겹살을 먹었다. 술도 마셨다.

　　→ 눈이 내릴 거라는 일기예보가 있기는 했지만 아침에 집을 나설 때만 해도 도무지 눈이 내릴 것 같지 않은 하늘이었다. 하지만 오후가 되자 희뿌연 눈발을 하나둘씩 흩뿌리더니 서너 시쯤 되자 이미

저문 하늘처럼 사방이 어두워지면서 더욱 선명하게 드러나는 새하얀 함박눈이 날리기 시작했다. 눈발이 퍼붓자 처음엔 다들 집에 갈 걱정을 앞세웠지만, 정말로 집에 갈 일이 걱정될 만큼 많은 눈이 쌓이자 아무려나 일 년에 한 번쯤 눈에 막혀서라면 집에 가지 못하는 것도 멋진 추억이다, 라는 생각이 들 만큼 기분들이 들떠서, 삼겹살집으로 몰려갔다. 굳이 삼겹살집으로 가려던 것은 아니고, 평소 다니던 식당으로 가려던 것인데, 어린아이들처럼 눈싸움도 하고 눈사람도 굴리면서 가다 보니 마침 그중 제법 잘 굴려서 눈사람으로 세운 장소가 하필이면 그 삼겹살집 앞이어서 들어간 것인데, 삼겹살이 지글거리며 알맞게 익자 누군가 창밖 눈사람을 보면서 저 녀석도 그만 들어와 먹으라고 해야 하는 거 아냐, 해서 다들 웃었다. 정운은 기어코 재봉의 벙거지 모자를 뺏어다 눈사람에게 씌워주기까지 했다.

2) 슈퍼에 라면 사러 다녀왔다.

→ 옷을 갈아입고 나갔다 오려니까 귀찮다. 그냥 입고 있던 실내복 그대로 입고 나갔다 올까 싶었지만, 그랬다가 저번처럼 신엽 오빠와 마주치면 곤란할 것 같았다. 오빠에게만큼은 조금이라도 더 예뻐 보이고 싶은데, 이상하게 옷을 아무렇게나 입고 나간 날이면, 어김없이 오빠와 마주치고 만다. 반대로 혹시나 하고 예쁘게 멋을 부리고 잠깐이라도 마주쳤으면 하고 바랄 때는 이상하게 마주치지 않았다. 그렇다면 이번엔 어떻게 할까. 그래도 혹시나 마주칠지 모르니까 잘 차려입고 나갈까. 아니면 다만 오빠와 마주칠 확률을 높이기 위해 아무렇게나 입고 나가버릴까.

1)은 술집에 간 이야기다. 하지만 '눈 내리는 풍경과 눈사람에 대한 남다른 감성과 관찰력을 가진 주인공-되기'를 통해 한결 구체적으로 풀어내고 있다. 예문 2)는 슈퍼마켓에 가는 이야기다. 그러나 '신엽 오빠를 좋아하는 마음을 가진 주인공-되기'를 통해 이러한 주인공만이 갖는 심리 갈등으로 풀어내고 있다.

문학사는 '되기'의 역사다

모든 좋은 소설의 남다른 표현은 모두 그만큼 남다른 관찰과 감성이 가능한 '주인공-되기'에 따른 결과물이다. 가령 다음 〈보기〉들은 모두 소설의 시작 부분이다. 1)은 우리나라 최초의 신소설로 꼽히는 이인직의 『혈의 누』의 첫 문장으로, 1906년 『만세보』에 연재되었다. 2)는 최초의 근대소설로 꼽히는 이광수의 『무정』의 첫 문장으로, 1917년 『매일신보』에 연재되었다. 3)은 이상의 「날개」, 4)는 이상의 「봉별기」의 첫 문장이다. 두 편 모두 1936년에 발표되었다. 읽어보면 불과 30년 사이에 얼마나 놀라운 주인공-되기의 변화, 즉 문체의 변화가 발생했는지 알 수 있다.

보기

1) 일청전쟁日淸戰爭의 총소리는 평양 일경이 떠나가는 듯하더니, 그 총소리가 그치매 사람의 자취는 끊어지고 산과 들에 비린 티끌뿐이라.

2) 경성학교 영어 교사 이형식은 오후 두 시 사년급 영어 시간을 마치고 내려쪼이는 유월 볕에 땀을 흘리면서 안동 김 장로의 집으로 간

다. 김 장로의 딸 선형善馨이가 명년 미국 유학을 가기 위하여 영어를 준비할 차로 이형식을 매일 한 시간씩 가정교사로 고빙하여 오늘 오후 세 시부터 수업을 시작하게 되었음이라.

3) '박제가 되어버린 천재'를 아시오? 나는 유쾌하오. 이런 때 연애까지가 유쾌하오.
육신이 흐느적흐느적하도록 피로했을 때만 정신이 은화처럼 맑소. 니코틴이 내 횟배 앓는 뱃속으로 스미면 머릿속에 으레 백지가 준비되는 법이오. 그 위에다 나는 위트와 파라독스를 바둑 포석처럼 늘어놓소.

4) 스물세 살이오— 삼월이오— 각혈이다. 여섯 달 잘 기른 수염을 하루 면도칼로 다듬어 코밑에 다만 나비만큼 남겨 가지고 약 한 제 지어 들고 B라는 신개지 한적한 온천으로 갔다. 게서 나는 죽어도 좋았다.

『혈의 누』의 첫 문장은 관용적인 비유구 표현으로 서술되고 있다. 청일전쟁에 대해 구체적인 묘사는 단 한 줄도 하지 않는다. '청일전쟁'을 두고 다만 "총소리는 평양 일경이 떠나가는 듯"했다, 라고 전쟁이 일어난 사실을 다만 '총소리가 떠나갈 듯하다'는 상투적 비유로 서술한다. '전쟁'='총소리'라고 하는 통념적 환유로 대신하고 있는 것이다. 전쟁이 남긴 상흔을 표현하는 '사람 자취는 끊어지고' '비린 티끌' 등의 표현도 상투적이다. 흔하고 빤한 비유로 처리해버리는 것이다. 최초의 신소설이라는 평가답게, 운문 투나 한문 투를 탈피한 묘사적 산문체를 얼마간 성취한 작품이라는 평가에도 불구하고, 사실적 묘사나 표현은 거의 구사되지 않고 있다.

반면에 『무정』의 첫 문장은 이러한 『혈의 누』의 첫 문장과 확연한 차이를 보여준다. 현대소설에 익숙한 지금의 독자에게 『무정』의 첫 문장은 평이하고 예사로운 문장으로 읽힐지 모른다. 하지만 당대 독자에게 『무정』의 문체는, 이제까지 보지 못했던 매우 낯선 문체로 신선하게 다가왔을 것이다. 『무정』의 첫 문장은 『혈의 누』의 첫 문장에 비해 한결 구체적 사실을 적시하고 있다. "경성학교 영어 교사" "오후 두 시" "사년급 영어 시간을 마치고" "내려쪼이는 유월 볕" "땀을 흘리면서" "안동 김 장로의 집으로" 등과 같은 구체적 정보가 가득 들어 있는 것이다.

한문 투의 고전소설만 접하던 독자들이 『혈의 누』를 처음 접했을 때 그러했듯, 신소설에 겨우 눈뜬 독자에게 『무정』은 첫 문장부터 매우 신선한 충격이었을 것이다. 마치 정지된 사진만 접하던 근대인들이 활동사진을 처음 접할 때의 충격이나, 혹은 흑백텔레비전만 보던 사람들이 컬러를 처음 접할 때와 같은 새롭고 선명한 충격이었을 것이다. 그런데 『무정』과 「날개」의 첫 문장을 비교해보면 또 다른 격세지감을 느낀다.

『무정』의 첫 문장을 『혈의 누』의 첫 문장과 비교하면 매우 구체적이고 사실적이지만, 「날개」와 비교해보면 매우 단조로운 1차 정보 전달 수준의 문장으로 읽힌다. 『무정』의 첫 문장이 객관적인 정보 전달 수준의 구체적 문장이라면, 「날개」의 첫 문장은 화자의 복잡한 심리를 역설적으로 표현한 문장이다. '박제가 되어버린 천재'가 있다면 비극일 텐데, 화자는 유쾌하다고 말한다. 이 유쾌는 천재를 박제로 만드는 암담한 현실에 대한, 너무나 어처구니없는, 상대할 가치조차 느끼지 못해 웃어넘길 수밖에 없는, 역설적인 유쾌다.

「날개」는 구체적 사실 정보를 다루지 않는다. 구체적 사실에 대한 역설적 반응 심리를 다룬다. 그래서 천재가 박제가 되어버리는 현실을 웃어넘기고, 육신이 피로할 때 정신은 오히려 은화처럼 맑다. 「봉별기」의 첫 문장 또한 놀랍다. "스물세 살" "삼월" "각혈"이라고 하는 젊고 강렬한 이미지를 품은 3개의 단어가 단호하고 경쾌하게 연결되어 있다. 뒤이어 나비 콧수염만 남기는 치기와 함께, 온천으로 가서 휴양을 해야 하는 처지를 한탄하면서도, "게서 나는 죽어도 좋았다"고 호언한다.

『혈의 누』와 달리 『무정』은 현실을 구체적으로 직시하는 근대적 주인공-되기가 없다면 나올 수 없는 문체라면, 「날개」나 「봉별기」는 이상 특유의 치기가 선명하게 드러난다. 모던한 기지를 내세운 주인공-되기가 없다면 결코 나타나지 않았을 문체로, 첫 문장만 비교해봐도, 당대 독자들에게 매우 신선하고 놀라운 것이었음을 짐작할 수 있다. 첫 문장만으로도 확연하게 대비되는 이러한 차이는 단지 문장에서만 그치지 않고 인물 성격과 이야기, 주제로까지 이어진다.

가령 『무정』의 첫 문장은 구체적이고 객관적인 사실 정보를 바탕으로 이야기를 풀어간다. 결국 주인공 이형식은 이후 선형과 함께 유학을 떠나는 것으로 이야기를 맺는다. 그의 시선으로는 누가 보더라도 암담한 조국의 객관적 현실을 일깨울 근대적 계몽 주체가 필요했을 것이다. 반면에 「날개」는 구체적 객관적 사실보다는 개성적인 화자 특유의 위트와 역설로 이야기를 풀어나간다. 주인공은 '박제가 되어버린 천재'라고 하는 비극적 상황 앞에서도 "유쾌하"다. 육신이 흐느적흐느적하도록 피로할 때 도리어 정신은 은화처럼 맑은 '위트와 패러독스'의 역설적 주체로서 현실을 받아들이기 때문이다.

『무정』이 가난해서 힘들다, 같은 구체적 인식에 머물러 있다면, 「날개」는 가난해서 자유롭다, 같은 역동적 반응을 보여준다. 『무정』의 주인공이 암울한 현실을 암울한 현실 그대로 받아들이는 현실적 주체라면 「날개」의 주인공은 암울한 현실을 우스꽝스러운 현실로 경험하는 역설적 주체인 것이다. 집은 없고 방만 있는 암울한 절망적 현실에도 불구하고 주인공은 감사하다. 돋보기로 하는 불장난이 죽고 싶을 만큼 재미있는 더없이 천진한 아이로의 퇴행을 온몸으로 겪은 뒤 날기를 꿈꾼다.

모든 소설사가 그렇겠지만, 한국 소설사란 이전에는 없던 새로운 주인공-되기가 등장하는 역사였다. 즉 새로운 화자 및 주인공의 등장을 통해 새로운 문제를 발명하는 역사였다.

30장 '주인공-되기'가 진실을 발명한다

작가 되기와 주인공 되기 1

'주인공-되기'는 세계 속으로 들어가는 유일한 길이다

작가든 독자든 단순히 글을 쓰거나 읽는 사람이 아니다. 단순히 쓰거나 읽는 사람은 없다. 언제나 더 좋은 글 즉, 더 좋은 생각을 찾아 쓰거나 더 좋은 문장을 찾아 읽고자 한다. 더 좋은 생각은 더 좋은 문장으로 나타나고, 더 좋은 문장은 더 좋은 생각을 하게 만든다. 작가든, 독자든, 언제나 '더 좋은 생각문장'을 찾는 사람이다.

특히 보다 나은 생각문장은 보다 나은 '화자 및 주인공-되기'가 선행되어야 가능하다. 동시를 잘 쓰려면 '동심을 가진 화자 및 주인공'이 되어야 하고, 드라마를 잘 쓰려면 '드라마틱한 서사를 겪는 화자 및 주인공'이 되어야 한다. 경험한 사람만이 경험한 만큼 느끼고 안다. 일테면 남근적 로고스의 언어 체계로 성차별 문제를 다루는 것은 불가능하다. 젠더로서의 남다른 감수성을 지닌 여성 내지 여성적 시선이 필요하다. 열악한 노동환경을 다루기 위해서는 경영자 시각으로는 부족하다. 차별받는 계약직 노동자의 각성된 관점이 한결 효과적이다. 현행 교육제도의 문제점은 그 제도에 적응하지 못하는 청소년이 가장 잘 알고 있다.

결국 '주인공-되기'란, 마치 싱싱하고 다양한 바닷속 해산물들을 따기 위해 조금이라도 더 깊이 들어가는 해녀와 같다. 겉으로는 잘 드러나지 않는 세계의 웅숭깊은 진실들을 보다 강렬하고 풍요롭게 포획하기 위한 필수적인 통과의례다. 바람직한 작가란 세계의 소수자들에게 보다 깊이 감정이입을 하는 연기자이자 연출자다. 당해본 만큼, 겪어본 만큼, 느껴본 만큼, 생각해본 만큼 그것에 대해 보다 잘 말할 수 있기 때문에, 어떤 것에 대해 보다 풍요로운 진실을 발견하기 위해서는 그것으로 더 더더 더더더 더더더더 깊이 들어가보는 '주인공-되기'를 해야 한다.

'특정한 화자 및 주인공-되기'와 '더 좋은 문장 찾기'는 동일한 행위의 두 측면이다. 다만 '주인공-되기'는 단순한 경험주의를 의미하지 않는다. 가령 불우이웃을 돕는다고 해서, 누구나 불우이웃을 돕는 경험을 하지는 않는다. 도리어 돈이 정말 중요하구나 하고, 배금주의를 경험할 수도 있다. 해녀가 되어 바닷속으로 들어가도, 머릿속으로 아이 학비 걱정만 하고 있으면 '해녀-되기'를 하고 있는 게 아니라 '학부모-되기'를 하고 있는 것과 같은 이치다. 단순한 경험이 아닌, 그러한 상황에 대한 해석적 주체가 되어야 한다. 그러한 상황이나 주제에 대해 자기만의 생각문장을 창조하는 주체적인 감정이입이 필요하다. 그때야 비로소 진짜 체험이다.

작가는 소수자-되기를 한다

역사 이래 모든 리더들은 '소수자-되기'를 통해 그 사람을 이해하고 그 사람을 드러내주었다. 가령 무당부터가 그러하다. 그들은 억울하게 죽어간 원귀의 목소리로 원귀만이 구사할 법한 사연을 얘기한다. '억울한 영혼-되기'를 통해 부당한 원한, 즉 감춰진 진실을 풀어주는 것이다. 가장 힘들게 살아가는 불우한 이웃들의 살림살이와 애로사항에 귀를 기울이는 사제의 선행도 마찬가지이고, 소외계층의 시난고난한 목소리에 귀를 기울이는 덕치의 군왕들도 마찬가지다.

이들은 모두 약자, 억울한 사람, 진실을 누구보다 많이 알고 있는 소수자 안으로 들어가 그들의 목소리, 그들의 진실을 살려낸다. 예술 역시 이러한 소수자-되기의 감정이입을 통해 진실을 찾아나가는 작업이다. 좋은 작가가 된다는 것, 혹은 좋은 독자가 된다는 행위야말로, 보다 진실한 주인공 되기의 체험을 통해 보다 풍요로운 생각문장을 채취하는 작업이다. 사랑에 대한 많은 설명이 있지만, 결국 글쓰기를 공부하는 사람의 입장에서 사랑이란 "보다 깊이 체험하는 '주인공-되기'를 통해 보다 풍요로운 생각문장을 창작하는 일"이다.

글쓰기에 있어 '주인공-되기'란 말 그대로 작가가 주인공 인물에 공수되어 주인공 특유의 표정, 성격, 행동, 대사 등을 창작하는 작업이다. 자신이 전하고자 하는 내용, 사건, 인물 등에 대해 보다 깊이 있게 동화되어야만 자신이 전달하고자 하는 진의에 충실할 수 있다. 작가가 된다는 것, 독자가 된다는 것은 신들린다는 것이고, 제사와 제의를 올리는 연극적 행위이며, 감정이입을 통해 숨겨진 진실을 드러내는 정치적 행위이자 가치 있는 생각들을 창조해내는 일이다.

'주인공-되기'는 같은 사실조차 전혀 다른 의미로 태어나게 만든

30장 '주인공-되기'가 진실을 발명한다

다. 졸저 『나를 바꾸는 글쓰기 공작소』의 일례를 다시 보자.

보기

1) 사업가 김 모 씨(48세)는 올해 들어 자신의 회사 종업원 윤 모 양(26
세)과 서너 차례의 사적인 만남을 가졌다.

2) 김은 노을을 멍하니 바라보았다. 넋을 잃고 노을을 바라보는 것은
요즘 들어 생긴 버릇이다. 정확히 말하면 그녀, 윤을 만나면서부터
이다. 이제 겨우 서너 차례 만났는데 만나고 나면 그렇게 쓸쓸한 기
분만 더욱 더해지는 것이었다.

1)도 김과 윤의 만남을 다루고 있고, 2)도 김과 윤의 만남을 다루
고 있다. 그러나 1)에서는 김과 윤의 만남이 진실한 만남처럼 느껴
지지 않을 뿐 아니라 매우 부도덕하게만 느껴진다. 1)은 김과 윤을
익명화하고 물화하는 반면, 2)는 화자가 김에게 초점을 맞추는 '주
인공-되기'의 감정이입을 통해 김의 내면과 감정을 드러냄으로써
이해와 공감을 불러일으킨다.

'재능'으로 쓰는 게 아니라 '되기'로 쓰는 것이다

글을 잘 쓰는 사람은 이러한 감정이입, 즉 타인에 대한 이해와 공명
을 할 줄 아는 사람이다. 타인에 대한 이해와 공명으로 더 깊은 '주인
공-되기'를 할수록 더 많은 진실을 창작할 수 있다. 일반 시민을 위
한 '글쓰기 공작소' 강좌를 진행하면서 초보 습작생 대상으로 '라면

끓이기'에 대한 단락 만들기를 과제로 내보았다. 라면 끓이는 과정은 누구나 해본 경험이자 잘 아는 경험이어서 습작생들이 제출한 각 단락을 비교해보면, 각각의 문장력이나 단락 만들기 솜씨 및 특징을 명징하게 비교해볼 수 있다.

다음 〈보기〉 중에 어떤 글이 가장 흥미롭고 어떤 글이 가장 아쉬운지 비교해보자.

보기

1) 주말이면 라면 생각이 난다. 종일 방에 처박혀 있다 누리는 최고의 호사가 라면을 먹는 것이기 때문이다. 국물이 보글보글 끓기 시작할 때 풍기는 달큰하고 구수한 냄새는 적적할 때 찾아오는 친구처럼 반갑다. 나는 능숙한 동작으로 라면을 끓인다. 냄비에 물을 넣은 다음부터 가스레인지의 불을 끌 때까지 조리 과정은 고도의 암산을 하면서도 거뜬히 할 수 있을 정도로 손에 익었다. 맨 마지막에 식초 한 방울을 떨어뜨리는 것 말고는 철저히 라면 봉지에 적힌 조리법을 따른다. 가장 좋아하는 순간은 완성된 라면을 젓가락으로 건져 올릴 때 면발 위로 풀풀 연기처럼 피어오르는 훈김을 바라볼 때다. 인심 좋은 밥집 아줌마가 해준 밥처럼 라면이 선사할 기분 좋은 포만감을 생각하면 라면 끓이는 일이 귀찮을 수가 없다. 일요일 오후엔 그래서 라면이 최고다.

2) 나는 라면을 끓일 때 라면 봉지에 적힌 기본 레시피를 준수한다. 라면마다 약간씩 차이가 있는 물의 양(500cc나 550cc)을 계량컵을 이용해 정확히 맞춘다. 끓이는 시간도 4분이면 4분, 5분이면 5분을 시

30장 '주인공-되기'가 진실을 발명한다

계를 보며 정확히 지킨다. 물이 끓기 시작하면 면을 먼저 넣고 분말 스프를 넣는데 건더기 스프가 따로 있는 경우는 건더기 스프를 면보다 먼저 넣는다. 면이 익는 동안은 뚜껑을 닫아서 물을 지킨다. 국물이 닳아서 중간에 물을 더 넣거나 하는 일은 없다. 라면에 함께 넣어 먹으면 맛있다고 하는 것들, 치즈나 우유, 김치, 깻잎, 마늘 같은 것은 넣지 않는다. 마지막에 계란만 넣는데, 바닥에 눌어붙거나 노른자가 깨지는 것을 막기 위해 조심스럽게 면 위에 얹어놓는다. 넣은 후에는 젓지 않는다. 그대로 뚜껑을 닫고 10초를 센다. 흰자는 다 익지만 안쪽의 노른자는 터뜨리면 흘러내릴 정도로 덜 익는 시간이다. 식탁으로 냄비를 옮겨놓고 김치를 꺼내는 시간만큼 뜸을 들인다.

3) 제 몫의 라면은 제 손으로 끓여 먹기. 이것은 엄마의 원칙이었다. 그래서 나는 열두 살에 라면 끓이는 법을 배워야 했다. 열두 살은 불을 사용할 수 있는 나이이며, 어른들이 하는 것을 시도해보아야 하는 나이라고 했다. 무엇보다도 라면 맛을 알 나이라는 것도 덧붙였다. 엄마는 먼저 계량컵과 타이머를 보여주었다. 특별한 사용법이 있는 것은 아니지만 두 도구는 라면 초보자에게 필수품이며 양과 시간에 대한 감이 생기기 전까지 의지해야 하는 물건이었다.

4) 라면 끓이기에 관한 글을 쓰고 있다. 문장이 설익은 면발 같다. 탱탱 하면서도 부드럽지 않아서 읽으면 읽을수록 속이 더부룩하다. 소화 제를 먹으려고 찬장을 뒤적이니 라면이 보인다. 라면 끓이기가 소재 이므로 직접 라면을 끓이기로 한다. 그런데 냄비가 없다. 프라이팬 만 보인다. 어찌됐든 끓이기만 하면 되잖아. 프라이팬에 물을 따르

고 가스 불을 켠다. 이런, 벌써, 물이 끓으려고 한다. 뚜껑을 닫지도 않았는데 닫을 뚜껑도 없는데 이렇게 빨리, 쉽게, 보란 듯이 끓는다. 밑바닥이 넓고 깊이가 얕은 프라이팬의 용도를 재발견한 셈이다.

5) 가장 맛있는 라면은 뭐라 해도 야밤에 엄마 몰래, 내가 끓여 먹는 라면이다. 누군가는 배고플 때 먹는 라면이 가장 맛있다고 하지만 그 때는 무엇을 먹어도 맛있기 때문에 인정할 수 없다. 엄마 몰래 라면을 끓일 때 조심해야 하는 것은 소리다. 엄마들은 주방에서 나는 소리에 민감하며 또한 궁금증이 많다. 특히, 아들의 체중 조절에 관심 있는 엄마라면 더욱 그렇다. 그래서 잠결에 듣지 못한다면 모를까 일단 소리를 들었다면 대부분 무슨 소린지 안다. 혹시 모르는 경우 아무리 졸려도 꼭 일어나 확인한다. 일단 음악을 작은 소리로라도 켜놓고 물을 마시러 나온 것처럼 자연스럽게 냉장고를 열어 음료나 물을 마신다.

6) 여자는 라면 가닥에 걸려 있다. 풀어진 라면 가닥에 사지를 벌리고 안간힘을 다해 매달려 있다. 라면의 가닥은 꼬불거리고 미끄러워 여자가 매달려 있기에는 위태롭다. 빠져나오려고 안간힘을 쓸수록 라면 가닥은 흔들리고 요동쳐 그 모습이 흡사 거미줄에 걸린 먹잇감과도 비슷하다. 거미줄의 진동으로 먹잇감을 포착하는 거미와 다르게 라면 가닥을 쳐놓은 포식자는 보이지 않는다. 포식자가 나타나지 않는 걸 보면 라면 가닥을 친 포식자는 진동으로 먹잇감을 감지하는 포식자가 아니거나 라면 가닥의 진동이 아직은 포식자에게 전달되지 않았거나, 지금은 포식자가 먹이를 잡고 싶은 생각이 없

을지 모른다고 매달려 있는 여자는 생각한다. 포식자가 나타나기 전에 어떻게든 그곳을 빠져나가야 한다고 생각하며 발버둥 치지만, 발버둥 칠수록 라면의 가닥은 끊어질 듯 끊어지지 않고 가닥의 탄성으로 여자의 몸이 허공에서 너울 치듯 흔들릴 뿐이다. 여자는, 차라리 라면 가닥이 끊어져 바닥이 보이지 않는 아래로 떨어졌으면 좋겠다고 생각하며 고개를 숙여 아래를 내려다본다. 아래에는 깊이나 높이를 알 수 없는 까만 어둠이 전부다.

7) 그 사람은 늘 같은 시간에 온다. 나는 그 사람을 우동 씨라고 부른다. 우동 군이라기에는 나이가 많아 보이고, 우동 아저씨라고 부르기에는 내 나이가 많으니까. 어쩌면 우리는 동갑일지도 모른다. 우동아, 라고 불러볼까. 저기 우동이가 오네, 우동이가 먹네, 우동이가 가네. 여러 번 반복해도 우동이는 아무래도 우동이, 동네 꼬마 이름 같다는 생각뿐. 우동 씨에게 우동이는 어울리지 않는다.

유리창 너머로 건널목 앞에 서 있는 우동 씨가 보인다. 부신 봄 햇살이 우동 씨의 추레한 행색을 더 추레하게 비춘다. 계절이 바뀌어도 여전히 늘어난 면 추리닝 바지에 어두운색 티셔츠를 입고 있다. 자다가 바로 나온 차림이고, 돌아가서 다시 잠들 것 같은 차림이다. 신호가 바뀌고 우동 씨가 걸어온다. 키가 큰 우동 씨는 몇 걸음 만에 횡단보도를 건널 수 있을 것 같은데도 누가 뒤에서 떠미는 것처럼 주춤주춤 걸어온다. 키가 아주 큰 우동 씨는 얼굴도 커다랗고, 마치 모아이 석상처럼 길쭉하게 커다랗고 모아이 석상보다 감정이 드러나지 않는다.

우동 씨가 유리문을 밀고 들어온다. 어서 오세요, 라고 최대한 경쾌하게 인사를 하면 우동 씨는 나를 쳐다보지도 않고 뭐라 뭐라 웅얼거리며 컵라면 코너로 간다. 한참 동안 그곳을 서성이며 고민을 거듭하지만 우동 씨는 당연하게도, 우동을 고른다. 옆 가게 아저씨가 매번 에쎄 담배를 사 가듯, 업종만 바뀔 뿐 나는 언제나 아르바이트를 해야 하듯 변하지 않는 건 변하지 않는다. 우동 씨가 호주머니에서 동전을 꺼내어 나에게 확인을 시키듯 하나씩 계산대 위에 올려놓는다. 100원짜리 동전 여덟 개, 50원짜리 동전 하나. 한 번도 동전 개수가 틀린 적이 없는 걸 보면 처음부터 그 금액만 준비해서 가져오는 것이 분명하다.

계산을 마친 우동 씨는 두 손으로 소중하게 튀김우동을 받치고 온수기를 향해 간다. 비닐을 뜯고 스프를 넣고, 남김없이 아주 탈탈 털어넣고 물을 받기 시작한다. 처음에는 거침없이 물을 붓다가 일정량이 채워지면 용기를 이리저리 움직이며 조심스럽게 물을 채워간다. 물을 조금씩 채우고 용기를 움직이고 다시 물을 채우는 그 집요한 과정을 나는 숨죽이고 지켜본다. 이제 그만, 이라고 외치고 싶은 순간에도 우동 씨는 멈추지 않는다. 물이 볼록하게 부풀어 오른 순간, 한 방울의 물이 떨어지면 모든 균형이 깨지는 그 직전까지 가서야 우동 씨는 한껏 구부렸던 등을 펴고 우동이 익길 기다린다.

우동 씨가 우동을 먹고 있는 모습을 보면, 나도 배가 고프다. 우동 씨는 세상에서 가장 맛있는 음식을 대하는 사람처럼 경건하게 우동면을 꼭꼭 씹고 싱거울 게 분명한 국물을 천천히 음미하며 마신다. 어쩌면 우동 씨에게는 정말로 우동이 세상에서 가장 맛있는 음식이 아닐까, 생각한다. 그게 아니라면 우동 씨에게 우동은 유일한 한 끼일지도 모르는데, 그 생각은 나를 좀 슬프게 한다. 물로 헹군 듯 깨끗하게 우동을 먹고 우동 씨가 나간다. 기다란 우동 씨보다 더 길게 늘어진 그림자를 향해 나는 안녕히 가세요, 라고 외친다. 우동 씨는 내일 이 시간에 또 올 것이다.

1)은 접근과 공감이 가장 용이한 글이다. 적잖은 사람들이 "주말"이면 라면을 끓여 먹는데 "달큰하고 구수한 냄새"가 나고, 그것은 마치 "적적할 때 찾아오는 친구"같이 익숙한 일이기 때문이다. 하지만 라면을 "최고의 호사"라고 부를 수 있을까. "적적할 때 찾아오는 친구"라는 표현도 요즘의 도시 감각에는 썩 어울리지 않는다. 더 좋은 음식도 많지만 귀찮거나 여건이 허락지 않을 때 차선책으로 선택하지 않나 하는 점 때문에 "최고의 호사"나 "라면이 최고다" 같은 표현에 선뜻 동의하기 어렵다. 특히 '일요일 오후엔 라면이 최고다' 같은 문장은, '일요일엔 오뚜기 카레' 같은 광고 문구를 연상시킬 만큼 이미 많이 들어본 상투구로 읽힌다.

뿐만 아니라 "고도의 암산을 하면서도 거뜬히 할 수 있을 정도"라는 설명은 잘못된 표현이 아니지만, 고도의 암산을 하며 라면을 끓이는 경우가 거의 없기 때문에 작위적인 표현으로 읽힌다. '얼마든지 다른 생각을 하면서도' 정도의 표현이 보다 적합하다. 그러고 보면 "달큰하고 구수한 냄새"라는 표현 역시 라면 냄새라고 하기에는 다소 부정확하고, 라면 하나로는 양이 충분하지 않기 때문에 "포만감"이라는 표현 역시도 아쉽다. 지나치게 익숙한 기표로 표현되었고 그만큼 통념적 표현에 머물러버렸다.

반면 2)는 한결 정확한 문장으로 꼼꼼하게 서술했다. 정확하고 꼼꼼한 서술이지만, 누구나 알고 있는 1차 정보에 지나지 않아 별다른 흥미를 느끼지 못한다. 즉 화자나 주인공 특유의 감성이나 해석이 거의 곁들어지지 않아 기계적인 기록처럼 읽힌다. '화자 및 주인공-되기'가 제대로 이루어지지 않은 것이다.

이와 달리 3)은 글쓴이의 기억을 활용했다. 열두 살 아이에게 손수 라면을 끓여 먹도록 요구하는 엄마에 대한 기억과 계량컵과 타이머까지 갖춘 엄마 모습이 특이해 남다른 흥미를 불러일으킨다.

4)는 라면 끓이는 픽션과 라면 끓이는 과정을 글로 쓰는 메타픽션이 겹쳐 있는 글이어서, 이러한 이중 서술이 어떻게 전개될지 궁금해지는 글이다. 일차원적인 기록에 머물러 있는 2)보다는 기억을 활용한 3)이나 실험적 글쓰기인 4)가 더 흥미로울 수밖에 없다.

5)는 가장 짧은 시간에, 가장 강한 긴장을 불러일으키는 예문이다. 다른 예문들이 단순히 라면 끓이는 과정을 일반적 관점에서 설명하고 있는 것에 반해, 분명한 성격의 남다른 '주인공-되기'를 하고 있기 때문이다. 즉 '다이어트를 강요받고 있지만, 그러지 못하고 몰래 라면을 끓여 먹으려고 하는 개성적 인물'이 주인공으로 등장한다.

이처럼 살이 찌는 줄 알면서도 몰래 라면을 끓여 먹는 '라면 유혹을 이기지 못하고 다이어트를 포기하는 주인공-되기'는 여느 주인공들보다 한결 라면을 소중히 여기고, 라면 맛을 제대로 음미하는 인물이지 않을 수 없다. 게다가 반주인공인 어머니 역시 '아들의 체중 조절을 감시하는 어머니-되기'가 필요한 남다른 인물이다.

아들의 다이어트를 감시하는 어머니는 주방에서 나는 소리에 유난히 민감할 것이다. 작가가 말하듯, 모든 어머니들은 주방에서 나는 소리에 매우 민감한데, 아들의 체중 조절에 관심 있는 어머니라면 더욱 그러할 것이기 때문에 다른 〈보기〉에서는 느껴지지 않는 예민한 긴장이 느껴진다.

이처럼 '개성적이고 문제적인 주인공-되기'는 글 쓰는 사람의 재능과 무관하게, 남다른 깊이와 긴장과 상황을 가능하게 만들어준다. 좋은 문장은 재능으로 쓰는 게 아니라, '주인공-되기'가 불러일으킨 좋은 문장을 받아씀으로써 가능한 것이다. '개성적이고 문제적인 주인공-되기'가 이루어지면 수고를 들이지 않고도 한결 좋은 문장과 상황을 창작할 수 있지만, 그렇지 않으면 힘만 드는 것이다.

6)은 글쓴이 특유의 상상을 활용해 실험적 글쓰기를 시도하고 있어 흥미롭다.

7)은 관찰자 시점을 활용하여 우동 씨를 묘사하고 있다. 이때 주인공은 우동 씨고, 화자인 나는 관찰자에 머물러 있다. 그런데도 흥미롭게 읽힌다. 이러한 관찰자 시점의 글쓰기는 마치 글쓴이가 '주인공-되기'를 제대로 수행하지 않아도 얼마든지 좋은 글을 쓸 수 있는 예처럼 보인다.

하지만 이러한 판단은 화자와 주인공 간의 분리로 인해 벌어진 착시현상에 불과하다. 위 글은 '우동 씨'라고 하는 주인공을 다만 관찰자 시점으로 서술하고 있는 게 아니라, '우동 씨라고 하는 손님을 유달리 자세히 관찰하는 편의점 알바생-되기'를 통해 편의점 알바생에 비친 편의점 풍속의 한 단면을 내밀하게 서술하고 있다.

일테면 「사랑 손님과 어머니」는 전형적인 관찰자 시점의 소설이다. 이 소설에서 화자는 옥희이고, 옥희는 다만 관찰자에 머물러 있는 것처럼 읽힌다. 그러나 실제 주인공은 사랑방 손님도 어머니도 아닌 옥희 자신이다. 매 장면마다 옥희가 등장하여 사랑방 손님과 대화를 나누거나 어머니와 대화를 나눈다. 뿐만 아니라 사랑방 손님의 행동이나 표정, 엄마의 행동이나 심리를 가장 잘 읽어낸다. 주인공이 관찰을 중심으로 행동하기 때문에 관찰자 시점일 뿐인 것이다.

그런 점에서 5)와 7)은 적절한 '주인공-되기'의 중요성을 잘 보여주는 예문이다. 주인공은 남다른 개성과 문제를 갖고 있는 개성적 문제적 인물이어야 한다. 동시에 상황에 대한 남다른 관찰과 이해를 선취하여 대상의 남다른 정보를 가진 인물이어야 한다. 이러한 인물을 통해야 비로소 새로운 문장 새로운 진실이 풍요롭게 발명될 수 있다. 마치 엘리트 지식인이 아니라 문제의식이 강한 사람이 세상을 변화시키듯, 재능이나 공부가 문장을 만드는 게 아니라 '주인공-되기'를 이룬 만큼 진실된 생각문장을 찾을 수 있다.

31장 '주인공-되기'는 개성적 세계를 창조한다

작가 되기와 주인공 되기 2

주인공은 더더더 구체화한다

서사적 글쓰기는, 주인공을 통해 이야기를 전개시킨다. 다시 말해 특정한 '주인공-되기'를 통해, 주인공의 개인적 경험 속에 드러나는 세계를 창조한다. 세계는 참여하는 주체에 따라, 참여하는 방식에 따라, 참여하는 깊이와 강도에 따라, 저마다 다르게 나타난다. 세계는 고정된 실체가 아닌 슈뢰딩거의 고양이 상자와 같아서, 모든 것은 확률분포로 존재하고 있다가 상자를 여는 순간, 상자를 연 자의 선택에 따라 결정된다.

서사란, '주인공-되기'에 따라 다른 진리가 창조되는 과정이다. 이때 사용하는 작가의 문체, 즉 작가의 '생각문장'이야말로 고양이 상자를 여는 열쇳말이 된다. 같은 사건을 표현해도 다른 의미가 창조되기 때문이다. 마치 "담배를 끊는 것은 첫사랑을 잊는 만큼이나 어렵다"라는 문장과 "담배 끊는 건 정말 쉬운데, 나는 벌써 열일곱 번이나 끊어봤다"라는 문장 표현의 차이처럼, 같은 사건을 다른 사건으로 서술한다.

작가는 재능이 있어 글을 잘 쓰는 사람이라기보다, '주인공-되기'가 이루어진 만큼 잘 표현할 수 있는 사람인데, '주인공-되기'가 나타나는 주인공의 몸과 마음의 동선에 따라 '제시문+더 구체적인 제시문+더더 구체적인 제시문+더더더 구체적인 제시문……'의 형식으로 나타난다. 이때 제시문 내용이 더 구체적으로 깊어지고 길어지면, 하나 이상의 단락장(단락군)을 형성하면서 배경과 인물과 갈등을 보다 구체화한다.

구체적 예문을 살펴보자. 아래 〈보기〉는 방미진의 동화 「금이 간 거울」의 시작 부분으로, 11개의 단락으로 이루어진 첫 번째 단락장이다. 주인공이 거울을 훔친 이야기를 담았는데, 이 글의 첫 제시문은 "나는 그 거울을 작은 선물 가게에서 훔쳤다"이다. 즉, 작가는 '도벽이 있는 주인공-되기'를 통해 '도둑질했을 경우에 나타나는 세계'를 표현하고 있다. 다시 말해, 인용 부분은 첫 문장 제시문을 보다 구체화시킨 것에 불과하다.

'단락의 구체화'는 주인공이 참여하는 세계를 보다 뚜렷하게 보여준다. 보다 구체적으로 제시된 문장 부분을 드러내기 위해 번호를 매겼다.

보기1

나는 그 거울을 작은 선물 가게에서 훔쳤다. 1) 오래된 그 선물 가게는 잡다한 장식품과 인형, 학용품을 함께 팔았다. 2) 갈 때마다 새로운 물건이 있는 건 아니었지만 3) 먼지 덮인 인형이나 장식품을 구경하는 건 늘 재미있었다.

4) 그날도 나는 가게 안을 둘러보고 있었다. a) 그러다 선반 모서리에 박혀 있는 그 거울을 발견했다. b) 끄집어내 보니 오랫동안 그곳에 있었는지 먼지가 잔뜩 끼어 있었다. c) 꼭 누가 쓰다가 버린 것처럼 비닐 포장조차 되어 있지 않았다.

d) 하지만 나는 그 거울이 마음에 들었다.

① 플라스틱으로 만들어진 다른 물건들과는 달리, 테두리와 뒷면이 나무로 되어 있었다. ② 게다가 반달 모양의 그 거울은 손바닥보다도 작았다.

③ 손으로 덮듯이 쥐면 보이지 않을 크기였다.

④ 나는 거울을 손에 쥐었다. ㉮ 그러고는 주위를 둘러보았다. ㉯ 가게 안에 손님은 나밖에 없었고, ㉰ 주인 할아버지는 눈이 어두웠다. ㉱ 바지 주머니 속에 손을 넣는 척하면서 거울을 넣었다. ㉲ 그러고는 막대 사탕을 하나 집어 들었다. ㉳ 나는 아무런 내색도 하지 않으려고 애쓰면서 할아버지 앞으로 가 사탕을 보여주며 말했다.

㉴ "이거……."

㉵ '얼마예요?'라는 말이 목구멍에 걸려 나오지 않았다. ㉶ 눈이 자꾸만 엉뚱한 곳을 향했다. ㉷ 얼른 가게에서 나가고만 싶었다.

㉠ 그런데 할아버지는 계산은 하지 않고 내 얼굴만 가만히 쳐다보았다.

㉡ '들켰구나.'

㉢ 가슴이 마구 뛰었다. ㉣ 훔친 거울이 주머니 속에서 툭 튀어나와 바닥에 떨어질 것만 같았다. ㉤ 아프기라도 한 것처럼 열이 나고 온몸이

덜덜 떨렸다. ㉫목이 뻣뻣하게 굳고 손끝이 저려올 때까지, 할아버지는 계속 나를 쳐다보았다. ㉪이윽고 할아버지가 입을 열었다.

㉭"이백 원이다."

아마 우리가 이러한 경험을 일상 수다로 푼다면 다음 문장 하나로도 충분할지 모른다. 즉, 가게에서 충동적으로 거울을 훔쳤는데 엄청 떨리더라, 라고 말해도 사건의 개요 정도는 전달될 것이다. 하지만 글쓰기는 독자의 충분한 추체험을 위해, 마치 집 안을 구경시켜 줄 때 정원, 마루, 방, 발코니까지 하나씩 하나씩 들어가 더 구체적으로 보여주듯, 〈보기〉와 같은 정밀한 구체화 과정을 실행해야 한다.

첫 단락 1), 2), 3)을 통해 선물 가게를 구체화하고, 둘째 단락 4)를 통해 더욱 분명하게 구체화한다. 즉 a), b), c), d)를 통해서는 거울의 첫인상을 구체화한다. 넷째 단락인 ①, ②, ③은 거울 생김새를 더욱 구체화하고, 다섯째 이후 단락은 거울을 훔치려는 과정을 ㉮, ㉯, ㉰, ㉱, ㉲, ㉳, ㉴, ㉵, ㉶, ㉷ 10개의 문장으로 구체화한다. 이후 ㉠, ㉡, ㉢, ㉣, ㉤, ㉫, ㉪, ㉭ 8개의 문장은 할아버지의 반응과 그에 따른 주인공의 심리적 상태를 구체화한다.

이처럼 '선물 가게 〉 거울 생김새 〉 거울에 대한 첫인상 〉 거울을 훔치는 과정 〉 가게 주인 할아버지를 대할 때의 심리적 긴장'에 이르기까지 화자는 주인공이 거울을 훔치는 과정을 매우 명확하게 구체화시킨다. 독자는 주인공을 따라 선물 가게로 들어가 가게 풍경을 둘러보고, 거울에 주목하며, 거울 생김새를 감상하고, 훔치고자 하는 과정의 긴장과 할아버지의 반응에 따른 생리적 심리적 반응 일체까지, 더 구체적으로, 더더 구체적으로, 더더더 구체적으로 경험하게 되는데, 다섯째 단락부터는 주인공의 행동 하나하나에, 그리고 마지막 단락에 이르면 주인공의 생리적 심리적 반응 하나하나까지 동일시 상태로 경험한다. 작가의 구체화 과정에 따라, '주인공-되기'의 과정을 매우 면밀하게 체험하게 되는 것이다.

이러한 '주인공-되기'의 과정은 다음과 같이 이어지면서 한결 깊이 있는 부분까지 구체화된다.

보기 2

1) 나는 집에 오자마자 이불 속으로 기어 들어갔다. 2) 어떻게 집에 왔는지도 모를 지경이었다. 3) 열은 가라앉았지만 4) 가슴은 여전히 두근거렸다. 5) 모든 게 다 꿈인 것만 같았다. 가끔 꾸는 부끄러운 꿈.

a) '어쩌자고 도둑질을 한 걸까? b) 할아버지는 내가 훔치는 걸 봤을까? c) 우리 집에 찾아오는 건 아니겠지? 설마, 나를 어떻게 알고.'

d) 할아버지가 나를 바라보던 눈빛이 머리에서 지워지지 않았다. e) 나는 눈을 질끈 감고, 고개를 세차게 흔들었다.

① '내가 훔치지 않았어도 어쨌든 이건 안 팔릴 물건이잖아? ② 누가 포장도 안 된 낡은 거울을 사 가겠어. 그러니까, 그러니까……'

㉮ 바지 주머니 속에서 훔친 거울을 꺼냈다. ㉯ 이상하게도 뿌듯한 마음이 들었다. ㉰ 돈을 주고 물건을 샀을 때와는 다른 기분이었다. ㉱ 불안한 마음은 어느새 사라지고 없었다. ㉲ 꼭 선물을 받은 것처럼 신이 났다.

거울을 훔친 다음 집에 돌아온 주인공의 반응을 다루고 있다. 1), 2), 3), 4)는 주인공의 생리적 심리적 반응을 구체화하고 있다. 둘째 셋째 단락에서는 주인공의 불안을 독백 형식으로 드러냈다. a), b), c), d), e)는 두려움을 구체화시키는 다섯 가지 추론과 반응을 구체화한다. ①과 ②는 자기변명, 자기합리화를 하는 과정을 구체화한 분이다. 반면에 ㉮, ㉯, ㉰, ㉱, ㉲의 문장은 성공적으로 훔치고 났을 때의 기분 좋은 상태를 구체화하고 있다.

1), 2), 3), 4)에서는 두려움과 부끄러움을 느끼지만, 그래서 a), b), c), d), e)를 통해 두려움이 더욱 구체화되지만, 이내 ①, ②에서처럼 자기합리화의 변명이 이어지면서, 마지막 단락에 이르면 두려움과 부끄러움은 온데간데없고, 뿌듯하며 신이 나기까지 하는 자기 모순적 감정까지 놓치지 않고 구체화한다. 위의 인용 부분은 섬세하고 집요한 구체화 과정을 통해 아이가 도둑질을 했을 때 겪을 법한 행동 및 감정과 심리 일체를 표현하고 있다. 구체화된 만큼의 '주인공-되기'를 통해 주인공이 겪는 세계를 창조한 것이다.

주인공은 다르게 초점화한다

이처럼 '주인공-되기'는 '보다 더 구체적인 제시문'으로 이루어진 '단락 만들기'라고 하는 글쓰기 형식을 통해 구체화된다. 단락이 '더 구체적인 + 더더 구체적인 + 더더더 구체적인 제시문'으로 깊어져야지만, 그만큼 깊이 있는 '주인공-되기'를 경험할 수 있다. 정확히 말하면 '주인공-되기'를 제대로 하면, 그래서 주인공만의 문제 의식을 초점화하면 할수록, 보다 '더 구체적인 + 더더 구체적인 + 더더더 구체적인 제시문'이라고 하는 단락 만들기가 가능해진다.

거의 모든 명작들은 이러한 구체화 과정을 통해 사건을 형상화한다. 가령, 이문열의『우리들의 일그러진 영웅』의 첫 단락장은 주인공 병태가 전학 온 학교에 대해 크게 실망하는 장면인데, 'Y국민학교 〉 교무실 모습 〉 담임선생님 모습 〉 첫인사 교실 풍경 〉 엄석대와의 대화 갈등' 과정으로 구체화된다. 그리고 각 과정마다 세 가지 이상의 '보다 더 구체적인 제시문'이 제시되고 있다. 즉, Y국민학교가 실망스러운 점으로는 1)"일본식 시멘트 건물 한 채와 검은 타르를 칠한 판자 가교사假校舍 몇 채로 이루어진 것" 2)"한 학년이 겨우 여섯 학급밖에 안 된다는 것" 3)"남학생반 여학생반이 엄격하게 나누어져 있는 것" 등을 제시한다.

교무실이 실망스러운 점으로는 1)"교실 하나 넓이" 2)"시골 아저씨들처럼 후줄그레한 선생님들" 3)"맥없이 앉아 굴뚝같이 담배 연기만 뿜어 대고 있는 것" 등이 제시된다. 담임선생님이 실망스러운 점은 1)"막걸리 방울이 튀어 하얗게 말라붙은 양복 윗도리 소매" 2)"머릿기름은커녕 빗질도 안 해 부스스한 머리에 그날 아침 세수를 했는지가 정말로 의심스런 얼굴" 3)"어머님의 말씀을 듣는 둥 마는 둥 하고 있는" 등의 구체화된 모습으로 제시된다.

앞서 방미진의 동화「금이 간 거울」이 '거울을 훔친 주인공-되기'를 통해 선물 가게 모습과 거울 모양, 가게 주인 할아버지와 주인공의 내적 긴장과 감정 변화 등이 표현되듯, 이문열의『우리들의 일그러진 영웅』에서는 '시골 학교로 전학 간 주인공-되기'를 통해 교사와 교무실 및 담임선생님의 초라하고 실망스러운 모습 등이 구체화되는 것이다.

카프카의「변신」은 흉측한 벌레로 변한 주인공의 이야기다. 이 중편의 첫 단락장은 '벌레로 변한 주인공-되기'를 통해 기상 장면을 구체화한다. '흉측한 벌레 모습 〉 방 안 풍경 〉 창밖 풍경 〉 직업상 특징 〉 가려움증 〉 외판원의 애로 사항' 등의 순서로 서술되는데, 먼저 벌레 모습은 1) "각질로 된 갑옷처럼 딱딱한 등" 2) "볼록하게 부풀어 오른 자신의 갈색의 배" 3) "몇 가닥의 주름이 져 있고, 주름 부분은 움푹 패여" 4) "수많은 다리가 불안스럽게 꿈틀거리고 있"는 모습으로 구체화된다.

그러고 나면 방 안 풍경은 1) "조금 작기는 하지만 어쨌든 사람이 사는 평범한 방" 2) "사방의 벽도 낯익고 아늑한" 벽 3) "탁자 위에는 따로따로 묶어놓은 옷감 견본들이 여기저기 잡다하게 흩어져" 있는 방 4) "탁자 위의 벽에는 얼마 전에 잡지에서 오려내어 예쁜 금박 액자에 넣어서 걸어놓은 그림이 걸려 있"는데 5) "어떤 부인의 자태를 묘사한 그림" 등으로 구체화되고 있다.

이렇듯 「금이 간 거울」의 '선물 가게', 『우리들의 일그러진 영웅』의 '교실', 「변신」의 '방' 등은 모두 중립적으로 혹은 객관적으로 세계를 묘사·표현하지 않는다. 각각 '거울을 훔친 주인공'의 시선으로 서술되고, '도시 학교에서 전학 온 병태'의 시선으로 묘사되며, '흉측한 벌레가 된 샐러리맨 잠자'의 시선을 통해 구체화된다. 서사는 구체적 개인을 등장시키는 이야기일 뿐만 아니라, 구체적 개인의 감수성에 의해서야 비로소 드러나는 일종의 움벨트 세계에 대한 이야기인 것이다.

따라서 '구체적 주인공-되기'가 이루어졌을 때만, 그리고 그에 따라 특정 관점으로 구체화한 단락 만들기가 이루어졌을 때, 다시 말해 특정 문제의식에 구체적으로 천착했을 때, 작품 또한 비로소 보다 구체적인 개성을 갖출 수 있다.

습작생들의 구체화

하지만 습작생들의 작품을 보면 이러한 '주인공-되기'의 힘이 제대로 이루어지지 않는다. 가령 다음 〈보기〉는 초보 습작생의 단편 시작 부분이다. 단편 제목은 '구름 위의 식탁'으로 레스토랑 '무슈'에서 점심 식사하는 상황이 단편 전체의 배경이다. 따라서 레스토랑 '무슈'를 얼마나 구체적으로 소개하느냐가 매우 중요하다. 다음 〈보기〉는 '무슈'를 독자에게 소개하는 첫 단락장의 첫 단락이다. 분석의 편의를 위해 번호를 붙였다.

보기

1) 레스토랑 '무슈' 앞에 도착했을 때 사람들이 문 앞에 긴 줄을 서 있었어. 2) 하나같이 성장을 한 모습들은 아주 귀한 저녁 식사에 초대를 받은 사람들처럼 보였어. 3) 나는 깔끔한 서류 가방을 든 남자 뒤에 서서 문이 열리기를 기다렸어. 4) 봄날 저녁의 살랑거리는 바람을 맞으며. 5) 그럴 때면 자연스럽게 사람들의 목소리에 귀를 기울이게 돼. 6) 두어 달 동안 방 안에서 원서와 씨름하다 보면 혼자 섬에 버려진 기분이 들 때가 있거든. 7) 사람들의 속삭임 속에는 달콤하고도 낯선 기류가 섞여 있어. 8) 그건 정말 달콤하고도 낯선 기류라고밖에 표현할 수밖에 없는 그런 느낌이야. 9) 콕 집어 말할 수는 없지만 눈을 감으면 온전히 느껴지는 그런 감각. 10) 분명 당신은 이해할 수 있을 거야.

첫 단락은 모두 10개의 문장으로 되어 있다. 제시문은 첫 문장이고, 나머지 아홉 문장은 첫 문장을 보다 더 구체적으로 제시하고 있다. 특히 '더 구체적인 제시문 + 더더 구체적인 제시문 + 더더더 구체적인 제시문……' 형식을 잘 지키고 있다. '줄 선 사람들 모습 〉 성장한 사람들 〉 서류 가방을 든 남자 〉 사람들의 속삭임 〉 주인공의 느낌'의 순서로 구체화하고 있는 것이다. 하지만 실제로 구체화되지는 않고 있다. 일단 긴 줄을 제시하고, 하나같이 성장을 한 모습들을 묘사한 다음, 깔끔한 서류 가방을 든 남자를 제시하는 부분까지는 무난하게 서술했다.

하지만 가장 구체적으로 제시되어야 하는 4)에서 화자는 "봄날 저녁의 살랑거리는 바람"이라고 하는 너무 감상적인 묘사로 그치고 만다. 이런 표현은 누구나 쉽게 구사할 수 있는 매우 안이하고 상투적 통념언어다. 화자는 다시 사람들 목소리와 속삭임에 주목하면서 주인공 자신의 기분을 표현하는데, 이번에도 너무나 안이하고 감상적인 묘사에 그치고 만다. 즉 "달콤하고도 낯선 기류" "달콤하고도 낯선 기류라고밖에 표현할 수밖에 없는 그런 느낌" "콕 집어 말할 수는 없지만 눈을 감으면 온전히 느껴지는 그런 감각" 등과 같은 매우 모호하고 감상적인, 아마 중학생들도 쉽게 사용할 수 있을 것 같은 너무 흔하고 안이한 표현에 그치고 만다.

이렇게 안이한 감상적 묘사는 '주인공-되기'가 충분히 이루어져 있지 않아서다. 위 글의 주인공은 '두어 달 동안 방 안에서 원서와 씨름한 사람'이다. 이러한 사람이라면 모처럼의 레스토랑 외식에 대해 남다른 기대와 감상을 갖고 색다르게 바라볼 것이다. 다시 말해, '두어 달 동안 방 안에서 원서와 씨름한 주인공-되기'가 충분히 되었더라면, 결코 지적한 부분과 같은 모호하고 감상적인 문장 표현으로 만족하지는 않았을 것이다. 달리 말하면, 특정한 '주인공-되기'는 평소 일반 대중들이 사용하는 상투적, 감상적, 관용적 통념언어에 만족하지 않는다.

　신神이나 도道와 같은 보편 진리를 믿던 중세시대와 달리 근대사회는, 데카르트의 코기토 선언에서처럼 '나의 생각'이라고 하는 개인의 인식을 바탕으로 출발한다. 근대소설로서의 'NOVEL' 또한 이러한 개인의 인식 경험을 바탕으로 서사를 전개한 예술 장르다. 데카르트의 근대철학이 '나는 생각한다, 고로 존재한다'라고 선언했다면, 근대소설은 '나는 주인공이 된다, 고로 서술한다'라고 요약할 수 있을 것이다.

　이 점을 글쓰기 방법에 적용하면, 다음과 같이 말할 수 있을 것이다; 글 쓰는 사람은 '주인공-되기'를 한다. 되기를 하는 만큼 '더 구체적인, 더더 구체적인, 더더더 구체적인 제시문으로 이루어진 단락 만들기'라고 하는 새로운 구체적 세계를 창작할 수 있다.

　그런데 글쓰기만이 아니라, 세계 자체가 그러한 것 같다.

　본래 세계란 객관적으로 존재하는 게 아니라, 내가 주인공이 되어 참여하는 만큼만 나타나는 기이한 마술이 아니던가.

32장 단어는 문장을, 문장은 단락을, 단락은 단락장을, 단락장은 플롯을 꿈꾼다

'주인공-되기'와 단락장 만들기 1

단락을 선택하고 연결하여 단락장을 만든다

단어는 문장을, 문장은 단락을, 단락은 단락장을, 단락장은 이야기를 꿈꾼다. 이것은 하나의 생각이 그 사람의 행동을 바꾸고, 행동이 그 사람의 습관을 바꾸고, 습관이 그 사람의 운명을 바꾸는 과정에 상응한다. 이 과정이 글쓰기 기본 형식이다. 글쓰기란, 단어로 문장을 만들고, 문장으로 단락을 만들고, 단락으로 단락장을 만들고, 단락장으로 완결된 구조를 완성하는 일련의 연쇄 과정이다.

그러기 위해서는 단어를 선택하고 연결해야 하며, 문장을 선택하고 연결해야 하며, 단락을 선택하고 연결해야 하며, 단락장을 선택하고 연결해야 한다. 단락장이란 하나 혹은 그 이상의 단락이 모여, 보다 높은 차원의 주제군이 되는 단위로, 흔히 장章 혹은 챕터chapter를 가리킨다. 특히 소설에서 단락장이란, 시퀀스sequence에 해당하는 개념으로, 시퀀스란 영화나 텔레비전에서 장소, 시간, 사건의 연속성을 통해 하나의 에피소드를 이루는 구성단위다.

소설의 단락장은 흔히 200자 원고지 10매 남짓 분량으로 이루어진다. 100매 분량의 단편일 경우, 8개 정도의 단락장으로 이루어져 있다. 우리나라 단편의 경우 대개 80매에서 100매 남짓한 분량이기 때문에 단편소설마다 평균 7-8개의 단락장이 들어 있다. 10매 남짓한 하나의 단락장 안에는, 주인공이 특정 시공간 안에서 겪는 사건이 구체적으로 다루어지는데, 흔히 '배경 묘사〉인물 묘사〉인물 간의 갈등과 대립'으로 채워진다. 혹은 '핵심 제시문 단락과 뒷받침 단락들, 그리고 인물 간의 대화 부분'으로 이루어진다. 이는 하나의 시퀀스가, 상황 신scene, 상황 인물 신, 인물 신, 시점 신, 클로즈업 신으로 이루어지는 경우에 상응한다.

가령, 다음 〈보기〉는 이광수의 『무정』의 1장이다. 원고지 약 14매 분량으로, 주인공 이형식이 선형의 집으로 가는 중에 친구 신우선을 만나는 장면을 다룬다. 먼저 이형식이 선형을 만나러 가면서 여자와 가까이 교제해본 적이 없는 순진한 독신으로 이런저런 생각을 하는 장면이 나온다. 그야말로 '여자와 가까이 교제해본 적이 없는 순진한 독신 주인공-되기'가 매우 잘 이루어진 단락이다.

보기

이형식은 아직 독신이라, 남의 여자와 가까이 교제하여 본 적이 없고 이렇게 순결한 청년이 흔히 그러한 모양으로 젊은 여자를 대하면 자연 수줍은 생각이 나서 얼굴이 확확 달며 고개가 저절로 숙여진다. 남자로 생겨나서 이러함이 못생겼다면 못생겼다고도 하려니와, 여자를 보면 아무러한 핑계를 얻어서라도 가까이 가려 하고, 말 한 마디라도 하여 보려 하는 잘난 사람들보다는 나으리라. 형식은 여러 가지 생각을 한다. 우선 처음 만나서 어떻게 인사를 할까. 남자 남자 간에 하는 모양으로, '처음 보입니다. 저는 이형식이올시다' 이렇게 할까. 그러나 잠시라도 나는 가르치는 자요, 저는 배우는 자라, 그러면 미상불 무슨 차별이 있지나 아니할까. 저편에서 먼저 내게 인사를 하거든 그제야 나도 인사를 하는 것이 마땅하지 아니할까. 그것은 그러려니와 교수하는 방법은 어떻게나 할는지. 어제 김 장로에게 그 청탁을 들은 뒤로 지금껏 생각하건마는 무슨 묘방이 아니 생긴다. 가운데 책상을 하나 놓고, 거기 마주앉아서 가르칠까. 그러면 입김과 입김이 서로 마주치렷다. 혹 저편 히사시가미(양 갈래로 딴 머릿단)가 내 이마에 스칠 때도 있으렷다. 책상 아래에서 무릎과 무릎이 가만히 마주 닿기도 하렷다. 이렇게 생각하고 형식은 얼굴이 붉어지며 혼자 빙긋 웃었다. 아니 아니? 그러다가 만일 마음으로라도 죄를 범하게 되면 어찌하게? 옳다! 될 수 있는 대로 책상에서 멀리 떠나 앉겠다. 만일 저편 무릎이 내게 닿거든 깜짝 놀라며 내 무릎을 치우리라. 그러나 내 입에서 무슨 냄새가 나면 여자에게 대하여 실례라, 점심 후에는 아직 담배는 아니 먹었건마는, 하고 손으로 입을 가리우고 입김을 후 내어 불어 본다. 그 입김이 손바닥에 반사되어 코로 들어가면 냄새의 유무를 시험할 수 있음이라. 형식은, 아뿔싸! 내가 어찌하여 이러한 생각을 하는가, 내 마음이 이렇게 약하던가 하면서 두 주먹을 불끈 쥐고 전신에 힘을 주어 이러한 약한 생각을 떼어 버리려 하나, 가슴속에는 이상하게 불길이 확확 일어난다.

나으리라, 마주치렷다 등과 같이 낡은 고어 투가 남아 있긴 하지만, 순진한 독신으로서 갖는 주인공의 심리를 내밀하게 꿰뚫고 있다. 순진한 독신이라면 할 법한 상상이 매우 섬세하게 전개되고 있다. 즉, 글쓴이가 '순진한 독신 주인공-되기'를 충실히 수행하고 있어, 독자들은 읽어가면서 '순진한 독신 주인공-되기'를 실감 있게 추체험하지 않을 수 없다.

이 첫 단락이 끝나면 신우선이 나타난다. 그는 "대팻밥 모자를 갖춰 쓰고 활개를 치며 내려온다". 동시에 지난번에 말을 놓기로 하지 않았냐고 하지만, 그러나 형식은 "아직 그런 말에 익숙지를 못해서……" 하고 말끝을 못 맺는다. '순진한 주인공-되기'를 일관되게 관철시키고 있는 것이다. 신우선이 맥주나 한잔하자며 청요릿집으로 데려가려고 하자, 개인교수가 있다고 사실대로 말한다. "다만 '급히 좀 볼일이 있어' 하면 그만이려니와 워낙 정직하고 나약한 형식이라, 조금이라도 거짓말을 못" 하는 것이다. 역시 '순진한 독신 주인공-되기'를 일관되게 유지하고 있는 것이다.

단락장은 특정 배경 속 인물이 갈등과 대립으로 들어가는 모습이다

신춘문예 단편소설 당선작의 경우, 평균 원고지 80매 분량에 7-8개가량의 단락장으로 이야기가 구성되어 있다. 말한 대로 단편소설의 경우, 대부분 단락장이 200자 원고지 10매 남짓으로 구성되는데, 이는 특정 시공간에서 주인공이 겪는 사건을 제대로 전달하려면 필요한 필수적인 정보량 같다. 즉, 주인공이 어떤 시공간에서 어떤 느낌과 생각과 상상을 하다가, 어떤 인물을 만나 어떤 대화와 갈등을 겪었는지를 독자에게 어느 정도 구체적으로 전달하려면, 필히 원고지

10매 이상의 분량이 사용될 수밖에 없는 것이다.

하지만 초보 습작생들은 원고지 5매 분량에서 단락장을 끝내버리기 일쑤다. 그만큼 단락장 구축을 허술하게 하고 있는 것이다. 물론 중요하지 않은 단락장은 5매 분량 정도로 넘어갈 수도 있다. 하지만 7-8개의 단락장으로 구성된 단편소설에서 한두 단락장을 제외한 나머지 단락장은 모두 10매 남짓한, 그 이상의 분량으로 구축되며, 매우 중요한 단락장은 20매나 50매, 때로 100매에까지 이르는 경우도 있다. 가령 윤흥길의 『장마』의 첫 단락장은 50매 분량이나 된다. 카프카의 「변신」의 첫 단락장은 무려 100매에 이른다.

단락장은 소설 전체의 구조와 흐름을 파악하는 데 있어 가장 중요한 단위다. 이것은 마치 하루 일과를 짤 때 초 단위나 계절 단위가 아닌, 두세 시간 뭉치로 짜는 게 가장 효과적인 것과 같다. 단락장 단위로 소설을 분석하면, 소설의 전체 구조와 흐름을 보다 분명하게 인지할 수 있다. 필자는 소설 수업을 할 때 반드시 소설을 단락장 단위로 나누어 소제목을 다는 숙제를 낸다. 아무리 머리가 좋은 사람도, 단락장 단위로 기억하지 않으면, 단편소설 전체를 제대로 파악하기 어렵기 때문이다.

단편이라지만, 읽고 나서 사용된 문장을 모두 기억하기란 불가능하다. 읽고 나서 덮으면 그 순간 그대로 다 잊고 만다. 주요 문장이나 표현으로만 단편을 기억하는 건, 얼굴에 점이 몇 개 나 있다는 식의 너무나 사소한 특징으로 한 사람의 개성을 기억하려는 것만큼이나 무모하다. 또한 전체 줄거리로만 단편을 기억하려는 것은, 한두 마디로 그 사람의 인생 전체를 표현하려는 행위만큼이나 무모하다. 그러나 단락장 단위로 기억을 하면, 마치 절이나 장 단위로 음악을 들을 때처럼, 전체 흐름이 한결 분명하게 드러난다.

단편소설은 보통 7-8개의 단락장으로 구성되기 때문에 단편소설을 쓴다는 건 결국 7-8개의 핵심적 사건-장면을 선택·연결하는 행위를 뜻한다. 특히 하나의 단락장은 특정 시공간에서 주인공이 겪는 사건-장면으로 이루어지는데, 이를 독자에게 전달하기 위해, '배경묘사+인물 묘사+대화와 갈등 대립' 등이 거의 필수적으로 들어갈 수밖에 없다. 일정한 시공간에서 특정한 인물과 인물이 대화와 갈등을 겪어야 비로소 하나의 주목할 만한 사건이 일어난 것이기 때문이다.

결국 하나의 생각이 가능할 때 하나의 문장이 태어난다. 그리고 하나의 소주제에 대한 구체적 성찰이 가능해지면 하나의 단락이 태어난다. 따라서 단락을 잘 만들려면, 하나의 소주제(제시문)에 대한 남다른 구체화 능력이 필요하다. 다시 말해, 하나의 소주제에 대해 자기만의 관찰, 느낌, 생각, 상상 등을 표현할 수 있는 '화자 및 주인공-되기'가 가능할 때 비로소 하나의 좋은 단락을 탄생시킬 수 있다. 마찬가지로 하나의 단락장을 만들려면, 특정 시공간에서 특정 인물과 만나 특정 갈등과 대립을 일으키는 '주인공-되기'가 필수적이다.

작가의 단어 선택과 연결

먼저 문장 만들기 즉, 단어의 선택과 연결 과정을 살펴보자. 단어의 선택과 연결은, 너무나 당연한 말이지만, 작가마다 작품마다 다르다. 가령, 한 문장만 읽어도 독자로 하여금 강렬한 집중을 하게 만드는 문장이 있다. 한 단락만 읽어도 독자로 하여금 다른 강도로 글에 몰입하도록 만드는 단락이 있다. 그리고 한 단락장만 읽어도 독자로 하여금 잊지 못할 장면을 남기는 단락장이 있다.

먼저 다음 〈보기〉들을 보자.

보기

1) 날씨는 더없이 이상적이었다. 가든파티에 적당한 날씨를 미리 주문을 했다 하더라도 이보다 더 좋은 날씨는 구하지 못했을 것이다.

2) 스물세 살이오— 삼월이오— 각혈이다.

3) 이 냉장고의 전생은 훌리건이었을 것이다.

4) 어머니의 칼끝에는 평생 누군가를 거둬 먹인 사람의 무심함이 서려 있다.

5) 링컨 초등학교 선생님들과 학생들에게 전교생을 아주 못된 아이와 똑똑한 아이와 착한 아이로 나누라고 한다면, 닉 앨런은 어디에도 들어가지 않을 것이다. 닉이 누구와도 다르다는 것은 모두가 아는 사실이다.

각각, 맨스필드의 「가든파티」, 이상의 「봉별기」, 박민규의 「카스테라」, 김애란의 「칼자국」, 앤드루 클레먼츠의 『프린들 주세요』(사계절, 2001)의 첫 문장이다. 각각 강력한 흥미와 더불어 작품의 특성을 집약적으로 보여주고 있다.

1)은 가든파티를 하기에 날씨가 얼마나 좋은지를, 다른 어떤 작가에게 주문해도 이보다 더 잘 표현할 수 없을 정도로 잘 표현했다. 첫 문장에서부터 투명하고 발랄한 감성을 지닌 주인공 로라의 생기가,

아니 자유분방한 삶을 살다 간 작가 맨스필드의 생기가 느껴지는 듯하다. 2)는 강렬하고 신선하고 치기 넘친다. 폐병을 앓는 주인공의 흥분된 정서가 느껴질 뿐 아니라, 언제나 좌중을 사로잡았다고 하는 작가 이상 특유의 치기 어린 기지가 느껴진다. 3)은 두말할 것 없는 박민규 작가만의 독특한 상상력이 만들어낸 문장이다. 4)는 어려운 생활 속에서도 자존감과 생기를 잃지 않는 주인공의 건강한 여성성이 그대로 느껴지는 문장이다. 5)는 주인공의 흥미롭고 독특한 개성을 동화 고유의 발랄하고 독특한 문장으로 드러내고 있다.

이처럼 소개된 문장 모두 독특하다. 위 작품을 읽기 전에는 접해 보지 못한 문장이다. 작가 특유의 단어 선택과 연결을 통해, 작가 혹은 주인공의 감성과 개성을 드러내는 문장을 발명하고 있다. 재밌는 것은, 일반인들 역시 평소 단어의 선택과 연결을 통해 세계를 자기 방식대로 발견 내지 발명한다는 사실이다. 가령, 버스를 코앞에서 놓친 사실을 두고도, "버스를 놓쳤다" "재수가 없다" "늑장을 부리는 바람에 벌을 받았다" 등등 얼마든지 다른 생각문장을 발명(이라기보다 표절)하며 산다.

작가든 일반인이든, 자신이 겪는 직접적 경험보다는, 이러한 경험을 설명하는 자신의 생각문장에 의해 자기 삶을 발명한다. 결국 문장에서 글쓴이의 생각이 드러난다. '주인공-되기'로 인한 그 화자 내지 주인공만의 관점이 드러난다. 하나의 문장은 하나의 생각이기 때문이다. 반면, 단락에서는 글쓴이가 상황을 어떻게 관찰하고 느끼고 생각하는지가 잘 드러난다. 하나의 단락은 하나의 구체적 체험이기 때문이다. 그리고 단락장에서는 글쓴이가 그 상황에 얼마나 깊이 참여하고 갈등하는지가 잘 드러난다. 하나의 단락장은 하나의 장면이기 때문이다.

작가의 문장 선택과 연결

이번에는 단락 만들기를 보자. 작가들은 작가들 자신만의 방법으로 단어를 선택하고 연결해서 문장을 탄생시키듯, 자신만의 방식으로 문장을 선택하고 연결해 자신만의 독특한 단락을 탄생시킨다. 문장 만들기 즉, 단어의 선택과 연결은, 작가가 세상을 어떤 각도로 바라보는지를 보여준다. 그에 반해, 단락 만들기 즉, 문장의 선택과 연결은, 작가가 특정한 소주제를 어떻게 바라보고 느끼고 생각하는지를 보여준다. 다음 〈보기〉를 보자.

보기

1) 어쩌면 그가 헤어지자고 할 것 같은 예감이 든다. 그는 담배를 물고 라이터를 꺼낸다. 그녀는 자신의 라이터로 담배에 불을 붙인다. 그가 담배를 피우는 모습은 침착하고, 좀 더 생각하고 싶은 게 있는 눈치다. 저물어가는 빌딩의 나무 그늘은 어려운 말을 꺼내기에 적당하다. 그는 담배연기를 다른 때보다 길게 내뱉는다. 그녀는 담배를 짧게 피고 일찍 꺼버린다. 그가 조금이라도 빨리 말을 뱉었으면 좋겠다. 그러나 그는 담배를 마지막까지 아껴 피우듯이 깊고 천천히 피운다.

2) 아기들이 우는 것은 배가 고프거나, 기저귀에 오줌을 쌌거나, 아니면 좀 안아줬으면 해서 그러는 것이다. 그러나 소피는 그런 이유로

울지 않았다.

4개월 때에 소피는 맘에 안 드는 옷을 입혀놓았다고 울었다. 첫돌 무렵에는 분홍색 원피스만 입으려 했고, 손으로 수놓은 무늬가 있는 것을 특히 좋아했다. 두 돌이 되고 나서는 다른 애들이 입는 옷은 안 입으려고 들었다. 소피가 제일 많이 가지고 노는 장난감은 모자, 리본, 단추, 끈 같은 것들이었다. 소피에게 '엉뚱이'라는 별명이 붙은 것은 이 때문이다.

3) 동거차도와 서거차도의 미역은 전국 미역 랭킹에서 최상위권에 속한다. 이 미역은 맹골수도의 거센 물살에 부대끼며 자라나서 잎이 넓지 않고 질감이 야무지다. 동거차도 미역은 바다의 어려움을 내면화해서 고난을 부드러움으로 바꾸어놓는다. 이 미역은 끓일수록 뽀얀 국물이 우러나고 건더기는 쫄깃쫄깃한 탄력을 계속 유지한다. 주민들은 이 미역을 '쫄쫄이 미역'이라고 부른다. 동거차도 미역국에서는 젊은 어머니의 몸 냄새가 난다. 이 모성의 국물은 부드럽고 포근해서 한 모금 넘기면 꼬인 내장이 펴지고 뭉친 마음이 풀어진다.

4) 목포신항은 보안통제가 삼엄해서 나는 근접할 수 있는 신분에 미달했다. 나는 멀리서 망원경으로 당겨 보았다. 나는 그처럼 거대한 배가 밑창을 드러내고 쓰러진 모습을 처음 보았다. 그것은 돌이킬 수 없는 멸망을 느끼게 했다. 칠이 벗겨진 자리에 녹이 번졌고, 선미 쪽으로 밀려나온 철 빔들이 뒤엉켜 있었다. 선체 안에는 한 줄기 빛도 없었다. 창문들은 캄캄해서 그 안쪽으로 보이는 것은 오직 암흑이었다. 물을 빼려고 뚫어놓은 구멍들도 모두 암흑이었다. 세월호는

칸마다 캄캄했고 구멍마다 암흑이었는데, 그 구멍에서 시커먼 펄이 흘러나왔다. 배가 워낙 커서 그 앞을 오가는 중장비들은 딱정벌레처럼 보였다. 안전모를 쓴 근로자들이 여기저기 모여 있었는데, 어찌할 바를 모르고, 어찌했으면 좋겠는가를 웅성거리고 있는 것처럼 보였다.

단어를 선택하고 연결하여 하나의 완결된 문장을 만들 수 있듯, 문장을 선택하고 연결하면 하나의 완결된 단락을 만들 수 있다. 1)은 습작생의 글이고, 2)는 수지 모건스턴의 동화『엉뚱이 소피의 못 말리는 패션』(비룡소, 1997)의 시작 부분이고, 3)과 4)는『한겨레』신문에 실린 김훈의「세월호는 한국의 괴로운 자화상이다」라는 기고문에서 따온 단락이다.

3)은 동거차도와 서거차도의 미역에 대한 단락이다. 글쓴이가 동거차도와 서거차도의 미역을 어떻게 바라보고 느끼고 생각하는지를 보여준다. 4)는 목포신항에 대해 쓴 단락이다. 글쓴이가 목포신항에서 무엇을 보고 느꼈는지를 잘 보여준다. 3)에서 글쓴이가 관찰하고 느끼고 생각하는 구체적 내용은 모두 아홉 가지나 된다.

① 전국 미역 랭킹에서 최상위권에 속하며, ② 맹골수도의 거센 물살에 부대끼며 자라나서 잎이 넓지 않고 ③ 질감이 야무지다. ④ 동거차도 미역은 바다의 어려움을 내면화해서 고난을 부드러움으로 바꾸어놓는다. ⑤ 이 미역은 끓일수록 뽀얀 국물이 우러나고 ⑥ 건더기는 쫄깃쫄깃한 탄력을 계속 유지한다. ⑦ 주민들은 이 미역을 '쫄쫄이 미역'이라고 부른다. ⑧ 동거차도 미역국에서는 젊은 어머니의 몸 냄새가 난다. ⑨ 이 모성의 국물은 부드럽고 포근해서 한 모금 넘

기면 꼬인 내장이 펴지고 뭉친 마음이 풀어진다.

4)에서 글쓴이가 바라본 내용은 모두 열한 가지나 된다. ① 나는 그처럼 거대한 배가 밑창을 드러내고 쓰러진 모습을 보았는데, ② 그것은 돌이킬 수 없는 멸망을 느끼게 했다. ③ 칠이 벗겨진 자리에 녹이 번졌고, ④ 선미 쪽으로 밀려나온 철 빔들이 뒤엉켜 있었는데, ⑤ 선체 안에는 한줄기 빛도 없었다. ⑥ 창문들은 캄캄해서 그 안쪽으로 보이는 것은 오직 암흑이었다. ⑦ 물을 빼려고 뚫어놓은 구멍들도 모두 암흑이었다. ⑧ 세월호는 칸마다 캄캄했고 구멍마다 암흑이었는데, 그 구멍에서 시커먼 펄이 흘러나왔다. ⑨ 배가 워낙 커서 그 앞을 오가는 중장비들은 딱정벌레처럼 보였다. ⑩ 안전모를 쓴 근로자들이 여기저기 모여 있었는데, ⑪ 어찌할 바를 모르고, 어찌했으면 좋겠는가를 웅성거리고 있는 것처럼 보였다.

2)는 모두 열 가지의 구체적 정보들로 이루어져 있다. 그중 일곱 가지가 소피에 대한 정보다. ① 아기들이 우는 것은 배가 고프거나, ② 기저귀에 오줌을 쌌거나, 아니면 ③ 좀 안아줬으면 해서 그러는 것이다. 그러나 ④ 소피는 그런 이유로 울지 않았다. ⑤ 4개월 때에 소피는 맘에 안 드는 옷을 입혀놓았다고 울었다. ⑥ 첫돌 무렵에는 분홍색 원피스만 입으려 했고, ⑦ 손으로 수놓은 무늬가 있는 것을 특히 좋아했다. ⑧ 두 돌이 되고 나서는 다른 애들이 입는 옷은 안 입으려고 들었다. ⑨ 소피가 제일 많이 가지고 노는 장난감은 모자, 리본, 단추, 끈 같은 것들이었다. ⑩ 소피에게 '엉뚱이'라는 별명이 붙은 것은 이 때문이다.

반면에 1)을 보자. 이 역시 열 가지나 되는 정보들로 이루어져 있다. ① 그가 헤어지자고 할 것 같은 예감이 든다. ② 그는 담배를 물고

라이터를 꺼낸다. ③그녀는 자신의 라이터로 담배에 불을 붙인다. ④그가 담배를 피우는 모습은 침착하고, ⑤좀 더 생각하고 싶은 게 있는 눈치다. ⑥저물어가는 빌딩의 나무 그늘은 어려운 말을 꺼내기에 적당하다. ⑦그는 담배 연기를 다른 때보다 길게 내뱉는다. ⑧그녀는 담배를 짧게 피우고 일찍 꺼버린다. ⑨그가 조금이라도 빨리 말을 뱉었으면 좋겠다. ⑩그러나 그는 담배를 마지막까지 아껴 피우듯이 깊고 천천히 피운다.

그러나 1)의 정보는 거의 동어반복에 가깝다. 3)과 4)가 다양한 구체적 정보들로 채워져 있다면 1)은 동어반복에 가까운 단조로운 정보들을 중언부언하고 있다. 2), 3), 4)의 화자나 주인공은 풍요로운 타자성으로 채워져 있다. 반면에 1)의 화자나 주인공은 자기만의 좁은 주관적 감정과 편집에 갇혀 있는 느낌이다. 이처럼 아마추어 습작생들은 대상을 풍요롭게 구체적으로 바라보지 못한다. 한결 주관적으로 협소한 정보와 단조로운 정보로만 바라보고 느낀다.

좋은 단락이란, 가능한 한 짧은 분량 안에 가능한 한 많은 정보를 담고 있는 단락이다. 다시 말해 좋은 작가란, 꼭 해야 할 말만 하는데, 매우 많은 중요 내용을 담고 있다. 꼭 해야 할 말만 하는데 독자가 매우 많은 정보를 인지하도록 말한다. 다르게 표현하면, 쓰인 분량은 짧은데 표현된 내용은 풍요로워야 한다.

33장 단락장은, 새로운 시공간을 탄생시킨다

'주인공-되기'와 단락장 만들기 2

글쓰기는 고통을 넘어선다

글쓰기는 고통스럽다. 언제나 새로운 문장을 탐색한다는 점에서, 마치 육상선수가 새로운 기록을 세우려는 노력과 같다. 새로운 기록을 세우기 위해서는 기존의 기록과 자기 기록을 깨야만 한다. 기존의 기록과 자신의 기록 모두를 넘어서기 위해 안간힘을 써야 하고, 안간힘을 써도 새로워지지 않는 좌절을 거듭 맛봐야 한다. 도전과 자기 한계에 대한 인정, 거듭되는 좌절 등을 반복해야 한다.

하지만 차분히 살피면, 글쓰기란, 다만 단어로 문장을 만들고, 문장으로 단락을 만들고, 단락으로 단락장을 만들고, 단락장으로 완결된 구조를 완성하는 일련의 연쇄 과정이다. 그러기 위해 단어를 선택 연결해 문장을 만들고, 문장을 선택 연결해 단락을 만들고, 단락을 선택 연결해 단락장을 만들고, 단락장을 선택 연결해 완결 지어야 한다.

결국 창작으로서의 글쓰기란, 새로운 문장을, 새로운 단락을, 새로운 단락장을 만들어내는 치밀한 작업 과정이다. 세계를 낯설고 새로운 관점으로 바라보는 개인의 눈이 필요하다. 이러한 시선은 이전과는 다른 관심 혹은 관찰로 가능해진다. 알렉산드라 호로비츠의 저서『관찰의 인문학』은, 관점의 문제를 다룬 재밌는 에세이집이다.

'관찰'만 잘해도, 세계는 달라 보인다. 관찰은 세계를 대하는 인간의 가장 기본적인 태도다. 과학자가 관찰을 정확하게 하는 사람이고, 명상가가 세계를 있는 그대로 보는 사람이라면, 작가는 세계를 새로운 관점으로 발견하는 사람이다. 저자는 '새로운 것을 사랑하는 병'이란 장에서, 19개월 된 아들 오그던과 함께 동네를 산책하는 과정을 서술하고 있다.

오그던은 혼자 걷기 시작한 지 이제 7개월이 된, 아직은 아기에 가까운 아이다. 이제 갓 걸음마를 배운 아기 눈에는 모든 게 새롭게 보인다. 어른에게 자신이 사는 동네란 너무나 빤하고 익숙한 공간이지만, 어린 아들을 통해 새롭게 탄생시킨다. 아들의 눈을 빌려 작가가 먼저 새롭게 탄생시키는 것은 단어다.

길을 걸으면서 나는 아이가 걷는다는 것을 어떻게 정의하고 있는지 실마리를 잡았다. 우리 아이에 의하면, '걷기'는 때로 '걷지 않는 것'이다. A 지점과 B 지점, 두 지점 사이의 이동은 아무런 상관이 없다. 직선 위로 발걸음을 내딛는 것과도 거의 무관하다. 산책은 에너지로 가득할 때 시작해서 지쳐 나가떨어질 때 끝나는 하나의 탐험이다. (……)
아이에게 산책이란 손가락, 발가락 그리고 혀로 물체의 표면과 질감을 탐험하는 행위이다. 가만히 서서 누군가 혹은 무언가 지나가는지 지켜보는 것이다. 다양한 이동 방법(달리기, 두 손을 흔들며 씩씩하게 걷기, 발차기, 겅중겅중 뛰기, 빠르게 내달리기, 총알처럼 재빨리 떨어지기, 빙빙 돌기, 시끄럽게 발을 끌며 걷기)을 실험해보는 것이다.

—알렉산드라 호로비츠, 『관찰의 인문학』, 박대솜 옮김, 시드페이퍼, 2015, 36쪽

작가에게 걷기란, "보도, 차도, 흙길 등을 통해 A 지점에서 B 지점으로 이동하는 행위"에 불과했다. 하지만 어린 오그던과 함께 산책을 하면서, "산책은 에너지로 가득할 때 시작해서 지쳐 나가떨어질 때 끝나는 하나의 탐험"이 된다며, 새로운 개념을 창조해낸다. "에너지로 가득할 때 시작해서 지쳐 나가떨어질 때 끝나는 하나의 탐험"이라니, 얼마나 멋진 표현인가.

화자는 아이의 산책을 꼼꼼히 관찰한다. 아이의 행동을 남다른 관심으로 꼼꼼히 관찰함으로써 이제까지 익숙한 자기 방식의 산책이 아닌 '아이를 꼼꼼히 관찰하는 주인공-되기' 혹은 '아이의 산책하는 모습을 유심히 관찰하는 어머니-되기'를 통해 참신한 기행문을 만들어낸다.

문장과 단락 단위의 발견

어린아이에게 세계는 낯설고 새롭다. 단어 개념이 새로울 뿐 아니라 사물을 바라보는 관점, 그리고 그것을 드러내는 문장 표현까지도 새롭다. 이번에는 문장과 단락 단위의 새로운 발견 부분을 살펴보자. 이 역시 『관찰의 인문학』에서 가져왔다.

보기

1) 누군가 써놓은 것이거나 우연의 산물인 알파벳 'O'를 수도 없이 발견했다. 눈동자를 즐겁게 반짝이며 입술을 오므려 조심스럽고 길게 발음하는 O는 우리 아이가 처음으로 읽은 알파벳이다. O는 간판과 벽에 있었다(물론 '정지STOP' 표시뿐만 아니라 차 번호판에도, 주차금지 시간을 안내해둔 표지판의 숫자 '0'에도 있다. 그리고 당연히 '주차금지NO PARKING'에도 O가 들어간다). 에어컨 실외기의 원형으로 파인 홈에서도 발견했다. 동그란 초인종에도 O가 있었다. 계란 모양으로 깨진 보도에도, 철문의 세공 장식에도 있었다.

2) 아이가 삼각형을 따라 오르내리는 동안 나는 옆에서 따라 걸었다. 사람들이 우리를 피해 빙 둘러 걸어갈 때마다 양손으로 아이의 손을 바꿔 쥐며 미안하다는 뜻으로 웃어 보였다. 아이는 난간 사이로 올라가며 "위로! 위로! 위로!"라고 외쳤다. 산을 타거나, 소방차나 기차 같은 몹시 커다란 교통수단 위로 올라가거나, 엄마의 발끝에서 머리 꼭대기까지 기어오르는 상상을 하는 듯했다. 우리의 작은 놀이를 보고 여러 행인이 미소를 지었다. 나는 그들에게도 아이가 있으리라 확신했다.

3) 아이의 도덕적 이해를 발달시키는 방법에 대해 학계에서 많은 이론이 제시됐지만 나는 아이들이 타고난 물활론적 경향 덕분에 어른들이 가르쳐줄 수 없는 감수성을 갖는다고 느낀다. 아이들은 꽃을 주울 때 '친구를 만들어주려고' 몇 송이를 더 줍는다. 길거리의 돌멩이가 다른 풍경을 보게 해주려고 위치를 옮겨놓거나, 이사를 가서 힘들어하지 않도록 돌멩이를 주운 자리에 다시 가져다놓기도 한다. 이처럼 세상을 살아 있는 것으로 상상하면 자연히 연민이 생겨

난다. 나 역시 한때 길거리에 버려진 의자들을 연민했으나 그때의 감수성은 점차 사그라지고 있다. 조금 더 어렸을 때의 나는 그 의자들을 입양하겠다고 우기다가 결국은 의자를 집에 들고 와서 망가진 시트 천과 부러진 다리를 고치고 새로 페인트칠을 한 다음 이미 우리 집에 서식하던 제법 많은 수의 의자들에게 소개해주곤 했다. 그러다 보니 우리 집에는 손님들이 앉아서 쉴 소파는 사라지고 짝이 맞지 않는 의자들만 넘쳐나서 추수감사절 파티에 스무 명쯤은 초대해도 거뜬할 정도가 되었다. 하지만 이제 나는 거리의 버려진 의자들을 그냥 스쳐 지나간다. 언젠가는 우리 아들이 나 대신 새로운 수집품을 데리고 올지도 모른다.

1)은 아이가 알파벳 'O'를 보고 반가워하는 부분을 서술한 문장들이다. 차 번호판, 안내판, 초인종 등의 사물들이 알파벳 'O'를 통해 재발견된다. 이와 같은 방식으로, 그러니까 아이의 눈을 빌려 작가는 계단, 트럭, 수도관, 느릅나무의 초록색 씨앗 등등 너무나 익숙하거나 하찮은 것을 새롭고 중요한 것으로 재발견한다.

2)는 아이가 자기 방식대로 산책 코스를 만들어가는 모습을 서술한 문장들이다. 아이는 특별한 목적이나 정해진 노선대로 산책을 하지 않고 삼각형 모양을 만들어 움직인다. 그 바람에 아이는 자기만의 독특한 상상으로 움직이는데, 행인들이 그러한 아이를 보고 미소를 짓는다. 그러면 화자는 그들에게도 아이가 있으리라고 확신한다. 지나가는 행인들에 대해서까지 재발견하는 것이다.

3)은 아이의 물활론적 상상력을 잘 보여준다. 아이는 꽃을 주울 때도 친구를 만들어주려고 몇 송이를 더 줍고, 길거리 돌멩이에게

다른 풍경을 보여주려고 위치를 옮겨준다. 그러나 이사를 가서 힘들어하지 않도록 제자리에 다시 갖다놓는다. 이러한 아이의 물활론적 상상력을 관찰한 화자는 의자들을 입양하겠다고 우기던 자신의 어릴 때 기억을 떠올린다. 아이의 행동 관찰을 통해, 자신의 어린 시절을 재발견하는 것이다.

글쓰기란 스스로를 넘어서는 자기 확장의 과정인데, 화자는 아들 오그던을 유심히 관찰함으로써 세계를 재발견할 뿐 아니라 타인들을 재발견하고, 자기 자신을 재발견한다. 이것이야말로 자기 극복의 과정인데, 이러한 재발견을 가능하게 해주는 것이 관찰이다. 관심의 힘이자 사랑의 힘이다. 알랭 바디우는 사랑이란 "차이에서 출발하여 세계를 경험하는 하나의 방식"이라고 했다. 그에게 사랑이란 "하나가 아닌 둘에서 시작되어 세계를 경험하게 될 때" 체험되는 세계인데, 위 글은 이러한 구체적 실례를 매우 잘 보여준다.

단락장 단위의 발견

글쓴이는 새로운 단락장으로 새로운 시공간을 만든다. 다음은 자동차에 대해 재발견하는 단락장 예문이다. 트럭 한 대가 지나가는 너무나 단순한 풍경에서조차 다음과 같은 풍요로운 사실과 문장 표현을 찾아낸다. 글은 한 문장으로 표현이 가능하면 한 문장으로 쓰면 된다. 마치 하이쿠나 시처럼 직관적으로 표현할 때는 짧은 단시로도 충분하다. 그러나 특정 시공간을 표현하기 위해서는 단락장 단위의 글쓰기가 필요하다.

우리는 주택가 골목을 벗어나 대로로 향하고 있었다. 브로드웨이 대로 였다. 내게 대로는 파도처럼 몰려다니는 보행자들, 소음, 식료품점을 뜻했으나 우리 아들에게는 트럭을 뜻했다. 아이가 발견한 트럭은 내가 보기에도 정말 대단해서 감탄이 절로 나왔다. 아이 키보다도 높이 솟 은 타이어 위로 밝은 푸른색 몸체가 위풍당당한 트럭은 도시에 어울리 지 않는 규모였다. 식탁 위에 덤프트럭 모형을 여러 대 올려둔 사람으 로서 자신 있게 단언컨대, 그 트럭은 정말 튼튼해 보였다.

아들은 입을 떡 벌린 채 트럭을 응시했다. 트럭을 가리키던 손가락은 어제 엄마의 관심을 끄는 임무를 마쳤는데도 좀체 아래로 내려오지 않 았다. 아이가 트럭에 빠져든 것은 비교적 최근이지만 이런저런 교통수 단에 관심이 끌린 지는 꽤 오래되었다. 몇 달 전에 아이가 처음으로 눈 길을 던진 '새것'은 비행기였는데 하나하나가 말도 못 할 정도로 아이 의 흥분을 자아냈다. 그 결과 나는 뉴욕 하늘에 비행기가 종종 나타난 다는 사실을 깨달았다. 3-5분마다 비행기가 한 대씩 나타나 뉴욕을 둘 러싼 허드슨강을 따라 북쪽으로 날아가다가 근처의 라과디아공항을 향해 하강했다. 비행기가 제시간을 지켜 나타나는 것은 항공교통 통제 측면에서도 중요하겠지만 내게도 깊은 만족감을 안겨주었다. 아이가 비행기를 발견할 때마다 즐거워했기 때문이다.

비행기에 빠져 있던 시기가 지나고서 아들은 교통수단에 대한 흥미를 점차 넓혀갔다. 헬리콥터도 근사하고 그냥 자동차도 괜찮았다. 오토바 이는 그야말로 최고였다! 우리 아들에게 동네 골목에 주차된 오토바이 를 발견하는 것보다 더 짜릿한 사건이라고는 굉음을 내며 질주하는 오 토바이를 직접 목격하는 것밖에 없었다. 아이는 버스가 지나가는 걸 보 면 한마디 던지지 않고는 못 배겼다. 그리고 이제 그 애의 관심사는 트럭이다. 아이가 어찌나 예민하고 민첩하게 트럭을 발견하는지, 누가 보면 뉴욕시에서 트럭을 발견하는 훈련을 받은 것은 아닌지 오해할 정도였다. 아이는 '트럭'이라는 분류를 발견한 다음 곧 그 하위 분류를 고안해냈다. 트럭 하나하나를 특별하고 새롭고 근사하게 만들어주는 요소를 강조한 분류 체계였다. 아이는 자기가 아는 어휘를 활용해서 '큰' '작은' '덤프' '불' '쓰레기'라는 분류를 만들었다. 마지막 분류는 '재미있는'인데, 두루뭉술하지만 놀라울 만큼 적절한 분류라는 생각이 든다.

—알렉산드라 호로비츠, 『관찰의 인문학』, 59-60쪽

인용한 단락장은 브로드웨이라는 시공간을 재발견하고 있다. 그곳은 통상 몰려다니는 보행자들, 소음, 식료품점 등이었으나 아들을 통해 오직 '트럭'으로 나타난다. 화자는 아이의 눈을 통해 트럭을 본다. 그러면 그 트럭은 정말 튼튼해 보인다. 입을 떡 벌리게 될 만큼 튼튼해 보인다. 트럭의 재발견은 과거의 재발견으로 이어진다. 몇 달 전 비행기를 재발견했던 기억을 떠올리는 것이다. 그때 주인공은 비행기가 뉴욕 하늘에 종종 나타난다는 사실을 깨달았다. 자신의 기억을 재발견하는 것이다.

뿐만 아니라 비행기가 제시간을 지켜 나타나는 것은 항공교통 통제 측면에서도 중요하겠지만, 자신에게도 깊은 만족감을 안겨준다. 화자로 하여금 다만 정확한 시간에 비행기가 나타나는, 자신과 아무런 이해관계도 없는 사실을 아들과 함께 반가워하는 순수함, 정확한 비행기 교통 시간 준수를 반가워하는 천진함까지 재발견하게 만들어준다. 나아가 분류 체계에 대해 다시금 생각하게 만든다.

이때 사용된 문장 표현 가령 "우리 아들에게 동네 골목에 주차된

오토바이를 발견하는 것보다 더 짜릿한 사건이라고는 굉음을 내며 질주하는 오토바이를 직접 목격하는 것밖에 없었다" "아이가 어찌나 예민하고 민첩하게 트럭을 발견하는지, 누가 보면 뉴욕시에서 트럭을 발견하는 훈련을 받은 것은 아닌지 오해할 정도였다" 같은 표현들은 얼마나 참신한가.

글쓴이는 인용 부분의 첫 단락에서 '브로드웨이'라는 공간을 제시한다. 자신의 브로드웨이 모습과 아들에게 비친 브로드웨이 모습을 비교하면서 트럭을 구체화한다. 두 번째 단락에서는 아들의 트럭에 대한 반응을 구체화한다. 회상을 통해, 비행기에 주목했던 이야기를 보탠다. 세 번째 단락에서는 아이 관심의 확장 과정을 소개하고 오토바이를 구체화한다. 그런 다음 다시 트럭 이야기로 돌아온다. 공간을 제시하고 인물을 제시한 다음 인물과 얽힌 과거까지 들여다본다.

'배경 제시 〉 인물 제시 〉 인물의 과거 제시 〉 자신의 느낌' 순으로 서술을 이어감으로써, 브로드웨이 대로와 아들 오그던을 새롭게 보여준다. 단락 역시 진행될수록 점점 더 구체적으로 이었다. 시공간과 인물과 내면을 '더, 더더, 더더더' 구체적으로 소개하는 전형적인 단락장 구성 방식을 따르고 있는 것이다. 그럼으로써 자신의 내면까지 새롭게 보여준다. (소설이 아니라 수필이어서 갈등 대립을 뚜렷이 구축하지는 않았다.) 이처럼 글쓰기란, 남다른 관심과 사랑을 통해 사물을, 세계를 그리고 자기 자신까지 새롭게 재발견한다.

34장 빼어난 단락장 사건은,
   더 깊고 어두운 진실까지 드러낸다

'주인공-되기'와 단락장 만들기 3

단락장 만들기 —『무정』

단락이 하나의 소주제를 다룬다면, 단락장은 하나의 사건을 다룬다. 사건이란 '특정 시공간'에서 '특정 인물'이 '특정 갈등과 대립'을 겪는 과정이다. 따라서 각 단락장 사건마다, 특정한 '배경'과 '인물' 그리고 '갈등과 대립'이 제시된다. 이를 모두 제시하기 위해서는 3-4개 이상의 단락 잇기를 통해 '배경 > 인물 > 갈등과 대립'을 표현해야 한다. 즉 '더 구체적인 제시문 + 더더 구체적인 제시문 + 더더더 구체적인 제시문'으로 하나의 단락을 만들듯, '더 구체적인 단락 + 더더 구체적인 단락 + 더더더 구체적인 단락' 방식으로 하나의 단락장이 만들어진다.

이러한 단락장 만들기의 전형을 가장 잘 보여주는 일례로, 이광수의 『무정』의 첫 단락장을 꼽을 수 있다. 200자 원고지 약 14매 분량으로, '배경 〉 인물 〉 갈등과 대립'의 제시 순서에 맞춰 '더 구체적인 단락 〉 더더 구체적인 단락 〉 더더더 구체적인 단락'의 방식으로 단락 잇기를 함으로써 하나의 충실한 단락장을 만들어내고 있다. 무려 100여 년 전에 단락장 만들기의 전형이 제시되었지만, 적잖은 습작생들은 단락장조차 제대로 만들지 못하는 것이다.

첫 단락은 32장에 소개한 예문으로 대신하고, 두 번째 단락 부분만 읽어보자.

보기 1

"미스터 리, 어디로 가는가" 하는 소리에 깜짝 놀라 고개를 들었다. 쾌활하기로 동류 간에 유명한 신우선申友善이가 대팻밥 모자를 갖춰 쓰고 활개를 치며 내려온다. 형식은 자기 마음속을 꿰뚫어 보지나 아니한가 하여 두 뺨이 한 번 더 후끈하는 것을 겨우 참고 지어서 쾌활하게 웃으면서, "오래 막혔구려" 하고 손을 잡아 흔들었다.

"오래 막혔구려는 무슨 막혔구려야. 일전 허교하기로 약속하지 않았는가."

형식은 얼마큼 마음에 수치한 생각이 나서 고개를 돌리며,

"아직 그런 말에 익숙지를 못해서……" 하고 말끝을 못 맺는다.

"대관절 어디로 가는 길인가? 급지 않거든 점심이나 하세그려."

"점심은 먹었는걸."

"그러면 맥주나 한잔 먹지."

"내가 술을 먹는가."

"그만두게. 사나이가 맥주 한 잔도 못 먹으면 어떡한단 말인가. 자 잔말 말고 가세" 하고 손을 끌고 안동파출소 앞 청국 요릿집으로 들어간다.

"아닐세. 다른 날 같으면 사양도 아니하겠네마는" 하고 다른 날이란 말이 이상하게나 아니 들렸는가 하여 가슴이 뛰면서,

"오늘은 좀 일이 있어."

"일? 무슨 일? 무슨 술 못 먹을 일이 있단 말인가."

다른 사람 같으면 이러한 경우에 다만 '급히 좀 볼일이 있어' 하면 그만이려니와 워낙 정직하고 나약한 형식이라, 조곰이라도 거짓말을 못 하여 한참 주저주저하다가,

"세 시부터 개인교수가 있어."

"영어?"

"응."

"어떤 사람인데 개인교수를 받어?"

형식은 말이 막혔다. 우선은 남의 폐간을 꿰뚫어 볼 듯한 두 눈으로 형식의 얼굴을 유심하게 들여다본다. 형식은 눈이 부신 듯이 고개를 숙인다.

"응, 어떤 사람인데 말을 못 하고 얼굴이 붉어지나, 응?"

형식은 민망하여 손으로 목을 쓸어 만지고 하염없이 웃으며,

"여자야."

"요— 오메데토오(아— 축하하네). 이이나즈케(약혼한 사람)가 있나 보네그려. 음 나루호도(그러려니). 그러구도 내게는 아무 말도 없단 말이야. 에, 여보게" 하고 손을 후려친다.

형식은 하도 심란하여 구두로 땅을 파면서,

"아니야. 저, 자네는 모르겠네. 김 장로라고 있느니……."

"옳지, 김 장로의 딸일세그려? 응. 저, 옳지, 작년이지. 정신여학교를 우등으로 졸업하고 명년 미국 간다는 그 처녀로구먼. 베리 굿."

"자네 어떻게 아는가?"

"그것 모르겠나. 이야시쿠모(적어도) 신문기자가. 그런데 언제 엥게지먼트를 하였는가."

"아니오. 준비를 한다고 날더러 매일 한 시간씩 와달라기에 오늘 처음 가는 길일세."

"아따, 나를 속이면 어쩔 터인가."

"엑."

"히히, 그가 유명한 미인이라데. 자네 힘에 웬걸 되겠나마는 잘 얼러 보게. 그러면 또 보세" 하고 대팻밥 벙거지를 벗어 활활 부채를 하며 교동 골목으로 내려간다. 형식은 이때껏 그의 너무 방탕함을 허물하더니 오늘은 도리어 그 파탈하고 쾌활함이 부러운 듯하다.

주인공의 순진한 성격은 쾌활한 친구 신우선을 등장시켜 대비시킴으로써 강화된다. 즉, 두 번째 단락부터 '쾌활하지만 방탕한 신우선'과 '술도 마실 줄 모르고, 정직하며 나약하고, 수줍음이 많은 이형식'의 갈등·대립이 드러나는 대화 장면을 연출시킴으로써 주인공의 순진한 면모를 강화시킨다. 뿐만 아니라 그러한 형식 안에 숨겨져 있는 "이상하게 불길이 확확 일어"나는 심리와 방탕한 신우선을 허물하면서도 오히려 지금은 그 쾌활함을 부러워하는 이면까지 아이러니하게 대비하고 있다.

이러한 대비는, 신우선이 자신도 모르게 선형을 형식과 약혼한 사람으로 오해하는 과정에서 절정에 다다른다. 신우선이 넘겨짚는다. "요— 오메데토오(아— 축하하네). 이이나즈케(약혼한 사람)가 있나 보네그려." 이 말은 순전히 쾌활하고 방탕한 성격의 신우선이 함부로 넘겨짚은 오해에서 비롯된 말에 불과하다. 그러나 소설 종반에 이르면, 사실은 소설이 진행되는 내내 주인공 형식이 영채와 선형 사이에서 오래 갈등한 끝에 내린 선형과의 약혼 결정이 이미 1장에 정확하게 예시되어 있다는 점에서 매우 아이러니한 장면이 아닐 수 없다. 이야기가 진행되는 내내, 형식은 영채와 선형 사이에서 갈등하는데, 작품 말미에 가서야 선형과 약혼을 하고 유학길에 오른다. 이러한 미래의 사실을 신우선이 넘겨짚는 농담으로 이미 1장에서 예시하는 아이러니가 발생하는 것이다.

물리적 배경뿐 아니라 사회적 혹은 상황적 배경이 적시되어 있는 동시에 인물의 구체적 상상, 표정, 동작, 대화 등을 통해 인물의 순진한 성격이 명확히 적시되어 있다. 홧홧하게 달아오르거나 눈부셔 하는 표정, 고개 숙이거나 구두로 땅을 파는 몸짓과 동작 등으로 최대한 생생하게 구체화되어 있는 것이다. 나아가 그의 이면에 숨겨져 있는 욕망, 그리고 이율배반적인 측면 즉, 자신이 허물하던 방탕한 친구의 쾌활한 측면을 부러워하는 이면 심리까지 날카롭게 포착하고 있다. 더 나아가, 주인공과 신우선이 주고받는 농담과 오판이 사실은 미래를 예견하는 아이러니한 암시까지 구축되어 있다.

적잖은 습작생들이 여전히 이만한 구체성과 아이러니를 획득하지 못한 채 글을 쓰고 있는 현실을 감안할 때, 이미 100년 전에 이처럼 생생하고 아이러니한 입체적 단락장을 구축했다니 놀라울 뿐이다.

단락장 만들기 ―「신사 숙녀 여러분, 가스실로」

포로수용소의 실상을 다룬 타데우쉬 보로프스키의 「신사 숙녀 여러분, 가스실로」의 첫 단락장 역시 매우 잘 만들어진 단락장이다. 단락장 만들기가 매우 잘되어 있는 동시에 표준적이어서 앞서 예문과 함께 단락장 만들기의 표준적 전형으로 기억해두면 좋을 것 같다. 이 작품 역시 200자 원고지 약 14매 분량으로, '배경 〉 인물 〉 갈등과 대립'의 제시 순서에 맞춰 '더 구체적인 단락 〉 더더 구체적인 단락 〉 더더더 구체적인 단락' 방식으로 단락 잇기를 함으로써 하나의 충실한 단락장을 만들고 있다.

보기 2

수감자들은 벌거벗은 채 돌아다니고 있다. 이 잡기는 이제야 다 끝났다. 싸이클론 B 용액이 가득 담긴 탱크에서 우리들의 옷이 돌아왔다. 그 용액은 옷 속의 이를 잡거나 아니면 사람들을 가스실에서 죽이는 데 쓰인다. 우리 막사와 가시철망으로 차단된 건너편 막사의 수감자들은 아직도 옷가지를 돌려받지 못했는지 여전히 벌거벗은 채 돌아다니고 있다. 더위는 지독했다. 수용소는 완전히 밀폐되었다. 수감자는 물론이고, 이 한 마리조차 문밖으로 빠져나갈 수 없을 정도다. 사령부는 노동을 중단시켰다. 하루 종일, 수천 명의 나체들이 길 위나 운동장 주변을 서성이고 있다. 벽에 몸을 기대거나 지붕 위에 벌렁 드러누운 자들도 있다. 담요와 짚으로 만든 매트리스를 소독하는 중이기 때문에 우리는 널빤지 위에서 잠을 잔다. 막사 뒤쪽으로 여자 수용소가 보이는데, 거기서도 이 잡기가 한창이다. 벌거벗겨진 2만 8천 명의 여자들이 밖으로 쫓겨나와, 막사와 막사 사이의 넓은 마당과 도로, 운동장에 모여 있다.

수감자들은 아침부터 줄곧 점심시간이 되기만을 기다리다가 가족들이 보내온 소포를 끌러 대충 끼니를 때우고, 동료들과 어울려 무료한 시간을 소일하고 있다. 더위는 갈수록 기승을 부리고, 시간은 더디게 흐른다. 이곳에는 평범한 오락거리조차 없다. 소각장으로 향하는 넓은 도로는 텅 비어 있다. 지난 며칠 동안은 수송 열차가 들어오지 않았다. 카나다(수용소 내의 특권층, 특히 짐을 부리는 자들이나 노동 감독관을 가리킴)의 일부는 숙청당했고, 일부는 코만도(나치 수용소 내의 일종의 노역 분대)로 보내졌다. 건장하거나 혈기왕성하다는 이유로 가장 지독한 노역장으로 알려진 하르멘즈의 집단농장으로 이송된 경우도 있었다. 수용소에서는 시기심이 하나의 정의로 통한다. 즉 돈 있고 힘 있는 자들이 몰락하게 되면, 주변의 동료들은 그들이 완전히 밑바닥까지 추락하기를 고대하는 것이다. 우리의 카나다들은 페이들레르의 책에 나오는 것처럼 송진 냄새를 풍기는 대신, 우아한 프랑스 향수 냄새를 풍겼다. 이곳에서는 전 유럽에서 반입되는 보석이나 동전 따위를 숨길 만큼 커다란 소나무도 자라지 않았다.

우리는 판자를 이어 붙여 만든 침대의 이 층에 걸터앉아 아무렇게나 다리를 흔들면서, 바삭바삭하게 잘 구워진 흰 빵을 자르고 있는 중이다. 별로 맛은 없지만, 대신 몇 주간은 상하지 않는 그런 빵이다. 바르샤바에서 보내온 빵. 일주일 전만 해도 이 빵은 내 어머니의 손에 있었을 것이다. 고마우신 신이여.

우리는 베이컨과 양파를 꺼내고, 탈지분유통의 뚜껑을 땄다. 뚱뚱한 프랑스인 앙리는 스트라스부르와 파리, 마르세유 등지로부터 오는 수송 열차에 실려 있을 프랑스산 포도주를 떠올리며 말한다.

"들어봐, 친구! 다음번에 하역장에 가면 내 자네에게 진짜 샴페인을 갖다 주지. 지금껏 여기서 샴페인은 마셔본 적이 없었지, 안 그런가?"

"그래, 없어. 하지만 그걸 가지고 정문을 몰래 통과할 수는 없을걸. 그러니 그만두게. 대신 구두나 마련해주지 그래? 구멍이 송송 뚫리고, 이중 밑창이 있는 그런 구두 말이야. 그나저나 벌써 오래전에 약속한 셔츠는 감감무소식이군."

"조금만 더 참아. 인내심을 가지라고. 새 수송열차가 들어오면, 전부 다 갖다 주지. 우리는 다시 하역장에 나가게 될 거야."

"하지만 더 이상 소각장으로 향하는 수송열차가 안 들어오면 어떻게 되는 거지?" 나는 짐짓 짓궂게 말했다. "수송열차 덕분에 수용소에서의 생활이 얼마나 편해졌는지 자네도 알잖아? 소포도 넘쳐나고, 구타도 금지되었으니 말이야. 심지어 집에다 편지도 쓸 수 있지…… 수용소 돌아가는 일에 대해서 이것저것 소문도 들을 수 있고 말이야. 자네도 곧 잘 많은 이야기를 하잖아. 하지만 빌어먹을, 곧 이곳으로 실려 오는 사람들이 바닥나 버릴지도 몰라."

"말도 안 되는 소리 마!" 앙리가 정어리를 입속에 가득 넣은 채 우물거렸다. 그의 투실투실한 얼굴은 마치 코스웨이의 미세화에 등장하는 주인공처럼 심각하면서도 열정적이었다. (우리는 오랜 친구이지만, 나는 아직 그의 성을 모른다.)

"말도 안 돼." 그가 간신히 정어리를 꿀꺽 삼키고는 (제기랄, 넘어갔다!) 되풀이했다. "사람들이 바닥날 거라고? 안 돼, 그럴 리 없어. 잡혀오는 사람들이 없으면, 우리는 모두 여기서 굶어죽게 될 텐데…… 여기 있는 우리는 다들 그들이 가져오는 것을 먹고 살잖아."

"모두라고? 그건 아니지. 우리에겐 소포가 있는걸……."

"자네와 자네 친구들 몇 명이야 그렇겠지. 너희 폴란드인들 중에서 일부는 분명 소포로 식량을 받고 있으니까. 하지만 우린 어떡하지? 유대인이나 러시아놈들은? 만약 수송 열차에 실려 오는 식량이 없다면, 너희가 마음 놓고 소포에 들어 있는 음식을 먹을 수 있을까? 우리가 그렇게 놔두지 않을 거야!"

"가만있을 수밖에 없을걸. 아니면 너희들은 그리스놈들처럼 굶어죽을 거야. 수용소에서는 식량 가진 자가 힘도 있다고."

"아무튼 지금은 너희도, 우리도 모두 충분히 가지고 있잖아. 그런데 뭣 때문에 우리가 이렇게 티격태격하는 거지?"

그렇다. 다툴 이유가 없는 것이다. 저들도, 나도 식량은 넉넉히 가지고 있다. 우리는 함께 먹고, 같은 침대에서 잠을 잔다. 앙리는 빵을 자르고, 토마토 샐러드를 만드는 중이다. 겨자 소스를 곁들이면 맛이 그만이다.

— 타데우쉬 보로프스키, 「신사 숙녀 여러분, 가스실로」,
『신사 숙녀 여러분, 가스실로』, 417-420쪽

첫 단락에서는 이 잡기를 통해 수용소 수감자 생활상을 제시하고 있다. 즉, 수용소와 수감자들이라고 하는 배경을 표현하고 있는데, 구체적으로 제시된 배경 묘사만도 여남은 가지가 넘는다. 지독한 더위, 이 한 마리조차 빠져나가지 못할 만큼 완전히 밀폐된 수용소, 벌거벗겨진 2만 8천 명의 여자들, 수천 명의 나체들이 서성거리며 널빤지 위에서 잠을 자기도 한다.

둘째 단락은 첫째 단락의 뒷받침 단락이다. 즉, 첫 단락의 구체적 뒷받침 예시를 더욱 확충한 '더 구체적인 뒷받침 단락'이다. 며칠 동안 수송 열차가 오지 않아서 수감자들은 점심시간만 기다린다. 일부 감독관은 숙청당하거나 이송당했다. 그럼에도 향수 냄새를 풍기는 이들도 있다.

이렇게 2개의 단락을 통해 '수용소와 수감자들'이라는 배경을 제시한 다음, 셋째 단락부터는 인물 즉, 주인공 나와 앙리를 등장시켜 인물을 구체화한다. 더 더더 더더더 구체화된 단락 잇기 규칙을 충실히 따르고 있는 것이다. 나와 앙리는, 어머니가 보낸 빵, 그리고 베이컨과 양파, 분유, 정어리 등으로 나름 푸짐한 식사를 한다. 이때 순진한 나와 능숙한 앙리가 갈등하는 대화를 나눈다. 앙리가 샴페인을 갖다주겠다고 제안하는 것이다. 그러자 나는 위험하다면서 그만두라고 한다.

샴페인을 갖다주겠다고 장담하는 앙리와 구두나 갖다 달라고 요구하는 나의 사소하면서도 구체적인 갈등·대립이 구축되고, 이러한 갈등·대립은 실려 오는 사람이 바닥나서 수송 열차가 안 들어오면 어쩌나 하는 나의 걱정으로 이어진다. 그러자 앙리가, 다시 갈등·대립을 강화시킨다. 말도 안 되는 소리 하지 말라면서, 소포로 물건을 받는 폴란드인과 그렇지 못한 프랑스인으로 티격태격한다.

이러한 갈등·대립을 통해 나는 폴란드인이고 앙리는 프랑스인이며, 나는 수용소 생활에 대해 잘 알지 못하지만 앙리는 여러모로 능숙한 인물임이 드러난다. 또한 나와 앙리는 겉으로는 티격태격하지만, 실제로는 함께 침대를 사용하고 함께 음식을 나눠 먹는다. 참혹한 수용소 생활 중에 맛보는 그 음식 맛은 "맛이 그만이다"라고 말할 만큼 일품이다.

더욱 아이러니한 것은, 이들이 수송 열차가 끊어질까봐 걱정하는 모습이다. 수송 열차란 독살할 유대인을 아우슈비츠로 실어 나르는 유대인 수송 열차를 가리킨다. 수송 열차가 도착한다는 것은 동족이 그만큼 참혹한 죽음을 맞는다는 뜻이다. 그럼에도 그들은 수송 열차가 들어오기를 바란다. 그들이야말로 너무나 잔혹한 바람을 갖고 있는 것이다.

이처럼 나와 앙리가 갈등·대립하는 이면에는, 겉으로는 티격태격하지만 실제로는 함께 도우며 살고 있는 아이러니한 관계, 그리고 수용소 생활이 너무 참혹하다 보니 약간의 음식만으로도 맛이 그만이라고 느끼는 아이러니가 묘사되어 있다. 뿐만 아니라, 자신들의 물품 수급을 위해 독살당하러 들어오는 유태인 수송 열차가 끊기지 않기를 바라는 아이러니한 이면이 숨겨져 있다.

아무리 자신들의 생존을 위해서라고는 하지만, 자신들의 물품 수급을 위해 독살당할 게 빤한 동족들을 태운 열차가 들어오지 않을까 봐 걱정하는 주인공들 모습은, 참으로 잔인하고 아이러니한 실존적 상황이 아닐 수 없다.

단락장의 기본 구성

앞서 소개한 2개의 단락장 〈보기〉는, 근대소설에서 하나의 단락장이 사건을 얼마나 구체적으로 깊이 있게 드러내고 있는지 잘 보여준다. 혹은 하나의 사건을 구체적으로 드러내려면 단락장이 갖춰야 할 기본 요소가 무엇인지를 잘 보여준다.

먼저 배경이 매우 구체적으로 제시된다. 〈보기 1〉은 시간 장소 날씨 골목 등에 대한 여남은 가지의 정보를 통해 시공간을 구체화한다. 특히 〈보기 2〉는 2개의 단락, 24개의 구체적 제시문을 통해 수용소 수감자 생활상에 대한 30가지 이상의 구체적 정보로 드러내준다. 반면 습작생들의 작품을 보면, 모호한 추상적 정보 나열이 대부분이고, 구체적 정보는 두세 가지에 그치기 일쑤다.

또한 인물이 매우 구체적으로 제시된다. 〈보기 2〉는 그들이 먹는 음식, 대화, 침대 등에 대한 정보를 통해 인물에 대한 여러 구체적 정보를 제시한다. 특히 〈보기 1〉은 주인공의 직업, 결혼 여부, 연애 경험이 명확히 제시된다. 동시에, 화자가 직접적으로 "순결한 청년" "수줍은 생각" "정직하고 나약한 형식" 등의 수식을 통해 주인공의 성격을 제시할 뿐 아니라, 주인공의 상상, 수줍은 표정과 반응, 놀라거나 마음속을 들킬까봐 주저하며 낯을 붉히는 모습, 말끝을 못 맺거나 가슴이 뛰거나 주저주저하는 태도, 고개 숙이고 목을 쓸어 만지고 구두로 땅을 파는 등의 동작을 통해 20-30여 가지에 해당하는 구체적 정보를 제시한다.

마지막으로 갈등과 대립이 또렷이 드러나는 대화를 통해 인물 성격과 서사가 아이러니하게 제시된다. 〈보기 1〉은 수줍고 부끄럽고 순진한 형식과 쾌활하다 못해 방탕하기까지 한 신우선을 갈등·대립시킴으로써 인물 성격을 더욱 분명하게 제시하는 한편, 주인공 이형식의 심층 심리에 도사리고 있는 선형에 대한 욕망과 신우선에 대한 부러움 같은 또 다른 이면까지 예각적으로 드러낸다. 그리고 신우선이 함부로 넘겨짚는 오판을 통해 미래가 예견되는 아이러니까지 포착한다.

〈보기 2〉는 순진한 폴란드 출신의 수감자인 나와 능숙한 프랑스 출신의 앙리 간 갈등·대립 구도를 만듦으로써, 자신들 역시 언제 이송되거나 '소각'당할지 모르는 상황이면서도 조촐한 음식이지만 더없이 그만인 식사를 즐기는 아이러니와 함께, 자신들의 물품을 공급받기 위해 동족을 태운 수송 열차가 들어오기를 바라는 끔찍한 욕망을 이어가야 하는 참혹한 이면까지를 아이러니하게 묘파하고 있다.

이러한 제시를 통해 독자는 하나의 단락장을 접할 때마다 그곳이 어떤 시공간이고 어떤 상황인지를 이해하고 공감할 수 있으며, 어떤 인물인지 눈으로 들여다보듯 혹은 마음속까지 엿보듯 공감할 수 있다. 나아가 그들이 갈등·대립하는 대화를 통해 그들의 성격이나 지향하는 가치까지 이해하게 될 뿐 아니라, 표면적으로 제시된 상황과 심층적으로 드러나는 상황 간에 발생하는 아이러니로 인해 또 다른 어두운 진실까지 느끼고 공감하게 된다.

그런 점에서 단락장 사건이 만들어지려면, '배경 설정 단락'과 '인물 제시 단락', 그리고 '대립과 갈등이 드러나는 대화 단락' 등으로 인물과 사건의 심층적 측면까지 제시되어야 한다. 이것은 근대소설이 다다른 특정 사건에 대한 이해의 깊이이기도 하다. 배경과 인물을 충분히 이해하고, 갈등·대립을 충분히 이해하고, 그 표면 너머의 심층까지를 이해할 때, 비로소 우리는 이 세계에서 어떤 일들이 일어나고 있는지 제대로 이해하는 것이다.

35장 남다른 문장 의식이,
남다른 사건을 만든다

'주인공-되기'와 단락장 만들기 4

습작생의 단락장

하나의 단락장은 특정 시공간에서 일어나는 하나의 사건을 다룬다. 특정 시공간에서 특정 인물이 특정 갈등과 대립을 겪는 과정을 다룬다. 작가는 하나의 단락장을 만들 때마다, 그곳이 '어떤 시공간'이며 '어떤 인물'이 '어떤 갈등과 대립'을 겪고 있는지 분명하면서도 깊이 있게 드러내야 한다. 그러기 위해서는 그 사건에 대한 남다른 이해와 표현이 필요하다.

습작생이 저지르는 가장 흔한 실수는 남다른 이해와 표현이 동반되지 않은 채 사건을 서술하는 것이다. 즉 이제까지 사용해온 통념적 생각문장을 그대로 사용해서 사건을 서술하는 경우다. 뒷산을 올라갔다 와서나 아프리카를 여행하고 와서도 "자연은 너무 아름답다" "푸른 하늘이 눈부셨다" 같은 상투구를 그대로 반복한다면, 자신이 경험한 시공간을 전달할 수 없다. 도리어 그 무엇도 제대로 경험하지 못한 사람처럼 느껴진다. 그런데 적잖은 습작생들이 이러한 통념 언어를 그대로 사용하고 있다. 다음의 〈보기〉를 보자. 1)은 신혼부부가 모처럼 한가로운 둘만의 주말을 보내는 장면을 묘사한 단락이다. 2)는 함께 동거하는 세 사람이 주말을 보내는 중에, 뒷산에 있는 딱따구리를 보러 나가는 장면이다.

보기

1) 잠자리하기 좋은 밤이었다. 낮부터 내린 비를 핑계로 우리는 하루 종일 소파에서 빈둥거렸다. 규진 씨가 발을 뻗은 낮은 탁자 위에는 감자 칩, 귤, 맥주, 보라색 향초 그리고 플라스틱 안경집처럼 생긴 라디오가 있었다. 라디오에서 기타 합주가 흘러나오자, 그의 무릎을 베고 누운 나도 거실을 밝히고 있는 촛불도 따라 희미하게 흔들렸다. 그새 비는 진눈깨비로 변해 거실 창을 적셨다. 집들이를 하고 친지들을 찾아다니느라 주말마다 붙어 있었으면서도, 내게는 하릴없이 창밖을 바라보고 있는 지금이 결혼해 처음으로 갖는 둘만의 시간인 듯싶었다.

2) 그들은 다시 거실에서 티브이를 보며 뒹굴기 시작했다. 리모컨을 들고 채널을 돌리던 C가 멈춘 곳은 맛집을 탐방하는 프로였다. O와 C는 먹성 좋은 연예인들을 부러운 듯 바라보며 낄낄거렸다. W가 컴퓨터 앞에 앉아 딱따구리에 대한 검색을 할 때도 그들은 힐끗 눈길을 한 번 보냈을 뿐이었다. W가 벌떡 일어나 신발을 신고 집을 나설 때, 그들은 어어어 하면서도 그를 잡지 못했다.

먼저 1)은 얼핏 보면 아무 문제가 없다. 첫 문장과 마지막 문장은 매우 좋다. 잠자리하기 좋은 밤이었다, 라고 하는 돌발적인 첫 문장이 독자의 남다른 주의를 끈다. 두 사람은 라디오 음악을 듣고 있으며, 비는 진눈깨비로 변해 분위기를 더한다. 이래저래 바쁜 일정을 보낸 주인공은 이 순간이, 결혼해서 처음으로 갖는 둘만의 시간인 듯싶은 기분에 빠져 있다는 것을 매우 분명하게 드러내 보이는 듯하다. 따라서 단락장에서 갖춰야 할, '특정 시공간'과 '특정 인물'을 제대로 형상화한 것처럼 읽힌다. 그러나 위 예문을 읽고, 단락이 제대로 구축되었다고 생각한다면, 당신의 언어 감각은 아직 프로 소설가답다고 할 수 없다.

위 단락을 조금만 정신 차리고 읽어보면, 너무나 상투적인 문장 표현, 안일한 문장 표현으로 이루어져 있는 걸 알 수 있다. 설정과 표현이 너무 나이브하고 통속적이다. 대표적인 일례로, "하루 종일 소파에서 빈둥거렸다" "라디오에서 기타 합주가 흘러나오자" "그의 무릎을 베고 누운 나" "거실을 밝히고 있는 촛불" "촛불도 따라 희미하게 흔들렸다" "진눈깨비로 변해 거실 창을 적셨다" 등의 구문들은 모두 어디선가 읽어본 적이 있는, 삼류소설에서도 흔히 표현하는 수준의 매우 감상적이고 상투적인, 너무 흔해빠진 기표들이다.

다시 말해 글쓴이가 자신이 주말에 정말로 무엇을 경험하고 있는지를 제대로 이해하지 못하고, 이미 많은 소설에서 손쉽게 써먹은 상투적이고 고루하고 나이브하고 안이하고 낡은, 한마디로 '통념적 문장' 표현을 그대로 반복하고 있을 뿐이다. 이러한 문장 표현은 개인의 구체적인 리얼리즘 문장이 아니다. "하루 종일 소파에서 빈둥거렸다"는 불가능하다. 이것은 구체적 사실을 드러낸 표현이 아니라 비유적 표현인 것이다. 그런데 대중들도 흔히 쓰는 비유구여서 매우 상투적인 비유적 표현인 것이다.

앞서 이인직의 『혈의 누』에서 보았듯, 구체적 사실 표현을 하지 못하고 상투적 비유구 표현을 사용하는 신소설 수준의 문장인데, 문장 의식 없이 안일하게 반복하고 있는 것이다. "라디오에서 기타 합주가 흘러나"온다는 것도 너무 안일한 표현이다. 구체적으로 어떤 음악이 어떤 멜로디가 어떤 느낌으로 다가오는지 서술해야 하지 않을까. 특히 거실과 촛불, 희미하게 흔들린다 등과 같은 기표는 삼류 소설에서도 번다하게 사용되는 너무 감상적인 기표들 아닌가. "그의 무릎을 베고 누운 나"라는 기표 역시 한가롭고 다정한 주말을 보내는 연인들 모습을 표현하는 흔하디흔한 기표 아닌가.

이렇듯 1)이 아무렇게나 저지르고 있는 통념적 표현들을 체크하고 나서, 2)를 읽으면 이 역시 문장 의식 없이 아무렇게나 쓰인 부분이 적지 않다는 걸 알 수 있을 것이다. 아직도 2)의 단락에서 별다른 문제를 발견하지 못했다면 당신은 좀 심각한 언치가 아닐 수 없다. 일단 "티브이를 보며 뒹굴기 시작했다"라는 표현은 구체적 사실 문장이 아니다. 평소 대중들도 너무나 자주 사용하는 매우 상투적 표현이다. 맛집 탐방 프로를 보고 O와 C의 반응을 표현한 부분도 마찬가지다.

맛집 탐방을 보며 고작, 먹성 좋은 연예인들을 부러운 듯 바라보며 낄낄거리는 반응은, 마치 1)에서 무릎 베고 누운 나나 촛불과 진눈깨비 기표처럼, 너무 일차원적이고 평면적인 반응 기표들이다. W가 집을 나설 때의 반응인 "어어어 하면서도 그를 잡지 못했다" 부분 역시 얼마나 단조로운가. 이 역시 구체적 사실 문장 같지만, 사실은 상투적 비유구에 가깝다. 대중들도 수다 떨면서 흔히 이렇게 표현하지 않던가. "어어어 하는 중에 나가버리더라고." 즉, 대중들 수다 수준의 상투적 비유구를 그대로 표현하고 있는 것이다. 얼마나 안일한 문장 표현인가.

하지만 습작 5-6년 차가 되어도, 자기도 모르게 긴장이 풀려, 이처럼 낡고 상투적이고 안일한 문장 표현을 아무렇게나 사용하곤 한다. 그러나 대체 이처럼 낡고 상투적인 문장 표현으로 어떻게 이제까지 없던 것을 '창작'할 수 있단 말인가.

기성작가의 단락장

다음은 최근 활발한 창작 활동을 펼치고 있는 젊은 작가들의 작품 앞머리다. 3)은 2016년 『동아일보』 신춘문예 당선작인 김봉곤의 중편 「Auto」의 시작 부분이다. 4)는 정지돈의 「창백한 말」 시작 부분이고, 예문 5)는 정용준의 「떠떠떠, 떠」 시작 부분이다. 습작생들의 예문과는 달리, 매우 구체적인 사실들을 담아내고 있는 것을 확연히 느낄 수 있다. 활발한 창작 활동을 펼치고 있는 젊은 작가들의 작품이지만, 이들 예문이 다른 작가들 작품 내지 이들 작가들의 나머지 작품보다 특별히 더 뛰어난 표현력을 선보이고 있지는 않다. 다만 젊은 작가들이 평소 구사하는 구체적 표현 수위를 살펴보기 위해 무작위적으로 꼽아본 예문이다.

보기

3) 월요일, 비가 내린다는 예보가 있었다. 나는 그가 출근하는 것을 배

웅하면서, 우산을 챙기라고 말했다. 그는 신발장의 우산 걸이를 확인하더니 3단 우산이 없다고, 장우산은 싫다고 말한 뒤 나가버렸다. 배웅 입맞춤은 없었다. 그는 10초도 지나지 않아, 내가 문을 잠그기도 전에 다시 문을 열었다. 비 온다. 그는 장우산, 자신의 것으로 지정해두었던 남색 장우산을 들고 나갔다. 나는 타박하지 않았고, 입맞춤은 없었다.

그가 계단을 내려가는 소리를 들으며 개의 배변판을 갈았다. 사료를 채우고 깨끗한 물로 갈아주었다. 간밤에 보았던 한 남자 디자이너의 헤어스타일을 흉내 내어 머리를 손질했다. 캔버스 백에 노트북과 전자 담배를 넣었고, 카멜을 파우치에 담아 그것 역시 집어넣었다. 필립 빌랭의 『포옹』과 앙드레 브르통의 『나자』를 챙겼다. 『나자』는 읽지 않을 것이지만 들고 가기로 했다.

4) 장이 모스크바에 도착한 날은 1월 2일이다. 장은 비행 동안 책을 읽거나 잠을 잤다. 화물로 보내지 않은 그의 숄더백에는 책 세 권이 있었다. 『러시아 미술사』와 발터 벤야민의 『모스크바 일기』, 보리스 사빈코프의 『창백한 말』. 떠나기 전날 만난 장은 모스크바에 가면 미술관에 갈 거라고 했다. 그의 손에는 『러시아 미술사』가 들려 있었다. 그는 책을 펼쳐 여러 도판을 보여줬다. 브루벨의 「악마」와 로드첸코의 「순수한 빨강, 순수한 노랑, 순수한 파랑」 등이었다.

나는 로드첸코의 그림이 마음에 들었다. 로드첸코의 그림은 백 년 전의 것이라기엔 너무 현대적이었다. 현대란 현재를 일컫는 말이 아니라 특정한 시간이나 시대를 지칭하는 거라고 장이 말했다. 그는 다시 현대는 시간이 아닌, 인물이나 작품으로 오는 거라고 말하며 그런 의미에서 요즘은 전혀 현대적이지 않다고 했다. 별로 와 닿지 않는 말이었으나 나는 잠자코 그의 말을 들었다. 그의 얘기가 이어졌다.

5) 얼굴을 벗는다. 바닥에 떨어뜨린다. 사자의 머리가 바닥을 뒹군다. 얼굴은 땀으로 범벅이고 피부는 붉고 뜨겁다. 마주 보는 거울의 표면이 열기로 뿌옇게 흐려진다. 사자의 몸에서는 빨지 않은 섬유에서 뿜는 오래된 땀 냄새가 난다. 아무리 맡아도 익숙해지지 않는 냄새. 라커룸 문을 열고 고여 있는 내부의 공기를 들이마시고 고개를 돌려 훅- 뱉어낸다.

저기, 사자 씨.

낯선 목소리. 나는 본능적으로 몸을 오른쪽으로 빼며 고개만 살짝 돌려 뒤를 확인한다.

이름이 어떻게 되세요?

등 뒤에는 제 머리를 오른손에 들고 있는 판다가 서 있다. 나는 못 들은 척 다시 라커룸으로 얼굴을 돌린다. 판다의 기분이 상하길. 그것이 호의든 적의든 그저 단순한 호기심이든 나에 대한 관심이 사라지길 원한다. 그러나 룸미러에 반사된 판다의 표정에는 변화가 없다. 기다리겠다는 듯 들고 있던 머리를 바닥에 내려놓고 가만히 서서 무연한 눈빛으로 내 등을 바라보고 있다. 나는 거울을 손으로 닦고 판다의 얼굴을 유심히 쳐다본다. 땀에 젖은 긴 머리가 동그란 이마에 달라붙어 있고 얼굴은 나처럼 붉은, 여자다. 꾹 다문 얇은 입술 끝은 살짝 올라가 있다. 미묘하게 장난스러워 보이는 그녀의 기다림이 당혹스럽다. 혀가 입천장에 달라붙고 플라스틱처럼 딱딱해지기 시작한다. 툭, 툭, 툭, 경동맥 뛰는 소리가 들린다. 나는 급히 가방을 뒤져 사원증을 꺼내 판다에게 내민다. 판다는 손바닥 위에 놓인 사진과 이름을 물끄러미 내려다본 후 고개를 들고 말한다.

질문을 했는데 대답을 하셔야지요.

 3)은 동거하는 '그'가 출근하고 나서 내가 외출하는 장면이다. "비" "우산" "신발장의 우산걸이" "3단 우산"과 "장우산" "남색 장우산" 등이 구체적으로 적시되는 동시에, 장우산은 싫다며 그냥 나갔다가 도로 들어와서 자신의 것으로 지정해둔 장우산을 갖고 나가면서도 끝내 입맞춤을 해주지 않는 '그'의 자기중심적인 행동 동작이 구체적으로 서술되고 있다. 남겨진 나의 행동 묘사는, 동성애자의 일상을 다룬 작품답게 "개의 배변판" "사료"와 "물" "간밤에 보았던 한 남자 디자이너의 헤어스타일" "캔버스 백" '노트북' "전자담배" "카멜" "파우치" "필립 빌랭의 『포옹』과 앙드레 브르통의 『나자』" 등과 같은 젊은 감각이 느껴지는 현대적이면서도 구체적인 개인주의 기표들로 가득 채워져 있다.

 4)는 모스크바에 대한 남다른 애착을 갖고 있는 장이 모스크바 여행을 하는 이야기다. 모스크바에 대한 남다른 애착을 가진 인물답게, 숄더백의 책 세 권이 구체적으로 제시되는 동시에, 도판 제목까지 구체적으로 명시되어 있다. 그중에서도 로드첸코의 그림에 대해서는 더욱 구체화하여 묘사한다. 장의 관념적인 설명과 공감을 하지 못하지만 잠자코 그의 말을 들어주는 나와의 다소 어긋한 갈등이 얼핏 드러나고 있다.

 분명한 것은 2개의 단락을 통해, 장이 숄더백 안에 넣고 간 세 권의 책이 구체적으로 소개되는 동시에, 그중 한 권의 책은 담고 있는 도판 제목까지 적시되어 있고, 또한 화가의 그림에 대한 주인공 장의 특유한 관점까지 분명하게 드러내 보여주고 있다. 독자는 숄더백을 메고 모스크바로 떠나는 장의 모습뿐 아니라 그의 백 안에 들어 있는 세 권의 책, 책 속의 도판, 그리고 그 도판을 그린 화가에 대한 장의 생각까지 더 구체적인 제시문 〉 더더 구체적인 제시문 〉 더더더 구체적인 제시문의 형식으로 클로즈업해서 들어간다.

5)는 사자 인형 탈을 쓰고 아르바이트를 하는 말더듬이 남자 주인공에게 판다 인형 탈을 쓰고 아르바이트를 하는 여자 주인공이 말을 거는 장면이다. 첫 단락부터 주인공의 동작을 클로즈업하고 있다. 얼굴 벗기, 바닥에 떨어뜨리기, 사자 머리가 바닥을 뒹굴기, 땀으로 범벅이 되어 붉고 뜨거운 얼굴, 거울 표현의 뿌연 입김, 사자 인형 몸에서 나는 땀 냄새 등을 '사자 인형 탈을 쓰고 아르바이트를 하는 주인공-되기'를 통해 구체적으로 정밀 묘사를 한다.

여자가 말을 걸자, 등 뒤에서 "제 머리를 오른손에 들고 있는 판다" 모습을 구체적으로 포착한 다음, 못 들은 척 얼굴을 돌리는 주인공의 심리가 적시되고, 룸미러에 반사된 여자의 표정과 눈빛까지 구체적으로 포착하여 적시한다. 이어서 땀에 젖은 긴 머리, 동그란 이마, 붉은 얼굴, 꾹 다문 얇은 입술, 장난스러워 보이는 표정까지 구체적으로 서술되고 있다.

1), 2)가 일반 대중도 흔히 사용하는 수준의 표현이나 상투적인 비유구 중심으로 서술하고 있는 반면, 3) 4) 5)는 일반 대중이 평소 사용하는 문장과는 확연히 구분되는 매우 구체적인 정보들로 채워져 있다. 다시 말해 1)과 2)가 어떤 사건을 독자에게 들려주면서, 이

미 사용되고 있는 빤한 통념적 문장들을 반복하고 있는 반면, 3)은 동거하는 동성애자와 금이 가기 시작한 주인공이 아니면 포착하기 어려운 구체적 내용으로 채워져 있다. 4)는 혁명기 모스크바에 대한 남다른 애착을 갖고 있는 주인공이 아니면 포착하기 어려운 구체적 내용으로 채워져 있다. 5)는 사자 인형 탈을 쓰고 아르바이트를 하는 남자 주인공이 아니면 경험하거나 포착하기 어려운 구체적 내용으로 채워져 있다.

이러한 차이로 인해, 1)과 2)를 읽을 때는 작가가 어떤 사건을 다루고 있든 독자에게는 다소 빤하고 낡은 느낌으로 전달되지만, 3), 4), 5)를 읽을 때는 주인공다운 정서와 주인공이 경험하는 사건이 참신한 구체적 감각으로 다가온다. 작가는 자신이 말하고자 하는 사건을 언어로 독자에게 전달한다. 독자는, 작가가 전달하는 사건을, 사건이 아니라 언어로 경험한다. 즉 단어, 문장, 단락, 단락장 등으로 경험한다. 사건을 전달하려면 낡고 상투적인 통념적 언어가 아니라 주인공이 겪을 법한 구체적이고 실질적인 언어로 서술해야 한다.

'주인공-되기'를 통해 사건에 대한 남다른 '이해'가 있어야 하고, '화자-되기'를 통해 사건에 대한 남다른 '표현'이 있어야 한다.

주체적인 '주인공-되기'를 통해 사건을 구체적 언어로 직시할 수 있어야 하고, 표현력 좋은 '화자-되기'를 통해 남다른 언어로 표현할 수 있어야 한다. 사람과 세계와 언어의 변화는 언제나 함께 일어난다. 주체인 나의 변화와 객체인 사건의 변화, 나아가 매개자인 언어의 변화는 동시에 일어난다. 나와 세계 그리고 언어가 모두 변하기 위해서는 '나의 언어'와 '나의 세계'와 '나의 생각'이 동시에 새로워져야 한다.

36장 구체적 문장이 강렬한 서사를 만든다

단락장과 서사 1

되기는 아름답다

보면서도 속을 때가 있다. 자신의 눈조차 믿을 수 없을 때가 있다. 가장 흔한 일례가 해와 달의 움직임이다. 달을 보며 걸으면, 달이 나를 따라 이동하는 것 같지만, 전혀 그렇지 않다. 태양은 매일 동쪽으로 떠서 서쪽으로 기울지만, 그렇게 보일 뿐, 정작 돌고 있는 건 지구다. 인간의 감각은 우물 안 개구리와 같아서, 재 묻은 굴뚝 청소부가 아니라, 아무것도 묻지 않은 깨끗한 굴뚝 청소부가 상대 얼굴을 보고 세수를 하는 어처구니없는 일이 얼마든지 벌어진다.

우리 모두 주관적 진실에 갇혀 사는 '돈키호테'가 되고, 환상을 좇는 '보바리'이자, 자기 관점에서만 말하는 '라쇼몽'이다. 어떻게 하면 이런 무지에서 벗어날 수 있을까. 우리가, 자신의 직접 경험조차 믿을 수 없을 때, 어떻게 진실에 이를 수 있을까. 데카르트가 찾은 대안은 '코기토cogito'다. 모든 것을 의심하더라도, 자신이 의심하고 있는 사실 자체만은 의심할 수 없다. 의심할 줄 아는 이성을 통해 바라봐야 한다. 방법은 매우 단순하다. 첫째, 명증적이지 않은 것은 버린다. 둘째, 대상을 가급적 세분한다. 셋째, 가장 단순하고 쉬운 것부터 복잡한 것에 이르기까지 질서를 부여한다. 넷째, 올바른지 검증한다.

근대적 글쓰기 역시 데카르트의 분석적 이성을 중시한다. 모든 단락은 '제시문＋더 구체적인 제시문＋더더 구체적인 제시문＋더더더 구체적인 제시문……' 형식으로 구성된다. 분석적 이성을 통한 구체적인 내용의 확보야말로 글쓰기의 기본 중에 기본인 것이다. 글쓰기란, 알고 보면 소설조차 데카르트의 방법을 따른다. 1) 선입견 없이 2) 대상을 세분하여 3) 단순하고 쉬운 것부터 복잡한 것에 이르는 순서로 질서를 부여하고 4) 예증을 들어 보이는 과정이다.

세상은, 그것이 어떤 것이든, 보다 작은 것들의 조합으로 만들어진다. 때문에 구체적으로 만나는 사람은, 마치 자기 학생들 이름을 하나하나 외우고 불러주는 선생처럼, 보다 구체적인 단위의 타자성에 주목하지 않을 수 없다. 가령 산은 느티나무, 참나무, 소나무, 엉겅퀴, 개망초 등등 무수한 나무와 풀로 이루어져 있다. 나무는 뿌리와 잎새, 꽃과 열매, 수많은 줄기들로 이루어져 있다. 꽃은 꽃잎, 꽃받침, 꽃자루, 꽃술, 꽃봉오리 등으로 이루어져 있다. 대상을 깊이 만날수록 이러한 구체적 단위의 타자들을 더욱 또렷이 인지할 수밖에 없다.

동시에 자기 자신을 보다 또렷이 살피는 사람일수록 자신의 느낌이나 생각, 기분이나 동작들을 하나하나 분절하여 감지한다. 마치 연주되는 멜로디의 음을 하나하나 정확하게 감지하는 음악가처럼,

혹은 음식을 서둘러 삼키는 게 아니라, 천천히 향을 맡고 씹고 혀로 궁굴려보면서 질감과 미감의 변화 과정을 천천히 음미하는 미식가처럼, 순간순간을 세밀하게 분절하여 인식한다. 따라서 대상을 구체적으로 인식하고 서술하기 위해서는 '구체적 타자성'과 '구체적 분절성'이 필수적이다.

우리는 앞서 신춘문예 당선작인 윤지완의 「당신의 아름다운 세탁소」나 박상의 「짝짝이 구두와 고양이와 하드락」 시작 부분이 하나의 장면을 제시할 때 그 장면을 얼마나 구체적으로 분절해 제시하는지 살펴보았다. 세탁소 주인과 슈퍼마켓 손님의 몸동작과 연상 동작이 마치 위파사나 명상가의 알아차림처럼 꼼꼼히 분절되어 있는 것이다. 이번에는 무라타 사야카의 장편 『편의점 인간』(살림, 2016) 시작 부분을 보자. 편의점에서 일하는 주인공의 몸동작과 연상 동작이 구체적으로 정확하게 분절되어 있다.

보기 1

편의점은 소리로 가득 차 있다. 손님이 들어오는 차임벨 소리에, 가게 안을 흐르는 유선방송에서 신상품을 소개하는 아이돌의 목소리, 점원들이 부르는 소리, 바코드를 스캔하는 소리, 바구니에 물건 넣는 소리, 빵 봉지 쥐는 소리, 가게 안을 돌아다니는 하이힐 소리. 이 모든 소리들이 뒤섞여 '편의점의 소리'가 되어 내 고막에 거침없이 와 닿는다.

매장의 페트병이 하나 팔리고, 대신 그 안에 있던 페트병이 롤러로 굴러오는, 데구루루 하는 작은 소리에 얼굴을 든다. 차가운 음료를 마지막으로 집어 들고 계산대로 가는 손님이 많기 때문에, 그 소리에 반응하여 몸이 멋대로 움직이는 것이다. 생수를 손에 든 여자 손님이 아직 계산대로 가지 않고 디저트를 고르고 있는 것을 확인하자 손으로 눈길을 돌린다.

가게 안에 흩어져 있는 수많은 소리에서 정보를 얻으면서 내 몸은 방금 납품된 주먹밥을 늘어놓고 있다. 저쪽에서는 알바생인 스가와라 씨가 작은 스캐너로 상품을 검사하고 있다. 나는 기계가 만든 청결한 식품을 가지런히 늘어놓는다. 신상품 명란치즈는 한가운데 두 줄로, 그 옆에는 가게에서 제일 잘 팔리는 참치마요네즈를 두 줄로, 별로 팔리지 않는 가쓰오부시(가다랭이포) 주먹밥은 구석에. 속도가 승부를 가르므로 머리는 거의 쓰지 않고 내 안에 배어 있는 규칙이 육체에 지시를 내리고 있다.

짤랑 하는 작은 동전 소리에 고개를 돌려 계산대 쪽으로 눈길을 던진다. 손바닥이나 주머니 속에서 동전 소리를 내고 있는 사람은 담배나 신문을 재빨리 사서 돌아가려는 경우가 많기 때문에, 돈 소리에는 민감하다. 아니나 다를까 캔 커피를 한 손에 쥐고 다른 한 손은 주머니에 찔러 넣은 채 계산대로 다가가고 있는 남자가 있다. 재빨리 가게 안을 이동하여 카운터 안으로 몸을 미끄러뜨린 뒤, 손님이 기다리지 않도록 안에 서서 대기한다.

"어서 오세요, 안녕하십니까."

가벼운 인사를 하고 남자 손님이 내민 캔 커피를 받아든다.

"아, 그리고 5번 담배 한 갑 주세요."

"알겠습니다."

재빨리 말보로 라이트 맨솔을 빼내어 계산대에서 스캔한다.

"연령 확인 터치를 부탁할게요."

화면을 터치하면서 남자의 눈길이 패스트푸드 진열장으로 쓱 옮겨 가는 걸 보고 손가락의 움직임을 멈춘다. "뭔가 더 필요한 것 있으세요?" 하고 말을 걸어도 좋겠지만, 손님이 살까 말까 망설이는 듯이 보일 때 는 한 걸음 물러서서 기다린다.

"그리고 아메리칸 핫도그도요."

"알겠습니다. 고맙습니다."

손을 알코올로 소독하고 진열장을 열어 아메리칸 핫도그를 꺼내 포장 한다.

"차가운 음료와 따뜻한 음식은 따로 봉지에 담을까요?"

"아니, 됐습니다, 됐어요. 같이 담아주세요."

캔 커피와 담배와 아메리칸 핫도그를 재빨리 S 사이즈 봉투에 넣는다. 그동안 주머니 속에서 동전 소리를 내고 있던 남자가 문득 생각난 것 처럼 가슴 주머니에 손을 넣는다. 그 몸짓을 보고 전자화폐로 지불하 는구나 하고 순간적으로 판단한다.

"지불은 스이카(동일본여객철도가 2001년에 도입한 전자화폐 겸용 교통 카드)로 할게요."

"알겠습니다. 저쪽에서 스이카를 터치해주세요."

손님의 미세한 몸짓이나 시선을 자동으로 알아차리고, 몸은 반사적으 로 움직인다. 눈과 귀는 손님의 작은 움직임이나 의사를 포착하는 중 요한 센서가 된다. 필요 이상으로 관찰하여 불쾌하게 하지 않도록 세 심한 주의를 기울이면서, 포착한 정보에 따라 재빨리 손을 움직인다.

"영수증입니다. 고맙습니다."

영수증을 건네주자 남자는 아, 예 하고 작은 소리로 대답하고 나간다.

원고지 14매 분량이다. 편의점 점원이 아침 일과로 바쁘다. 나는 편의점 아침 일과로 바쁘다, 라고 한 줄로 요약 가능한 내용을 작가는 '편의점 점원-되기'를 통해 편의점 점원이 느꼈을 법한 정보들을 구체적으로 꼼꼼히 분절하여 보여준다. 점원의 몸과 마음의 동작 하나하나를 읽어 나가다 보면 독자는 마치 주술에라도 걸린 듯, 편의점 점원으로 빙의된 것 같은 착각에 빠질 정도다.

먼저 첫 단락은 배경 묘사다. 편의점 공간을 소개하는데 '소리'에 초점을 맞춰 구체적 소리 정보들을 꼼꼼히 기술한다. 둘째 단락은 인물 소개다. 둘째 단락에서는 첫 단락 내용을 보다 더 구체적으로 제시한다. 페트병 구르는 소리에 초점을 모으고, 그에 반응하는 주인공 '나'의 연상 동작을 기술한다. 편의점 점원으로 일한 사람만이 나타낼 수 있는 반응이다. 즉 페트병 소리만 듣고도, 차가운 음료를 고르면 곧바로 계산대로 향할 거라는 예상을 한다. 특정 소리에 대해 연상하는 마음-동작과 움직이는 몸-동작이 구체적으로 드러남으로써 독자 역시 편의점 점원이 되어버린다.

셋째 단락에서는 더욱 분명하게 '주인공-되기'의 행동을 구체적으로 하나하나 적시한다. 그런 다음 넷째 단락에서 동전 소리에 반응하는 과정을 분절하여 보여준다. 동전 소리에 눈길을 돌리고, 빨리 돌아갈 손님으로 예상하고, 계산대로 다가가는 남자를 제시한다. 카운터 안으로 재빨리 이동하여 대기한다. 그런 다음 인사하고, 캔커피를 받아들고, 담배 주문을 받아 반응한다. 연령 확인을 하고 남자 손가락 움직임을 포착하고 물러나 기다린다. 핫도그 주문을 받고 손을 소독한 다음 포장한다. 봉지에 담는 방법을 손님에게 질문하고 정확히 S 사이즈 봉투에 담는다. 남자 손동작을 통해 전자화폐를 예상하고, 몸짓 시선에 반사적으로 움직인다.

36장 구체적 문장이 강렬한 서사를 만든다

이쯤 읽으면 독자는 편의점 점원의 입장에서 나타나는 오전 일과를 생생하게 추체험하게 된다. 일반적인 편의점 풍경이 아니라, 편의점 점원의 몸과 마음의 동작 속에 나타나는 편의점 풍경이 펼쳐지는 것이다. '되기'를 통해 세상이 깊이 있게 창조되고 있는 것이다. 얼마나 아름다운가. 구체적인 개인으로서 '주인공-되기'를 해야만 느낄 수 있는 내용들이다. 「베를린 천사의 시」에서 초월적 존재로 살아가는 천사가, 초월성을 포기하고서라도 느껴보고 싶던, 한 인간으로 이 세상을 살아가는 생생한 느낌이 구체적으로 기술되어 있는 것이다.

되기는 신들리는 일이다

어떤 문제든, 문제를 풀려면, 문제를 잘 살펴야 한다. 문제를 푸는 첫 번째 방법은, 문제를 정확히 살피는 것이다. 문제를 외면한 해결책이란 존재하지 않는다. 문제를 풀 수 있는 단서는 언제나 문제 안에 있다. 구체적으로 살펴봐야 구체적으로 풀 수 있다. 구체적으로 직시하여 살펴볼 때 비로소 문제를 찾을 수 있다는 점에서, 구체성이야말로 유일한 문제해결 방법이다. 구체적일 때만 문제와 갈등을 풀 수가 있고, 문제와 갈등을 풀어 나가는 서사를 만들 수 있다.

가령 〈보기 2〉의 1)은 구효서의 단편 「깡통따개가 없는 마을」이다. 주인공은 소설을 쓰기 위해 암자로 들어가지만, 막상 글감이 떠오르지 않아, 하염없이 절 밖 풍경만 바라본다. 어쩌면 '하릴없이 앉아 있었다'라는 문장 하나로 요약할 수도 있을 것이다. 아마 습작생이 쓴다면 대부분 이러한 요약적 서술로 만족할 것이다. 하지만 작가는 아래와 같이 세분하여 서술한다.

2)는 신경숙의 「풍금이 있던 자리」에서 어머니와 달랐던 '그 여자'의 행동을 회고하는 장면이다. 습작생이라면, 이러한 장면 역시 여남은 줄 정도로 만족할 것이다. 하지만 작가는 참으로 집요하다 싶을 만큼 구체적인 예시들을 끝도 없이 나열하고 있다. 인용해야 할 분량이 너무 길어 절반쯤을 생략했다. 3)은 윤대녕의 「천지간」이다. 정류장에서 부딪힌 여자와 5분 후에 다시 마주치는 장면을 구체적으로 분절하여 보여주고 있다. 이 부분 역시 인용이 너무 길어 뒷부분을 생략했다.

보기2

1) 할 일이 없었다. 할 일이 있어 간 게 아니니까 할 일이 없었던 건 당연했다. 툇마루에 나앉아 반쯤 익은 석류를 바라보는 일. 빗물 고인 돌절구를 들여다보며 장구벌레 수를 헤아리는 일. 그놈은 어떤 때는 열두 마리도 됐다가 열세 마리도 되곤 했다.

금방 고개를 빼낸 호반가의 은빛 갈대꽃을 멀리 바라보다가, 화장실 문 앞까지 놓인 검은 편마암의 개수를 셌다. 시골에서도 모두 보일러를 설치하니까 구들장으로 쓰던 편마암도 이젠 다 소용없구나. 이런 사소한 깨달음들이 신기하기까지 했다.

내가 묵고 있는 방 앞에는 대가리가 솜사탕만 한 맨드라미와 싸리나무, 과꽃, 채송화, 고욤나무, 대추나무, 돈부, 나팔꽃, 분꽃, 호박 덩굴, 벽오동, 배롱나무, 감나무, 토란, 들깨, 열무들이 있었다. 팔월 땡볕에 타고 있는 그놈들을 하염없이 보고 있으면 눈이 멀어버릴 것 같았다. (……)

우두커니 하늘을 바라보거나 물빛에 넋을 놓는 일이 전부였다. 등과 가슴이 코스모스 꽃술처럼 샛노란 노랑저고리벌이 서까래에 파 놓은 자기 집을 찾는 걸 두 시간 넘게 바라보았다. 방 천장에서 느닷없이 떨어진 죽은 그리마를 기겁을 해 창밖으로 버렸다. 신방돌이나 그 옆 콘크리트 동발에 떨어졌겠지. 다리를 꼬고 누워 생각하다가 나는 아침마다 대빗자루로 그곳을 깨끗이 쓸던 늙은 보살을 떠올리곤 미안해졌다. 어디 안 보이는 곳에다 버려야겠다 싶어 일어나 창밖으로 내다보았는데, 죽은 그리마는 어디에도 없었다. 밖으로 나가 샅샅이 뒤졌으나(어차피 할 일이 없었으므로) 그리마는 간데없었다. 그리마의 행방을 안 건 그로부터 며칠 뒤였다. 개미가 가져간 게 틀림없었다.

2) 그 여자는 우리집에 살기 시작한 지 열흘 만에 큰오빠만 빼고 모두를 끌어안아버렸어요. 백일이 갓 지난 울 줄밖에 모르던 그네 속의 막냇동생까지요. 그 여자의 손이 닿아 제일 먼저 화사해진 게 아기 그네였습니다. 어머니께서 그네 밑에 깔아놓으셨던 떨어진 아버지 내복을 그 여자는 맨 먼저 걷어냈어요. 그러고는 어디서 났는지, 잔꽃이 아른아른한 병아리색 작은 요를 깔았어요. 그네 하면 어린애의 울음소리와 그 닳아빠진 내복이 생각났었는데, 그 여자는 뽀송한 기저귀가 옆에 있는 환한 병아리색 이미지로 바꿔놓은 거예요. 그 여자는 아이를 울리지 않았어요. 처음에 어머니 젖이 아니라, 느닷없이 우유병이 들어오자, 칭얼칭얼대는 것도 잘 해결했죠. 그 여자는 서슴없이 자신의 젖을 꺼내 아이에게 물렸다가 아이가 빈 젖임을 막 알려는 참에 살며시 젖병 꼭지를 밀어넣었어요. 그러면 어린애는 손가락을 그 여자의 젖 위에 얹어놓고 꼼지락거리면서 순하

게 그 젖병 꼭지를 빨았습니다. 아이는 그 여자 등 뒤에서 해사하게 웃었고, 그 여자는 아이를 업고 음식들을 만들었습니다. 도마질만은 무척 서툴렀습니다만, 그 여자는 도마질을 잘하는 어머니 맛하고는 다른 맛의 음식을 만들어냈습니다. 밥을 한 가지 해내도 그 여자가 한 밥은 표가 났습니다. 어머니의 밥은 한 가지였지요. 보리와 쌀이 섞인 쌀보리밥이 그것입니다. 어머니께선 미리 보리를 삶아놓았습니다. 그러면 밥뜸을 안 들여도 되었거든요. 그것도 한꺼번에 며칠 것을 삶아 두셨어요. 논일 밭일에 언제나 어린애가 있던 집이어서 보리 삶는 시간도 아껴셔야 했던 분입니다. 삶아놓은 보리를 밑에 깔고 쌀을 한 켠에 얹어서 지은 다음에 나중에 밥그릇에 풀 때 서로 섞는 것입니다. 어머니는 언제나 아버지 밥그릇과 큰오빠 밥그릇은 따로 챙겨두셨다가, 그 두 밥그릇엔 쌀밥이 더 들어가게 섞으셨지요. 그 여자는 보리를 미리 삶아놓지 않았습니다. 밥을 지을 때마다 그때그때 보리를 먼저 물에 불려놓았다가 돌확에 갈아 지었습니다. 그리고 알맞을 때에, 밥뜸 불을 밀어넣어줘서 밥은 늘 고슬고슬했습니다. 그 열흘 중의 어느 날은 보리를 다 빼고 쌀에 수수를 넣은 밥을 지었으며, 또 어느 날은 입에 쏙쏙 들어가기 좋을 만큼의 크기로 만두를 빚어서 밥 대신 만둣국을 내오기도 했습니다. 지금도 환하게 생각납니다. 그 여자는 마치 우리 집에 음식을 만들러 온 여자 같았어요. 멥쌀보다 색이 뽀얀 찹쌀로 둥근 경단을 만들어 내놓기도 했고, 곤로를 마당에 내놓고 진달래 화전을 부쳐주기도 했어요.

3) 그 여자를 본 것은 오후 세 시쯤이 되어 광주 종합 터미널에 도착해서였다. 보았다, 라는 말은 맞지 않을는지도 모른다. 버스에서 내려

36장 구체적 문장이 강렬한 서사를 만든다

나는 택시 승강장으로 가던 길이었는데, 사람들 틈을 비집고 나가다 툭 하고 서로 어깨가 부딪쳤던 것이다. 좀 세게 부딪쳤던 것 같기도 하다. 순간 여자의 몸이 휘청하니 흔들렸고 이어 아! 하는 날카로운 소리가 귓전에 날아와 박혔다. 딱히 해침이라도 당한 듯한 단말마의 소리였다. 얼결에 놀라 돌아보니 노란 바바리 코트를 입은 여자가 미간을 찌푸린 채 손으로 배를 싸 쥐고 있었다. 몰랐는데, 내 몸이 그녀의 배까지 스친 모양이었다. 곧바로 내 입에서 죄송합니다, 라는 말이 튀어나왔지만 여자는 들은 척도 않고 곧바로 몸을 추슬러 매표 창구 쪽으로 걸어갔다.

그로부터 약 5분 후에 나는 그녀와 다시 만나게 된다.

가본 사람은 알지만 광주 종합 터미널은 직행 버스 터미널과 고속 버스 터미널이 상가를 사이에 두고 연결돼 있다. 그녀는 고속 버스 터미널에서 직행 버스 터미널로 가기 위해 상가 보도의 중간께에 있는 택시 승강장을 막 지나치고 있었다. 핸드백조차 지닌 것이 없는 단출한 바바리 차림이었다. 베이지색이 아닌가 싶어 눈여겨보니 역시 연한 노란빛이었다. 누군가 똑바로 쳐다보고 있다는 것을 알았음인지 승강장 옆을 지나던 그녀가 히뜩 나를 돌아보았다. 하지만 그것은 어디서나 흔히 있을 수 있는 타인과의 찰나간 마주침에 불과했다. 이내 눈길을 거두고 그녀는 가던 길을 서둘렀다. 조금 전에 서로 어깨를 부딪쳤던 사람이 나라는 것조차 모르고 있는 듯했다. 아니, 잠깐 멈춰 선 듯도 했지만 거기엔 별뜻이 없어 보였다.

여자가 나를 바라보고 있음을 깨달은 것은 노란빛의 잔상이 좀 길게 동공에 남아 있다 싶어 그녀가 사라진 곳을 눈으로 슬쩍 더듬고 있을 때였다. 그녀는 터미널 입구에 우두커니 멈춰 서 있었다. 나와는 한 10여 미터쯤 떨어져 있었을까. 얼마든지 제 시선을 다른 데로 빗댈 수 있는 거리의 유동성 때문인지 그녀는 제법 대담한 얼굴로 나를 주시하고 있었다. 혹시나 싶어 주위를 둘러보았으나 암만해도 그녀의 눈에서 벗어날 방법이 없었다. 저 여자가 왜 가던 길을 멈추고 나를 바라보고 있는 것일까? 뒤미처 내가 검은 양복을 입고 있다는 사실을 깨달았으나 혹시 그 때문이라고 해도 그 바라봄의 순간은 너무 길었다. 내 앞에서 택시를 기다리는 사람은 이제 둘밖에 남아 있지 않았다. 넉넉히 1~2분 후면 나는 택시에 올라 고인의 자택으로 가고 있을 것이다. 또한 30분쯤 후에는 다른 문상객들 틈에 끼여 앉아 화투를 치거나 소주를 마시고 있을 터였다.

이윽고 택시가 내 앞에 와 섰고, 때를 같이하여 그녀는 터미널 안으로 몸을 돌려 사라졌다.

「깡통따개가 없는 마을」은 전업 작가로 살아가는 주인공의 암담한 창작 현실을 드러낸 소설가 소설이다. 주인공은 아내와 가족으로부터 도망치듯 달아나 시골 암자로 들어가보지만, 유레카 순간은 찾아오지 않는다. 그저 막막한 상태로 하루하루를 보낼 뿐이다. 예술적 영감을 기다리는 일은 마치 복권에 맞기를 바라는 만큼이나 막연한 일이어서, 주인공은 참담하고 처연할 정도로 막막한 시간을 마주한다.

작가가 그리고자 하는, 처연할 정도로 막막한 창작 과정의 어려움은, 이러한 주인공이 구체적으로 겪는 행동을 통해 비로소 심화될 것이기 때문에, 주인공이 겪는 막막한 시간들을 얼마나 구체적으로 보여주느냐가 이후 서사가 얼마나 탄탄해지고 깊어지느냐와 직결될 수밖에 없다. 때문에 작가는 대강 처리하지 않고, 매우 구체적으로 펼쳐 보여준다.

「풍금이 있던 자리」는 가족주의와 여성주의를 탐색한 소설이다. 아이러니하게도 주인공은 가부장제 아래의 여성인 '어머니'가 아니라 집안을 파탄에 이르게 한 '그 여자'를 통해 비로소 자신의 여성성을 자각한다. 이 균열로 인해 애인과의 갈등이 심화되기 때문에, 이러한 아이러니한 균열이 분명하게 묘사되면 될수록 갈등과 서사 역시 더욱 깊어질 수밖에 없다. 때문에 작가는 집요할 만큼 구체적으로 '그 여자'에 대해 살핀다. 이렇게 묘사된 '그 여자'는, 주인공을 한결 분명하고 강렬한 갈등 속으로 빠뜨리는 동시에, 독자로서는 실제 현실에서 직접 경험한 그 어떤 여자에 대한 정보보다 많기 때문에 실제 경험하는 인물처럼 생생하게 인지할 수밖에 없다.

「천지간」은 우연히 어깨를 부딪친 사건을 통해, 서로의 이면에 숨겨져 있는 깊은 내력 및 삶과 죽음이 뒤바뀌는 운명으로까지 확장되는 묘한 화엄적 인연장을 형상화한 소설이다. 따라서 우연에 불과한 순간이지만, 그 순간을 우연한 순간으로 치부하지 않고, 남다른 운명으로 받아들일 수밖에 없는 남다른 주목이 필요하다. 때문에 작가는, 주인공이 여자를 다시 목격하는 짧은 순간을 남다르게 구체화시킨다.

글쓰기란 구체적 노력이다

글쓰기란 작가가 선택한 특정 문제를 문장으로 풀어나가는 작업이다. 특히, 서사는 문제와 갈등을 풀어나가는 과정을 다룬다. '화자 및 주인공-되기'를 통해 문제를 구체적으로 분명하게 인지할 때만이 갈등 역시 분명해진다. 그것이 문제다운 문제일수록, 구체적이다. 애매하고 모호한 문제란 알고 보면 대부분 개인적이고 신경증적인 가짜 문제에 불과하다. 하지만 습작생들은 문제를 구체적으로 인지하지 않는다. 혹은, 서술하지 못한다. 대충 인지하고 대충 서술한다. 즉, 통념적으로 거칠게 인지한다.

하지만 사건 현장을 구체적으로 살피는 탐정만이 사건의 단서를 풀어낼 자격이 있듯, 서사 창작 과정 역시 마찬가지다. 신은 디테일 속에 있다는 말처럼, 구체적으로 분별하는 만큼 다양한 길이 보이고, 구체적으로 분절하는 만큼 정확한 선택이 가능해진다. 좋은 글을 쓰려면, 자신의 재능을 문제 삼기 전에 단 한 번만이라도, 자신의 습작 글의 어떤 단락 하나라도, 위 예문들의 분량을 넘어선 구체적 서술 노력을 기울여본 적이 있는지 살펴보자. 이 예문들보다 '구체적 타자성'을 풍요롭게 적시할 수 있고, '구체적 분절성'을 날카롭게 적시할 수 있어야 한다.

구체적 인식은 우리가 세상을 만나고 자신을 만나는 가장 기본적인 자세이자, 세상과 자아가 뜻밖의 시너지를 일으키는 가장 폭발적 지점이다. 세상은, 그것이 어떤 것이든, 보다 작은 것들의 조합으로 만들어진다. "의미는 분산되어 있는 수많은 작은 것들, 그 자체로서는 아무런 의미가 없는 그런 존재들로부터 창발하는 것"이고, 의식이란 미약하고 의식이 없는 수많은 회로의 분산된 네트워크에서 생겨난 창발적 현상"*이다.

가령 '밥 한 그릇이 남았다'는 구체적 정보와 '옆집 사람이 굶는

---

* 케빈 켈리, 『통제 불능』, 이충호·임지원 옮김, 김영사, 2015.

다'는 구체적 정보가 만나 밥을 나눠 먹는 이타적 행동이 가능해진
다. 반면 '밥 한 그릇이 남았다'는 구체적 정보와 '한 달 전에 밥을 굶
은 정보'가 만나면 냉장고에 밥을 보관하는 이기적 행동으로 이어질
것이다. 우리의 의식 안에 이타적인 마음이나 이기적인 마음이 따로
들어 있는 게 아니라, 구체적인 것들의 화학적 결합에 의해 창발적
으로 생성된다.

글쓰기 역시 마찬가지다. 좋은 글을 쓰려면 남다른 '재능'과 '끈
기' '의지'와 '노력' 등이 반드시 필요하지만, 그러나 이러한 요소들
이 우리 안에 무슨 기관처럼 들어 있는 것은 결코 아니다. 평소 독서
시간과 집중도, 초고와 탈고의 반복 횟수, 감각적 경험과 표현 횟수,
이야기 취합 횟수, 집중 가능한 주변 여건과 시간 관리 능력 등등 구
체적 요소들의 화학적 결합에 의해 창발된다.

결국 글쓰기 재능이란, 글쓰기 전에 갖추고 있는 선험적 능력이
아니라, 조금이라도 더 악착같이 읽어낸 문장 개수와 악착같이 연습
한 문장 개수, 라고 하는 지극히 구체적인 행위의 최종 결과로 나타
나는 지극히 자연스럽고 당연한 결과적 능력인 것이다.

37장 창조적 문장은 플롯을 만들고, 플롯은 영원한 현재를 만든다

단락장과 서사 2

자연스러우면서 새로워야 한다

단어와 단어를 고르고 잇는 방법, 문장과 문장을 고르고 잇는 방법, 단락과 단락을 고르고 잇는 방법, 단락장(사건)과 단락장(사건)을 고르고 잇는 방법은 동일하다. 자연스러우면서 새로워야 한다. 개연적이되 창의적으로 이어야 한다. 그럴 법해야 하면서도, 미처 예상 못한 내용이어야 한다. 아리스토텔레스의 『시학』은 이에 대한 가장 오래된 설명으로, 8장과 10장에서 다음과 같이 설명한다.

> 호메로스는 『오디세이아』를 씀에 있어 주인공에게 일어난 사건을 모두 취급하지는 않았다. 이를테면 오디세우스가 파르나소스산에서 부상당한 일이라든지, 출전 소집을 받았을 때 광증을 가장한 사건은 취급하지 않았다. 그것은 두 사건 사이에 **필연적 또는 개연적 인과관계가 없**

었기 때문이다. 그렇게 하는 대신 그는 앞서 말한 바와 같은 **통일성 있는 행동을 주제로 하여** (『오디세이아』를) **구성**했던 것이다.

행동이 연속성과 통일성을 가지고 진행된다고 하더라도, 주인공의 운명의 변화가 급전이나 발견 없이 이루어질 때, 나는 이를 **단순한 행동**이라고 부르고, 주인공의 운명의 변화가 급전이나 발견, 또는 이 양자를 다 동반하여 이루어질 때 **복잡한 행동**이라고 부른다. 그런데 급전이나 발견은 플롯의 구성 그 자체로부터 발생하여야만 하며, 따라서 **선행 사건의 필연적 또는 개연적 결과라야 한다**. 한 사건이 다른 사건으로 '인하여' 일어나는 것과, 다른 사건에 '이어서' 일어나는 것 사이에는 큰 차이가 있다.

요약하면 '이어서 일어나는 일'을 다루지는 않는다. '난데없는 급전이나 발견' 역시 다루지 않는다. 필연적 개연적 인과관계가 느껴지는 '플롯'이어야 한다. 단지 시간 순서대로 나열하는 게 아니라 필연적 개연적 인과관계로 '인하여' 나타나는 그럴 법한 순서로 사건을 이어야 한다.

플롯은 문장 단위에서부터 나타난다

아리스토텔레스의 '필연적 개연적 인과관계로 인하여 나타나는 사건'이라는 설명은, 추상적 개념의 나열이어서 잘 실감이 나지 않는다. 여기에 대해서는 영국의 소설가 포스터의 'story'와 'plot' 비교가 유명하지만, 보다 쉽고 선명한 문장 단위의 예를 들어보자. 아래 두 개의 예문은 각각 아침 출근 장면과 연애 과정을 서술하고 있다. 서술 방법은 일어난 시간 순서대로 사건을 나열하는 것이다.

보기 1

1) 그는 아침에 일어나 밥을 먹고 세수하고 이를 닦고 출근을 했다.
2) 그는 작년 봄에 그녀를 만나 2년을 사귀었지만, 이번 가을에 헤어져, 다시 혼자가 되었다.

위 〈보기 1〉의 두 문장은, 단순하게 '이어서'로 서술한 것이다. 단순한 기록이나 메모와 같은 1차 정보에 지나지 않는다. 이 문장이 단순한 기록 수준으로 느껴지는 것은, 단어의 선택과 연결이 철저히 시간 순서에 종속되어 있기 때문이다. 인간의 언어가 애벌레 혹은 지렁이 같은 환형동물처럼 단조로운 단선 운동만 한다면 아마도 우리 인식은 이렇게 시간 순서에 종속되어 있을 것이다.

하지만 우리는 언어 혹은 사건을 이렇게 시간에 종속되어 인식하지만은 않는다. 다음과 같이 변주된 문장을 보자.

보기 2

1-1) 그는 전철에 오르고 나서야 챙겨야 할 준비물을 두고 온 걸 알았다.
1-2) 그는 버스에 오르며 자신이 처음 출근했던 날을 떠올렸다.
1-3) 일기예보가 계속 빗나갔기 때문에 그는 예보를 듣고도 우산을 챙기지 않았다.
1-4) 그는 출근 때마다 더는 출근하지 않아도 좋은 날을 공상하며 출

근했다.

1-5) 그는 언제나 알람을 맞춰놨지만 습관이 되어 알람이 울리기 전에 눈이 떠졌다.

2-1) 웃기지 않는 말을 해도 웃어주던 그녀와 만나, 농담을 해도 웃지 않는 그녀와 헤어졌다.

2-2) 1년 반 동안 사귄 그녀가 떠나자, 혼자 자취방에 처박혀 듣기 시작한 음악이 헤비메탈이다.

2-3) 그의 주변 모두가 그녀를 떠올리게 만들어서 떠난 여행이다 보니 관광지는 피하고 싶었다.

2-4) 그녀가 떠나고 혼자 변산반도에 갔었다. 그때 바라본 낙조를 그는 지금도 잊지 못한다.

2-5) 그녀에게 가장 큰 상처를 받았지만, 그렇기 때문에 다시 돌아가도 그녀를 택할 것이다.

2-6) 언젠가 헤어질 것 같았지만, 정말로 헤어질 줄은 몰랐다. 더구나 이런 불안이 일으킨 걸지도.

이미 알아챘겠지만, 〈보기 2〉의 예문들은 앞선 〈보기 1〉의 두 문장과 달리 시간 순서로 나열되어 있지 않다. 1-1)은 전철에 승차한 다음에야, 준비물 잊고 출근한 과거가 떠오른다. 1-2)에서는 처음 출근한 날을 떠올린다. 1-3)은 다른 행동은 모두 생략한 다음, 예보를 듣고도 우산을 챙기지 않은 것만 명시한다. 1-4)는 공상을 하며 출근한다. 시간은 '때마다'라는 어절에서 보듯, 출근해온 시간 전체를 일컫는데, 매번 그가 어떤 균열을 앓으며 출근했는지를 보여준다. 1-5)는 알람에 대해서만 말한다. 하지만 습관을 통해 생리적 변화를 제시한다.

이처럼 문장은 다양한 변형을 통해, 다양한 시간과 진실을 드러내 준다. 문장은 시간에 종속되지 않는다. 2-1)은 그녀 웃음을 대구로 서술하여 그녀의 심경 변화를 포착한다. 2-2)는 이별의 슬픔이 어떤 변화를 일으키는지에 초점을 둔다. 2-3) 역시 이별이 일으키는 변화에 초점을 두었다. 2-4)에서는 이별 후에 찾아간 변산반도의 낙조를 영원히 잊지 못한다고까지 말한다. 2-2), 2-3), 2-4)는 모두 이별이 지난 만남을 정리하는 슬픔이 아니라 새로운 심미적 사건으로 변하는 미래적 사건으로 서술되고 있다. 2-5)는 그녀와 헤어져서 더없이 고통스럽지만, 바로 그렇기 때문에 다시 돌아가도 그녀를 만날 거라는 역설로 이루어져 있다. 2-6)은 헤어질 것 같은 불안이야말로 헤어지게 만든 이유가 아닌가 하는 성찰로 이어지고 있다.

모든 사건은 시간 순서에 따라 일어난다. 138억 년 전의 빅뱅과 43억 년 전의 생명 탄생 이후 시간 순서를 어기는 물리적 사건은 단하나도 발생하지 않았다. 하지만 우리의 인식은 시간에 종속되지 않는다. 시간이 순서를 갖고 있다는 것은, 우리의 기초 인지에서 비롯된다. 특히 과거와 미래가 있다는 사실은, 우리의 현재적 가정에서 출발한다. 실존적으로 보나, 인식론적으로 보나, 물리학적으로 보나 언제나 현재만이 지금 이 순간만이 존재할 뿐이다. 과거는 지금 이 순간이 선택한 과거이고, 미래는 지금 이 순간의 관점으로 예상하는 미래다. 지금 이 순간의 인지 기준이 바뀌면 나타나지 않을 것들이다.

글쓰기는 이러한 실존적 현재성을 그대로 보여준다. 글은 한 줄로 이어진다. 마치 우리에게 하나의 단선적 시간만이 존재하듯. 과거 현재 미래로 시간이 옮겨 가듯 하나의 글자에서 그다음 글자로 이어진다. 우리의 두뇌가 2개라면, 그리고 한 손의 손가락이 10개라면, 두 줄로 문장을 쓸지 모른다. 마치 교향곡 악보처럼, 2개 이상의 문장이 동시에 만들어져, 첫 줄에는 친한 후배를 만나 술을 한잔하고, 라고 시작하지만 두 번째 줄에서는 짝사랑하는 미인을 만나 와인을 마시고, 라고 서술할지도 모른다.

가령 테드 창의 소설 「당신 인생의 이야기」를 영화화한 「컨택트」에 등장하는 외계인 헵타포드는 원형 글자를 사용한다. 7개의 팔과 다리와 눈으로 어느 방향이든 전방이 될 수 있는 생명체이기 때문이다. 원형 문장은 하나의 문장조차 오른편 상단부터 읽느냐, 아니면 왼편 하단부터 읽느냐에 따라 다르게 읽힌다. 가령 '나' '그녀' '좋다' '술' 등의 단어가 원형으로 배치되면, '나는 그녀가 좋아 같이 술을 마셨다'라는 문장으로 읽히는 동시에 '같이 술을 마시다 그녀가 좋아졌다'라고도 읽힌다. 혹은 '그녀와 나는 술을 똑같이 좋아한다'로 읽히거나 '그녀와 나는 같은 술을 좋아한다'로 읽을 수도 있다.

하지만 인간의 문장 역시 동시성과 다의성을 얼마든지 갖는다. 얼핏 문장이란 단 하나의 줄로 이루어져 있는 단선적 물질 같지만, 앞의 〈보기 1〉〈보기 2〉에서 본 것처럼, 매우 다양한 시간 편집과 그에 따른 중의적 해석이 가능하다. 문장 단위에서 이미 플롯이 만들어지는 것이다. 아마 헤밍웨이가 쓴 '6단어 소설'로 알려진 광고 문구가 대표적인 일례일 것이다. "사용하지 않은, 아기 신발 팝니다For sale: baby shoes, never worn." 단지 아기 신발을 판다는 광고 문구지만 '사용하지 않은'이라는 수식구가 붙어 다양한 해석을 가능케 한다.

어째서 한 번도 사용하지 않은 아기 신발을 팔려고 내놓은 것일까. 아마도 너무 많은 신발을 선물받아 남아돌기 때문인지 모른다.

혹은 더 좋은 신발이 있어서 팔려고 하는지 모른다. 혹은 생계가 그만큼 어려워진 것인지도 모른다. 아니면 단지 아껴 신기려다 아기가 너무 빨리 자라버렸는지 모른다. 그러나 어떤 불의의 사고 때문일 수도 있다. 만약 불의의 사고 때문이라면 얼마나 가슴 아픈 광고 문구인가. 5어절로 이루어진 단문이지만, 헵타포드 언어 못지않게 엄청난 이야기가 내포되어 있는 것이다.

플롯은 시간을 재배치한다

플롯은 '이어서' 쓰는 게 아니라 '인하여' 쓰는 것이다. 아리스토텔레스 표현을 빌리면 '시간 순서가 아니라, 필연적 개연적 의미를 지닌 사건을 중심으로 서술'하는 서사구조 방식이다. 시간에 종속되지 않고 시간을 오히려 새로 배치하는 기술이다. 플롯은 현재 위에서 벌어지는 시간의 새로운 배열 방식이자 새로운 시간 창조. 모든 서사, 모든 소설, 모든 드라마, 모든 영화가 현재 시간 위에서 과거와 미래를 재배치한다.

현재는 가시적이고 일회적이다. 매 순간은 나타나는 동시에 사라진다. 하지만 현재는, 모든 과거의 누적적 결과이자 모든 미래의 유일한 씨앗이다. 현존하는 시간의 유일한 모습이자 전 시간이 폭발하는 가장 충일한 지점이다. 따라서 서사는 단순한 시간 나열로 짜이지 않고, 충일한 현재 시간 중심으로 과거, 미래를 재배열하는 플롯으로 구축된다.

가령 소포클레스의 희곡 『오이디푸스왕』의 표면 시간은, 무대 공연 시간이다. 즉 하루를 넘지 않는다. 작품 속 표면 시간은, 기근과 역병이 돌자 선왕을 해친 이유를 밝히기 위해 주변 인물을 추궁하는 시간에 불과하다. 처남 크레온을 의심하고, 왕비 이오카스테의 설명을 듣고, 이후 사자와 목동의 설명을 듣게 되면서, 친부모로부터 살해당할 뻔했지만 결국 친부를 죽이고 친모와 잠자리를 같이하는 그의 일생 전체가 드러나고 만다.

처남 크레온과의 대화와 왕비 이오카스테의 대화, 사자와의 대화와 목동의 대화로 이어지지만, 이들 대화는 모두 그들의 의도와는 다른 결과를 불러일으키는 사건들이다. 무궁무진하고 광대무변하고 천변만화하는 우주 앞에서 인간의 인식과 판단은 너무 나약하여, 자기가 생각한 대로 행동하지만, 자기가 생각한 것과는 다른 결과를 불러일으키는 비극의 굴레를 벗어날 수 없다는 통찰을 담고 있는 작품이다.

보기

1) 소희는 일어나서 눈도 못 뜬 채 보일러를 온수로 바꾸었다. 좁은 욕실에서 머리를 감고 나와 수건으로 털어 말리고 데운 우유에 시리얼을 부어 죽처럼 떠먹었다. 어젯밤에 통근버스를 타고 올 때 라디오 일기예보에서 내일은 올겨울 들어 처음으로 낮에도 영하권에 머무는 추운 날씨가 될 거라고 했다. 휴대전화를 보니 '오전 7시 10분 영하 5도 대체로 흐림'이라고 떴다. 머리를 다 말리고 나가면 늦는다. 출근에 늦는 게 아니라 첫 통근버스에. 소희는 버스가 좋다. 통근버스는 소희의 가장 큰 기쁨, 가장 큰 사치다.// 파카 안에 긴 머리칼을 집어넣고 비니를 눌러쓰고 그 위에 파카에 달린 모자를 덧썼다. 장갑을 끼기 전에 잠시 오른손 엄지손톱을 들여다보았다. 흥

하다……. 약을 먹고 약을 발라도 낫질 않는다. 목도리를 친친 감고 문을 열고 옥상으로 나서자 바람이 매섭게 몰아쳤다. 장갑 낀 손으로 철제 난간을 잡고 실외 계단을 타닥타닥 내려갔다. 목도리를 누르고 빠른 걸음으로 전철역을 향해 걸었다. 옮긴 게 잘한 건가, 잘한 거야. 잘한 거지.

2) 농촌農村이란 단어가 있다.// 누구나 아는 단어지만, 누구도 모르는 단어라고 나는 생각한다. 「6시 내 고향」 같은 거 아닌가요? 올해 갓 여상을 졸업한 김하늘孃은 그렇게 대답했다. 커피를 내려놓던 그녀가 피싯, 한다. 웃음소리이거나, 웃음을 감추는 소리이다. 고마워. 절대 나하고도 상관이 없단 투로, 나는 진지하게 대답한다. 마치 「9시 뉴스데스크」, 같다. 다른 무엇보다. 그런 분위기를 풍겨야 할 나이다. 커피를 마신다. 헤이즐넛이다.// 농촌에서 걸려온 전화를 받은 것은 오늘 오전의 일이었다. 주간회의를 마치고, 따로 부장과 이런저런 대화를 나누던 참이었다. 전화벨이 울렸다. 여보세요. 전화를 받은 부장의 표정이 어리둥절해지더니, 자네 전화군 하며 수화기를 건네주었다. 신석현입니다. 여보세요 같은 말은 부장 정도가 할 수 있는 말이고—얼떨결에, 그래서 전화를 받았다. 어 석현아, 그래 석현이냐? 느닷없이, 대한민국의 사회생활과 전혀 무관한 목소리가, 크고 민망하게 수화기 저편에서 터져 나왔다. 고개를 돌리고, 그래서 전화를 고쳐 받았다. 여보세요.

3) 수많은 세월이 흐른 후 총살대에 선 아우렐리아노 부엔디아 대령은 어릴 적 아버지를 따라 얼음 구경을 나섰던 그 아득한 오후를 생각

했을 것이다. 그 시절의 마콘도는, 선사시대의 공룡 알처럼 거대하고 매끈한 흰 돌들 위로 투명한 물이 세차게 흐르는 강변을 따라, 스무 채가량의 흙담집이 늘어서 있는 작은 촌락이었다. 세상이 막 태동했을 무렵인 그때에는 이름 없는 사물이 많아 그것들을 지칭하기 위해선 일일이 손가락으로 가리켜야만 했다. 해마다 3월이 되면 마콘도에는 누더기를 걸친 집시들이 몰려와 마을 어귀에 이동식 천막을 치고 북 나팔을 요란스레 울려대며 새로 나온 발명품을 선전하곤 했다. 그들이 처음 가져온 발명품은 자석이었다. 뚱뚱하고 참새 손에다 수염이 제멋대로인 집시가 스스로를 멜키아데스라고 소개하더니, 세계 8대 불가사의 가운데 하나이며, 마케도니아의 연금술사들이 만들어냈다는 자석의 위력을 가차 없이 실증해 보였다.

1)은 권여선의 단편 「손톱」의 시작 부분이다. 매장 점원으로 살아가는 스물두 살 소희의 이야기로, 종종 숨이 멎은 채 읽게 될 만큼 빈곤층의 가난한 일상을 핍진하게 서술하고 있다. 표면 시간은 주인공 소희의 출근 시간이다. 인용한 첫 단락은 소희가 일어나 출근 준비하는 과정을 서술하고 있다. 좁은 욕실에서 씻고, 시리얼로 아침을 먹는 시간 순서를 따라간다. 시간을 따라 서술하는 듯하지만, 이전 시간이 수시로 나타난다.

먼저 "어젯밤"이라고 하는 과거 시간이 끼어든다. 출근 준비로 장갑을 낄 때는 손톱 상처로 "약을 먹고 약을" 바른 더 먼 과거 시간이 끼어든다. 그리고 다시 3주 전에 매장을 "옮긴", 더더 먼 과거 시간이 끼어든다. 주인공의 현재 움직임 곳곳에 과거 시간이 끼어들고, 미래에 대한 걱정이 나타난다. 현재는 무한히 누적된 과거이면서 미시적(매우 구체적)으로 누적된 과거여서 주인공이 날씨를 통해, 손톱 상처를 통해, 매장 거리를 통해 과거 시간을 되살리는 모습은 당연하고 자연스럽다.

2)는 박민규의 「코리언 스텐더즈」 시작 부분이다. 외계인이 등장하는 SF장르 양식을 차용하여 농촌문제를 풍자적으로 다룬 소설이다. 앞서 「손톱」이 주인공의 내적 시점을 철저히 견지한 작품이라면, 이 작품은 화자의 입담을 내세운 소설이어서, 농촌이라는 단어 얘기부터 시작한다. 표면 시간은 커피를 마시는 시간이다. 하지만 김하늘 양과의 과거 대화가 삽입되어 있고, 아마도 그 이전인 '오늘 오전의 일'이 들어온다. 먼저 부장과의 대화가 회상되고, 전화벨 소리에 어리둥절해하는 부장 모습이 묘사된 다음, 전화 통화 과정이 세밀하게 분절 서술된다. 그러니까 적어도 4개 이상의 시간 층위가 뒤섞여 있다.

과거와 미래는 현재의 특정 물건 감각 상황 연상 등의 자극으로 되살아나 현재 시간을 더 강렬하게 만든다. 하지만 습작 초보생들은 과거를 현재 속에 미시적으로 되살리지 않는다. 과거를 현재 속에 미시적으로 되살림으로써 현재의 순간순간을 더욱 생생하게 만들어야 하는데, 오히려 거시적으로 돌이킨다. 과거 속으로 아예 회귀해버린다. 그러나 과거와 현재를 거시적 인과로 맺으면 과거에 종속당하고 만다. 가령 '어릴 때 가난해서 나는 부자가 되고 싶었다' 같은 문장이 그러하다. 이러한 거시적 인과는 그만큼 허술한 인과다. 왜냐하면 '어릴 때 가난해서 가난한 사람을 돕고 싶었다'라거나 '어릴 때 가난해서 공부에 매진했다' 같은 또 다른 인과도 얼마든지 가능하기 때문이다.

과거를 떠올릴 땐 현재 시간 위에서 떠올려야 한다. 가령 "가난할 때 먹었던 풀빵 생각이 나서 풀빵 가게 앞을 지나칠 때마다 군침이 돌았다. 하지만 사 먹어보니 어릴 때 맛본 맛이 나지 않았다"라는 서술은 지금 이 순간에 초점이 맞춰져 있다. 단지 과거로 돌아가는 게 아니라, 과거를 통해 '현재가 더' 충일해져야 한다. 스토리는 과거 현재 미래가 시간 순서로 쓰이면서 과거는 원인, 현재는 결과라는 기계적 인과밖에 맺지 못한다. 하지만 플롯은 현재 속에서, 현재가 아닌 시간들을 자유자재로 불러들임으로써, 현재를 더욱 충일하게 인지하는 방법이다. 플롯은 현재를, '지금 여기'라고 하는 순간을 가장 충실하게 살아가는 자세다.

3)은 마르케스의 『백년 동안의 고독』(고려원 미디어, 1996)의 시작 부분이다. 첫 문장을 보면, 시간이 묘하게 뒤틀려 있다. 현재 진행형 서술이 아니라, 수많은 세월이 흐른 후 총살대에 선 미래의 순간을 제시한다. 그런 다음 대령은 어릴 적 얼음 구경을 나섰던 아득한 오후를 떠올렸을 거라며 과거를 추론한다. 대령이 어릴 때 아버지를 따라 얼음 구경을 갔던 오후는 이 소설의 표면 시간이지만, 그것은 먼 미래에 기억의 형태로 나타나는 아득한 과거다. 미래에 있을, 과거 회상이라고 하는 현재 사건을 다루는데, 미래는 '총살대'라는 분명한 사건으로 제시되면서 과거는 '아득한' '생각했을 것이다'와 같은 막연한 추론으로 서술된다. 이어서 '선사시대의 공룡 알처럼' '세상이 막 태동했을 무렵' '해마다 3월'에서처럼 시간을 자유로이 넘나든다.

이러한 역동적 시간은 『백년 동안의 고독』 전편에 펼쳐진다. 마콘도의 역사는 부엔디아 대령 가문의 모험으로 이루어져 있지만, 멜키아데스의 양피지에 쓰여 있는 예언서이자 기록이어서, 아우렐리아노는 시간 순으로 읽지 않고 눈에 들어오는 대로, 문장과 문장을 넘나들며 읽는다. 이 작품의 표면 시간은 백 년이지만 단선적 시간이 아니다. 미래에서 회상한 과거이자 과거에서 일어난 미래이며, 과거와 미래와 함께 존재하는 현재 시간의 콜라주로 신화와 현실, 과거와 미래, 상상과 기록을 넘나든다.

서사는 이야기 원형을 꿈꾼다

어휘의 선택 결합으로 문장을 만들고, 문장의 선택 결합으로 단락을 만들고, 단락의 선택 결합으로 단락장을 만들고, 단락장의 선택 결합으로 이야기를 만든다. 그리고 이야기는, 아리스토텔레스의 설명처럼, '처음→중간→끝'의 순서를 따른다. 마치 시간이 '과거→현재→미래'로 흘러가듯, 문장은 왼쪽에서 오른쪽으로 한 글자 한 글자씩 이동하면서 이야기는 '처음→중간→끝'의 완결구조를 만든다.

그러나 이 완결구조는 단선적 시간과 인과율로 이루어지지 않는다. 한결 다층적 시간과 인과로 짜인다. 본래 시간이란 변화의 방식이고, 변화의 방식에는 '과거→현재→미래'의 단선적 이동 외에도 '낮-밤'의 왕복 이동이나 '봄-여름-가을-겨울'과 같은 순환, 나아가 봄, 여름, 가을, 겨울을 겪으며 성장해나가는 나무와 같이 나선형적인 이동 등 매우 다양한 형태의 변화들이 공존한다. 깜박이거나, 지그재그로 움직이고, 점으로 수렴되거나, 잎맥처럼 확장하고, 초신성처럼 폭발하고, 행성처럼 아름다운 타원형 궤도를 그리기도 하면서, '지금 여기'라고 하는 충일한 장면들을 만든다.

플롯은 이러한 시간의 다층적 측면을 표현한다. 플롯은 어휘의 선택과 결합 사이에서, 문장의 선택과 결합 사이에서, 단락의 선택과 결합 사이에서, 단락장의 선택과 결합 사이에서 만들어지면서 시간을 재배치한다. 플롯이란 결국 모든 시간들을 재배치하여, '현재'라는 '표면 시간'을 더없이 충일하게 만드는 적극적 실존, 적극적 현존의 결과물이다. 특히 소설 쓰기에서 좋은 플롯이란, 주인공의 현재를 충일하게 만들고 그려내는 기술이다.

작가는 지금 여기를 충일하게 드러낼 수 있는 모든 변화의 시간층을 뒤섞어 주인공의 현재가, 즉 자신이 쓰고 있는 이야기가 시간 너머의 모습으로까지 확장되기를 바란다. 언제 어디서나 일어날 법한 이야기로 읽히게 만듦으로써, 알레고리가 되고 상징이 되기를, 이야기의 원형이 되어 '영원한 현재'로 읽히기를 꿈꾼다. 언제 어디서나 일어날 법한 영원한 현재로서의 이야기 원형 만들기는 서사적 글쓰기가 꿈꾸는 궁극적 모습이다.

언어는 갈등을 푸는 무기다.

_「컨택트」중에서

3부

이야기 꿈을
위하여

38장 인간은 이야기를 꿈꾼다

인간은 매일 창작하는 예술가다

인간은 매일 창작을 한다. 한두 살짜리 아기도, 서너 살짜리 꼬마도, 동네 아저씨 아줌마도, 할머니 할아버지도. 하루하루가 빤한 샐러리맨이나 독방 감옥에 갇힌 사형수조차 매일매일 창작을 한다. 모든 사람은 마치 한 편의 시를 짓는 시인처럼, 소설을 쓰는 습작생처럼, 혹은 감독을 꿈꾸는 영화학도처럼, 자기도 모르게 매일 창작 실험을 이어가는데, 그것은 바로 '꿈'을 통해서다.

인간은 매일 꿈을 꾼다. 밤에도 꿈dream을 꾸고, 낮에도 꿈vision을 꾼다. 특히 밤에 꾸는 꿈dream은 말 그대로 한 편의 드라마drama다. 우리 주변에는 예술이나 문화생활 따위와는 담을 쌓고 사는 대중들이 많지만, 그들도 밤이면 어김없이 잠을 자야 하고, 잠을 자면서 어김없이 꿈을 꾼다. 임상 실험에 의하면, 기억을 못 할 뿐 모든 사람은 하룻밤에 네 번에서 일곱 번 정도의 꿈을 꾼다고 한다. 1년 동안 1460번 이상의 꿈을 꾸는 것이다.

예외는 없다. 1950년대 스탠퍼드대학의 수면의학자 윌리엄 디멘트Willian C. Dement의 수면 박탈 실험으로, 꿈을 꾸는 렘수면이 중요하다는 사실이 알려졌다. 디멘트는 실험자가 밤에 잠을 잘 때 꿈꾸는 렘수면에 빠질 때마다 깨우는 실험을 했다. 잠은 자게 두면서도 꿈은 꾸지 못하도록 눈동자가 흔들리는 렘수면 때마다 깨웠더니, 실험자들이 사흘 만에 환각을 보고 헛소리를 하기 시작했다. 충분히 자더라도 꿈을 꾸지 못하면 착란에 이르는 것이다. 우리는 밤마다 약 두 시간의 렘수면 주기에 머물며 꿈을 꾸는데 80 평생에 무려 6년이나 된다.

꿈은, 한 편의 시적 이미지, 소설적 스토리, 그리고 연극적 연출 등으로 이루어져 있다. 보르헤스의 말대로, 꿈이야말로 인간의 가장 오래된 원초적 예술작품인 것이다. 시, 소설, 연극을 전혀 모르는 문외한들도 언제나 시 소설 연극을 밤새 만들고 있는 셈인데, 여기엔 예외가 없다. 모든 사람들은, 심지어 아주 못된 혹은 못난 인간조차, 마치 드라마 보느라 TV 삼매경에 빠진 사람처럼 잠을 자는 동안 자기 드라마에 빠진다. 자기 드라마를 통해 삶의 의미를 묻고, 삶의 쾌락을 대리 만족하고, 어떻게 살아야 좋을지를 탐색한다. 놀랍지 않은가!

놀라운 일이 아닐 수 없다. 자기 자신이 의식도 못 하는 드라마 연출 활동을 자기 자신이 하고 있다니. 그리고 그 활동을 못 하면 정작 헛소리를 한다니. 사람은 누구나 마르지 않는 심연을 갖고 있는 셈이다. 실제로 사람들이 밤마다 꾸고 있는 꿈dream이야말로 문화예술의 원천이다. 우리가 평소 꾸는 꿈에는 대개 자기 주변 사람들이 등장한다. 가족들이나 동료들이나 친구들이 등장한다, 일상 드라마처럼. 그런데 종종 어딘가로 떠나는 모험담이 펼쳐지기도 한다. 또 어떤 적과 총싸움을 벌이는 액션이 펼쳐지는 꿈도 꾼다. 그런가 하면 쫓고 쫓기는 스릴러, 혹은 이성 친구와 데이트하는 로맨틱한 스토리가 펼쳐지기도 하고, 끈적끈적한 스킨십이 가미된 에로도 펼쳐진다.

꿈을 분류해보면, 결국은 일상적인 드라마, 감미로운 로맨스나 에로티시즘, 무서운 스릴러, 섬뜩한 공포, 활동적인 모험과 액션, 노골적인 포르노 등의 일반 서사 장르와 정확히 일치한다. 소설 장르와 영화 장르는 작가나 영화 제작자가 정한 게 아니라, 우리가 밤마다 꾸는 꿈의 종류에서 비롯된 것이다. 다시 말해 인간의 문화 활동이란, 밤에 꾸는 꿈의 의식화 활동이다. 우리가 꾸는 꿈을 의식화하고 문화화한 게 바로 시이고 소설이고 연극이고 드라마이고 영화이다.

결국 예술은, 인류가 밤에 잠을 자는 한 영원하다. 그것은 어떤 특정 부류의 감성이나 발상이 아니라, 밤이면 누구나 취하는 잠과 꿈에 연원을 두고 있는 것이니까. 아마도 그렇기 때문에 모든 사람은, 노래방 가서 노래를 부르거나, 영화를 보러 가거나, 하다못해 연속극을 시청하거나 하는, 최소한의 예술적 행위를 하지 않을 수 없는 게 아닐까. 또 모든 사람은 한때 시인이나 소설가, 혹은 화가나 영화감독을 꿈꾸는 게 아닐까.

모든 사람이 통속적 상투적으로 생각하고 말하는 순간, 한낱 '대중'으로 전락하지만, 모든 사람이 희망으로서의 꿈vision이든 잠으로서의 꿈dream이든, 꿈을 꾼다는 점에서 그는 어쩔 수 없이 창작하는 '예술가'다. 때로 그 혀는 비록 대중적일지라도, 그러나 그의 영혼만큼은 예술가일 수밖에 없다.

모든 것은 선택과 연결로 이루어져 있다

꿈은 이미지 중심으로 전개된다. 인물이 등장해서 대사를 주고받을 때면 언어가 사용되기는 하지만, 언어보다는 이미지 중심으로 이어진다. 그만큼 언어 이전 즉, 의식 이전의 세계가 곧바로 반영된다. 다만 프로이트의 분석에서 보듯, 이들 이미지는 모두 '압축'과 '전치'로 이루어져 있다. 다루고자 하는 내용을 하나의 이미지로 압축해 넣거나, 비슷한 연상물로 살짝 바꿔 전치한다.

가령, 치아는 우리 육체의 소중한 자산資産이다. 그래서 예로부터 꿈에 이가 빠지면 가까운 사람이 죽는 등의 큰 손실을 당하는 상징적 예견을 뜻하는 것으로 해석되곤 했다. 치아는 소중한 자산을 상징하는 '압축'된 이미지인 것이다. 그런가 하면, 꿈속에서 방금 전까지 병원이던 곳이 약국으로 바뀔 수도 있다. 이렇게 앞뒤가 맞지 않으면 우리는 흔히 개꿈이라고 여기는데, 그렇지 않다. 병원을 약국으로 '전치'한 것일 뿐이다.

프로이트는 『정신분석 강의』의 열한 번째 강의에서 '압축'을 설명하기 위해 합성인물을 예로 들고, '전치'를 설명하기 위해 대장장이 이야기를 예로 든다.

꿈을 생각해보면, 온갖 인물이 하나의 인물로 압축되어 있다는 것을 쉽게 상기할 수 있을 것이다. 이와 같은 합성인물은, 즉 표정은 A 같지만, B 같은 옷을 입고, C를 생각케 하는 일을 하고 있다. 그러면서도 그 사람은 실은 D인 것이다. 물론 이 합성인물 속에는 네 사람의 공통점이 특히 눈에 띈다. (……) 서로 압축된 각 부분이 다시 중복됨으로써 윤곽이 뚜렷하지 않은 흐릿한 상이 만들어진다.

어느 마을에 사는 한 대장장이가 사형에 해당하는 죄를 저질렀다. 재판장은 그의 죄상이 명백하다고 판결을 내렸는데, 그 마을에는 대장장이가 이 사람뿐이었으므로 그는 이 마을에 꼭 있어야만 했다. 이에 반해서 그 마을에는 재단사가 세 명이나 있었다. 그래서 그 세 사람 가운데 하나가 대장장이 대신 교수대에 서는 궁지에 빠졌다.

—지그문트 프로이트, 『정신분석 강의』,

임홍빈·홍혜경 옮김, 열린책들, 2004, 233-237쪽

꿈은 압축과 전치로 이루어져서, 기억나는 장면 자체만 보면 앞뒤가 맞지 않는 뒤죽박죽의 개꿈같이 여겨지기 일쑤다. 좀 전까지 대학 동창과 함께 달려가고 있었는데, 그다음 장면에서는 초등학교 선생님과 함께 달려가고 있는 식이다. 그러나 두 사람은 압축과 전치에 의해 변환된 것일 뿐, 공통점을 찾아보면 결코 개꿈이 아니다. 분석 심리학자들에 의하면, 모든 꿈은 의미심장한 상징이며 한낱 개꿈인 경우는 존재하지 않는다.

꿈을 꿀 때 우리는 주인공으로 등장한다. 동시에 꿈의 연출자이기도 하다. 화자이자 주인공이고, 연출가이자 주인공인 셈이다. 그래서 압축과 전치 뒤의 창작 의도에 주목해야 한다. 꿈에 친구가 등장한 것이 중요한 게 아니라, 왜 그 친구를 등장시켰는지가 중요하다. 보르헤스의 표현을 빌리면, "우리는 꿈속에서 스핑크스가 우리를 위협하기 때문에 두려움을 느끼는 게 아니라, 반대로 우리가 느끼는 두

려움을 표현하기 위해 스핑크스의 꿈을 꾸는 것"이다.

정말 재미있는 설명이다. '스핑크스가 우리를 위협하기 때문에 두려움을 느끼는 게 아니라, 반대로 우리가 느끼는 두려움을 표현하기 위해 스핑크스의 꿈을 꾸는 것'이라니. 하지만 생각해보면 꿈만이 아니라 낮에 사용하는 언어도 마찬가지다. 가령 꽃이 예쁘기 때문에 꽃에 주목하는 게 아니라, 사랑하는 사람과 같이 걸어가는 기분 좋은 마음 상태를 표현하기 위해 꽃이 참 예쁘다! 라고 감탄한다. 이걸 모르면 넌 꽃을 좋아하는구나? 하겠지만. 저를 좋아하는 줄은 모르고.

다음은 수강 동인들과 기억나는 꿈을 재미 삼아 분석하면서 경험한 일례다. 꿈 전체를 기억하면 그것은 언제나 한 편의 이야기 형태를 띤다. 결국 소설 혹은 영화의 일종으로 읽힌다. 꿈 분석 역시 소설이나 영화 분석 과정과 크게 다르지 않다. 실제 들려준 꿈은 한결 자세하지만 여기에는 대략적인 이야기 얼개만 옮긴다.

보기

1) 강남역에서 친구 A를 만났다. 고등학생 때부터 종부세를 걱정해야 할 만큼 부잣집 딸인 A는 고등학교 동창으로 한동안 연락이 끊긴 친구였다. 아무튼 A를 만나 20대 중후반의 젊은 남녀들이 모여 있는 카페에 갔다. 카페에 가서 나는 친구 A와 재미있게 놀았다. 음악이 흘러나와 춤도 추었다. 그런데 재미있게 놀다가 테이블로 돌아와보니 A는 지갑을 잃어버렸고, 나는 지갑과 노트북을 잃어버렸다. 노트북은 잃어버리면 안 되는데 어떡하지. 어떡하나 하며 찾다가 깼다.

2) 동생과 함께 마트에 갔다. 샌드위치 시식 코너를 지나는데, 샌드위치만 먹으면 공짜이고, 야채를 넣어 먹으면 2천 원이었다. 동생은 야채를 넣어서 먹고, 나는 공짜 샌드위치를 먹었다. 그때 대학 동창 A를 만났다. 대학 때도 돈 씀씀이가 문란했던 A는 지금도 보니 카트에 쇼핑한 물건들로 가득했다. 그래서 쟤는 여전히 낭비벽이 심하구나 하고 생각했다. 그런데 샌드위치를 먹던 내 앞니가 두 개 빠졌다. 놀라서 화장실로 가서 보니 다행히 앞니가 아니라 잘 보이지 않는 부분의 어금니 두 개가 빠진 상태였다.

3) 총을 든 암살범이 침입했다. 하지만 친구와 함께 힘을 다해 그를 물리쳤다. 마침내 암살범을 잡아 묶어놓았다. 하지만 암살범은 변신 로봇처럼 자기 몸피를 가늘게 탈피해서는 밧줄을 풀고 다시 나와 친구를 죽이려고 덤벼들었다. 우리는 도망쳤지만 암살범에게 잡히고 말았다. 암살범은 둘 중 하나는 죽어야 한다면서, 자신이 살아야 하는 납득할 만한 이유를 대는 사람 하나만 살려주겠다고 말했다. 친구는 이제 직장생활도 적응을 하고 있고 집에는 남편과 아이가 있다고 말한다. 하지만 나는 그럴 만한 이유를 대지 못하고 죽을 뻔한 위기에 처한다.

위의 꿈을 분석하려면 각 인물이나 장소가 상징하는 압축 전치를 매우 꼼꼼히 풀어야 한다. 하지만 줄거리만으로도 대략적인 의미를 추론해볼 수 있다. 꿈 역시 하나의 이야기니까 다만 다소 난해한 소설 줄거리를 분석하듯 하면 된다. 어차피 해석에는 정답이 없다. 모든 작품론이 그렇듯, 본래 내용과 모순되지 않으면서 가장 의미심장하게 읽어낸다면, 그것이 가장 좋은 해석일 것이다.

1)은 놀고 싶은 욕망을 드러낸 이야기다. 강남역은 친구들과 놀 때 만나던 장소라고 한다. 과연 주인공은 젊은 선남선녀들이 있는 카페에서 즐겁게 논다. 그러나 그 욕망을 실현하고 나자, 지갑과 노트북 즉, 돈과 정신적 가치를 잃어버린다. 놀고 싶지만, 그렇게 놀다간 경제적 손실뿐 아니라 정신적 가치까지 잃어버릴 거라는 무의식의 충고로 읽힌다. 실제로 이 꿈은 힘들게 글쓰기 공부를 해야 하나 말아야 하나, 하는 고민에 빠진 수강생의 꿈이다.

2)는 마트에서 돈을 쓰는 것으로 보아 경제적 고민을 하는 내용이다. 치아가 손실되는 것으로 보아, 주인공에게 경제적 손실이 생기는데, 그러나 눈에 띄는 앞니가 아니라 잘 보이지 않는 부분인 것으로 미루어, 치명적이지 않은 손실 같다. 실제로 이 꿈은 수강생 숫자가 줄어들어 고민하는 피아노 학원 선생님이 꾼 꿈이다. 전날 학생 두 명이 피아노 가방을 가져갔다고 한다. 그러고 나면 다음 날 학원을 그만둔다는 것이다.

3)은 스릴러다. 암살범이 주인공을 계속 괴롭히는데, 주인공은 친구와 달리 자신이 살아야 하는 이유를 말하지 못한다. 표면적으로는 스릴러이지만, 실질적으로는 삶의 의미, '나는 왜 사는가?'의 문제를 다룬 이야기다. 죽음 앞에서 삶에 대한 의미를 찾는 이야기다. 실제로 꿈을 꾼 수강생은 암 선고를 받았지만, 다행히 1기여서 완치를 하고 난 다음 이러한 꿈을 꾸었다. 암은 완치되어도 재발 위험이 있기 때문에, 의사로부터 주의를 듣게 된다. 그러면서 생겨난 죽음에 대한 두려움이 킬러로, 삶의 의미 찾기는 문제풀이로 압축 전치된 내용으로 읽을 수 있다.

무의미한 꿈이란 존재하지 않는다

무의미한 꿈은 존재하지 않는다. 다만 압축과 전치를 풀지 못해서 그렇게 여겨질 뿐이다. 언어는 은유와 환유로 이루어져 있어, 일종의 단어 맞추기 놀이와 흡사하다. 상대에게 정답인 단어를 말하지 않고, 장면 설명만을 통해 그 단어를 맞히게 하는 퀴즈 놀이인 셈이다. 가령, 필자가 여러분에게 "당신은 어느 계절을 제일 좋아합니까?" 하고 물으면 "봄이오" 혹은 "여름이오"라고 여러분은 대답할 수 있다.

그런데 '봄'이나 '여름' 같은 단어를 일체 사용하지 말고 이미지로만 대답하라고 하면 어떻게 해야 할까? 아마도 '봄' 대신에 개나리나 종다리, 혹은 얼음물이 녹아 졸졸 흐르는 맑은 시냇물, 아지랑이 등과 같은 그림을 보여주고 싶어 할 것이다. 혹은 '여름'을 좋아하는 사람은 수영장, 해수욕장, 소나기, 뙤약볕, 팥빙수 등을 보여주고 싶어 할 것이다. 그러면 '건강이 안 좋다'라는 사실을 표현하려면, 어떤 장면을 보여줘야 할까? 병원? 쓰러져가는 낡은 집? 병든 나무? 썩은 기둥?

> 따서 먹으면 자는 듯이 죽는다는
> 붉은 꽃밭 사이 길이 있어
>
> 핫슈 먹은 듯 취해 나자빠진
> 능구렁이 같은 등어릿길로,
> 님은 달아나며 나를 부르고……
>
> 강한 향기로 흐르는 코피

두 손에 받으며 나는 쫓느니

밤처럼 고요한 끓는 대낮에
우리 둘이는 온몸이 달아……

—서정주, 「대낮」

　시인은 이러한 이미지 변환을 즐긴다. 그들은 언어를 사용하되, 끝없이 이미지를 불러일으킨다. 가령 서정주의 시 「대낮」의 주제는 '야생적 생명적 사랑에 대한 예찬'이라 할 수 있다. 하지만 시인은 "야생적 생명성이 느껴지는 시원적 사랑을 나누고 싶어!"라고 직접적으로 말하지 않는다. 그 대신 "따서 먹으면 자는 듯이 죽는다는 / 붉은 꽃밭 사이 길" "핫슈 먹은 듯 취해 나자빠진 / 능구렁이 같은 등어릿길" "강한 향기로 흐르는 코피" 등의 이미지나 장면으로 압축 전치시켜놓는다.

　이렇듯 시는 언어와 이미지의 경계에서 언어적 성찰과 언어 이전의 감각적 이미지를 동시에 추구한다. 재미있는 점은 애니멀커뮤니케이터가 동물들과 대화할 때, 이러한 이미지 변환을 사용하여 대화한다는 사실이다. 가령, 애니멀커뮤니케이터 박민철의 『너의 마음이 궁금해』를 읽어보면, 먹고 싶은 음식을 고양이에게 묻자, 다음과 같은 이미지가 떠올랐다고 한다. "바닷가를 거니는데, 시원한 느낌이고, 짠맛에 생선 비린내부터 떠오르는 모래사장이었고, 모래는 아주 부드러웠다."

　이것은 결국 '차갑고 비리면서 짭짤한, 그러면서도 부드러운 음식'을 상징하는 거여서 참치 캔을 저온에 보관했다가 주었더니, 고양이가 맛있게 먹었다고 한다. 꿈 분석과 너무나 흡사하다.

> 내게 1번-7번을 동시에 보낸다. 마치 빠르게 필름이 돌아가는 것처럼 아주 순간적으로 0.2초의 간격으로 빠르게 지나가는 이 감각들을 재빠르게 메모해야 그들의 말이 비로소 무슨 의미인지 헤아릴 수가 있다. 만일 조금이라도 놓치면, 바닷가가 강가로 변하는 등의 오차가 발생할 수 있거나 무엇을 보냈고 무엇을 봤는지 생각조차 안 날 수가 있다. 그러니 최대한 몰입하고 메모한 후에 의미를 곱씹어보아야 한다.
>
> —박민철, 『너의 마음이 궁금해』, 예담, 2012, 172쪽

애니멀커뮤니케이터가 동물들과 의사소통하는 방법은 흡사 우리가 아침에 일어나 꿈을 최대한 정확하게 기억하여 그것이 의미하는 바를 풀어내려고 하는 분석 작업과 닮았다. 혹은 예술가들이 순간적으로 스쳐 지나가는 영감을 잡으려 할 때와 흡사하다. 이렇듯 이미지의 압축과 전치는, 동물의 시원적 의사소통 방법이자 인간이 자면서 꿈을 꾸는 무의식적 탐색 방법이고, 인류 문화의 가장 근원적인 창작 방식인 것이다.

꿈속의 압축과 전치는 언어의 은유와 환유에 해당한다. 사람은 낮에도 백일몽, 공상, 스토리텔링 등을 통해 자신의 꿈을 이어간다. 결국 낮이나 밤이나 인간의 정신활동은 압축으로서의 은유와 전치로서의 환유로 구축된다. 애니멀커뮤니케이션에서 소설 창작에 이르기까지, 그리고 자면서 꾸는 꿈에서부터 낮에 의식적으로 행하는 언어활동에 이르기까지 '압축'(은유)과 '전치'(환유)라고 하는 원리로 이루어진다.

참으로 신기한 일이 아닐 수 없다. 어린아이들은 밤에 꾸는 꿈을 실제 겪은 일인 양 착각하기도 한다. 하지만 현자는 낮에 하는 생각 역시 일종의 꿈에 불과하다는 것을 일찍이 알아차린 사람들이다. 그러나 대중은 밤에 꾸는 꿈은 헛것이고 낮에 하는 자잘한 계산을 실제라고 착각하며 산다. 반면 예술가는 밤에 꾸는 꿈과 낮에 하는 생각을 통합하고자 한다.

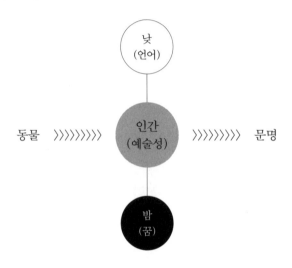

세상은 가난한 사람과 부유한 사람, 제국과 식민지, 누리는 자와 고통받는 자, 도시와 농촌, 여름과 겨울, 선진국과 후진국, 남자와 여자, 젊은이와 늙은이, 고소득층과 저소득층, 착한 사람과 나쁜 사람, 기독교인과 불교도, 낮과 밤 등으로 이리저리 나뉘어 있다. 하지만 창작의 측면에서 보자면 모두가 압축과 전치, 혹은 은유와 환유로 만들어진 꿈을 꾸고 있다. 동물적 의사소통이든 첨단의 문화 활동이든, 밤의 꿈dream이든 낮의 소망vision이든.

라캉에 따르면 인간의 무의식조차 언어처럼 구조화되어 있다고 한다. 무의식조차 은유와 환유로 이루어져 있다는 것이다. 모든 인간이 낮이나 밤이나 은유와 환유로 정신활동을 한다. 좋은 책이란 것도 알고 보면, 보다 좋은 은유와 환유로 구성된 문장들이다. 어쨌든 모든 정신활동이 다만 은유와 환유로 만들어지는 것이라면, 보다 나은 은유와 환유로 이루어진 책을 찾아 읽지 않을 수 없다. 보다 매력적인 은유와 환유로 된 문장 공부를 하지 않을 수 없다. 보다 압축적인 장면과 환유적인 장면으로 이어진 이야기를 꿈꾸지 않을 수 없다.

39장   자유연상은 이야기를 꿈꾼다

문제를 마주하는 사람이 주인공이다

시간은 단순하게 반복된다. 똑딱 똑딱 똑딱⋯⋯. 한 순간 또 한 순간, 한 시간 또 한 시간, 하루 또 하루, 한 달 또 한 달, 1년 또 1년 단조롭게 반복하며 미끄러진다. 인간은 이러한 평면적 단순 반복을 견디지 못한다. 인간은 단조로운 시간 반복을 넘어서는 의미 있는 변화를 원한다. 시간을 분절하고 시작과 끝을 만들어 변화를 일으키고자 한다. 단조롭던 시간이 시작-중간-끝의 형태로 융기한 것이 곧 이야기다.

평소 할 얘기가 있다는 것은 의미심장한 것이 생겼다는 것이고, 할 얘기가 없다는 건 모든 게 다시 시들해져 단순 반복으로 돌아갔다는 뜻이다. 나눌 얘기가 없으면 우리는 사람조차 만나지 않는다. 이별할 때 가장 많이 하게 되는 표현 중에 하나가 나는 너랑 더 할 얘기가 없어, 라는 말이다. 반면에 이야기가 있으면 우리는 그 이야기를 하고 싶어 하고, 하지 못하게 하면 병이 날 정도다. 두고두고 하게 된다. 하면서 변형 전승되어 마침내 시간을 넘어선다.

그렇다면 이야기란 언제 어떻게 만들어지는 걸까. 이야기를 만드는 것, 이야기를 잉태시키는 것은 무엇인가. 그것은 바로 '문제'다. 이야기는 문제와 마주칠 때 생겨나고, 문제를 풀어나가면서 이어지고, 문제를 매듭지을 때 끝난다. 문제와 만나 문제를 풀고 문제를 끝낼 때, 비로소 '시작-중간-끝'을 가진 독립체로서의 이야기가 탄생한다. 하지만 적잖은 사람들이 문제를 회피한다. 그러면 이야기는 탄생하지 않는다. 문제와 마주할 때 이야기가 탄생한다.

이야기에는 반드시 주인공이 존재한다. 그런데 누가 주인공이 되는가. 문제와 정면으로 마주한 사람이 주인공이 된다. 조연이란 측면에서 마주하는 사람이다. 엑스트라란 문제를 잘 모르는 사람들이다. 신분 외모 학벌 재산을 갖췄다고 주인공이 되는 게 아니다. 오직 문제를 정면으로 마주한 사람! 그가 곧 주인공이다.

누가 문제를 정면으로 마주할까. 욕망(꿈과 사랑)이 있는 사람이다. 인간은 하루하루 무사를 갈망한다. 문제가 발생하지 않기를 바란다. 그러면서도 하루하루 뜨겁게 살기를 원한다. 가치 있는 삶을 꿈꾼다. 그리하여 문제를 창조한다. 두렵고 소심하고 죄의식 많은 대중은 문제를 일으키지 않으려 애쓰지만, 꿈을 꾸거나 사랑에 빠진 욕망하는 인간은 의미 있는 문제를 창조한다. "주말에 여행 갈까? 뭔가 더 재미난 일이 없을까? 이렇게 무사하게 하루를 보내다니, 이게 정말 사는 걸까……?"

단순 반복과 나열은 아무것도 생산하지 못한다. '나'도, '사건'도,

'이야기'도 탄생하지 않는다. 원숭이 똥구멍은 빨개, 빨가면 사과, 사과는 맛있어, 맛있으면 바나나, 바나나는 길어……. 우리의 머릿속 자유연상은 쉬지 않고 이어진다. 그러나 자유연상만 하면, 아무렇게나 생각나는 대로 떠드는 수다처럼 공허하고 무의미해진다. 주체도 탄생하지 않고, 의미도 만들지 못한다. 때문에 자유연상은 이야기를 꿈꾼다.

보기

1) 원숭이 똥구멍은 빨개, 빨가면 사과, 사과는 맛있어, 맛있으면 바나나…….

2) 원숭이 똥구멍은 빨개, 빨가면 장미, 장미는 예뻐, 예쁘면 마릴린 먼로…….

3) 옛날 옛날 바나나보다 장미를 더 좋아하는 원숭이가 살았습니다…….

1)이나 2)는 재밌지만 평면 위를 끝없이 미끄러질 뿐이다. 하지만 3)은 집중하게 만든다. 궁금하게 만든다. 집중하거나 궁금해하면 뇌는 평소보다 빠른 활동을 한다. 문제가 발생하면 우리의 뉴런과 시냅스가 마치 술이나 마약 혹은 사랑에 빠진 듯 활달하게 살아난다. 열정적인 생명체일수록 열정적으로 문제를 창조해낸다. 가만히 있거나 타성적으로 살지 않고, 이렇게 하면 더 좋을 것 같지 않나 싶은 방향으로 문제를 제기한다.

문제는 그에 따른 보상으로 주체를 탄생시킨다. 외모나 학벌, 나이나 성별, 건강이나 질병, 그 무엇도 우리를 주인공으로 만들지 못한다. 오직 문제만이, 문제를 대하는 자세만이, 주체를 만든다. 근대 철학에서 주체에 대한 탐구는 매우 복잡하지만, 이야기에서 주체 즉 주인공이 탄생하는 과정은 자명하다. 문제를 창조하는 사람, 즉 문제를 정면으로 껴안는 사람이다. 외모와 지능, 능력과 사유가 아무리 뛰어나도 문제를 정면으로 마주하지 않으면 조연 내지 엑스트라에 머물 수밖에 없다.

'문제'와 '주인공'과 '이야기'는 동시에 태어난다. 문제가 발생해야 이야기가 탄생하고, 문제와 정면으로 마주해야 주인공이 나타난다. 주인공이 나타나야 이야기가 탄생하고, 주인공을 통해서야 문제가 창조된다. 탄생한 이야기는 시간으로부터 벗어나 이야기로서 거듭 회자된다. 단순 반복의 무의미한 시간으로부터 벗어나, 유의미한 이야기로 거듭 재생되는 영원회귀를 꿈꾼다.

이야기란 주인공이 되어 문제를 푸는 과정이다

엽편이나 생활글 같은 짧은 서사는 1-2개의 단락장으로 이야기가 끝난다. 하지만 창작동화 단편은 4-5개의 단락장으로 구성되어 있다. 반면 단편소설은 7-8개의 단계로 구성되는 경우가 가장 많다. 장편소설은 20개 이상의 단락장으로 심화된다. 장편영화 역시 40-50개의 시퀀스로 심화된다.

이야기를 3단계로 나눌 수도 있다. '문제가 발생하고' '문제를 풀어나가고' '문제를 매듭짓는 것'이다. 아리스토텔레스는 '처음-중간-끝'으로 나눴고, 조지프 캠벨 역시 『천의 얼굴을 가진 영웅』에서 신화의 원형을 '소명-모험-귀환'으로 보았다. 『시나리오란 무엇인가』

의 저자 사이드 필드도 처음-중간-끝의 3단계로 나누었다. 블라지미르 쁘로쁘 100편의 동화를 분석한 『민담 형태론』에서 31개의 기능으로 이루어져 있다고 보았다.

'기-승-전-결'의 4단계 구분도 가능하고, '발단-전개-위기-절정-결말'의 5단계 구분도 가능하다. 그러나 핵심 내용은 어쨌든 문제를 만나고 푸는 과정이다. 4단계는 문제를 만나고, 문제를 풀고, 더 심화된 문제를 풀어낸 다음, 문제가 해결되는 구조다. 5단계는 문제를 만나고 문제를 풀고, 더 심화된 문제를 풀고, 더더 심화된 문제를 푼 다음에 문제가 해결되는 과정이다. 하지만 실제 단편소설이나 장편영화를 살펴보면 주인공이 문제를 풀어내는 위기 과정이 매우 길어 위기1, 2, 3으로 나뉜다. 즉 '발단-전개-위기1-위기2-위기3-절정-결말'의 7단계 분석이 효과적이다.

스토리텔링의 기본 구조

1단계	주인공이 어떤 문제(갈등)를 겪는다.			
3단계	문제와 만난다	문제(갈등)가 점점 심화된다		문제를 해결한다
4단계	기	승	전	결
5단계	발단	전개	위기 / 절정	결말
7단계	**발단**	**전개**	**위기1+위기2+위기3** / **절정**	**결말**
8단계	발단	전개	위기1+위기2+위기3 / 절정1 +절정2	결말

아마 가장 간단한 문제 풀이 방식은 OX일 것이다. 싫다 좋다, 나쁘다 착하다 같은 이분법적 판단은 간명하고 단호한 문제 해결책을 주지만 그만큼 거칠고 위험한 문제 풀이인 것이다. 사지선다형 문제 풀이는 좀 더 다양한 경우를 고찰하게 해준다. 하지만 사지선다에 갇혀, 하나의 답만을 찾거나 제시된 4개 중에서만 찾을 우려가 있다. 매우 수동적인 순종형 문제 풀이인 것이다. 단답형은 스스로 찾아내야 한다는 점에서 OX나 사지선다보다는 한결 주체적이지만, 단번에 해답을 제시하는 식이어서 깊은 이해가 불가능한 문제 풀이 방식이다.

반면에 이야기 7단계는 문제 속으로 깊이 들어가는, 참여하는 문제 풀이다. 중요한 것은 7단계로 나눌 수 있다는 사실이 아니라, 언제나 문제는 7단계 정도의 문제 탐색 내지 갈등 대립을 거쳐 깊이 있게 풀어야만 비로소 풀린다는 사실이다. 우리가 어떤 문제를 풀든 주인공으로서 즉, 주체적 인간으로서 문제를 풀려면 7단계 스토리텔링 문제 풀이가 필요하다. 7단계 스토리텔링 문제 풀이는, 문제 대상으로 깊이 들어가 참여하게 만든다. 100개의 문장, 1천 개의 문장, 때로 1만 개의 문장으로 들어가 얼핏 보이지 않는 문제 속의 깊은 의미를 깨닫게 만든다.

세계는 왜 이렇게 부조리하고 불의한가. 신에게 따져봐야 소용없다. 우리는 조물주를 비난하지만, 신은 바로 그 세계를, 그 세계에 대한 문제의식 능력을 우리에게 주고, 그 풀이 과정을 선물로 마련해 놓은 상태에서 미소 짓고 있을 뿐이다. 스토리텔링의 문제 풀이 과정을 통해 주인공이 되어 들어가면, 남다른 이해, 남다른 깨달음, 남다른 참여, 남다른 사랑을 경험하게 되고, 그러한 과정을 거쳐 스스로를 극복하고 스스로의 삶의 가치를 창조하는 체험을 누리게 된다.

스토리텔링의 단계별 구성 내용

3단계	① 처음 – 문제와 만난다 ② 중간 – 문제를 풀어나간다 ③ 끝 – 문제를 해결한다
4단계	① 기 – 문제와 만난다 ② 승 – 문제와 정면으로 마주한다 ③ 전 – 심화된 문제를 풀어나간다 ④ 결 – 문제를 해결한다
5단계	① 발단 – 문제와 만난다 ② 전개 – 문제와 정면으로 마주한다 ③ 위기 – 더 심화된 문제를 풀어나간다 ④ 절정 – 더더 심화된 문제를 풀어나간다 ⑤ 결말 – 문제를 해결한다
7단계	① 발단 – 문제와 만난다 ② 전개 – 핵심 문제와 마주한다 ③ 위기1 – 더 심화된 문제를 풀어나간다 ④ 위기2 – 더더 심화된 문제를 풀어나간다 ⑤ 위기3 – 더더더 심화된 문제를 풀어나간다 ⑥ 절정 – 더더더더 심화된 최종 문제를 풀어나간다 ⑦ 결말 – 문제를 해결한다

40장　문제의식이 주인공을 만든다

시간은 여러 겹으로 흐른다

시간은 1초 1초 앞으로 '직진 운동'한다. 하지만 직선 운동만 하지 않는다. 하루, 일주일, 한 달을 '반복 운동'하고 봄, 여름, 가을, 겨울 사계절을 회전하는 '순환 운동'도 한다. 1학년에서 2학년으로, 2학년에서 3학년으로 한 단계씩 올라가는 '계단식 운동'이 일어나는가 하면, 반복 운동과 원운동을 하면서 조금씩 성장하는 '나선형 운동'을 일으키기도 한다.

　무엇보다 인간은 이야기를 통해 '스토리-라인'을 겪는다. '스토리-라인'은 인간이 사건을 정면으로 마주하게 되면 겪는 운명선인 동시에 탈주선이다. 그러나 사건을 겪는다고 문제가 발생하는 건 아니다. 아무리 큰 사건도, 그것을 문제로 여기고 마주하는 주인공이 없으면 '스토리-라인'은 발생하지 않는다. 사건 속에서 사건 이상의 문제를 발견해야 한다.

저녁 뉴스만 봐도 알 수 있듯, 일상은 수많은 사건으로 이루어져 있다. 개인은 모든 뉴스 꼭지를 문제시하지 않는다. 그저 꼭지를 채우는 하나의 소재에 불과해 보일 수 있다. 엄청난 사건 사고가 일어난 하루인데도, 엄청난 사건 사고가 일어났다는 점에서 어제와 같은 하루였군, 이라고 넘겨버릴 수 있다. 하지만 개인은 각자의 관심에 따라 특정 사건을 '초점화'하고 '문제화'하고 '언어화'한다. '초점화-문제화-언어화 과정'(2부 참조)을 통해서야, 즉 '주인공-되기'를 통해서야 비로소 '외부의 사건'은 '내면의 사건'으로 전환한다.

가령, 돌부리에 걸려 넘어지자 "재수가 없군"이라며 '재수'의 문제로 여기는가 하면, "딴생각을 하다 넘어졌네" 하며 한눈을 팔아 벌어진 '실수'로 여길 수 있고, 다치진 않았으니 다행이라며 불행 중 '다행'으로 여길 수도 있다. 또, 이혼율이 높아졌다는 뉴스에 대해 요즘 젊은이들이 너무 자유롭기 때문이라 생각할 수도 있고, 책임감이 부족해서라고 여길 수도 있고, 취업난 때문이라 분석할 수도 있다. 이렇듯 사건을 저마다 다른 문제로 받아들인다. 동시에 특정 방향으로 '사건-문제'를 계열화한다.

1) '돌부리에 넘어진 일' + '버스를 놓친 것' + '비를 맞은 것' 등을 연결 지은 다음, 이 모든 것은 우연히 벌어진 일로, '억세게 재수 없는 놈'이라는 의미를 부여할 수 있다. 반면에 2) '돌부리에 넘어진 일' + '버스 시간을 미리 확인하지 않은 것' + '우산을 준비하지 않은 것' 등을 연결 지은 다음, 이 모든 것은 '부주의한 행동'이 일으킨 필연적 결과로 여길 수도 있다. 또는 3) '돌부리에 넘어졌지만 다치지 않은 일' + '버스를 놓쳤지만 다음 버스에서 앉아 간 일' + '비를 피하

느라 서점에 들렀다가 좋은 책을 구입한 일' 등을 연결 지어 '운이 좋은 하루'라고 여길 수도 있다. 이야기는 이렇게 발생한다. 즉, 이야기는 주인공의 '문제의 계열화'로 일어난다.

'사건 - 문제'의 계열화

1)	2)	3)
①'돌부리에 넘어진 일' + ②'버스를 놓친 것' + ③'비를 맞은 것'	ⓐ'돌부리에 넘어진 일' + ⓑ'버스 시간을 미리 확인하지 않은 것' + ⓒ'우산을 준비하지 않은 것'	㉠'돌부리에 넘어졌지만 다치지 않은 일' + ㉡'버스를 놓쳤지만 다음 버스에서 앉아 간 일' + ㉢'비를 피하느라 서점에 들렀다가 좋은 책을 구입한 일'
▼	▼	▼
우연히 벌어진 일 재수 없는 사람	필연적으로 일어난 일 부주의한 사람	나쁘지만은 않은 일 운이 좋은 사람

세계는 하나의 사건으로 존재하지만 1), 2), 3)뿐 아니라 4), 5), 6)······ 등의 무한한 문제의 계열화를 내재하고 있다. 인간은 경험된 외부 사건을 모두 체험하지 않는다. 혹은 경험된 외부 사건 이상을 체험한다. '초점화, 문제화, 언어화' 과정을 통해 일정한 '문제'로 계열화하여 살아간다. 즉 '주인공-되기'를 통해 '스토리-라인'을 그리며 살아간다. 인간은 사건을 경험하는 수동적 예속적 존재라기보다

문제를 만들어가는 능동적 자율적 존재다.

이야기를 짤 때는 일관된 방향으로 사건-문제를 배열해야 한다. 즉, ①, ②, ③, ④, ⑤…… 순서로 짜거나 ⓐ, ⓑ, ⓒ, ⓓ, ⓔ…… 순서로 짜거나 ㉠, ㉡, ㉢, ㉣, ㉤…… 순서로 짜거나 해야지만 인물의 정체성이나 문제의식이 일관되게 전달될 수 있다. ①, ⓑ, ㉢ 식으로 뒤섞거나 ⓐ, ㉡, ③ 식으로 뒤섞으면 인물이나 문제의식이 뒤죽박죽되어, 마치 생각나는 대로 수다 떠는 경우처럼 산만하게 전달될 것이다.

하지만 좀 더 복잡한 층위에서 이야기를 짤 수 있다. 가령 ①, ⓑ, ㉢의 순서로 '사건-문제'를 이을 수 있다. ①돌부리에 걸려 넘어져서 재수가 없다고 생각했는데, ⓑ버스마저 놓쳐 정말 재수 없다고 생각하다 말고, 버스 시간을 미리 확인하지 않은 자신의 부주의를 알아챈다. 그리하여 돌부리에 걸려 넘어진 일조차 자신이 딴생각하며 걷느라 벌어진 일이란 걸 알아채고 2) 재수 없는 일이 아니라 부주의한 일이었다고 다시 생각하는 것이다. 비가 내려도 ㉢서점에 들러 좋은 책을 구입함으로써 운이 나쁘지만은 않다고 여기는 것이다. 조금씩 변해가는 인물로 소위, 입체적 구성을 구축하는 것이다.

주인공은 '사건-문제'의 반복 · 변주 · 심화 과정을 겪는다

작가는 주인공을 통해 사건을 특정 문제로 계열화하는 사람이다. '억세게 재수 없는 주인공-되기'를 통해 1)처럼 ①＋②＋③으로 계열화할 수 있다. '부주의한 주인공-되기'를 통해 2)처럼 ⓐ＋ⓑ＋ⓒ로 연결 짓거나 '그래도 다행이라고 여기는 주인공-되기'를 통해 3)처럼 ㉠＋㉡＋㉢으로 사건을 배치시킬 수 있다. '생각이 깊어지고 긍정적인 삶의 자세로 변하는 주인공-되기'를 통해 ⓐ + ⓑ + ⓒ으로 사건을 배치할 수도 있다.

주체적으로 살아가는 사람은 능동적으로 사건을 바라본다. 즉 사건을 문제로서 마주한다. 따라서 모든 주체적인 주인공은 '스토리-라인'을 겪는다. '스토리-라인'을 겪지 않는다면 그 자체로 그는 주체적이지 않다, 라고 말할 수 있다. '스토리-라인'은 모든 주체적 인간이 걸어가는 운명이자 만들어가는 서사이다. 주체적 인간은, 사건에서 문제를 발견하고(발단), 문제를 받아 안은 다음(전개), 풀기 위해 갈등하며(위기1), 1차 갈등이 해결되지만 더 심화된 문제 갈등과 만나며(위기2, 위기3), 최고로 고조된 갈등과 싸워 이겨내야 한다(절정).

이야기 원형으로서의 스토리-라인

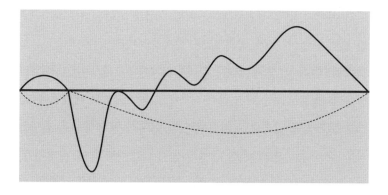

문제제기	문제수용	문제심화1	문제심화2	문제심화3	궁극문제	문제해결
발단	전개	위기1	위기2	위기3	절정	결말

가령 영화 「대부」는 '복수하는 주인공-되기'를 이어간 이야기이

다. 배신과 복수 살해극으로 문제를 계열화한 영화답게 '복수와 배신 모티프'가 반복 심화된다. 솔로조가 협상을 나온 루카의 손등을 칼로 찌르고 죽인다(AX). 소니가 배신자 폴리를 총으로 쏴 죽인다(BX). 돈 코를레오네가 저격당한다(CX). 마이클이 협상을 나온 솔로조와 매클루스키의 이마와 음식 삼키는 중인 목구멍을 쏘아 죽인다(DX). 소니가 수백 발의 총탄 세례로 죽고 아내 아폴로니아가 차 폭발로 죽는다(EX)…….

배신과 잔혹한 복수 살해극을 통해, 패밀리라고 하는 마피아식 가족주의 속에 숨어 있는 잔혹하고 냉정한 생존 논리를 보여준다. 나아가 아메리칸드림 뒤에 숨어 있는 자본주의의 냉혹한 생존 논리와 허상도 보여준다.

『어린 왕자』는 '겉이 아니라 속까지 보는 주인공-되기'를 통해 이어간 이야기로, '감춰진 진실 모티프'가 반복 심화된다. '코끼리를 삼킨 보아 구렁이 그림' '양의 상자' '숫자 표시만 묻는 어른들' '세상에 하나뿐인 꽃' '여섯 별 여행' '장미정원' '여우 길들이기' '사막의 샘' 등을 통해 겉으로만 보면 알 수 없는, 그 무엇으로도 대체될 수 없는 소중한 가치를 발견하는 어린 왕자의 여행기이다. 세상은 겉모습만 보면 알 수 없으며, 실존적 참여를 통해 길들여지면 즉, 사랑하게 되면, 그 무엇으로도 대체할 수 없는 유일무이한 사랑의 존재가 된다는 사실을 어린 왕자가 깨달아가는 이야기이다.

주인공은 결핍을 욕망한다

주인공은 꿈을 꾸는 사람이다. 프로이트의 분석대로, 꿈은 본래 소원성취의 서사다. 여기 아닌 저기를 꿈꾼다. '홍길동'은 신분 차별을 문제 삼아 차별 없는 세상을 꿈꾼다. '어린 왕자'는 겉모습만 보고 판단하는 어른들을 문제 삼으며, 겉모습 이상의 의미를 꿈꾼다. 그런 점에서 주인공은 결핍(문제)을 창조하는 사람이다. 욕망을 갖고 사건을 바라봄으로써, 사건에서 문제를 느끼는 사람이다.

문제의식은 그 사람의 심장 모양, 체질적 기질, 추구하는 이념, 사회적 갈등, 성적 정체성 등에서 '얼핏 우발적으로, 사실은 필연적으로' 일어난다. 성격이 곧 운명인 것이다. 이상적인 사람은 이상적인 사람 특유의, 가난한 사람은 가난한 사람 특유의, 내성적인 사람은 내성적인 사람 특유의 반응을 이어가기 때문에 그러한 사람만이 겪게 되는 서사를 살아간다.

대중 혹은 니체적 약자는 문제를 회피하거나 일회적 힐링을 반복한다. 하지만 이야기 주인공은 문제의식 때문에 '스토리-라인'을 따라 문제를 풀어나간다. 대중 혹은 약자는 이제까지 살아온 관습대로 살고자 한다. 그들은 자신이 매우 현실적이라 생각하고, 꿈을 좇는 이들을 지나치게 이상적이라고 여긴다. 그러나 세상은 언제나 변한다諸行無常는 점에서 대중 혹은 약자들이 추구하는 안주와 관습과 통념이야말로 비현실적인 환상에 불과하다.

이야기 세계에서는 현실이야말로 환상이고, 꿈이 실제가 된다. 이야기를 시작하려면, 주인공은 현실이 아닌 꿈을 즉, 미래를 선택해야 한다. 혹은 선택하지 않을 수 없게 된다. 모든 생명체는 본래 꿈을 꾼다는 점에서, 꿈을 선택하는 행위야말로 현실을 바르게 받아들이는 행위다. 현실 안주야말로 일장춘몽이고, 반면에 꿈을 좇는 행위야말로 본성을 따르는 선택이다. 주인공은 '현실의 나'가 아니라 '꿈꾸는 나'를 택한다. 그러면 그에 걸맞은 문제가 발생한다(혹은 문제가 발생하고 나서야 꿈을 꾸기도 한다).

그러나 사실 모든 문제는 자기 스스로 창작한 것이다. 자기 잉여가 만들어낸 결핍이다. 꿈에 스핑크스가 나와 무서운 게 아니라, 두려움을 표현하기 위해 스핑크스를 출연시키는 것처럼 말이다. 스핑크스를 무서워하는 주인공 자아와 그것을 연출시키는 연출 자아가 있다. 이전까지의 세상은 뻔한 세상이지만, 이제부터의 세상은 나의 성격-장단점-꿈이 발견해내는 다른 세상이다. 따라서 이제부터 뭔가 다르게 나타나고 다르게 표현된다. 뭔가 핍진하고 자극적이고 팽팽하다. 어휘와 문장이 낯설고 화면과 편집이 새롭다.

41장 이야기는 모든 것을 새로 배치한다

이야기는 세상 만물을 재배치한다

이야기가 시작되면 세상 만물도 '스토리-라인'에 따라 새롭게 접속·배치된다. '1967년 2월 7일' '2019년 5월 10일 6시 17분' 따위 같은 물리적 시간은 잊어도 좋다. '32세'니 '76세'니 하는 따위의 나이는 잊어도 좋다. 현실적인 물건값이나 물건과 관련된 추억조차 더는 중요하지 않다. 오직 주제 즉, 문제와 관련된 사물, 사람, 사건만이 이야기의 중심이 된다.

　문제와 관련된 사물은 이야기를 진행시키는 강력한 힘을 갖는다. 문제와 무관한 사물은 소품으로조차 쓰이지 않는다. 마치 글쓰기를 공부할 땐 책과 원고만 친구가 되는 경우와 같다. 그러나 배가 고플 땐 그릇과 숟가락이 친구다. 나머지는 다 엑스트라다. 조깅을 할 땐 운동화와 운동복이 조력자다. 조깅을 할 때 그릇과 숟가락은 방해자

일 뿐이다.

주변 사물뿐 아니라 사람까지 재배치한다. 더는 물리적으로 가까운 사람이 가까운 사람이 아니다. 주인공과 같은 문제를 공유한 사람만이 주인공의 이야기 속으로 들어올 수 있다. 문제를 공유하지 않은 사람은 이야기 밖으로 물러날 수밖에 없다. 문제를 측면에서 바라보는 사람이 조연으로 다가오고, 문제를 반대로 바라보는 사람이 대립자로 마주한다.

어떤 사람이 인성이 나빠서 나와 대립하는 것이 아니다. 다만 문제를 바라보는 태도가 정반대이기 때문에 대립하는 것이다. 문제 제기가 새로워지면 언제든 인물 성격도 변한다. 조력자가 대립자가 되고, 대립자가 조력자로 변하기도 한다. 문제 제기에 따라 엑스트라 내지는 전혀 존재하지 않는 것이나 마찬가지의 상태로 변하기도 한다. 결국 대립자든 조력자든 내가 창조해내는 것이다.

문제에 따른 기본 인물 배치도

주인공	–	조연(조력자)	–	엑스트라
⇅		⇅		⇅
반주인공(대립자)	–	조연(대립자)	–	엑스트라

그야말로 개벽이 일어나는 것이다. 새로운 문제의식을 갖는 자에게 이 모든 변화가 마술처럼 일어난다. 모든 기표는 이전의 의미를 잃고 새로운 기의로 작동한다. 10억짜리 스포츠 카보다 100만 원짜리 노트북이 소중해지고, 조용한 쪽방이 내가 가장 머물고 싶은 공

간이 된다. 토끼 굴이 새로운 세계로 들어가는 입구가 되고, 공주의 병을 치료하는 바람에 여의주를 찾아 길을 떠나는 원대한 모험이 펼쳐진다.

플롯은 시간을 재배치한다

이야기는 시간조차 재배치한다. 문제를 마주한 순간이 처음이 되고, 문제를 풀어나가는 과정이 중간이 되고, 문제를 매듭짓는 시간이 마지막이 된다. 마치 주변 인물들이 다만 문제를 어떻게 바라보느냐에 따라 재배치되듯, 시간 역시 문제 풀이 과정에 따라 재배치되는 것이다. 이때 사용되는 구성 방식이 플롯이다. **플롯은 시간을 '지금 여기' 중심으로 재배치하는 기술이다.**

플롯은 표면 시간 중심으로 구축된다. 문제를 마주한 표면 시간 이전의 사건들은 플래시백이라는 플롯 기술을 통해서만 재등장할 수 있다. 플래시백은 하나의 수식구로 등장하기도 하고 하나의 문장이나 단락, 혹은 하나의 단락장으로 등장하기도 한다. 이를테면 아래 〈보기〉의 1), 2)에서는 수식구 단위("유치원 단짝 유나와 닮은" "장난꾸러기로 자란" "그네 타다 얻은 눈가 흉터")로 플래시백이 이루어지고 있다. 3)은 문장 단위로 플래시백이 이루어졌다. 4)는 문장 단위 혹은 대사 단위로 플래시백 했다. 5)는 단락 단위로 플래시백을 했다. 물론 단락장 단위로도 플래시백 할 수 있다. 4)는 황석영의 「삼포 가는 길」, 5)는 황정은의 「모자」 일부분이다.

보기

1) 유치원 단짝 유나와 닮은 여자가 버스 정류장에 서 있었다.

2) 장난꾸러기로 자란 그는 웃을 때마다 그네 타다 얻은 눈가 흉터가 또렷하게 드러났다.

3) 그는 찻잔을 입에 댔다. 어릴 때 살던 외갓집 냄새가 났다. 외가는 초가였다.

4) 영달이도 낯이 익은 서른댓 되어 보이는 사내였다. **공사장이나 마을 어귀의 주막에서 가끔 지나친 적이 있는 얼굴이었다.**

"아까 존 구경 했시다."

그는 털모자를 잠근 단추를 여느라고 턱을 치켜들었다. 그러고 나서 비행사처럼 양쪽 뺨으로 귀가리개를 늘어뜨리면서 빙긋 웃었다. **"천가란 사람, 거품을 물구 마누라를 개 패듯 때려잡던데."**

영달이는 그를 쏘아보며 우물거렸다.

"내…… 그런 촌놈은 참."

"거 병신 안 됐는지 몰라. 머리채를 질질 끌구 마당에 나와선 **차구 짓밟구**…… 야, 그 사람 환장한 모양이더군."

이건 누굴 엿 먹이느라구 수작질인가, 하는 생각이 들어서 불끈했지만 영달이는 애써 참으며 담뱃불이 손가락 끝에 닿도록 쭈욱 빨아 넘겼다. 사내가 손을 내밀었다.

"불 좀 빌립시다."

"버리슈."

5) 그건 그렇고 세 남매의 아버지는 언제부터 모자가 되기 시작했을까.

이 점에 대해서는 첫째와 둘째와 셋째의 기억이 매번 달랐다. 몇 번을 맞추어봐도 말할 때마다 시기가 각각이라서 마지막엔 자기 것이 진짜라며 셋이서 언성을 높이게 되는 일도 종종 있었다. 그래서 세 남매는 가급적 그 이야기를 서로에게 하지 않았다.

지난겨울에 첫째가 기억하고 있는 상황은 이랬다.

하교하는 길이었는데.

전을 해 먹을 생각으로 감자를 강판에 갈며 첫째는 말했다.

친구들하고 걸어가고 있었거든. 토요일이었어. 주말이니까 이대로 누구네 집에 놀러 가서 비디오를 빌려 보자는 둥 그런 이야기를 하고 있었는데 저만큼 앞에 아버지가 서 있었어. 상당히 멀리 떨어져 있었지만 단번에 알 수 있었어. 맑은 날이었는데 아버지는 정말 구깃구깃해서, 그렇잖아, 우리 아버지는 셔츠 같은 것을 칼라나 앞섶이 때에 절 때까지 입곤 했으니까. 갈아입으라고 옷을 챙겨줘도 말이지, 이상하게 고집을 부려서 바지도 무릎이 완전히 솟아서 각이 잡혀버릴 때까지 입고 다니고. 아버지는 그때 일자리를 잃은 상태였고 그것 때문에 어딘가를 가려는 것 같았는데, 그러다 먼 데서 나를 알아보고 거기 서 있는 듯했어. 안색이 좋지 않은 상태로 전단지 따위가 잔뜩 달라붙은 전봇대 옆에서. 부끄러워서, 모르는 척했어. 거리가 좁혀질수록 초조했지만 끝까지 아버지 쪽은 바라보지 않고 그곳을 지나갔어. 멀리 떨어져 있었고 우리는 여덟 명이나 되는데 그 틈에서 나를 정말 알아보았을까, 몰랐을 거다, 어쩌면 아버지는 그냥 볼일이 있어서 거기 잠깐 서 있었을지도 모른다고 애써 생각하면서. 하지만 그렇게 생각할수록 기분이 나빠졌어. 친구들이 놀러 가자고 말했지만 나는 이미 그럴 기분이 아니라서, 애들하고 헤어진 다음 슬금슬금 거기로 돌아가 봤더니, 전봇대 밑에서 모자가 되어 있는 거야.

이처럼 문제 이전의 과거는 플래시백을 통해 현재 시간에 상기됨으로써만 현존할 수 있다. 다만 현재 사건을 보다 강렬하게 의미화하는 수단으로서만 삽입할 수 있다. 주인공이 이야기 시작 이전에 어떤 사람이었는지 어떤 사건을 겪었는지는 전혀 중요하지 않다. 다만 현재의 '사건-문제'와 관련된 한에서만, 그것도 현재 겪는 '사건-문제'를 보다 의미 있고 강렬하고 풍요롭게 만드는 모티프로 작동할 때만 의미를 띠고 재현된다.

이것은 실제 삶에서도 마찬가지다. 과거를 순수하게만 기억하는 사람은 아무도 없다. 현재 겪는 '사건-문제'와 관련되어서만 특정 기억을 특정 의미로 만들어 떠올린다. 기억이란 현재의 '사건-문제'를 보다 풍요롭게 경험하기 위한 질료로서 호명된다. 지루해서 놀이터 나가 타던 그네 기억이, 지루한 시간이 아니라 평화로운 시간 혹은 외로운 시간으로 호명되면서, 실제 기억이 아닌 창조된 기억을 떠올리는 식이다.

과거에는 별다른 의미가 없던 사소한 경험이 현재의 '사건-문제'와 연결되면 전혀 새로운 의미로 재탄생한다. 3)에서처럼, 주인공이 찻잔에 입을 대기 전에는, 외갓집의 초가 냄새는 전혀 중요한 기억이 아니다. 4)의 영달은 갈 데 없는 외로운 소외계층의 길동무가 되기 전까지는, 정 가에게 전혀 중요한 인물이 아니었다. 과거는 새로운 의미로 현재화된다. 떨어진 지폐를 발견한 행위가 행운인지 불운인지 아직 결정되지 않는다.

시간을 자유자재로 뒤섞는 방식인 플롯은 수식구 단위로 과거를 재현하기도 하고 단락 단위로 재현하기도 한다. 두 시간 전의 사건을 생생하게 되살리기도 하고, 30년 전의 사건을 현재 사건처럼 또렷하게 드러내기도 한다. 작가는 현재의 '사건-문제'를 강렬하고 풍요롭게 드러내는 한에서 언제든지 과거를 현재화한다. 모든 과거는 생생한 재현을 꿈꾸며 플래시백이 될 때까지 기억 저편에서 우리를 기다린다. 완전하게 결정된 과거는 아무것도 없다. 언제든지 재현되면서 새로운 의미로 재탄생할 수 있다.

이것은 현재 사건도 마찬가지다. 주인공이 문제와 마주하고 문제를 풀어나가며 겪는 현재 시간의 사건 역시도 이후에는 어떤 의미로 변할지 모른다. 지금의 실수가 이후의 모험을 낳을 수 있다. 지금의 대립자가 차후에는 조력자로 변하고, 지금은 조력자였던 사람이 강력한 방해자로 돌변할 수 있다. 모든 사건은 이야기가 완성되기까지는 고정되지 않는다. 언제든 새로운 의미로 재탄생할 미래적 사건으로 잠재해 들끓는다.

이렇게 과거, 현재, 미래가 한데 뒤섞인다. '지금 여기'에서 들끓는다. 이야기의 결말까지 누가 진짜 조력자이고 누가 진짜 방해자인지 알 수 없다. 어떤 사건이 어떤 사건으로 연결될지 전혀 알 수가 없다. 김현승 시인의 시구를 빌리면, "나는 끝나면서 나의 처음까지도 알게 된다". 마지막에 가서야 비로소 처음을 알 수가 있다. 과거가 현재처럼 재현되고, 현재 사건은 또 다른 미래 사건과 맞물려 새로운 의미로 재현될지 모른다. 더는 과거 현재 미래의 직선적 시간관은 무의미하다. 과거는 다시 태어나려 하고 미래는 이미 도래해 있는 것이다.

42장 미래는 이미 시작되었고,
　　　　과거는 아직 시작되지 않았다

연결은 속성을 바꾼다

사람은 사건을 겪으면서 변하지만, 사건을 겪는다고 다 변하는 건 아니다. 어떤 사건은 겪어도 변하지 않는다. 정신없이 바쁜 사람은 돌부리에 넘어져도 다치지만 않으면 신경 쓰지 않는다. 벌떡 일어나 버스 타러 갈 것이다. 버스를 놓쳐도 택시비가 아깝지 않은 사람은 대수롭지 않다. 아름다운 자연 휴양림에서 휴식을 취한다고 모두가 자연을 좋아하는 건 아니다. 그럴수록 돈이 좋다고 생각하는 사람도 많다.

　사건을 경험하는 건 소용없다. 문제로 체험해야 변한다. 사건을 바라보는 나의 문제의식이 내가 겪는 진짜 사건이다. 그 순간 사건은 삶의 '전환점'이 된다. 주인공은 새로운 국면과 맞닥뜨리고, 이야기는 새로운 상황으로 전개된다. 전환점이란 참으로 놀라운 것인데,

전환점을 겪으면, 현재 상황뿐 아니라 과거와 미래까지 새로 다가온다. 이미 경험한 과거의 사건이 전혀 다른 의미가 되고, 경험하지 않은 미래가 지금 선택에 따라 결정된다는 점에서 미래는 이미 도래하고 있다.

전환점은 주인공의 과거 현재 미래를 모두 바꿔놓는 순간이다. 전환점은 본래 연결의 기본 속성이다. 모든 사물은 연결되면서 바뀐다. 언어 또한 마찬가지다. 연결되면서 앞서의 의미를 바꾼다. 가령 '똑'은 나뭇가지 꺾는 소리거나 물방울 떨어지는 소리일 것이다. 그러나 '똑'을 만나면 똑똑 노크 소리가 된다. 하지만 '딱'을 만나면 똑딱 시계 소리가 된다. '똑똑'은 노크 소리일 테지만, '하다'와 만나면 총명하다는 뜻이 된다.

이러한 현상은 문장 단위로도 나타난다. '바람이 분다'는 말 그대로 '바람風'을 뜻한다. 하지만 '부동산 시장이 들썩이고 있다'와 연결되면 '부동산 투기 과열'을 뜻하게 된다. 하지만 '그는 그만 신문을 접고 창문을 닫았다'는 문장과 연결되면 바람風과 투기 과열 모두를 뜻할 것이다. 이렇듯 음절 단위든 문장 단위든, 뒤의 연결은 앞의 의미까지 바꿔놓는다.

기실 무엇이든 계속 이어지고 연결되고 결합하는 한, 결정된 건 아직 아무것도 없다. 처음조차 마지막에 가서야 비로소 알 수 있다. 이처럼 현재뿐 아니라 과거와 미래 모두가 전폭적으로 바뀌는 지점이 전환점이다. 주인공이 전환점을 만나면, 주인공의 과거와 미래가 모두 새로운 의미를 갖는다.

이야기 주인공은 전환점을 만난다

매우 사소한 사건이나 정보도 중요한 전환점이 될 수 있다. 전환점은 어휘나 문장 단위로도 나타나고, 단락이나 단락장 단위로도 나타난다. 영화에서는 주인공 동작이나 컷 단위로도 나타나고 시퀀스 단위로도 나타난다. 특히 시작 부분에서는 아주 사소한 사건이나 정보가 전환점 역할을 한다. 가령, 다음은 영화「토탈 리콜」의 첫 시퀀스다. 러닝타임이 불과 2분도 되지 않는 매우 짧은 시간에, 부부 모습이 서너 차례 이상 전혀 다른 모습으로 변모하고 있다.

먼저 주인공 더그가 소리를 지르며 깨어난다. (관객은 놀란다.) 화성에서 사고를 당해 죽는 악몽을 꾼 것이다. 그러면 그의 아내 로리가 걱정한다. 그녀는 부드러운 키스로 위로해준다. (관객은 매우 '살갑고 다정한 아내이고 부부'라고 판단한다.) 그러나 이내 추궁한다. "그녀도 있었나요?" 이 질문은 전환점이다. 꿈속의 여자까지 질투하는 사이코틱한 여자로 아내 및 부부 관계가 돌변하는 것이다. 하지만 이내 웃으며 장난친다. 이 장난도 전환점이다. (관객은 다시 '다정한 부부'로 판단한다.)

그러나 더그가 잡아떼자, 화까지 낸다. 발로 차기까지 한다. 이 역시 전환점이다. (관객은 서로 믿지 못하는 '매우 사이 나쁜 부부'라고 판단한다.) 그러나 또 다른 전환점을 맞는다. 이내 키스하고, 로리가 옷고름을 풀며 속삭이는 것이다. "꿈을 실현시켜드릴게요." (관객은 매우 '에로틱한 부부'라고 판단한다.)

보기

더그 : 으악! (비명을 지르며 일어나 앉는다)

로리 : 더그? 괜찮아요?

더그 : ……휴…….

로리 : 꿈을 꿨군요? 또 화성에 대한 꿈인가요?

(부드러운 키스로 위로해준다)

로리 : 이제 좀 나아졌어요?

더그 : 응

로리 : (코와 눈에 키스) 당신이 불쌍해요. 이러다 강박관념에 걸리겠어
     요.

(안아준다)

로리 : 그녀도 있었나요?

더그 : 누구?

로리 : 당신이 말해줬던 그 갈색머리 여자요.

더그 : 오, 로리! (자리에 다시 누우며) 꿈을 질투하다니!

로리 : 그녀는 누구죠?

더그 : 아무도 아니야.

로리 : 모른다고요? (위로 앉으며) 이름이 뭐죠?

더그 : 나도 몰라!

로리 : (웃으며) 말해줘요!

더그 : (웃으며) 몰라!

로리 : (가슴을 때리며) 말해줘! 말해줘!

더그 : (웃는다)

로리 : (화가 난다) 웃을 일이 아니야. 당신, 매일 밤 그녀를 꿈꾸잖아!

(정말로 화가 나서 침대에서 일어나 나간다)

더그 : (붙잡으며) 아침엔 당신 곁에 돌아오잖아!

로리 : 놔! 내버려둬! 날 잡지 마!

더그 : (껴안으며) 여보, 이러지 마! (마주 보며) 꿈속의 여자도 당신이

　　　잖아!

로리 : 정말?

(입맞춤)

더그 : 당연하지!

(디프 키스)

로리 : (옷을 벗으며) 당신 꿈을 실현시켜드릴게요!

(껴안는다)

그러나 나중에 위의 부부 모습 전체가 하나의 착각이자 환상으로
드러난다. 아내 로리는 달콤한 섹스를 나눈다. 그러나 알고 보니, 로
리는 더그를 감시하는 책무를 맡은 첩보요원이다. 더그가 리콜 회사
에 다녀오자 살해까지 하려 든다. 행복한 부부생활을 하고 있었던
게 아니라 바보처럼 감시당하는 생활을 하고 있던 것이다. 그 의미
가 확정적이었던 과거의 경험들이 전환점을 겪으며 전혀 다른 의미
로 환기되는 것이다.

　달아난 더그는 비디오 화면 속 진술을 통해 게릴라군을 만나고,
자신이 게릴라군을 돕는 해방군이 되고자 한다. 하지만 더그를 미끼
로 게릴라군이 일망타진되면서 사실은 최고사령관의 비밀 스파이
였다는 사실이 드러난다. 그렇다면 아내 로리 역시 사령관의 작전에
꼭두각시로 동원된 희생자에 불과하다. 하지만 더그는 사령관의 부
하로 살아가는 걸 거부한다. 더그의 진짜 정체는 마지막까지 가서야
비로소 드러난다. 그때까지 확정된 과거는 아무것도 없다.

좋은 이야기는 전환점이 많다

좋은 이야기는 전환점이 많다. 전환점이 많은 삶은 흥미진진하다. 과거는 새로 태어나고, 미래는 이미 도래하기 때문이다. 좋은 서사는 사건이 많은 게 아니라 '사건-문제'가 많은데, '사건-문제'는 주요 전환점 역할을 한다. 단편소설의 경우 전환점이 매우 세밀하게 배치되어 있다. 다음은 주요섭의 단편 「사랑 손님과 어머니」의 발단 부분이다. 사랑 손님과 어머니 간에는 아무런 사건도 일어나지 않는다. 두 사람 모두 봉건적 관습에 따라 부동석하기 때문이다. 하지만 옥희의 눈에 의해 목격된 사소한 사건들이 의미심장한 전환점으로 작동한다.

보기 1

어느 날은 점심을 먹고 이내 살그머니 사랑에 나가 보니까 아저씨는 그때에야 점심을 잡수셔요. 그래 가만히 앉아서 점심 잡숫는 걸 구경하고 있노라니까 아저씨가,

"옥희는 어떤 반찬을 제일 좋아하누?"

하고 묻겠지요. 그래 삶은 달걀을 좋아한다고 했더니 마침 ①**상에 놓인 삶은 달걀을 한 알** 집어 주면서 나더러 먹으라고 합니다. 나는 그 달걀을 벗겨 먹으면서,

"아저씨는 무슨 반찬이 제일 맛나우?"

하고 물으니까 그는 한참이나 빙그레 웃고 있더니,

②**"나두 삶은 달걀."**

하겠지요. 나는 좋아서 손뼉을 짤깍짤깍 치고,

"아, 나와 같네. 그럼 가서 어머니한테 알려야지."

하면서 일어서니까 아저씨가 꼭 붙들면서,

"그러지 말어."

그러시겠지요. 그래도 나는 한번 맘을 먹은 다음엔 꼭 그대로 하고야
마는 성미지요. 그래 안마당으로 뛰쳐 들어가면서,

"엄마, 엄마, 사랑 아저씨두 나처럼 삶은 달걀을 제일 좋아한대."

하고 소리를 질렀지요.

"떠들지 말어."

하고 어머니는 눈을 흘기십니다.

그러나 사랑 아저씨가 달걀을 좋아하는 것이 내게는 썩 좋게 되었어
요. 그것은 그다음부터는 ③어머니가 달걀을 많이씩 사게 되었으니까요. 달
걀 장수 노파가 오면 한꺼번에 열 알도 사고 스무 알도 사고, 그래선 두
고두고 삶아서 아저씨 상에도 놓고 또 으레 나도 한 알씩 주고 그래요.
그뿐만 아니라 아저씨한테 놀러 나가면, 가끔 아저씨가 책상 서랍 속
에서 달걀을 한두 알 꺼내서 먹으라고 주지요. 그래 그담부터는 나는
아주 실컷 달걀을 많이 먹었어요.

①, ②, ③은 모두 전환점을 일으키는 '사건-문제'이다. '삶은 달
걀'에 불과하지만, 이들 사건을 겪으면서 상황과 의미가 전혀 다른
국면으로 접어들기 때문이다. ①에서는 단지 '반찬의 일종'에 지나
지 않지만 ②에서는 '아저씨와 나 사이의 호감'을 상징하고 ③에서
는 '엄마와 아저씨 간의 사랑'을 예감하기 때문이다. 이때까지만 해
도 어머니에게 달걀은 손님을 대하는 친절 이상의 의미를 띠지 않았
을지 모른다. 사랑방 손님 역시 주인집 아주머니에 대한 호감 이상
의 의미를 띠지 않을지 모른다. 그러나 어느 순간이 되면 그것이 '사

랑'이었음을 깨닫게 될 것이다. 그때 비로소 삶은 달걀은 새로운 의미로 다가올 것이다.

보기 2

그 녀석은 지독하나 못생긴 녀석이었다.

머리는 기계충의 상흔으로 벽보판처럼 지저분했고, 중국식 소매에서 삐져나온 작은 손은 때에 절어 잘 닦은 탄피처럼 번들거렸다.

"얘야, 우리 한잔하지 않으련?"

처음 그 아이를 발견했던 사내가 술병을 들고 아이를 유혹했다.

"싫어요."

갑자기 아이는 울어버릴 듯이 강하게 부르짖었다.

"난 아버질 다리러 왔시오."

최인호의 단편 「술꾼」의 발단 부분이다. 소년이 술집 안으로 고개를 디민다. 그는 아버지를 데리러 왔다고 말한다. 이어서 다음과 같이 설명한다. 아이는 순간 극적인 표정으로 허공을 쳐다보았다. "오마니가 죽어가고 있시오. 좀 전에 피 토하는 걸 보구 막 뛔 나왔시오. 아바지는 날 보구, 오마니가 죽게 되든 이 술집에서 술이나 퍼먹구 있갔으니, 이리로 오라구 했시오." 그러나 술집을 나설 때 손을 뻗어 술잔을 재빨리 비운다. 순간 독자는 놀라지 않을 수 없다. 이제까지의 정보가 모두 헛것에 지나지 않는다.

소년은 아버지를 찾아 술집에 고개를 디민 게 아니라, 술을 얻어마시려고 찾아온 것이다. 소년은 이후 술을 마시고 아리랑치기로 기분이 좋을 때까지 더 마신 다음 술집 아주머니에게 허튼 주정까지

한다. 소년 스스로 술집에서 술이나 퍼 먹고 있는 아버지가 되어버리는 것이다. 소년이 애타게 찾는 아버지는 어쩌면 소년의 미래 모습일지 모른다. 소년의 정체는 전환점들을 거치며 '아버지 찾는 아이' → '술을 받아 마시는 아이' → '술을 즐기는 아이' → '술에 중독된 아이' → '아버지가 아니라 술을 찾아온 아이' → '여전히 아버지를 찾는 아이'로 계속 변모한다.

주인공은 더 더더 더더더 들어가는 사람이다

문제는 이야기로 들어가는 입구다. 이야기란 문제가 발생하고(발단), 핵심 문제가 제시되고(전개), 더 반복·변주·심화된 문제 갈등으로 이어지고(위기1), 더더 심화된 문제 갈등으로 이어지고(위기2), 더더더 심화된 문제 갈등으로 이어지고(위기3), 더더더더 심화된 최종 문제 및 근본 문제와 마주하게 된다(절정). 한마디로 말해 문제 갈등이 더, 더더, 더더더, 더더더더 반복·변주·심화되는 과정이다.

원형 이야기와 문제의 층위들

발단	표면 문제1 + 심층 문제2
전개	핵심 문제 + 구체적으로 전이된 기본 문제
위기1	더 심화된 문제
위기2	더더 심화된 문제
위기3	더더더 심화된 문제
절정	최종 문제 + 근본 문제
결말	귀환

표면 문제는 주인공을 심층 문제로 안내한다. 혹은 주변 문제는 핵심 문제로 주인공을 안내한다. 특히 발단에서, 이야기에서 주인공이 풀어야 할 핵심 문제가 제기된다. 이야기란 주인공이 이 핵심 문제를 풀어가는 과정이다. 문제로 들어갈 때, 가장 가까운 지점에서 방해자 내지 대립자가 나타난다. 핵심 문제는 발단에서 전개로 들어가는 문턱이다. 핵심 문제와 마주한 주인공은 문제를 어떻게 풀어가야 할지 알지 못한다.

핵심 문제와 맞닥뜨린 주인공은, 핵심 문제를 풀기 위해 선행하는 가장 기초적이고 구체적인 문제부터 풀어야 한다. 결국 발단에서의 문제는 표면 문제에서 심층 문제로 전이되고, 전개에서 심층 문제는 가장 기초적이고 구체적인 문제로 전이된다. 그리고 위기에서는 보다 심화된 구체적 문제를 풀어야 한다. 위기1, 2, 3이 전개됨에 따라 문제 역시 점점 더 심화된 형태로 확장된다. 절정에 이르러서야 비로소 최종 문제 및 근본 문제와 마주하게 된다.

이렇듯 이야기는 문제의 연속 혹은, 문제의 중첩으로 구축된다. 각각의 단락장은 각각의 '사건-문제'를 다룬다. 주인공은 이야기 진행에 따라 표면 문제 〉 심층 문제 〉 핵심 문제 〉 기본 문제 〉 구체적으로 전이된 문제 〉 심화된 문제 〉 더 심화된 문제 〉 더더 심화된 문제 〉 최종 문제 및 근본 문제들을 마주하고 풀어나가야 한다. 문제는 인물 간의 갈등 대립으로 나타나기 때문에 '문제'라는 단어 대신 '갈등 대립'이라는 말을 사용해도 무관하다.

단락이 '제시문 〉 더 구체적 실질적 제시문 〉 더더 구체적 실질적 제시문 〉 더더더 구체적 실질적 제시문' 형식으로 이루어지는 것처럼, 단락장은 '제시문 단락 〉 더 구체적 실질적 단락 〉 더더 구체적 실질적 단락 〉더더더 구체적 실질적 단락'으로 구축된다. 그런데 이 야기 역시 '더 구체적 실질적인 문제 갈등 〉더더 구체적 실질적인 문제 갈등 〉더더더 구체적 실질적인 문제 갈등' 방식으로 구축되는 것이다. '더 〉더더 〉더더더 〉더더더더……' 들어가기가 이야기 구성의 기본 원리인 것이다.

단락 만들기, 단락장 만들기, 이야기 만들기

단 락	=	더 + 더더 + 더더더 + 더더더더 구체적 실질적 제시문
단락장	=	더 + 더더 + 더더더 + 더더더더 구체적 실질적 단락
이야기	=	더 + 더더 + 더더더 + 더더더더 구체적 실질적 문제 갈등

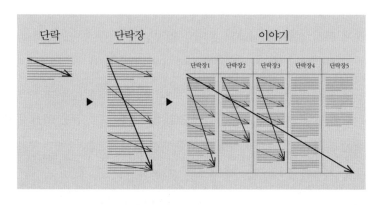

주인공은 결국 안으로 더 더더 더더더 더더더더 들어가는 사람이 다. 소설에서는 열 문장, 백 문장, 천 문장, 만 문장을 동원해 안으로 들어간다. 영화에서는 열 컷, 백 컷, 천 컷, 만 컷을 동원해 안으로 들 어간다. 들어갈 수 있을 때까지 가장 깊이 들어간다. 문제가 갈등과 대립으로 가장 강렬히 고조될 때까지 육박해 들어간다. 그래야 절정

에 이르러 최종 문제 및 근본 문제와 마주할 수 있다.

우리가 가장 주목해야 하는 부분은 더 더더 더더더 더더더더 구체적이고 실질적인 문제 안으로 들어가는 방식으로 단락장이 짜여진다는 사실이다. 마치 가장 가치 있는 문제와 만날 때 우리 뇌가 가장 활성화되는 것처럼, 더 강렬한 문제 안으로 들어가는 글일수록 강렬도가 높아질 수밖에 없다. 결국 글쓰기란 더 깊고 강렬한 문제 풀이 과정으로, 모든 책은 저자 자신의 가장 강한 문제의식을 탐구한 결과물에 다름 아니다. 결국 문제가 해답이다. 가치 있는 문제 속으로 깊이 있게 들어가 다툰 만큼 좋은 글이고 좋은 책이다.

이 세상이 부조리해 보인다는 이유로 신을 원망하는 사람은 아직 주인공이 되어보지 못한 사람이다. 주인공이 되어 안으로 더 더더 더더더 더더더더 들어가 보면, 한 문장으로는 말할 수 없고 백 문장으로도 말할 수 없고 천 문장 만 문장으로나 말할 수 있는 깊은 진실과 만난다. 심각한 문제일수록 천 문장, 만 문장, 십만 문장의 관찰과 이해가 필요하다. 세월호 사건을 제대로 설명하려면 수십 권의 책이 필요하고, 6·25를 설명하려면 수백 권의 책이 필요하다. 십만 문장 백만 문장에 이르러서야 비로소 우리는 주름진 진실의 실상을 펼쳐볼 수 있다. 그제야 깊은 이해 혹은 벅찬 각성에 이를 수 있다.

43장　단편소설은 이야기 원형의 다양한 단면을 보여준다

단편소설은 원형 단면을 다양하게 변주한다

이야기는 사랑을 꿈꾼다. 타인과의 사랑을 꿈꾸는 로맨스 이야기(공주 이야기)와 세계와의 사랑을 꿈꾸는 모험 이야기(왕자 이야기)는 가장 오래된 이야기의 원형 중 하나이다. 단편소설은 분량상 그 일부를 잘라 보여준다. 다만 너무나 많은 종류의 변주가 일어나 하나로 묶거나 몇 가지로 분류해 설명하기가 쉽지 않다. 그럼에도 인간과 세계에 대한 사랑을 탐색하는 문제를 다룬다는 사실만큼은 변함없다. 그리고 대부분 '발단, 전개, 위기 1·2·3, 절정, 결말'의 7단계 중심으로 단락장이 배치되고, '사건'이 아닌 '사건-문제' 중심으로 서술된다. 문제는 표면 문제, 심층 문제, 구체적으로 전이된 기본 문제, 더 심화된 문제, 더더 심화된 문제, 더더더 심화된 문제, 최종 문제, 근본 문제 등으로 확장된다.

가령 최인호의 「술꾼」은 '아버지 찾기' 모티프(사건-문제)가 수차례 반복된다. 첫 번째 술집에서 술 한 잔을 날름 삼키고(위기1) 두 번째 술집에서는 두어 잔을 마시며 노래를 부르고 담뱃불을 혀로 끄더니(위기2) 만취한 취객의 주머니를 뒤져 영업을 마치려는 '평양집' 문을 두드린 다음, 막소주 두 잔으로 자기 주량을 채운다.(위기3) 완벽한 취기를 느낀 주인공은 만취해 '평양집' 아주머니에게 어른스레 말한다. "아주머니. 내가 클 때까지만 죽디 말라요. 그저 이 꽉 물구 참아보라요."(절정) 그러고 나서 고아원으로 돌아간다. 그러면서도 내일은 아버지를 찾을 수 있을 거라 단정한다.(결말)

「술꾼」은 아버지를 찾아다니며 술을 마시는 이야기이자, 아버지 찾는 핑계를 이용해 술 마시는 이야기다. 아니, 술에 취해서도 여전히 아버지를 찾는 이야기다. 핵심 문제는 아버지와 술이다. 혹은 아버지이지만 술이다. 아니 술 같지만 아버지이다. 당면한 현실 문제는 "자기로서는 주체할 수 없는 머리통을 노상 이고 다녀야 한다는 사실"이다. 그는 술을 통해 "아픔도 없이 날갯죽지가 양 옆구리에서부터 돋아 나와, 자기를 새처럼 가볍게 하"는 상태를 꿈꾼다.

마침내 막소주 두 잔을 마시고 "매우 짧은 환희"에 젖는다. 자신은 아버지처럼 울지 않는다고 자신한다. 동시에 아마 자기 자신에게 해주고 싶은 충고를 아주머니에게 주정으로 뱉는다. "죽디 말라요. 그저 이 꽉 물구 참아보라요." 하지만 술에 의한 기만적 포즈일 뿐, 다시 고아원으로 돌아간다. 그러면서 읊조린다. '아, 내일은 아버지를 찾을 수 있을까.' 표면적으로는 아버지 찾기에 실패했지만, 아버지처럼 만취해 짧은 환희를 누렸다는 점에서는 아버지 되기에 성공했다.

황석영의 「삼포 가는 길」은 삼포 가는 길을 다룬다. 영달은 쫓기듯 나섰고 정 가는 고향 삼포로 가려는 것이다. 이들은 서울식당에 들렀다가 백화를 잡아오면 만 원을 주겠다는 제안을 받는다. 만 원이 표면 문제로 제시되지만 핵심 문제는 삼포다. 소설은 "영달은 어디로 갈 것인가 궁리해보면서 잠깐 서 있었다"라는 첫 문장으로 시작한다. "매서운 겨울바람" "밥집에서 달아날 기회" "열차를 타며 사내들 틈을 누비던 청주댁" "좀처럼 인가가 보이지 않는 황량한 들판" "강 건너 곳곳에 부는 모래바람" "끊겨서 언제 올지 모르는 버스" 등등 떠돌이 민중의 헐벗은 현실을 상기시키는 기표들이 수없이 포개져 있다.(발단)

떠돌이 민중의 여행은 백화의 등장으로 확장된다. 그들은 서로를 길동무 삼는다. 조력자가 되어주는 것이다.(전개) 하지만 건달들이 백화를 뒤쫓고 영달까지 어쭙잖은 수작으로 백화를 위협한다.(위기1) 눈발에 쫓겨 폐가에서 신발을 말리며 머문다.(위기2) 불을 지피고 몸을 말리며 백화의 연애담을 듣는다.(위기3) 백화가 고랑에 빠져 발목이 삐자 영달이 업어 기차역에 도착하지만, 백화 혼자 떠난다.(절정) 삼포는 공사장으로 이미 변했고, 정 가와 영달은 공사판을 찾아 삼포로 향함으로써 그들의 소원은 성취되는 동시에 실패한다.(결말)

기본 문제는 삼포에 가는 것이고, 심층 문제는 떠돌이 삶을 끝내고 이상향으로 귀환하는 것이다. 하지만 정 가보다 영달이, 영달보다는 백화의 처지가 한층 다급하다. 영달은 천 씨네 부부 싸움에 쫓기듯 길을 나섰고 백화는 포주 몰래 줄행랑을 놓았다. 영달과 백화의 대립으로 위기가 고조되지만 백화의 연애담을 통해 영달과 백화 사이에 사랑이 싹튼다. 영달이 백화를 업어주고 백화는 본명(이점

례)을 밝힌다.

최종 문제와 근본 문제가 해결되는 듯하지만 떠돌이 영달은 그녀를 잡을 재간이 없고, 삼포는 온통 공사 중이어서 삼포로 가는 길이 다시 공사판을 떠도는 아이러니한 결말로 이어진다는 점에서 주인공이 삼포로의 여행 혹은 귀환에 실패한 내용이다. 혹은 모험에 실패한 떠돌이 민중이 귀환마저 실패하는 귀향담이다. 동시에 남다른 관심을 갖지만 그대로 헤어질 수밖에 없는 영달과 백화의 실패한 로맨스다. 결국 실패한 로맨스 영웅담이다.

적잖은 단편소설이 '원형 스토리-라인'이 갖는 '발단, 전개, 위기 1·2·3, 절정, 결말' 과정을 반복하긴 하지만 실패하고 좌절하는 비극적 결말로 변주·심화되어왔다. 단편이 즐겨 다루는 실패와 좌절은 현실에서 '원형 이야기'의 구현이 결코 쉽지 않은 현실을 정직하게 드러내는 동시에, 진정한 '원형 이야기'를 구현하려는 진실한 노력이기도 하다. 세상에는 사랑을 이룬 듯이 보이는 신화들로 분분하지만, 정말로 진정한 사랑을 이뤘는지 의심스러운 이야기들이 대부분이다. 그런 점에서 실패하는 과정을 살피되 그 의미를 조명하고, 성공하는 과정을 살피되 그 허위를 풍자하는 단편소설의 탐색은 그 자체로 의미 있는 이야기 탐색이자 이야기 확장이다.

단편은 문제를 작가 고유의 방식으로 중축된다

단편소설은 제한된 분량으로 이야기가 파편적이거나 단순해질 우려가 있다. 이러한 분량적 한계를 넘어서기 위해 단편은 다양한 실험을 확장해왔다. 이야기가 원형을 넘어서는 다양한 장르 분리 및 혼종 실험을 하듯, 단편소설 역시 단편소설 내부에서 다양한 형식 실험을 이어왔다. 가령 원형 이야기가 중층적 스토리 구조를 활용하듯, 단선적 이야기 구조를 넘어서기 위해 2개 이상의 갈등 대립 축을 병치한다.

적잖은 단편이 핵심 갈등선을 두 가지 이상 병치시켜 중심 갈등과 주변 갈등 즉, 핵심 스토리와 서브 스토리를 병치·서술한다. 「삼포 가는 길」만 해도 삼포로 향하는 여행담이자, 백화의 탈출극이자, 영달과 백화 간의 로맨스, 백화의 연애담 등이 뒤섞여 있다. 그중에서도 세 인물이 기차역까지 가는 것이 핵심 문제로 중심 라인을 이루지만, 그러면서 이루어지는 영달과 백화 간의 티격태격 로맨스가 서브 라인을 그린다.

김승옥의 「서울, 1964년 겨울」은 조력자를 만나 밤거리를 순례하는 여행담이자 외판원 사내와 아내 간의 비극적 로맨스를 다룬 단편이다. 나아가 독재 권력이 내세운 양육강식의 자본주의 현실에 무기력하게 패배하는 실패한 영웅담이다. '김형'인 나와 대학원생 '안'이 만나 겪은 이야기지만, 실제로는 아내를 잃은 서적 외판원 '사내'의 이야기를 다룬다. 나와 안은 포장마차에서 만난다.(발단) 그들은 파리와 꿈틀거림, 뿌듯한 느낌 등을 추구한다.(전개)

"따뜻한 데 가서 정식으로 한잔씩" 하려고 떠나는 그들 사이에 끼어든 사내는, 중국집에서 뇌막염으로 죽은 아내 시체를 병원에 팔아버린 이야기를 하고 남영동 골목길로 들어가 월부 책값을 받으러 왔다며 흐느낀다. 여행이 '포장마차 > 중국집 > 양품점 > 화재 현장 > 남영동 골목집' 순서로 점점 더 황폐하게 고조되고(위기1·2·3) 사내의 자살(절정)과 무기력한 대처(결말)로 끝을 맺는다. 사내가 아내를 살릴 길이 없듯, 나와 안은 사내를 살릴 길이 없었다. 사내는 살리지 못했다고 자학하지만, 나와 안은 살릴 수 없었다고 체념한 상태다.

최인훈의 「라울전」 역시 이야기 중첩이 가장 극명하게 드러나는 단편이다. 라울과 바울의 경쟁 관계는 예수를 두고 드러난다. 별다른 노력을 않는 행동주의자 바울은 예수를 메시아로 인정하지 않지만, 끊임없이 노력하는 지식인 라울은 경전과 사료 검토를 통해 예수가 메시아라는 사실을 알아챘다. 그러나 유약한 지식인 라울은 예수를 추종하지 못하는 반면 바울은 예수의 선택을 받고 따른다.

이러한 차이는 단지 바울이 행동주의자인 반면 라울이 유약한 지식인이어서가 아니다. 바울과 라울은 사람을 대하는 자세부터가 다른데, 여종 시바를 대하는 태도에서 확연히 드러난다. 라울은 시바를 좋아하면서도 종으로만 대하지만, 바울은 시바를 인간으로서 대한다. 핵심 스토리는 예수를 따를 것인가 말 것인가 하는 핵심 문제에 대한 바울과 라울의 대립적 태도를 다루고 있지만, 이러한 차이의 실상이 여종 시바를 대하는 로맨틱한 서브 스토리 라인을 통해 극명하게 드러난다.

바울은 여종 시바를 해방시켜주지만, 라울은 감옥에 가두고 독점하려 한다. 결국 바울만 예수의 선택을 받는다. 라울이 예수에게 선택받지 못한 이유는 '옹기장이 마음' 때문이 아니라, "너희 가운데 가장 보잘것없는 자에게 행하는 것이 바로 나에게 행하는 것"이라는 복음의 결과이다. 겉으로는 라울과 바울 간의 라이벌 관계를 다룬 라이벌전이지만, 실제로는 여종 시바와의 로맨스 실패담이다. 작가는 두 이야기를 자연스레 병치시킴으로써, 인간과 신의 관계에서 가장 중요한 것은 앎으로서의 지식이 아니라, 실행으로서의 사랑이라는 사실을 명징하게 보여준다.

테드 창의 「당신 인생의 이야기」는 이중 스토리 라인의 중첩적 구조를 매우 뚜렷하게 보여준다. 화자인 엄마가 외계인 헵타포드와의 만남을 통해 아빠와 사랑하게 된 이야기를 들려주는 동시에, 청자인 딸을 키우는 이야기가 병치된다. 외계인과 조우하는 모험담과 외계어를 해석하는 성장담, 남편을 만나 결혼하고 이혼하는 실패한 로맨스와 딸아이가 죽을 걸 알면서도 기꺼이 사랑하는 비극적이지만 아름다운 로맨스가 병치되어 있다. 너무나 아름다운 중첩적 이야기 구조여서 소설의 첫 단락 장을 그대로 소개해본다.

네 아버지가 나에게 어떤 질문을 하려 하고 있어. 이것은 우리 인생에서 가장 중요한 순간이고, 나는 정신을 집중해서 모든 것을 빠짐없이 마음에 새겨두려고 하고 있지. 네 아버지와 나는 밖에서 디너쇼를 관람하고 방금 돌아온 참이란다. 시간은 자정을 넘었고, 우리는 보름달을 보려고 파티오에 나와 있어. 춤을 추고 싶다고 네 아버지에게 말하자 그이는 쾌히 응했고, 그래서 지금 우리는 서로를 껴안고 춤을 추고 있어. 달빛 아래에서, 삼십대의 남녀가 십대들처럼 몸을 밀착시키고 앞뒤로 몸을 흔들면서 말야. 추위는 전혀 느껴지지 않아. 이윽고 네 아빠는 이렇게 말해. "아이를 가지고 싶어?"
네 아버지와 나는 결혼한 지 2년쯤 된 부부이고, 지금은 엘리스 애비뉴에 살고 있어. 이사를 갈 무렵 너는 아직 너무 어려서 이 집을 기억하지 못하겠지만, 우리는 네게 사진을 보여주고 옛날 얘기를 해줄 거야. 오늘밤, 너를 잉태했던 이 밤 얘기를 너에게 해주고 싶은 마음은 간절하지만, 그러기에 적절한 시기는 네게 네 자신의 아이를 가질 준비가 되었을 때이고, 결국 우리는 그런 기회를 가지지 못하지.

그보다 더 이른 시기에 얘기해보았자 아무 소용도 없을 거야. 너는 네 인생 거의 모든 기간에 걸쳐 가만히 앉아서 이렇게 로맨틱한—너라면 감상적이라는 표현을 쓰겠지—얘기를 들으려고는 하지 않을 테니까 말야. 나는 네가 열두 살이 되었을 때 네가 말하는 너의 탄생 시나리오를 기억해.

"엄마가 나를 낳은 이유는 단 하나, 월급 안 줘도 되는 하녀를 들이기 위해서야."

벽장에서 진공청소기를 끄집어내면서 너는 쓰디쓴 어조로 이렇게 말하겠지.

"맞아." 나는 이렇게 대답할 거야. "13년 전 난 지금쯤 카펫을 청소할 필요가 생길 거라는 걸 깨달았고, 제일 싸고 쉬운 방법이 애를 낳는 거라는 생각을 했던 거야. 자, 이제 청소를 시작하렴."

"진짜 엄마가 아니었다면 이건 불법이었을 텐데."

너는 부글부글 끓는 듯한 표정으로 전깃줄을 끌어내서 벽의 콘센트에 꽂으면서 이렇게 말해.

그건 우리가 벨몬트 가의 집에 살았을 때의 일이겠지. 살아가면서 나는 양쪽 집에 낯선 사람들이 들어가 사는 것을 보게 될 거야. 너를 가졌던 집과 네가 자라났던 집들에. 네 아빠와 나는 네가 태어난 지 2년 후에 첫 번째 집을 팔아. 나는 두 번째 집을 네가 떠난 직후에 팔지. 그 무렵이면 넬슨과 나는 그 농가로 이사하고, 네 아빠는 이름이 기억이 안 나는 그 여자와 살고 있겠지.

나는 이 이야기가 어떻게 끝날지를 알고 있고, 그에 관해 자주 생각해

보곤 해. 또 불과 몇 년 전에 이 이야기가 어떻게 시작되었는지에 관해서도 많은 것을 알고 있어. 지구 궤도상에 우주선들이 느닷없이 출현하고, 목초지에 인공물人工物들이 나타나기 시작했을 때의 일을, 정부가 이 현상에 관해 거의 입을 다물고 있는 동안, 싸구려 신문들은 모든 가능성에 관해 언급했지.

그때 전화가 울렸고, 난 회의에 참석해달라는 요청을 받았던 거야.

—테드 창, 「당신 인생의 이야기」, 『당신 인생의 이야기』,

김상훈 옮김, 엘리, 2016, 152-153쪽

위 단락장은 2개의 이야기가 병치되어 있다. 하나는 에비뉴에 사는 결혼 2년 차 30대 부부인 나(엄마)와 아빠의 사랑 이야기다. 디너쇼를 관람하고 돌아와 춤을 추면서 아빠가 엄마에게 묻는다. "아이를 가지고 싶어?" 다른 하나는 벨몬트 가의 집에서 '너(딸)'가 열두 살 때 청소하기 싫어 불퉁거리는 이야기다. 딸이 엄마에게 말한다. "엄마가 나를 낳은 이유는 단 하나, 월급 안 줘도 되는 하녀를 들이기 위해서야."

부부간의 달콤한 사랑과 모녀간의 재치 있는 문답이 아이러니한 대비를 이루도록 구축되어 있다. 그런 다음, 엄마 아빠의 이혼 이야기가 언급되고, 우주선의 출현이 언급된다. 무려 4개의 시간 층위가 뒤섞여 있는 것이다. 엄마인 '나'가 딸에게 서술하는 시점까지 고려하면 5개의 시간 층위가 겹쳐져 있다.

'네 가지 이야기'에는 각 단락장마다 이처럼 서로 다른 이야기의 장면 겹침이 계속해서 반복된다. 헵타포드의 순환적 언어 구조에 의해 과거 현재 미래가 하나로 중첩되는 동시에 여러 개로 해석되는 것이다. 각각의 이야기는 다른 이야기를 강화하거나 서로 비교하고 대비되면서, 상황을 중첩시키거나 의미를 변형시키면서 문제를 보다 또렷이 제기하는 동시에 보다 강렬한 최종 문제로 수렴시킨다.

두 가지 이야기를 겹쳐 서술하면, 단조로운 단선적 이야기에서 벗어나 보다 다양하고 풍요로운 방식으로 이야기를 구축할 수 있다. 이러한 이야기의 중첩적 구성은 각 단락장마다 장면의 중첩으로 표현된다. 하나의 시공간 속에 또 다른 시공간 장면이 포개지듯 서술되는 것이다. 이질적인 둘 이상의 여러 시공간을 한 단락장 안에 겹쳐 포개 넣음으로써 서사적 입체성을 띠게 된다.

문제의 중첩

이야기는 문제를 다룬다. 표면 문제에서 심층 문제까지, 기본 문제에서 최종적인 본질 문제까지, 문제를 최대한 정면으로 더 더러 더 더더 깊이 다룬다. 「삼포 가는 길」은 '영달 〉 정 가 〉 백화'로 문제를 중첩 강화시키고, 「서울, 1964년 겨울」은 '나 〉 안 〉 사내'로 강화시킨다. 「사랑 손님과 어머니」는 나와 사랑 손님, 사랑 손님과 어머니, 어머니와 나의 문제를 중첩시킨다.

황순원의 「소나기」는 첫 단락장 내에서 문제를 '물장난하기 〉 징검다리 건너기 〉 조약돌 던지기와 줍기 〉 조약돌 만지며 소녀 기다리기 〉 산 너머 소풍 제안' 등의 전이된 구체적 문제들을 중첩시켜놓는다. 「서울, 1964년 겨울」은 첫 단락장에서 거세된 욕망에 대한 은유적 문제로서 '파리를 사랑하는 것 〉 꿈틀거림을 사랑하는 것 〉 데모 〉 자기만 아는 실존적 사실을 말하는 것 〉 밤거리를 사랑하는 것'

등과 같은 구체적으로 전이된 문제를 중첩시켜놓는다.

특히 단편소설은 매우 디테일하게 문제를 포개놓는다. 가령 「소나기」는 소년과 소녀의 로맨스가 좌절되는 이야기다. 서먹했던 소년과 소녀는 개울 징검다리를 통해 친해진 다음 산 너머로 소풍을 가지만, 소녀의 지병이 심해지면서 사별하는 이야기다. 실패한 로맨스지만, 입던 옷을 그대로 입혀달라는 유언에서 사랑이 느껴지는 아이러니한 결말로 끝난다. 하지만 이렇게 줄거리로만 요약하면 놓치게 되는 너무나 아름다운 '사건-문제'들이 너무나 여러 층위로 겹쳐져 있다.

보기

소년은 개울가에서 소녀를 보자 곧 윤 초시네 증손녀딸이라는 걸 알 수 있었다. 소녀는 개울에다 손을 잠그고 물장난을 하고 있는 것이다. 서울서는 이런 개울물을 보지 못하기나 한 듯이.

①벌써 며칠째 소녀는 학교서 돌아오는 길에 물장난이었다. 그런데 ②어제까지는 개울 기슭에서 하더니 ③오늘은 징검다리 한가운데 앉아서 하고 있다.

소년은 개울둑에 앉아버렸다. 소녀가 비키기를 기다리자는 것이다.

요행 지나가는 사람이 있어 소녀가 길을 비켜주었다.

④다음 날은 좀 늦게 개울가로 나왔다.

이날은 소녀가 징검다리 한가운데 앉아 세수를 하고 있었다. 분홍 스웨터 소매를 걷어 올린 팔과 목덜미가 마냥 희었다.

한참 세수를 하고 나더니 이번에는 물속을 빤히 들여다본다. 얼굴이라도 비추어 보는 것이리라. 갑자기 물을 움켜낸다. 고기 새끼라도 지나가는 듯.

소녀는 소년이 개울둑에 앉아 있는 걸 아는지 모르는지 그냥 날쌔게 물만 움켜낸다. 그러나 번번이 허탕이다. 그래도 재미있는 양, 자꾸 물만 움킨다. 어제처럼 개울을 건너는 사람이 있어야 길을 비킬 모양이다.

그러다가 소녀가 물속에서 무엇을 하나 집어낸다. 하얀 조약돌이었다. 그러고는 홀짝 일어나 팔짝팔짝 징검다리를 뛰어 건너간다.

다 건너가더니만 홱 이리로 돌아서며,

"이 바보."

조약돌이 날아왔다.

소년은 저도 모르게 벌떡 일어섰다.

단발머리를 나풀거리며 소녀가 막 달린다. 갈밭 사잇길로 들어섰다. 뒤에는 청량한 가을 햇살 아래 빛나는 갈꽃뿐.

ⓐ이제 저쯤 갈밭머리로 소녀가 나타나리라. 꽤 오랜 시간이 지났다고 생각됐다. ⓑ그런데도 소녀는 나타나지 않는다. ⓒ발돋움을 했다. 그러고도 상당한 시간이 지났다고 생각됐다.

ⓓ저쪽 갈밭머리에 갈꽃이 한 움큼 움직였다. 소녀가 갈꽃을 안고 있었다. ⓔ그리고 이제는 천천한 걸음이었다. ⓔ′유난히 맑은 가을 햇살이 소녀의 갈꽃머리에서 반짝거렸다. ⓔ″소녀 아닌 갈꽃이 들길을 걸어가는 것만 같았다.

ⓕ소년은 이 갈꽃이 아주 뵈지 않게 되기까지 그대로 서 있었다. 문득 소녀가 던진 조약돌을 내려다보았다. 물기가 걷혀 있었다. 소년은 조약돌을 집어 주머니에 넣었다.

⑤다음 날부터 좀 더 늦게 개울가로 나왔다. 소녀의 그림자가 뵈지 않았다. 다행이었다.

그러나 이상한 일이었다. 소녀의 그림자가 뵈지 않는 날이 계속될수록 소년의 가슴 한구석에는 어딘가 허전함이 자리 잡는 것이었다. 주머니 속 조약돌을 주무르는 버릇이 생겼다.

⑥⑧ 그러한 어떤 날, 소년은 전에 소녀가 앉아 물장난을 하던 징검다리 한가운데에 앉아보았다. 물속에 손을 담갔다. 세수를 하였다. 물속을 들여다보았다. 검게 탄 얼굴이 그대로 비치었다. 싫었다.

소년은 두 손으로 물속의 얼굴을 움키었다. 몇 번이고 움키었다. 그러다가 깜짝 놀라 일어나고 말았다. 소녀가 이리로 건너오고 있지 않느냐.

'숨어서 내 하는 꼴을 엿보고 있었구나.' 소년은 달리기 시작했다. 디딤돌을 헛짚었다. 한 발이 물속에 빠졌다. 더 달렸다.

몸을 가릴 데가 있어줬으면 좋겠다. 이쪽 길에는 갈밭도 없다. 메밀밭이다. 전에 없이 메밀꽃내가 짜릿하니 코를 찌른다고 생각됐다. 미간이 아찔했다. 찝찔한 액체가 입술에 흘러들었다. 코피였다. 소년은 한 손으로 코피를 훔쳐내면서 그냥 달렸다. 어디선가 '바보, 바보' 하는 소리가 자꾸만 뒤따라오는 것 같았다.

⑦토요일이었다.

개울가에 이르니 며칠째 보이지 않던 소녀가 건너편 가에 앉아 물장난을 하고 있었다.

모르는 체 징검다리를 건너기 시작했다. 얼마 전에 소녀 앞에서 한 번 실수를 했을 뿐, 여태 큰길 가듯이 건너던 징검다리를 오늘은 조심스럽게 건넌다.

"애."

못 들은 체했다. 둑 위로 올라섰다.

"얘, 이게 무슨 조개지?"

자기도 모르게 돌아섰다. 소녀의 맑고 검은 눈과 마주쳤다. 얼른 소녀의 손바닥으로 눈을 떨구었다.

"비단조개."

"이름두 참 곱다."

갈림길에 왔다. 여기서 소녀는 아래편으로 한 삼 마장쯤, 소년은 우대로 한 십 리 가까운 길을 가야 한다.

소녀가 걸음을 멈추며,

"너 저 산 너머에 가본 일 있니?"

벌 끝을 가리켰다.

"없다."

"우리 가보지 않을래? 시골 오니까 혼자서 심심해 못 견디겠어."

"저래 뵈두 멀다."

"멀믄 얼마나 멀갔게? 서울 있을 땐 아주 먼 데까지 소풍 갔었다."

소녀의 눈이 금세 '바보, 바보' 할 것만 같았다.

위의 〈보기〉는 「소나기」의 첫 단락장으로 원고지 12매 분량이다. 소년과 소녀가 징검다리를 사이에 두고 만났다 헤어지는 과정을 그리고 있다. 소녀는 며칠째 물장난이다. 어제는 기슭에서, 오늘은 징검다리 한가운데서. 이렇게 소녀는 '며칠'에 걸쳐 점점 소년에게로 가까이 다가온다. 그리고 다음 날은 조약돌까지 던지고 사라진다. 갈대밭 너머로 소녀는 사라지고, 유난히 맑은 가을 햇살이 반짝이는 갈꽃만 보인다.

그러나 그다음 날부터 소녀는 보이지 않고, 소년은 소녀가 던진 조약돌을 대신 주무르는 버릇이 든다. 소년은 소녀가 앉아 있던 바로 그 자리에 자신이 앉아 있어본다. 자리의 역전이 일어난다. 그리고 소녀가 다가온다. 다가오는 소녀를 보고 이번에는 소년이 달아난다. 서로의 행동까지 완전히 역전되어버리는 것이다. 소녀의 갈꽃은 소년의 코피로 변주되어 있다. 이처럼 열흘 내지 보름 이상의 시간을 통해 소녀가 소년에게 한 발씩 다가온 다음 사라진 자리에 소년이 위치해 있다 사라지는 관계 역전이 일어난 다음 토요일에야 비로소 소녀와 소년은 대화다운 대화를 나누는 것이다.

이처럼 「소나기」의 첫 단락장은 소녀와 소년의 만남과 헤어짐이라는 모티프(사건-문제)가 점층적으로, 동시에 반어적으로 겹쳐 서술되어 있다. 이처럼 만나고 헤어지는 '사건-문제'가 점층적으로 가까워지고 아이러니하게 비껴간 뒤에야 던진 제안이기 때문에 소녀와 소년의 소풍이 더욱 애틋하고 소중하게 다가온다. 이 과정이 없었다면 결코 애틋한 서정미를 획득할 수 없었을 것이다. 주인공 입장에서 보면 매우 작은 감각적 단위에서 만남과 이별이 전개되고 있으며, 화자 입장에서 보면 매우 세밀하게 '사건-문제'를 중첩시켜놓고 있는 것이다.

하지만 일반 독자는 물론이고, 적잖은 습작생들이 이처럼 치밀한 '사건-문제'의 중첩적 배치를 충분히 숙지하지 못하고 기억하지도 못하는 것 같다. 하지만 단편소설의 전략을 숙지한 작가들은, 이러한 '사건-문제'의 치밀한 중첩을 이용하여, 마치 일종의 최면 효과처럼, 짧은 분량에도 불구하고 독자로 하여금 문제 속으로 깊이 빠져들게 만든다.

44장   언어는 언어를 넘어선다

쓰인 언어와 읽힌 언어

꿈이 압축과 전치로 이루어지듯, 언어는 은유와 환유로 이루어진다. 단어를 은유적으로 선택하고 환유적으로 이어 문장을 완성한다. 단어 하나하나가 은유로서 축적되고 환유로 연결되면서 다양한 화학적 의미 변용을 일으키기 때문에, 독자는 단지 문자의 나열이 아닌 의미 변용의 최종값을 경험한다. 일테면 다음은 최인호의 「술꾼」 시작 부분이다.

작은 아이의 머리가 술집 안으로 들이밀어졌다.
"안녕허세요."
그 작은 아이는 문가에 앉아 있는 술꾼들에게 아는 체했다. 대부분의 술꾼들이 그를 발견하지 못했으나 그중 한 사내가 용케도 그를 보았다.

"보게. 이보게들, 저 녀석을 보게 그려."

발견한 사내는 마침 떨어져가는 안주 접시 위에 풍성한 화제를 제공했다.

이미 막소주에 취한 술꾼들은 지글지글 타오르는 연탄불에 정신마저 아리송 달아올라서 열린 문틈으로 찬 겨울 한기와 더불어 나타난 꼬마가 뭘 하는 녀석인가 알아보기엔 약간 힘이 들었다.

"저 녀석이 뭐란 말인가."

너댓 사람의 취한 눈길은 남루한 그 아이에게서 멎었다. 그 아이는 모두의 눈길이 자기에게 멎자, 당황해서 쓰레기통을 뒤지다 들킨 아이처럼 비실비실 별스러운 몸짓으로 물러나려 했다. 그 녀석은 지독하나 못생긴 녀석이었다.

머리는 기계충의 상흔으로 벽보판처럼 지저분했고, 중국식 소매에서 삐져나온 작은 손은 때에 절어 잘 닦은 탄피처럼 번들거렸다.

"얘야, 우리 한잔하지 않으련?"

— 최인호, 「술꾼」, 『타인의 방』, 민음사, 2012, 23–24쪽

「술꾼」은 술집 안으로 들이 밀려진 아이 모습으로부터 시작한다. 아이 등장 외에는 아직 이렇다 할 사건이 벌어지지 않고 있다. 다만 취객들 눈길이 모아지면서 아이에 대한 묘사가 진행된다. 작가는 "기계충의 상흔으로 벽보판처럼 지저분"한 머리, "중국식 소매" "잘 닦은 탄피처럼 번들"거리는 손 등의 기표를 사용하여 아이 외모를 묘사한다. 동시에 "쓰레기통을 뒤지다 들킨 아이처럼 비실비실 별스러운 몸짓" "울어버릴 듯이 강하게 부르짖"는 대답 등을 통해 아이 동작을 묘사한다.

이러한 묘사는 단순한 사실 묘사에 불과한 듯이 보인다. 하지만 "찬 겨울 한기와 더불어 나타난 꼬마"라든가 "기묘한 아이" 등의 규정과 더불어 아이의 특성을 여러 차례 축적시켜놓는다. 독자는 일일이 기억하지 못하지만, 이들 기표는 독자를 자극하여 기표 이상의 것을 상상하게 만든다. 그래서 좋은 문장은 쓰인 언어보다 읽힌 언어가 더 많고, 나쁜 문장은 그 반대다.

'기계충' '지저분하다' '쓰레기통을 뒤지다 들키다' '찬 겨울 한기와 더불어 나타나다' 등은 버려진 아이의 빈곤한 처지를 의미하는 기표들이고, '중국식 소매' '잘 닦은 탄피' 등은 6·25전쟁을 상기시키는 기표다. '별스럽다' '기묘하다' 등은 아이의 별난 특성에 대해 주목하는 동시에 궁금증을 자아내게 만드는 기표다. 여기에 이북 사투리까지 보태져, 독자에게 '아마도 버려진 이북 출신의 가난한 전쟁고아로 추정되는 아이가 이상한 사건을 일으키게 되겠구나' 하는 기대를 하게 만든다.

그러나 위의 인용문 어디에도 '버려진 이북 출신의 가난한 전쟁고아가 이상한 사건을 일으킬 것이다'라는 표현이나 언급이 없다. 이러한 정보는 순전히 독자의 머릿속에서, 은유와 환유의 기표들이 독자 자신의 현실감각을 자극함으로써 일어나는 '생화학적 알고리즘의 상상'이 만든 정보다. 이렇게 주어진 이상의 '화학적 상상' 때문에, 마치 산소와 수소가 결합하여 '물'을 만들거나 물방울과 기류가 합쳐져 '새우구름'이 만들어지는 것처럼, 쓰인 언어 이상의 감상과 각성에 이른다.

언어는 불가능한 표현을 꿈꾼다

언치들은 문장이 엉망이다. 단어의 선택과 연결이 엉터리여서 쓰인 것 이상의 화학적 상상을 만들지 못한다. 반면 빼어난 작가는 이전에는 보지 못한 단어의 선택과 연결을 선보인다. 인용한 「술꾼」의 앞머리만 하더라도 군더더기 문장 하나 없이, 알맞은 수식과 명징한 직유로 아이를 등장시킴으로써 아이 모습을 선명하게 그려내는 동시에 그려진 이상의 정보를 상상하게끔 만든다.

인류사란 더 나은 문장의 출사다. 인류사 초기에는 말하기 중심의 구술문학이 발전한 이후, 문자언어의 발달로 쓰기 중심의 문자문학으로 발전했다. 가령 호메로스의 작품에 남아 있는 흔적만 보더라도, 일반 백성들의 입에서 입으로 전승된 관용구들 중심으로 직조되어 있다. 하지만 근대 이후 문자언어와 인쇄술의 발달은, 한결 정확하고 자유롭게 언어를 고르고 세공할 수 있게 만듦으로써, 독특한 개인언어를 다양하게 발전시켰다.

빼어난 작가들은 일반 대중도 알고 있는 자연언어를 사용하면서도 다만 선택과 연결을 보다 창조적으로 수행함으로써, 그들이 서술하기 전까지는 존재하지 않던 생각문장을 발견한다. 일테면 플로베르는 세밀화 같은 치밀한 묘사를 통해 사실주의적 문장을 선보이고, 프루스트는 집요하게 어린 시절의 기억과 감상을 되살림으로써 개인의 내면세계를 드러내는 고백의 문장을 선보인다. 톨스토이는 전인적 통찰을 선보임으로써, "톨스토이 이전에는 진정한 농민의 모습이란 없었다"는 레닌의 말처럼 러시아 혁명기를 고뇌하는 작품 속 인물-되기를 치밀하게 실현했다.

이제까지 사용하지 않은 자연스러우면서도 새로운 선택과 연결을 이용하면 참신한 작품으로 인정받는다. 분명 빼어난 작가들의 문장은 이제까지 사용해온 것보다 한결 빼어난 선택과 연결을 선보인다. 이제까지는 없던 빼어난 묘사를 하거나 치밀한 서술을 이어가거나 놀라운 잠언을 만들어낸다. 그중에서도 기호의 선택과 연결이 지나치게 비약적이어서 현실에서는 있을 수 없는 환상에 가까운 내용을 서술하는 경우도 있다.

캐티 마이는 잔디밭에 털썩 주저앉아 요정의 날개를 천천히 뜯고 있었다. 날개는 옅은 자색과 금색으로, 조금은 무지개색 같기도 했다. 한쪽 날개는 거의 다 떼낸 참이었다. 요정은 단단한 손아귀에 갇혀 아직까지 희미하게 발버둥치고 있었다. 캐티 마이는 날개 뜯기에 온 정신을 집중했다. 땋은 금발이 흐트러졌고 분홍색 면 치마에는 진흙과 피 비슷한 것이 묻었다.

"그게 뭐야?" 브라이언의 못생긴 얼굴이 정원을 가른 담 위로 불쑥 나타났다.

"요정이야." 캐티가 무심히 말하고 요정을 꼭 쥔 채 보여주었다.

"멋지네. 어디서 구했어?" 담 위로 팔이 올라오고, 곧 브라이언이 붉은 벽돌담을 뛰어넘어 캐티 옆에 앉았다.

"여기서." 캐티는 날개를 다시 당겼다.

"어떻게 잡았는데?" 브라이언이 호기심에 눈을 반짝이며 요정을 들여다보았다. 길이가 15센티미터 정도에 나비 같은 날개가 달린 작은 사람 모양이었다. 브라이언은 티셔츠의 녹색 얼룩이 보여주는 습관대로 캐티 옆에 완전히 드러누웠다.

"꽃 위에 앉아 있었어." 캐티가 질색하며 말했다. "그냥 기어가서 잡았지 뭐. 날 물려는 걸 막으면서."

"그걸로 뭘 할 건데?" 브라이언이 다시 앉더니 요정을 꾹꾹 찔렀다. 요정은 간신히 꿈틀거렸다.

"날아가지 못하게 날개를 뗄 거야." 당연한 일도 설명해줘야 알아듣는 남자아이들의 멍청함에 한숨이 나왔다. 바로 그때 날개가 떨어졌고, 피 비슷한 액체가 더 흘러나왔다. 요정이 흐느끼는 듯한 소리를 냈다.

"나도 그건 알아." 브라이언이 떨어진 날개를 줍더니 몇 번 접었다 폈다. "예쁘네. 하지만 그다음에는 뭘 할 거야?"

"음, 내 인형의 집에 집어넣고 켄의 옷을 입힐래. 좀 작겠지만. 그런데 이거 죽을 것 같아."

"그러게. 아, 장례식을 하면 되겠다."

"장례식은 고슴도치에게 해줬는걸. 이제 장례식은 지겨워." 나머지 날개가 떨어지기 시작했고, 캐티는 다시 날개에 집중했다. "아래쪽이 진짜 꽉 붙어 있어. 위쪽은 쉬운데. 하지만 이제 어떻게 하는지 알았으니까 다음에 하면 훨씬 빨리 할 수 있을 것 같아. 됐다." 날개가 떨어졌다. 액체가 더 떨어졌지만 이제 요정은 울지 않았다. 눈을 꼭 감은 얼굴이 비틀려 있었다. "그런데 왜 왔어?" 일이 끝났으니 브라이언은 이제 그냥 구경꾼이 아니었다.

"아, 까먹었네. 엄마가 너네 엄마한테 허락 맡고 같이 수영장 가자고 하셨거든. 지금 아줌마한테 여쭤보러 가셨어."

"이야!" 캐티는 요정을 떨어뜨려 꾹 밟고는 온 힘을 다해 집으로 뛰어갔다. 브라이언이 뒤쫓아 갔다.

"사이좋게 노는 모습이 정말 귀엽군요." 캐티의 어머니가 부엌으로 뛰어 들어가는 아이들을 보며 브라이언의 어머니에게 말했다.

그러는 동안, 정원에서는 옆집 고양이가 남은 요정을 삼키고 있었다.

—조 월튼, 「정원에서」

　원고지 7매 분량의 엽편소설로, 단 하나의 단락장으로 이루어진 이야기다. 어머니를 따라온 브라이언이 캐티와 만난 장면으로, 여느 아이들처럼 궁금한 걸 묻고 답한다. 캐티가 요정 날개를 뜯자 브라이언이 말을 걸고 캐티가 답한다. 특히 "당연한 일도 설명해줘야 알아듣는 남자아이들의 멍청함에 한숨이 나왔다"라는 설명은 성장 속도가 빠른 유년기 여자아이라면 느낄 법한 매우 리얼한 심리묘사여서 한결 실감 나게 읽힌다.

　문제는 캐티가 잡아 날개를 뜯는 대상의 정체다. 얼핏 곤충 같은데, 요정이라는 것이다. 요정은 현실 세계에 존재하지 않는다. 있을 수 없는 일이다. '요정'이라는 단어보다는 '잠자리'나 '메뚜기' 등의 단어가 적합할 것 같다. 그러나 작가는 요정이라는 현실 불가능한 단어를 사용했다. 그럼에도 나머지 부분은 매우 그럴 법해서 정말 일어난 일처럼 여겨진다. 독자는 충분히 있을 수 있는 현실적인 리얼한 문장을 접하는 동시에, 있을 수 없는 환상적인 탈脫리얼 문장을 동시에 접함으로써 '있을 법하지 않은데도 있을 법한 세계'와 조우하게 된다.

　환상적 리얼리즘 문학은 이처럼 그럴 법한 문장과 그럴 법하지 않은 문장을 뒤섞어 구축한다. 일어날 법한 자연스러운 현실 장면과 도저히 일어날 수 없는 비현실적 장면을 뒤섞어, 일어날 수 없는 일인데도 일어났을 것 같은 '그럴 법한 환상 세계'를 창조한다. 일어날 법하지 않은 내용으로만 채우면 독자는 일어날 법하지 않은 거짓말에 불과하다고 여겨 금세 흥미를 잃는다. 하지만 얼마든지 일어날 법한 내용 속에 섞어 서술하면 일어날 법하다고 여기며 읽게 된다. 일어날 법한 일이니까 관심을 갖는 동시에, 도저히 일어날 법하지 않은 일이어서, 일어날 법한 일이면 발생하지 않을 강렬한 긴장과 호기심을 일으킨다.

작가가 '잠자리' '메뚜기' '사마귀' '곤충' 등의 기표를 사용했더라면 독자는 강렬한 충격을 받지 않았을 것이다. 그런데 그 자리에 '요정'이라는 현실적으로는 불가능한 내용을 지시하는 기표가 사용되었다. 보다 적합하거나 참신한 기표를 사용하는 게 아니라, 도저히 있을 수 없는 기표를 사용한다는 점에서 이제까지와는 확연히 다른 어휘의 선택 및 연결 방식이다.

지시대상	1차 기표	2차 기표
★	별, 장군	?
☎	전화, 통신기기	?
♥	하트, 심장, 마음, 사랑	?

기의와 기표 사이에는 사회적 약속에 의해 일정한 상관성을 갖는다. 가령 ★은 '별'이라 부르고 ◆는 '마름모'라 부른다. ★을 '마름모'라 부르거나 ◆를 '네모'라고 부르지 않는다. 기의와 기표 사이에는 사회적 의미 상관성이 정해져 있다. ★은 '별'이나 '장군'이라는 기표로 표현하고, ♥는 '하트' '심장' '사랑' '마음' 등과 같은 기표로 표현한다.

이러한 사회적 함의가 정해진 기표를 '1차 기표'라 부를 수 있다.

우리는 1차 기표 내에서 보다 적합한 표현을 찾기 위해 고르고 잇는다. 하늘에 반짝이는 별이 떠 있다, 라고는 말해도 하늘에 반짝이는 마름모가 떠 있다, 라고 말하지는 않는다. 하늘에 뭔가가 떠 있다면 그것은 문맥상 현실 가능한 1차 기표에 해당하는, 별이거나 구름이거나 비행선일 것이다.

그런데 어떤 작가들은 이러한 약속에서 어긋나는 문장을 구사한다. 약속된 범위 내의 1차 기표 중에서 단어를 고르는 게 아니라, 상상만으로 가능할 뿐 현실에서는 불가능해서 쓰이지 않는 2차 기표를 사용한다. 가령 '하늘에 집이 떠 있다'라고 서술한다. 그 자리에 비현실적인 내용, 현실적으로는 불가능한 2차 기표를 넣는 것이다. 일종의 '2차 기표 놀이'라 부를 수 있다.

보기 1

하늘에 집이 떠 있다. 땅값이 너무 오르자 공중에 구름으로 집을 지은 것이다.

〈보기 1〉과 같이 문장을 만들면 독자는 하늘에 집이 떠 있는 어떤 가상 세계를 상상해야 한다. 글쓴이가 현실을 재현하는 것이 아니라, 가상현실을 창조하는 것이다. 그럴 법하지 않은 환상(하늘의 집)을 그럴 법하게(땅값이 너무 오르자) 창조하는 것이다. 다음 문장들을 보자.

보기 2

1) 어느 날 아침, 잠자던 그레고르 잠자는 뒤숭숭한 꿈자리에서 깨어

나자 자신이 침대 속에서 한 마리의 흉측한 벌레로 변해 있는 것을
발견했다.

2) 세 남매의 아버지는 자주 모자가 되었다.

3) 내가 열두 살 때 사귄 가장 친한 친구는 공기 주입식이었다.

4) 내가 아는 한 세상에서 가장 말하기 좋아하고, 말을 많이 하는 족속
은 의자다. 그들은 L 자의 입을 가진 굉장한 수다쟁이들이다.

모두 환상적 리얼리즘 소설의 첫 문장이다. 〈보기 2〉의 1)은 카프
카의 「변신」, 2) 황정은의 「모자」, 3) 조 힐의 「팝아트」, 4) 김성중의
「내 의자를 돌려주세요」이다. 사람이 벌레로 변하거나 아버지가 모
자가 되는 것은 있을 수 없는 일이다. 공기 주입식 인간은 존재하지
않는다. 의자는 말을 할 줄 모른다. 현실적으로 불가능한 일이다. 일
각수나 흡혈귀 혹은 할단새처럼 현실에는 존재하지 않는데 언어로
는 존재하는 어휘가 있듯, 현실 불가능한 일인데 문장으로는 가능한
일들이 있다.

이렇게 일어날 수 없는 일을 정말로 일어난 일처럼 서술할 때 환
상적 리얼리즘 혹은 마술적 상상력이 가능해진다. 1차 기표에서 선
택하지 않고 이제까지 한 번도 사용하지 않은 현실 불가능한 사건을
지시하는 2차 기표를 선택하여 문장을 만든다. 그럼에도 그럴 법하
게 사건을 전개하는 것이다.

진부한 언어의 반복은 비약적 표현을 낳는다

'환상적 리얼리즘 문학'은 말 그대로 현실 불가능한 환상과 매우 리

얼한 현실이 뒤섞여 있다. '매우 그럴 법한 현실적 사건'과 '도저히 그럴 법하지 않은 비현실적 사건이 뒤섞여 초현실적인 장면'을 연출한다. 특히 매우 그럴 법한 현실적 사건을 표현하는 부분에서는 현실에서 얼마든지 일어날 법한, 혹은 이미 일어난 사건을 다룬다. 상투적이거나 관용적이라고 여겨질 만큼 익숙한 사건이 제시된다.

　우리가 마악 식탁 앞에 앉아 저녁 식사를 하려는데 프록코트를 입고, 머리에는 굴뚝 모자를 쓴 사람들 몇이 우리 집 안으로 들어섰다.

　"안녕하십니까. 우리는 국제기구 상부기관에서 왔습니다." 그들이 말했다.

　그런 예기치 않은 손님이 온다는 것은 우리에겐 좀 난처한 일이었다. 왜냐하면 우리는 남의 땅이나 부쳐 먹는 가난한 시골 사람이니까. 그날 우리의 저녁 음식은 만두였고, 자루에다 짚을 넣은 우리의 이부자리는 벌써 땅바닥에 깔려 있었다.

　우리는 신사들에게 식사를 권했지만, 그들은 외교관들의 예법이 그렇듯, 아주 정중하게 거절했다.

　"우리는 여기에 새로운 국경선을 제정하기 위해 파리에서 파견되어 왔습니다. 어서 편히 드십시오. 우리는 국경선만 정하고 곧 가겠습니다."

　"왜 바로 여기지요?" 우리가 물었다. "그런 거라면 마당 건너라든가 집 뒤로 긋지 않고요?"

　"그럴 순 없지요." 그들이 말했다. "국경이란 개인의 편의를 따를 수 없는 것입니다. 바꿔 말하자면 그건 저 복도 한가운데를 지나 이 식당을 양분兩分할 수도 있는 겁니다. 그래서 조리대는 국경 이쪽, 식탁은 국경 저쪽이 될 수도 있는 거죠."

"마음대로들 하시구료. 담을 쌓는 것이 아니라 금을 긋는 것이라면 그게 무슨 대수겠소." 우리 장모님의 말씀이었다.

― 엘리아스 카네티, 「국경 위의 집」

엘리아스 카네티의 단편 「국경 위의 집」의 시작 부분이다. 시골에 사는 서민 가정에 갑자기 관공서 직원이 방문한다. 이러한 사건은 얼마든지 있을 수 있는 일이다. 전기공사 직원이든 난방관리 기술자든 경찰이든 현관 벨을 누를 수 있다. 그리고 그러한 방문은 언제나 '난처한 일'이다. 씻고 있거나 식사를 하고 있거나 도란도란 얘기를 나누고 있는 중에 갑자기 관공서 직원이 방문하면 누구나 당황할 수밖에 없다.

더구나 "남의 땅이나 부쳐 먹는 가난한 시골 사람"이어서 저녁으로는 "만두"가 전부이고 '짚을 넣은 자루'를 이부자리로 삼아 잠자리까지 봐둔 상태라면 더욱 난처할 것이다. 그럼에도 대부분의 착한 시골 사람들은 식사 중에 방문한 손님에게 식사를 권하는 예의를 지키고, 방문자는 일단 사양하기 마련이다. 여기까지는 충분히 있을 법한 매우 현실적인 사건이다.

적지 않은 나라에서 관공서 직원은 느닷없이 방문하고, 그럼에도 시골 사람들은 식사 중이면 식사를 권할 것이다. 으레 일어나는 매우 흔한 일이다. 상투적이고 관용적인 사건인 것이다. 따라서 "저녁 식사 중에 기관원이 갑자기 방문하여 세금통지서를 건넸다"라는 문장은 얼마든지 가능하다. '병역통지서'나 '퇴거명령서'여도 상관없을 것이다. 매우 황당한 관료들 특유의 일방적 통보를 뜻하는 기표면 충분히 리얼한 설정으로 읽힌다.

그들은 다만 자신의 용무만 해결하고 돌아가겠다고 말한다. 뿐만 아니라, 서민들에겐 아무 도움도 되지 않고 의미도 없는 형식적 규율이나 의무를 매우 중시 여긴다. 그래서 식사 권유는 정중히 거절하고 대신 용건은 분명하게 전달한다. 국경선만 정하고 곧 돌아가겠다는 것이다. 어이없어하며 따져도 소용없다. "개인의 편의"를 따를 순 없다면서 공공의 목적이 우선한다는 논리를 편다. 여기까지도 충분히 있을 법한 매우 현실적인 사건이다. 공공기관에서 파견 나온 사람들은 늘 개인적 편의를 무시하고 자신들 임무나 규율을 앞세워왔다.

으레 일어나는 매우 흔한 일로, 상투적이고 관용적인 사건인 것이다. 이처럼 일방적인 방문에도 불구하고 공공성을 내세우면 적잖은 서민들이 군말 없이 수용하고 만다. 공공기관에서 법적 규율에 따라 시행하는 절차이자 제도라는 데야 어쩔 도리가 없다. 일개 시골 사람이 반대한다 하여 달라지지 않는다고 쉬이 체념하고 마는 반응 역시 자주 보는 모습이고, 충분히 그럴 법한 사건이다. 실제로 장모님은 체념조로 반응한다. "마음대로들 하시구료. (……) 그게 무슨 대수겠소."

위에서 일어나는 사건들은 모두 얼마든지 있을 법한, 매우 자주 벌어지는 일이다. 지금도 어느 나라 어느 시골 마을에서는 위와 비슷한 경우를 겪고 있을 것이다. 기관원의 갑작스러운 방문, 식사 권유, 방문 목적 공지, 체념적 수용 등은 충분히 일어날 법한, 매우 자주 일어나는 일이다. 일상을 깨뜨리는 관료적 횡포로서 기관원의 관용구 기표가 천연덕스레 사용된다.

그들은 늘 이렇게 아무렇지도 않은 일인 듯이 말하지만(~만 정하고 곧 가겠습니다), 불시에 개인의 기본권을 침해한다(개인의 편의를 따를 수 없는 것입니다). 시골 사람들은 특유의 인심과 체념조로 시골 사람 특유의 관용구 기표를 사용하여 천연덕스레 받는다(마음대로 하시구료. ~만 하는 거라면 그게 무슨 대수겠소).

하지만 아무리 그래도 그렇지, 저녁 식사를 하려는 식탁을 국경선으로 삼지는 않을 것이다. 그런데도 방문자는 식탁을 가로질러 국경선을 정한다. 이러한 행위 역시 얼마든지 있을 수 있는 일이자 있어왔던 일이다. 정부나 군대는 얼마나 자주, 개인의 일상이나 행복을 무시하고 자신들 편의대로 행정 처리를 해왔던가! 하지만 그렇더라도 식탁을 가로질러 국경선을 정하지는 않는다. 도저히 있을 수 없는 일이다.

위 소설은 기관원이 흔히 구사하는 관용구와 시골 사람이 자주 사용하는 관용구를 활용해, 국가권력이 서민 가정을 파괴하는 횡포를 희화적으로 그려내고 있다. 사건을 언어로 재현하는 리얼리즘 글쓰기이긴 한데, 1차 기표가 아니라 '식탁 위의 국경선'이라고 하는 2차 기표를 사용하여 현실 불가능한 사건을 제시한다. 현실 불가능한 사건을 제시하지만 기관원의 행동이나 시골 사람의 반응 모두 흔하고 익숙한 반응이자 관용구여서 가능한 일처럼 읽힌다.

마술적 리얼리즘은 이렇게 '얼마든지 있어온 관습적 사건'과 '도저히 일어날 수 없는 환상적 사건'을 직조시켜 강렬한 긴장과 호기심을 불러일으킨다. 카프카의 「변신」이 대표적이다. 잠에서 깨어난 그레고르 잠자는 벌레로 변해 있다. 일어날 수 없는 일이다. 그럼에도 작가는 흉측한 벌레 모양을 구체적으로 제시한다. 그런 다음, 개인적인 사정으로 출근을 하지 못하는 외판 사원이라면 으레 할 법한 반응들, 그러니까 얼마든지 있을 수 있고 있어온, 매우 상투적이고 관습적인 직장인 특유의 반응 심리를 제시한다.

주인공은 어떻게 이런 일이 일어날 수 있단 말인가, 라고 개탄하는 것도 잠시, "잠이나 더 자두기로 하고 더 이상 이런 허튼 생각은 하지 말아야지"라고 생각한다. 샐러리맨으로서 거의 매일이다시피 하는 상투적이고 관습적인 걱정—기차 시간, 불규칙한 식사, 불충분한 수면, 사표를 내고 싶어 하면서도 해고될까봐 걱정하는 모순, 빚을 청산하기만 한다면 하는 바람 등등 샐러리맨이라면 누구나 했을 법하고 하고 있을—을 이어간다.

이렇게 있을 법한 흔한 일과 일어날 수 없는 일을 자연스럽게 교차시켜 현실적이면서도 비현실적이고, 비현실적이지만 현실적인 환상 세계를 창조한다. 이때 사용하는 비현실적 기표는 매우 익숙한 현실 기표를 상징하는 메타적 상징 기표여야 한다. 그래야 현실에서 반복적으로 일어나는 상투적 관습적 관용적 세계를 압축적으로 제시할 수 있다.

가령 샐러리맨인 그레고르는 어느 날 아침에 일어나 보니, 자신이 벌레만도 못한 삶을 살고 있는 게 아닌가 하는 회의에 빠질 수 있다. 혹은 감기몸살에 걸려 있을 수도 있다. 아니면 암과 같은 불치병에 걸릴 수도 있다. 이러한 기표로 상황이 제시되면 리얼리즘 소설일 것이다. 하지만 작가는 도저히 있을 수 없는 일 즉, 벌레로 변했다고 말해버린다. 현실적인 1차 기표가 아니라 비현실적인 상징 기표로서의 2차 기표를 사용하는 것이다.

그런데 이러한 상징적 2차 기표에는 1차 기표를 모두 아우르는 힘이 들어 있다. 1차 기표의 현실적 상황을 모두 아우르는 상징적 효과를 선취함으로써 상징적 의미를 선취할 수 있다.

1차 기표 = 현실 기표	2차 기표 = 비현실적 상징 기표
세금통지서	**식탁을 가로지르는 국경선**
병역통지서	
퇴거명령서	
매우 황당한 관료적 통보	
몸살감기	**흉측한 벌레**
독감	
불치병	
벌레만도 못한 삶	

언어는 진화한다. 그전에는 참신했던 표현이 일정 시기가 되면 일반 대중들도 아무 때나 사용하는 통속구나 상투구가 되어버린다. 낡은 표현으로 전락하는 것이다. 오염되고 타락하는 것이다. 일테면 '솜사탕 같은 구름' 같은 표현은 참으로 참신한 표현이지만 모든 사람이 이러한 표현을 사용하면서, 누군가 이런 표현을 사용하면 참신하면서 적절한 표현으로 느껴지기보다는 적절하지만 너무나 낡은 흉내로 느껴진다.

작가는 이처럼 낡고 진부한 통념적 언어를 사용하고 싶어 하지 않는다. 보다 적절하고 보다 참신한 언어를 사용하고자 한다. 이제까지 글쓰기로 복무한 모든 작가들은 이러한 언어 갱신 운동에 동참한 사람들이다. 그들은 한결 깊어진 서정적 문체나 집요한 관찰과 묘사, 남다른 표현법 등등을 통해 더 나은 문장을 발굴함으로써 인류의 언어를 진화시켜왔다. 마술적 리얼리즘 역시 이러한 진화 과정의 한 흐름이다. 다만 1차 기표 중에서 더 나은 표현을 골라 사용하는 게 아니라, 전혀 생각지 못한 비현실적 2차 기표를 차용한다. 특히 얼마든지 있을 법한 상투적 정황 기표와 현실 불가능한 2차 기표를 하나로 직조함으로써, 너무나 현실적이면서도 너무나 비현실적인 환상 공간을 창조하는 것이다.

마술적 리얼리즘이란 얼마든지 일어날 법한 지나치게 관습적인 현실을 놀랍도록 참신한 방식으로 다루는, '2차 기표 놀이'를 활용하는 글쓰기다. 이러한 효과를 가장 잘 보여주는 것으로 환상적 리얼리즘 세계의 정점에 위치한 소설이 마르케스의 장편 『백년 동안의 고독』이다. 작가는 우리가 이미 어디선가 들어본 듯한 전설이나 민담 같은 설화, B급 기삿거리나 떠도는 음담패설 같은 매우 낡고 진부한 구술문학의 담론들을 수시로 차용하여 부엔디아 대령 가문의 역사를 기록한다.

3월이 되자 집시들이 다시 마을에 찾아왔다. 이번에는 망원경과 북만한 돋보기를 가져와, 암스테르담에 사는 유대인들의 최신 발명품이라며 마을에 전시했다. 그들은 집시 여인 하나를 동네 어귀에 앉혀놓은 뒤 천막 앞에다 망원경을 설치했다. 사람들이 5레알씩 내고 망원경을 들여다보니 집시 여인의 모습이 손에 잡힐 듯 가깝게 보였다.
"과학이 거리를 극복한 거죠."
멜키아데스가 선전했다.
"머지않아 방 안에 앉아서도 지상에서 일어나는 모든 일을 보게 될 날이 올 겁니다."

— 가브리엘 가르시아 마르케스, 『백년 동안의 고독』,
임호준 옮김, 고려원 미디어, 1996, 13쪽

『백년 동안의 고독』 1장 시작 부분에서 소개하는 에피소드 중에 하나다. 멜키아데스가 망원경과 돋보기를 보여주며, "과학이 거리를 극복한" 것이라 말하고 "머지않아 방 안에 앉아서도 지상에서 일어나는 모든 일을 보게 될 날"이 올 거라고 장담한다. 멜키아데스의 선전은 허황된 억측이거나 장사치의 과장법이다. 거리를 제대로 극복하려면 적어도 기차나 자동차 같은 빠른 교통수단이나 전화기 같은 무선통신수단이 개발되고 나서나 가능하다.

그럼에도 근대과학이 마침내 거리를 극복하고 방 안에 앉아 세상을 시청하리라는 건 틀림없다는 점에서 선견지명이 느껴지는 예언이 아닐 수 없다. 1장에서 멜키아데스가 가져온 자석, 망원경, 틀니, 얼음 등은 집시 장사꾼의 행각에 지나지 않고, 부엔디아 대령의 반응 역시 순진한 시골 사람의 반응에 불과해 보인다. 하지만 멜키아데스의 말 속엔 날카로운 통찰과 예지력이 느껴진다.

특히, 멜키아데스와 부엔디아 대령 모습은 두 사람의 개인적 반응인 동시에, 서구 문명이 제3세계에 전파되는 전형적 장면이기도 하다. 나아가 기만적인 서구 제국과 어리석은 식민지 백성 간의 관계를 연상시킨다. 하지만 자석에 동네 모든 쇠붙이가 따라 나온다는 설정이나 공포심을 갖고 틀니를 대한다거나, 얼음을 일컬어 "세상에서 가장 큰 다이아몬드"라고 하는 반응 등은 모두 지나치게 과장된 것들로 정말로 일어나긴 어려운 장면이라는 점에서 공상적이다.

충분히 벌어질 수 있는 사건 같지만 도저히 있을 수 없는 사건이며, 제3세계 근대화 과정에서 비슷한 상황이 벌어졌지만, 작가가 표현한 사건은 결코 벌어진 적이 없다. 1차 기표가 아니라 2차 기표를 사용하기 때문이다. 마르케스는 이야기가 진행되는 내내 이처럼 현실과 상상, 사실과 과장, 설화와 실제, 억지와 예지, 진짜와 가짜, 역사와 가상, 서구 문명과 제3세계, 개인사와 근대사 등을 오가는 화법을 활용하여 이어감으로써 독특한 환상적 리얼리즘 세계를 만든다.

45장 글쓰기 진화의 끝은 어디일까?

모든 것은 진화한다

세상 모든 것은 변한다. 우주의 물리적 변화와 생명의 진화 과정은 매우 경이롭고 장엄하다. 현대 과학은 크게는 다중 우주를, 작게는 초끈 세계를 예상하고 있다. 그리고 세계는 그보다 훨씬 더 거대한 세계와 한결 더 미시적인 세계로 무한히 중첩되어 있는 끝없는 연쇄 반응이 아닐까 싶게 다양한 불가역적 흐름을 이어가고 있다. 그 속에서 인간과 언어 또한 크고 작은 선택과 연결의 점화 연쇄를 이어 간다.

점화 자극과 의식 반응 사이에는 감각 수용이나 뉴런, 시냅스 등으로 너무나 복잡한 생화학적 알고리즘 반응이 일어나고 있으며, 이러한 반응 과정을 통제할 순수 자유의지는 개인에게 존재하지 않는다. 그것은 여러 신경호르몬이나 혈액의 건강상태, 무의식적 감각이나 강박적 증세, 자신도 어쩌지 못하는 뉴런과 시냅스, 체화된 정보량, 외부 정보 및 자극의 강도와 양, 그리고 언어 점화와 사용해온 언어 패턴 등에 따라 일어나야만 하는 대로, 일어나고 있는 중이다.

너무 복잡하고 정밀하여 차라리 무질서해 보이기까지 하는 연쇄 속에서, 우리는 작용 가능한 순수의지를 갖고 있지 않은, 물결만큼만 오르내리는 나뭇잎에 불과하지만, 어떤 점화 자극은 우리로 하여금 강한 의지를 지닌 사람처럼 행동하게 만든다. 자유의지처럼 느껴지는 강밀도 의식이 생겨난 순간, 그는 자신에게 자유의지가 있다, 라고 믿어 의심치 않을 것이고, 실제로 그러한 효과를 일으키는 힘을 내재하였으므로, 자유의지를 가진 사람으로 활동할 수 있다.

결국 우리가 주목해야 할 부분은, 강한 자유의지가 느껴질 만큼의 강밀도 높은 점화이고, 글쓰기 영역에선 특히 언어 점화와 언어 패턴이 중요하다. 언어 점화와 언어 패턴이 자신에게 일정한 영향을 주고 있다는 사실을 명징하게 인식하는 동시에, 지금까지 해온 생각보다 더 나은 생각문장이 얼마든지 존재한다는 믿음만 갖고 있다면, 이 자체로 중요한 점화 자극이 되어줄 것이므로, 읽기 쓰기 공부를 강하게 이어갈 수 있다.

필요한 것은 의지가 아니라 점화다. 더 나은 생각문장에 점화되는 경우가 잦고 강할수록, 우리는 자유의지가 없어도 더 나은 생각문장을 찾거나 떠올리는 방향으로 반응하지 않으려야 않을 수 없고, 결국은 '자유의지'가 느껴지는 효과를 얻을 것이다. 마치 파도에 떠밀리는 조난객이 아니라 파도를 타는 서퍼처럼, 노력하려고 하는 게 아니라 노력하지 않으려야 않을 수 없는, 저절로 노력하는 사람이 될 것이다.

습관적 점화 반응

필요한 점화가 무엇이고 얼마나 필요한지 자신도 모른다. 어떤 사람에게는 천 권의 독서가 필요하고, 어떤 사람에겐 10년의 습작이 필요할지 모른다. 그러나 어떤 사람에겐 단 한 번의 실직이 그러한 힘이 되어줄 수도 있다. 발자크, 도스토옙스키, 스탕달, 마르케스, 보르헤스, 보들레르 등과 같은 매혹적인 작가들의 전기를 실제로 살펴보면, 우리에게 확연히 부족한 부분은 재능이 아니라 ① 빚, ② 죽을 뻔한 위기, ③ 인간관계의 불화, ④ 공부, ⑤ 실연 등이다.

분명한 것은 언어 점화는 매우 미시적으로, 즉 생각문장 단위로 이루어진다는 사실이다. '따뜻한 봄이 왔다'라는 문장을 접하면 '따뜻한 봄이 왔다'라는 인식 및 표현의 점화를 받은 것이고, '벚꽃은 폈지만 플라타너스 잎은 아직 돋지 않았다'라는 문장을 접하면 '벚꽃은 폈지만 플라타너스 잎은 아직 돋지 않았다'라는 인식 및 표현의 점화를 받은 것이며, '햇살을 받으며 걸으면 땀이 났지만 그늘에 가만히 서 있으면 추위가 느껴졌다'라는 문장을 접하면 '햇살을 받으며 걸으면 땀이 났지만 그늘에 가만히 서 있으면 추위가 느껴졌다'라는 인식 및 표현의 점화를 받은 것이다.

단 하나의 문장을 접하더라도 그 하나의 문장만큼 나에게 점화 변화가 생겨난 것이다. 언어 점화는 작품이나 책 단위로 우리에게 가해지는 게 아니라, 생각문장 단위로 이루어진다. 시간 날 때마다 더 나은 생각문장을 찾아, 읽고 쓰고 다시 생각해봐야 한다. 이 점화 자극이 어느 순간 임계점에 이르면 눈에 띄는 체화를 일으켜 타자의 눈으로 봐도 내가 달라져 보일 것이다.

특히 생각문장을 담당하는 신경세포는 신체 중에 특히 신기한 부분이다. 물리적 활동으로도 보이고 생리적 활동으로도 보인다. 전기적 활동으로도 보이고 정신적 활동으로도 보인다. 점화의 관점에서 생각문장은 '두뇌-이성' '신체-이성' '세계-이성'이라는 세 층위의 연합 활동이다. 인간은 '두뇌의 정보' '신체의 정보' 그리고 '세계의 정보' 세 층위의 점화 자극을 조합하여 특정 욕망과 느낌, 정서와 기분 등을 생성하고, 최종적으로 생각문장을 창작한다.

'두뇌-이성'은 '두뇌 안의 정보'만으로 활동한다. 가령, 낮에 소개팅으로 만난 사람의 미소에 대한 기억만으로 자신도 따라 미소 짓는다. 그리고 '웃는 모습이 참 예쁘다'라는 생각문장을 만들 수 있다. '나에게 다시 사랑이 찾아왔다'라는 생각문장을 만들 수도 있다. 그런데 뇌는 두뇌 밖의 신체 감각과 연결되어 '신체-이성'으로 활동한다. 일테면, 배가 고파 꼬르륵거리자 미소는 사라지고, 먹을 걸 찾는다.

냉장고 안의 우유를 떠올리고, 우유를 꺼내 마시며, 우유를 좋아하던 옛 애인을 떠올릴 수 있다. 그러자 소개팅 나간 사실이 미안해질 수 있다. '나는 떠나간 사람을 금세 잊는 인간이구나'라는 생각문장을 떠올리거나 '새로 만나는 사람이 더 예쁘니 더 잘된 일이잖아?'라는 생각문장을 떠올릴 수도 있다. 혹은 '이 사람한테는 정말 잘해줘야지, 떠나더라도 후회가 남지 않게'라는 생각문장을 떠올릴 수도 있다.

하지만 외부 세계에서 많은 자극을 받는 인간은 '세계-이성'으로 생각문장을 창조한다. 세계는 나와 무관한, 나와 단절된 외부가 아니다. 내 생각을 생성시키는 '외뇌'로서 실질적인 1차 질료다. 가령, 냉장고 안의 재료로 음식을 요리하며 텔레비전을 틀었더니, 노조를 설립하려다 쫓겨난 김용희 씨가 철탑에 올라가 300일째 고공 단식

농성을 펼치고 있다는 뉴스가 나온다. 그러자 식욕이 나기는커녕 식욕을 느끼는 행위마저 미안한 마음이 든다.

'어떻게 300일이나 단식할 수 있지?'라는 생각에 '존경스럽다!'라는 생각문장으로 이어갈 수도 있고, '나도 당장 언제 잘릴지 모르는 계약직인데, 누가 나를 좋아할까?' 싶어지면서 '우울하다!'라는 생각문장으로 이어갈 수도 있고, '저렇게까지 하는데도 아무 반응이 없는 기업은 얼마나 잔인한가'라는 생각을 이어갈 수도 있다. 그러나 '존경스럽다'와 '우울하다'와 '잔인하다'라는 생각문장은 또 얼마나 다른 종류의 선택인가.

이렇듯 내가 생각하는 게 아니라, 점화에 따라 내 생각이 촉발되는 것이라면, 우리는 우리 자신의 정체성에 대해 전혀 다른 관점을 가져야 한다. 나란 어떤 점화를 받느냐에 따라 즉, 어떤 세계(정보값)와 연합되느냐에 따라 전혀 다른 생각문장을 떠올리는 사람이다. 세계란 나의 외부가 아니라 순수 내면 질료로서 나의 '외뇌'와 같아서, 나는 쉼 없이 더 나은 세계─더 나은 문장, 더 나은 사람, 더 나은 사회, 더 나은 문제, 더 나은 가치─와 연대할 때 비로소 더 나은 생각문장을 창작할 수 있다.

다시 읽기 쓰기를 시작하자 ─ 실제 연습 방법

세상에는 다양한 사람이 다양한 기능들을 수행하며 살고 있다. 농사 짓는 사람도 있고, 그림 그리는 걸 좋아하는 사람도 있고, 건축을 잘하는 사람도 있고, 과학자도 있고, 청소부도 있고, 볼트를 만들어 파는 사람도 있고, 만두를 빚어 파는 사람도 있다. 그런가 하면 도무지

쓸모없어 보이는 일에 매달림으로써, 저러고 사는 것보다는 나처럼 사는 게 낫지 싶은 위로를 주는 사람도 있다.

글쓰기 역시 사람들이 수행하는 여러 삶의 기능 중에 하나이고, 모든 사람이 글을 쓸 필요는 없어 보인다. 오히려 만두 빚는 사람, 오토바이 배달하는 사람, 야식 즐기는 사람 등 서로 다른 기능을 수행하는 사람들이 다양하게 고루 분포해야 할 것 같다. 하지만 언어는 오늘날 모든 사람이 사용한다. 누구나 생각하며 살 수밖에 없고, 심지어 생각하는 대로 산다.

물론 책을 많이 읽는 만큼 훌륭해지는 것도 아니고 쓰기 공부를 많이 한 만큼 생각이 나아지는 것도 아니다. 운전학원을 오래 다닌다고 운전을 더 잘하는 것은 아닌 이치와 같다. 운전조차 단지 기술의 문제가 아니다. 평소의 운동감각, 공간지각능력, 운전 태도와 습관, 마음의 여유, 컨디션 등이 종합적으로 작용한다. 생각문장 역시 그 사람의 체질, 감각 능력, 습관과 가치관, 마음 자세, 주변 환경, 경험과 실험 정신 등이 종합적 시너지를 일으킨 결과다.

책 읽는 권수나 습작한 분량이 곧 그 사람의 생각문장 수준을 결정하지는 않는다. 그럼에도 한 사람에게 국한하여 생각해보면, 그러니까 나머지 조건들이 모두 동일하다고 가정하면, 결국은 읽기 쓰기 공부를 한 수량과 강도만큼 생각문장은 좋아질 수밖에 없다. 다른 사람과 비교하면 읽기 쓰기 공부를 한다고 나의 글이 더 나아지는 것 같지 않을지 모르지만, 자기 자신과 비교하면 공부한 만큼 반드시 좋아지기 때문에 하지 않을 수 없다.

언제나 '가장 읽고 싶은 책 한 권'을 지니고, '메모해둘 가치가 있는 생각문장을 만나면 반드시 메모'하자. 그리고 문장 만들기, 단락

만들기, 단락장 만들기 연습을 이어가보자. 이 작은 실천으로 언어 점화가 쌓이고 쌓이면 어느 순간 이전과는 전혀 다른 생각을 창작하는 사람이 되어 있을 것이다. 현실을 못난 생각문장으로 처리하는 바보가 아니라, 자신의 문장 실력을 발휘할 만한 매력적인 문제가 불행의 형태로든 운명의 형태로든 다가오기를 고대하는 매력적인 사람이 되어 있을 것이다.

언어는 무기다

빅뱅 이후 우주는 무수한 연쇄반응들로 이어져왔다. 그 모든 연쇄는 알고 보면 일어날 수밖에 없는 대로 일어나는 중이어서 잘못된 것은 아무것도 없다. 양자의 움직임부터 원자들의 화학적 결합, 생물학적 유전에서부터 온갖 생리적 현상, 계절의 변화나 별들의 운행에 이르기까지, 일어날 수 없는 현상이 일어날 수는 없다. 어떤 일이 일어났다면 반드시 일어나야 하는 필연적 이유 속에서 일어난 일일 것이다.

우리가 갖는 욕망이나 의식도 자세히 들여다보면 일어날 수밖에 없는 필연적 연쇄반응이다. 모든 것이 일어날 수밖에 없는 필연적 연쇄반응이라면, 마치 전지전능한 유일신의 주관에 맡기듯 필연적 연쇄반응에 우리를 맡기면 된다. 정말 재밌는 것은, 우리가 어떤 일에 대해 일어나서는 안 된다고 하는 생각 역시, 그러한 생각이 일어났다면, 일어날 수밖에 없는 연쇄반응일 거라는 사실이다. 결국 모든 일은 일어날 수밖에 없는 자연스러운 사건이지만, 이런 일은 일어나서는 안 돼! 라는 문제의식 역시 일어날 수밖에 없는 자연스러운 연쇄라는 모순 속에서 인간은 살아간다.

이러한 조건 속에서 우리가 행할 수 있는 최선은 더 나은 문제를 창조하는 것이다. 더구나 문제의식은 뇌 활동을 가장 활발하게 만들어준다. 아이큐가 높아서 뇌 활동이 활발한 게 아니라, 어떤 문제가 생길 때 활발해진다. 문제가 생기면 뇌는, 잠도 자지 않는다. 문제가 생기면, 우리가 잠을 잘 때도 뇌는 꿈으로 그 문제를 풀고자 애쓴다. 뇌 활동 측면에서 보면 문제없는 사람이 가장 빈곤한 사람이다.

인간이 문제를 푸는 최선의 방법은 헤아려 생각하는 것이다. 미처 살피지 못한 것까지 더 살펴보는 것이다. 더 나은 생각으로 문제와 마주하는 것이다. 이제까지 하지 않던 더 더더 더더더 나은 생각문장으로 문제 깊숙이 들어가보는 것이다. 세상의 모든 좋은 책이란 다만 이러한 발견의 기록들이다. 더 더더 더더더 가치 있는 문제 속으로 들어가 보다 더 더더 더더더 나은 생각문장으로 살펴봄으로써 이제까지 발견되지 않았던 세계를 창조한 실례들이다.

지금 자신이 쓰는 문장보다 더 좋은 문장이 반드시 존재한다. 고통을 겪을 때조차 고통에 대한 적절한 표현을 찾으면 즐겁다. 언제나 지금 내가 사용하는 생각문장보다 더 좋은 생각문장이 있다면, 가장 나은 것을 찾아 고르지 않을 수 없는데, 설령 골랐다고 하더라도, 더 나은 생각문장이 있을 거라는 사실 때문에 조심스레 사용할 수밖에 없다.

이것이 인간의 어쩔 수 없는 숙명이다. 사람은 생각문장으로 살아가기 때문에 모든 사람은 보다 더 나은 생각문장을 찾으려 하지 않을 수 없다. 보다 더 나은 생각문장을 찾는다는 건, 최선의 생각문장을 떠올리는 동시에, 그것보다 더 나은 생각문장이 얼마든지 가능하다는 사실을 인정하는 일이다. 그래서 지금 떠올린 생각문장을 버리고, 더 나은 생각문장을 찾는 탐색 과정 속에 자신을 밀어 넣을 수밖에 없다.

그런 점에서 글쓰기 공부는 가장 좋은 선물이다. 직접 써보라. 이제까지 생각지 못한 자신을 만날 것이다. 발견하지 못한 세계와 조우할 것이다. 직접 써보기 전에는 아무도 모른다. 글쓰기란 이제까지 사용해온 생각문장이 아닌, 새로운 생각문장을 찾는 여정이어서, 글쓰기 이후를 예상할 능력은 아무도 갖고 있지 않다. 더 나은 생각문장을 만날 때까지 쓰고 또 쓰고 또 쓰는 수밖에 없다.

언어는 영화 「컨택트」의 표현을 빌면, 문제가 생겼을 때 제일 먼저 꺼내는 첫 번째 무기다. 새로운 언어는 그 사람의 뇌 회로를 재구성한다. 말하는 언어에 따라 생각하는 방식이 다르게 뻗어간다.

여주인공이 묻는다.

"당신들이 온 목적은 무엇인가?"

그러자 헵타포드가 우리에게 대답한다.

"무기를 제공하는 것."

생각을 문장으로 바꾸는
글쓰기 공작소 실전편

지은이 이만교
펴낸이 김영정

초판 1쇄 펴낸날 2020년 6월 30일

펴낸곳 (주)현대문학
등록번호 제1-452호
주소 06532 서울시 서초구 신반포로 321(잠원동, 미래엔)
전화 02-2017-0280
팩스 02-516-5433
홈페이지 www.hdmh.co.kr

© 2020, 이만교

ISBN 979-11-90885-18-8 03800

• 책값은 뒤표지에 있습니다.
• 이 도서의 국립중앙도서관 출판예정도서목록(CIP)은 서지정보유통지원시스템 홈페이지
 (http://seoji.nl.go.kr)와 국가자료종합목록 구축시스템(http://kolis-net.nl.go.kr)에서 이용하실
 수 있습니다. (CIP제어번호: CIP2020025176)
• 이 도서는 한국출판문화산업진흥원의 '2020년 우수출판콘텐츠 제작 지원' 사업 선정작입니다.